U0463107

《文選》學經典書系

文選學講義

周貞亮　撰

王慶元　劉以剛　點校

長江出版傳媒
崇文書局

圖書在版編目（CIP）數據

文選學講義 / 周貞亮撰 ; 王慶元, 劉以剛點校. --
武漢 : 崇文書局, 2024.12
（《文選》學經典書系）
ISBN 978-7-5403-7402-0

Ⅰ. ①文… Ⅱ. ①周… ②王… ③劉… Ⅲ. ①《文選》
—古典文學研究 Ⅳ. ① I206.2

中國國家版本館 CIP 數據核字 (2023) 第 127427 號

策劃編輯　陶永躍　李佩穎
責任編輯　陶永躍　李艷麗
責任校對　董　穎
責任印製　馮立慧

文選學講義
WENXUANXUE JIANGYI

出版發行　長江出版傳媒｜崇文書局
地　　址　武漢市雄楚大街 268 號 C 座 11 層
電　　話　(027)87677133　　郵　編　430070
印　　刷　湖北新華印務有限公司
開　　本　710㎜×1000㎜　1/16
印　　張　25
字　　數　351 千
版　　次　2024 年 12 月第 1 版
印　　次　2024 年 12 月第 1 次印刷
定　　價　98.00 圓

序

《文選》學自隋唐之際形成，其後歷代研究者延續傳統“《選》學”的研究思路與方法，對《文選》所録作品本身以及李善注、五臣注等，從文字聲韻訓詁學、考據學與注釋學等角度進行了廣泛研究，積累了許多的研究經驗，也取得了豐碩的研究成果。直到二十世紀初，受新的學術思潮的影響，中國的傳統國學開始向現代學術轉化。在這樣的背景下，作爲傳統國學重要陣地之一的“《選》學”也必然受到衝擊，開始接受新思想、新方法，由傳統“《選》學”向現代“《選》學”邁進。作爲這種轉化成熟的重要標誌，就是二十世紀二三十年代出現的駱鴻凱《文選學》與周貞亮《文選學講義》兩部著作。兩部著作産生時代基本相同，且同樣享有盛名，同爲具有里程碑性質的“《選》學”著作，實際命運却很不相同。

駱鴻凱《文選學》早在 1928 年 11 月就有油印本出版，是爲武漢大學講授“文選學”課程的講義；此後駱鴻凱先後在北平中國大學、北平師範大學、長沙湖南大學等高校開設“文選學”課程，並隨時對《文選學》講義進行了多次增删、修訂，先後有北平中國大學鉛印本《文選學》（1929—1931年）、北平師範大學鉛印本《文選學》（1930—1931 年）、長沙湖南大學鉛印本《文選學》（1932 年）等多個學校講義本的問世。直到 1937 年 6 月，駱鴻凱《文選學》才在上海中華書局鉛印出版並向社會公開發行，從此正式與世人見面，後來中華書局於 1939 年、1941 年又兩次再版。1989 年 11 月，北京中華書局又出版了經駱鴻凱弟子馬積高重新整理過的增補本，此後國内亦有多家出版社將此增補本印刷出版。所以，駱鴻凱《文選學》在當今學界傳播力度之大、傳播範圍之廣自不待言，故駱氏《文選學》能够被現代《文選》學界所熟知，亦屬必然。比較而言，學界對於周貞亮《文選學講義》的了解與關注就明顯不够。原因是多方面的，這裏暫不予以分辯。然而，近年來情況明顯發生了變化。周貞亮的《文選學講義》也經常會出現在人們的視野當中，其中關於駱鴻凱《文選學》與周貞亮《文選學講義》關係的話題最多，諸如駱鴻凱《文選學》與周貞亮《文選學講義》二者的誕生孰先孰後？二者是否互相有所因襲？如果有所因襲，又是誰因襲誰更多？或者二書是否存在學術不端？等等問題的爭論一直存在。但終因周貞亮《文選學講義》一直沒有公開出版與世人見面，而珍藏本又不易見到，所以對於論者觀點孰是孰非實難確定。但對於論者觀點中存在的誤解，亦需要加以糾正或澄清。所以，周貞亮《文選學講義》的公開面世就成爲了一種急需。今有本書的整理者武漢大學王慶元、劉以剛兩位教授，努力對周貞亮《文選學講義》進行校勘整理，著力於爲讀者呈現最完善的點校本，這是最基礎的工作，我認爲這也是最有價值的工作。

本世紀初，王立群教授最早向世人介紹了河南大學圖書館藏綫裝鉛印本的周貞亮《文選學講義》（上下兩編）一書。該書封面題簽及卷首題名均爲"文選學講義"，但版心題字爲"文選學"，此後王立群教授即以"周貞亮《文選學》"稱之。並連續發表專文、專書對周貞亮《文選學》進行詳細介紹，還與駱鴻凱《文選學》進行比較研究，分析二者的異同及其關係，認爲這兩本書"是20世紀傳統國學向現代學科轉化的重要標誌"（王立群《周貞亮〈文選學〉與駱鴻凱〈文選學〉》，《文學遺產》2001年第3期），"現代《文選》學的誕生當以周貞亮《文選學》與駱鴻凱《文選學》的問世爲標誌"（《現代〈文選〉學史》，中國社會科學出版社2003年）。評價甚高，但不爲過。同時，也是王立群教授最先開啓了駱鴻凱與周貞亮《文選學》比較研究的先河。其中關於二書孰先孰後的探討也最引人矚目。

王立群教授認爲：駱鴻凱於1928—1929年間在武漢大學任教，當時已有《文選學》一書的基本框架。而後陸續於1931年7月至1936年7月，在報刊雜誌公開發表了《自叙》與第三章、第九章、第十章等部分章節的內容，由此推斷，駱鴻凱《文選學》的最早出版時間是在1937年上半年，即是由中華書局第一次正式出版發行的版本。不僅如此，王立群教授還認爲周貞亮《文選學》的最早出版時間應該是在 1929—1931 年間，最遲不過 1931 年。因爲當時駱鴻凱已經離開武漢大學到北平任教，而民國年間武漢大學又有開設“文選學”課程的傳統，於是，就由周貞亮繼續開設“文選學”課程，因而 1931 年就有周貞亮《文選學》的問世。所以，就理所當然地得出周氏《文選學》在前、駱氏《文選學》在後的結論，儘管並没有最直接的證據可以證明這個結論。

這裏王立群教授把 1931 年認定爲周貞亮來武漢大學任教的時間，進而又錯把這一年定爲周貞亮《文選學》誕生的時間。他特别指出：“周貞亮亦撰有《文選學》，且其出版於 1931 年，當在 1936 年中華書局出版駱鴻凱《文選學》之前。但因周氏《文選學》爲國立武漢大學自印，駱氏《文選學》爲享譽學林的中華書局所印，故周氏《文選學》鮮有人知，而駱氏《文選學》則名滿天下。故就二氏《文選學》而言，周書的原創價值自非駱書所比，但駱書的傳播價值又遠勝周書。”［王立群《20 世紀現代〈選〉學對清代傳統〈選〉學的繼承與發展》，《阜陽師範學院學報》（社會科學版）2002 年第 1 期］這樣的評價看似各有肯定，實則有失公允。最起碼對於駱鴻凱《文選學》的認知是有誤的。依王立群教授的觀點，似乎駱鴻凱《文選學》的崇高地位，只是仰仗中華書局出版的先機，其價值也只在於傳播之功。後之學者亦多接受了這個觀點；即便持有疑義，也反響不大。但事實並非如此。

1937 年 6 月中華書局公開出版發行的駱鴻凱《文選學》並不是最早版本，充其量只能算作在中華書局出版的最早版本，作爲學校講義印行的最早版本還要上推到 1928 年 11 月。這是有根據的。據王慶元教授獲得的資料顯示，早在 1928 年駱鴻凱先生在武漢大學就已經開設了“文選學”課程，且有講義出版。現今發現的最早傳世本駱鴻凱《文選學》油印本即爲明證。該版本《叙》落款爲：“十七年十一月駱鴻凱。”中華民國十七年即爲公元 1928 年，也就是説，作爲大學用書的駱鴻凱《文選學》，在 1928 年已經出版了油印本。而中華書局版駱鴻凱《文選學·叙》落款亦可作爲旁證，該落款與油印本略有差别，爲“戊辰十一月長沙駱鴻凱自叙”。油印本是民國紀年，而中華書局本是干支紀年，兩種紀年方式，指向同一事物：戊辰年十一月亦即中華民國十七年十一月，所指都是公元 1928 年 11 月。毫無疑問，駱鴻凱

《文選學》1928年11月已經油印出版了，而其後的中華書局1937年6月版則只能屬於再版。

其次，關於周貞亮到武漢大學任教的時間，以及周貞亮《文選學講義》發表的時間。王立群教授將這兩個時間都認定在1931年，並認爲其具體寫作的時間却無從可考。而據1932年出版的《國立武漢大學一覽（中華民國二十年度）》"本大學職教員履歷·教授"所載，周貞亮於1929年9月既已經到武漢大學任教了。從武漢大學檔案館保存的當時課表來看，周貞亮自1930年就開始講授"文選學"課程，開課時長爲一學年，每周課時是3小時。課表一直記録到1932年。可謂言而有徵。又據上引《國立武漢大學一覽（中華民國二十年度）》，周貞亮於"二十一年三月病故"，可知逝世於1932年3月。總之，雖然周貞亮《文選學講義》寫作的具體時間確實無法確定，但是，既然1930年就已經開始正式講課了，那麼備課一定要提前進行，作爲講稿的《文選學》最起碼要事先準備齊全。所以，合理推斷，初稿不會晚於1930年正式開始上課之前，至於在講課過程中不斷修訂、增删也是必然的。但無論如何，都只能比駱鴻凱《文選學》要晚。如此，上引王立群教授所謂"周書的原創價值自非駱書所比"之議有待商榷。如果一定要以出版先後來確定誰是原創的話，那麼，駱鴻凱《文選學》當爲原創。這樣説，並不是爲了否定周貞亮《文選學講義》的獨到價值。依余愚見，二書各爲原創，各有所長，二者同時存在，共同成爲20世紀現代《文選》學形成的標誌。這也是如今整理出版周貞亮《文選學講義》的重要意義所在。

周貞亮（1876—1932）是湖北漢陽人，清光緒三十年（1904）進士第。據他本人自述，早年曾師從晚清著名學者、詞學家譚獻（1832—1901，號復堂）學習《文選》學，並受其師影響早就有寫作《文選》學著作的願望："往者先師仁和譚復堂先生，欲爲李注作疏，已定略例，未及成書。鄙昔嘗受其法，欲續成之，搜集選材，至數十種。人事匆迫，握槧未遑；欲具長編，迄今未就。"（《文選學講義·導言》）周貞亮本就以未能完成老師遺願而感到遺憾，恰逢在武漢大學任教期間需要講授"文選學"課程，爲此而專門寫作了這部《文選學講義》。

繼承和發展傳統國學，首先就是要整理歷史上遺留下來的爲數極多的資料，包括搜集、辨析、取捨、整理等等繁瑣的工作，是非常不容易的，也是歷來被認爲費力不討好的工作，却也是必須做的最基礎工作。爲完整、準確地呈現周貞亮《文選學講義》的真實面貌，王慶元與劉以剛兩位教授不辭辛勞，不顧自己八十多歲的耄耋之年，多方查證，廣泛搜集相關資料，最終選擇以河南大學圖書館藏《文選學講義》爲底本，並仍以《文選學講義》爲書名，對原文進行認真的校勘、標點，並對文中某些特别需要注明的失誤之處，以脚注的形式加按語予以説明，以方便讀者的閲讀理解。最終形成了整理本周貞亮《文選學講義》，該書將由長江出版傳媒集團所屬崇文書局出版。在此，對整理者和出版單位所做出的努力表示感謝。

整理者對底本的確定，經過了嚴格的甄别過程。最初於國内共尋得周貞亮在武漢大學講授“文選學”課程的講義版本四種。簡要介紹如下。

1. 爲武漢大學圖書館所藏，此本爲鉛印本，内容比較簡略，王慶元教授稱之爲“簡本”。

2. 爲武漢大學檔案館所藏，此本亦爲鉛印本，内容較圖書館藏“簡本”詳細豐富，僅頁碼就比“簡本”多 30 多頁，内容基本上是對“簡本”的補充申説，故王慶元教授稱其爲“繁本”。

3. 爲西南大學（原西南師範學院）圖書館藏本，此本爲手寫稿，現已被中國國家圖書館出版社 2015 年影印出版的《中國古籍珍本叢刊·西南大學圖書館卷》第 43 册收録。共有二卷，分上下二册。上册内容與武漢大學圖書館“簡本”基本相同，下册係周貞亮摘抄集録的有關《文選》資料。

4. 爲河南大學圖書館藏本，共分爲上下兩編，其上編共分十章，分别論述了《文選》學的形成及發展以及關於《文選》一書的相關學術問題等，另附閲讀書目。這部分内容與武漢大學檔案館藏“繁本”内容一致。下編分爲三章，闡述《文選》學的研究方法，最能代表周貞亮《文選》研究的獨到見解。這部分内容是其他三種版本中都未涉及的。王慶元教授亦稱此本爲“繁本”，然依筆者愚見，此本稱爲“全本”似更合適，因爲是目前所見四個版本中内容最全、最完整的版本。下文即以“全本”稱之。

綜合分析上述四個版本，可以合乎邏輯地整理出周貞亮《文選學講義》從“簡本”到“繁本”再到“全本”的不斷修訂、增補的形成過程。即：西南大學圖書館藏手稿本應該是最早版本，然後是武漢大學圖書館鉛印的“簡本”，再然後又有了武漢大學檔案館藏的鉛印“繁本”，最後才有了河南大學圖書館藏上下兩編的鉛印“全本”。

這個過程在《文選學講義·導言》中也得到了證實。四種版本《導言》文字大體一致，説明在“簡本”完成時《文選學講義》的大體框架已經基本定型。但是，隨著教學過程的逐步推進，不僅需要不斷豐富講課的資料，而且所講内容之間的邏輯聯繫也逐漸清晰，因而也需要對原有講義的結構框架做出相應的調整。因此，首先把調整的目標在《導言》中體現出來了。我們細讀“簡本”與“繁本”及“全本”的《導言》，就可以發現其中明顯的差别。其“簡本”末段有云：“今日之講授法，惟用抽象的，不述全文，但詳大體；不臚衆説，惟挈總綱。意在取各家考索之資材，開學者研究之門徑。”而於“繁本”與“全本”此段則云：“今日之講授法，惟用抽象的，不述全文，但詳大體；不臚衆説，惟挈總綱。其中略分兩編，上編爲總論，詳‘《選》學’之成立歷史；下編爲分論，明‘《選》學’之研究方法。意在取各家考索之資材，開學者研究之門徑。”其中多出文字，明顯是爲最終“全本”結構框架的形成張目。而武漢大學檔案館藏“繁本”正文中下編部分内容尚未完成，或許“繁本”正是“全本”的初稿也未可知，無從考證了。所幸“全本”上下編條目分明，正與《導言》所述分爲上下兩編的情况相符。

如今以“全本”爲底本的《文選學講義》整理本，全書分上下兩編，上編十章，下編三章。上編介紹《文選》學的發生、發展以及《文選》與《文選》學史的相關問題，即《導言》所謂“總論”；下編則提出《文選》研究的幾種具體方法。首先指出讀《文選》要有相應的前期知識儲備，共列出明訓詁、曉聲韻、達名物、通句讀、曉文律、詳史實、知地理、辨文體、明文史、曉玄學、通佛典等十一種之多，並結合具體作品分析掌握這些知識對於讀《文選》的重要性；其次指出研究《文選》可以選擇不同的視角，如從文學流變的角度、從文章體式的角度、從文體風格與作家的個性特徵的角度以及從時代特徵、從南北文章的不同派别、從駢體文形成與發展趨勢及修辭通則、從《文選》與《文心雕龍》的關係等等方面來考察；最後，結合具体作家作品，提出入手讀、單篇讀、連篇讀、專選某個作家讀、相关作家比较讀、分體讀、兩體對比讀等多種研究方法。

此外，整理本中還收入了周貞亮所著《梁昭明太子年譜》，這是《文選》學史上第一部系統而全面的蕭統年譜，在學術史上占有重要地位。因此亦將其整理，作爲本書附録。

可見，周貞亮《文選學講義》藴含豐富，與駱鴻凱《文選學》一起被視爲現代《文選》學的奠基之作確不爲過。以此，作爲本書誕生以來首次出版的點校整理本，可以滿足學界對它的所有期待。

最後，談談對周貞亮《文選學講義》與駱鴻凱《文選學》有大量文字雷同問題的看法。

這是一個有待深入研究的話題。近年，有較早見過河南大學圖書館藏周貞亮《文選學講義》"全本"的學者，因見該書文字與駱鴻凱《文選學》有很多雷同之處，故而對二者是否各有因襲、亦或是否相互因襲、因襲何人等問題産生興趣，也發出了許多質疑之聲，因用現代人的學術觀念來看，文章引用他人的成果務必要注明出處，否則直接拿過來使用即被視爲抄襲，屬於學術不端行爲。因此，如何看待周貞亮《文選學講義》與駱鴻凱《文選學》中有關因襲的問題，也是非常值得探討的。

分析今之學者所存疑義，大略有三：一、駱氏《文選學》中大量照搬其師黄侃有關《文選》的論述與評注語，却未加任何注釋説明，對此行爲應如何評價？二、周氏《文選學講義》與駱氏的《文選學》中有大量文字雷同，二書皆未注明出處，究竟是誰襲用誰的？三、周氏與駱氏文中凡引用前代學人相關理論多一一注明出處，何以二書文字大量雷同處却不互相注明，説明什麼問題？我認爲對這三個問題的解答，可以放到一起來綜合分析。

首先，從産生時代來考察。二書産生的時代背景相同，故王立群教授説二者相繼問世是"20 世紀傳統國學向現代學科轉化的重要標誌"，所言非虚。駱書 1928 年早出，周書隨後晚至，但前後相差也不足一年時間，當時社會正是處於古今中外文化交替的大背景下，既有傳統國學的基因，又有新的學術思想融入，這些影響在駱氏與周氏的著述中均有呈現。傳統國學世代相承、相因，祖述前代家法，視爲理所當然，因此，自不必句句稱述出處，也不會因此受到指責，因爲自身亦是出處，自己所述既是其師所述，彼此學術一體。

駱鴻凱師出名門，淵源有自，如其弟子馬積高所云："爲黄季剛先生的高足之一，又嘗問學於章太炎先生……先生治學門徑，大抵本於黄季剛先生。"（馬積高《〈文選學〉後記》，1989 年）近年整理出版的駱鴻凱相關著述，大都可以從黄侃的遺作中找到根據。故王慶元教授曾言"駱氏治學全本其師黄侃先生"，説法是可信的。故駱氏《文選學》中凡出自黄侃主張者均不必注明出處，筆者認爲應該是忠實於師門傳承的表現。只有某些需要特殊强調之處，才用"黄先生云"或"黄先生《書〈後漢書〉論贊》曰"等標出。而引述清代學人觀點則必一一注明，如在《文選學·評騭第八》中，據本人粗略統計，僅引述"王（王闓運）云"就出現 198 次，還不算其中的"又云"次數；其他如引述"譚（譚獻）云"或"譚復堂云"，引述"张惠言曰""李（李兆洛）云""楊佩瑗云""姚鼐云"等等均清楚明白地標出，以示與直接襲用黄侃理論的師承相區别。因此可見，駱鴻凱引用前人學術觀點的做法是有自己原則的，傳統國學重師門傳承，故祖述本師學術無需專門强調，而絶不能簡單地以"抄襲"目之。

基於上述認識，再來分析駱氏《文選學》與周氏《文選學講義》中有大量文字雷同，究竟是誰襲用誰的問題。與駱鴻凱重章句訓詁的師門傳承不同，周貞亮早年曾留學日本，較早接受外來文化熏陶，較容易接受新的學術思想、新的研究方法。因此，他編定《文選學講義》選擇抽象的講授法，即所謂"考源流、分派别、審條目、究義例……不述全文，但詳大體，不臚衆説，惟挈總綱"（《文選學講義·導言》）的編寫原則。王立群教授將其定義爲是"以現代學術思想詮釋《文選》"，比駱鴻凱《文選學》"更具現代《選》學意識"（王立群《周貞亮〈文選學〉與駱鴻凱〈文選學〉》，《文學遺産》2001 年第 3 期），還是很準確的。既然二者在觀念上有如此大的差異，那麽彼此之間大量的文字雷同又該如何解釋?

這就需要從二書的寫作目的來考察了。周氏《文選學講義·導言》有言："我校當局，懼頽流之日下，審國粹之宜存，特以此學，列爲一科，仰師資於百代，繫一髮於千鈞，文學復興，於斯焉賴。而以講事，謬推鄙人。"明言此書之作實爲講課之講義。而駱鴻凱《文選學·叙》雖然並未明確提及是爲講義，但據周氏《文選學講義》整理者所提供的資料顯示，駱鴻凱《文選學》1928年11月油印出版，亦爲武漢大學講授“文選學”課程的講義，後離開武漢大學，又在1929—1932年間輾轉於北平中國大學、北平師範大學、湖南大學等校講授“文選學”，並在教學中對原來講義不斷進行補充修訂，直到1937年6月由中華書局正式出版，該版版權頁文字豎排，在《文選學》書名上方亦有小字“大學用書”四字，注明該書的性質是教材。由此可見，二書編撰初衷都是出於教學需要，且都在教學過程中進行反復補充修訂。所不同者，駱鴻凱於武漢大學講授“文選學”課程在前，周貞亮在後；駱鴻凱編定《文選學》講義在前，周貞亮亦在後；不久之後，周貞亮去世，而經過多次修訂的駱鴻凱《文選學》在中華書局公開出版，而周氏《文選學講義》直至於今整理本才將出版，仍然遠在於駱氏之後，這也是無可奈何之事。故王慶元教授認爲周貞亮應該先見到了駱鴻凱的《文選學》講義，而駱鴻凱亦可以見到周氏《文選學講義》，所以彼此相互都有參照。這個推測是合理的。在周氏《文選學講義》下編第三章“《文選》之讀法”中，論述“連珠之作用”時云：“連珠文式，大率先立理以爲基，繼援事以爲證。近吾友駱君鴻凱論之，謂有合於印度之因明、遠西之邏輯，詳加玩味，語實不誣。”周氏所引用駱鴻凱的這段論述，見於駱鴻凱1932年在湖南大學任教期間所出鉛印本《文選學》下册之《文選學附編》中，原文云：“連珠之體，大率先立理以爲基，繼援事以爲證。合於印度之因明，與遠西之邏輯。”後於中華書局1937年6月正式出版時，此段文字則改爲：“連珠之體，大率先立理以爲基，繼援事以爲證。近世論之者，謂有合於印度之因明，遠西之邏輯，詳加翫味，其言非誣。”周氏引用雖與原句文字雖略有差别，但足證其對駱鴻凱《文選學》有所參照。而駱鴻凱在後期出版時作的修改，又可證他對周氏的關注。

綜上，與闡述個人學術觀點的論文不同，編訂教材時如果事先已有同類教材在運行，通常不會對於既成定論的内容加以大的改動，即必然會對前人的理論有所因襲。如上文所述，駱鴻凱爲黄侃先生弟子，不僅學術傳統師徒相承，而且，在武漢大學開設“文選學”課程，亦是師徒相承。即如王慶元教授所述：“黄侃先生20年代初，由京返漢，執教武昌高師（即武大前身），講授過《文選》；同時也在武昌中華大學等校授《文選》。20 年代末、30 年代初則由駱（鴻凱）、周（貞亮）二君在武大開設‘文選學’課。”（王慶元《駱鴻凱〈文選學〉與周貞亮〈文選學講義〉疑雲再考辨》，《厦大中文學報》2017 年第 1 期）駱鴻凱接替其師黄侃講授“文選學”，周貞亮接替駱鴻凱在武漢大學繼續講授“文選學”。駱鴻凱《文選學》講義承接黄侃的講授内容，1928 年 11 月油印本已經出版發行，周貞亮接替駱鴻凱則以此爲基礎進行重新編定，並將自己的學術理念融入其中；而與此同時，駱鴻凱也在其他大學繼續開設“文選學”，對於周貞亮的意見也會有效吸收。所以説，二書大量文字雷同却不加特殊説明，應該不僅是二人共識，也是當時學界的共識。所以，在當時没有人認爲這種現象有什麽不合理而提出過質疑。

上述分析，純屬筆者個人臆測，渴望方家批評。

陸宗達先生 1986 年曾言：“《文選》這個富礦，還僅僅開掘了表層，用新思想、新方法來重新認識它，選取新角度來繼續挖掘它，這個工作應當説還剛剛開始。”（《昭明文選譯注序》）周貞亮《文選學講義》作爲現代《文選》學的奠基之一，其所藴含的學術思想值得我們深入研習。因此，我堅信隨著整理本的出版，將會有更多的研究成果問世。

吴曉峰

2024 年 5 月於青島黄海學院

前　　言

《文選學講義》是周貞亮先生晚年任教武漢大學的一部講義稿。授課時間當在1930年，講義印出也約在此時。講義經作者反覆修改、增删，先後印有簡本與繁本。此後二年，周先生即去世，迄未正式出版。

傳統《文選》學誕生於唐代，至清代蔚爲大觀，著作如林，進入《選》學的鼎盛時期。到了現代，受五四新文化運動的影響，約半個多世紀，《選》學發展進入低谷。然而在此期中，幾乎同時誕生了兩部《選》學巨著，即周貞亮《文選學講義》和駱鴻凱《文選學》（初稿撰於1928年，1937年中華書局正式出版）。學界普遍認爲，這兩部著作的問世，標誌著現代《文選》學正式成立。

駱著因面世較早，已延譽學界數十年，影響深遠，各方評價甚高，或被看作現代《文選》學的“開山作”“里程碑”。至於周著，一直以校内講義形式存在，見者不多，人們對作者周貞亮生平情況也知之甚少。

周貞亮，字貞亮，又字子幹，别號退舟。湖北漢陽縣蔡甸（今武漢市漢陽區）人。1876年生，卒於1932年。清光緒三十年（1904）中進士。後奉派赴日本留學，學法律。歸國後在高等檢察署、法制局等處任職。辛亥革命後方始致力於教育事業和學術研究。先後在北平國立師範大學、輔仁大學、南開大學任教。1929年受聘國立武漢大學教授，講授“文選學”“目録學”等課程，撰有《文選學》《目録學》等講義。周先生長期潛心於漢魏六朝文研究，旁及歷代駢文。其著作已出版有《漢魏六朝詩三百首》、《梁昭明太子年譜》。未出版尚有《厞載録》、《晚喜廬隨筆》（20卷）、《聯雋》、《五百家駢體文萃》（98卷）、《退舟文集》、《退舟詩集》等。

王立群《現代〈文選〉學史》對駱、周二書作了開創性的全面細緻的比較研究，將二書稱之爲“現代《文選》學史上的代表之作和奠基之作”，不僅肯定駱書在現代《文選》學史上的重要價值和地位，也對周書作出了極高評價，稱其可與駱書“方軌并駕”。然而如將駱、周二書細加比勘，也發現問題不少，可謂疑雲重重。約有以下問題值得探討。

1. 兩書雖然幾乎同時誕生，然究竟孰先孰後，值得關注，必須弄清。此先後是指撰寫時間，尤其是公之於世（講義印成）的時間。

2. 即有先後之别，就可進一步探討有否相互影響、借鑒、襲用之事。

3. 對已發現的兩書框架相似，文字大量雷同現象應如何看待？

在整理過程中，發現上述問題後，我們作了認真細緻的考察，有幾點基本看法。

從撰稿時間和講義印行時間看，已可斷定周書較爲晚出，駱書略早 2—3 年，理由如下。

駱君關於撰寫講義及爲諸生講授《文選》有幾段自述文字：

> 戊辰己巳（1928—1929）間，教授武漢大學，主者以《文選》設科，凱承其乏，乃爲諸生講授《文選》……全稿都三百餘紙。
>
> （《讀選導言》，見 1935 年《學術世界》第 1 卷 7 期）
>
> 戊辰己巳間，教授武漢大學，有《文選講疏》之作。
>
> （《選學源流》，見 1936 年《制言》第 8、9、10 期）
>
> 另，駱君自填履歷中説：“1928 年秋，楊樹達教授招任武漢大學教授，……至 1929 年夏辭職。”
>
> （見湖南師範大學檔案館藏駱鴻凱履歷）

由上可見駱君於 1928 年秋至 1929 年夏在武大執教，時間約一年。遺憾的是，時至今日，無論武大圖書館還是檔案館均無駱君片言隻字，講義也未發現。令人欣慰的是，數年前筆者突然獲知駱在武大《文選學》講義油印本尚存天壤間，且得見數頁書影，而該書則由孔夫子舊書網售出，不可得見了。可喜的是數頁書影中含該書“叙言”，其落款有“十七年十一月駱鴻凱”

字樣，“十七年”爲民國紀年，即1928年，恰與駱自述、履歷契合。油印本爲駱君最早版《文選學》當無疑問。

至於周先生任職武大的時間，武大有關檔案記載周君於1929年9月或稍早應聘到校（見《國立武漢大學一覽（中華民國二十年度）》）。另據朱東潤先生的《自傳》，説他1929年5月應聘來武大時，周子幹先生已住在武昌城内學校教職工宿舍。朱説與檔案也吻合。據當年課表顯示，周君於1930年下學期開設“文選學”一課，故其講義印行大概也不會遲於這個時間。周於授課中不斷修改、增删，講義（含“簡本”“繁本”）發行多版（均鉛印）。後來，我們又見到了周講義（簡本）的手稿影印本，見2015年國家圖書館出版社出版的《中國古籍珍本叢刊·西南大學圖書館卷》第43册，此影印手稿即爲武大講義印前的底本，經核對二本文字幾無差異。

若進一步將周貞亮各版本講義與駱鴻凱各版本講義進行對勘，則發現框架基本相似、文字大量雷同的問題。猜想周君因爲去世較早，他撰寫講義時所能見到的大概是駱君的油印本講義。駱君1930年後任教北方各高校和1932年回湖南大學執教時又出了多版講義，則周不一定能見到了。周君雖未在書的《導言》提及他曾參閲駱書一事，然在其書下編第三章一段文字中説：

> 連珠文式，大率先立理以爲基，繼援事以爲證。近吾友駱君鴻凱論之，謂有合於印度之因明、遠西之邏輯，詳加玩味，語實不誣。

這段話毫不隱晦地説他已見到或參照過駱君的書。尤能説明問題的是爲撰寫講義，他在手稿下卷中大量摘録駱君書中的材料作爲他撰稿的素材。我們現在見到周君書中有很大篇幅與駱書文字雷同，尤其是其下編對《文選》名篇（主要是分體研究的論體文、書牋文及專家研究“陸士衡”一節）的解析、評説，幾乎是一字不漏地襲用了駱書文字，也就毫不奇怪了。

我們認爲這種不加注釋説明即引用他人著作文字，並在全書框架、内容上也有諸多襲用，這種做法至少是不可取的，雖不能不加分析貿然説成就是抄襲，但從現代觀念看，這是屬於著作權的問題，著作權是很神聖的，是絶不容許侵犯的。料想作者也清楚這一點，我們見到在周君手稿本的扉頁上印有一行黑體大字，赫然在目，即“周貞亮纂述，文選學講義”，以示其書爲“纂述”，而非“獨創”的著作，亦即“述而不作”之意。作者既有此注明，我們不能直接把該書看成是“攘竊”，但也難以視爲獨立的“國學專著”。〔1〕而只能視作與著作、論文略有不同的“講義”。

關於駱著，1937 年的傳世定本《文選學》是否受到周著的影響？筆者認爲駱君後來也會見到周在武大的《文選學講義》，會有參照並有吸收，對此，感興趣的讀者還可進一步研究，兹不詳論。

周、駱二君之書相互關係，尤其是周著襲用駱書的情況，大致如此。反觀駱書，我們發現駱著《文選學》與其師黄季剛先生的《選》學著作也有類似情況和問題。

民國初年（1914—1919）黄季剛先生執教於北京大學，以講授《文心雕龍》《文選》而負有盛名，編有《文心雕龍札記》《文鈔識語》等講義。五四運動後，由北京回到故鄉湖北，任教於武昌高師（武大前身），除講授小學諸書外，也時時講授《文選》。黄先生自述稱閲讀《文選》殆在十遍以上，多次對《文選》一書作批校、圈點。後經弟子整理，七八十年代臺灣和大陸分别出版了《文選黄氏學》和《文選平點》，二書集中反映了黄侃在《文選》學方面的成就。駱鴻凱 1915 年考入北京大學，親聆黄先生講授。當時，黄先生對《文選》一書的批校、圈點雖未出版，但一直在弟子中傳鈔、過録。駱君不僅較早獲取了先生批校語，由於親聆教誨，當也見到季剛先生爲講課而撰寫的《文鈔識語》（現存殘本）。這些識語較詳細地以大量文字論及選文篇章結構、文章風格、流變、作家生平、地位等。經核對，黄侃先生關於《文選》中《六代論》《博弈論》《養生論》等文的識語幾乎隻字不易被襲用於《文選學》（1937 年版）一書中。〔2〕作者並未加任何附注説明，致使今天的讀者對所引的文字，究係黄先生語還是駱君的話辨認爲難。史學家金毓黻

〔1〕1935 年 4 月起《安雅月刊》將周貞亮《文選學講義》作“國學專著”（邊框上字樣）刊出發表。數月後該刊停刊，僅刊出了一部分。

〔2〕參見王慶元《駱鴻凱〈文選學〉與周貞亮〈文選學講義〉疑雲再考辨》，《厦大中文學報》2017 年第 1 期。

曾評論此類現象説：引用他人文字，而不注所出，“實有攘竊之嫌”。〔1〕也許在傳統文獻學中此一現象較爲常見，不過我們覺得這至少是有疵病的，其書不得謂“完美”。

總地看，在20世紀30年代《文選》學仍處於發展的低谷時期，同時誕生的駱、周兩部《選》學著作，極爲難得，無疑應視爲現代《文選》學史上的兩部佳作。當前學界的現狀是：黄門學者駱鴻凱因中華書局1937年版《文選學》的發行，後又多次再版（三四十年代即有再版），近年再版增訂本就更多，駱著在學界不僅搶占了先機，亦獲取諸多桂冠。至於其師黄侃的《選》學成就和首席地位早已得到學界認可和定評。獨有譚門（譚獻，晚清詞人和《文選》學家）學者周貞亮數十年被冷落，迄今默默無聞。加之又出現其書框架與駱書框架襲用，文字大量雷同諸多問題，那麼，是否仍有流傳於世的價值？對周書應如何客觀評價呢？這些問題亦關《選》學的今後發展，值得重視和進一步研究。

二書内容相同、文字雷同之處如此之多，但也有諸多相異之處，像兩幅相同題材的名畫一樣各有自己特色。二書都大量引用歷代選家重要評騭資料，似周還略多於駱。周書還有一重要貢獻是根據史料詳考李善家世，斷言李善籍貫爲鄂省江夏人，並被學界認可，此爲駱書所無。駱書中華版補寫了原講義稿中所無，後來增加的《徵故第七》《餘論第十》等章節，使内容更爲豐富，此又爲周書不具備。而周書上編第十章《〈文選〉之刊刻及評騭》一文前半論述歷代《文選》版本，亦爲駱書不具備。

至寫作方法上比較顯著的差異是：周極力肯定抽象研究方法。他説所謂抽象講授，即考源流、分派別、審條目、究義例等方面的内容，其撰寫也多采用抽象研究法。周書涉及諸如文字流變、文章體式、文家個性、才略、時代風格、南北派別、修辭通則等方面的評論，也極精彩。蓋因積累有素，隨手牽綴，即可成文。周擅長者在此。

駱、周二君因年齡有差異，所出師門不同，也表現出著作文字風格迥異，形成各自的特色。駱是早期北大出身，師從黄季剛先生及清末民初諸老輩學

---

〔1〕 參見金毓黻《静晤室日記》第7册，遼沈書社1993年版，第5162頁。

人，其著作采用文言，具有傳統文言文的典雅、凝練、精緻的特色。黄侃居然將弟子駱君的《文心雕龍·物色》的札記收入自己《文心雕龍札記》書中（因黄未撰此篇），説明對弟子文章的欣賞與認可。民國期間，在五四新文化運動影響下，白話文逐漸通行，純文言文寫作的著作已不多。黄先生仍用文言從事寫作，自不待言，並被目爲"《選》體"高手。[1] 其弟子駱鴻凱《文選學》也是用文言寫作，今天讀來仍感到濃厚的傳統氣息，加之受魏晉六朝文風的影響，辭藻華豔，用典極多，這種文字後繼無人，似乎已成絶響。

周的文風與駱君完全不同，他使用的是散發五四時代氣息的新型文言文，現代詞語較多，相較駱君，文字也更加通俗和醒目。這大概與他早年留學日本，接觸國際社會，受到西方文明的陶冶分不開。二君文字各具特色，周雖達相當造詣，似乎駱君文言寫作水準更臻成熟，文字技巧也略高一籌。

還有一點值得注意，不容忽視。即周書稍稍後出，是在參閲駱君《文選學》的基礎上撰寫，加之其《選》學功底深厚，所以其書中對於某些問題及文學現象的評論、解説，不乏"後出轉精"的地方。比如對連珠文體的論述，駱、周二書有極大的差異。駱在附編二的"專家研究舉例"中，從體式、命意、校釋三方面進行了較爲具體的研究、探討，然而實際並無自己的見解和成果。如體式研究，將陸機《演連珠》五十篇的結構歸納爲六類，乃爲黎劭西説；對命意的研究，對多篇的解説，也都是采用黄先生之説（與黄侃《平點》《黄氏學》對比，即可知曉）；校釋部分所引四條校點、解釋全爲黄先生言。可見這一文體的研究並未體現駱氏對《文選》文本研究的功力，毫無新意可言。周君則不同，雖然周對上述内容多有襲用，但却補説了連珠起源、作用、命名等方面的大量内容，不僅篇幅上大大超過了駱氏，更重要的是，周氏並未墨守傳統的解説，而是在理論、方法論上尋覓現代《選》學的新生長點，將傳統的文獻材料鎔鑄進新的範式中。他首先是把連珠這一體式的叙述納入《文選》"入手讀法"這一框架之中。他引用其師譚獻的話

---

〔1〕 參見駱鴻凱《文選學·讀選導言第九》，其"導言十六"云："本師黄氏熟精文律，能爲晉宋小賦。楚豔漢侈，亦在所綜，沈詩任筆，靡不兼美。文采照燿一世，群彦慕其流風。"

説："文字之用，不外事理。駢儷詞夸，每於理之精微、事之曲折，多不能盡。承學之士，先習陸、庾（指庾子山連珠）連珠，沈思密藻，析理述事充之，復何所滯?"（《復堂日記》）又評陸士衡《演連珠》云："熟讀深思，文章扃奥盡闢。"（《駢體文鈔》評點本）接著對連珠這一體式的起源、作用作了詳細評議。對前人多種不同的起源説以及創始者爲誰，細細尋繹，提出自己的獨立見解。這些地方，周氏確實可稱"後出轉精"。其可貴之處是他的問題意識和獨立見解，他已從傳統學術中走出來，接受了西方的新學説，這是他有别於和超越傳統學派的地方。

尤其可貴的是，駱、周認識不同、見解有異的地方，爲讀者提供了判斷和思考的空間，這也是很有意義的。姑舉一例説明。

駱氏書中對評點之作一味排詆，評價甚低。他在《源流第三》中説："至圈點之流弊，則曾滌生言之頗悉。略謂：'……圈點者，科場時文之陋習也，而今反以施之古書。末流之遷變，何可勝道?'"並指出："此爲圈點一切古書者言。讀《文選》，而斤斤於是，不足以示人，而徒增魔障，果何益乎?"其聲色俱厲，溢於言表。在後來補撰的《評騭第八》中又説："坊本所見，若方成珪《集成》、于光華《集評》之屬，泛采雜徵，編者自矜善本矣。然大都以時文科臼，繩墨古人，塵穢簡編，謬以千里。"將評點著作與時文聯繫起來，進行指斥，反覆貶抑之。對此，周君在其《文選學講義》上編第十章發表了大相徑庭的看法："《文選》何以必須圈識乎？於《文選》而加以圈識，果以何爲標準乎？曰圈識者，所以清一文之眉目脈絡，於賞會處特加旌異，引讀者之入勝者也。圈識之標準，大概於文之遒麗處用大圈，於文之疏朗處用密點，於文之眉目脈絡處用尖識。今試於讀《選》時，參看前人賞會處，自審於心，思前人何以特賞及此，此以前人賞會引證自己賞會之處之法也。若自心有賞會處，亦無妨加以圈識，默察前人何以賞不及此，此以自己賞會補正前人賞會之處之法也。習之既久，則無論何種文字，一見即能别其高下矣。習之又久，則作文時心領神會，亦不覺與之俱化矣。此圈識之爲益，所以不在評注解釋下也。"這一段話，實在是作者讀《文選》的心得體會，後學細心領會，也將獲益無窮，受用不盡。

綜上所言，在20世紀30年代初産生的這兩部《文選》學巨著，内容豐瞻，各具特色，各有千秋，作爲現代《文選》學著作，作者重新審視舊材料，引入現代人文科學觀念、理論和方法，開創了新的學術典範，其開拓之功，決不可没，故二書都有其存在、流傳的價值，這也是我們花費精力，整理並推出將近一個世紀之前的周貞亮《文選學講義》的原因。

王慶元

2024 年 5 月於武漢大學

整理凡例

一、本書以河南大學圖書館所藏周貞亮《文選學講義》爲底本，施以校訂、標點。另有武漢大學圖書館、檔案館所存繁簡兩本，及西南大學圖書館所藏稿本，内容均不及此本翔實，故僅作參考，不再另行整理。

二、本書整理過程中，對書中引據文獻加以系統覆核，底本偶誤之處，均據公認可靠版本校訂，於當頁出脚注。如上編第四章“詔”下引録“《漢書·武帝紀》注引《漢制度》”云云，經查有誤，故出注：“‘《漢書·武帝紀》注’，當作‘《後漢書·光武帝紀》注’，此條内容見《光武帝紀上》注，有節略。”又如上編第五章“入選文家取數篇有未足見當時風致與其本色者”條引“梁茝林曰”云云，並括注“《退菴隨筆》”，經查有誤，故出注：“此段文字見劉師培《中國中古文學史》第四課《魏晋文學之變遷》，不見於梁章鉅《退菴隨筆》。此或爲誤記。”又如下編第二章“從文家體性上觀察《文選》”一節下，“《魏志·王粲傳》注引《先賢行狀》”云云以證“公幹氣褊，故言壯而情駭”，經查有誤，故出校：“據《三國志》注，此處所引《先賢行狀》文字，所論當爲徐幹，非劉楨（字公幹）。”本書脚注，除注明“原注”者之外，均係整理者所加。以期就目見所及，爲閲讀者提供準確的綫索。

三、本書整理，對底本中内容過長者予以細緻分段，以使層次更加明晰。如上編第九章所附張皋文《黄山賦》、劉孟涂《與王子卿論駢文書》。爲閲讀便利，凡大段引文均使之單獨成段。如上編第九章所録清代各《文選》學家著作之序言。

四、底本原爲繁體豎排，今改作繁體横排本。底本行文中出現的“如左”等文字今一仍其舊，不加改動。

導　　言

《文選》一書，創始蕭胄，網羅八代，箸録百家，稱製作之淵泉，爲文章之林府，洵乎千古盛業，與六經竝傳者已。顧其目之爲學，則實始隋唐之世。隋祕書學士江都曹憲，嘗著《文選音義》，以其學授江夏李善，善乃爲之注解，顯慶中表上於朝，晚以教授爲業，諸生多自遠方而至，江淮間目之爲"《文選》學"，《舊唐書》列之《儒學傳》，是爲"《文選》學"得名之始。以文人篹述之末，列儒林流派之中，史册加以美詞，士林推爲絶業，可謂盛矣。顧自崇賢設教而後，迄於今兹，曠千餘年，文人之爲此學，著有成書者，不啻數十百家，而無列爲學科，傳授生徒者。豈非以其封域闊大，篇體繁重，任占一門，皆可名家，祇宜於閉户之纂修，不宜於開堂之講授歟？

方今經籍道熄，文學積衰，變篇章爲語録之體，目典册爲貴族之文，其於此書，蓋棄之若芻狗矣。我校當局，懼頹流之日下，審國粹之宜存，特以此學，列爲一科，仰師資於百代，繫一髮於千鈞，文學復興，於斯焉賴。而以講事，謬推鄙人，攬卷帙之浩繁，念精力之衰茶，實懼鰥生，無能爲役。竊嘗泛覽群書，詳審體製，以謂此學講授，有二種法：一爲具體的講授法，一爲抽象的講授法。以具體的爲講授者，詳訓故、明音義、審異同、補闕失，以《文選箋證》《文選紀聞》諸書爲代表，其爲學也詳而贍；以抽象的爲講授者，考源流、分派别、審條目、究義例，以《文選理學權輿》《文選理學權輿補》諸書爲代表，其爲學也約而賅。二者皆屬之"《文選》學"，皆爲講"《文選》學"者所有事。而欲於最短之時間，與學者講明此學之概要，斟酌二者之中，則有不能不舍具體的講授法，而用抽象的講授法者。蓋此書篇帙太繁，門類太雜，逐條考究，筆之於書，畢世窮年，有莫能盡。

往者先師仁和譚復堂先生，欲爲李注作疏，已定略例，未及成書。鄙昔嘗受其法，欲續成之，搜集選材，至數十種。人事匆迫，握槧未遑；欲具長編，迄今未就。蓋欲爲此書具體的成一著述，其不易措手如此，夫何能擷其綱要，而挾以爲講授之資也？故今日之講授法，惟用抽象的，不述全文，但詳大體；不臚衆說，惟挈總綱。其中略分兩編，上編爲總論，詳“《選》學”之成立歷史；下編爲分論，明“《選》學”之研究方法。意在取各家考索之資材，開學者研究之門徑，爲斯文挽頹波，爲斯學導先路，其於我校設科之意，庶幾其不背乎！自維荒落，老復善忘，采摭諸書，又多未備，其有不逮，學者諸君，幸匡正之！

目　　録

上　編

下 編

上編

文選學講義

第一章　《文選》學之起原

結繩既往，書契代興，制作操自聖神，授受存於口耳，不聞以著述爲事，亦自無撰録可言。晚周以還，簡册大備，柱下始有備藏之籍，民間尚少可讀之書。其有以儒生操制作之權，儼然開後世文人撰録之體者，當自孔子之删《詩》《書》始。馬其昶曰："總集蓋源於《尚書》《詩三百篇》。"（《桐城古文集略序》）蓋古《詩》三千餘篇，孔子删之爲三百五篇。今觀所集者，爲十五《國風》、大小《雅》、周魯商三《頌》，固純然爲詩之總集也。古《書》三千二百四十篇，孔子删之爲百篇。今觀所存者，訓、誥、誓、命諸篇，皆屬篇章之文；惟《堯典》《禹貢》《顧命》等篇，略近記事之史，是亦不純之總集也。昔人謂《詩》《書》二者，在未删之前，未必篇篇有義，可爲法戒也。自孔子删之，而其書始列之爲"經"矣，而民間始皆得而讀之矣。世稱孔子之功賢於堯舜，而其功之最大者，實不過以未定之《詩》《書》删而述之，傳之民間而已。雖删述之業，不可與後世文人纂述之事相並論，然經者文之始也。以曾氏《經史百家雜鈔》之例衡之，每録一類之文，必以六經冠其端，則知各體之文，無不導源於經。即以删述《詩》《書》之事，比之文章撰録之家，亦何不可也？明於此，則知"《文選》學"之起原，當斷自孔子之删《詩》《書》始矣。

雖然，是時删述之事興，而著作之體猶未備也。戰代以還，群學争鳴，百家并出，於是著作之事，繁然并興。而後世文章之體，亦靡不具備。（章實齋嘗即《文選》諸體，以徵戰國之賅備，謂："京都諸賦，蘇、張縱横六國，侈陳形勢之遺也。《上林》《羽獵》，安陵之從田，龍陽之同釣也。《客難》《解嘲》，屈原之《漁父》《卜居》，莊周之惠施問難也。韓非《儲説》，比事徵偶，連珠之所肇也，而或以爲始於傅毅之徒，非其質矣。孟子問齊王之大欲，歷舉輕暖肥甘聲音采色，《七林》之所啓也，而或以爲創之枚乘，忘其祖矣。〔1〕鄒陽辨謗於梁王，江淹陳辭於建平，蘇秦之自解忠信而獲罪也。《過秦》《王命》《六代》《辨亡》諸論，抑揚往復，詩人諷諭之旨，孟、荀所以稱述先王，儆時君也。淮南賓客、梁苑詞人，原、嘗、申、陵之盛舉也。東方、司馬，侍從於西京，徐、陳、應、劉，徵逐於鄴下，談天、雕龍之奇觀也。”）荀卿製賦，屈原作騷，百代詞人，以爲初祖。迄秦及漢，李斯以刻石擅勝，馬、揚以能賦名家，遂以雄詞，橫絶千古。迨及東都，文人競出，才不逮古，而時以文名。史家作傳，遂特創“文苑”以處之，而文章之事始衰。（參看《文史通義·文集篇》）“别集”之名，亦於是起矣。（《隋志》：“别集之名，蓋東京之所創也。自靈均以降，屬文之士衆矣，然其志尚不同，風流殊别。後之君子，欲觀其體勢，而見其心靈，故别聚焉，名之爲集。辭人景慕，并自記載，以成書部。”）

魏晋以來，七子争鳴於鄴下，三張、二陸競勝於洛中，文人於焉輩作，别集由是愈繁。然尚無撰集列代之文，以成一書，開總集之一例者。章實齋曰：“古人著述，各自名家，未有采輯諸人，裒合爲集者也。自專門之學散，而别集之風日繁，其文既非一律，而其言時有所長，則選輯之事興焉。”以其言推之，若《漢志》載淮南王群臣賦四十四篇，魏文帝撰徐、陳、應、劉遺文，都爲一集，是爲集文人文爲一集之始。然特集各家之全文爲一集，而非采古近之名著爲一編，後世别集合刻，蓋濫觴於此，而非裁篇以成集，可爲總集之先河，尚不可目爲《文選》之前導也。此外，則劉向集屈原以下諸人之文爲《楚辭》，實爲總集之初祖。然其文專爲一體，他集不與《楚辭》類，《楚辭》亦不與他集類。文體既殊，分類宜異。故《隋志》以下，皆專列一門，不與他總集相雜厠，猶不得與撰録列代之文相提并論也。其有選集列代之文以成一書者，當自杜預之集《善文》始。《隋志》載杜預《善文》五十卷，其書今已不傳，諸書亦無引及，不知其義例若何，并有無論列文體

---

〔1〕原注：孫德謙曰：“徵之《孟子》，猶不若‘説大人’章，益爲符合。其中疊言‘我得志弗爲’，非枚乘之所宗與？”

之語。然即其著目，稱爲《善文》，其爲撰録歷代之名著可知，是即《文選》之濫觴矣。其後繼之而作者，則有李充《翰林論》一書，即其撰録歷代之文也。其稱爲論者，於選文之外，復有論文之語，以明其去取之義也。其書爲五十四卷，梁代猶存，至隋僅餘三卷，今則所選之文，一字無存。惟其論文之語，載在《初學記》《藝文類聚》諸書，采之約得數條，尚可窺其著録意旨之一斑，録之如左：

或問曰："如何斯可謂之文。"答曰："孔文舉之書，陸士衡之議，可謂成文矣。"

潘安仁之爲文也，猶翔禽之羽毛，衣被之綃縠。

容象圖而讚立，宜使辭簡而義正。孔融之讚楊公，亦其義也。

表宜以遠大爲本，不以華藻爲先。若曹子建之表，可謂成文矣。諸葛亮之表劉主，裴公之辭侍中，羊公之讓開府，可謂德音矣。

駮不以華藻爲先，世以傅長虞每奏駮事，爲邦之司直矣。

研覈名理，而論難生焉。論貴於允理，不求支離，若嵇康之論文矣。

在朝辨政而議奏出，宜以遠大爲本。陸機議晋斷，亦名其美矣。

盟檄發於師旅，相如諭蜀父老，可謂德音矣。

綜上數條而觀，可知充書所選之文，即以沈思翰藻爲主，故名其書爲《翰林》。與陸機《文賦》所謂"粲風飛而猋豎，鬱雲起乎翰林"同一義也。尤奇者，論中所舉之文，昭明即據以入選。（孔文舉之書，潘安仁之賦，曹子建、諸葛公、羊叔子之表，嵇康之論，司馬相如之檄等）可知昭明之書，其義例即本是論，是真《文選》之先河矣。《隋志》不審乎此，乃以摯虞《文章流别》爲總集所自始（《隋志》："總集者，以建安之後，辭賦轉繁，衆家之集，日以滋廣，晋代摯虞，苦覽者之勞倦，於是採摭[1]孔翠，芟剪繁蕪，自詩賦下，各爲條貫，合而編之，謂爲《流别》；是後文集總鈔，作者繼軌，

〔1〕"摭"，《隋書·經籍志》作"擿"。

屬辭之士，以爲覃奥，而取則焉。”)，忘其祖矣。然《隋志》總集，以《流別》爲開始，亦自有義，蓋以充之《翰林》，隋代所存無幾，而《文章流别集》，在梁爲六十卷者，至隋猶存四十二卷。其在梁所有《志》二卷《論》二卷，至隋亦尚存《志論》二卷，此或合併卷帙，不必多所亡失，故特舍李充之書，而先存世本，其亦舉示全文，爲學者取法之意乎？惜其全集亦亡，其載在《藝文類聚》《北堂書鈔》及《御覽》者，采之得論數大段，尚可窺是書選録之概要，斯亦《文選》之先導也，爰并録之。

文章者，所以宣上下之象，明人倫之序，窮理盡性，以究萬物之宜者也。王澤流而詩作，成功臻而頌興，德勳立而銘著，嘉美終而誄集。祝史陳辭，官箴王闕。《周禮》太師掌教六詩，曰風，曰賦，曰比，曰興，曰雅，曰頌。言一國之事，繫一人之本，謂之風；言天下之事，形四方之風，謂之雅；頌者，美盛德之形容；賦者，敷陳之稱也；比者，喻類之言也；興者，有感之辭也。後世之爲詩者多矣，其功德者謂之頌，其餘則總謂之詩。頌，詩之美者也，古者聖帝明王，功成治定，而頌聲興，於是史録其篇，工歌其章，以奏於宗廟，告於鬼神。故頌之所美者，聖王之德也，則以爲律吕，或以頌形，或以頌聲，其細已甚，非古頌之意。昔班固爲《安豐戴侯頌》，史岑爲《出師頌》《和熹鄧后頌》，與《魯頌》體意相類，而文辭之異，古今之變也。楊雄[1]《趙充國頌》，頌而似雅。傅毅《顯宗頌》，文與《周頌》相似，而雜以《風》《雅》之意。若馬融《廣成》《上林》之屬，純爲今賦之體，而謂之頌，失之遠矣。

賦者，敷陳之稱，古詩之流也。古之作詩者，發乎情，止乎禮義。情之發，因辭以形之。禮義之旨，須事以明之，故有賦焉。所以假象盡辭，敷陳其志。前世爲賦者，有孫卿、屈原，尚頗有古詩之義，至宋玉則多淫浮之病矣。《楚辭》之賦，賦之善者也，故揚子稱賦莫深於《離

---

〔1〕“楊雄”，其姓史籍或作“揚”（如《漢書·揚雄傳》），或作“楊”（如《史記·司馬相如列傳》），二字可通，本書不做統一。

騷》。賈誼之作，則屈原儔也。古詩之賦，以情義爲主，以事類爲佐；今之賦，以事形爲本，以義正爲助。情義爲主，則言省而文有例矣；事形爲本，則言富[1]而辭無常矣。文之煩省，辭之險易，蓋由於此。夫假象過大，則與類相遠；逸辭過壯，則與事相違；辨言過理，則與義相失；麗靡過美，則與情相悖。此四過者，所以背大體而害政教，是以司馬遷割相如之浮説，揚雄疾辭人之賦麗以淫也。

《書》云："詩言志，歌永言。"言其志謂之詩。古有採詩之官，王者以知得失。古之詩有三言、四言、五言、六言、七言、九言。古詩率以四言爲體，而時有一句二句，雜在四言之間，後世演之，遂以爲篇。古詩之三言者，"振振鷺，鷺于飛"之屬是也，漢郊廟歌多用之。五言者，"誰謂雀無角，何以穿我墉"之屬是也，於俳諧倡樂多用之。六言者，"我姑酌彼金罍"之屬是也，樂府亦用之。七言者，"交交黄鳥止于桑"之屬是也，於俳諧倡樂世用之。古詩之九言者，"洞酌彼行潦挹彼注兹"之屬是也，不入歌謡之章，故世希爲之。夫詩雖以情志爲本，而以成聲爲節，然則雅音之韻，四言爲正，其餘雖備曲折之體，而非音之正也。

《七發》造於枚乘，借吴楚以爲客主。先言出輿入輦蹷痿之損，深宫洞房寒暑之疾，靡曼美色晏安之毒，厚味暖服淫曜之害，宜聽世之君子要言妙道，以疎神導引，蠲淹滯之累。既設此辭，以顯明去就之路，而後説以色聲逸遊之樂。其説不入，乃陳聖人辨士講論之娱，而霍然疾瘳。此因膏粱之常疾，以爲匡勸，雖有甚泰之辭，而不没其諷諭之義也。其流遂廣，其義遂變，率有辭人淫麗之尤矣。崔駰既作《七依》，而假非有先生之言曰："嗚呼！揚雄有言，童子雕蟲篆刻，俄而曰壯夫不爲也。孔子疾小言破道，斯文之簇，豈不謂義不足而辨有餘者乎？賦者將以諷，吾恐其不免於勸也。"

揚雄依《虞箴》作《十二州》《十二（當作二十五）官箴》，而傳於

[1] "富"，原作"當"，《全晋文》卷七十七同。"言富"與"言省"正相對，"言當而辭無常"不辭。《藝文類聚》卷五十六、《太平御覽》卷五百八十五均作"富"。

世，不具九官。崔氏累世彌縫其闕，胡公又以次其首目而爲之解，署曰《百官箴》。

夫古之銘至約，今之銘至繁，亦有由也。質文時異，則既論之矣。[1] 且上古之銘，銘於宗廟之碑。蔡邕爲楊公作碑，其文典正，末世之美者也。後世以來器銘之嘉者，有王莽《鼎銘》、崔瑗《杌銘》、朱公叔《鼎銘》、王粲《硯銘》，咸以表顯功德。天子銘嘉量，諸侯大夫銘太常，勒鐘鼎之義，所言雖殊，而令德一也。李尤爲銘，自山河都邑，至於刀筆符契[2]，無不有銘，而文多穢病；討論潤色，言可采録。

詩頌箴銘之篇，皆有往古成文，可放依而作。惟誄無定制，故作者多異焉。見於典籍者，《左傳》有魯哀公爲孔子誄。

哀辭者，誄之流也。崔瑗、蘇順、馬融等爲之，率以施於童殤夭折，不以壽終者。建安中，文帝與臨淄侯各失稚子，命徐幹、劉楨等爲之哀辭。哀辭之體，以哀痛爲主，緣以歎息之辭。

今所□哀策者，古誄之義。

若《解嘲》之弘緩優大，《應賓》之淵懿温雅，《達旨》之壯厲忼慨，《應閒》之綢繆契闊，郁郁彬彬，靡有不長焉矣。

古有宗廟之碑，後世立碑於墓，顯之衢路，其所載者銘辭也。

圖讖之屬，雖非正文之制，然以取其縱横有義，反覆成章。

依上所列，《文章流别》一書有集與志、論之三種。其謂之“集”者，所選之文也；謂之“志”者，作者之略歷也；而“論”則其標舉論文之語也。歷代選文之家，未有似此詳備者。至其叙文士之生平，論辭章之端委，實與史傳相表裏，章實齋謂即范史《文苑列傳》所由昉，蓋不徒爲藝林之瓌製。惜僅存數則，略見一斑，未能窺其全豹，然即所舉若詩，若頌，若賦，若七，若箴，若銘，若誄，若哀辭哀策，若設論，若碑，《文選》一書即各

---

〔1〕“則既論之矣”，原同嚴可均《全晋文》卷七十七作“論既論則之矣”，不辭，今據《四部叢刊》三編本《太平御覽》卷五九〇所引訂之。

〔2〕“符契”，原同《全晋文》卷七十七作“平契”，今據《太平御覽》卷五九〇訂之。

體有之，其書既梁代尚存，昭明宜所取則，矧觀《選序》所陳之義，儼然與《流別論》相發明，則列之爲“《文選》學”之起源，固其宜矣。

此外各家選集之書，在昭明前，及與昭明同時者，依《隋志》所載，尚有《文章流別本》十二卷（謝混撰）、《續文章流別》三卷（孔甯撰）、《集苑》四十五卷（梁六十卷）、《集林》一百八十一卷（宋臨川王劉義慶撰，梁二百卷）、《集林鈔》十一卷、《集鈔》十卷（沈約撰。梁有《集鈔》四十卷，邱遲撰，亡）、《集略》二十卷、《撰遺》六卷（梁又有《集零》三十六卷，亡）、《文苑》一百卷（孔逭撰）、《文苑鈔》三十卷，或爲前修之遺則，或爲並世之名家，其選文義例，爲昭明所取法與否，其書既亡，無由臆斷，則姑置不論，而《文選》一書，遂繼《翰林》《流别》而後，獨有千古，與六經并傳。

昭明太子者，梁代之大文家而忠孝人也。以彼才分既高，性行復摯，身爲儲貳，生長深宫，乃獨雅好靈文，不染綺習，與同時學士，采輯名著，上自周秦，下迄當代，成此鴻編，爲則百世。惜其遇厄告殞，稟命不融。武帝因嫌，不立其子，哲人早逝，國運遽衰。然迄梁亡之後，其子詧保據荆州，求存梁祀，爲周附庸，尚餘三十年，不墜其命，後仕隋唐，亦世貴顯。若琮、若瑀等，皆其嗣胤也。（參看《南、北史》帝王世系表、《唐書》宰相世系表）文人之澤，厥世孔長，亦爲前代所未有。孟子曰：“誦其詩，讀其書，不知其人可乎？是以論其世也，是尚友也。”吾輩讀昭明之書，亦宜知昭明之人與世矣。今略采本傳，附於章末，與學者共覽焉。

> 昭明太子統，字德施，小字維摩，武帝長子也。以齊中興元年九月，生於襄陽。武帝既年垂强仕，方有冢[1]嗣；時徐元瑜降；而績又荆州使至，云蕭穎胄暴卒，時人謂之三慶。少日而建鄴平，識者知天命所集。
>
> 天監元年十一月，立爲皇太子。五年五月庚戌，出居東宫。太子生

〔1〕“冢”，原訛作“家”，據《南史·梁武帝諸子列傳》校改。

而聰叡，三歲受《孝經》《論語》，五歲徧讀五經，悉通諷誦。性仁孝，自出宫恒思戀不樂。帝知之，每五日一朝，多便留永福省，或五日三日乃還宫。八年九月，於壽安殿講《孝經》，盡通大義。講畢親臨釋奠於國學。

年十二，於内省見獄官將讞事，問左右曰："是皂衣何爲者?"曰："廷尉官屬。"召視其書，曰："是皆可念，我得判否?"有司以統幼，紿之曰："得。"其獄皆刑罪上，統皆署杖五十，有司抱具獄，不知所爲，具言於帝，帝笑而從之。自是數使聽訟，每有欲寬縱者，即使太子决之。

十四年正月朔旦，帝臨軒冠太子於太極殿。太子美姿容，善舉止，讀書數行并下，過目皆憶，每游宴祖道，賦詩至數十韻，或作劇韻，皆屬思便成，無所點易。帝大弘佛教，親自講説。太子亦信三寶，徧覽衆經，乃於宫内别立慧義殿，專爲法集之所，招引名僧，自立三諦法義。普通元年四月，甘露降於慧義殿，咸以爲至德所感。時俗稍奢，太子欲以己率物，服御樸素，身衣浣衣，膳不兼肉。

三年十一月，始興王憺薨，舊事以東宫禮絶旁親，書翰并依常儀。太子以爲疑，令僕射劉孝綽等議其事，司農卿明山賓、步兵校尉朱异，議稱慕悼之辭，宜終服月。於是付典書遵用，以爲永準。

七年十一月，貴嬪有疾，太子還永福省，朝夕侍疾，衣不解帶。及薨，步從喪還宫，至殯，水漿不入口，每哭輒慟絶，武帝敕宣旨曰："毁不滅性，聖人之制。〔《禮》〕〔1〕，不勝喪，比於不孝，有我在，那得自毁如此。可即强進飲粥。"太子奉敕，乃進數合，自是至葬，日進麥粥一升，武帝又敕曰："聞汝所進過少，轉就羸瘦。我比更無餘病，政爲汝如此，胸中亦填塞成疾。故應强加饘粥，不俟我恒爾懸心。"雖屢奉敕勸逼，終喪日止一溢，不嘗菜果之味。體素壯，腰帶十圍，至是減削過半，每入朝，士庶見者莫不下泣。

太子自加元服，帝便使省萬幾，内外百司奏事者填塞於前。太子明

〔1〕"禮"字原缺，據《梁書・昭明太子列傳》補。

於庶事，每所奏謬誤巧妄，皆即辨析，示其可否，徐令改正，未嘗彈糾一人；平斷法獄，多所全宥，天下皆稱仁。性寬和容衆，喜愠不形於色，引納才學之士，愛賞無倦，恒自討論墳籍，或與學士商榷古今，繼以文章著述，率以爲常。於時東宫有書幾三萬卷，名才并集，文學之盛，晋宋以來未之有也。

性愛山水，於玄圃穿築，更立亭館，與朝士名素者遊其中。嘗泛舟後池，番禺侯軌盛稱此中宜奏女樂，太子不答，詠左思《招隱詩》云："何必絲與竹，山水有清音。"軌慙而止。出宫二十餘年，不蓄聲音。

普通中，大軍北侵，都下米貴，太子因命菲衣減膳，每霖雨積雪，遣腹心左右周行閭巷，視貧困家及有流離道路，以米密加振賜，人十石。又出主衣絹帛，常多作襦袴，各三千領，冬月以施寒者，不令人知。若死亡無可斂，則爲備棺槥。每聞遠近百姓賦役勤苦，輒斂容變色。嘗以户口未實，重於勞擾。吴郡屢以水災不熟，有上言當漕大瀆，以瀉浙江。中大通二年春，詔遣前交州刺史王奕[1]假節發吴、吴興、信義三郡人丁就役。太子上疏諫，請權停此工，武帝優詔喻焉。

太子孝謹天至，每入朝，未五鼓便守城門開。東宫雖燕居内殿，一坐一起，恒向西南面臺。宿被召當入，危坐達旦。

三年三月，游後池，乘彫文舸摘芙蓉，姬人蕩舟，没溺而得出。因動股，恐貽帝憂，深誠不言。以寢疾聞，帝敕看問，輒自力手書啓。及稍篤，左右欲啓聞，猶不許，曰："云何令至尊知我如此惡?"因便嗚咽。四月乙巳，暴惡，馳啓武帝，比至已薨，時年三十一。帝臨哭盡哀，詔斂以袞冕，謚曰昭明。五月庚寅，葬安寧陵，詔司徒左長史王筠爲哀册文，朝野惋愕。都下男女，奔走宫門，號泣满路，四方甿庶，及壃徼之人，聞喪者哀慟。

所著文集二十卷，又撰古今典誥文言爲《正序》十卷，五言詩之善者爲《英華集》二十卷，《文選》三十卷。

薨後，長子中東郎將南徐州刺史華容公歡封豫章郡王，次子枝江公

〔1〕"交州"，原訛作"江洲"，據《梁書》《南史》訂之。"王奕"，《梁書》作"王弁"。

譽封河東郡王，曲江公詧封岳陽郡王，警封武昌郡王，鑒封義陽郡王，各三千户。女悉同正主，蔡妃供侍一同常儀，惟别立金華宫爲異。帝既廢嫡立庶，海内噂喈，故各封諸子大郡，以慰其心。

初，丁貴嬪薨，太子遣人求得善墓地，將斬草，有賣地者因閹人俞三副求市，若得三百萬，許以百萬與之。三副密啓帝，言太子所得地不如今所得地於帝吉，帝末年多忌，便命市之。葬畢，有道士善圖墓，云地不利長子，若厭伏或可申延，乃爲蠟鵝及諸物，埋墓側長子位。有宫監鮑邈之、魏雅者，二人初並爲太子所愛，邈之晚見疎於雅，密啓帝云："雅爲太子厭禱。"帝密遣檢掘，果得鵝等物，大驚，將窮其事，徐勉固諫得止，於是惟誅道士，太子迄終以此慚慨，故其嗣不立。先是人間謡曰："鹿子開城門，城門鹿子開。當開復未開，使我心徘徊。城中諸少年，逐歡歸去來。""鹿子開"者，反語爲來子哭，云帝哭也。歡前爲南徐州，太子果薨，遣中書舍人臧厥追歡，於崇正殿解髮臨哭。歡既嫡孫，次應嗣位，而遲疑未决。帝既新有天下，恐不可以少主主大業，又以心銜故，意在晋安王，猶豫自四月上旬至五月二十一日方决，歡止封豫章王，還任。往謡言"心徘徊"者，未定也；"城中諸少年，逐歡歸去來"，復還徐方之象也。

太子之薨也，武帝詔王筠（字元禮）爲哀策文，其文文質相宣，頗足表太子之德行，今録之：

蜃輅俄軒，龍驂跼步；羽翿前驅，雲旂北御。皇帝哀繼明之寢耀，痛嗣德之殂芳；御武帳而悽慟，臨甲觀而增傷。式稽令典，載揚鴻烈，詔撰德於旌旐[1]，永傳徽於舞綴。其辭曰：

式載明兩，實惟少陽；既稱上嗣，且曰元良。儀天比峻，儷景騰光；奉祀延福，守器傳芳。睿哲應[2]期，旦暮斯在；外宏莊肅，内含

〔1〕"旐"，《梁書·昭明太子列傳》作"旒"。
〔2〕"應"，《梁書·昭明太子列傳》作"膺"。

和愷。識洞機深，量包瀛海；立德不器，至功弗宰。寬綽居心，温恭成性；循時孝友，率由嚴敬。咸有種德，惠和齊聖；三善遞宣，萬國同慶。

軒緯掩精，陰義弛位；纏哀在疚，殷憂銜恤。孺泣無時，蔬饘不溢；禫遵踰月，哀號未畢。實惟監撫，亦嗣郊禋；問安肅肅，視膳恂恂。金華玉璪，玄駟斑輪；隆家幹國，主祭安民。光奉成務，萬機是理；矜慎庶獄，勤恤關市。誠存隱惻，容無愠喜；殷勤博施，綢繆恩紀。

爰初敬業，離經斷句；奠爵崇師，卑躬待傅。寧資導習，匪勞審諭；博約是司，時敏斯務。辨究空微，思探幾賾；馳神圖緯，研精爻畫。沈吟典禮，優遊方册；饜飫膏腴，含咀肴核。括囊流略，包舉藝文；徧眩緗素，殫極《邱》《墳》。縢帙充積，儒墨區分；瞻河闡訓，望魯揚芬。吟詠性靈，豈惟薄伎；屬辭婉約，緣情綺靡。字無點竄，筆不停紙；壯思泉流，清章雲委。

總覽時才，網羅英茂；學窮優洽，辭歸繁富。或擅談叢，或稱文囿；四友推德，七子慙秀。望苑招賢，華池愛客；託乘同舟，連輿接席。摛文掞藻，飛觴泛醳；恩隆置醴，賞逾賜璧。徽風遐被，盛業日新；神器非重，德輶易遵。澤流兆庶，福降百神；四方慕義，天下歸仁。

雲物告徵，祲沴褰象；星霾恒曜，山頹朽壤。靈儀上賓，德音長往；具僚無蔭，諮承安仰。嗚呼哀哉！

皇情悼愍，切心纏痛；胤嗣長號，跗萼增慟。慕結親游，悲動氓衆；憂若殄邦，懼同折棟。嗚呼哀哉！

首夏司開，麥秋紀節；容衛徒警，菁華委絶。書幌空張，談筵罷設；虚饋饛饛，孤燈翳翳。嗚呼哀哉！

簡辰請日，筮合龜貞。幽埏夙啓，玄宫獻成。武校齊列，文物增明。昔游漳滏，賓從無聲；今歸郊郭，徒御相驚。嗚呼哀哉！

背絳闕以遠徂，轥青門而徐轉；指馳道而詎前，望國都而不踐。陵修坂之威夷，遡平原之悠緬；驥蹀足以酸嘶，挽悽鏘而流泫。嗚呼哀哉！

混哀音於簫籟，變愁容於天日。雖夏木之森陰，返寒林之蕭瑟。既將返而復疑，如有求而遂失；謂天地其無心，遽永潛於容質。嗚呼哀哉！

即玄宫之冥漠，安神寢之清閟；傳聲華於懋典，觀德業於徽謚。懸忠貞於日月，播鴻名於天地。惟小臣之紀言，實含毫而無愧。嗚呼哀哉！

太子有集二十卷，今輯存《全梁文》者，略得三卷，當時劉孝綽爲之序，文亦朗暢，今并録之：

臣竊觀大《易》，重明之象著焉；抑又聞之，匕鬯之義存焉。故《書》有孟侯之名，《記》表元良之德，歷選前古，以洎夏周，可得而稱，啓誦而已。雖徽聖挺賢，光乎二代；高文精義，闃爾無聞。漢之顯宗，晋之肅祖，昔自春宫，益好儒術，或專精止於區易，或持論窮於貞假。子桓雖摛藻銅省，集講肅成，事在藩儲，理非皇貳，未有正位少陽，多才多藝者也。

粤我大梁之二十一載，盛德備乎東朝。若乃有縱自天，惟睿作聖，顯仁立孝，行於四海。如珪如璋，不因琢磨之義；爲臣爲子，寧待觀喻之言？惟性道難聞，而文章可見，故俯同志學，用晦生知，以弦誦之餘辰，總鄒魯之儒墨，徧綈緗於七閣，殫竹素於九流，地居上嗣，實副元首。皇帝垂拱巖廓，委成庶績，時非從守，事或監撫。雖一日二日，攝覽萬機，猶臨書幌而不休，對欹案而忘怠。況復延納侍講，討論經紀。去聖滋遠，愈生穿鑿，枝分葉散，殊路踳馳。靈臺辟雍之疑，禋宗祭社之繆，明章申老之議，通顔理王之説，量覈然否，剖析同異，抗論窮理，盡微於時。〔1〕淹中稷下之生，金華石渠之士，莫不過衢樽而挹多少，見斗極而曉西東。與夫盡春卿之道，贊仲尼之德，非賈誼於蘇林，問蕭何於衆據，區區前史，不亦恧歟？加以學貫總持，辨同無硋，五時密教，見猶鏡象；一乘妙旨，觀若掌珠。及在布金之園，處如龍之衆，

〔1〕嚴可均輯《全梁文》卷六十“抗論”前有“察言”二字，則斷句爲“察言抗論，窮理盡微”，“於時”屬下讀。

開示有空，顯揚權實，是以徧動六地，普雨四花，豈止得解瓔須提，舍缽瓶沙，騰曇言德，梵志依風而已哉！

若夫天文以爛然爲美，人文以焕乎爲貴，是以隆儒雅之大成，游雕蟲之小道，握牘持筆，思若有神，曾不斯須，風飛電起。至於宴遊西園，祖道清洛，三百載賦，該極連篇，七言致擬，見諸文學。博弈興詠，并命從遊，書令視草，銘非潤色。七窮煒燁之説，表極遠大之才，皆喻不備體，詞不掩義，因宜適變，曲盡文情。

竊以屬文之體，鮮能周備。長卿徒善，既累爲遲；少孺雖疾，俳優而已。子淵淫靡，若女工之蠹；子雲侈靡，異詩人之則。孔璋詞賦，曹祖勸其修今；伯喈答贈，摯虞知其頗古。孟堅之頌，尚有似贊之譏；士衡之碑，猶聞類賦之貶。深乎文者，兼而善之，能使典而不野，遠而不放，麗而不淫，約而不儉，獨擅衆美，斯文在斯。假使王朗報箋，卞蘭獻頌，猶不足以揄揚著述，稱贊才章，况在庸才，曾何彷彿？然承華肇建，濫齒時髦，居陪出從，逝將一紀，譬彼登山，徒仰峻極；同夫觀海，莫際波瀾。但職官書記，預聞盛藻，歌詠不足，敢忘編次？謹爲一帙十卷，第目如左。日升松茂，與天地而偕長；壯思英詞，隨歲月而增廣。如其後録，以俟賢臣。

同時簡文帝亦撰《太子集序》，洋洋大篇，詞采壯麗，惜非完篇，不能備録。而篇中歷陳太子之十四德，頗足與本傳相發明，今節録如下：

至如翠幃晨興，斑輪曉騖，胡香翼蓋，葆吹從風，問安寢門之外，視膳東廂之側。三朝有則，一日弗虧，恭承宸扆，陪贊顔色。化闕梓於商庭，既欣拜夢；望直城而結軌，有悦皇心。此一德也。

地德褰帷，天雞掩色，搆傾椒殿，沴結堯門，水漿不入，圭溢罕進，喪過乎哀，毀幾乎滅。池綍既啓，探擗摽之慟；陵園斯踐，震中路之號。率由至道之要，[1] 以爲生民之則，固已事彰朱草，理感圖雲。此二德也。

[1] “至道之要”，嚴可均《全梁文》卷十二作“至要之道”。

垂慈岂弟，篤此棠棣，善誘無倦，誨人弗窮，躬履禮教，俯示楷模。群藩戾止，流連於終讌；下國遠征，殷勤於翰墨。降明兩之尊，匹姜肱之同被；紆作貳之重，弘臨菑而共館。此三德也。

好賢愛善，甄德與能，曲閣命賓，雙闕延士，剖美玉於荆山，求明珠於枯岸，賞無繆實，舉不失才，巖穴知歸，屠釣棄業。左右正人，巨僚端士，丹轂交景，長在鶴關之内；花綬成行，恒陪畫堂之裏。雍容河曲，并當今之領袖；侍從北場，信一時之俊傑。岂假問謝鯤於温嶠，謀黄綺於張良？此四德也。

皇上垂拱巖廊，積成庶務，式總萬幾，副是監撫。山依摇彩，地立少陽，物無隱情，人服睿聖。此五德也。

罰慎其濫，書有作則，勝殘去殺，孔著明文，任刑逞威，伋疵淳化，終食不違，理符道德。故假約法於關中，秦民胥悦；感嚴刑於闕下，漢后流名。是以遠鑒前史，垂恩獄犴；仁同泣罪，幽比推溝。玉科歸理遣之恩，金條垂好生之德，黔首齊民，亭育含養，咸欣然不知所以然。此六德也。

梧丘之首，魂沈而靡託；射聲之鬼，曝骨而無歸。起掩骼之慈，被錫櫘之澤。若使驄馬知歸，感埋金於地下；書生雖殞，尚飛被於天上。恩均西伯，仁同姬祖。此七德也。

玄冥戒節，沍陰在歲，雪號千里，冰重三尺，炎爐吐色，豐貂在御。留上人之重，愍終窶之氓，發於篇藻，形乎造次，輟宴心歡，矜容動色。嘆陋巷之無褐，嗟負薪之屢亡，發私藏之銅梟，散垣下之玉粒，施周澤洽，無幽不普。銜命之人，不告而足，受惠之家，飡恩之士，咸謂櫟陽之金，自空而墮，南陽之粟，自野而生。此八德也。

《陽阿》《渌水》，〔1〕奇音妙曲，遏雲繁手，仰秣来風，靡悦於胸襟，非關於懷抱，事等棄琴，理均放鄭。岂同魏兩，作歌於《長笛》；終噪漢貳，託賦於《洞簫》。此九德也。

---

〔1〕“阿”原訛作“河”。《淮南子校釋・俶真訓》：“足蹀《陽阿》之舞，而手會《緑水》之趨。”（緑水，《文選・長笛賦》《七命》李善注并作“渌水”）據此正之。

怪寶奇琛，不留於器服；仙珠玉玦，無取於浮玩。木土無䄫罽，宫殿靡磨礱。此十德也。

承華廣闥，肅成旦啓，秋光洞入，春花灑樹。名僧結侶，長裾總集，吐納名理，從容持論，五稱既辯，九言斯洽，如觀巨海，如見游龍，令羅折談，名儒稱疾。無勞擁經八卷，豈假羊車詣門。此十一德也。

研精博學，手不釋卷，含芳腴於襟抱，揚華綺於心極。韋編三絶，豈止爻象；起先五鼓，非直甲夜。而欹案無休，書幌靡倦。此十二德也。

群玉名記，洛陽素簡，西周東觀之遺文，刑名儒墨之旨要，莫不殫兹聞見，竭彼緗緗，總括奇異，徵求遺逸，命謁者之使，置籯金之賞。惠子五車，方兹無以比；文終所收，形此不能匹。此十三德也。

借書治本，遠紀齊攸，一見自書，聞之闞澤。事唯列國，義止通人，未有降貴紆尊，躬刊手掇，高明斯辨，己亥無違，有識□風，長正魚魯。此十四德也。

簡文别有《上昭明太子集别傳等表》，傳既不存，表可從略。

舊傳安徽池州爲昭明太子封邑，於史無徵，事不足信。而有昭明太子祠堂，則相傳甚古。清乾隆中，大吏且爲重修，金匱顧敏恒爲之碑。事雖不典，文則甚工，欲廣異聞，且從并録。

重修梁昭明太子祠碑文

夫人能煦物者，必貞金石之壽；文足行遠者，不絶椒蘭之芳。故有前星淪曜，乃并照於古今；少海迴瀾，或均潤於幽顯。風徽尚存，降監不遠；俎豆尸祝，其何間然？貴池縣西廟者，故梁太子祠也。秩祀於唐，錫號於宋。懿神之德，昭乎簡文之序，炳乎王筠之册，粤稽前史，厥有明徵，睠懷此都，尤著靈異。聰明仁孝之美，不介自孚；水旱癘疫之災，有禱必應。亦已書之銀管，勒以穹碑，紀載班班，弗可贅已。

或謂神與齡未驗，當璧無徵，使景命之在躬，行蒼生之蒙福。不知大厦非一木所支，鹹池非敝箄可救。青絲白馬，壽陽之敵騎紛來；葦席邪巾，西鄰之責言迭至。晋安罹吞土之厄，湘東遘推刃之災，惟神生榮死哀，不與其難，斯吉人之獲佑，非天道之無知矣。

或謂神降靈襄陽，立儲建業，高齋非石城之館，原廟豈秀山之靈，撫是方隅，罕聞警蹕。不知撫軍監國，利賴實繁，臨水登山，傳志多闕。訪舊聞於故老，索陳跡於廢墟。橋陵弓劍，葬軒帝之衣冠；芒碭風雲，睠高皇之魂魄。乘空馭氣，何所不之，金蟬翠緌，仰止斯在，不可謂神之無功其地，弗福其人也。

或謂神揮扇返風，饋糧賑之，事多幽渺，迹涉玄虚。不知白龍化去，尚憶釣車；大鳥歸來，仍棲冢樹。申生佩玦，且通夢於新城；子晋吹笙，亦昇仙於緱嶺。考諸曩昔，不少靈奇，豈盡鄒衍之談天，《齊諧》之誌怪乎？

廟之規模，夙稱巨麗，璇題納月，金爵承雲，曰"文選樓"，存古迹也。有殿祀其先，推孝思也。閲有歲年，漸亡舊觀，丹青剥落，粉墨昒昏。崇垣就圮，則甎甓零星；雕甍欲傾，則風日穿漏。

余職在守土，恧然於心，爰出俸金，以倡紳士。并命僧嚴達，募之四境，以廣檀施，鳩工庀材，縮版揭土。於乾隆戊戌春經始，以己亥秋月訖功。輪奂增美，像設維新，更拓前規，創置舞榭，歲時享祀，婆娑樂神。是役也，輸金者麕至，執事者鳧趨，藉英靈之庥蔭，順民庶之豫歡。將比大梁舊國，長懷公子之恩；豈若吴興故堂，特爲憤王之怒也哉？既告厥成，謹刊之石。

第二章　《文選》之意義

欲研究文之何以入《選》，當先知《選》之何以稱文。文之範圍無一定，往往因衡文者認識之有別，而廣狹不同。就廣義言之，凡表示意思之工具，不必已成爲文，而但見之符號者，即可謂之文，所謂無句讀之文是也。（章實齋謂圖象爲無言之史，譜牒爲無文之書。至今人章氏，遂有無句讀文之説，今用之。）就狹義言之，則所以表示意思者，必傳之簡札，而有可尋之句讀，乃可謂之文。就最狹義言之，則又不徒有句讀也；必於有句讀中，加之比偶，諧之聲韻，而有章采可觀者，乃可謂之文。《文選》之文，蓋非狹義之文，而最狹義之文也。昔之論文者，别於詩賦而謂之文，别於駢體而謂之古文，此自唐代既有古文名稱以後之議論則然。而六朝人不若是也，六朝人之論文，蓋有文與筆之分焉。今舉近人之考文筆，足與昭明選文之意相發者，略述於後以明之。

劉天惠曰　梁元帝《金樓子》云："不便爲詩如閻纂，善爲章奏如伯松，若此之流，汎謂之筆。吟詠風謡，流連哀思，謂之文。"《文心雕龍》云有韻者謂之文，無韻者謂之筆。其言文與筆，顯然有别。……爰考於史傳，而究其名義，然後所謂文、所謂筆者，始明白可見焉。《漢書·賈生傳》云："以能誦《詩》《書》屬文，聞於郡中。"《終軍傳》云："以博辨能屬文，聞於郡中。"《司馬相如叙傳》云："文豔用寡，子虚烏有。"《揚雄叙傳》云："淵哉若人，實號[1]斯文。……"至若董子

〔1〕"號"，劉天惠《文筆考》（《學海堂初集》卷七）作"好"。

工於對策，而《叙傳》但稱其屬書；馬遷長於叙事，而傳贊但稱其史才，皆不得掍[1]能文之譽。蓋漢尚辭賦，所稱能文，必工於賦頌者也。……

非獨西京爲然也，《後漢書》創立《文苑傳》，所列凡二十二人，類皆載其詩賦於傳中，蓋文至東京而彌盛，有畢力爲文章，而他無可表見者，故特立此傳。必載詩賦者，於以見一時之習尚。而《文苑》非虚名也，其傳贊曰："情志既動，篇辭爲貴。抽心呈貌，非雕非蔚。殊狀共體，同聲異氣。言觀麗則，永監辭[2]費。"……是《文苑》所由稱文，以其工詩賦可知矣。然不獨《文苑傳》爲然也，《班固傳》稱能屬文，而但載其《兩都賦》；《崔駰傳》稱善屬文，而但載其《達旨》及《慰志賦》。班之贊曰"二班懷文"，崔之贊曰"崔氏文宗"，是東京亦以詩賦爲文矣。

然非特漢京爲然也，三國魏時文章尤麗。《魏志·王衛二劉傅傳》評云："文帝陳王，以公子之尊，博好文采。同聲相應，才士並出，惟粲等六人，最見名目。"今按諸傳中，或稱有文采，或稱以文章顯，或稱文辭壯麗，或稱文賦頗傳於世，而《粲傳》獨云"善屬文"，蓋粲長於辭賦，徐幹時有逸氣，然非粲匹也。《蜀志·郤正傳》稱能屬文，評曰"文辭燦爛，有張、蔡之風"，而傳載其《釋譏》。《吴志·韋曜傳》稱能屬文，而傳載其《博弈論》。《華覈傳》評其"文賦之才，有過於曜"，而傳載其草文。則三國時所謂文，亦以詞賦爲宗矣。何者？"文"之爲字象交形，物交斯體有偶，義歸采畫，詞采則氣必諧。大抵綺縠紛披，宫商靡曼之作，皆原於騷賦矣。故溯其流，凡駢麗[3]藻翰，皆得謂文。而窮其源，惟敷陳鏗鏘，乃副斯號，所以群書七略，賦與其間；《文選》卅[4]篇，賦居其首也。

梁國珍曰　六朝文筆之説，顔延年以爲"筆之爲體，言之文也；經

[1] "掍"，原誤作"混"，今據劉天惠《文筆考》訂之。

[2] "辭"，《後漢書》作"淫"。

[3] "麗"，劉天惠《文筆考》作"儷"。

[4] "卅"，原作"三十"，依句例，此當爲四字句；劉天惠《文筆考》正作"卅"。

典則言而非筆，傳記則筆而非言”，而劉勰《文心雕龍》非之，謂無韻者筆也，有韻者文也。竊廣其説而詳考焉，如延年所云，是以文爲筆耳，不知文與筆自是二種，故六朝有專言筆者，有兼言文筆者，亦有詩與筆對言者。按《北史·邢昕傳》“雜筆三十餘篇”，《隋書·經籍志》“《前漢雜筆》十卷、《吴晋雜筆》九卷”……此專言筆者也。《邢臧傳》“文筆九百餘篇”，《劉邈傳》“文筆三十餘篇”，他如蔡謨有“文筆論議”，劉師知“工於文筆”……劉璠之“兼善文筆”……此皆兼言文筆者也。

文筆而外，又有以詩與筆對言者，《南史·沈約傳》：“謝元暉善爲詩，任彦昇工於筆，約兼而有之。”《庾肩吾傳》梁簡文《與湘東王書》曰：“詩既若此，筆又如之?”又曰：“謝朓、沈約之詩，任昉、陸倕之筆。”《任昉傳》：“昉以文才見知，時人謂任筆沈詩。”又劉孝綽稱弟儀與威云“三筆六詩”（三，孝儀；六，孝威），是又以詩筆對言。故放翁《筆記》轉疑筆即爲文，正如顔延年所云者。

嘗總而考之，韻語比偶者爲文，單行散體者爲筆。《考工記》曰：“青與白謂之文。”[1] 凡物兩色相偶而交錯，乃得名曰文。故孔子著《易》，於《乾》《坤》之言，自名曰文。《文言》數百，幾於句句用韻，且多用偶，此非文章之祖，而有韻曰文之證乎?

侯康曰　《老學庵筆記》：“南朝詞人，謂文爲筆。”……蓋因其以筆與詩對言也，然六朝多以文筆對言者。顔延之云：“竣得臣筆，測得臣文。”杜之偉《求解著作啓》云：“或清文贍筆，或强識稽古。”《文心雕龍·章句篇》云“裁文匠筆”，《序志篇》云“論文叙筆”，《時序篇》云“庾以筆才愈親，温以文思益厚”，《才略篇》云“孔融氣盛於爲筆，禰衡思鋭於爲文”，是文非即筆，放翁所言誤矣。又《梁書·鮑泉傳》“兼有文筆”，《周書·劉璠傳》“兼善文筆”，若文、筆爲一類，則何以云兼乎? 尋其旨緒，乃文與詩爲一類，非文與筆爲一類，文筆、詩筆，字異義同。劉彦和所謂“有韻者文，無韻者筆”是也。……詳觀史傳

〔1〕“青與白謂之文”，《周禮注疏·考工記·畫繢》作“青與赤謂之文”，又云“赤與白謂之章”。此蓋爲誤記。

中，其以文筆合稱者，指不勝屈。如袁翻與祖瑩"文筆之美，見稱先達"，梁使張皋寫温子昇文筆，傳於江外……畢義雲集李廣文筆七卷，託魏收爲叙。……陸卬稱李德林文筆"浩浩如長河東注"。薛道衡所爲文筆，必先以草呈高構而後出之。房彦謙文筆恢廓閑雅，有古人深致……乃其最著者也。

梁光釗曰　沈思翰藻之謂文，紀事直達之謂筆，其説昉於六朝，而實則本於古。孔子贊《易》有《文言》，其爲言也，比偶而有韻，錯雜而成章，燦然有文，故文之。孔子作《春秋》，筆則筆，其爲書也，以紀事爲褒貶，振筆直書，故筆之。文筆之分，當自此始，其後得文意者長於文，顔延之云"測得臣文"是也；得筆意者長於筆，顔延之云"竣得臣筆"是也。推之史籍，莫可枚舉。故昭明所選多文，唐宋八家多筆。韓、柳、歐、蘇散行之筆，奥衍灝瀚，好古之士，靡然從之，論者乃薄《選》體爲衰，以散行爲古，既尊之爲古，且專名之爲文，故文筆不復分别矣。

觀此可知，稱之爲"文"，必别於"筆"，又必有韻，乃符斯稱。至近世儀徵阮氏，遂力持此説。

阮氏元《文言説》（略曰）　《説文》："直言曰言。論難曰語。"《左傳》曰："言之無文，行之不遠。"此何也？古人以簡策傳事者少，以口舌傳事者多，以目治事者少，以口耳治事者多，故同爲一言，轉相告語，必有愆誤，是必寡其詞，協其音，以文其言，使人易於記誦，始能達意行遠，此孔子於《易》所以著《文言》之篇也。孔子於《乾》《坤》之言，自名曰文，此千古文章之祖也。爲文章者，不務協音以成韻，修詞以達遠，使人易誦易記，而惟以單行之語，縱横恣肆，動輒千言萬字，不知此乃古人所謂直言之言、論難之語，非言之有文也，非孔子之所謂文也。

《文言》數百字，幾於句句用韻，孔子於此發明《乾》《坤之》藴，詮釋四德之名，幾費修辭之意，冀達意外之言。要使遠近易誦，古今易傳，不但多用韻，抑且多用偶，即如樂行、憂違，偶也；長人、合禮，偶也；和義、幹事，偶也；庸言、庸行，雲龍、風虎，偶也；本天、本地，偶也；无位、无民，偶也；勿用、在田，偶也；道革、位德，偶也；偕極、天則，偶也；隱見、行成，偶也；學聚、問辨，偶也；寬居、仁行，偶也；合德、合明，合序、合吉凶，偶也；先天、後天，偶也；存亡、得喪，偶也；餘慶、餘殃，偶也；直内、方外，偶也；通理、居體，偶也。

凡偶皆文也，於物兩色相偶而交錯之，乃得名爲文，文即象其形也。然則千古之文，莫大於孔子之言《易》，孔子以用韻比偶之法、錯綜之言，而自名曰文。何後人必欲反孔子之道，而自命曰文，且尊之曰古也！

阮氏此説，後人或議其主張太過，而持之有故，實能窺見文章之本源，故特録之。而以概論昭明入選之文，除詩歌及各種韻文外，又多有其不用韻者，此則阮氏有《文韻説》一篇，又足以發之，并録如下：

《文韻説》曰 福問："《文心雕龍》云：'今之常言，有文有筆，以爲無韻者筆也，有韻者文也。'據此則梁時恒言，有韻者乃可謂之文，而《昭明文選》所選之文，不押韻脚者甚多，何也？"

曰："梁時恒言，所謂韻者，固指押脚韻，亦兼謂章句中之音韻，即古人所言之宫羽，今人所言之平仄也。"

福曰："唐人四六之平仄，似非所論於梁以前。"

曰："此不然，八代不押韻之文，其中奇偶相生，頓挫抑揚，詠歎聲情，皆有合於音韻宫羽者，《詩》《騷》而後，莫不皆然。而沈約矜爲創獲，故於《謝靈運傳論》曰：'夫五色相宣，八音協暢，由乎玄黄律吕，各適物宜，欲使宫羽相變，低昂舛節，若前有浮聲，則後須切響。一簡之内，音韻盡殊；兩句之中，輕重悉異。妙達此旨，始可言文。'又曰：'自靈均以來，此祕未覩，至於高言妙句，音韻天成，皆暗與理合，匪由思至。'又《答陸厥書》云：'韻與不韻，復有精粗，輪扁不能言之，老夫亦不盡辨。'休文此説，乃指各文章句之内有音韻宫羽而言，非謂句末之押脚韻也。是以聲韻流變而成四六，亦祇論章句中之平仄，不復有押脚韻也。四六乃有韻文之極致，不得謂之爲無韻之文也，昭明所選不押脚韻之文，本皆奇偶相生，有聲音者，所謂韻也；休文所矜爲創獲者，謂漢魏之音韻乃暗合於無心，休文之音韻乃多出於意匠也。豈知漢魏以來之音韻，溯其本源，亦久出於經哉！

“孔子自名其言《易》者曰文，此千古文章之祖。《文言》固有韻矣，而亦有平仄聲音焉，即如‘濕、燥、龍、虎、覩、上、下’八句，何等聲音！無論‘龍’‘虎’二句不可顛倒，若改爲‘龍、虎、燥、濕、覩’，即無聲音矣。無論‘其德’‘其明’‘其序’‘其吉凶’四句不可錯亂，若倒‘不知退’於‘不知亡’‘不知喪’之後，即無聲音矣。此豈聖人天成暗合，全不由於思致哉？由此推之，知自古聖賢屬文時，亦皆有意匠矣。然則此法肇開於孔子而文人沿之，休文謂‘靈均以來，此祕未覩’，正所謂文人相輕者矣。

“不特《文言》也，《文言》之後，以時代相次，則及於卜子夏之《詩大序》，《序》曰‘情發於聲，聲成文謂之音’，又曰‘主文而譎諫’，又曰‘長言之不足，則嗟歎之’，鄭康成曰：‘聲謂宫商角徵羽也，聲成文者，宫商上下相應也。’此子夏直指《詩》之聲音而謂之‘文’也，不指翰藻也。然則孔子《文言》之義益明矣，蓋孔子《文言》《繫辭》，亦皆奇偶相生，有聲音嗟歎以成文者也，聲音即韻也。《詩·關雎》‘鳩’‘洲’‘逑’，押脚有韻，而‘女’字不韻，‘得’‘服’‘側’押脚有韻，而‘哉’字不韻。此正子夏所謂聲成文之宫羽也，此豈詩人暗與韻合，匪由思致哉？（原注：王懷祖先生云：“《三百篇》用韻，有字字相對極密，非後人所有者，如‘有瀰、有鷕’，‘濟盈、雉鳴’，‘不、求’，‘濡、其’，‘軌、牡’；[1]‘鳳皇、梧桐’，‘鳴矣、生矣’，‘于彼、于彼’，‘高岡、朝陽’，‘菶菶、雝雝’，‘萋萋、喈喈’，無一字不相韻。”此豈詩人天成暗合，全無意匠於其間哉？此即子夏所謂聲成文之顯然可見者。）子夏此序，《文選》選之，亦因其中有抑揚詠歎聲音，且

〔1〕 原作“不濡軌、求其牡”，合言之。依《文韻説》分言之，似於義較長。

多偶句也。(原注:“鄉人、邦國”,偶一。“風、教”,偶二,“爲志、爲詩”,偶三。“手之、足之”,偶四。“治世、亂世、亡國”,偶五。“天地、鬼神”,偶六。“聲教、人倫”,“教化、風俗”,偶七。“上化下、下刺上”,偶八。“言之、聞之”,偶九。“禮義、政教”,偶十。“國異、家殊”,偶十一。“傷人倫、哀刑政”,偶十二。“發乎情、止乎禮義”,偶十三。“謂之風、謂之雅”,偶十四。“繫之周、繫之召”,偶十五。“正始、王化”,偶十六。“哀窈窕、思賢才”,偶十七。偶之長者,如“周公、召公”,此即後世四書文比基於此)

“綜而論之,凡文者,在聲爲宫商,在色爲翰藻,即如孔子《文言》‘雲龍風虎’一節,乃千古宫商翰藻奇偶之祖,‘非一朝一夕之故’一節,乃千古嗟歎成文之祖。子夏《詩序》‘情文聲音’一節,乃千古聲韻性情排偶之祖,吾故曰韻者即聲音也,聲音即文也。(原注:“韻”字不見《説文》,而王復齋楚公鐘篆文内實有“韵”字,從音從匀,許氏所未收之古文也。)然則今人所便單行之文,極其奥衍奔放者,乃古之筆,非古之文也。沈約之説,或可横指爲八代之衰體,孔子、子夏之文體,豈亦衰乎?是故唐人四六之音韻,雖愚者能效之,上溯齊梁,中材已有所限,若漢魏以上,至於孔、卜,非上哲不能擬也。”

阮氏此説,其論文之體愈寬,其看文之韻愈活,昭明選中無韻之文,得此可以知其概矣。雖然,“聲音即文”之説,以之論《詩序》可也,若賈誼《過秦論》、司馬遷《報任安書》,豈亦可以聲音論乎?而昭明選之,何也?曰:“此數文者,不必以聲音論,而當以比偶論者也,聲音、比偶皆文也。”近人儀徵劉氏曰:“西漢之文,或此段彼段互爲對偶之詞,以成排比之體,或一句之中,以上半句對下半句,皆得謂之偶文,非拘拘於用同一之句法也,亦非拘拘於用一定之聲律也。”竊嘗持其説以讀二文,而知其説之不可易也。

如《過秦論》首段“據殽函”“擁雍州”至“席卷”“苞舉”“囊括”“并吞”諸句,固全偶矣,而即繼之以“内立”“外連衡”一偶(近人孫氏謂:“文無駢散,往讀《過秦論》,即據篇首‘秦孝公’數語,以爲此即駢散合一之理。若謂‘秦孝公據殽函之固,君臣固守,以窺周室,有席卷天下之意’,

删去複語，純用單行，未嘗不詞簡而意足。蓋‘擁雍州之地’，與所云‘包舉宇内’‘囊括四海’‘并吞八荒’，以古文家言之，皆駢枝也，然文則索然無生氣矣。”所見正與余合）。“蒙故業，因遺策”“南取”“西舉”“東割”“北收”等句，偶也，而即繼之以“孟嘗、平原、春申、信陵”一偶。“明智忠信”“寬厚愛人”等句，偶也，而又繼之以“爲之謀”“通其意”“制其兵”等偶。此段偶句既多，而“於是秦人”“於是六國之士”兩大段，又遥遥相對以爲之偶。“宰割”“分裂”“請伏”“入朝”等句，偶也，而即繼之以“振長策”“吞二周”“履至尊”“執敲扑”之偶。“胡人不敢”“士不敢”等句，偶也，而又繼之以“廢先王、燔百家、隳名城、殺豪傑”之偶。“踐華”“因河”“據億丈”“臨不測”等句，偶也，而即繼之以“良將勁弩”“信臣精卒”之偶。此段偶句亦多，而“於是從散約解”“於是廢先王之道”兩段，又遥遥相對以爲之偶。至於“陳涉”一段，偶也，“非有仲尼”一段亦偶，“收罷散”“將數百”二句，偶也，“斬木”“揭竿”四句又偶。“天下非小弱”一段，連用六“也”字，偶也，而以“成敗”“功業”二句繼之，亦偶，“區區之地”數句，偶也，而“六合爲家”以下，乃無一不偶，即其末“仁義”“攻守”二句亦偶。此《過秦論》之可以比偶文論也。

《報任安書》首段，“士爲知己”“女爲悦己”，偶也，而即繼之以“隨和”“由夷”之偶。“修身者”五句，偶也，而即繼以“禍莫”“悲莫”“行莫”“詬莫”四句之偶。“昔者衛靈公”一段，連用四事，偶也，而又繼之以“上之”“次之”“外之”“下之”一段之偶。此數段偶句既多，而“奈何令刑餘之人，薦天下之豪傑哉”“嗟乎！嗟乎！如僕尚何言哉！尚何言哉！”兩段，又遥遥相對以爲之偶。“太上……其次”一段，語語皆偶，“畫地”“削木”“交手足”“暴肌膚”等句亦偶，而“積威約之漸”“積威約之勢”，又遥相呼應以爲之偶。“西伯”一段，連舉八事，偶也，其後“文王拘”一段，亦連舉八事以爲之偶，而前後各舉八事，又遥遥相對以爲之偶。末一段“左邱……孫子”等句，偶也，而“考其行事”等句亦偶，“究天人之際”等句，偶也，而又繼之以“藏之名山”等句之偶。全書之語，雖多單行，而規矩重疊，氣體排奡，蓋無一不偶。此《報任安書》之可以偶文論也。

舉此二文，而其他入選無韻之文，可以概之矣。昔桐城姚氏録此二文入

《古文辭類纂》，陽湖李氏亦録此二文及諸葛亮《出師表》等篇入《駢體文鈔》，當時莊綬甲疑而諍之，謂《駢體文鈔》當改名，李氏答書，特爲發明駢散同源之義，亦深有窺於昭明選文之旨者哉！

李兆洛《答莊卿珊書》（見《養一齋集》）

吾弟未閲兆洛前序耶？是亦未之深思耶？若以爲《報任安》等書不當入，則豈惟此二篇，自晋以前皆不宜入也。如此則《四六法海》等選本足矣，何事洛之爲此嘵嘵乎？

洛之意，頗不滿於今之古文家但言宗唐宋，而不敢言宗兩漢。所爲宗唐宋者，又止宗其輕淺薄弱之作，一挑一剔，一含一詠，口牙小慧，謭陋庸辭，稍可上口，已足標異。於是家家有集，人人著書，其於古則未敢知，而於文則已難言之矣。竊以後人欲宗兩漢，非自駢體入不可。

今日之所謂駢體者，以爲不美之名也，而不知秦漢子書，無不駢體也。竊不欲人避駢體之名，故因流以溯其源，豈第屈、司馬、諸葛以爲駢而已？將推而至於老子、管子、荀子、韓非子等，皆駢之也。今試指老子、管子爲駢，人必不能辭也，而乃欲爲司馬、諸葛避駢之名哉？《報任安書》，謝朓、江淹諸書之藍本也；《出師表》，晋宋諸奏疏之藍本也，皆從流溯源之所不能不及焉者也。其餘所收秦漢諸文，大率皆如此，可篇篇以此意求之者也。

此等語言，本不欲自吐之，冀閲之者會之。吾弟既有此疑，故不敢以不告。向曾爲弟言，序中發言偏宕，恐治古文家見之不平，此時想治駢體者亦不平，則非其所料，姑俟異日何如？

總之，書名《文選》，則所選必也其文，而非文即不得入選。有韻有偶，皆文也，皆昭明所爲入選也。《金樓子》云："吟詠風謡，流連哀思謂之文。"言有韻之謂文。《考工記》云："青與白謂之文。"〔1〕《説文》云："文，錯畫

〔1〕《周禮·考工記·畫繢》作"青與赤謂之文"。

也，象交文。”言有偶之謂文也。昭明之選，選此而已。故昔人言有韻爲文，無韻爲筆，竊欲進之以有偶爲文，無偶爲筆，至於加以組織而傅之章采，則二者皆同也。明於此而《文選》之意義可瞭矣。

有韻有偶之説，創於阮氏，凌次仲亦主之。近人李蒓客極韙其說，其《書〈校禮堂集〉中〈書《唐文粹》後〉文後》云：

> 凌氏言文體必本韻偶，卓識雄論，自超前哲，與并時儀徵阮氏，并發斯旨，示來學以津梁，傳古人之秘奥。欲究其略，請得而言。
>
> 紀載之作，《尚書》最古，今文所傳，已多偶句；《左氏》《國語》，遂沿其原。嗣而先秦碑銘、兩漢詔誥，皆於渾噩之中，寓裁琢之巧。流及六朝，愈尚華藻，波靡遞下，乃有風雲月露之譏。西魏及隋，已矯議變之，狃於風氣，卒不能革。唐代韓柳崛起，竟成大家。《河東集》中，尚多偶體，限於工力，遠遜散文。五季宋初，人不知學，所爲駢儷，蕪累忩陋，規範莫存，厭棄者衆。子京永叔，倡言復古，大放厥詞，天下翕然矣，由是蘇曾繼起。道學踵興，人習空言，以便枵腹，伸紙縱筆，遂成文章，不必排比爲功、徵引爲博，雌黄枚馬，毛疵庾徐，以齊梁人爲小兒，呼《南、北史》爲穢籍，大言不慙。雖亦廬陵諸公所未料，而持論太高，因噎廢食，追其弊始，厥咎奚辭？
>
> 要之，中唐以降，駢偶骫骳，謂爲文章之衰則可，謂非文章之體則不可也。范曄、沈約、姚察諸史，彣彣彧彧，蔚乎可觀；《晋書》《南、北史》諸篇，亦斐然美備。而謂壞紀載之法，被風流之罪，周内詆訶，不已傎乎？景文至於改撰唐文，以奇代偶，通人之蔽，意過其通。迄今八九百年，文章流别，卒莫能正，可喟也已！

此段論文，所見既卓，文亦雅贍，録之以爲吾説之佐證。

第三章　《文選》之封域

《文選》之文，以有韻有偶爲主，前既論之矣。而經史子中，不乏有韻有偶之文，昭明不以入選，何也？此則又有其封域焉。如前所引之《翰林論》，有書，有議，有讚，有表，有駁，有論，有議奏，有檄，數者即《翰林》之封域也。《文章流别論》有詩，有頌，有銘，有誄，有辭，有賦，有七，有箴，有哀辭，有解嘲，有圖讖，數者即《流别》之封域也。《翰林》《流别》之封域，以論定之，此如前代文集之有録（《隋志》載漢以來文集多有録一卷），亦如後世選文之有例，皆其論次本書之語，所以定其封域者也。《文選》則既不著論，又無所謂録與例者以代論，而惟以一序定其封域焉。此則昭明之創體，亦後來所可取法者也。玆舉《選序》一篇，略采近人之注以明之。

《文選》一序，崇賢無注。五臣注有之，語不詳而多誤。近代余仲林氏《文選音義》增補爲注，亦尚未詳。惟學海堂諸生張杓等十人合撰之注，頗爲詳贍。今擷其要，間加增釋，述之如左。

文選序

鄭康成《樂記》注曰："文，篇辭也。"《說文解字・辵（敕略切）部》曰："選，一曰擇也。"《序部》曰："序，東西牆也。"今書叙借用之，正作"叙"。昭明集八代所作各體文，復爲之序，述文字之源流，及己去取之意，故題曰"文選序"。

梁昭明太子撰　此當爲李善作注時所題。昭明太子傳略見前。《周書・

謚法解》曰："聖聞周達曰昭，照臨四方曰明。"張揖《廣雅·釋詁》曰："撰，具也。"《漢書·藝文志》作"篹"，顏師古曰："篹與撰同。"案：《説文》無"撰"字，《言部》"譔"下曰："專教也。"《禮記·祭統》曰："論譔其先祖之美。"《法言》序《學行》以下等篇皆曰"譔"。《漢書·揚雄傳》曰："譔以爲十三卷。"顏注曰："譔與撰同。"雷學淇[1]《説文外編》曰："撰又有爲撰述者，正作'譔'。"

式觀元始，《毛詩·邶風·式微》鄭箋曰："式，發聲也。"《漢書·律曆志》曰："元始有象。"**眇觀玄風**。王逸《楚辭·哀郢》注曰："渺，遠也。"《廣雅·釋詁》曰："玄，道也。"《管子·心術上篇》曰："以無爲之謂道。"然則"玄風"，無爲之風也。本書《文賦》注引《字書》曰："玄，幽遠也。"又庾元規《讓中書令表》曰："沐浴玄風。"**冬穴夏巢之時，茹毛飲血之世，**《禮記·禮運》曰："昔者先王未有宮室，冬則居營窟，夏則居橧巢。未有火化，食草木之實、鳥獸之肉，飲其血，茹其毛。"《毛詩·大雅·緜》鄭箋曰："鑿地曰穴。"王肅《家語·問禮篇》注曰："在樹曰巢。"《爾雅·釋言》曰："茹，食也。"**世質民淳，斯文未作**。《玉篇·貝部》曰："質，樸也。"張平子《思玄賦》舊注曰："不澆曰淳。"高誘《淮南子》注曰："淳，厚也。"《説文》曰："作，起也。"◎此上言未有文字。**逮乎伏羲氏之王天下也，始畫八卦，造書契，以代結繩之政，由是文籍生焉**。東晋《古文尚書》序文也。◎從此以下，至"難可詳悉"，序文字肇興，源流寖廣之意。《説文》曰："文，錯畫也。"《自叙》曰："依類象形，故謂之文。"《竹部》曰："籍，簿書也。"**《易》曰："觀乎天文以察時變，觀乎人文以化成天下。"**《易·賁卦·彖》傳文也。《集解》引虞翻曰："日月星辰爲天文……曆象在天成變，故以察時變。"干寶曰："聖人之化，成乎文章。……觀文明而化成天下。"孔疏曰："人文則《詩》《書》《禮》《樂》之謂。"**文之時義大矣哉！**《易》曰："豫之時義大矣哉！"◎此上言文章之由來。

若夫椎輪爲大輅之始，大輅寧有椎輪之質？椎輪即椎車，椎車無輻，合大木爲輪，其形如椎，故謂之椎。無輻不曰輪，故止名爲椎車。今謂椎輪

---

〔1〕《説文外編》作者應爲雷浚。此處蓋爲誤記。

者，散文可通也。陸機《羽扇賦》曰：“玉輅基於椎輪。”大輅，即玉輅也。**增冰爲積水所成，積水曾微增冰之凜，何哉？**《廣雅・釋詁》曰：“增，重也。”《荀子・勸學篇》曰：“冰，水爲之，而寒於水。”《楚辭・招魂》曰：“增冰峨峨，雪千里些。”王引之《經傳釋詞》曰：“曾，猶乃也。”《毛詩・式微》傳曰：“微，無也。”《説文・仌部》曰：“凜，寒也。”“凜”當作“凜”。**蓋踵其事而增華，變其本而加厲。物既有之，文亦宜然**。王逸《楚辭・離騷經》注曰：“踵，繼也。”《説文》曰：“增，益也。”薛綜《東京賦》注曰：“華，采也。”“厲”讀爲“冽”，寒也。◎上句言大輅因已成之車而增飾之；下句言層冰沍寒，失本來之形，而加之凜烈。**隨時變改，難可詳悉**。《宋書・謝靈運傳論》曰：“自漢至魏，四百餘年，詞人才子，文體三變。”曹植《七啓》曰：“千品萬類，不可詳悉。”◎以上言文之隨時變改。

嘗試論之曰，《詩序》云：“《詩》有六義焉：一曰風，二曰賦，三曰比，四曰興，五曰雅，六曰頌。”《詩序》，子夏作，文載《選》中。◎從此至“不可勝載矣”，序賦之源流，爲六義之一，故引《詩序》文發端。**至於今之作者，異乎古昔。古詩之體，今則全取賦名**。曹子建《與楊德祖書》曰“今世作者”，蓋指同時作者。此序則以荀宋以來作者，對《三百篇》以上作者言，故亦曰今也。《禮記・表記》曰：“後世雖有作者。”《論語集解》包咸曰：“作，爲也。爲之者。”案：此劉彦和所謂“六藝附庸，蔚爲大國”者也。**荀宋表之於前，賈馬繼之於末**。指荀況、宋玉，賈誼、司馬相如也。《宋書・謝靈運傳論》曰：“屈平、宋玉，導清流於前；賈誼、相如，振芳塵於後。”此言荀不言屈者，昭明以屈子之騷，當别爲一類。荀卿有《禮》《智》諸賦，故舉之也。《荀子・儒效篇》注曰：“表，標也。”《小爾雅・廣言》曰：“末，終也。”**自茲以降，源流實繁**。蔡邕《班固〈典引〉》注曰：“水本曰源。”《春秋漢含孳》宋注曰：“流，猶枝也。”**述邑居，則有“憑虚”“亡是”之作；**班固《西都賦》曰：“名都對郭，邑居相承。”張衡《西京賦》曰：“有憑虚公子者。”薛綜注曰：“馮，依託也。……言無有此公子也。”《漢書・司馬相如傳》曰：“蜀人楊得意爲狗監，侍上，上讀《子虛賦》而善之。得意曰：‘臣邑人司馬相如自言爲此賦。’上召問相如。相如曰：‘此乃諸侯之事，未足觀，請爲天子遊獵之賦。’以‘子虛’，虛言也，爲楚稱。‘烏有先生’者，烏有此事也，爲齊難。亡是公，亡是人也。欲明天子之義，故虛借此三人爲辭以諷諫。”《子虛》《上林》二賦，昭明列田獵類，而序云“述邑居”者，以上篇述雲夢，下篇述上林，皆言苑囿也。**戒畋游，則有《長楊》《羽獵》之制**。揚子雲《長楊賦序》曰：“明年，上將大誇胡人以多禽獸。秋，命右扶風發民捕熊羆、豪豬、虎豹、狖玃、狐兔、麋鹿，載以檻車，輸長楊射熊館，令胡人手搏之，上親臨觀。是時農民不得收斂，雄上《長楊賦》以風。”《羽獵賦序》曰：“孝成帝時，羽獵，雄從。……以爲羽獵甲車戎馬器械儲偫禁禦，所營尚泰，奢麗誇詡，非堯舜、成湯、文王三驅之意。……故因校獵，賦以風之。”**若其紀一事，詠一物，風雲草木之興，魚蟲禽獸之流，推而廣之，不可勝載矣**。“紀事”如潘岳《籍田》《西征》《射雉》，班彪《北征》諸賦。“詠物”如王褒《洞簫》、馬融《長笛》、嵇康之《琴》、潘岳之《笙》諸賦。“風雲”如宋玉、江逌、王凝之《風賦》，荀況、成公綏、楊乂《雲賦》。“草木”如鍾會《菊花賦》，魏文帝、曹植、摯虞《槐賦》，陸機《桑賦》，魏文帝、王粲《柳賦》，徐幹、潘岳《橘賦》。“魚蟲禽獸”，如摯虞有《觀魚賦》，蔡邕、孫楚、傅〔休〕奕[1]《蟬賦》，成公綏《螳螂賦》，禰衡《鸚鵡賦》，顔延之《赭白馬》，張華[2]《鷦鷯》，鮑照《舞鶴》諸賦，有入《選》者，有不入《選》者。

又楚人屈原，含忠履潔，◎從此至“自兹而作”，序騷之源流。屈原傳略詳後。王逸《離騷經序》曰：“屈原膺忠貞之質，體清潔之性。”高誘《淮南子·原道篇》注曰：“含，懷也。”《詩·生民》傳曰：“履，踐也。”**君匪從流，臣進逆耳，深思遠慮，遂放湘南**。《左氏·昭十三年傳》曰：“齊桓公從善如流。”《史記·留侯世家》：“良曰：‘忠言逆耳利於行。’”王逸《楚辭·九歌叙》曰：“昔楚南郢之邑，沅湘之間……屈原遂放，竄伏其域。”《穀梁·宣元年傳》曰：“放，猶屏也。”**耿介之意既傷，壹鬱之懷靡愬**。《楚辭·九辯》曰：“獨耿介而不隨。”王逸注：“執節守道，不順枉也……壹

〔1〕“傅休奕”，原作“傅奕”，蓋誤。傅玄，字休奕，傳見《晉書》卷四十七。其《蟬賦》收入嚴可均輯《全晉文》卷四十六。

〔2〕“張華”，原作“張衡”，從《學海堂初集》卷七《梁昭明太子文選序注》訂改。

鬱，猶堙鬱也。”《漢書·賈誼〈弔屈原賦〉》“猶壹鬱而誰語”，《史記》作“堙鬱”，聲之轉也。**臨淵有懷沙之志，**《史記·屈原傳》曰：“乃作《懷沙》之賦。”案：《九章·懷沙》，本書未録。**吟澤有憔悴之容，**《楚辭·漁父篇》曰：“屈原既放，游於江潭，行吟澤畔，顔色憔悴。”**騷人之文，自茲而作。**劉勰《文心雕龍》曰：“淮南崇朝而賦《騷》。”又曰：“武帝愛《騷》，而淮南作傳。”又曰：“效《騷》命篇者，必歸豔逸之華。”按：此所謂騷人之文也。賦之源雖本於《詩》，而實始於《騷》。屈原爲辭賦之祖，故另叙入。但名騷不名賦，後人所以有擬騷諸作，是騷於賦，究自爲一類。

詩者，蓋志之所之也。情動於中，而形於言。《關雎》《麟趾》，正始之道著；◎從此至“又亦若此”，序詩之源流，兼言詩、頌之同異，語本《詩序》。**桑間濮上，亡國之音表。**《禮記·樂記》曰：“桑間濮上之音，亡國之音也。”鄭注曰：“濮水之上，地有桑間者，亡國之音於此之水出也。昔殷紂使師延作靡靡之樂，已而自沈於濮水。後師涓過焉，夜聞而寫之，爲晋平公鼓之，是之謂也。桑間在濮陽南。”**故風雅之道，粲然可觀。**《荀子·非相篇》曰：“欲觀聖王之迹，則於其粲然者矣。”楊倞注：“粲然，明白之貌。”**自炎漢中葉，厥塗漸異。**《東觀漢記》曰：“漢以炎精布耀，或幽而光。”《詩·商頌》曰：“昔在中葉。”傳：“葉，世也。”《玉篇》：“塗，道也。”**退傅有“在鄒”之作，降將著“河梁”之篇。**退傅謂韋孟，降將謂李陵也。孟見《漢書·韋賢傳》，有“在鄒詩”。陵，《漢書》有傳，其與蘇武詩曰：“攜手上河梁，游子暮何之。”故曰“河梁篇”也。**四言五言，區以别矣。**任昉《文章緣起》曰：“四言詩，始漢楚王傅韋孟。五言詩，漢騎都尉李陵《與蘇武詩》。”**又少則三字，多則九言，各體互異，分鑣并驅。**見前引《文章流别論》論詩條。又三字，《安世房中歌》《郊祀歌》諸篇。九言，《文章緣起》以爲高貴鄉公作。按：謝莊《明堂樂歌·白帝章》亦九言。顧炎武謂：“《尚書·五子之歌》‘懍乎若朽索之馭六馬’，乃九言之始。”《説文》曰：“鑣，馬銜也。”邱遲《侍中尚書何府君誄》曰：“分鑣先達。”“并驅”見《詩·齊風》。**頌者，所以游揚德業，褒讚成功。吉甫有“穆若”之談，季子有“至矣”之歎。**序頌語本《詩序》。《漢書·英布傳》：“曹邱生揖布曰：‘使僕游揚足下名於天下。’”《詩·大雅·烝民》曰：“吉甫作頌，穆如清風。”《漢魯峻碑》作“穆若清風”。《左氏·襄二十九年傳》[1]：“吴公子來聘，請觀周樂。爲之歌誦，曰：‘至矣哉。’”**舒布爲詩，既言如彼；總成爲頌，又亦若此**。《廣雅·釋詁》曰：“舒，展也。”“布，列也。”薛綜《東京賦》注曰：“總，猶括也。”◎此言展布其事爲詩，總括其事爲頌，體又不同。“舒布”猶言“敷布”。今詩全取賦名，故曰“舒布爲詩”。頌所以形容成功，“總”“頌”聲近，故曰“總成爲頌”。

次則箴興於補闕，◎從此至“蓋云備矣”，序各體文之源流。各體既繁，作者不一，故衹釋其義，或舉其名，不復言始自何人，與序詩賦異也。《左氏·襄四年傳》：“命百官以箴王闕。”《詩·烝民》曰：“衮職有闕，惟仲山甫補之。”**戒出於弼匡**。《説文》曰：“戒，警也。”通作“誡”。《爾雅》曰：“弼，俌也，匡正也。”《國語》曰：“矯過爲弼。”李充《翰林論》曰：“誡誥施於弼違。”**論則析理精微，銘則序事温潤**。陸機《文賦》：“論精微而朗暢，銘博約而温潤。”**美終則誄發，圖像則讚興**。《文章流别論》曰：“嘉美終而誄集。”《廣雅》曰：“圖，畫也。”“像”亦作“象”，李充《翰林論》曰：“容象圖而讚立。”**又詔誥教令之流，表奏牋記之列，書誓符檄之品，弔祭悲哀之作，**别詳後章。《禮記·曲禮》曰：“約信曰誓。”《釋名·釋書契》曰：“符，付也。書所敕命於上，付使傳而行之。”**答客指事之制，**“答客”謂東方朔《答客難》、班固《答賓戲》也。“指事”蓋七類，如《七發》説七事以發太子是也。**三言八字之文，**《戰國策》：“靖郭君將城薛，謂謁者無爲客通。齊人有請者，曰：‘臣請三言而已。’遂見之。客趨曰：‘海大魚。’”《後漢書·曹娥傳》注引《會稽典録》：“（邯鄲淳作《曹娥碑》）操筆而成，無所點定。……其後蔡邕又題八字，曰：‘黄絹幼婦，外孫虀臼。’”“三言八字”，皆指隱語。《漢書·藝文志》有《隱書》十八篇。《文心雕龍》云：“有韻者文也。”則此“三言八字”，皆是有韻之作，疑即《文章緣起》所謂“離合體”也。《古微書》引《孝經援神契》曰：“寶文出，劉季握。卯金刀，在軫北。字禾子，天下服。”以“出”“握”“北”“服”爲韻，是三言之文也。《魏志》注引《語林》：“楊修爲魏主曹操主簿，至江南。讀曹娥碑，背有八

[1]“襄二十九年傳”，原作“襄二年”，季札觀樂載《左傳·襄公二十九年》，今訂。

字，詞曰：‘黄絹幼婦，外孫虀臼。’”以“婦”“臼”爲韻，是八字之文也。孔融四言離合體，實本於此。**篇辭引序，**《論衡·書説篇》曰：“著文爲篇。”“序”已見前，“辭”“引”詳後章。**碑碣志狀，**李賢《後漢書》注：“方者謂之碑，圓者謂之碣。”“碣”本从木作“楬”。《周禮·秋官·蜡氏》：“死於道路者，令埋而置楬焉。”注：“楬欲其識取之，今楬櫫是也。”“志狀”詳後章。**衆制鋒起，源流間出**。《荀子·王制篇》曰：“嘗試之説鋒起。”楊注曰：“鋒起，謂如鋒刀齊起，言鋭而難拒也。”《書·益稷》：“笙鏞以間。”傳曰：“間，迭也。”《漢書》曰：“漢興，《詩》《書》往往間出。”**譬陶匏異器，并爲入耳之娱；黼黻不同，俱爲悦目之玩**。**作者之致，蓋云備矣**。陶即“八音”之土，土亦得言瓦。《國語·周語》：“伶州鳩曰：‘匏以宣之，瓦以贊之。’”是也。然則陶，壎也。《周禮·太師職》鄭注曰：“匏，笙也。”《考工記》曰：“畫繢之事雜五色，白與黑謂之黼，黑與青謂之黻。”

余監撫餘閒，居多暇日，◎從此至“大半難矣”，序所以選文之意。《左氏·閔二年傳》：“太子，君行則守，有守則從。從曰撫軍，守曰監國。”張華《勵志詩》曰：“田般於游，居多暇日。”**歷觀文囿，泛覽詞林，未嘗不心游目想，移晷忘倦**。揚雄《劇秦美新》曰：“遥集乎文雅之囿。”陶淵明《讀山海經詩》曰：“泛覽周王傳，流觀山海圖。”陸倕《感知己賦》曰：“文究詞林。”曹操《祭橋玄文》曰：“幽靈潛兮，心存目想。”《西京賦》曰：“白日未及移其晷。”**自姬漢以來，眇焉悠邈**。**時更七代，數逾千祀**。邱遲《與陳伯之書》曰：“姬漢舊邦。”李注：“姬，周姓也。”棗據《雜詩》曰：“千里既悠邈。”《爾雅·釋詁》曰：“悠，遐也。”《廣雅·釋詁》曰：“邈，遠也。”《小爾雅·廣詁》曰：“更，易也。”《史記·楚世家》注引賈逵《左傳注》曰：“祀，年也。”**詞人才子，則名溢於縹囊；飛文染翰，則卷盈乎緗帙**。王僧孺《太常敬子任府君傳》曰：“詞人才子，辨圃學林，莫不含毫咀思，争高競敏。”《隋書·經籍志》曰：“魏祕書監荀勗分爲四部，總括群書，盛以縹囊，書用緗素。”《字林》曰：“縹，青白色。”《東都賦》曰：“揚光飛文。”潘岳《秋興賦》曰：“染翰操紙。”《釋名·釋采白》曰：“緗，桑也。如桑葉初生之色也。”《説文·巾部》：“帙，書衣也。”**自非略其蕪穢，集其清英，蓋欲兼功，大半難矣**。何休《公羊·哀五年傳》注曰：“略，猶殺也。”王逸《楚辭·招魂》注：“不治曰蕪，多草曰穢。”《廣雅·釋詁》曰：“集，聚也。”《後漢書·邊讓傳》：“幕府初開，博選清英。”崔瑗《草書勢》曰：“兼功并用。”《漢書·高帝紀》：“陳平曰：‘今漢有天下大半。’”韋昭曰：“凡數三分有二爲大半，有一爲小半。”

若夫姬公之籍、孔父之書，與日月俱懸，鬼神争奥。孝敬之准式，人倫之師表，豈可重以芟夷，加之翦截？◎此序所以不選六經之意。程曉《與傅玄書》曰：“文公詠周，孔父述殷。”《廣雅·釋詁》曰：“奥，藏也。”《詩序》曰：“先王以是經夫婦，成孝敬，厚人倫。”鮑照《論國制啓》曰：“君舉必書，動成准式。”《左氏·隱六年傳》曰：“芟夷藴崇之。”杜注：“芟，刈也。夷，殺也。”《尚書序》曰：“芟夷煩亂，翦截浮辭。”**老莊之作、管孟之流，蓋以立意爲宗，不以能文爲本。今之所選，又亦略諸。**◎此序所以不選諸子之意。《漢志》道家《老子鄰氏經傳》四篇，《莊子》五十二篇，《管子》八十五篇。儒家《孟子》十一篇。**若賢人之美辭、忠臣之抗直，謀夫之話、辨士之端，**◎從此至“亦所不取”，序不選《戰國策》及兩漢奏疏之意。曹植《辨道論》曰：“美辭以導之。”《漢書·鄒陽傳贊》曰：“亦可謂抗直矣。”《毛詩·小雅》曰：“謀夫孔多。”《韓詩外傳》曰：“避文士之筆端、武士之鋒端、辨士之舌端。”**冰釋泉涌，金相玉振。**《老子·顯德章》：“涣兮若冰之將釋。”《漢曹全碑》曰：“謀若泉湧。”“湧”“涌”同。王逸《離騷經序》曰：“金相玉振，百世無匹。”《毛詩·棫樸》傳曰：“相，質也。”趙岐《孟子》注：“振，揚也。”**所謂坐狙邱，議稷下，仲連之卻秦軍，食其之下六國，留侯之發八難，曲逆之吐六奇，**李善注曹植《與楊德祖書》引《魯連子》曰：“齊之辯者曰田巴，辯於狙邱，而議於稷下。毁五帝，罪三王。一旦而服千人。”《史記·魯仲連傳》曰：“趙孝成王時，秦使白起破趙長平，軍圍邯鄲。魏王使將軍新垣衍謂趙王尊秦昭王爲帝。仲連適遊趙，見平原君曰：‘梁客新垣衍安在？吾請爲君責而歸之。’魯連見新垣衍，新垣衍起再拜，謝曰：‘吾請出。’不敢復言帝秦。秦將聞之，爲卻軍五十里。”又《酈食其傳》曰：“酈生伏軾，下齊七十餘城。”《漢書·高帝紀》曰：“酈食其欲立六國後以樹黨，漢王以問張良。良發八難，漢王輟飯吐餔駡曰：‘豎儒幾敗乃公事。’”《陳平傳》曰：“平自初從至天下定後，凡六出奇計，輒益邑封。”**蓋乃事美一時，語流千載，概見墳籍，旁出子史。若斯之流，又亦繁博，雖傳之簡牘，而事異篇章，今之所集，亦所不取。**《史記·伯夷傳》曰：“以余所聞，由、光義至高，其文辭不少概見。”《索隱》曰：“概，略也。”應璩《與從弟君苗君胄書》曰：“潛心墳籍，立身揚名。”杜預《春秋左氏傳序》曰：“大事書之於方，小事簡牘而已。”《説文·竹部》：“簡，牒也。”《片部》：“牘者，版也。”《西都賦》曰：“啓發篇章，校理祕文。”篇，見前。《説文》曰：“樂竟爲一章。”

至於記事之史，繫年之書，所以褒貶是非，紀别同異，方之篇翰，亦已不同。◎此序所以不選史傳之意。杜預《左氏傳序》曰：“記事者以事繫日，以日繫月，以月繫時，以時繫年。所以紀遠近，别同異也。”又曰：“其微顯闡幽，裁成義類，皆據舊例以發義，指行事以正褒貶。”鮑照《擬古詩》曰：“十五諷詩書，篇翰靡不通。”

若其讚論之綜輯辭采，序述之錯比文華，事出於沈思，義歸乎翰藻，故與夫篇什，雜而集之。◎此因集内有史傳讚、論、序、述諸文，故申明其入選之意也。沈約《佛記序》曰：“妙應事多，宜加綜輯。”又《與劉杳書》曰：“惠以二讚，辭采言富。”《賈子新書·道術篇》曰：“擶次謂之比，反比爲錯。”《後漢書·班彪傳論》曰：“敷文華以緯國典。”張衡《歸田賦》曰：“揮翰墨以奮藻。”揚雄《自序》曰：“好深湛之思。”“湛”與“沈”同。《宋書·謝靈運傳論》曰：“紛披風什。”李注：“詩每十篇同卷，故曰什。”此言“篇什”，“篇”謂文，“什”謂詩也。**遠自周室，迄於聖代，都爲三十卷，名曰《文選》云爾。**《爾雅·釋詁》：“迄，至也。”“聖代”，昭明自謂本朝也。《廣雅·釋訓》曰：“都，凡也。”高誘《淮南子·兵略篇》注曰：“卷，束也。”古者以竹帛寫書，酌其多寡，最爲一束，故曰卷，古亦曰篇也。林伯桐曰：“原夫詩筆并稱，華實兼重，義歸典則，體别空疏。八家之選，沿自前明，朱右導源於先，茅氏擅名其後。偶然品目，流爲丹青。幾似一編之外，書畫鴻溝，八代所存，不須鱗次。至於未窺六甲，妄冀名家，不讀三通，幾稱作者，此則後來之失也。夫昌黎諸篇，猶懷文而抱質；河東一集，皆振采而負聲。避實蹈虚，亦兩宋爲甚耳。尋文體代變，各明一義。魏晋唐宋，皆有末流，補救相資，似不必瑟琴之專壹也。但熟精《選》理，則規矩守於高曾；若崇尚空言，則載籍等於弁髦。權衡輕重，公論在人。然則溯總集於先河，仰選樓之鈐鍵，斯序所云固不祧之俎豆歟！"

凡次文之體，各以彙聚。詩賦體既不一，又以類分。類分之中，各以時代相次。

此篇首論文之發源，明文章遞變之故，次論賦，次論騷，次論詩，次論各體文，而總之以"詞人才子""飛文染翰"等語，其論文專指有韻有偶之意，固已昭然若揭。末復述經史子所以不選之故，而於史之讚論序述等篇，有辭采文華可取者，仍采集之，而總其大略曰"事出於沈思，義歸乎翰藻"。申明大旨，獨取別裁；百代選家，奉爲圭臬。得其義例，便稱雅裁；出其範圍，即流俗濫。可謂總集之規繩，文章之林府矣。欲推闡經史子不以入選之說，阮氏復有《書〈文選序〉後》一篇，言之極爲明暢。今并録之：

昭明所選，名之曰文，蓋必文而後選，非文則不選也。經也，史也，子也，皆不可專名之爲文也，故昭明《文選序》後三段，特明其不選之故。必沈思翰藻，始名之爲文，始以入選也。

或曰："昭明必以沈思翰藻爲文，於古有徵乎？"曰："事當求其始，凡以言語著之簡策，不必以文爲本者，皆經也，史也，子也。言必有文，專名之曰文者，自孔子《易·文言》始，傳曰：'言之無文，行之不遠。'故古人言貴有文。孔子《文言》，實爲萬世文章之祖。此篇奇偶相生，音韻相和，如青白之成文，如《咸》《韶》之合節，非清言直說者比也，非振筆縱書者比也，非詰屈澀語者比也。是故昭明以爲經也，史也，子也，非可專名之爲文也。專名爲文，必沈思翰藻而後可也。

"自齊梁以後，溺於聲律，彦和《雕龍》，漸開四六之體，至唐而四六更卑。然文體不可謂之不卑，而文統不可謂之不正。自唐宋韓蘇諸大家，以奇偶相生之文，爲八代之衰而矯之，於是昭明所不選者，反皆爲諸家所取。故其所著，非經即子，非子即史，求其合於昭明序所謂文者鮮矣……如此[1]以比偶非文之古者而卑之，則孔子自名其言曰文者，一篇之中，偶句凡四十有八，韻語凡三十有五，豈可以非文之正體而卑之乎?”（此篇吾友黄君有評，極有精識。未録入卷，可以參觀）

抑愚嘗觀有梁一代，文體漸衰，而文流獨盛。高祖應運，雅擅博文，太子、諸王，尤稱好士。史載庾肩吾爲晋安國王常侍，被命與劉孝威等十人鈔撰衆籍，號“高齋學士”（楊慎《丹鉛録》以此事屬之昭明太子，誤），其風流已稱盛矣。其一時文士，見賓禮者，有劉孝綽、王筠、殷芸、陸倕、到洽、王規、殷鈞、王錫、張緬、張纘、謝舉、張率、明山賓、陸襄、謝覽、徐勉。（皆見諸人本傳）其載在《文苑傳》，爲東宫官屬者，若肩吾兄於陵與劉苞，皆嘗爲太子洗馬；到沆則爲太子舍人；謝幾卿則爲太子率更令；劉杳則爲東宫通事舍人。掌文書，参著作，皆屬一朝上選。而《劉勰傳》獨載其爲東宫通事舍人，深被昭明太子愛接，是《文心雕龍》一書，必爲太子深所契賞；昭明選文，必與彦和共相討論；即彦和亦必代爲搜討，此可推想而知者也。乃彦和論文，宗經爲尚，史傳諸子，皆著專篇；而《文選》一書，獨置經、史、子三者不選。論文之意旨相契，而選文之封域不同，其故何也?此則《雕龍》已明揭之，《序志篇》曰：“銓序一文爲易，彌綸群言爲難。”彦和之《文心》，彌綸群言者也，網羅衆製，特具鴻裁；昭明之《文選》，銓序一文者也，裁篇别出，乃其微尚。一廣一狹，義各有歸。故論文之意旨同，而選文之封域異也。究之昭明所選之文，仍本彦和論文之旨。《雕龍·序志篇》曰：“選文以定篇。”此明書中所舉各體之文，即爲彦和所定選文之目。今觀《明詩》以下至《書記篇》，所臚各家之文，昭明雖不盡入選，而大旨不出其範圍。（此可就《文心》所舉録之篇目，與《文選》互校）則知昭明所選之文，與《雕龍》異其封域者，亦衹經、史、子三者之不同而已。

雖然，選文不及經、史、子，昭明已定其封域矣。今觀選中所録之文，果能自守其封域乎？姬公之籍、孔父之書，序中有言，不加翦截，然不録經文，仍登經序，此固在《選序》之列，不律以選經之科。其餘所選之文，半

---

〔1〕“此”，《書梁昭明太子〈文選序〉後》作“必”。

多載之史傳，昭明或從本集録出，亦不得目爲選史。然韋孟一集，自昔不傳，選中録其《諷諫》一詩，明從《漢書・韋賢傳》采出。賈誼《過秦》，載《新書》五十八篇中，本上下二篇，不名爲“論”。其目爲“論”，自《吴志・闞澤傳》始，選中録其一篇，而題之曰“論”，殆從《史記・秦始皇本紀》及褚少孫補《史記・陳涉世家》《漢書・陳涉項羽列傳》采出，果能不選史籍乎？魏文《典論》，本子家言，當時刻諸洛陽，與石經并列，《隋志》録其五卷入儒家中，選中録其《論文》一篇，實從《典論》本書采出，果能不選子籍乎？大抵選家采文，自標義例，雖封域之嚴守，亦出入之有時。近桐城姚氏撰次古文，立例不載史傳，其説以爲史多不可勝載也，然湘鄉曾氏摘其“奏議類”中録《漢書》至三十八首，“詔令類”中録《漢書》至三十四首，以爲不能屏諸史而不録之證。豈知昭明此選，已開其先乎？特所録僅一二見，於大體固無妨耳。

至於序中叙次各文，《選》中多不與之相應。如序賦首舉荀卿爲言，而《選》中不載荀卿之作。序詩首舉韋孟“在鄒”之作，而《選》中僅録“諷諫”之篇。餘如弼匡之戒、約信之誓，皆序舉其名，而《選》無其製。蓋製序乃臚陳大體，而選文實不必適符細目，亦當時選家之例然也。若乃以“三言八字之文”，次“答客指事”之後，此類已入文域，不在詩科；《選》中實無其文，不知究屬何體？近人以《文章緣起》所稱離合體當之。尋《文心雕龍・諧隱》一篇，次諸“雜文”之後。《文章流别》“圖讖”一類，次諸“解嘲”之後。昭明所選，例與同符，謂爲離合之文，實徵證明之確。特序臚其體，而《選》闕其文。此則當時或僅懸其格，而未録其篇；或已録其篇，經隋世焚禁之後，已遭毁棄，俱不可知，衹可存而不論耳。

惟封域雖守之甚嚴，而采録時不無過泛。如孔安國《古文尚書傳》，後人皆辨爲僞書，而昭明特録其序。李陵《答蘇武書》，後人皆謂爲擬作，而昭明特采其文。此則孔傳之傳，出自東晋，梁時尚信以爲真。李書之擬，雖非漢人，昭明蓋特高其作，以之入選，未可深訾。若其文之入選，去取之間，尚有二義：

一、不録生存人。晁公武曰：“竇常謂統著《文選》，以何遜在世，不録其文，蓋其人既往，而後其文克定，故所録皆前人作也。”（《郡齋讀書志》）

今按《選》中文人，悉以既往爲斷，梁時作者，僅録十人，皆已故者。蓋論人以蓋棺爲允，談藝亦以歿世爲公。人避生存，義免恩怨，封域所在，守之甚嚴，序雖不言，詳觀可見。自昭明首創斯例，後來選家，大都奉爲成規，以録生存人爲嫌於標榜矣。

一、詳近略遠。何義門曰："此書於嬴、劉二代，聊示椎輪，當求諸史、集。建安以降，大同以前，衆論之所推服，時士之所鑽仰，蓋無遺憾焉。"（《義門讀書記》）孫德謙曰："登《選》之文，雖甄録《楚辭》與子夏《詩序》，上起周代，其實偏重六朝。……試觀'令'載任彦昇《宣德皇后令》一首，'教'載傅季友《爲宋公修張良廟》《修楚元王廟》二首，'策秀才文'則只有王元長、任彦昇兩家，以及啓類、彈事類、墓誌、行狀、祭文諸類，彦昇爲多，餘即沈約、顔延之、謝惠連、王僧達數人之文。豈非以六朝爲主乎？不然，自'啓'以下，古人詎無作此體者？近世之論駢文，有所謂《選》體，蓋亦詔人以學六朝乎？"（《六朝麗指》）由兩家之言觀之，則知昭明選文，詳近略遠，又其標準所在，亦後世選家可奉爲準則者矣。

第四章　《文選》學之篇體

《文選》各體文之源流，序中已略言之矣。而於各體文所以命篇之義，尚未詳也。今采摭各書論文語，間加詮釋以明之。

一、賦

揚雄《法言》曰："詩人之賦麗以則，辭人之賦麗以淫。"班固《兩都賦序》曰："賦者，古詩之流也。"《漢書·藝文志》曰："不歌而誦謂之賦，登高能賦，可以爲大夫。"劉熙《釋名·釋典藝》曰："賦，敷也。敷布其義謂之賦。"鄭康成《周禮·太師職》注曰："賦之言鋪，直鋪陳今之政教善惡。"陸機《文賦》曰："賦體物而瀏亮。"摯虞《文章流別論》曰："賦者，敷陳之稱，古詩之流也。"劉勰《文心雕龍》曰："賦者鋪也，鋪采摛文，體物寫志也。"又曰："賦也者，受命於詩人，拓宇於《楚辭》也。於是荀況《禮》《智》，宋玉《風》《釣》，爰錫名號，與詩劃境。六藝附庸，蔚成大國。述主客以首引，極聲貌以窮文。斯蓋别詩之原始，命賦之厥初也。"

二、詩

《書·堯典》曰："詩言志。"《管子·山權數》曰："詩者，所以記物也。"《詩大序》曰："詩者，志之所之也。在心爲志，發言爲詩。"《國語·魯語》曰："詩所以合意。"《荀子·勸學篇》曰："詩者，中聲之所止也。"《賈子·道德説》曰："詩者，此之志者也。"《禮記·學記》曰："詩言其志也。”《楚辭·悲回風》注曰：“詩，志也。”《詩含神霧》曰：“詩者持也。”《釋名·釋典藝》曰：“詩，之也，志之所之也。”《毛詩指説》曰：“詩，思也。”《廣雅·釋言》曰：“詩，意也。”鄭氏《六藝論》曰：“詩，弦歌諷誦之聲也。”陸機《文賦》曰：“詩緣情而綺靡。”《文章流別論》曰：“言其志謂之詩。”又曰：“詩雖以情志爲本，而以成聲爲節。”《文心雕龍》曰：“大舜云：‘詩言志，歌永言。’聖謨所析，義已明矣。是以在心爲志，發言爲詩，舒文載實，其在兹乎？詩者持也，持人性情。《三百》之蔽，義歸無邪，持之爲訓，有符焉爾。”

三、騷

《史記·屈原賈生傳》：“離騷者，猶離憂也。”《索隱》引應劭曰：“騷，憂也。”班固《離騷贊序》曰：“離，猶遭也。騷，憂也。明己遭憂作辭也。”淮南王安序《離騷傳》曰：“《國風》好色而不淫，《小雅》怨悱而不亂。若《離騷》者，可謂兼之。”王逸《楚辭章句序》曰：“屈原履忠被譖，憂悲愁思，獨依詩人之義，而作《離騷》。上以諷諫，下以自慰。”又《離騷經》注曰：“離，别也。騷，愁也。”《文心雕龍》曰：“自《風》《雅》寢聲，莫或抽緒，奇文鬱起，其《離騷》哉！固已軒翥詩人之後，奮飛辭家之前。豈去聖之未遠，而楚人之多才乎？”梁章鉅《文選旁證》引《項氏家説》云：“《楚語》伍舉曰：‘德義不行，則邇者騷離，遠者距違。’”又引王伯厚《困學紀聞》云：“伍舉所謂‘騷離’，屈平所謂‘離騷’，皆楚言也。”近吾友臨川游君引《大招》云：“‘楚勞商只。’王逸曰：‘曲名也。’”謂“勞商”與“離騷”爲雙聲字，“勞商”與“離騷”爲一物而異名，語詳《楚辭概論》，可參。

四、七

任昉《文章緣起》曰：“《七發》，漢枚乘作。”陳懋仁注曰：“‘七’，對問之列，爲楚騷《七諫》之流，後遂以‘七’爲文之一體。”方熊補注曰：“古人成册，用‘九’與‘七’，屈子《九章》《九歌》，《孟子》《莊子》七篇命名。”又曰：“按‘七’者，文章之一體也。詞雖八首，而問對凡七，故謂之‘七’。則‘七’者，問對之别名，而《楚辭·七諫》之流也。蓋自枚乘撰《七發》，而傅毅《七激》、張衡《七辨》、崔駰《七依》、崔瑗《七蘇》、馬融《七廣》、曹植《七啓》、王粲《七釋》、張協《七命》、桓麟《七説》、左思《七諷》，相繼有作。”《文章流别論》曰：“《七發》造於枚乘，因膏粱之常疾，以爲匡勸。雖有甚泰之辭，而不没其諷諭之義也。”《文心雕龍》曰：“枚乘摛豔，首製《七發》，譔辭雲構，夸麗風駭。蓋七竅所發，發乎嗜欲，始邪末正，所以戒膏粱之子弟也。”孫氏梅曰：“《七發》始於枚乘，原本七情，故名‘七發’。觀濤之作，浩瀚縱横，信乎奇作。自後擬作甚多，傅咸輯爲《七林》。然惟柳子厚《晋問》一篇，精刻獨造，追軼枚叟。他若子建、孟陽，亦同塵土矣。”

五、詔

《周禮·太卜》：“以詔救政。”注曰：“詔，告也。”又《司監》：“北面詔神明。”注曰：“詔之者，讀其詔書以告之也。”又《太宰》：“以八柄詔王馭群臣。”注曰：“詔，告也，助也。”《爾雅·釋詁》曰：“詔，道也。”《廣雅·釋詁》曰：“詔，書也。”《釋名·釋典藝》曰：“詔者，照也。人暗不見事宜，則有所犯，以此照示之，使昭然知所由也。”蔡邕《獨斷》曰：“詔，猶告也。三代無其文，秦始有之。”《文心雕龍》曰：“其在三代，事兼誥誓。誓以訓戎，誥以敷政。……降及七國，並稱曰令。令者，使也。秦并天下，改令曰制。漢初定儀，則命有四品：一曰策書，二曰制書，三曰詔書，四曰戒敕。敕戒州部，詔告百官，制施赦命，策封王侯。策者，簡也；制者，裁也；詔者，告也；敕者，正也。”案：《漢書·武帝紀》[1]注引《漢制度》云：“帝之下書有四：一曰策書，編簡也。其制長二尺，短者半之。篆書，起年月日，稱皇帝，以命諸侯王。三公以罪免亦賜策，而以隸書，用尺一木

〔1〕“《漢書·武帝紀》注”，當作“《後漢書·光武帝紀》注”，此條内容見《光武帝紀上》注，有節略。

兩行書之。二曰制書，其文曰制詔三公，皆璽書。尚書令印重封，露布州郡。三曰詔書，其文曰告某官，云如故事。四曰敕戒，其文曰有詔敕某官。”臚舉較詳，《文心》之言本此。

六、册

古文作“笧”。《一切經音義》：“册，古文笧同。”《説文》：“册，符命也，諸侯進受於王也。象其札一長一短，中有二編之形。”《廣雅・釋詁》：“册，書也。”《釋名・釋書契》：“漢制，約敕諸侯曰册。册，賾也，敕使整賾不犯之也。”案：“册”本通作“策”。《書・金縢》：“公歸，乃納册於金縢之匱中。”《史記・魯周公世家》作“周公藏其策金縢匱中”。《禮記・中庸》：“文武之政，布在方策。”《漢書・張蒼傳》：“主柱下方書。”如淳注作“文武之政，布在方册”，是“册”即“策”之證。至漢末，則通行以“册”爲“策”。蔡邕《獨斷》云：“策者，簡也。稱皇帝曰以命諸侯王。”劉熙《釋名》云：“策，書教令於上，所以驅策諸下也。”

七、令

《説文》：“令，發號也。”《爾雅・釋詁》：“令，告也。”《詩・韓奕》釋文：“令，命也。”《漢書・高帝紀》注：“令，號命也。”《書・説命》：“臣下罔攸稟令。”傳：“令，亦命也。”《周禮・大司馬》：“犯令陵教。”注：“令，猶命也。”《論語》：“不令而行。”《集解》：“令，教令也。”《鹽鐵論・刑德篇》：“令者，所以教民也。”《管子・法法》曰：“令者，人主之大寶也。”《鶡冠子・度萬》曰：“令者，出制者也。”《賈子・等齊》曰：“天子之言曰令，令甲令乙是也。諸侯之言曰令，令儀之言是也。”蔡邕《獨斷》：“奉而行之名曰令。”六臣《文選》注：“秦法，皇后、太子稱令。令，命也。”

八、教

《説文》："教，上所施，下所效也。"《廣雅·釋詁》："教，效也。"《釋名·釋言語》："教，效也，下所效法也。"《白虎通·三教》曰："教者，效也。上爲之，下效之。"《翻譯名義集》引《元命苞》曰："教之爲言傚也。上行之，下傚之。"《一切經音義》引《三蒼》曰："教，誨也，效也。"《國語·周語》曰："教，文之施也。"《賈子·大政》曰："教者，政之本也。"《詩·關雎序》疏："教，謂殷勤誨示。"蔡邕《獨斷》曰："諸侯言曰教。"

九、策問

《説文》："策者，謀也。""問，訊也。"《後漢書·光武紀》注："策書者，編簡也。"《周禮·内史》："則策命之。"注："策，謂以簡策書王言。"《禮記·學記》："善問者如攻堅木。"疏："問，謂論難也。"《荀子·大略》："問士以璧。"注："問，謂訪其國事。"《通考》："漢制取士，作簡策難問。試者投射答之，謂之射策。若録政化得失顯問，謂之對策。對策出乎士人，而策問發於上人，以善爲疑難爲主。"

十、表

《釋名·釋書契》曰："下言於上曰表，思之於内，表施於外也。"《左氏春秋傳注序》："必表年以首事。"疏曰："表，顯也。"《漢書·魏相傳》："又數表采易陰陽。"注曰："表，謂標明也。"《後漢書·蓋勳傳》注曰："表，標也。"《太玄·玄瑩》注曰："表，章也。"《素問·六節藏象論》注曰："表，彰示也。"又《四氣調神大論》注曰："表，謂表陳其狀也。"《文心雕龍·章表篇》曰："章者明也，《詩》云'爲章于天'，謂文明也。其在文物，赤白曰章。表者標也，《禮》有《表記》，謂德見於儀，其在器式，揆景曰表。章表之目，蓋取諸此也。"六臣注："表者，明也，標也，如物之標表。……三王以前，謂之敷奏。《尚書》云‘敷奏以言’，是也。至秦并天下，改爲表。總有四品：一曰章，謝恩曰章；二曰表，陳事曰表；三曰奏，效驗政事；四曰駁，反覆事理。六國及秦漢兼謂之上書，漢魏以來都曰表。進諸侯稱上疏，魏以前天子亦稱上疏。”

十一、上書

六國及秦漢人臣章表兼謂之上書，見前。徐伯魯曰：“人臣進御之書爲上書，親朋上下往來之書爲書。二端之外，復有書者，乃别書議論以成書也。”

十二、啓

《華嚴經音義》引《説文》云：“啓，開也，教也。”《儀禮·士昏禮》：“贊啓會。”注曰：“啓，發也。”《文心雕龍》曰：“啓者開也，高宗云‘啓乃心，沃朕心’，取其義也。孝景諱啓，故兩漢無稱，至魏國箋記，始云啓聞。奏事之末，或云謹啓。自晋以來，用兼表奏。陳政言事，既奏之異條；讓爵謝恩，亦表之别幹。”

十三、彈事

《廣雅·釋言》：“彈，拼也。”《説文》：“事，職也。”《荀子·致仕篇》注：“事，行也。”又《性惡篇》注：“事，爲也。”《國語·越語》注：“事，人事也。”按：彈，糾也，劾也。人有失誤，則糾劾之，謂之彈事。

十四、牋

通作“箋”。《後漢書·衛宏傳》注曰：“箋，薦也。”又《胡廣傳》注曰：“箋，表也。”《毛詩》鄭箋《釋文》曰：“箋，表也，識也。”《廣雅·釋詁》："牋，書也。"又《釋言》："牋，云也。"《文心雕龍》曰："牋者表也，表識其情也。……原牋記之爲式，既上窺乎表，又下睨乎書。"按："牋"始於東漢，其時上太子、諸王、大臣，皆得稱"牋"。後專以上皇后、太子，其他不得用。明制，奏事太子、諸王稱"啓"，而慶賀皇后、太子，仍并稱"牋"。

十五、奏記

《説文》："奏，進也。"《後漢書·西羌傳》注曰："奏，猶上也。"《論衡·對作篇》曰："上書謂之奏。"《尚書大傳》注曰："奏猶白。"《説文》："記，疏也。"《廣雅·釋詁》："記，識也。"《漢書·張敞傳》注曰："記，書也。"又《揚雄傳》注曰："記，書記也。"《文心雕龍》曰："秦漢立儀，始有表奏。王公國内，亦稱奏書。……迄至後漢，稍有名品。公府奏記，而郡將奏牋。記之言志，進己志也。"

十六、書

《説文》："書，著也。"《尚書序》疏曰："書者，以筆畫記之詞。"《禮記·王制》注曰："書者，言事之經。"《文心雕龍》曰："大舜云：'書用識哉。'所以記時事也。蓋聖賢言辭，總爲之書。書之爲體，主言者也。揚雄曰：'言，心聲也；書，心畫也。'聲畫形，而君子小人見矣。故書者，舒也。舒布其言，陳之簡牘，取象於《夬》，貴在明決而已。"

十七、移書

《廣雅·釋詁》曰："移，轉也。"《史記·田叔傳》注曰："移，猶施也。"《吕覽·蕩兵篇》注曰："移，易也。"《列子·周穆王篇》注曰："移，猶推之也。"《漢書·燕剌王旦傳》注曰："移，猶傳也。"《後漢書·安帝紀》注曰："移，書也。"《文心雕龍》曰："移，易也。移風易俗，令往而民隨者也。……劉歆之《移太常》，辭剛而義辨，文移之首也；陸機之《移百官》，言約而事顯，武移之要者也。故移檄爲用，事兼文武。”六臣注曰：“謂以我情，移彼意也。”

十八、檄

《廣雅·釋詁》曰：“檄，書也。”《漢書·韓信傳》注曰：“檄，謂檄書。”《後漢書·鮑昱傳》注曰：“檄，謂軍書也，若今之露布也。”又《光武帝紀》注：“若有急則插以雞羽，謂之羽檄。”又《劉趙淳于江劉周趙傳》注曰：“檄，召也。”《文心雕龍》曰：“檄者，皦也。宣露於外，皦然明白也。張儀檄楚，書以尺二，明白之文，或稱露布。……播諸視聽也。……又州郡檄吏，亦稱爲檄，固明舉之義也。”

十九、對問

《説文》：“對，譍無方也。”《廣雅·釋詁》：“對，揚也。”《書·説命》：“敢對揚天子之休命。”傳曰：“對，答也。”《儀禮·聘禮》：“對曰：‘非禮也，敢辭?’”注曰：“對，答問也。”《文心雕龍》曰：“宋玉含才，頗亦負俗，始造對問，以申其志。”《文章緣起》：“對問，宋玉對楚王問。”陳注曰：“《詩》云‘對揚王休’，《書》曰‘好問則裕’，蓋對問者，載主客之詞，以著其義者也。”補注曰：“對問者，文人假託之詞。其名既殊，其實復異。故名實皆問者，屈平《天問》、江淹《邃古篇》之類是也。其他曰難曰諭曰答曰應，又有不同，皆問對之類也。古者君臣朋友口相問對，其詞可考，後人仿之，設詞以見志，於是有應對之文，而反覆縱横，可以舒憤鬱而通意慮。”

二十、設論

設爲問答以抒議，亦對問體。《文心雕龍》云：“自《對問》以後，東方朔效而廣之，名爲《客難》。……揚雄《解嘲》，雜以諧謔。……班固《賓戲》

……崔駰《達旨》……張衡《應間》……崔寔《客譏》……蔡邕《釋誨》……景純《客傲》……雖迭相祖述，然屬篇之高者也。至於陳思《客問》……庾敳《客咨》……斯類甚衆，無所取裁矣。”

二十一、辭

《説文》：“辭，訟也。从辛、𤔔，猶理辜也。𤔔，理也。”籒文从“司”。《禮記・表記》注曰：“辭，所以通情。”《荀子・正名》注曰：“辭者，説事之言。”《孟子・萬章》注曰：“辭者，詩人所歌詠之辭。”按：辭，正作“詞”。《説文》：“詞，意内而言外也。”《釋名・釋典藝》曰：“詞，嗣也。令撰善言，相續嗣也。”《周禮・大行人》注：“嗣當爲詞。”《漢書・叙傳》音義：“詞，古辭字。”

二十二、序

序，正作“叙”，已見前。《國語・楚語》：“能道訓典以叙百物。”注曰：“叙，次也。”又《晋語》：“紀言以叙之。”注曰：“叙，述也。”《釋名・釋典藝》曰：“叙，抒也。叙泄其實，宣見之也。”按：叙，謂發其事理，次第有叙也。

二十三、頌

《説文》：“頌，皃也。”《管子・牧民》：“右國頌。”注曰：“頌，容也。”《詩・周頌》釋文：“頌者，容也，誦也。”又《周頌譜》疏曰：“頌之言容，歌成功之容狀也。”《釋名・釋言語》曰：“頌，容也。叙説其成功之形容也。”《左氏・襄二十九年傳》：“爲之歌頌。”注曰：“頌者，以其成功告於神明也。”陸機《文賦》：“頌優游以彬蔚。”

二十四、贊

正作“讚”。《後漢書·崔駰傳》注曰：“讚，猶稱也。”《翰林論》曰：“容象圖而讚立。”徐伯魯曰：“字書云：讚，美也。其體有三：一曰雜贊，意專褒美，若諸集所載人物文章書畫諸贊是也；二曰哀贊，哀人之歿，而述其德以贊之者是也；三曰史贊，若《史記索隱》《東漢》《晋書》是也。”《集成》：“贊者，助也，助以發明一篇傳意。故人之善惡皆有贊，非贊美之謂，若後人則以贊爲美詞。”

二十五、符命

《後漢書·祭肜傳》注曰：“符，驗也。”《史記·蘇秦傳》正義曰：“符，徵兆也。”又《孝武紀》集解曰：“符，瑞也。”《文選·答賓戲》：“守爾天符。”注曰：“符，相命也。”《説文》：“命，使也。”《國語·魯語》注：“命，令也。”《詩》：“夙夜基命宥密。”注：“命，信也。”《易·師》：“大君有命。”注：“命，天命也。”董景真曰：“帝王之興，必有符命，蓋以祥瑞之徵，符於天命也。”

二十六、史論·史述贊

《説文》：“論，議也。”《文選·西京賦》注曰：“論，説也。”《文心雕龍》曰：“論也者，彌綸群言，而研精一理者也。”又曰：“辨史則與贊評齊行。”

二十七、論

《文心雕龍》曰：“聖哲彝訓曰經，述經叙理曰論。論者，倫也。倫理無爽，則聖意不墜。昔仲尼微言，門人追記，故仰其經目，稱爲《論語》。蓋群論立名，始於兹矣。……原夫論之爲體，所以辨正然否，窮於有數，追於無形，鑽堅求通，鉤深取極，乃百慮之筌蹄，萬事之權衡也。”

二十八、連珠

傅玄曰：“所謂連珠者，興於漢章之世，班固、賈逵、傅毅三子，受詔作之。其文體辭麗而言約，不指説事情，必假喻以達其旨，而覽者微悟。合於古詩諷興之義，欲使歷歷如貫珠，易看而可悦，故謂之連珠。”《文心雕龍》曰：“揚雄覃思文囿，[1]業深綜述，碎文瑣語，肇爲連珠，其辭雖小，而明潤矣。”《文章緣起》曰：“連珠，揚雄作。”陳注曰：“《北史·李先傳》：‘魏帝召先讀《韓子·連珠》二十二篇。’《韓子》，《韓非子》，書中有連語。先列其目，而後著其解，謂之連珠。”按：所稱《韓子·連珠》二十二篇，今讀韓非書，無連珠之目，惟《儲説》文辭，略與後世連珠相似。韓子《連珠》之稱，殆後人因其似揚雄諸人所作，故以爲名，非韓子先著此名稱也。其文辭爲連珠所自出，章實齋《文史通義》曾言之，已見前。

二十九、箴

《左氏·襄四年傳》：“命百官箴王闕。”又《宣十二年傳》注：“箴，誡也。”《書·盤庚》馬注曰：“箴，諫也。”《詩·庭燎》序《釋文》曰：“箴，諫誨之辭。”《國語·晋語》注曰：“箴，救也。”陸機《文賦》曰：“箴頓挫而清壯。”《文心雕龍》曰：“箴者，所以攻疾防患，喻鍼石也。”

三十、銘

《周禮·司勳》注曰：“銘之言名也。”《釋名·釋言語》曰：“銘，名也，記名其功也。”又《釋典藝》曰：“銘，名也，述其功美，使可稱名也。”《禮記·祭統》：“銘者，自名也。自名以稱揚其先祖之美，而著之後世者也。”鄭注：“銘謂書之刻之，以識事者也。”《詩·定之方中》傳：“銘者，名也。

[1]“文囿”，范文瀾《文心雕龍注》作“文闊”。

所以因其器名，而書之以爲戒也。"《文賦》："銘博約而温潤。"《文心雕龍》曰："銘者，名也。觀器必也正名，審用貴乎盛德。"

三十一、誄

《説文》："誄，謚也。"《釋名·釋典藝》曰："誄，累也，累列其事而稱之也。"《周禮·太史》："遣之日，讀誄。"注曰："誄，累其行而讀之。"又《大祝》："六曰誄。"注："誄謂積累生時德行，以賜之命。"《墨子·魯問》曰："誄者，道死人之志也。"《論語·述而》皇疏曰："誄者，如今之行狀也。"《文賦》："誄纏綿而悽愴。"《文心雕龍》曰："大夫之才，臨喪能誄。誄者累也，累其德行，旌之不朽也。……又賤不誄貴，幼不誄長，在萬乘則稱天以誄之。讀誄定謚，其節文大矣。……詳夫誄之爲制，蓋選言録行，傳體而頌文，榮始而哀終。"

三十二、哀文

《説文》："哀，閔也。"《廣雅·釋詁》："哀，痛也。"又《釋訓》："哀，哀悲也。"《孟子·離婁》注："哀，傷也。"《穆天子傳》注："哀，猶愍也。"《文心雕龍》曰："議德之謚，短折曰哀。哀者依也，悲實依心，故曰哀也。以辭遣哀，蓋不淚之悼。故不在黄髮，必施夭昏。"

三十三、碑文

《説文》："碑，豎石也。"《釋名·釋典藝》曰："碑，被也。此本葬[1]時所設也。施鹿盧以繩被其上，引以下棺也。臣下追述君父之功美，以書其上，後人因焉。無故建於道陌之頭，顯見之處，名其文就，謂之碑也。"《儀禮·聘禮》："上當碑，南。"注曰："宫必有碑，所以識日景，引陰陽也。凡

〔1〕"葬"，《釋名》（中華書局影印，2016）作"王莽"二字。

碑引物者，宗廟則麗牲焉，以取毛血。其材，宫廟以石，窆用木。”《水經・滍水注》曰：“封者表有德，碑者頌有功。”《文賦》：“碑披文而相質。”《文心雕龍》曰：“碑者，埤也。上古帝皇，紀號封禪，樹石埤岳，故曰碑也。……又宗廟有碑，樹之兩楹，事止麗牲，未勒勳績。而庸器漸缺，故後代用碑。以石代金，同乎不朽，自廟徂墳，猶封墓也。”

三十四、墓誌

《説文新附》：“誌，記誌也。”或作“識”，通作“志”，亦作“幟”。《一切經音義》：“誌，記也。”吴均《齊春秋》：“王儉曰：‘石誌不出禮典。’宋元嘉中，顔延之爲王琳石誌。’”誌者，記也，記其人世系、名字、爵里、行治、壽年、卒葬日月，與其子孫之大略，勒石加蓋，埋於墓中，以防異時陵谷變遷也，有銘則曰墓誌銘。

三十五、行狀

《禮記・坊記》注曰：“行，猶事也。”《書・堯典》疏曰：“在身爲德，施之曰行。”《左氏・昭二十五年傳》曰：“行者，人之所履。”《國策・秦策》注曰：“狀，貌也。”《漢書・東方朔傳》注曰：“狀，形貌也。”《文章緣起》：“漢丞相倉曹傅胡幹作《楊伯元行狀》。”《文選》六臣注：“述其德行之狀。”徐伯魯曰：“行狀者，取死者生平言語、行事、世系、名字、爵里、壽年、後裔之詳，著爲行狀，亦名行述，因其請編史録。或乞作者墓誌碑表之類，故謂之狀。”

三十六、弔文

《説文》：“弔，問終也。”《史記・宋微子世家》集解曰：“問凶曰弔。”邱季彬《禮統》曰：“弔死曰弔。”《詩・匪風》傳：“弔，傷也。”《文心雕龍》曰：“弔者，至也。《詩》云‘神之弔矣’，言神至也。君子令終定謚，事極理哀，故賓之慰主，以至到爲言也。壓溺乖道，所以不弔矣。”

三十七、祭文

《説文》：“祭，祭祀也。”《春秋繁露·祭義》曰：“祭之爲言際也，與察也。”《書大傳》：“祭之爲言察也。”又：“祭者，薦也。”《穀梁·成十年傳》：“祭者，薦其時也，薦其敬也，薦其美也，非享味也。”《孝經》疏：“祭者，際也。人神相接，故曰際也。”唐翼修曰：“祭文之用有四，祈禱雨暘，驅逐邪魅，干求福澤，哀痛死亡，如是而已。”

觀右所列三十七類，其於八代成體之文，甄録亦略備矣。而持以與《文心雕龍》較，篇目雖小有出入，大體實適相符合。前謂昭明選文，必與彦和共相討論，即彦和亦必代爲搜討，觀於此而益信矣。今取兩書文章篇體，略分文筆，列目比較如左：

《文心雕龍》	《文選》
辨騷	騷（卷三十二、三十三）　辭（卷四十五）
明詩　樂府	詩　樂府（卷十九至三十一）
詮賦	賦（卷一至十九）
頌讚	頌　贊（卷四十七）　史述贊（附）
祝盟	無
銘箴	箴　銘（卷五十六）
誄碑	誄（卷五十六、五十七）　碑文（卷五十八、五十九）　墓誌（附）
哀弔	哀文哀策（卷五十七、五十八）　弔文　祭文（卷六十）
雜文	七（卷三十四、三十五）　對問　設論（卷四十五）　連珠（卷五十五）
封禪	符命（卷四十八）
諧讔	無
	右文之屬，爲有韻之文

史傳	無
諸子	無
論説	論（卷五十二至五十五） 史論（卷四十九、五十）
詔策	詔 册 令 教 策文（卷三十六）
章表	表（卷三十七、三十八）
奏啓	上書 啓（卷三十九） 彈事（卷四十）
書記	牋 奏記（卷四十） 書（卷四十一至四十三）
檄移	移（卷四十三） 檄（卷四十四）
	序（卷四十五、四十六，互見《文心・論説》） 行狀（卷六十，互見《文心・書記》）
議對	無
	右筆之屬，爲無韻之文

第五章　《文選》之纂次

附新定《文選目録》

《文選》各篇之辨體，既如上述。顧其纂次之間，或不無甄擇之失宜，或頗嫌名類之猥雜。而沿訛失檢之處，亦不一而足。後人猶多訾議，今更條舉而詳辨之。

一、選文之旨難以成立者

餘杭章氏曰："昭明太子序《文選》也，其於史籍則云不同篇翰，其於諸子則云不以能文爲貴，此爲裒次總集，自成一家，體例適然，非不易之定論也。《抱朴子·百家篇》曰：'狹見之徒，區區執一。惑詩賦瑣碎之文，而忽子論深美之言。真僞顛倒，玉石混淆。同廣樂於桑間，混龍章於素質。'斯可以箴矣。且沈思孰若莊周、荀卿，翰藻孰若《吕氏》《淮南》，總集不摭九流之篇，格於科律，固不應爲之辭。誠以文筆區分，《文選》所集，無韻者猥衆，寧獨諸子？若云文貴其彣耶？未知賈生《過秦》、魏文《典論》，同在諸子，何以獨堪入録？有韻文中，既録漢祖《大風》之歌，即《古詩十九首》，亦皆入選。而漢晋樂府，反有慭遺。是其於韻文也，亦不以節奏低卬爲主，獨取文采斐然，足燿觀覽，又失韻文之本矣。是故昭明之説，本無以自立者也。"

又曰："《文選序》云：'謀夫之話、辨士之端，雖傳之簡牘，而事異篇章。'此即語言文字之分也，然選例亦未一致。依史所載，荆卿《易水》、漢祖《大風》，皆臨時觸興而作，豈嘗先屬草稿，亦與出話何異？而《文選》

固録之矣。至於辭命，則有草創潤色之功，蘇張陳説，度亦先有篇章。《文選》録《易水》《大風》二歌，而獨汰去辨説，亦自相鉏吾矣。”

又曰：“《文選》之興，蓋依乎摯虞《文章流别》，謂之總集。……然則李充之《翰林論》，劉義慶之《集林》，沈約、邱遲之《集鈔》，放於此乎？《七略》惟有詩賦，及東漢銘誄論辨始繁，荀勖以四部變古，李充、謝靈運繼之，則集部自此著。總集者，本囊括别集爲書，故不取六藝、史傳、諸子。非曰别集爲文，其他非文也。《文選》上承其流，而稍入《詩序》、史贊、《新書》、《典論》諸篇，故不名曰‘集林’‘集鈔’，然已痟矣。其序簡别三部，蓋總集之成法，顧已迷誤其本。以文辭之封域相格，慮非摯虞、李充意也。《經籍志》别有《文章英華》三十卷、《古今詩苑英華》十九卷，皆昭明太子撰，又以詩與雜文爲異，即昭明義例不純，《文選序》率爾之言，不爲恒則。”（《國故論衡・文學總略》）

按：以上諸説，自亦持之有故。然《文選》爲裒次總集，自成一家，體例適然，非不易之定論。章氏既已言之，是爲選集之成法，本非文章之恒則，安得以文辭固有之封域相衡？《流别》《翰林》二書，就今所存諸論而觀，昭明此選蓋實本之（語見第一章），安得謂非摯虞、李充意也？《文章英華》《詩苑英華》，昭明各自爲書，此爲詩文分選所自始。《文選》詩文合編，另成一家體例，固不得執彼二書，以譏其爲例不純也。

二、入選之文有分類不當者

姚姬傳曰：“漢世校書，有辭賦略。其所列者甚當。《昭明文選》分體雜碎，其立名多可笑者。後之編集者，或不知其陋而仍之。”（《古文辭類纂・辭賦類序》）

按：姚氏此説以《漢志》屈原賦二十五篇，宋玉賦十六篇，淮南王安賦八十二篇，皆列於賦家；《離騷》特二十五篇之一，《招魂》亦十六篇之一，《招隱》亦八十二篇之一，昭明乃以“騷”名三家之賦，疑有未當。不知賦出於騷，騷當爲賦之祖，究可自爲一類。彦和析論文體，以《辨騷》與《詮賦》分篇，是已别賦與騷矣，昭明蓋用其例也。《隋志》特立“楚辭”一類，後之志藝文者不能易之，尤見推崇騷體，不與其他辭賦文同，何得獨疑昭明分體之未當耶？

章實齋言："賦先於詩，騷別於賦……前之議《文選》者，猶其顯然者也。若夫《封禪》《美新》《典引》，皆頌也，稱符命以頌功德，而別其類爲'符命'，則王子淵以聖主得賢臣而頌嘉會，亦當別類其體爲'主臣'矣。班固次韻，乃《漢書》之自序也，其云'述《高帝紀》第一''述《陳項傳》第一'者，所以自序撰書之本意；史遷有'作'於先，故已退居於'述'爾。今於'史論'之外，別出一體爲'述贊'，則遷書自序所謂'作《五帝紀》第一''作《伯夷傳》第一'者，又當別出一體爲'史作贊'矣。漢武詔策賢良，即策問也，今以出於帝制，遂於'策問'之外，別名曰'詔'，然則制策之對，當離諸策而別名爲'表'矣。賈誼《過秦》，蓋《賈子》之篇目也，因陸機《辨亡論》規仿《過秦》，遂援左思'著論準《過秦》'之説而標體爲'論'矣。魏文《典論》，蓋猶桓子《新論》、王充《論衡》之以'論'名書耳，《論文》其篇目也，今與《六代》《辨亡》諸篇同次於'論'。然則昭明自序所論'老莊之作、管孟之流，立意爲宗，不以能文爲本'其例不收諸子篇次者，豈以有取斯文，即可裁篇題'論'，而改子爲集乎？《七林》之文，皆設問也，今以枚生發問有七，而遂標爲'七'，則《九章》《九歌》《九辯》，亦可標爲'九'乎？《難蜀父老》，亦設問也，今以篇題爲'難'，而別爲'難'體，則《客難》當與同編，而《解嘲》當別爲'嘲'體，《賓戲》當別爲'戲'體矣。《文選》者，辭章之圭臬，集部之準繩，而淆亂蕪穢，不可殫詰，則古人流別，作者意指，流覽諸集，孰是深窺而有得者乎？"（《文史通義·詩教》）

按：章氏此説，以昭明論文，惟拘形貌而昧於文學源流，其言不爲無見。然考賦先於詩，其例實創於《漢志》；騷別於賦，其例早見於《文心》（説見前）。昭明之製，非無所本。以《封禪》爲符命，義見彥和之篇（《文心雕龍·封禪篇》曰："爾其表權輿，序皇王，炳元符，鏡鴻業。驅前古於當今之下，騰休明於列聖之上。歌之以禎瑞，讚之以介邱。"）；別議對於章表，體本《文心》之舊；標枚文爲"七"體，語本《流別》之文。昭明之分類，蓋亦因仍其説耳。題賈誼《過秦》爲論，謂援左思之詩，而不知《吳志》已有此言（《吴志·闞澤傳》："權嘗問書傳篇賦，何者爲美？澤欲諷諭，以明治亂，因對賈誼《過秦論》爲最善，權覽讀焉。"）；標《難蜀父老》爲"難"，謂出昭明之誤，而不知《選》目之爲贅列（《選》中《難蜀父老》一篇，本附檄類。近世刻《文選》者，於檄類標目之下，多標"難"之一類。章氏但觀目録，未核本書，殊爲失檢）。陳少章謂《難蜀父老》一篇，上漏題"難"字，蓋早有此説，章氏不察而仍之，皆不免輕於立論，未中昭明之失。惟分類不無過繁，信屬選家一病。然考爾時列體之繁，實自《文心》創始（《文心》惟以對問、設論、連珠三種，歸入《雜文》。"碑誄"爲一類，"哀弔"爲一類，方之昭明，較爲簡括。然《文心》亦非考論文體流變之書，未足援以爲例）。任昉《文章緣起》，分類雜碎尤甚，任以專書辨析衆製，尚復如此，是知昭明之分體，亦因襲前規而已（《文心·詮賦篇》云："夫京殿苑獵，述行序志，體國經野，義尚光大；至於草區禽族，庶品雜類，觸興致情，因變取會。"是於賦已多分類，昭明亦仍用其説耳）。昔葉星期謂昭明之選，去取雖或未盡當，後人有訾之者，然其出乎一己之成見，初非有所附會（《已畦文集·選家説》），其意欲解《文選》分類之繁，謂全由昭明之自爲創，而不知正由昭明之妙於因，例既不自我開，體自不妨繁出，又何用紛紛訾議爲哉？

三、入選之文有出於僞作者

蘇子瞻謂："梁蕭統《文選》，世以爲工，以軾觀之，拙於文而陋於識者，莫統若也。李陵、蘇武贈别長安，而詩有'江漢'之語。及陵與武書，辭句儇淺，正齊梁間小兒所擬作，決非西漢人。而統不悟，劉子玄獨知之。識真者少，蓋從古所痛也。"（《答劉沔書》）

按：蘇氏以蘇李贈别長安，不應有"江漢"之語。余仲林謂："四詩第三首，決爲奉使别家人之作，前二首似是送别，非武自遠行。此篇辭旨渾含，題又總曰古詩，何以知其必爲長安贈别乎？"（《文選音義》）《蔡寬夫條詩話》又云："安知武未嘗至江漢耶？"而何義門則謂："江漢、浮雲，一去不復返，一分不復合，以比别離，不必泥江漢之地爲疑。"〔1〕皆足破東坡之惑。至言李陵《答蘇武書》之僞惟劉子玄知之，見《史通·雜説篇》（《雜説》："《李陵集》有《與蘇武書》，詞采壯麗，音調流靡，觀其文體，不類西漢人，殆後來所爲，假稱陵作也。遷史缺而不載，良有以焉。編入李集中，斯爲謬矣。"）按：此篇之出於擬作，與孔安國《尚書序》之出於僞撰，昭明選之，或由酷愛其文，或由不悟其僞，前已言之。若以收入贋篇而論，則司馬相如之《長門賦》，亦後人所擬作也。考之《漢書·外戚傳》，陳皇后罷退長門宮，并無復幸之事，而《司馬相如傳》亦不載《長門賦》文。今觀賦首序即稱"孝武皇帝陳皇后"云云，相如卒於元狩五年，於孝武生而稱謚，已顯非出自相如之手，故何義門斷此賦爲假託之詞。顧亭林謂："陳皇后復幸之云，正如馬融《長笛賦》所謂'屈平適樂國''介推還受禄'也。"（《日知録》）皆深得此賦僞撰之癥結。（張皋文謂此賦非相如不能作，乃别有見）而昭明選之，則與選李陵書同爲一例，但采文辭，不泥事實耳。李陵《答蘇武書》之出於僞撰，其説甚長，後當詳論，兹姑不贅。

四、入選之文有事與文不足録取者

元陳仁子撰《文選補遺》四十卷，廬陵趙文儀爲之序，述同備（仁子字）之言曰："少閲《文選》，即恨其紕繆。以爲存《封禪書》，何如存《天人三策》；存《劇秦美新》，何如存更生《封事》；存《魏公九錫文》，何如存蕃、固諸賢論列。《出師表》不當删去《後表》，《九歌》不當止存《少司命》、《山鬼》（按：此説誤。《九歌》尚有《東皇太一》《雲中君》《湘君》《湘夫人》四首），《九章》不當止存《涉江》。詔令載武帝不載高、文，史論贊取班、范不取司馬遷。淵明詩家冠冕，十不存一二。遂作《文選補遺》，亦起先秦迄梁，間以先儒之説，及其所以去取之意，附於下方。"

王西莊曰："此種的是宋元人議論，中有一段道理。但所謂《後出師表》者，乃宋元人爲之題目。據亮本傳，但有一表，後表乃在裴松之注，松之

〔1〕"不必泥江漢之地爲疑"，《義門讀書記》卷四十七作"不得以地非塞外爲疑"。

云：'此表亮集所無，出張儼《默記》。'然則昭明不收固當。抑其所取之未合，則不但如同備所云而已。如任彦昇《宣德皇后令》（按：昔人謂《選》收此令，見六朝文人忠孝之心都絶）、殷仲文《自解表》、繁休伯《與魏文帝牋》、阮嗣宗《爲鄭沖勸晋王牋》、阮元瑜《爲曹公作書與孫權》，此等文皆似可不存，而蕭氏俱收入《文選》。陸機、陸雲，吴之世臣，不宜仕晋，潘岳品尤卑，世稱'潘江陸海'，然二子但有麗辭，苦無風骨，而《文選》取之亦頗多。蓋彼所謂'略其蕪穢，集其清英'者，原但論其文辭之美，而不論其事，亦不論其人也。《文選》之體如此。"（《蛾術編》）

《四庫提要》謂："仁子排斥蕭統甚至，蓋與劉履《選詩補注》，皆私淑《文章正宗》之説者。然《正宗》主於明理，《文選》原止於論文，言豈一端，要各有當。仁子以彼概此，非通方之論也。……然其説云補《文選》，不云竟以廢《文選》，使兩書並行，各明一義，用以濟專尚華藻之偏，亦不可謂無功。較諸舉一而廢百者，固尚有間焉。"（《總目》卷一百八十七集部總集類）

合上諸説而觀，則謂昭明此選，多有事不足録、人不足取者，可以釋然矣。

五、未選之文有宜取者

洪慶善曰："《漢志》屈原賦二十五篇，然則自《離騷》至《漁父》，皆賦也。後之作者，苟得其一體，皆可名家矣。而梁蕭統作《文選》，自《騷經》《漁父》《卜居》之外，《九歌》去其五，《九章》去其八。然司馬相如《大人賦》，率用《遠遊》之語；《史記·屈原傳》，獨載《懷沙》之賦；揚雄作《畔牢愁》，亦倣《惜誦》至《懷沙》。統所去取，未必當也。自漢以來，靡麗之賦，勸百而諷一，無惻隱古詩之義，故子雲有'曲終奏雅'之譏，而統乃以屈子與後世詞人同日而論，其識如此，則其文可知矣。"（《楚辭補注》）

按：洪氏此説，譏《文選》去取之未當，不知《楚辭》别有專集，自可單行；《文選》一書，但采篇章，標舉大略，非如後世歷代全文之比，必取其全書編入總集，以示無遺也，夫何得輕爲置議也？

蘇子瞻曰："舟中讀《文選》，恨其編次無法，去取失當，齊梁文章衰陋，而蕭統尤爲卑弱，《文選序》斯可見矣。如李陵書、蘇李五言，皆僞而不能辨；今觀《淵明集》，可喜者甚多，而獨取數首，以知其餘人忽遺者多矣。淵明作《閒情賦》，所謂'國風好色而不淫'者，正使不及《周南》，與屈宋所陳何異？而統大譏之，此乃小兒强解事也。"（《志林》）

按：蘇氏於李陵書及蘇李五言，累言其僞，辨已見前。陶令獨爲隱逸之宗，全集久已孤行，昭明但采十一，正見别裁，胡可輕議？其餘所論，則韓氏淲、張氏戒已駁斥之。

韓氏曰："東坡謂昭明不取《閒情賦》，以爲小兒强解事。《閒情》一賦，可以見淵明所寓，然昭明不取，亦未足以損淵明之高致。東坡以昭明爲强解事，余以東坡爲强生事。"（《澗泉日記》）

張氏曰："近時士大夫以蘇子瞻譏《文選》去取之謬，遂不復留意。不知《文選》雖昭明所集，非昭明所作。秦漢魏晋奇麗之文盡在，所失雖多，所得不少。作詩、賦、四六，此其大法，安可以昭明去取一失而忽之？子瞻文章從《戰國策》《陸宣公奏議》中來，長於議論而欠宏麗，故雖揚雄亦薄之云'好艱深之詞，以文淺易之説'，淺易則有矣，其文辭安可以艱深而非之也？韓退之文章豈減子瞻，而獨推揚雄，云雄死後，作者不復生。雄文章豈可非哉？《文選》中求議論則無，求奇麗之文則多矣。"（《歲寒堂詩話》）

六、入選之文有缺篇者

王應麟《困學紀聞》十七："《集古録跋》謂《樂毅論》與《文選》所載時時不同；《文章正宗》謂崔寔《政論》列於《選》。今考《文選》無此二篇，皆筆誤也。"

案：《史記·樂毅列傳》裴駰《集解》引《樂毅論》，自"觀樂生遺惠王書"起，至篇末止，與今所傳王右軍書本不同者數十字，多十九字，少十字，易十二字。《集古録跋》或即指此而言，而誤記爲《文選》所載，事尚可信。若真西山《文章正宗》，正是因《文選》所載專尚辭宗，特另撰一編，以救其失者。豈有不詳考《文選》所載，而漫爲此語，以誤後人者？以《選》中所録之文，與《序》文不相應而論，疑今傳《文選》本，實有闕篇也。

七、未選之文從而爲之辭者

王楙曰："《遯齋閒覽》云：'季父虚中謂王右軍《蘭亭序》，以"天朗氣清"自是秋景，以此不入選。余以謂'絲竹管絃'亦重複。'僕謂不然。'絲竹管絃'，本出《前漢·張禹傳》。而'三春之際，天氣肅清'，見蔡邕《終南山賦》。[1]'熙春寒往，微雨新晴，六合清朗'，見潘安仁《閒居賦》。'仲春令月，時和氣清'，見張平子《歸田賦》。安可謂春間無天朗氣清之時？右軍此筆，蓋直述一時真率之會趣耳。……然則斯文之不入《選》，良由搜羅之不及，非故遺之也。"（《野客叢書》）

《三柳軒雜識》云："世謂《蘭亭》不入《選》，以'絲竹管絃'爲病，'天朗氣清'不當於春時言之。陵陽韓子蒼云：'春多氣昏，是時天氣清明，故可書，如杜子美"六月風日冷"之義。"絲竹管絃"四字，乃班孟堅西漢[2]中語。梁以前古文，不在《選》中者尚多，何特此序耶？'"

葉大慶曰："王右軍《蘭亭序》不入《文選》……世多疑之。《遯齋閒覽》（原注：陳正敏）謂'天朗氣清'乃是秋景，'絲竹管絃'語爲重複。大慶竊謂自古以清明爲三月節，則是時天氣固清明矣。而《宣紀》神爵元年三月詔曰：'天氣清静，神魚舞河。'然則所謂天朗氣清，何足爲病？《前漢·張禹傳》曰'後堂理絲竹管絃'，而班固《東都賦》亦曰'陳金石，布絲竹。鐘鼓鏗鎗，管絃曄煜'，既曰'絲竹'，又曰'管絃'，此蓋右軍承前人之誤，未可以分寸之瑕，而棄盈尺之夜光也。"（《考古質疑》）

---

〔1〕此處所引當爲班固《終南山賦》，見《初學記》卷五，原文作"三春之季，孟夏之初，天氣肅清"。

〔2〕"西漢"，《全宋筆記》本《説郛》之《三柳軒雜識》作"西京賦"。今查班固《東都賦》，有"陳金石，布絲竹。鐘鼓鏗鎗，管絃爗煜"之句。

按：此三説，皆於昭明不選《蘭亭序》，從而爲之辭。竊謂《蘭亭》一帖，六朝盛傳，但屬名篇，理無不選。而昭明遺之者，蓋猶略采《楚辭》、陶詩之意，正以文已徧傳，人人獲覩，不必摭以入編耳。

八、入選文家取數篇有未足見當時風致與其本色者

王楙曰："《嵇康集》十卷，有詩八十八首，今《文選》所載康詩才三數首。《選》惟載康《與山巨源絶交書》一首，不知又有《與吕長悌絶交》一書。《選》惟載《養生論》一篇，不知又有《與向子期論養生難答》一篇，四千餘言，辨論甚悉。集又有《宅無吉凶論難》上中下三篇，《難張遼叔自然好學論》一首，《管蔡論》《釋私論》《明膽論》等文。其詞旨玄遠，率根於理，讀之想見當時之風致。"（《野客叢書》）

梁茝林曰："阮嗣宗文，傳於今者，有《東平賦》《首陽山賦》《鳩賦》《獼猴賦》《清志賦》《元父賦》，大抵語重意奇，頗事華采。其意旨所寄，爲《大人先生傳》，其體亦出於前人設論，然雜以騷賦各體，爲前人所未有。若《文選》所録《爲鄭沖勸晋王牋》《爲蔣公奏記辭辟》，文雖雅健，非阮氏文章之本色。"（《退菴隨筆》）〔1〕

按：此二説，以嵇、阮二集，善文尚多，頗惜選樓采之未盡。不知兩家之集，至今尚存（明黄省曾刻本），其在當時，藝林徧播。昭明此選，但采清英，豈能於其本集全行摭入耶？

綜上各條而觀，《文選》之纂次，經後人紛紛訾議，而究不足爲昭明病者，可以知其概矣。至其編録文辭，不無小有得失，則又有可言者，今并條舉於下。

---

〔1〕此段文字見劉師培《中國中古文學史》第四課《魏晋文學之變遷》，不見於梁章鉅《退菴隨筆》。此或爲誤記。

一、《選》於古人之文有增删者

俞理初曰："《文選》見於史策者極多，一一校存之，備異同斟酌耳。選家例有甄别增删，其本有視他本增多者，《西都賦》視《漢書》多'衆流之隈，汧流（案：當作涌）其西'，《東都賦》視《漢書》多'嘉祥阜兮集皇都'，司馬子長《報任少卿書》視《漢書》多'太史公牛馬走司馬遷再拜言'十二字，東方朔《答客難》視《漢書》多'傳曰天下無害災……'二十七字，蓋昭明得他本增入者。

"《景福殿賦》注引薛綜《東京賦》注曰：'高昌、建成，二觀名也。'有注而賦文無此二觀，今所得後漢宫殿圖亦無此二觀，則賦文昭明删之。《九章·涉江》，删去'亂曰'以下五十三字。鍾士季《檄蜀文》，《魏志》'亦無及已，其詳擇利害，自求多福'，今《文選》'亦無及也'，删'其詳擇……'九字。任彦昇《爲褚蓁讓代兄襲封表》注云：'此表與《集》詳略不同，疑是稿本，詞多冗長。'《奏彈劉整》注云：'昭明删此文太略，故詳引之，令與彈相應也。'是亦昭明删之，而李崇賢復補。唐僧《辨正論》内《九箴篇》，引《古詩》曰：'服食求神仙，多爲藥所誤。不如飲美酒，被服紈與素。寄語世上人，道士慎莫作。'《文選·古詩十九首》無'寄語……'十字，亦昭明删之。

"其以意存者，王子淵《聖主得賢臣頌》、劉孝標《重答劉秣陵書》，頌與書正文皆不見，蓋古人僅傳其序引。

"其增改字者，據注則顔延年《宋文皇后哀策文》，依用宋文帝加八字；陸佐公《石闕銘》，依用梁武帝改十四字；《刻漏銘》，依用梁武帝改一字，沈約改二字。然則《文選》不當以拘牽元稿，評説是非也。

"又唐本不必是梁本，《奏彈劉整》明非梁時舊録。王簡栖《頭陀寺碑》'憑五衍之肆'，齊建武時文也，昭明録入《文選》，以梁武名，避改'四衢之肆'，注當明了，而今文及注，語意相反，則唐人傳寫者，以其時不諱，改文中'四衢'爲'五衍'，而寫注者不知其意，又以注中'四衢''五衍'互换，是唐本已再改易。其中本爲昭明所移改者，曹子建《與吴質書》，注引别題，言昭明移‘墨翟不好伎’置‘和氏無貴矣’下，與季重之書相應也。朱浮《與彭寵書》注云：‘《後漢書》載此書，《東觀漢記》亦載此書，大義雖同，辭旨全别，蓋録事者取捨有詳略矣。’録有取捨，選亦必有取捨，校者詳其異同，以見古人之趣，非有彼此是非之見。凡書皆然，况其爲文辭選集本也。《史記·司馬相如列傳》云：‘《子虚》《上林》言上林、[1]雲夢所有甚衆，故删取其要。’西漢録賦，已删取如此。”（《癸巳存稿·〈文選〉自校本跋》）。

朱竹垞曰：“《昭明文選》初成，聞有千卷，既而略其蕪穢，集其清英，存三十卷，擇之可謂精矣。然入選之文，不無僞製。所録《古詩十九首》，以徐陵《玉臺新詠》勘之，枚乘詩居其八，至《驅車上東門行》，載樂府雜曲歌辭，其餘六首，《玉臺》不録。就《文選》本第十五首而論，‘生年不滿百，常懷千載憂。晝短而夜長，何不秉燭游’則《西門行》古辭也。古辭：‘夫爲樂，爲樂當及時，何能坐愁怫鬱，當復來兹。’而《文選》更之曰：‘爲樂當及時，何能待來兹。’古辭：‘貪財愛惜費，但爲後世嗤。’而《文選》更之曰：‘愚者愛惜費，但爲後世嗤。’古辭：‘自非仙人王子喬，計會壽命難與期。’而《文選》更之曰：‘仙人王子喬，難可與等期。’裁翦長短句作五言，移易其前後，雜糅置《十九首》中，没枚乘等姓名，概題曰‘古詩’，要之皆出文選樓中諸學士之手也。徐陵少仕於梁，爲昭明諸臣後進，不敢明言其非，乃别著一書，列枚乘姓名，還之作者，殆有微意焉。劉知幾疑李陵《答蘇武書》爲齊梁文士擬作，蘇子瞻疑武、陵贈答五言亦後人所擬，而統不能辨。非不能辨也，昭明優禮儒臣，容其作僞。今《文選》盛行，作僞者心不徒勞也已。

“或者以爲《文選》闕疑，《玉臺》實之以人非是。當其時昭明聚書三萬卷，大集群儒討論，豈不知五言始自枚乘？而序所云‘退傅有“在鄒”之作，降將有“河梁”之篇，四言五言，區以别矣’，注《文選》者，遂謂河梁之别，五言此始。鍾嶸《詩品》亦云：‘逮漢李陵，始著五言之目。’抑何謬歟？然則誦詩論世者，宜取《玉臺》並觀，毋偏信《文選》可爾。”（《曝

[1] “言上林”三字，據《癸巳存稿》卷十二補。

書亭集·書〈玉臺新詠〉後》）

觀此而知《選》於古人文辭，增删甚多，雖不出昭明手，後人固有議之者矣。

二、《選》有割裂古人之文代造題目者

賈誼《過秦》在《新書》中，昭明乃止截其一，題以“論”字（《過秦論》雖見《闞澤傳》，乃僅目之爲論，而未以之題篇）。范曄《後漢書》本自有論，昭明乃截《皇后紀》《宦者傳》《逸民傳》之首節，題以“論”字。此皆爲古人之文代造題目也。後此若姚姬傳《古文辭類簒》，於《史記》之年表月表、《漢書》之諸侯王表、《唐書·藝文志》、《五代史·職方考》，皆截其首節，題以“序”字。而於《五代史·一行傳》《伶官傳》，則又截其首節，一題爲“序”，一題爲“論”。《宦者傳論》，則又截取傳中一節爲之。隨意命題，無復定例，此則襲昭明之謬而加甚者也。

三、《選》有易置古人作書標題之法者

古人作書，於一篇之中有分篇，則標篇題於前，而列分題於後。《楚辭》“九歌”，篇題也，列於篇首；而“東皇太一”“雲中君”“湘夫人”“大司命”“少司命”“東君”“河伯”“山鬼”“國殤”“禮魂”，則分題也，皆各列於後。“九章”，篇題也，列於篇首；而“惜誦”“涉江”“哀郢”“抽思”“懷沙”“思美人”“惜往日”“橘頌”“悲回風”，則分題也，皆各列於後，此定例也。昭明乃亂其例，《九歌》選其六，而分題皆列於前，《九章》選其一，而分題亦列於前，於古人作書標題之法，任意易置，而古意亡矣。

四、《選》有誤析賦首或摘史辭爲序者

蘇子瞻曰：“宋玉《高唐》《神女賦》，自‘玉曰唯唯’以前，皆賦也，而統謂之序，大可笑也。相如賦又首有子虛、烏有、亡是三人論難，豈亦序

耶?”(《志林》)

王觀國曰:“傅武仲《舞賦》、宋玉《高唐賦》《神女賦》《登徒子好色賦》,本皆無序,昭明編《文選》,各析其賦首一段爲序。此四賦皆託楚襄王答問之語,蓋借意也,故皆有‘唯唯’之文,昭明誤認‘唯唯’之文爲賦序,遂析其辭。觀國按:司馬長卿《子虛賦》託烏有先生、亡是公爲言,揚子雲《長揚賦》託翰林主人、子墨客卿爲言,二賦皆有‘唯唯’之文,是以知傅武仲、宋玉四賦,本皆無序,昭明因其賦皆有‘唯唯’之文,遂誤析爲序也。揚子雲《羽獵賦》,首有二序,五臣注《文選》曰:‘賦有兩序,一者史臣,一者雄序。’詳其文,第一序乃雄序也,第二序非序,乃雄賦也。序中用‘頌曰’二字,不害於義。昭明析‘頌曰’爲一段,乃見其有二序,蓋誤析之也。馬融《長笛賦》,首尾兩處有‘辭曰’二字;潘安仁《籍田賦》,末有‘頌曰’字;潘安仁《笙賦》、張平子《思玄賦》、鮑明遠《蕪城賦》、謝希逸《月賦》,其末皆有‘歌曰’二字;王文考《魯靈光殿賦》、班孟堅《幽通賦》、王子淵《洞簫賦》、顔延年《赭白馬賦》,其末皆有‘亂曰’字。由此觀之,則《羽獵賦》有‘頌曰’字,乃賦也,非序也,亦豈有一賦而兩序耶?又《文選》載揚子雲《解嘲》有序,揚子雲《甘泉賦》有序,賈誼《鵩賦》有序,禰衡《鸚鵡賦》有序,司馬長卿《長門賦》有序,漢武帝《秋風辭》有序,劉子駿《移書責太常博士》有序,以上皆非序也,乃史辭也。昭明摘史辭以爲序,誤也。”

按:此於昭明所選各賦題之爲序之處,一一摘出,頗中其失。

五、《選》於各文有顯見標題之誤者

詩類“贈答二”曹子建《贈丁儀》一首,李注:“五言。《集》云與都亭侯丁廙,今云儀,誤也。”曹子建《又贈丁儀王粲》一首,李注:“五言。《集》云答丁敬禮、王仲宣。廙字敬禮,今云儀,誤也。”“行旅上”陸士衡《赴洛二首》,李注:“五言。《集》云此篇赴太子洗馬時作,下篇云東宫作,而此同云赴洛,誤也。”

騷類《招隱士》一篇,淮南王賓客作。王逸《章句》云:“小山之徒,閔傷屈原，故作《招隱》之賦，以章其志。”昭明竟指爲淮南王所作，題曰淮南王安，誤。

檄類陳孔璋《爲袁紹檄豫州》，趙琴士云：“《昭明文選》此文標題曰‘爲袁紹檄豫州’，李善注引《魏志》曰：‘琳避難冀州，袁本初使典文章，作此檄以告劉備。言曹公失德，不堪依附，宜歸本初也。’今案《魏志·陳琳傳》，並無‘此檄告劉備’以下數語，皆善妄增。又案《後漢書》及《魏志·袁紹傳》，宣此檄時，已在備奔歸紹之後。然則，非獨善注妄也，即昭明標題，亦不當云‘爲袁紹檄豫州’。宋胡三省注《通鑑》，知善之説非也，乃泥於昭明此題，而云：‘蓋帝都許，許屬潁川郡，豫州部屬也，故《選》專以檄豫州爲言。’此似但見《文選》之題，而未細看《文選》之文。檄首一行云‘左將軍領豫州刺史郡國相守’，左將軍領豫州刺史，非劉備而誰？乃以爲指其地而言耶？此檄末云：‘即日幽并青冀，四州並進，書到荆州，便勒見兵，與建忠將軍協同聲勢。州郡各整戎馬，羅絡境外。’則非專檄豫州可知。裴松之《魏志》注云：‘《魏氏春秋》載袁紹檄州郡文。’此爲得其實。故余謂此當題爲陳琳《爲袁紹檄州郡討操》。‘左將軍領豫州刺史’下，‘郡國守相’上，當有‘告’字，如《魏檄吴將校部曲》云：‘尚書令彧告江東諸將校部曲’也。操檄吴託之彧，紹檄操託之備，皆倚以爲重，二檄俱出陳琳之手，其體同可知也。彧名而備不名者，尊帝室之胄，又或本有而傳寫遺落，未可知也。近有重訂《文選》者，見此檄首一行不甚可通，乃爲注云：‘《蜀志》，先主備歸陶謙，謙表爲豫州刺史，後歸曹公，曹公表爲左將軍，故稱郡國相，又稱守者，郡守也。’左將軍既非郡國相，豫州刺史亦非郡守，何得强紐而合爲一耶？”（《讀書偶記》）

按：此數條，指《選》中標題之誤，均有依據。謂《檄豫州》一文，“左將軍領豫州刺史”下，“郡國相守”上，當有“告”字，而改其題爲“檄州郡”，尤爲確鑿可據，足破千古之疑。

六、《選》有標題不誤而文中叙名實誤者

書類趙景真《與嵇茂齊書》，篇首叙名“安白”，李注引《嵇紹集》曰：

“趙景真與從兄茂齊書，時人誤謂吕仲悌與先君書，故具列本末。趙至，字景真，代郡人，州辟遼東從事。從兄太子舍人蕃，字茂齊，與至同年相親。至始詣遼東時，作此書與茂齊。干寶《晋紀》以爲吕安與嵇康書。二説不同，故題云景真，而書曰安。”本書向秀《思舊賦》，李注引干寶《晋紀》曰：“嵇康譙人，吕安東平人，與阮籍、山濤及兄巽友善。康有潛遯之志，不能披褐懷寶，矜才而上人。安，巽庶弟，妻美，巽幸之。事發露，巽病之，告安謗己。巽於鍾會有寵，太祖遂徙安遠郡。遺書與康‘昔李叟入秦，及關而歎’云，太祖惡之，追收下獄。康理之，俱死。”又引《魏氏春秋》曰：“康寓居河内之山陽，鍾會爲大將軍所昵，聞而造之，乘肥衣輕，賓從如雲。康方箕踞而鍛，會至不爲禮，會深恨之。康與東平吕昭子巽友，弟安親善，會巽淫安妻徐氏，而誣安不孝，囚之。安引康爲證，義不負心，保明其事，安亦至烈，有濟世志，鍾會勸大將軍因此除之，殺安及康。”又臧榮緒《晋書》亦云：“安妻甚美，兄巽報之。内慙，誣安不孝，啓太祖徙安遠郡。即路與康書，太祖見而惡之，收安付廷尉，與康俱死。”

自有以上諸書所載，證以李注所引《嵇紹集》所言，後之讀此書者，遂謂紹以父與安同誅，懼時所疾，故移此書於趙景真。考其始末，實是安作。（王志堅説）且就書中所言勘之，謂所云“夫以嘉遯之舉，猶懷戀恨，況乎不得已者哉”等語，如景真歸就州辟，未即爲不得已也。又曰“常恐風波潛駭，危機密發”，非安不得爲此言也。又曰“北土之性，難以託根”，景真乃代郡人，不得云北土難以託根也。又曰“若乃顧影中原，憤氣雲踊。哀物悼世，激情風厲。龍嘯大野，虎睇六合。猛氣紛紜，雄心四據。思躡雲梯，横奮八極。披艱掃穢，蕩海夷嶽。蹴崐崙使西倒，蹋泰山令東覆”云云，叔夜與魏宗室爲婚，而又性烈才俊，當司馬秉政之時，乃心魏室，未嘗或忘。《晋書》載鍾會譖康：“欲助毌邱儉，賴山濤不聽。”《魏志》注引《世語》：“毌邱儉反，康有力，且欲起兵應之，以問山濤，濤曰不可，儉亦已敗。”徵之此文，益信。遂真謂此書爲吕安作，而安與康之被刑，均爲此書所致。

不知至與康棄家相隨，事載本傳，而此書乃康卒後，至詣魏興見太守張嗣宗，嗣宗遷江夏相，乃相隨到涓川，欲因入吴而嗣宗卒，乃向遼西占户。

至與康兄子蕃友善，及將遠適，乃與蕃書叙離，并陳其志。書載傳中，篇首並無“某白”二字。是嵇紹之言，確爲可信。惟所適是遼西非遼東，係爲占户，非應州辟，故書中有“不得已”及“北土之性，難以託根”等語。蓋純爲遠適占户而發，不得移之吕安。并出於康已卒之後，與康殆毫不相涉。而茂齊且有答書一篇，載《藝文類聚》中，與此書恰是針鋒相對，决不可移之他人。由是可知，此書標題本屬不誤，篇首“安白”二字，應作“至白”。證以《晋書》所載，或并無此二字，純爲後人所妄加耳。

七、《選》中有顯爲叙次之失者

孔融時代後於朱浮，《文選》書類文舉《論盛孝章書》，列朱叔元《爲幽州牧與彭寵書》之前，此次文之失。

詩“公讌”類曹子建《公讌詩》一首，李注：“贈答詩，子建在仲宣之後，而此在前，疑誤。”“招隱”類左太沖《招隱詩》二首，李注：“雜詩，左居陸後，而此在前，誤也。”“雜詩”類何敬祖《雜詩》一首，李注：“贈答，何在陸前，而此居後，誤也。”“哀傷”類曹子建《七哀詩》一首，李注：“贈答，子建在仲宣之後，而此在前，誤也。”他若贈答之詩，贈宜居前，答宜居後，倒置亦多，此次詩之失。

按：此種叙次小失，無關宏旨，李注皆一一摘出，可見昭明選文，采摭既多，前後時有不照，而李注之處處精細，亦從可見矣。

附 新定《文選》目録*

《文選》纂次，後人動多訾議。今略師姚、曾兩家選録之例，爲更定其類目如左：

論辨類

過秦論	賈　誼
王命論	班　彪
漢書公孫弘傳贊	班　固
典論論文	魏文帝
六代論	曹　冏
博弈論	韋　昭
運命論	李　康
養生論	嵇　康
辨亡論	陸　機
五等諸侯論	陸　機
晉紀總論	干　寶
晉紀晉武帝革命論	干　寶
後漢書二十八將傳論	范　曄
宋書謝靈運傳論	沈　約
辨命論	劉　峻
廣絶交論	劉　峻

* 此目録原附上編之末，有注云："此目應附第五章之後，因恐排印稽遲，姑附於此。"今依此注，特移置第五章之後。

序跋類

詩序	卜　商
尚書序	孔安國
春秋左氏傳序	杜　預
三都賦序	皇甫謐
思歸引序	石　崇
豪士賦序	陸　機
三月三日曲水詩序	顔延之
後漢書皇后紀序	范　曄
後漢書宦者傳序	范　曄
後漢書逸民傳序	范　曄
三月三日曲水詩序	王　融
宋書恩倖傳序	沈　約
重答劉秣陵沼書序	劉　峻
王文憲集序	任　昉

詔册教令策檄類

【詔】	
求賢詔	漢武帝
賢良詔	漢武帝
【册文】	
册魏公九錫文	潘　勗
【教】	
爲宋公修張良廟教	傅　亮
修楚元王墓教	傅　亮

【令】

宣德皇后令　任　昉

【策文】

永明九年策秀才文　王　融

永明十一年策秀才文　王　融

天監三年策秀才文　任　昉

【檄】

喻巴蜀檄　司馬相如

爲袁紹檄豫州　陳　琳

檄吴將校部曲文　陳　琳

檄蜀文　鍾　會

上書表啓牋奏類

【上書】

上秦始皇書　李　斯

奏書諫吴王　枚　乘

重諫舉兵　枚　乘

上書吴王　鄒　陽

獄中上書自明　鄒　陽

上書諫獵　司馬相如

詣建平王上書　江　淹

【表】

薦禰衡表　孔　融

出師表　諸葛亮

求自試表　曹　植

求通親親表　曹　植

讓開府表　羊　祜

陳情表　李　密

謝平原内史表　陸　機
勸進表　劉　琨
爲吴令謝詢求爲諸孫置守塚人表　張　悛
讓中書令表　庾　亮
薦譙元彦表　桓　温
自解表　殷仲文
爲宋公至洛陽謁五陵表　傅　亮
爲宋公求加贈劉前軍表　傅　亮
爲齊明帝讓宣城郡公表　任　昉
爲范尚書讓吏部封侯第一表　任　昉
爲蕭揚州薦士表　任　昉
爲褚諮議蓁讓代兄襲封表　任　昉
爲范始興作求立太宰碑表　任　昉

【啓】

奉答七夕詩啓　任　昉
爲卞彬謝脩卞忠貞墓啓　任　昉
上蕭太傅固辭奪禮啓　任　昉

【彈事】

奏彈曹景宗　任　昉
奏彈劉整　任　昉
奏彈王源　沈　約

【牋】

答臨淄侯牋　楊　修
與魏文帝牋　繁　欽
答東阿王牋　陳　琳
答魏太子牋　吴　質
在元城與魏太子牋　吴　質
爲鄭沖勸晋王牋　阮　籍
拜中軍記室辭隨王牋　謝　朓

到大司馬記室牋　任　昉
勸進今上牋　任　昉
【奏記】
詣蔣公　阮　籍

書移類

【與書】
答蘇武書　李　陵
報任少卿書　司馬遷
報孫會宗書　楊　惲
爲幽州牧與彭寵書　朱　浮
論盛孝章書　孔　融
爲曹洪與魏文帝書　陳　琳
爲曹公作書與孫權　阮　瑀
與朝歌令吴質書　魏文帝
與吴質書　魏文帝
與鍾大理書　魏文帝
與楊德祖書　曹　植
與吴季重書　曹　植
答東阿王書　吴　質
與滿公琰書　應　璩
與侍郎曹長思書　應　璩
與廣川長岑文瑜書　應　璩
與從弟君苗君胄書　應　璩
與山巨源絶交書　嵇　康
爲石仲容與孫皓書　孫　楚
與嵇茂齊書　趙　至
與陳伯之書　邱　遲

【移書】

移書讓太常博士	劉　歆
北山移文	孔稚珪

詩歌類

【歌】

雜歌	
易水歌	荊　軻
大風歌	漢高帝
扶風歌	劉　琨
中山王孺子妾歌	陸　厥

【郊廟歌】

宋郊祀歌二首（四言）	顏延之

【挽歌】

挽歌詩	繆　襲
挽歌詩三首	陸　機
挽歌詩	陶　潛

【樂府】

飲馬長城窟行	蔡　邕（據《玉臺新詠》題）
傷歌行	
長歌行	
怨歌行	班婕妤
短歌行	曹　操
苦寒行	曹　操
燕歌行	魏文帝
善哉行	魏文帝
箜篌引	曹　植
美女篇	曹　植

白馬篇	曹 植
名都篇	魏文帝
王明君辭	石 崇
猛虎行	陸 機
君子行	陸 機
從軍行	陸 機
豫章行	陸 機
苦寒行	陸 機
飲馬長城窟行	陸 機
門有車馬客行	陸 機
君子有所思行	陸 機
齊謳行	陸 機
長安有狹邪行	陸 機
長歌行	陸 機
悲哉行	陸 機
吴趨行	陸 機
日出東南隅行	陸 機
前緩聲歌	陸 機
塘上行	陸 機
短歌行四首（四言）	陸 機
會吟行	謝靈運
東武吟	鮑 照
出自薊北門行	鮑 照
結客少年場行	鮑 照
東門行	鮑 照
苦熱行	鮑 照
白頭吟	鮑 照
放歌行	鮑 照
升天行	鮑 照

鼓吹曲	鮑　照
四言古詩	
【補亡】	
補亡詩六章	束　晳
【勸勵】	
諷諫	韋　孟
勵志	張　華
【獻詩】	
責躬詩并表	曹　植
應詔詩	曹　植
關中詩	潘　岳
【公讌】	
皇太子宴玄圃宣猷堂有令賦詩	陸　機
大將軍宴會被命作詩	陸　雲
晋武帝華林園集詩	應　貞
應詔讌曲水作詩	顔延之
皇太子釋奠會作詩	顔延之
【哀傷】	
幽憤詩	嵇　康
【贈答】	
贈蔡子篤	王　粲
贈士孫文始	王　粲
贈文叔良	王　粲
贈秀才入軍（五首）	嵇　康
贈馮文羆遷斥邱令	陸　機
答賈長淵并序	陸　機
爲賈謐作贈陸機	潘　岳
贈陸機出爲吴王郎中令	潘　尼
答盧諶詩并書	劉　琨

贈劉琨并書　盧　諶

【雜詩】

朔風詩　曹　植

雜詩　嵇　康

五言古詩　阮　瑀

【述德】

述祖德詩　謝靈運

【公讌】

公讌詩　王　粲

公讌詩　劉　楨

公讌詩　曹　植

侍五官中郎將建章臺集詩　應　瑒

九日從宋公戲馬臺集送孔令詩　謝　瞻

樂游應詔詩　范　曄

九日從宋公戲馬臺集送孔令詩　謝靈運

侍宴樂游苑送張徐州應詔詩　丘　遲

應詔樂游苑餞呂僧珍詩　沈　約

【祖餞】

送應氏詩（二首）　曹　植

征西官屬送於涉陽候作詩　孫　楚

金谷集作詩　潘　岳

王撫軍庾西陽集別作　謝　瞻

鄰里相送方山詩　謝靈運

新亭渚別范零陵詩　謝　朓

別范安成詩　沈　約

【詠史】

詠史詩　王　粲

三良詩　曹　植

詠史（八首）	左　思
詠史	張　協
覽古	盧　諶
張子房詩	謝　瞻
秋胡詩	顏延之
五君詠（五首）	顏延之
詠史	鮑　照
詠霍將軍北伐	虞　羲
【游仙】	
游仙詩	何　劭
游仙詩（七首）	郭　璞
【招隱】	
招隱詩	陸　機
招隱詩（二首）	左　思
反招隱詩	王康琚
【游覽】	
芙蓉池作	魏文帝
南州桓公九井作	殷仲文
游西池	謝　混
泛湖歸出樓中翫月	謝惠連
從游京口北固應詔	謝靈運
晚出西射堂	謝靈運
登池上樓	謝靈運
游南亭	謝靈運
游赤石進帆海	謝靈運
石壁精舍還湖中作	謝靈運
登石門最高頂	謝靈運
於南山往北山經湖中瞻眺	謝靈運

從斤竹澗越嶺溪行 謝靈運
應詔觀北湖田收 顏延之
車駕幸京口侍游蒜山作 顏延之
車駕幸京口三月三日侍游曲阿後湖作 顏延之
行藥至城東橋 鮑 照
游東田 謝 朓
從冠軍建平王登廬山香爐峯 江 淹
鍾山詩應西陽王教 沈 約
宿東園 沈 約
游沈道士館 沈 約
古意酬到長史溉登琅邪城詩 徐 悱
【詠懷】
詠懷（十七首） 阮 籍
臨終詩 歐陽建
秋懷 謝惠連
【哀傷】
七哀詩（二首） 王 粲
七哀詩 曹 植
七哀詩（二首） 張 載
悼亡詩（三首） 潘 岳
廬陵王墓下作 謝靈運
拜陵廟作 顏延之
同謝諮議銅雀臺詩 謝 朓
出郡傳舍哭范僕射 任 昉
【贈答】
贈五官中郎將 劉 楨
贈徐幹 劉 楨
贈從弟（三首） 劉 楨

贈徐幹	曹　植
贈丁廙	曹　植（據李注改題）
贈王粲	曹　植
又贈丁廙王粲	曹　植（據李注改題）
贈白馬王彪	曹　植
贈丁廙	曹　植（據李注改題）
贈山濤	司馬彪
答何劭（二首）	張　華
贈張華	何　劭
於承明作與士龍	陸　機
贈尚書郎顧彦先（二首）	陸　機
贈顧交阯公真	陸　機
贈從兄車騎	陸　機
答張士然	陸　機
爲顧彦先贈婦	陸　機（據李注改題）
贈馮文羆	陸　機
又贈弟士龍	陸　機
贈河陽詩	潘　尼
贈侍御史王元貺	潘　尼
贈何劭王濟并序	傅　咸
答傅咸	郭泰機
爲顧彦先贈婦	陸　雲（據李注改題）
答兄機	陸　雲
答張士然	陸　雲
重贈盧諶	劉　琨
贈崔温	盧　諶
答魏子悌	盧　諶
答靈運	謝　瞻
於安成答靈運	謝　瞻

西陵遇風獻康樂	謝惠連
還舊園作見顔范二中書	謝靈運
登臨海嶠與從弟惠連	謝靈運
酬從弟惠連	謝靈運
贈王太常	顔延之
夏夜呈從兄散騎車長沙	顔延之
直東宫答鄭尚書	顔延之
和謝監靈運	顔延之
答顔延年	王僧達
和琅邪王依古	王僧達
郡内高齋閑坐答吕法曹	謝　朓
在郡卧病呈沈尚書	謝　朓
暫使下郡夜發新林至京邑贈西府同僚	謝　朓
酬王晋安	謝　朓
和伏武昌登孫權故城	謝　朓
和王著作八公山	謝　朓
和徐都曹勉昧旦出新渚	謝　朓（據李注改題）
和王主簿怨情	謝　朓
謝宣城朓卧疾	沈　約（據李注改題）
應王中丞思遠詠月	沈　約
奉答内兄希叔	陸　厥
贈張徐州	范　雲
古意贈王中書融	范　雲（據李注改題）
贈郭桐廬	任　昉

【行旅】

赴洛道中作（二首）	陸　機
赴洛（二首）	陸　機
爲吴王郎中時從梁陳作	陸　機
河陽縣作	潘　岳

在懷縣作（二首）	潘　岳
迎大駕	潘　尼
始作鎮軍參軍經曲阿作	陶　潛
辛丑歲七月赴假還江陵夜行塗口	陶　潛
永初三年七月十六日之郡初發都	謝靈運
過始寧墅	謝靈運
富春渚	謝靈運
七里瀨	謝靈運
登江中孤嶼	謝靈運
初去郡	謝靈運
初發石首城	謝靈運
道路憶山中	謝靈運
入彭蠡湖口	謝靈運
入華子岡是麻源第三谷	謝靈運
北使洛	顔延之
還至梁城作	顔延之
始安郡還都與張湘州登巴陵城樓作	顔延之
上潯陽還都道中作	鮑　照（據李注改題）
之宣城出新林浦向版橋	謝　朓
敬亭山詩	謝　朓
休沐重還道中	謝　朓
晚登三山還望京邑	謝　朓
京路夜發	謝　朓
望荆山	江　淹
旦發魚浦潭	丘　遲
早發定山	沈　約
新安江水至清淺深見底貽京邑游好	沈　約
【軍戎】	
從軍詩（五首）	王　粲

【雜詩】

古詩十九首	
與蘇武（三首）	李　陵
詩（四首）	蘇　武
四愁詩（四首并序）	張　衡
雜詩	王　粲
雜詩	劉　楨
雜詩枹中作	魏文帝
雜詩於黎陽	魏文帝
雜詩（六首）	曹　植
情詩	曹　植
百一詩	應　璩
雜詩	傅　玄
雜詩	張　華
情詩（二首）	張　華
雜詩	何　劭
園葵詩	陸　機
思友人	曹　攄
感舊詩	曹　攄
雜詩	王　讚
雜詩	棗　據
雜詩	左　思
雜詩	張　翰
雜詩（十首）	張　協
時興	盧　諶
飲酒（二首）	陶　潛（據李注改題）
詠貧士詩	陶　潛
讀山海經詩	陶　潛
七月七日夜詠牛女	謝惠連

擣衣 謝惠連
南樓中望所遲客 謝惠連
田南樹園激流植援 謝靈運
齋中讀書 謝靈運
石門新營所住四面高山迴溪石瀨脩竹詩
謝靈運
雜詩 王　徽
數詩 鮑　照
翫月城西門廨中詩 謝　朓
始出尚書省 謝　朓
直中書省 謝　朓
觀朝雨 謝　朓
郡内登望 謝　朓
冬節後至丞相第謁世子車中五韻詩 沈　約
直學省愁卧 沈　約
詠湖中雁 沈　約
三月三日率爾成篇 沈　約
【雜擬】
擬古詩（十二首） 陸　機
擬四愁詩 張　載
擬古詩 陶　潛
擬魏太子鄴中詩（八首） 謝靈運
效曹子建樂府白馬篇 袁　淑
效古 袁　淑
擬古（二首） 劉　鑠
擬古（三首） 鮑　照
學劉公幹體 鮑　照
代君子有所思 鮑　照

雜體詩（三十首）	江 淹
效古	范 雲

辭賦類

【賦】

【京都】

兩都賦并序	班 固
二京賦	張 衡
南都賦	張 衡
三都賦并序	左 思

【郊祀】

甘泉賦并序	揚 雄

【耕籍】

籍田賦	潘 岳

【畋獵】

子虛賦	司馬相如
上林賦	司馬相如
羽獵賦	揚 雄
長楊賦	揚 雄
射雉賦	潘 岳

【紀行】

北征賦	班 彪
東征賦	班 昭
西征賦	潘 岳

【游覽】

登樓賦	王 粲
游天台山賦并序	孫 綽

蕪城賦	鮑　照
【宮殿】	
魯靈光殿賦并序	王延壽
景福殿賦	何　晏
【江海】	
海賦	木　華
江賦	郭　璞
【物色】	
風賦	宋　玉
秋興賦并序	潘　岳
雪賦	謝惠連
月賦	謝　莊
【鳥獸】	
鵩鳥賦	賈　誼
鸚鵡賦	禰　衡
鷦鷯賦并序	張　華
赭白馬賦并序	顔延之
舞鶴賦	鮑　照
【志】	
離騷	屈　原
九章	屈　原
九辯	宋　玉
幽通賦	班　固
思玄賦	張　衡
歸田賦	張　衡
閒居賦并序	潘　岳
【情】	
高唐賦	宋　玉

神女賦	宋　玉
登徒子好色賦	宋　玉
洛神賦并序	曹　植
【哀傷】	
弔屈原賦	賈　誼
長門賦	司馬相如
思舊賦并序	向　秀
歎逝賦并序	陸　機
懷舊賦并序	潘　岳
寡婦賦	潘　岳
恨賦	江　淹
別賦	江　淹
【論文】	
文賦并序	陸　機
【音樂】	
洞簫賦	王　褒
舞賦	傅　毅
長笛賦	馬　融
琴賦并序	嵇　康
笙賦	潘　岳
嘯賦	成公綏
【祭祀】	
九歌	屈　原
招魂	宋　玉
招隱士	劉　安
【設論】	
卜居	屈　原
漁父	屈　原

對楚王問	宋　玉
七發	枚　乘
答客難	東方朔
非有先生論	東方朔
難蜀父老	司馬相如
解嘲	揚　雄
四子講德論	王　褒
答賓戲	班　固
七啓并序	曹　植
七命	張　協
【辭】	
秋風辭	漢武帝
歸去來辭	陶　潛
【連珠】	
演連珠	陸　機

箴頌贊銘類

【箴】	
女史箴	張　華
【頌】	
封禪文并序	司馬相如
聖主得賢臣對	王　褒
趙充國頌	揚　雄
劇秦美新	揚　雄
典引并序	班　固
出師頌	史　岑
酒德頌	劉　伶
漢高祖功臣頌并序	陸　機

【贊】

漢書高祖紀贊　班　固
漢書成紀贊　班　固
漢書韓彭英盧吴傳贊　班　固
東方朔畫象傳贊并序　夏侯湛
三國名臣傳贊并序　袁　宏

【銘】

封燕然山銘　班　固
座右銘　崔　瑗
劍閣銘　張　載
石闕銘　陸　倕
新刻漏銘　陸　倕

傳狀類

齊竟陵文宣王行狀　任　昉

碑誌類

郭有道碑文并序　蔡　邕
陳仲弓碑銘并序　蔡　邕
褚淵碑銘并序　王　儉
頭陀寺碑銘并序　王　屮
齊安陸昭王碑銘并序　沈　約
劉先生夫人墓誌　任　昉

哀祭類

【誄】

王仲宣誄　曹　植

楊荊州誄并序　潘　岳
楊仲武誄并序　潘　岳
夏侯常侍誄并序　潘　岳
馬汧督誄并序　潘　岳
陽給事誄并序　顔延之
陶徵士誄并序　顔延之
宋孝武宣貴妃誄并序　謝　莊

【哀文】

哀永逝文　潘　岳
宋文元皇后哀策文　顔延之
齊敬皇后哀策文　謝　朓

【弔文】

弔魏武帝文并序　陸　機

【祭文】

祭古塚文并序　謝惠連
祭屈原文　顔延之
祭顔光禄文　王僧達

第六章　《文選》作者之時代與地域

文章風會，古今異趨，南北殊軌。不究觀作者之時代，無以見古今流變之歸；不詳考作者之地域，無以覘南北風氣之異。故論文而詳及作者之時代與地域，亦修文學史者所有事也。《文選》一書，綜録八代，入選者百三十家（無名人不計），歷代名篇，各家鉅製，咸萃於此。而其書出自梁朝，纂於南服，時非古昔，地亦偏隅，既不免於今詳而古略，亦不無憾於北富而南貧，蓋亦勢有不得不然者。比而觀之，可以覘流別焉，可以知風尚焉。昔常寶鼎撰《文選姓氏類目》十卷，蓋詳述作者之略歷，辨論文章之篇體，其書不傳。近烏程孫梅撰《四六叢話》，嘗以《文選》作家列爲專卷，徵引書史，不厭求詳。凡以既讀其文，於其人之本末，所當詳考也。本編限於篇幅，不能備詳，謹取各家略歷，依其時代，敘列左方，而以地域詳注於下，俾學者得略資攷覽焉。

周　四人

卜商　字子夏，衛人，孔子弟子。事見《史記·仲尼弟子列傳》。衛，河南衛輝府淇縣。**【北】**

屈原　名平，郢人，楚同姓，仕楚懷王左徒，爲同列上官大夫所譖，王怒而疎之。後放於湘南，投汨羅而死。事見《史記》列傳。郢，湖北荆州江陵縣。**【南】**

宋玉　楚人，屈原弟子，爲頃襄王大夫，《史記》言其“好辭而以賦見稱”。楚爲荆州府，則玉亦郢人。《水經注》，宜城城南有宋玉宅，玉邑人。

宜城屬荆州府。【南】

荆卿　衛人，其先齊人，徙於衛，衛人謂之慶卿，之燕，燕人謂之荆卿。好讀書擊劍，以爲燕太子丹入秦刺始皇，不克而死。事見《史記·刺客傳》。衛，見前。【北】

秦　一人

李斯　楚上蔡人，師事荀卿，入秦爲吕不韋舍人，始皇拜爲長史，遷廷尉卿，進左丞相。二世二年，趙高誣以謀反，具五刑，夷三族。事見《史記》本傳。上蔡，屬河南汝寧府。【南】

漢　十七人

高祖　姓劉氏，諱邦，字季，沛豐邑中陽里人。初爲泗上亭長，秦二世元年起兵稱沛公，以子嬰元年西入關，項羽立爲漢王。以漢五年破項羽，即皇帝位，在位十二年。事具《史記》《漢書》。豐，屬江蘇徐州府。【南】

韋孟　本彭城人，爲楚元王傅，徙家於鄒，至孫賢，五世爲鄒魯大儒。事見《漢書·韋賢傳》。彭城，江蘇徐州府屬。鄒，山東兖州府鄒縣。【北】

賈誼　洛陽人。年十八，以能屬文稱郡中，河南守吴公愛之。文帝召爲博士，爲絳、灌之屬所害，天子以爲長沙王太傅，徵拜梁王太傅，以自傷哭泣死。事見《史》《漢》本傳。洛陽，屬河南河南府。【北】

劉安　淮南厲王長子，高帝之孫，孝文十六年封淮南王。好招致賓客，爲伍被告以謀反，上使宗正以符節劾王，未至，自殺。事見《漢書·淮南王長傳》。豐縣。【南】

鄒陽　齊人，事吴王濞，王以太子事陰有邪謀，陽上書諫。後去之梁，從孝王游，爲羊勝、公孫等譖之於孝王，王下陽吏，將殺之，陽從獄中上書孝王，立出之，卒爲上客。事見《史》《漢》列傳。齊，山東臨淄縣。【北】

枚乘　字叔，淮陰人，爲吴王濞郎中，去之梁。景帝平七國，召拜弘農都尉，以病去。復游梁，後歸淮陰，武帝以蒲輪徵之入都，道卒。事見《漢

書》本傳。淮陰，屬江蘇淮安府。【南】

東方朔　字曼倩，平原厭次人。武帝初舉賢良方正，待詔公車，尋爲常侍，拜太中大夫，被劾免，待詔宦者署，復爲郎中。事見《漢書》本傳。厭次，山東武定府惠民縣。【北】

司馬相如　字長卿，蜀郡人，以資爲郎，事景帝爲武騎常侍，病免。客游梁，武帝召，復爲郎，坐事免。尋復爲郎，拜孝文園令，病免，卒。事見《漢書》本傳。蜀郡，四川成都府。【南】

孔安國　字子國，魯人，孔子十二世孫，受《詩》於魯申公。武帝時以治《尚書》爲博士，官諫議大夫，遷侍中，出爲臨淮太守。事見《漢書·儒林·申公傳》。魯，山東兖州府曲阜縣。【北】

蘇武　字子卿，杜陵人。初爲郎，遷侍中。天漢元年，以中郎將使匈奴，被留。至元始六年歸，拜典屬國。宣帝即位，賜爵關内侯。甘露三年，圖形麒麟閣。事見《漢書》本傳。杜陵，陝西西安府咸寧縣。【北】

李陵　字少卿，隴西成紀人，前將軍廣孫，爲侍中，拜騎都尉。天漢二年，兵敗降匈奴，尚單于女，爲右校王，元平元年卒。事附《漢書·李廣傳》。成紀，甘肅秦州秦安縣。【北】

司馬遷　字子長，河内人，太史公談子，爲太史令。天漢中，坐爲李陵游説，宫刑，後爲中書令。事見《漢書》本傳。按：遷生於龍門，今山西絳州河津縣。【北】

楊惲　字子幼，弘農華陰人。初爲郎，地節中封平通侯。五鳳二年，與太僕戴長樂相失，免官。後有日蝕之變，人告惲驕奢所致，下廷尉，按驗得與孫會宗書，坐腰斬。事見《漢書》本傳。華陰，屬陝西同州府。【北】

王褒　字子淵，蜀郡資中人，宣帝時待詔，擢爲諫議大夫，天子嘉褒所爲《甘泉》及《洞簫頌》，令後宫誦之。益州有金馬碧雞之寶，使往祀焉，於道病卒。事見《漢書》本傳。資中，四川資州資陽縣。【南】

班婕妤　扶風安陵人。成帝初即位，進入後宫，始爲少使，俄而大幸，爲婕妤，居增城舍。後趙飛燕寵盛，婕妤希復進見。成帝崩，充奉園陵，薨。事見《漢書·外戚傳》。安陵，陝西西安府咸陽縣。【北】

揚雄　字子雲，蜀郡成都人。少好學，年四十餘，游京師，大司馬王音薦，待詔，除黄門郎。歷成、哀、平，三世不徙官。王莽簒位，轉大中大夫，天鳳五年卒。事具《漢書》本傳。成都，屬四川成都府。【南】

劉歆　字子駿，漢宗室向子。成帝初，待詔宦者署，綏和中爲中壘校尉。哀帝即位，進侍中太中大夫。平帝時爲右[1]曹太中大夫。王莽居攝，以爲羲和，封紅休侯。及簒位，以爲國師、嘉新公。地皇末，謀劫莽降漢，事泄自殺。事附《漢書・楚元王傳》。豐縣。【南】

後漢　二十人

班彪　字叔皮，扶風安陵人。成帝時爲越騎校尉，遭王莽敗，去京師依隗囂，知囂必敗，乃避地河西，依竇融。及隴蜀平，隨融入洛，舉秀才，除徐令，免。後察廉，除望都長，卒官。事具《後漢書》本傳。咸陽。【北】

班固　字孟堅，彪子。永平中召詣校書部，除蘭臺令史，遷爲郎。建初中遷玄武司馬。永元初，大將軍竇憲出塞，以爲中護軍，行中郎將事，憲敗，坐下獄死。事附《彪傳》。咸陽。【北】

曹昭　字惠姬，扶風曹世叔妻，同郡班彪女，和帝數召入宫，令皇后貴人師事焉，號曰大家。事具《後漢書・列女傳》。咸陽。【北】

朱浮　字叔元，沛國蕭人。初從光武爲大司馬主簿，後爲大將軍、幽州牧。建武二年封武陽侯，旋拜執金吾，徙封父城侯，代竇融爲大司空，後徙封新息侯，永平中賜死。事具《後漢書》本傳。徐州府蕭縣。【南】

傅毅　字武仲，扶風茂陵人。建初中，爲蘭臺令史，典校祕書。車騎將軍馬防請爲軍司馬，防敗，坐免。永元初，竇憲請爲記室，憲遷大將軍，以爲司馬，早卒。事具《後漢書・文苑傳》。茂陵，陝西興平縣。【北】

張衡　字平子，南陽西鄂人。永元中辟公府，不就。永初中，大將軍鄧隲累召，不應。公車徵拜郎中，遷太史令，陽嘉中遷侍中，永和初出爲河間相，徵拜尚書，卒。事具《後漢書》本傳。西鄂，南陽府南陽縣。【南】

馬融　字季長，茂陵人。永初中，大將軍鄧隲召爲舍人，拜校書郎，在

[1] “右”，原作“左”，據《漢書》訂之。

東觀十年不調。陽嘉中，拜議郎，轉武都太守，桓帝時遷南郡太守，以忤梁冀免官，髡徙朔方，遇赦歸，拜議郎，重在東觀著述，以病去官，卒。事具《後漢書》本傳。興平縣。【北】

崔瑗　字子玉，涿郡人，駰子。年四十始爲郡吏，坐事繫獄，釋歸，辟度遼將軍鄧隲府，隲誅，坐免，復辟車騎將軍閻顯府。順帝初，顯誅，又坐免。後遷濟北相，被劾免。事附《後漢書·崔駰傳》。順天府涿州。【北】

史岑　字孝山。《後漢書·王隆傳》有沛國史岑，字子孝，王莽時爲謁者。《文選·出師頌》考定有兩史岑，字子孝者仕莽末，字孝山者當和熹之間，引《流别集》及《集林》載岑《和熹鄧后頌并序》爲據，今從之，但爵里未詳。

王延壽　字文考，南郡宜城人。逸子，有儁才，年二十四溺死。事附《後漢·文苑·王逸傳》。荆州宜城縣。【南】

蔡邕　字伯喈，陳留圉人。建寧初辟司徒橋玄府，遷議郎，光和初坐忤宦官，徙五原，遇赦，亡命在外十二年。董卓爲司空，徵爲祭酒，初平元年拜左中郎將，封高陽鄉侯，三年卓誅，坐下獄死。事具《後漢書》本傳。圉，河南開封府杞縣。【北】

孔融　字文舉，孔子二十世孫。靈帝時辟司徒楊賜府，中平初爲侍御史，獻帝初出爲北海相，劉備表爲青州刺史，爲袁譚所攻，徵爲將作大匠，忤曹操奏免，下獄棄市。事具《後漢書》本傳。曲阜。【北】

楊修　字德祖，弘農華陰人，太尉彪子。建安中舉孝廉，除郎中，署丞相倉曹屬主簿，坐漏洩言教，交通諸侯，爲曹操所殺。事附《後漢書·楊震傳》。華陰縣。【北】

禰衡　字正平，平原般人。興平中避難荆州，建安初來游許下，以忤曹操，被召爲鼓吏，旋送劉表，復忤表，以江夏太守黄祖性急故，送衡與之，後爲黄祖所殺。事具《後漢書·文苑傳》。般，濟南府德平縣。【北】

潘勗　字元茂，陳留中牟人，獻帝時爲尚書郎，遷右丞，除東海相，未行，留爲尚書左丞。事附《魏志·衛覬傳》。中牟，屬河南開封府。【北】

王粲　字仲宣，山陽高平人。初辟司徒府，除黄門侍郎，不就。至荆州依劉表，荆州平，曹操辟爲丞相掾，賜爵關内侯，後遷軍謀祭酒。建安二十一年[1]從征吴，道病卒。事具《魏志》本傳。高平，山東兖州府鉅鹿縣。【北】

陳琳　字孔璋，廣陵人。初爲大將軍何進府主簿，後避亂冀州，依袁紹，紹使典密事。冀州平，曹操以爲軍謀祭酒，管記室，徙門下督，卒。事附《魏志·王粲傳》。廣陵，江蘇揚州府江都縣。【南】

阮瑀　字元瑜，陳留人，師事蔡邕。建安中，曹操以爲軍謀祭酒，管記室，遷倉曹掾，卒。事附《魏志·王粲傳》。陳留，河南開封府屬。【北】

劉楨　字公幹，東平人。少有學，辟丞相掾屬。建安中，曹操以爲軍謀祭酒，歷平原侯庶子，五官將文學，坐罪被收，減死輸作。事附《王粲傳》。山東泰安府東平州。【北】

繁欽　字休伯，潁川人，爲豫州從事，稍遷丞相主簿，卒。事附《王粲傳》。潁川，屬河南陳州府。【北】

三國　十五人。魏十三人，蜀一人，吴一人

魏武帝操　姓曹氏，字孟德，沛國譙人。靈帝時舉孝廉爲郎，光和末徵爲典軍校尉。獻帝初，董卓表爲驍騎校尉，逃歸起兵，尋領兖州牧。建安元年拜鎮東將軍，襲爵費亭侯，假節録尚書事，尋爲大將軍，封武平侯。十三年爲丞相，十八年策命爲魏公，加九錫，二十一年進爵魏王，二十五年薨。事具《三國志·魏紀》。譙，安徽潁州府亳州。【北】

文帝丕　字子桓，武帝長子。建安十六年爲五官中郎將，二十二年立爲魏太子，二十五年嗣魏王，尋受禪，改元黄初，在位七年，謚曰文皇帝。事具《魏志·紀》。亳州。【北】

陳王植　字子建，文帝母弟。建安十六年封平原侯，十九年徙臨菑。黄初二年貶爵安鄉侯，尋改封鄄城，三年進封鄄城王，四年徙封雍丘。太和元年徙封浚儀，二年復還雍丘，三年徙封東阿，六年改封陳，薨，謚曰思王。事具《魏志》本傳。亳州。【北】

---

〔1〕“二十一年”，原作“三”，據《三國志·王粲傳》改。

曹冏　字元首，中常騰兄叔興之後，齊王芳族祖，官弘農太守。亳州。【北】

應瑒　字德璉，汝南人，曹操辟爲丞相掾屬，轉平原侯庶子，後爲五官將文學，事附《王粲傳》。汝南，河南汝寧府汝陽縣。【南】

應璩　字休璉，瑒弟。明帝時官散騎侍郎，齊王時遷侍中，爲大將軍曹爽長史，後復爲侍中，典著作，嘉平四年卒。事附《王粲傳》。汝陽。【南】

吴質　字季重，濟陰人。建安中爲朝歌長，遷元城令。文帝受禪，拜北中郎將，進振威將軍，使持節都督幽并諸軍事，封列侯。太和四年入爲侍中，卒。按：質南皮人，屬天津府。【北】

繆襲　字熙伯，東海人。辟御史大夫府，歷事魏四主，至散騎常侍，轉尚書、光禄勳。事附《魏志·劉劭傳》。東海，江蘇海州。【南】

何晏　字平叔，南陽宛人，大將軍進孫。文帝時拜附馬都尉，明帝時爲冗官。齊王即位，進散騎常侍，遷侍中，尋爲吏部尚書，封關内侯，坐曹爽誅。事附《魏志·爽傳》。宛，河南南陽府南陽縣。【南】

鍾會　字士季，潁川長社人。正始中爲祕書郎，高貴鄉公即位，賜爵關内侯，拜衛將軍，封東武亭侯。景元中爲鎮西將軍，假節都督關中諸軍事，以定蜀功進侍中，封縣侯，尋謀據蜀，爲亂兵所殺。事具《魏志》本傳。長社，河南許州長葛縣。【北】

李康　字蕭遠，中山人。明帝時爲尋陽長，後封閣陽侯。中山，直隸定州。【北】

嵇康　字叔夜，譙國銍人，尚魏宗室長樂亭主，除郎中，拜中散大夫。景元二年，以答山濤書忤司馬昭，尋坐吕安事誅。事具《魏志·王粲傳》及《晋書》。銍，安徽鳳陽府宿州。【北】

阮籍　字嗣宗，陳留尉氏人，爲從事中郎。正元初，封關内侯，尋爲步兵校尉，景元四年卒。事具《王粲傳》及《晋書》。尉氏，河南開封府屬。【北】

諸葛亮　字孔明，琅邪陽都人，流寓襄陽。先主屯新野，三顧乃見，及定荆州，以爲軍師中郎將。蜀平，以爲軍師將軍。先主及位，以爲丞相，録尚書事，領司隸校尉。後主即位，封武鄉侯，領益州牧。建興十二年卒，謚

曰忠武侯。事具《蜀志》本傳。陽都，山東沂州府沂水縣。【北】

韋昭　字弘嗣，吴郡雲陽人，爲丞相掾，除西安令，入拜尚書郎，孫亮時遷太史令，孫休時歷中書郎、博士祭酒。孫皓嗣位，封高陵亭侯，遷中書僕射，拜侍中，領左國史。鳳皇二年忤旨，下獄誅。事具《吴志》本傳。雲陽，江蘇鎮江府丹徒縣。【南】

晋　四十五人

應貞　字吉甫，汝南人，魏侍中璩子。正始中舉高第，歷武帝撫軍參軍，咸熙中隨府遷相國參軍。晋受禪，遷給事中、太子中庶子、散騎常侍。泰始五年卒。事附《王粲傳》。汝陽。【南】

羊祜　字叔子，泰山南城人。高貴鄉公時徵拜中書侍郎，陳留王時賜爵關中侯。晋國建，封鉅平子。武帝受禪，進爵爲侯，尋拜尚書右僕射，都督荆州諸軍事，加車騎將軍，開府。咸寧初，除征南大將軍，封南城侯，卒。事具《晋書》本傳。南城，山東沂州府費縣。【北】

杜預　字元凱，京兆杜陵人。魏甘露中，襲爵豐樂亭侯。晋受禪，守河南尹，免。尋除秦州刺史，忤石鑒，徵詣廷尉，以贖論，尋拜度支尚書，代羊祜爲征南大將軍，都督荆州諸軍事。吴平，進爵當陽縣侯，後徵爲司隸校尉，道卒。事具《晋書》本傳。陝西咸寧。【北】

傅玄　字休弈，北地泥陽人。初舉秀才，除温令，遷弘農太守。晋國建，封鶉觚子。武帝爲晋王，遷散騎常侍。及受禪，進爵爲子，尋拜御史中丞，轉司隸校尉，卒。事具《晋書》本傳。北地，甘肅慶陽府寧州。【北】

傅咸　字長虞，玄子。泰始末，襲父爵，拜太子洗馬，出爲冀州刺史，遷司徒左長史，轉車騎司馬，遷尚書左丞。元康初，轉太子中庶子，再爲本郡中正議郎長，卒。事附《晋書・玄傳》。寧州。【北】

張華　字茂先，范陽方城人。仕魏爲太常博士。晋受禪，拜黄門侍郎，封關内侯。吴平，進封廣武縣侯，出爲幽州都督。惠帝即位，以爲太子少傅、侍中、中書監，封壯武郡公，拜司空，領著作，爲趙王倫矯詔所殺。事具《晋書》本傳。方城，直隸順天府固安縣。【北】

成公綏　字子安，東郡白馬人。仕魏爲博士，歷祕書郎，轉丞，遷中書郎，拜騎都尉。入晋，泰始五年卒。事具《晋書·文苑傳》。白馬，河南衛輝府滑縣。【北】

孫楚　字子荆，太原中都人，爲石苞鎮東參軍，遷著作佐郎，後爲扶風王駿征西參軍，轉梁令，遷衛軍司馬。惠帝初爲馮翊太守，卒。事具《晋書》本傳。中都，山西太原府榆次縣。【北】

孫綽　字興公，楚孫，爲庾亮征西參軍，補章安令，徵拜太學博士，遷尚書郎，出爲殷浩建威長史，浩敗，王羲之引爲右軍長史，轉永嘉太守，遷散騎常侍，拜衛尉卿，卒。事附《楚傳》。榆次。【北】

趙至　字景真，代郡人，改名浚，字允元。徙遼西，舉郡計吏。太康中以良吏徵，赴洛，卒。事具《晋書·文苑傳》。代郡，山西代州。【北】

夏侯湛　字孝若，譙人，征西將軍淵孫。少爲太尉掾，泰始中拜郎中，補太子舍人，出爲野王令，除中書侍郎，出爲南陽相，遷太子僕。惠帝即位，進散騎常侍。事具《晋書》本傳。亳州。【北】

劉伶　字伯倫，沛國人。仕魏爲建威將軍。泰始初對策，盛言無爲之化，以無用罷。沛國，安徽宿州。【北】

皇甫謐　字士安，安定朝那人，自號玄晏先生。舉孝廉，相國辟，皆不就。晋受禪，累徵，又舉賢良方正。咸寧初，徵太子中庶子，又徵著作郎，司隸劉毅請爲功曹，皆不應。太康三年卒。事具《晋書》本傳。朝那，甘肅平涼府平涼縣。【北】

李密　字令伯，犍爲武陽人。仕蜀爲州從事、大將軍主簿、太子洗馬。入晋，察孝廉，舉秀才，除郎中、太子洗馬，皆不應。祖母服闋，復以洗馬徵，出爲温令，遷漢中太守。事具《晋書·孝友傳》。武陽，眉州彭山縣。【南】

向秀　字子期，河内懷人，爲散騎侍郎，卒於散騎常侍。事具《晋書》本傳。懷，河南懷慶府武陟縣。【北】

左思　字太沖，臨淄人。泰始中，爲祕書郎。惠帝時，齊王冏召爲記室督，不就。事具《晋書·文苑傳》。臨淄，山東青州府屬。【北】

張載　字孟陽，安平灌津人。太康中，爲著作佐郎，轉太子中舍人，遷

樂安相、弘農太守。長沙王乂請爲記室督，拜中書侍郎，領著作，引疾歸，卒。事具《晋書》本傳。安平，直隸深州屬。【北】

張協　字景陽，載弟。辟公府掾，除祕書郎，補華陰令，歷征北從事中郎，入爲中書侍郎，轉河間内史，以亂去官。永嘉初，徵爲黄門侍郎，不就，卒。事附《載傳》。安平縣。【北】

郭泰機　河南人。河南，河南府。【北】

束晳　字廣微，陽平元城人。張華召爲掾，華爲司空，以爲賊曹屬，轉著作佐郎，遷博士，再遷尚書郎。趙王倫輔政，請爲記室，辭疾歸，卒。事具《晋書》本傳。元城，直隸大名府屬。【北】

潘岳　字安仁，滎陽中牟人。武帝時，辟司空、太尉府，出爲河陽令，轉懷令，補尚書度支郎。惠帝初，太傅楊駿引爲主簿，駿誅，除名，遷爲長安令，補著作郎，轉散騎侍郎，與石崇等謀誅趙王倫，事覺遇害。事具《晋書》本傳。中牟，河南開封府屬。【北】

潘尼　字正叔，岳從子。太康中舉秀才，元康初拜太子舍人，除宛令，補尚書郎。趙王倫篡位，引疾去，齊王冏引爲參軍，封安昌公，歷侍中、祕書監。永興中爲中書令，永嘉中遷太常卿，卒。事附《岳傳》。中牟。【北】

棗據　字道彦，潁川長社人，本姓棘，避仇改。弱冠辟大將軍府，出爲山陽令，遷尚書郎。賈充伐吴，請爲從事中郎，軍還，徙黄門郎，出爲冀州刺史，入爲太子中庶子。事具《晋書·文苑傳》。長葛縣。【北】

陸機　字士衡，吴郡吴人，大司馬抗子。孫皓時爲牙門將，武帝末與弟雲入洛，太傅楊駿辟爲祭酒。惠帝即位，遷太子洗馬，尋爲趙王倫相國參軍，封關中侯。倫誅，坐徙邊，遇赦，成都王穎表爲平原内史、河北大都督。河橋之敗，與弟雲並誅。事具《晋書》本傳。吴，江蘇蘇州府吴縣。【南】

陸雲　字士龍，機弟。孫皓時舉賢良，武帝末與兄機入洛，辟公府掾，出補浚儀令，入爲尚書侍御史。成都王穎表爲清河内史，轉大將軍右司馬，又表爲前鋒將軍。河橋之敗，與機並誅。事附《機傳》。吴縣。【南】

張悛　字士然，吴國人，爲太子庶子。吴縣。【南】

木華　字元虚，廣川人，爲楊駿府主簿。廣川，直隸河間府景州。【北】

張翰　字季鷹，吴郡吴人。齊王冏辟爲大司馬東曹掾，棄官歸。事具《晋書・文苑傳》。吴縣。【南】

石崇　字季倫，渤海南皮人。除修武令，入爲散騎侍郎，遷城陽太守，以伐吴功封安陽鄉侯。惠帝時，出爲荆州刺史，徵爲大司農，尋拜太僕，出爲征虜將軍，假節監徐州軍事，尋拜衛尉，坐賈謐免，與歐陽建、潘岳等謀誅趙王倫，事覺遇害。事具《晋書》本傳。南皮，直隸天津府屬。【北】

歐陽建　字堅石，渤海人，石崇外甥。辟公府，歷山陽令、尚書郎、馮翊太守，與石崇謀誅趙王倫，事泄被害。事具《晋書》本傳。渤海，河間府。【北】

何劭　字敬祖，陳國陽夏人，太宰曾子。晋國建，爲太子中庶子。武帝受禪，轉散騎常侍，咸寧中遷侍中。惠帝初，爲太子太師，後轉特進，遷尚書左僕射，永康中遷司徒。趙王倫篡位，以爲太宰。永寧元年卒，贈司徒。事附《晋書・何曾傳》。陽夏，河南陳州府太康縣。【北】

曹攄　字顔遠，譙人，魏大司馬休孫。與左思俱爲齊王冏記室，元康末爲洛陽令，後爲襄陽太守、征南司馬。永嘉二年，討流王逌[1]，敗死。事具《晋書・良吏傳》。亳州。【北】

王讚　字正長，義陽人。太康中爲太子舍人，惠帝時拜侍中，永嘉中爲陳留内史，加散騎侍郎。義陽，河南汝寧府信陽州。【南】

司馬彪　字紹統，河内温人，宣帝從子，高陽王睦之長子。魏時拜騎都尉。泰始中爲祕書郎，後爲散騎侍郎，惠帝末卒。事具《晋書・文苑傳》。温，河南懷慶府温縣。【北】

劉琨　字越石，中山魏昌人。元康中，爲司隸從事。趙王倫以爲記室督。倫篡位，以爲太子詹事，齊王冏輔政，拜尚書左丞，光熙初封廣武侯，永嘉初拜并州刺史，建興初拜大將軍，進司空，都督并冀幽三州諸軍事，爲石勒所敗，奔段匹磾，天興元年爲匹磾所害。事具《晋書》本傳。魏昌，正定府無極縣。【北】

盧諶　字子諒，涿郡涿人。顯宗徵爲散騎常侍，使末波，末波愛其才，

---

〔1〕“流王逌”，按《晋書・良吏傳》，當作“流人王逌”。

留不遣，遂仕石虎。冉閔誅石氏，遇害。事附《晋書·盧欽傳》。涿州。【北】

庾亮　字元規，穎川鄢陵人，元帝爲鎮東將軍，辟爲西曹掾，隨府轉丞相參軍，封都亭侯。及即位，拜中書郎。明帝即位，爲中書監。王敦内逼，加右將軍，都督東征諸軍事，封永昌縣公。成帝即位，徙中書令。蘇峻反，都督征討諸軍事，峻平，出爲平西將軍。尋代陶侃都督江荆徐益梁雍六州諸軍事，進征西將軍，徵爲司徒，録尚書事，固辭不拜，卒。事具《晋書》本傳。鄢陵，河南開封府屬。【北】

桓温　字元子，譙國龍亢人。成帝時襲爵萬寧縣男，穆帝初代庾翼爲安西將軍，都督荆司雍益梁寧六州諸軍事，以平蜀功，封臨賀郡公，升平中改封南郡公，哀帝初加大司馬，都督中外諸軍事，假黄鉞，録尚書事，廢帝時領平北將軍，徐兖二州刺史，孝武初卒。事具《晋書》本傳。龍亢，安徽鳳陽府宿州。【北】

郭璞　字景純，河東聞喜人。惠懷間避亂過江，宣城太守殷祐以爲參軍，後爲王導參軍，遷尚書郎。明帝初，王敦以爲記室參軍，以阻謀逆被斬。事具《晋書》本傳。聞喜，山西絳州屬。【北】

干寶　字令升，新蔡人。元帝召爲著作佐郎，賜爵關内侯。中興建，領國史，出補山陰令，遷始安太守，王導請爲司徒左長史，遷散騎常侍。事具《晋書》本傳。新蔡，河南汝寧府屬。【南】

袁宏　字彦伯，陳郡扶樂人。永和初，爲謝尚安西參軍，累遷桓温大司馬記室，入爲吏部郎，除東陽太守。事具《晋書·文苑傳》。扶樂，河南陳州府太康縣。【北】

謝混　字叔源，陽夏人，襲父琰爵望蔡公，尚主。歷中書令、中領軍、尚書左僕射，坐劉毅誅。事附《晋書·謝安傳》。河南太康縣。【北】

殷仲文　字仲文，陳郡長平人。會稽王道子引爲驃騎參軍，後爲元顯征虜長史，遷新安太守。桓玄舉兵，以爲諮議參軍，領記室，進侍中。玄敗，投義軍爲鎮軍長史，轉尚書。安帝反正，還東陽太守。義熙三年，謀反，誅。長平，河南陳州府西華縣。【北】

陶潛　字元亮，廬江尋陽人，一名淵明，或云字淵明。大司馬侃曾孫，爲州祭酒，自解歸。後爲鎮軍建威參軍，補彭澤令。義熙三年，解印去，徵著作郎，不就。事具《晋書》《宋書·隱逸傳》。尋陽，江西德化縣。【南】

王康琚　晋時人，爵里未詳。

宋 十二人

傅亮　字季友，咸玄孫。初爲建威參軍，桓玄篡位，以爲祕書郎，未拜。義熙初，除員外散騎常侍。宋國建，除侍中，徙中書令。武帝受禪，遷太子詹事，封建城縣公，轉尚書僕射。少帝即位，進中書監、尚書令，尋廢立。文帝即位，進爵始興郡公，元嘉三年伏誅。事具《宋書》本傳。甘肅寧州。【北】

謝靈運　陳郡陽夏人，晋車騎將軍玄孫，襲封康樂公。宋受禪，降公爲侯，起爲散騎常侍。少帝即位，出爲永嘉太守。文帝即位，徵爲祕書監，引病東歸，以游宴免。起爲臨川内史，爲有司所糾，興兵叛逸，禽付廣州棄市。事具《宋書》本傳。永康縣。【北】

謝瞻　字宣遠，靈運從兄，爲武帝鎮軍參軍，又爲琅邪王大司馬參軍、宋國中書黄門侍郎、相國從事中郎，出爲豫章太守，卒。《南史》附謝晦傳。永康。【北】

謝惠連　靈運族弟。元嘉中，爲司徒、彭城王義康法曹參軍。《宋書》附謝方明傳。永康縣。【北】

謝莊　字希逸，靈運從子。孝武初，除侍中，拜吏部尚書。大明初，起爲都官尚書，領前將軍。前廢帝即位，以爲紫金光禄大夫。明帝即位，以爲散騎常侍，領尋陽王師，轉中書令。《南史》附謝宏微傳。永康。【南】

顔延之　字延年，琅邪臨沂人。義熙中，爲後將軍。宋國建，遷世子舍人。及受禪，補太子舍人。少帝即位，出爲始安太守。元嘉初，徵爲中書侍郎，出爲永嘉太守，後爲祕書監、光禄勳，致仕。元凶弑逆，以爲光禄大夫。孝武即位，以爲紫金光禄大夫，卒。事具《宋書》本傳。臨沂，山東沂州府蘭山縣。【北】

袁淑　字陽源，陳郡陽夏人。爲彭城王義康軍司祭酒，免，補衡陽王義季右軍主簿，出爲宣城太守，入補中書侍郎，出爲始興王濬征北長史、南東

海太守，還爲御史中丞。元凶弑逆，見殺。《南史》附袁湛傳。【北】

劉鑠　字休玄，彭城人，文帝第四子。元嘉十六年，封南平王。元凶弑逆，以爲中軍將軍，開府儀同三司。孝武定亂，進司空，賜藥死。事具《宋書》本傳。彭城，江蘇徐州府屬。【南】

范曄　字蔚宗，南陽順陽人，襲封武興縣侯。義熙末，爲武帝相國掾。宋受禪，隨府轉右參軍。文帝即位，爲宣[1]城太守，後爲始興王濬後軍長史，領南下邳太守。元嘉二年，與孔熙先等謀立彭城王義康，事泄棄市。事具《宋書》本傳。順陽，湖北襄陽府光化縣。【南】

王徽　字景玄，琅邪臨沂人。爲太子中舍人，除南平王鑠右軍諮議參軍，不就，仍除中書侍郎，又擬琅邪義興太守，又江湛舉爲吏部郎，皆不就，卒。事具《宋書》本傳。沂州府蘭山縣。【北】

王僧達　弘少子。元嘉中爲始興王後軍參軍，出爲宣城太守，徙義興。孝武舉義，以爲長史，及即位，以爲尚書右僕射，尋出爲南蠻校尉，不行，後遷左衛將軍，封寧陵縣侯。事具《宋書》本傳。蘭山縣。【北】

鮑照　字明遠，東海人。世祖時爲中書舍人，臨海王子瑱[2]爲荆州，照爲前軍行參軍。孝武初，除海虞令。事附《宋書·臨川王道規傳》。東海，江蘇海州。【南】

齊　五人

王儉[3]　字仲寶，琅邪臨沂人，襲父爵豫章侯。高帝爲太尉，引爲左長史。齊臺建，遷右僕射，及受禪，改封南昌縣公，加侍中、尚書令。永明中，進開府儀同三司，領中書監，卒。事具《齊書》本傳。蘭山縣。【北】

王融　字元長，儉從子。舉秀才，爲晋安王南中郎參軍，歷晋陵王司徒法曹參軍。鬱林王即位，收下廷尉獄，賜死。《南史》附王宏傳。蘭山縣。【北】

---

〔1〕“宣”，原作“宜”，據《宋書》校改。
〔2〕“瑱”，按《宋書》，當作“頊”。
〔3〕“王儉”，原誤作“王伶”，今據稿本改。

孔稚珪　字德璋，會稽山陰人。爲宋高帝記室參軍。入齊，爲尚書左丞。建武初，遷冠軍將軍、南郡太守，徵侍中，不行。東昏即位，爲都官尚書，加散騎常侍。事具《南齊書》本傳。山陰，浙江紹興府屬。【南】

謝朓　字玄暉，陳郡陽夏人。永明初，爲豫章王太尉參軍。明帝輔政，以爲驃騎諮議，領記室。及即位，轉中書郎，出爲宣城太守，又爲南東海太守。永元中，爲始安王遥光所誅。事具《南齊書》本傳。永康縣。【北】

陸厥　字韓卿，吴郡吴人。永明中舉秀才，歷少傅王晏主簿，遷後軍法曹參軍。事具《南齊書・文學傳》。江蘇吴縣。【南】

梁 十人

沈約　字休文，吴興武康人。元康末，爲安西晋安王法曹參軍。齊受禪，爲征虜記室。隆昌初，爲東陽太守。義兵起，爲驃騎司馬。梁臺建，爲散騎常侍。及受禪，進尚書僕射，封建昌縣侯，後改尚書左僕射，領中書令，遷尚書令，加特進，卒。事具《梁書》本傳。武康，浙江湖州府屬。【南】

江淹　字文通，濟陽考城人。宋泰始中，爲南徐州從事。齊臺建，補記室參軍，東昏末兼衛尉。武帝舉義，以爲冠軍將軍，及受禪，爲散騎常侍，封臨沮縣伯，遷紫金光禄大夫，改封醴陵侯，天監四年卒。事具《梁書》本傳。考城，河南歸德府屬。【北】

任昉　字彦昇，樂安博昌人。宋元徽末，辟丹陽主簿。入齊，爲奉朝請，永泰末遷中書侍郎，永元末爲司徒右長史。梁受禪，拜黄門侍郎，出爲義興太守，重除吏部郎中，轉御史中丞，出爲寧朔將軍、新安太守。事具《梁書》本傳。博昌，山東青州府博興縣。【北】

陸倕　字佐公，吴郡吴人。永明中，舉秀才。入梁，爲安成王外兵參軍，遷鴻臚卿，擢吏部郎中，出爲晋安王長史、尋陽太守，左遷中書侍郎、太子中庶子，加給事中、揚州大中正。事具《梁書》本傳。吴縣。【南】

王屮　字簡栖，琅邪臨沂人，爲郢州從事，齊國録事參軍、征南記室，梁天監四年卒。蘭山。【北】

邱遲　字希範，吴興烏程人，州辟從事。梁臺建，爲驃騎主簿，及受禪，拜散騎侍郎，爲永嘉太守，還爲臨川王宏中軍諮議參軍，拜中書郎，遷司徒從事中郎。事具《梁書・文學傳》。烏程，浙江湖州府屬。【南】

劉峻　字孝標，平原人。齊永明中南奔，建武中爲豫州府刑獄。梁受禪，召入西省，安成王引爲荆州户曹參軍，以疾去職，居東陽之紫巖山，卒。事具《梁書・文學傳》。平原，山東濟南府屬。【北】

虞羲　字子陽，會稽人。始安王引爲侍郎，尋兼建安征虜府主簿功曹，又兼記室參軍，卒。會稽，浙江紹興府屬。【南】

徐悱　字敬業，東海郯人，特進勉子。起家著作佐郎，轉太子舍人，累遷洗馬、中舍人，以足疾出爲湘東王友，遷晋安内史，卒。事附《梁書・徐勉傳》。郯，山東兖州府郯城縣。【北】

范雲　字彦龍，南鄉舞陰人。仕宋爲郢州西曹書佐。齊初，歷會稽府僚，建武中拜散騎侍郎。中興建，拜黄門侍郎，進侍中。梁受禪，遷吏部尚書，封霄城縣侯，遷尚書右僕射，天監二年卒。事具《梁書》本傳。舞陰，河南南陽府泌陽縣。【南】

綜上而觀，時代之古今，以漢、魏兩朝分之；地域之南北，以黄河流域、大江流域分之。《文選》所録作者，自周敬王末至漢建安末，閲時七百餘年，僅得四十二家。自魏黄初初至梁普通初，閲時三百餘年，乃得八十八家。略古詳今，選家通例。而以地域論，除不詳爵里者二家外，北方作者得八十九家，南方作者僅得三十九家。北富南貧，幾成偏勝。然自建武以後，五馬南奔，北方世臣，咸隨扈從，若庾亮、桓温、郭璞、袁宏、謝混、殷仲文、傅亮、謝靈運、謝瞻、謝惠連、謝莊、顔延之、袁淑、王徽、王僧達、王儉、王融、謝朓、江淹、任昉、王中、劉峻、徐悱等二十三家，雖屬北人，久離本貫，所爲文筆，概染南風，必增入其人，南北二派始約略相等。而自蕭梁以後，風氣大開，作者滂興，文流遂泛，幾乎家操荆璧，人握靈蛇，回視北方，作家無幾，文日樸僿，遂又遠遜南人。此則昭明是書，所以開荆揚之風氣，而發藝苑之光明者，爲功甚偉，吾人所當尸祝以之者也。

至於古代之文敷采澹，近代之文敷采縟；古代之文用韻寬，近代之文用韻密，而蕭齊以後尤甚。北派之文尚簡勁，南派之文尚華腴；北派之文多蒼深，南派之文多玄遠，而吴下諸家尤甚。此則時代既遷，風規遞變，地域所隔，氣體斯移，互舉篇章，參觀可得。俟於下編講研究法時，詳加討論，兹略舉其凡，俾學者先明概要云。

第七章　《文選》學之成立

在昭明未經纂文以前，凡入《選》之文，經漢以來名家爲之注釋者，已不下二十餘家，是即“《文選》學”之基礎。然以注釋之文而入《選》，尚不可名之“《文選》學”也。“《文選》學”之得名，實自隋唐之間。其創“《文選》學”之始者，曰宏文館學士江都曹憲；其集“《文選》學”之成者，曰崇賢館直學士江夏李善。而許淹、公孫羅諸人，傳授相承，亦於此學有發明焉，今録諸家傳略於左。

曹憲，揚州江都人也，仕隋爲祕書學士。每聚徒教授，諸生數百人，當時公卿以下，亦多從之受業，憲又精諸家文字之書，自漢代杜林、衛宏之後，古文泯絶，由憲此學復興。大業中，煬帝令與諸學者撰《桂苑珠叢》一百卷，時人稱其該博。憲又訓注張揖所撰《博雅》，分爲十卷，煬帝令藏於祕閣。貞觀中，揚州長史李襲譽表薦之，太宗徵爲宏文館學士，以年老不仕，乃遣使就家拜朝散大夫，學者榮之。太宗又嘗讀書有難字，字書所闕者，録以問憲，憲皆爲之音訓及引證明白，太宗甚奇之。年一百五歲卒。所撰《文選音義》，甚爲當時所重。初，江淮間爲“《文選》學”者，本之於憲，又有許淹、李善、公孫羅，復相繼以《文選》教授，由是其學大興於代。

許淹者，潤州句容人也。少出家爲僧，後又還俗。博物洽聞，尤精訓詁，撰《文選音》十卷。

李善者，揚州江都人。方雅清勁，有士君子之風。明慶中，累補太子内率府録事參軍、崇賢館直學士，兼沛王侍讀。嘗注解《文選》，分爲六十卷，表上之，賜絹一百二十匹，詔藏於祕閣。除潞王府記室參軍，轉祕書郎。乾封中，出爲經[1]城令，坐與賀蘭敏之周密，配流姚州。後遇赦得還，以教授爲業，諸生多自遠方而至。又撰《漢書辨惑》三十卷。載初元年卒。子邕，亦知名。

公孫羅，江都人也。歷沛王府參軍，無錫縣丞，撰《文選音義》十卷行於代。

此《舊唐書·儒學傳》所載四人之本末也。至《新唐書·曹憲傳》，又附載同郡魏模及模子景倩，皆相繼傳授。模，武后時爲左拾遺，景倩亦世其學，以拾遺召，後歷度支員外郎。而於李善則稱江夏人，著其事於其子邕傳，今并節邕傳於後。

李邕字太和，揚州江都人。父善，有雅行，淹貫古今，不能屬辭，故人號"書簏"。顯慶中，累擢崇賢館直學士，兼沛王侍讀。爲《文選》注，敷析淵洽，表上之，賜賚頗渥……坐與賀蘭敏之善，流姚州，遇赦還。居汴鄭間講授，諸生四遠至，傳其業，號"《文選》學"。邕少知名，始善注《文選》，釋事而忘義，書成以問邕，邕不敢對，善詰之，邕意欲有所更，善曰："試爲我補益之。"邕附事見義，善以其不可奪，故兩書并行。既冠，見特進李嶠，自言讀書未徧，願一見祕書。嶠曰："祕閣萬卷，豈時日能習耶？"邕固請，乃假直祕書，未幾辭去，嶠驚試問，奥篇隱帙，了辨如響。嶠歎曰："子且名家。"嶠爲内史，與監察御史張廷珪薦邕文高氣方直，才任諫諍，乃召拜左拾遺……後歷淄、滑二州刺史，上計京師……以讒媢不得留，出爲汲郡、北海太守。天寶中，左驍衛兵曹參軍柳勣有罪下獄，邕嘗遺勣馬，故吉温使引邕嘗以休咎相語，陰賂遺，宰相李林甫素忌邕，因傅以罪，詔刑部員外郎祁順之、監察御史羅希奭就郡杖殺之，時年七十……杜甫知邕負謗死，作《八哀詩》，讀者傷之。

[1] "經"，原作"涇"，據《舊唐書》校改。

合新舊兩《書》所載而觀，《文選》之學，自曹氏開其始，而李氏觀其成。隋末唐初，遂可定爲"《文選》學"成立時代。今考各家著述，曹憲之《文選音義》，久已亡佚。而《博雅音釋》今尚流傳，著録《四庫》，猶可考見其究心音訓之一斑。公孫羅之《文選注》《文選音》，今日本僅存舊鈔殘本。許淹之《文選音》，今已不傳。魏模及其子景倩兩家，則並無著述。而李氏《選注》一書，遂集衆家之長，獨有千古，傳播至今。是以清嘉慶中，儀徵阮氏遂於揚州有改題隋文選樓一事。考揚州文選樓有二：一爲昭明太子之文選樓，在太平橋北旌忠寺，見唐楊夔《文選樓序》及宋王觀《揚州賦》；一爲曹憲文選樓，在文選巷，見宋王象之《輿地紀勝》。是揚州本有兩文選樓，文選巷之文選樓，本以祀曹憲，文達不加詳考，以爲文選巷之文選樓，係爲昭明太子設祀，遂改其牓，題曰隋文選樓。崇祀曹憲以下七人，并爲之記，今節録於左。

揚州舊城文選樓文選巷，考古者以爲即曹憲故宅，《嘉靖圖志》所稱文選巷者也，宋王象之《輿地紀勝》於揚州載文選樓，注引舊圖經，文選巷即其處也，煬帝嘗幸焉。元案……《藝文志》載曹憲《爾雅音義》二卷、《博雅》十卷、《文字指歸》四卷、《桂苑珠叢》一百卷，李善注《文選》六十卷、《文選辨惑》十卷，公孫羅注《文選》六十卷、又《音義》十卷，曹憲《文選音義》幾卷。元謂古人古文小學，與辭賦同源共流，漢之相如、子雲，無不深通古文雅訓。至隋時曹憲在江淮間，其道大明。馬、揚之學，傳於《文選》，故曹憲既精雅訓，又精《選》學，傳於一郡，公孫羅等皆有《選》注，至李善集其成，然則曹、魏、公孫之注，半存李善注中矣。

憲於貞觀中年百五歲，度生於梁大同時，爾時揚州稱"揚一益二"，最爲殷盛。文選巷當是曹氏故居，即今舊城旌忠寺文選樓西北之街也。今樓中但奉昭明栗主，元以爲昭明不在揚州，揚州選樓，因曹氏得名，當祀曹憲主，以魏模、公孫羅、李善、魏景倩、李邕、許淹配之。《唐書》於李善稱江夏人，而李邕乃曰江都人，蓋江夏乃李氏郡望，《唐韻》載李氏有江夏望，《大唐新語》亦稱江夏李善，李白詩亦稱江夏李邕，是善、邕實江都人，爲曹、魏諸君同郡也。

唐人屬文，尚精《選》學，五代後乃廢棄之。昭明選例，以沈思翰藻爲主，經史子三者皆所不選。唐宋古文以經史子三者爲本，然則昌黎諸人之所取，乃昭明之所不選，其例已明著於《文選序》者也。《桂苑珠叢》久亡佚，間見引於他書，其書諒有部居，爲小學訓詁之淵海，故隋唐間人注書，引據便而博。元幼時即爲《文選》學，既而爲《經籍籑詁》二百二十二卷，猶此志也。此元曩日之所考也。

嘉慶九年，元既奉先大夫命，遵國制立阮氏家廟，廟在文選樓文選巷之間。廟西餘地，先大夫諭構西塾，以爲子姓齋宿飲餕之所。元因請爲樓五楹，題曰隋文選樓，樓之上奉曹君及魏君、公孫君、李君、許君七栗主，樓之下爲西塾。經營方始，先大夫慟捐館舍，元於十年冬哀敬肯構之，越既祥，書此以示子孫，俾知先大夫存古跡、祀鄉賢、展廟祀之盛心也。(《揚州隋文選樓記》)

阮氏於文選樓之成，既爲此記，越二歲復爲之銘，今并録之：

揚州隋文選樓巷，多見於宋王象之《輿地紀勝》等書，隋曹憲以“《文選》學”開之，唐李善等以注《選》繼之，非昭明太子讀書處也。羅願《鄂州集》所謂文選巷劉氏墨莊，亦其地也。予之宅爲選巷舊址，嘉慶十年冬，遵先大夫遺志，於家廟西建文選樓，樓下爲廟之西塾，樓上祀隋祕書監曹憲，以唐沛王府參軍公孫羅、左拾遺魏模、子度支郎景倩、崇賢館直學士李善、善子北海太守邕、句容處士許淹配之。嘉慶十二年服除，乃爲銘曰：

文選樓巷，久著於揚。曹氏剏隋，李氏居唐。祥符以後，厥有墨莊。阮氏居之，廟祀江鄉。建隋選樓，用别於梁。棟充書袟，窗散芸香。刻銘片石，樹我山牆。

同時阮氏門人烏程張鑑來居是樓，復爲之銘，中阮氏之意，詞尤豐贍，并録於後：

張鑑《隋文選樓銘》

嘉慶十年，歲在旃蒙赤奮若涂月，吾師儀徵夫子既持喪服，遄歸揚州，以所居舊在文選樓巷側，爰築室於家廟之右，名曰"隋文選樓"者，蓋成其先大夫湘圃太夫子之志也。師自始學，即稟家訓，熟習《文選》。又奉過庭之言，以揚州爲曹憲教授之地，因謹其堂構，庀材鳩工，不侈而素，風雨是蔽。落成之日，奉曹氏以下七栗主於樓上。考隋唐之際，學者競尚浮靡，而曹氏獨述兩漢鴻文，貫通六代。然後江都李善繼之，開有唐一代詞學之先，不可謂不盛也。夫習其説而不知所始，與有其美而弗爲之彰，皆非仁人孝子之用心也。允宜經營恐後，以答先人之思，以牖後學之志。時鑑適來斯土，居是樓之上，遂謹爲之銘。銘曰：

粵在有梁，大文孕作。延英博望，藻思騰躍。笙匏六藝，權衡七略。詞林既搴，筆海是酌。錫名《文選》，咸用資度。爰逮大業，曹氏繼之。《廣雅》殫洽，《珠叢》奥奇。紹述先軌，訓迪來兹。宣講不倦，爲世宗師。施於唐代，斯學益治。維唐伊何，善、邕居首。父子殫思，其注不苟。聿開風力，海涵山負。調吹鍾律，毀棄瓦缶。廼洗淫哇，歸於敦厚。峨峨儀徵，世之通儒。少親庭訓，實遂鯉趨。尊其所聞，懷瑾握瑜。長益通方，橐筆直廬。長楊賦奏，天子曰都。既侯四方，多士允式。來旬來宣，舊學彌植。乙丑之秋，斬焉衰墨。首丘用仁，以返江國。德音孔彰，是用太息。維彼《選》學，萌芽蕪城。今我爰處，斯城之闉。土風是操，往哲以親。矧此椝矱，墨守先臣。如何堂構，而肯弗親？爰繩爰準，經營伊始。巘巘蜀岡，溓溓淮水。前枕通衢，右控修市。惟廟之側，百弓而已。公曰肇祀，毋泰而侈。廼構崇樓，離明辨方。蘭栭無飾，藻井不芳。寒燠審勢，疏密合章。外延流景，内照晨光。匪雕匪刻，燕息斯堂。亦有圖書，古籍是翫。長興麻沙，同條共貫。網羅放逸，鉤稽離散。蟫斷臭朽，冥求幽贊。墜緒茫茫，斯焉汗漫。中唐既甓，前植修林。靈草如積，石菌成陰。鏡鮮活水，鳴有珍禽。壁樹貞石，坐列吉金。綺繡不被，絲竹不淫。松桷有成，爰設栗主。惟曹正中，左右夾輔。有魏有李，昭穆子父。江陽公孫，句容之許。報以明禋，儷二於五。退息有室，庖湢有房。亦號家塾，亦名書倉。子弟之式，父兄之綱。作系前烈，以俾寖昌。君子有澤，其流必長。我求《文選》，古人所美。工部有言，精熟《選》理。凌顔鑠謝，沾丏靡止。其次劍南，詩壇雄視。秀才之半，亦爛《選》爾。至於子京，掌録日勤。以筆代舌，用志不紛。惟此三賢，先典攸聞。以治其學，以昌其文。彼豈欺我，駿烈清芬。《選》學既衰，詁訓中輟。班馬字類，虚造滅裂。杜林漆簡，賈逵師説。如火銷膏，如湯沃雪。孰謂詞章，經術區别？斯樓之築，此邦之榮。入則有稽，出則有聲。魯廟之頌，王庭之賡。發言必度，有缶斯盈。豈惟阮氏，實賴成名。樓既覯止，書亦隨正。亥豕備忘，紂紅審定。五臣兼采，衆本互證。綜繁鉤要，耽思傍訊。以對先人，以詔後進。惟公暇日，登樓載觀。口講手畫，考古問難。弟子飫聞，退而即安。伸卷就誦，琅琅夜寒。亦知先德，心瘁力殫。鑑本浙産，夙奉明德。三年禮堂，遺言是憶。周覽廣輪，肅瞻跂翼。有倫有要，不僭不忒。先民之程，以爲典則。陋儒屬辭，實繁且蕪。銘無足觀，言則非誣。敢告斯邦，是究是圖。非污所好，弗笑爲迂。有其舉之，式敬不渝。

觀此而知阮氏此樓特爲私有，至不惜廢蕭梁之舊祀，崇隋代之新禋，記述銘章，大書深刻，其表章"選學"之盛心，蔑以尚已。顧謂李善江都人，《唐書》稱江夏李善，特舉其郡望而言，則於李氏流寓江都始末，及崇賢家世之詳，概未考及，欲增選巷之光，轉蹈争墩之習，愚於此不能無辨。考《舊唐書·儒學·李善傳》稱善江都人，《文苑·李邕傳》稱邕江都人，兩傳并存，不加分别，且語無互照，似非父子，此劉昫修書不檢之失。至歐陽公總裁《唐書》，則於《儒學·曹憲傳》特著江夏李善，見子邕傳，而於《文藝·李邕傳》則稱"邕揚州江都人，父善有雅行"云云，故爲參錯其詞，一似父子異籍也者，此正歐公精於譜學，考見江夏李氏，遷居江都，爲時未久，迄邕雖已三世，宦遊在外，本籍故宅，巋然尚存，至邕從孫鄘及鄘孫磎，歷相憲、昭兩朝，猶然著籍江夏，譜牒釐然，不容紊亂，故於《憲傳》

特稱江夏李善，推原世系，以存其本。此乃史家特筆，非指其郡望而言也。檢《湖北通志》及《江夏縣志》，載李善字次孫，江夏人，父元哲徙居廣陵，並歷載善子邕，及邕從孫鄘、鄘孫磎本末，此皆根據《唐書・宰相世系表》，非方志附會之言，今撮録於左以爲之證。

江夏李氏：漢酒泉太守護，次子昭。昭少子就，後漢會稽太守、高陽侯，徙居江夏平春。六世孫式，字景則，東晉侍中，生嶷。嶷生尚，字茂仲；生矩，字茂約，江州刺史；生充，字弘度，中書侍郎；生顒，郡舉孝廉。七世孫元哲。

元哲 徙居廣陵						
善 蘭臺郎					**昉**	
邕 字太和， 北海太守					**璞** 鄆州 司户參軍	
岐		**穎**			**暄** 起居郎	
正臣 大理卿		**正叔** 工部員外郎	**正卿**		**鄲**	**鄘** 字建侯， 相憲宗
漸		**翹**	**公敏**			**拭** 起居舍人
師諒	**師稷**	**諤** 字德遠	**潛** 字德隱	**沆** 字映之		**磎** 字景望， 相昭宗
	誥 字思翰					**沇** 字東濟
	韞 字内文					

據此知崇賢一族，確係著籍江夏，歐公根據譜録，纂入《唐書》，世系相傳，班班可考。所謂江夏人者，指本貫言，非指郡望言，有斷然矣。惟史稱江夏云者，係指江夏郡而言，古江夏郡屬地甚寬，實遠包豫之南境，表稱善之遠祖就徙居江夏平春，平春在信陽州境，去今江夏縣境甚遥，故史稱善於被徙赦還後，居汴鄭間教授，正以汴鄭距信陽不遠，晚而授徒，仍依本籍也。

而據李氏舊居而言，則今江夏縣境實有李氏故宅。自善隨徙江都後，邕雖相從有年，而本籍舊居故未嘗廢。此可以李白詩證之，白《題江夏修静寺》詩云："我家北海宅，作寺南江濱。空庭無玉樹，高殿坐幽人。書帶留青草，琴臺冪素雲。平生種桃李，寂寞不成春。"此詩題云"題江夏修静寺"，注云"寺即李北海故宅"，詩云"我家北海宅"，蓋由天寶初載，邕被譖死，故宅陵夷，已廢爲寺。白於天寶末游江漢間，偶過其地，特爲留題。題稱"江夏"，詩稱"北海宅"，正以見邕之曾居此宅，而確爲江夏人也。又考杜甫《八哀詩·贈祕書監江夏李公邕》一首，有云"嗚呼江夏姿，竟掩宣尼袂"，此則作於代宗朝，邕死已久，邀贈祕監之後，甫與有舊，追述往事，特爲寫哀。而題云"江夏李公邕"，詩云"江夏姿"，亦以見邕之確爲江夏人也。檢《湖北通志》，引《名勝志》稱："修静寺在江夏縣東十五里，即李邕所居。"《江夏縣志》載："李北海宅，即今修静寺，在縣東北洪山右。"又譚元春《洪山四面佛庵建藏經閣募疏》云："庵以東即修静寺，李北海所捨宅也。自北海捨宅，而當時遊戲翰墨，生平罪過，無復有存焉者矣。"據此則宅近在省城賓陽門外，洪山一帶寺觀林立，必有其一，尚沿舊稱，爲北海故居者矣。

且不惟故宅之在江夏也，即其遺墓亦仍在江夏，《通志》據舊縣志載："李善、李磎、李暄、李鄘四墓，在九峰山，以楚藩建寺，移之盤龍山下。"考盤龍山在縣境東，距洪山不過數十里，正與其故宅相依。舊志詳其遷葬之時，恰在明代，歷世匪遥，必非無據。是不惟邕之譖死，本已歸葬故邱，即善之遠游教授，其遺蜕亦仍還本土，而謂崇賢父子，永爲流寓之人，而竟削其本籍可耶?

而據《宰相世系表》，合之方志所載，李氏一族確可定爲江夏人者，尤莫重於兩代宰相之遺跡，據《縣志》載："靈泉山在縣東六十里，有唐相李鄘、李磎故宅。"又載："萬卷書樓在靈泉山東誥軸峰下，唐相李磎之後名沇字濟東[1]者，一名沈，今稱其地爲沈子澥，曾散貲數萬，購求祕書，爲樓貯之，天下稱李氏書樓。其堂産芝，顔曰瑞芝堂，明李氏後裔猶修之，曾泰有記，以藩寢廢爲堂菴。"據此則李氏遺跡，明代猶存，著籍確然，毫無疑義。《通志》泥於"江夏平春"一言，於李善傳後附述"就徙平春，魏李通、晋李充去就世近，皆當爲平春人。……故不爲立傳。永嘉之際，士族南徙，李氏或有居武昌者，後世地志載有李善讀書臺在咸寧，李北海宅在江夏，必非無因。且遷揚未久，姑從舊志"云云，一似善非江夏人，直謂其一徙江都，即已永世不歸，姑爲疑似之詞，通融載之者。是以本籍之人，且推之他籍而去，又何怪阮氏據《唐韻》一言，認江夏爲李氏郡望，而確定善、邕父子爲江都人也，亦傎甚矣！

昔楊升菴著《丹鉛録》，以梁晋安王在襄陽命高齋學士鈔撰衆籍一事，屬之昭明之製《選》，并謂其地有文選樓，後人咸訾其謬。竊謂昭明著《選》，雖不在襄陽，而襄陽爲其誕生之地，靈瑞鍾焉，後人爲之建樓，義歸存本，本無可議。以崇賢之事例之，其修習《選》學雖在江都，而其本籍故居，亦應爲存祠祀，以綿遺緒而光瞽宗。本校現定址羅迦山，正距洪山右李氏故宅不遠，竊擬於新校成時，建議特築文選樓或文選臺，依阮氏隋文選樓例，題"唐"字以冠之，特祀崇賢栗主，以北海配，并於別室祀曹憲，以魏模、公孫羅、許淹、魏景倩配，庶崇賢絶學，特明於江漢之間，而曹氏嫡傳，亦不廢先河之義，於紹述絶業、表章先賢之道，或有合爾。

至謂崇賢《選》注由邕更定，今所傳本係屬兩書并行，其事殊不足信，此則《提要》已駁正之。《提要》之言曰：

> 案《文選》舊本三十卷，唐李善爲之注，始每卷各分爲二。《新唐書·李邕傳》稱其父善始注《文選》，釋事而忘義，書成以問邕，邕意

[1] "濟東"，據《新唐書·宰相世系表》當作"東濟"。

欲有所更，善因令補益之。邕乃附事見義，故兩書并行。今本事義兼釋，似爲邕所改定。然傳稱善注《文選》在顯慶中，與今本所載進表題顯慶三年者合，而《舊唐書》邕傳稱天寶五載坐柳勣事杖殺，年七十餘。上距顯慶三年，凡八十九年，是時邕尚未生，安得有助善注書之事？且自天寶五載上推七十餘年，當在高宗總章、咸亨間，而《舊書》稱善《文選》之學受之曹憲，計在隋末年已弱冠，至生邕之時，當七十餘歲，亦決無伏生之壽，待其長而著書。李匡乂《資暇録》曰："李氏《文選》，有初注成者，有覆注有三注四注者，當時旋被傳寫。其絶筆之本，皆釋音訓義，注解甚多。"是善之定本，本事義兼釋，不由於邕。匡乂唐人，時代相近，其言當必有徵，知《新唐書》喜采小説，未詳考也。(《四庫全書總目・集部・總集類一》)

近高氏步瀛謂：

《四庫書目》從李濟翁説，以今本事義兼釋者爲李善定本，其説甚是，足正新傳之誣。然顯慶三年表上之本，必非其絶筆之本，《書目》既以今本爲定本，則雖冠以顯慶三年上表，其書爲晚年定本，固無妨也。至謂善受《文選》在隋末，生邕時當七十餘歲則非是。舊傳善卒在載初元年，即永昌元年，上推至貞觀元年，凡六十三年，《舊書・儒學傳》言曹憲百五歲卒，《新書・文藝傳》亦言憲百餘歲卒，使貞觀元年憲七八十歲，尚有三二十年以外之歲月，善弱冠受業，當在唐初，不在隋末也。由此言之，假使善生貞觀初年，則總章、咸亨間，亦僅四十餘歲，安得謂七十餘歲始生邕哉？(《文選李注義疏》)

案此二説，一則泥於善表上《文選》及邕卒之年，一則泥於善受學曹憲之年，獨未即善與邕之卒年一詳覈之，以定善卒邕生之年，可謂失之眉睫。愚嘗考崇賢卒於載初元年，上距顯慶三年上《選注》時，凡三十三年，是《選注》特其中年之作。而由載初元年，下推至天寶五載，凡五十八年。以邕卒年七十推之，是善卒之歲，邕僅十二齡，《提要》謂無相助著書之事，自屬可信。惟北海自有本末，正不必藉《選注》以傳，迹其碑版流傳，照耀四裔，亦自在百世崇祀之列。

至《新書》謂善不能屬辭，時有"書簏"之謗，愚意亦不謂然，善文今不多見，即觀其《上選注表》，文章遒美，何讓燕許，而謂"書簏"，乃能爲之，今將《上選注表》詳録於後，采各家評注以釋之。

唐李崇賢上文選注表（日本古鈔本無"唐李崇賢上"五字）

文林郎守太子右内率府録事參軍崇賢館直學士臣李善（古鈔本無此行）　《唐六典》卷二曰："從九品上曰文林郎。"又曰："凡任官階卑而擬高則曰守，階高而擬卑則曰行。"卷二十八曰："太子左右内率府之職，掌東宫千牛備身侍奉之事，而主其兵仗。録事參軍事各一人，正九品上，掌印兼勾簿書，及其勳階考課。"案：《六典》不載崇賢館，而卷八門下省弘文館學士下注曰："故事，五品已上稱爲學士，六品已下爲直學士。"《唐會要》卷六十四曰："顯慶元年，皇太子弘請於崇賢館置學士，并置生徒，詔許之。始置二十員，至上元二年，改崇賢館爲崇文館。"

案：此表舊有俞犀月注、何義門評、顧適園疏解、余仲林音義，都不甚詳。近高氏《義疏》所注較詳。今合采之，藉以明義，不復分列。

臣善言：竊以道光九野，縟景緯以照臨；《易·益》彖傳曰："其道大光。"○《吕覽·有始篇》曰："天有九野。"○《漢書·王莽傳》顔注曰："縟，繁也。"○本書王元長《三月三日曲水詩序》曰："揆景緯以裁基。"注曰："景，日也。緯，星也。"○《詩》曰："照臨下土。"**德載八埏，麗山川以錯峙**。《易·坤》彖傳曰："坤厚載物，德合无疆。"○本書《封禪文》曰："下泝八埏。"注引孟康曰："埏若甕埏，地之八際也。"○《易·離》彖傳曰："百穀草木麗乎土。"○《周禮·小司寇》鄭注曰："麗，附也。"○本書《射雉賦》徐爰注曰："峙，立也。"**垂象之文斯著，含章之義聿宣**。《易·繫辭傳》曰："天垂象。"《坤》六三曰："含章可貞。"**協人靈以取則，基化成而自遠**。《書·僞太誓上》曰："惟人萬物之靈。"本書《文賦·序》曰："取則不遠。"《易·恒》彖曰：

“聖人久於其道，而天下化成。”◎以上人文與天文、地文并著。

故羲繩之前，飛葛天之浩唱；《易·繫辭》：“古者庖犧氏之王天下也，作結繩而爲罔罟。”○本書《七命》曰：“解羲皇之繩。”○《吕覽·古樂篇》曰：“昔葛天氏之樂，三人操牛尾，投足以歌八闋。”又《九歌·少司命》曰：“臨風怳兮浩歌。”**媧簧之後，掞叢雲之奧詞**。《禮記·明堂位》曰：“女媧之笙簧。”○《漢書·禮樂志》注引晋灼曰：“掞，即光炎字也。”《尚書大傳》曰：“百工相和而歌《卿雲》，於時八風循通，卿雲藂聚。”案：藂、叢字同。**步驟分途，星躔殊建；**《孝經鉤命決》曰：“三皇步，五帝驟，三王馳。”○《方言》曰：“日運爲躔。”《漢書·律曆志》顔注曰：“躔，舍也。”**球鍾愈暢，舞詠方滋**。《書·益稷》僞孔傳曰：“球，玉磬。”又曰：“鏞，大鍾。”案：鍾即鐘之通用字。○《禮記·樂記》曰：“歌詠其聲也，舞動其容也。”**楚國詞人，御蘭芬於絶代；**本書《離騷》曰：“紉秋蘭以爲佩。”**漢朝才子，綜鞶帨於遥年**。《法言·寡見篇》曰：“今之學者，非獨爲之華藻也，又從而繡其鞶帨。”**虚玄流正始之音，氣質馳建安之體**。虚玄，謂以無爲宗老莊之屬。正始，魏曹芳年號，時何晏善談老莊，天下翕然宗之。○《世説新語·賞譽篇》曰：“王敦爲大將軍，鎮豫章。衛玠避亂從洛投敦，相見欣然，談話彌日，謂謝鯤曰：‘不意永嘉之後，復聞正始之音。’”○本書《謝靈運傳論》曰：“至於建安，曹氏基命，子建、仲宣以氣質爲體。”○邢劭《廣平王碑文》曰：“方見建安之體，復聞正始之音。”○案：建安，漢獻帝年號。**長離北度，騰雅詠於圭陰**。本書潘安仁《爲賈謐作贈陸機詩》曰：“婉婉長離，淩江而翔。長離云誰，咨爾陸生。”注曰：“長離，喻機也。”《漢書》注曰：“長離，靈鳥也。”案：謂陸機度江入洛陽也。○《周禮》：“大司徒之職，以土圭之灋測土深，正日景以求地中。日南則景短多暑，日北則景長多寒，日東則景夕多風，日西則景朝多陰。日至之景尺有五寸，謂之地中。”先鄭注：“土圭之長尺有五寸，以夏至之日立八尺之表，其景適與土圭等，謂之地中，今潁川陽城縣地爲然。”案：據此注，漢潁川郡陽城縣正當地中。陽城爲今河南登封縣，地在洛陽東南一百二十里，則洛陽在其西，與日西則景朝之義合，故云圭陰也。**化龍東騖，煽風流於江左**。《晋陽秋》曰："太安中，童謡曰：'五馬浮渡江，一馬化爲龍。'永嘉末大亂，王室淪覆，唯琅琊、西陽、汝南、南頓、彭城五王獲濟，至是中宗登祚。"○本書《謝靈運傳論》曰："在晋中興，玄風獨扇。"○《文心雕龍·明詩篇》曰："江左篇製，溺於玄風，羞笑徇務之志，崇盛忘機之談。宋初文詠，體有因革，老莊告退，而山水方滋。"◎以上古今文章之變遷。

爰逮有梁，宏材彌劭。《晋書·郭璞傳贊》曰："夙振宏材。"○《爾雅·釋詁》曰："劭，勉也。"**昭明太子，業膺守器，譽貞問寢**。《易·序卦傳》曰："主器者莫若長子。"○《禮記·文王世子》曰："朝於王季，日三。雞初鳴而衣服，至於寢門外，問内豎之御者曰：'今日安否？何如？'"**居肅成而講義，開博望以招賢**。《三國志·魏志·文帝紀》注："帝初在東宫，集諸儒於肅城門内講論大義。"《太平御覽·帝王部》引"肅城"作"肅成"。○《漢書·武五子傳》曰："戾太子據立爲皇太子，上爲立博望苑使通賓客。"○案：昭明引納才學之士，愛賞無倦，見前述太子傳略。**搴中葉之詞林，酌前修之筆海**。《離騷》注："搴，取也。"○本書《蜀都賦》曰："當中葉而擅名。"○《離騷》："謇吾法夫前脩兮。"案：修、脩字通用。○《論衡·亂龍篇》曰："劉子駿漢朝智囊，筆墨淵海。"**周巡緜嶠，品盈尺之珍；楚望長瀾，搜徑寸之寶**。此四句以品珠玉喻選文也。○《穆天子傳》曰："乃至於崐崙之丘，以觀春山之瑶。"○緜，遠也。○嶠，《字林》作"嶠"，山鋭而長也。巨照反。○《尹文子·大道上》曰："魏田父有耕於野者，得寶玉徑尺。"○《淮南子·覽冥訓》高注曰："隋侯，漢東之國。隋侯見大蛇傷斷，以藥傅之。後蛇於江中銜大珠以報之，因曰隋侯之珠，蓋明月珠也。"○又《搜神記》曰："珠盈徑寸，純白而夜有光明，如月之照，可以燭室，故謂之隋侯珠。"○長瀾，指江漢也。《爾雅·釋水》曰："大波爲瀾。"**故撰斯一集，名曰《文選》。後進英髦，咸資準的**。《爾雅·釋言》曰："髦，俊也。"本書《辨命論》曰："英髦秀達。"○《淮南子·兵略篇》許注曰："的，射準也。"◎以上昭明之撰《文選》。

伏維陛下，經緯成德，文思垂風。蔡邕《獨斷》："天子，臣民稱之曰陛下。”○《左傳·昭二十八年》：“成鱄曰：‘經緯天地曰文。’”○《書·堯典》曰：“欽明文思安安。”**則大居尊，耀三辰之珠璧**；則大，見《論語·泰伯篇》。○《左傳·桓二年》曰：“三辰旂旗。”杜注：“三辰，日月星也。”○《漢書·律曆志》：“日月如合璧，五星如聯珠。”**希聲應物，宣六代之《雲》《英》**。《老子》：“大音希聲。”○《周禮·春官·大司樂》曰：“以樂舞教國子，舞《雲門》《大卷》《大咸》《大磬》《大夏》《大濩》《大武》。”鄭注：“此周所存六代之樂。”○《樂緯》曰：“帝嚳之樂曰《六英》。”**孰可撮壤崇山，導涓宗海？**本書李斯《上書》曰：“泰山不讓土壤，故能成其大；河海不擇細流，故能就其深。”○《禮記·中庸》曰：“今夫山，一撮土之多。”○《説文》曰：“涓，小流也。”○《書·禹貢》曰：“江漢朝宗於海。”◎以上稱頌高宗。

臣蓬衡蕞品，樗散陋姿。《禮記·儒行》曰：“蓬户甕牖。”《詩·衡門》毛傳曰：“衡門，横木爲門。言淺陋也。”○《左傳·昭七年》杜注曰：“蕞，小貌。”《莊子·逍遥遊》曰：“吾有大樹，人謂之樗。”○又《人間世》曰：“匠石之齊，見櫟社樹，其大蔽牛。匠伯不顧，曰：‘散木也。’”**汾河委筴，夙非成誦**。筴、策字通，實古“册”字。○《漢書·張安世傳》曰：“上行幸河東，嘗亡書三篋，詔問莫能知，惟安世識之，具作其事。後購求得書，以相較，無所遺失。”○本書臨淄侯《答楊德祖牋》曰：“若成誦在心，而借書於手。”**崇山墜簡，未議澄心**。古鈔崇作嵩。○本書任彦昇《爲蕭揚州作薦士表》曰：“竹書無落簡之謬。”注引張隲《文士傳》曰：“人有嵩山下得竹簡一枚，兩行科斗書，人莫能識。張華以問束皙，皙曰：‘此明帝顯節陵策文。’驗校果然。”○案：各本嵩作崇者，以崇、嵩本同字。《説文新附》“嵩”字曰：“中岳嵩高山也。”韋昭《國語注》云：“古通用崇字。”即其證。○本書《文賦》曰：“罄澄心以凝思。”**握玩斯文，載移涼燠**。本書陳孔璋《爲曹洪與魏文帝書》曰：“讀之喜笑，把玩無厭。”○《南齊書·樂志》謝朓《雩祭歌辭》歌黄帝曰：“涼燠資成化。”**有欣永日，實昧通津**。古鈔欣作俽。○《詩·山有樞》曰：“且以永日。”○王凝之《蘭亭詩》曰：“逍遥暎通津。”《論語集解》引鄭玄曰：“津，濟渡處也。”○案：此謙言雖喜其書，可永朝夕，而實昧其從濟之路。**故勉十舍之勞，寄三餘之暇**。古鈔暇作假。○《淮南子·齊俗篇》曰："夫騏驥千里，一日而通；駑馬十舍，旬亦及之。"○《魏志·王肅傳》注引《魏略》曰："董遇言：'讀書百遍而義自見。'從學者云：'苦渴無日。'遇言：'當以三餘。'或問三餘之義。遇言：'冬者歲之餘，夜者日之餘，陰雨者晴之餘也。'"**弋釣書部，顧言注緝，合成六十卷**。本書嵇叔夜《與山巨源絶交書》曰："弋釣草野。"案：此弋釣喻獲取也。○《隋書·經籍志》曰："班固、傅毅并依《七略》而爲書部。"○《詩·伯兮》曰："願言思伯。"◎以上作注。

殺青甫就，輕用上聞。《後漢書·吴祐傳》李賢注曰："殺青者，以火炙簡令汗，取其青易書，復不蠹，謂之殺青，亦謂汗簡。"**享帚自珍，緘石知謬**。本書魏文帝《典論·論文》曰："家有敝帚，享之千金。"案：此謂藏之則爲敝帚，獻之於人，則自家珍惜，如千金然，不忍舍也。○又《百一詩》注引《闞子》曰："宋之愚人得燕石於梧臺之側，藏之以爲大寶。周客聞而觀焉。主人齋七日，端冕玄服以發寶，革匱十重，緹巾十襲。客見，俛而掩口，盧胡而笑，曰：'此特燕石也，其與瓦甓不殊。'主人大怒曰：'商賈之言，醫匠之心。'藏之愈固，守之彌謹。"**敢有塵於廣内，庶無遺於小説**。《莊子·逍遥遊篇》釋文曰："塵垢，猶染污也。"○梁簡文帝《上昭明太子集别傳表》曰："請備之延閣，藏之廣内。"○揚子《法言·學行篇》曰："仰聖人而知衆説之小也。"又《漢書·藝文志》有小説家。**謹詣闕奉進，伏願鴻慈，曲垂照覽，謹言**。◎以上上表。

顯慶三年九月日上表　古鈔作"顯慶三年九月十七日文林郎守太子右内率府録事參軍事崇賢館直學士臣李善上注表"，三十六字另行列後。案：六臣本亦作"九月十七日"，顯慶爲高宗永徽七年正月所改之元。

此表截截周到，字字雅切，自未有文字，説到既有文字，見累朝體製不同，宗匠各擅，昭明兹《選》，誠有益於藝林，己之注《選》，非徒勞於翰墨。方伯海評之，謂筆墨遠駕六朝之上，推許雖不無過當，平情而論，崇賢斯作富麗明暢，實亦擅場，不似吕延祚《進五臣注表》詞苦樸僿，深於文事者，可一望而知也。《新唐書》謂其不能屬辭，洵爲謬論。惟其然，而《選》注傳，而斯文亦與之不朽矣。

至欲觀《選》注之詳，當先明注《選》之例，此則善於注中已自詳之，都十八條，彙録於左：

《兩都賦序》注云："諸引文證，皆舉先以明後，以示作者必有祖述也。他皆類此。"

又"興滅繼絶，潤色鴻業"注云："言能發起遺文，以光讚大業也。《論語》：'子曰：興滅國，繼絶世。'然文雖出彼，而意微殊，不可以文害義。他皆類此。"

又"朝廷無事"注云："諸釋義，或引後以明前，示臣之任不敢專。他皆類此。"

《西都賦》注云："引《漢書》注，云'音義'者，皆失其名，故云'音義'而已。"

又注云："石渠已見上文，同卷再見者，並云'已見上文'，務從省也。他皆類此。"

案：此條之例，殊不盡符，程氏一夔云："善例凡同卷再見者，云已見上文，别卷重見者，云見某篇，然其訓解前後疊出者實爲不少，竟有複見至六七處者。"（《選雅》凡例）核之良然，此或綴緝既多，雖立此例，書成之後，不暇詳檢，致有此失，或爲後人所竄亂，亦不可知，要不足爲崇賢病耳。

《東都賦》注云："婁敬已見上文，凡人姓名皆不重見。餘皆類此。"

又注云："諸夏已見《西都賦》，其異篇再見者，並云'已見某篇'。他皆類此。"

又注云："諸夏已見上文，其事類已重見及易知者，直云'已見上文'。他皆類此。"

《西京賦》薛綜注云："舊注是者，因而留之，並於篇首題其姓名。其有乖謬，臣乃具釋，並稱臣善以别之。他皆類此。"

《西京賦》注云："欒大已見《西都賦》，凡人姓名及事易知而别卷重見者，云‘見某篇’，亦從省也。他皆類此。”

又注云：“鶺鴒已見《西都賦》，凡魚鳥草木皆不重見。他皆類此。”

《甘泉賦》注云：“舊有集注者，并篇内具列其姓名，亦稱臣善以別。他皆類此。”

《籍田賦》注云：“《籍田》《西征》咸有舊注，以其釋文膚淺，引證疏略，并不取焉。”

《雪賦》注云：“班婕妤《擣素賦》：‘佇風軒而結睇，對愁雲之浮沈。’然疑此賦非婕妤之文，行來已久，故兼引之。”

《思玄賦》，“舊注”，云：“未詳注者姓名。摯虞《流別》題云衡注。詳其義訓，甚多疎略，而注又稱愚以爲，疑詞非衡明矣。但行來已久，故不去焉。”

《琴賦》，引宋玉《對問》曰：“《陵陽》《白雪》，國中唱而和之者彌寡。”“然集所載與《文選》不同，各隨所用而引之。”

又注云：“引應及傅者，明古有此曲，轉以相證耳，非嵇康之言出於此也。他皆類此。”

李斯《上書》注云：“此解‘阿’義與《子虛》不同，各依其説而留之。舊注既少不足，稱善以別之。他皆類此。”

此外，凡應用“然則”字者，皆衹用“然”字；凡引《小爾雅》者，皆曰“小雅”，亦幾爲其注中之例，以注中未及自述，故不備詳。

此崇賢注《選》之例，皆於注中隨文發之，條理井然，後賢注書，無不援以爲法。其注中如《二京賦》本薛綜注，《三都賦》本張載、劉逵注，《子虛》《上林賦》本郭璞注，《射雉賦》本徐爰注，《魯靈光殿賦》本張載注，《思玄賦》本舊注，《幽通賦》本曹大家、項岱注，《詠懷詩》本顏延之、沈約注，《離騷》諸篇本王逸《章句》，《演連珠》本劉孝標注，《詩序》本鄭康成注，李注皆一一題其姓氏，其自下注，並稱“臣善”以別之，此定例也。惟今本《三都賦》注，俱題劉淵林字，揚雄《羽獵賦》等篇及司馬、鄒、枚諸書，本皆用《漢書》注，則不列其名，《幽通賦》用曹大家注，則散標句下，此等爲例不純，或由李氏失檢，或由傳寫誤移，俱不可知，當依例訂正。至《籍田》《西征賦》咸有舊注，以其膚淺疎略，則並不取。考《水經·洛水》注，崔陽曾注《西征賦》，李稱舊注，當即指此。然蕭廣濟曾注《海賦》，注中亦不之引也。又有不知名者所注賦十四，詩十七，《楚詞》十七，設論、符命各一，連珠五十，李氏皆標明某注，不似後人之攘爲己有也。亦有無注者二篇，則《尚書》《左傳》之序是也。

書中又有以注訂誤者：李氏每以注訂行文之誤，又因文以訂他書之誤，或《選》自誤及别本之誤者，其類凡四十有七。以注補闕者：《選》内脱落之句，删節之文，互異之本，經李氏注補者，其類凡五。以注辨論者：史有不載之事，文有率成之篇，一事而説有數端，兩説而義可并取，李氏皆一一辨其得失，其類凡四十有三。至以李氏之浩博，而《選》中用事，時亦多所未詳，李氏皆一一標出，不似後人之强以臆説解之也，其類凡百有十四（俱載汪師韓《文選理學權輿》）。至其徵引群書，尤爲繁富，以今考之，凡經傳八十種，經類十八種，總經訓三種，小學三十六種，緯候圖讖七十三種，正史八十一種，雜史六十九種，史類七十三種，人物别傳二十三種，譜牒十二種，地理九十九種，雜藝四十三種，諸子八十五種，子類三十八種，兵書二十種，道釋經論三十二種，總集六種，集四十二種，詩一百五十四種，賦二百二十種，頌二十二種，箴十七種，銘二十一種，贊七種，碑三十三種，誄、哀詞三十二種，七十四種，連珠三種，詔、表、牋、啓三十八種，書九十三種，弔、祭文六種，序四十七種，論二十二種，雜文三十七種，都二十三類，一千六百八十九種，其引舊注二十九種，尚不在内。（目載《理學權輿》，余有《選注引用書目存佚表》别見）此類所徵載籍，至今大半佚亡，後人捃摭其間，於是有輯佚之學，取材注中，動輒盈卷，古書雖亡，藉此猶可考見其面目焉，誠哲匠之金桴，詞家之寶庫也。

惟李注固極奥博，而亦不無過涉繁蕪，當時爲此學者，蓋莫不以爲煩苦，至開元中，遂有工部侍郎吕延祚表上五臣集注之事，五臣注者，衢州常山縣尉吕延濟，都水使者劉承祖之子良，及處士張銑、吕向、李周翰五人共爲之注也。其書上於開元六年，吕向猶未仕，故列之處士，其後向仕至工部侍郎，事蹟載《新唐書·文藝傳》，今録如左：

吕向字子回，亡其世貫，或曰涇州人。少孤，託外祖母，隱陸渾山，工草隸，能一筆環寫百字，若縈髮然，世號連錦書。彊志於學，每賣藥即市閲書，遂通古今。

玄宗開元十年，召入翰林，兼集賢院校理，侍太子，友諸王，爲文章。時帝歲遣使采天下姝好，内之後宫，號花鳥使，向因奏《美人賦》以諷，帝善之，擢左拾遺。天子數校獵渭川，向又獻詩規諷，進左補闕。帝自爲文，勒石西嶽，詔向爲鐫勒使。以起居舍人從帝東巡。帝引頡利發及番夷酋長入仗内，賜弓矢射禽，向上言："鴟梟不鳴，未爲瑞鳥；豺虎雖伏，弗曰仁獸。況突厥安忍残賊，莫顧君父。陛下震以武義，來以文德，勢不得不廷，故稽顙稱臣，奔命遣使。陛下引内從官，陪封禪盛禮，使飛矢於前，同獲獸之樂。是狎昵太過，或荆卿詭動，何羅竊發，逼嚴蹕，冒清塵，縱醢單于，汙穹廬，何以塞責?"帝順納，詔蕃夷出仗。久之，遷主客郎中，專侍皇太子，眷賚良異。

始向之生，父岌客遠方不還。少喪母，失墓所在，將葬，巫者求得之。不知父在亡，招魂合諸墓。後有傳父猶在者，訪索累年不獲。他日自朝還，道見一老人，物色問之，果父也，下馬抱父足號慟，行人爲流涕。帝聞咨歎，官岌朝散大夫，賜錦綵，給内教坊樂工，娱懌其心，卒贈東平太守。向終喪，再遷中書舍人，改工部侍郎，卒贈華陰太守。嘗以李善釋《文選》爲繁釀，與吕延濟、劉良、張銑、李周翰等，更爲詁解，時號五臣注。

注《選》之五臣，蓋以吕向爲最顯，故《唐書》特爲立傳，而以其餘共同注《選》之四人附之，《提要》於五臣首吕延濟，而以吕向置處士之列，蓋據其未仕之時言也。惟吕延祚蓋嘗欲與蕭嵩共注《文選》者，其書未成，故僅輯上五臣注，《唐書》不爲立傳，而其人則藉上《文選》注一事以傳，今録其開元中《上文選集注表》如下：

吕延祚《進五臣集注文選表》

臣延祚言，臣受之於師曰：同文底績，是將大理，刊書啓衷，有用廣化。實昭聖代，輒極鄙懷，臣延祚誠惶誠恐，頓首頓首。

臣覽古集，至梁昭明太子所撰《文選》三十卷，閲翫未已，吟讀無斁，風雅其來，不之能尚。則有遣詞激切，揆度其事，宅心隱微，晦滅其兆，飾物反諷，假時維情，非夫幽識，莫能洞究。往有李善，時謂宿儒，推而傳之，成六十卷。忽發章句，是徵載籍，述作之由，何嘗措翰？使復精覈注引，則陷於末學；質訪指趣，則巋然舊文。祇謂攪心，胡爲析理？臣懲其若是，志爲訓釋。乃求得衢州常山縣尉臣吕延濟，都水使者劉承祖男臣良，處士臣張銑、吕向、李周翰等，或藝術精遠，塵游不雜；或詞論穎曜，巖居自修。相與三復乃詞，周知秘旨，一貫於理，杳測澄懷，目無全文，心無留義，作者爲志，森乎可觀。記其所言，名曰集注，并具字音，復三十卷。其言約，其利博，後事元龜，爲學之師，豁若撤蒙，爛然見景，載謂激俗，誠惟便人。

伏維陛下濬德乃文，嘉言必史，特發英藻，克光洪猷，有彰天心，是效臣節，敢有所隱？斯與同進，謹於朝堂，拜表以聞。輕瀆冕旒，精爽震越，臣誠惶誠恐，頓首死罪。謹言。

此注上於開元六年九月，曾奉“此書甚好”之口敕，賜絹及綵一百段，蓋亦頗有名於時者，惟其詆李注曰：“忽發章句，是徵載籍，述作之由，何嘗措翰。”口敕亦曰：“留心此書，比見注本，唯只引事，不説意義。”似專指釋事忘義之本而言，非晚定事義兼釋之本。豈吕氏所見，與内府所藏，皆善初注之本，而事義兼釋之本，皆所未見耶？疑不能明也。而據唐李匡乂之言則曰：

世人多謂李氏注《文選》，過爲迂繁，徒自騁學，且不解文義，遂相尚習五臣者，大誤也。所廣徵引，非李氏立意，蓋李氏不欲竊人之功，有舊注者，必逐篇存之，仍題元注人之姓氏。或有迂闊乖謬，猶不削去之，苟舊注未備，或興新意，必於舊注中稱“臣善”以分別。既存元注，例皆引據，李續之，雅宜殷勤也。

代傳數本……余家幸而有焉，嘗將數本并校，不惟注之贍略有異，至於科段，互不相同……

因此而量五臣者，方悟所注盡從李氏注中出。開元中進表，反非斥李氏，無乃欺心歟？（《資暇録》）

又韓淲之言曰：

開元間吕延祚苦愛《文選》，以李善注解徵引載籍，陷於末學，述作之由，未嘗措翰，乃求得吕延濟、劉良、張銑、吕向、李周翰再爲集注。然則凡善所援，理自不當參舉，夷考重複者至居十七，殆有數百字前後不易一語者，辭劄兩費，果何益乎？延祚始嗤善注，"祇謂攪心"，余竊謂延祚徒知李善之攪心，而不知五臣之競擾也。（《澗泉日記》）

依上兩家之言而觀，則五臣此注，既勦李氏棄餘之本，又多今注重複之文，依李氏之門，而轉以攻李氏之失，真所謂入室操戈，盜傷事主者矣。故歷來論是書者，率多摘其失而攻之。

邱光庭曰：

五臣者，不知何許人也，所注《文選》，頗謂乖疎。蓋以時有主張，遂乃盛行於代。將欲從首至末，搴其蕭根，則必溢帙盈箱，徒費牋翰。苟蔑而不語，則誤後學習。是用略舉綱條，餘可三隅反也。（《兼明書》）

蘇子瞻曰：

李善注《文選》，本末詳備，極可喜。所謂五臣者，真俚儒之荒陋者也。而世以爲勝善，亦謬矣。謝瞻《張子房詩》云："苛慝暴三殤。"此《禮》所謂上、中、下殤，言暴秦無道，戮及孥稚也。而乃引"苛政猛於虎，吾父吾子吾夫，皆死於是"，謂夫與父爲殤，此豈非俚儒之荒

陋者乎？諸如此類甚多，不足言，故不言也。（《志林》）

又曰：

五臣注《文選》，蓋荒陋愚儒也，今日偶讀嵇中散《琴賦》云："間遼故音痺，弦長故徽鳴。"所謂痺者，猶今俗云敉聲也。兩絃之間，遠則有敉，故曰間遼。絃鳴云者，今之所謂泛聲也。絃虛而不按乃可按，故云絃長而徽鳴也。五臣皆不曉妄注。又云"《廣陵》《止息》，《東武》《太山》，《飛龍》《鹿鳴》，《鵾雞》《游絃》"，中散作《廣陵散》，一名《止息》，此特一曲爾。而注云八曲。其他淺妄可笑者極多，以其不足道，故略之。（同上）

他如姚寬《西溪叢語》，詆其注揚雄《解嘲》，不知伯夷、太公爲二老，反駁善注之誤。王楙《野客叢書》，詆其誤叙王陳世系，以覽後爲祥後，以曇首之曾孫，爲曇首之子。明田汝成重刊《文選》，其子藝衡又摘所注《西都賦》之"龍興虎視"，《東都賦》之"乾符坤珍"，《東京賦》之"巨猾間舋"，《蕪城賦》之"廣袤三墳"，《四庫提要》皆詳舉之。其餘迂陋鄙倍之處，尚不止此，蓋摘之不可勝摘也。然其書雖陋，而疏通文義，間亦不無可采。又其書向與李注并刻，彼此參觀，亦有互相補益之處。故欲觀李注，即不得不并舉五臣。旁支贅孽，附驥以傳，蓋著述家之最有天幸者。

五臣注之不善，固有定論已，而在當時之不滿李注者，尚不止五臣也。據《玉海》卷五十四，引《集賢注記》曰："開元十九年三月，蕭嵩奏王智明、李元成、陳居注《文選》。先是馮光震奉敕入院校《文選》，上疏以李善注不精，請改注，從之。光震自注得數卷，嵩以先代舊業，欲就其功，奏智明等助之。明年五月，令智明、元成、陸善經專注《文選》，事竟不就。"

案：蕭嵩爲蕭鈞孫，昭明太子六世孫，開元中授同中書門下三品，兼中書令，以尚書右丞罷歸，後拜太子太師乞歸，卒。當時私家注《文選》者，不止一家，嵩以先業所在，特奏請王智明等同注，其志尤爲可嘉，惜竟不成，未知其義例若何。而至今斷簡流傳，尚可窺其一斑者，猶有陸善經一家，即當時嵩所奏請專注《文選》者也。今案：日本金澤文庫藏有唐寫《文選集注》殘本，所引李注、五臣注外，有陸善經注，有《文選鈔》，有《文選音決》。上虞羅氏得之，特爲影鈔一本，影印以行，今録其序如左。羅振玉序云：

日本金澤文庫藏古寫本《文選集注》殘卷，無撰人姓名，亦不能得其總卷數。卷中所引，於李善及五臣注外，有陸善經注，有《音决》有《鈔》，皆今日我國所無者也。於唐諸帝諱，或缺筆或否，其寫自海東，抑出唐人手，不能知也。往在京師得一卷，珍如璆璧。宣統紀元，再游扶桑，欲往披覽，匆匆未果，乃遣知好往彼迻寫，得殘卷十有五。其本歸武進董氏，予勸以授之梓，董君諾焉。予以與善注本詳校，異同甚多，且知其析善注本一卷爲二卷，蓋昭明原本三十卷，善注析爲六十卷，此又析爲百二十卷。卷第固可知矣，而作者卒不可知也。

此書久已星散，予先後得二卷，東友小川簡齋君得二卷，海鹽張氏得二卷，楚中楊氏得一卷，今在文庫者，多短篇殘紙而已，其海東藏書家尚存幾許，則不可備知也。予所藏二卷，影寫本無之，楊氏藏本今不知在何許，小川君及張氏本，則均已影寫在十五卷中。予念此零卷者，雖所存不及什二，然不謀印行，異日求此，且不可得，而刊行之事，予當任之，乃假而付之影印。予所藏二卷，即就原本印之，不復傳寫，以存其真。張氏藏卷，聞將自印於上海，乃去此二卷，仍得十有六卷，乃稍稍可流傳矣。然距影寫時，則已十年，其卒得印行亦幸也。

諸卷中其弟百十六前半，據東友所藏謄寫小字本鈔補，小字本至《褚淵碑》“元戎啓行，衣冠未輯”注止，而原本則自“衣冠未輯”二句起，此二句之注，兩本詳略互異，不知他注何如？惜無從比勘，似此書原本外，尚有謄寫別本，且與此本有異同，而未聞東邦學者言及之，附記於此，俟他日訪焉。

此殘卷中有《文選鈔》，不知何書，《音訣》字作“决”，不知撰人。按《日本國見在書目》，有公孫羅撰《文選鈔》五十九卷，又《文選音決》十卷，

《見在書目》爲唐時日本人作，著録當時所得中國之書，則《鈔》與《音決》皆公孫羅所著也。其陸善經注，未知是否即當時奉敕所撰，抑自爲私撰，尋其注義，實無勝處，由是而推，使馮王李陳陸五家之注成，未知於吕向等五臣注何如？然決非李善之匹，固無疑也。

故愚嘗謂自晋以來，選文者何啻數十家，今皆不傳，而《文選》獨傳。《文選》之傳，正以得李注而傳也。罅漏百出之五臣《選》注，更何足傳，而今亦傳，五臣之傳，正以附李注而傳也。然則李注者，昭明之功臣，而亦五臣之良師也。以儒林之宗匠，集《選》學之大成，蓋與屈原製賦，杜甫稱詩，并稱"楚學三絶"焉。專名一家，尸祝百世，亦孰謂吾言之不當哉！

第八章　自隋迄明研究《文選》學者之成績

"《文選》學"之得名始自曹憲，已如前述。然憲猶仕於隋唐之間，其有年輩更在憲前，爲《文選》學著有成書者，則更有隋之蕭該。《隋書·儒林·何妥傳》附載：

> 蕭該，蘭陵人，梁鄱陽王恢之孫，少封攸侯。荆州平，與何妥同至長安。性篤學，《詩》《書》《春秋》《禮記》并通大義，尤精《漢書》，甚爲貴游所禮。開皇初，賜爵山陰縣公，拜國子博士，奉詔與何妥正定經史，然各執所見，遞相是非，久而不能就，上譴而罷之。後撰《漢書》及《文選音義》，咸爲當時所重。(《北史·儒林·何妥傳》略同)

是其人爲昭明太子之從子，去昭明之時不遠，《文選》書成，首先加以研究者，莫如其人矣。惜所著《漢書音義》見采於顔監注本，尚可考其大略；而《文選音義》今竟無傳。蓋自曹憲諸家之《音義》出，而該之《文選音義》或爲所采取，或爲所吸收，俱不可知，而今皆不傳，不可得而考見矣。

其承曹氏之傳，爲《文選》學者，除李善《文選注》外，有公孫羅之《文選注》六十卷、《文選音》十卷，今略載《日本現在書目》，[1] 名爲《鈔》與《音決》。許淹《文選音》十卷，今已不傳。李善别有《文選辨惑》十卷，載在《唐志》者，今亦亡佚。其可異者，《隋書·曹憲傳》附載《許

〔1〕"日本現在書目"，疑指日本藤原佐世之《日本國見在書目録》。

淹傳》，稱撰《文選音》十卷。新舊兩《唐志》又别載釋道淹《文選音》十卷。考本傳，淹少出家爲僧，後又還俗，而不載其爲僧之名。竊疑道淹、許淹本是一人，《文選音義》《文選音》本是一書（俱十卷）。《舊志》載道淹之《文選音義》，不載許淹之《文選音》，當得其實。《新志》既載道淹，又載許淹，誤一人爲兩人，并誤一書爲兩書，則失之不考矣。并時與李善諸家同爲《文選》學者，又有康國安，《唐書》無傳，不知何許人，《新志》載其所著書，有《注駁文選異義》二十卷，今已不傳，不知所駁爲何異義。此則與蕭該同，不列《文選》學系，而研究《文選》，在當時成績最著者也（别有馮光震撰成《選注》數卷，今不傳。陸善經之《文選注》，及不知撰人之《文選鈔》《文選音决》，皆見古鈔本，詳前章）。

其在李善前，雖不以《選》學著名，而研究《文選》確有心得者，又有顏師古氏。師古爲北周顏之推孫，少承家學，隋仁壽中即以薦爲安養尉，入仕更在曹憲之先。唐太宗時，拜中書侍郎，封琅邪縣男，後撰五《禮》成，進爵爲子。其仕最貴，而博覽精故訓，以善屬文稱，嘗爲太子承乾注《漢書》上之，人以爲班固之忠臣；又著《匡謬正俗》八篇，於《選》學發明甚多。惟其人在李善之先，故其考正《文選》各條，但以《選》文及他書證《選》，而無一語及於善注（詳載《理學權輿》）。而李善之上《選》注，在顏氏《漢書》注成之後，故注《文選》所采《漢書》諸文，既采張揖、晋灼、文穎、應劭、鄭玄、張晏、服虔、韋昭、孟康、蘇林、如淳、李奇、鄧展諸人之舊注，而間及師古，或稱顏監，特偶采之，不全用耳。《提要》謂李注揚雄《羽獵》等篇，本用顏師古注，而竟漏本名，是以善注爲全用顏本，考之未核矣。故論《文選》於唐初，如顏監一家，雖不入《文選》學系，亦可稱李注之先導焉。

《文選》學在唐初既盛稱一時，而當時定制，又以詩賦取士，故唐代辭章家之於《文選》，猶之後世經義家之於“五經”“四書”，無不人置一編，悉心研求，視爲身心性命之學，而傑出者遂往往以鴻辭冠代。以今數之，若初唐四傑之爲文，選聲配色，工律無比，其源出於徐、庾，雖尚下《文選》之文一等，而宏博典麗，實非精於《選》學者不能，至其隸事之精，尤以王勃爲最。段成式《酉陽雜俎》載：

> 張燕公嘗讀勃《夫子廟堂碑頌》，“帝車南指，遁七曜於中階；華蓋西臨，高五雲於太甲”四句悉不解，訪之一公（案：謂僧一行），一公言北斗建午，七曜在南方，有是之祥，無位聖人當出。“華蓋”以下，卒不可悉（案：近時吴縣蔣清翊有注本，此句可詳考）。

其博如此，故以杜、韓二公之雄視千古，而韓於勃之《滕王閣序》，特壯其文詞，至謂竊幸附名其上。杜則稱王、楊、盧、駱文體，且有萬古不廢之評，蓋非特高其辭，不肯爲是言；非精於《選》學，知其辭之所以高，亦不能爲斯妄歎矣。

繼其後者則爲張燕公，再繼其後則惟杜、韓二公。燕公文章，典麗宏贍，當時與蘇頲並稱，朝廷大述作多出其手，所謂“燕許大手筆”，固大半從《選》學中來也。杜則精於《選》理，集中所載《三大禮賦》尚非老年之筆，已儼具《選》體規模，其詩有曰“續兒誦《文選》”，又曰“熟精《文選》理”，則嘗以《文選》教子，而其詩曠絶百代，選辭用事幾無不出於《文選》。觀楊升菴《丹鉛録》“杜詩本《選》”一條，及近人《杜詩選證》一書（李詳著），可以知其概矣。韓則創爲古文，而平生不薄揚、馬，觀《進學解》之言曰：“子雲相如，異曲同工。”蓋其文面貌雖異揚、馬，而其源實從揚、馬奪胎而出，後人按文求之，固不如韓之自爲道之也。又唐代設鴻辭科，有博學通議、博通墳典、學兼流略、辭擅文場、辭殫文律、辭標文苑、手筆俊拔、下筆成章、文學優贍、文辭秀逸、辭藻宏麗、文辭清麗、文辭雅麗、藻思清華、文經邦國、文藝優長、文史兼優諸名目。當時名相如裴、陸，文人如劉、柳，皆從此出，其所爲文雖當時體，實仍帶六朝氣習，皆非深於《選》學者不能爲也。其餘文辭博贍，得《選》之一體者，蓋無代無之。以其精於《選》而製文，而未嘗著一書以論《選》，故略而不論焉。

其有雖非《文選》專書，而考論所及於《文選》發明甚多者，在唐則有李匡乂之《資暇集》（亦稱《資暇録》）。考匡乂字濟翁，《唐書》無傳，《提要》考定爲唐末人，集凡三卷，《四庫》著録，引《郡齋讀書志》載是書匡乂自序曰："世俗之談，類多訛誤，雖有見聞，嘿不敢證。故著此書，上篇證誤，中篇談原，下篇本物。"今本所説之事，大概與目相應。其根據家本《文選》，謂李注有初注、覆注、三注、四注，又謂五臣《文選》竊據李善之本，皆引證分明，足爲典據；其他駁五臣各條，亦皆精確可據。蓋唐人苦李注之繁，相率而用五臣，得濟翁一言，而五臣剽竊之覆盡發，世乃知李氏絶筆之本，可以懸諸日月焉。洵可稱崇賢之功臣，亦不愧《選》學之鉅子矣。

嗣是有邱光庭之《兼明書》。光庭烏程人，官太學博士。陳振孫《書録解題》題爲唐人，《續百川學海》等書則題爲宋人，《四庫》著録其書，《提要》考定爲五代時人。書凡五卷，論《文選》者二十二條，皆駁五臣注之謬，其所論雖與李注無關，而由五臣之荒謬，益可證李注之精核，故論李注者亦不得而遺之。

已上各家論著，雖非《選》學專書，而於《選》注發明甚多，故特著之。其他著論偶涉《文選》，而寥寥數條，無關宏旨者，則概從略。此外唐代《文選》專著，大都續纂之本爲多。以今考之，載在《新唐志》者，有孟利貞《續文選》十三卷，卜長福《續文選》三十卷，卜隱之《擬文選》三十卷，曰續曰擬，大概依《文選》之義例，補《文選》之闕遺，其書不傳，姑弗深考。别有常寶鼎《文選名氏類目》十卷，晁公武《讀書志》有其書，改題《文選著作人名》三卷，此則僅録著作人之姓名、鄉里、行事，及其述作之意，前已略述，兹不更贅。

其有唐人纂著之書，號稱閎富，雖於《文選》無甚考證，而可以爲《文選》之佐使者，則莫如歐陽詢等所纂之諸類書。類書雖與《文選》無關，而詢爲《藝文類聚》序則曰："《流别》《文選》，專取其文；《皇覽》《徧略》，直書其事。文義既殊，尋檢難一。是書比類相從，事居於前，文列於後，俾覽者易爲功，作者資其用。"是其纂著之意，正爲補助《文選》，及爲《文選》學者用功而設。他如虞世南之《北堂書鈔》、徐堅之《初學記》、白居易之《六帖》，皆同此例。故爲《文選》學，記覽既尚繁博，即不能盡廢類書。而唐代類書，則時猶近古，所采諸文類足與《文選》相印證，否亦爲《文選》所棄遺，鉅製零篇，分門纂録，殘膏賸馥，沾溉無窮。其有資於《選》

學家，亦可謂饋貧之資糧，津渡之寶筏矣。

昔阮氏謂："唐人屬文，尚精《選》學，五代後乃廢棄之。"似《選》學至宋以下，即無足論矣，實則宋人亦未嘗不究心《文選》也。陸放翁云："國初尚《文選》，當時文人，專意此書，故草必稱王孫，梅必稱驛使，月必稱望舒，山水必稱清暉。至慶曆後，惡其陳腐，諸作者始一洗之。方其盛時，士子至爲語曰：'《文選》爛，秀才半。'"（《老學菴筆記》）此可見宋初人究心《文選》之一斑矣。《麈史》載宋景文母夢朱衣人捧《文選》一部與之，遂生景文，故小字"選哥"。其後嘗自言已手抄《文選》三過，其究心如此。故其所著筆記，於《文選》討究極多。《談苑》載：

> 張佖知舉進士，試"天雞弄和風"詩，有進士白試官云："《爾雅》天雞有二，未詳孰是？"佖大驚，不能對，亟取《爾雅》檢，《釋蟲》有翰天雞，小蟲黑身赤頭，一名莎雞。《釋鳥》有鶾天雞，赤羽（案：李注謝靈運詩引《爾雅·釋鳥》）。

江東人士深於學問如此，而謂宋人不究心《文選》，可乎？

即如東坡以不喜《文選》著聞者也，其謂李陵、蘇武之詩乃六朝人擬作，訾昭明不悟其僞，蓋鄙之者深矣。然其跋黄子思詩云"蘇李之天成"，其推尊之又如此。由是以觀，謂蘇李詩爲六朝人擬作者，特一時不喜昭明之偏詞耳，實則於此詩固傾倒之至也。至其於《文選》李注，嘗極喜其本末之詳備，而深斥五臣之荒謬，《志林》中屢言之，亦非於《選》注究心有素不能爲此剖辨得失之談。世人以東坡爲文不學《文選》，遂謂其於《選》學極加鄙棄，而不知此老之於《文選》，固所謂日手一編者也。

與東坡同時爲《選》學者，則有沈存中。存中嘉祐進士，所著《夢溪筆談》一書，世稱其目見耳聞皆有補於世，非他雜志之比。其中論《文選》各條，皆極有根據。論馬融《長笛賦》"裁以當簻"，李注謂"簻"爲馬策，且深訾其謬，與東坡徒誇善注可喜者不同，是亦究心《選》學，不肯隨聲唯諾者。由是以觀，北宋自開國迄嘉祐間，學者之爲《選》學，固相續不絶而未嘗廢也。至王伯厚謂："《選》學自成一家，熙、豐以後，士以穿鑿談經而《選》學廢。"（《困學紀聞》）似謂自荆公以新經試士後，學者即置《選》學於不講矣。不知荆公之意，本欲變學究爲秀才，不意變秀才爲學究，穿鑿談經而廢《選》學，自是末流之失，而非荆公之陋。（語本何義門）況熙、豐以後，姚寬起紹聖中，著有《西溪叢語》；黄朝英出紹聖後，著有《靖康緗素雜記》；僧惠洪起大觀中，著有《冷齋夜話》；朱翌起政和中，著有《猗覺寮雜記》：諸書考證《文選》，或十餘條，或數十條，均能引證詳明，足可依據，而謂熙、豐以後《選》學竟廢，其誰信之？

迄乎南宋，則洪邁起紹興中，特以博贍著聞，所著《容齋隨筆》，琅然五編，考證《文選》數十條，卓然與北宋諸家相匹。嗣是在紹興朝，則陸游之《老學菴筆記》繼之，王觀國之《學林》又繼之，而袁文之《甕牖閒評》，亦鼎立於其間。紹興以後，則趙彦衛之《雲麓漫鈔》作焉。慶元以後，則王楙之《野客叢書》作焉。嘉定以後，則張世南之《游宦紀聞》作焉。諸書考究《文選》之條，不一而足，皆於《選》學大有發明。其他若孔平仲之《珩璜新論》，趙令時之《侯鯖録》，沈作喆之《寓簡》，韓淲之《澗泉日記》，張端義之《貴耳集》，龔頤正之《芥隱筆記》，戴埴之《鼠璞》，何薳之《春渚紀聞》，張戒之《歲寒堂詩話》，葉夢得之《石林燕語》《避暑録話》，史繩祖之《學齋佔畢》，馬永卿之《嬾真子》，皆有考證《文選》之條，以纂録無多，無暇徧舉，則並略之。

迨於末造，王伯厚氏出，遂以鴻儒博學，殿天水一代之終，爲列朝所未有。王氏著述極富，晚年成《困學紀聞》二十卷，最爲精詣所在。書中考證《文選》數十條，精確尤爲無匹。平生因業鴻辭，纂輯故書舊聞，至成《玉海》二百卷，精博爲一朝冠。當時因鴻辭之試，須作制、誥、詔、表、露布、箴、銘、贊、頌諸文，均非深於《選》學不辦，故又特著《辭學指南》一書，以附《玉海》而行。平時所業諸文，則無不規摹《選》體，今摘録二首如下。

唐劍南西川節度使同中書門下平章事破吐蕃露布

尚書兵部臣皋等言：臣聞天討有罪，兵應者勝義者王；夷不亂華，師直爲壯曲爲老。多助之至，四極爰轃。[1] 貞觀則同羅擊延陀，開元則九姓殄獸嚶。曰商莫不來享，犯漢雖遠必誅。德風翔乎河源，武節憺乎月嵋。率寧人之有指，先元戎以啓行。用信威光祖宗，不以賊遺君父。

恭惟皇帝陛下宣昭義問，敉寧武功。纘八葉之鴻圖，奮四征之雄略。懷鴟梟，銷祲沴，稟仰太和；翦鯨鯢，清郊原，掃除群穢。王猷允塞，我武維揚：奇幹善芳，各修職貢；條支若木，咸順指令。邈積石之遐陬，有吐蕃之醜類，侵敗王略，倍奸齊盟。乘邊將之騁兵，瞰戎亭之虛候。爲蛇豕，食上國，盡盜河隍；帥蝥賊，摇我疆，再驚畿甸。騎壒敢於深入，鑾蹕至於親屯。撊然授兵，協以謀我。尚納污而含垢，姑通使以結和。清水之盟未乾，好畤之師已聚。指靈涇而徼賂，闖鹽夏以擣虛。夷德無厭，弗悔袵金之禍；楚氛甚惡，輒興衷甲之謀。蠢爾爲雠，整居匪茹。

維時南詔，慕化中朝。先零之質諸羌，雖嘗并力；麇人之率百濮，罔不離心。頓顙於邊，受命於吏，斷匈奴之右臂，羈南粤以長纓。燕貉輸致騎之勤，晋戎成掎鹿之勢。彼既失鐵橋之險，我遂克峨和之郛。蓋竄匿於龍荒，復虔劉於麟塞，戕我守將，墮我陴隍，修戈矛與同仇，靡室家不遑處。

臣等請奮其旅，以殲乃讐。鳳翔振武靈武之騎獵其西，邠寧太原涇原之兵震其北。率山南熊羆之校，暨東川貙虎之師。烏蠻撓其腹心，回鶻擣其肘腋。衆素飽矣，壹大治之。諸將陳洎等，統五萬軍，出十一道，濟師西顥之半，策勳北陸之初，盪平七城，斬馘萬級，獲鎧械十五萬計，燔堡壘百七十餘，遂賈勇而圍昆明，將乘勝而定青海。僞東境五節度大使論莽熱，釋朔方之衆，援維州之城，九攻九却之計窮，七縱七擒之威速，連連執訊，蟜蟜獻囚，不然我薪而自焚，有如破竹之立解。拂廬魚潰，甌脱兔奔。谷静山空，行就焉耆之戮；區殫域滅，汔聞智盛

〔1〕“轃”，《四明文獻集》（中華書局《王應麟著作集成》本）作“轃”，亦通。《漢書·禮樂志·安世房中歌》：“四極爰轃。”

之降。斯蓋廟謨淵深，神斷天造。明見萬里，運奇掌上之兵；守在四夷，制勝目中之虜。勒功滇池之柱，植表赤嶺之碑。一怒安民，文之勇也；三軍用命，克何力焉！臣等承帝之明，敵王所愾。開遠門謁[1]候，坐收西極之舊封；紫微殿受俘，重覩崐丘之茂績。臣等無任慶快激切屏營之至，謹遣某官奉露布以聞。

寶元紫微閣御篆贊

天隲下民，闔我宋離明之運。三聖傳序，文治彬蔚，睿謨宸藻，光摩壁奎。越我仁宗皇帝，重暉襲明，日燭月霽；稽經典學，苞舉藝圃；穗書緑字，入神出天；顧瞻玉堂，爰暨祕閣。昔在淳化（案：太宗年號），龍牋虹管，躬灑飛白；霞舒鴻翥，昭揭霄漢。翊時右掖，發令代言，常楊高崔；振纓交鳥，儲清聯邃，宜闡宏規。

寶元（仁宗年號）之元，律中夷則，日躔庚戌，涣發宸指，鳩工建閣，翬飛鳥革，穹麗豐璉，凌轢石渠天禄，翔鸞栖鳳。遂迺御帝鴻之墨海，揆漢宫之寶跗，冠名紫微，載篆户册，金壺霏沘，鑪錘造化，如商盤周鼎之識，如羲畫禹銘之文。非煙祥風，縁飾萬象；丹清綸綍，益焕其章。開元集賢之題，莫能窺帝書萬分之一。臣竊維仁皇多能天縱，邇英延義，左右圖籍。群玉蕊珠，傻繇篇翰。景祐律準之字，皇祐明堂之顔（景祐、皇祐皆仁宗年號），八體六書，神謨心造，韜軼頡籀，前無千古，斯閣之扁，文化恢焉，儒術崇焉。彼漢篆未央，晋書太極，奚異螢耀之擬燭龍歟？於萬斯年，極天比峻，環宫列宿，是衛是翼，宜歟厲而詩顯之，爲無窮觀，臣竢臯書命，衣被昭回之光，拜手祗贊，贊曰：

乾緯宣精，紫微環極。維聖時憲，設官分職。開元名省，延籲鴻生。秉筆贊命，神化丹青。濬哲維宋，熠興文治。星旅奎鉤，麗離明賁。常揚接武，翔于鵷池。參盤襲典，潤色綸絲。允文仁皇，積思書圃。天葩聖藻，萬象咸覩。旃夏穆清，瑶管春容。被物成飾，吉雲祥

[1] “謁”，《四明文獻集》作“揭”，《新唐書·吐蕃列傳》亦有“開遠門揭候”語。

風。律準之畫，明堂之扁。河龍獻圖，有赫奇篆。睠言西掖，英彦所躔。傑閣鼎新，上薄淩煙。錯寶之跗，元氣汾穆。鎦銖斯冰，糠粃籀邈。金字特書，玉題揭名。雲漢昭回，粲爲列星。翠緌鳴佩，於焉游息。仰睇慶霄，斧藻失色。若宓羲畫，原于緑圖。若神禹碑，刻于螺書。虬騫鳳逸，超絶畦徑。八法森嚴，心正筆正。淳化飛白，木天玉堂。維帝之書，祖武重光。祥符（真宗）聖製，翔鸞鏤石。維帝之書，文典時式。毫端膚寸，雨露群蒙。訓纂渾噩，虞周比崇。追琢其章，辭尚體要。如篆之古，摛華演誥。鸞刀刻銘，寶奎題顔。逦英分錫，迎陽縱觀。天球閟藏，鏐繩鈿軸。頫陋唐宗，平雲芒玉。倬彼層宇，虹采燭天。詩以颺之，何千萬年！

此爲王氏鴻辭所業之文，王氏有文集百卷，今僅存《四明文獻集》八卷，此種猶不入編。相其體製，雖不免仍爲宋格，而追摹《選》體，亦可略見一斑。惟僅見摹《文選》之文，論《文選》之事，而於《選》學未有專著。然處帖括盛行之世，學者爲文大都演義疏之空疎，失辭賦之奥博，而獨能規摹《選》體，製爲篇章，辭擅鴻儒，學窮藝府，亦可謂文苑之宗工，詞流之砥柱矣。

有宋一代，於《文選》著有專書者，則有劉攽之《文選類林》，周明辨之《文選彙聚》及《文選類聚》，蘇易簡之《文選菁英》及《文選雙字類要》，黄簡之《韻粹》，王若之《選腴》，此則或臚類典，或擷菁華，或輯腴詞，或搴韻藻，其書久無傳本，後人稱述猶多，衹可列爲附庸，究無當於《選》義。别有高似孫《文選句圖》一卷，蓋仿唐張爲《主客圖》而作，《四庫》著録，謂其去取不甚可解，今亦不甚流傳。又有卜鄰《續文選》二十三卷，載在《宋志》，未知與《新唐志》所載卜長福《續文選》二十卷是否一書，今已無傳，未能深考，然大都爲續補之業，於《選》學固無當也。

迄乎元代，承其餘習，於是有陳仁子《文選補遺》一書，今尚流傳，著録《四庫》。其撰著大旨，因少讀《文選》，訾昭明采録之未當，别爲義例，仍起先秦迄梁，采取各家文辭，以意爲次，補昭明之所未備，故曰“補遺”

（見前引趙文序述仁子之言）。《提要》謂：

> 其書蓋私淑《文章正宗》之説，而所補司馬談《論六家要旨》，則齊黄老於六經；魯仲連《遺燕將書》，則教人以叛主；高帝《鴻鵠歌》，情鍾嬖愛；揚雄《反離騷》，事異忠貞；蔡琰《胡笳十八拍》，非節烈之言；《越人歌》《李延年歌》，直淫褻之語；班固《燕然山銘》，實爲貢諛權臣（案：此語誤。《燕然山銘》，《文選》已載，《補遺》所録爲《竇車騎北伐頌》）；董仲舒《火災對》，亦不免附會經義。律以《正宗》之法，皆爲自亂其例。（《集部·總集類二》）

於此書排斥甚至，然既自出手眼，别爲一書，何必泥真氏之言。即以補昭明之闕，其書固可存不可廢也。

嗣是則有劉履之《風雅翼》。履爲《選》學，專攻《選》詩，是書首爲《選詩補注》八卷，取《文選》各詩，删補訓釋，大抵本之五臣舊注、曾原《演義》，而各斷以己意。次爲《選詩補遺》二卷，取古歌謡詞之散見於傳記、諸子及《樂府詩集》者，選録四十二首，以補《文選》之闕。次爲《選詩續編》四卷，取唐宋以來諸家詩詞之近古者一百五十九首，以爲《文選》嗣音。去取大旨，亦本《正宗》，其詮釋體例，則悉以朱子《詩集傳》爲準。《提要》謂其“以漢魏篇章，强分比興，未免刻舟求劍，附合支離。以其大旨不失於正，而亦不至全流於膠固，又所箋釋評論，亦頗詳贍，尚非枵腹之空談，較陳仁子書，猶在其上。”（《總集類三》）於其書頗加推許。又據明葉盛《水東日記》，稱李時勉於履是書嘗加注釋，視劉益精，其書雖不傳，然其爲名賢所誦述，固自有不可廢者矣。

在履之先，究心《選》詩者，又有方回之《文選顔鮑謝詩評》一書。回宋末元初人，有《虚谷集》，以博學工詩名，好評隲古人詩，所撰《瀛奎律髓》，藝林頗爲傳誦。是編則取《文選》所録顔延之、鮑照、謝靈運、謝惠連、謝朓、謝瞻之詩，各爲論次，有評語而無注釋，開後世評點之先。蓋回於讀諸家詩時，手書於册，後人得其墨蹟，録之成帙者。《提要》謂：

其《瀛奎律髓》持論頗偏，此集所評，如謝靈運詩，多取其能作理語。又好標一字爲句眼，仍不出宋人窠臼，然其他則多中理解。又如謝靈運《述祖德詩》第二首，評曰："《文選》注'高揖七州外'，謂'舜分天下爲十二州，時晋有七州，故云七州'。余謂不然，此指謝玄所解徐、兖、青、司、冀、幽、并七州都督耳，謂晋有七州而高揖其外，則不復居晋土耶?"謝瞻《張子房詩》評曰："東坡詆五臣誤注三殤，其實乃是李善。"顔延之《秋胡詩》評曰："秋胡之仕於陳，止是魯之鄰國，而云王畿，恐是延之一時寓言，雖以秋胡子爲題，亦泛言仕宦。善注乃引《詩緯》曰：'陳，王者所起也。'此意似頗未通。"亦間有所考證。(《總集類一》)

觀此知回於《選》詩李注，用力甚深，頗能疏其得失，即小有疎舛，爲《提要》所糾，亦不足爲其書病，在《選》學家中，允當分居一席，不徒以批尾爲家，開後世之末派者矣。(方氏有《續古今考》三十七卷，以續魏了翁《古今考》一書，《四庫》著録，稱其見聞尚屬賅洽，所考多有可取，蓋能究心兩漢制度，非不讀書者所能爲，以其未涉及《選》學，故置不論)

在元一代，以學問博洽名者，尤莫如李治，所著《敬齋古今黈》，訂正舊文，以考證佐其議論，詞鋒駿利，博辨不窮。書中考究《文選》之條，最爲精確，《提要》稱其：

辨《吴都賦》"猩子長嘯"，當是"常笑"，引《山海經》爲證，具有根據。……引《戰國策》"蔡聖侯因是已""君王之事因是已"，二"已"字今本並作"以"，證以李善注阮籍《詠懷詩》所引，實作"已"字，足以考訂古本。(《子部·雜家類六》)

可見其究心李注，穿穴群書，極有心得矣。愚尤喜其論，其論左思《三都賦》：

自序曰："相如賦《上林》而引'盧橘夏熟'，揚雄賦《甘泉》而陳

‘玉樹青葱’，班固賦《西都》而歎‘以出比目’，張衡賦《西京》而述‘以游海若’，假稱珍怪，以爲潤色。”又云：“考之果木，則生非其壤；校之神物，則出非其所。於辭則易爲藻飾，於義則虛而無徵。”又自以爲所著“其山川城邑，則稽之地圖；鳥獸草木，則驗之方志”。左序如此，然自今觀之，亦未能免此弊也。於《蜀都》則云“試水客，艤（案：原本作漾）輕舟，娉江妃，與神游”，又云“吹洞簫，發棹謳，感鱏魚，動陽侯”，此與《甘泉》之玉樹，《西京》之海若，復何所異？至於談吴都之壯，則云“巨鼇贔屓，首冠靈山，大鵬繽翻，翼若垂天”，雖詞人之語，詭激夸大，可以理貸；亦其秉筆之際，遐探雄擢，偶忘己之所稱也。方之盧橘之誤、比目之誕，豈不更甚矣乎？

抉出文人夸大之習，允稱博辨之雄，可爲後世讀《文選》人開其穎悟，不徒以考訂見長，其精識尤不可及已。

至於明代，承宋元空疎之後，定制以時文取士。《文選》一書不載功令，學者類不究心，即間有以餘暇及之者，大都泛爲涉獵，所造不深。故開國有能文之人，無爲《選》學之人。中葉以還，如盧柟之擅長辭賦，劉鳳之文多古藻，已覺希如星鳳，然徒爲奥澀，循流昧源，已不免見嗤僞體。其有高自位置，不諱狂名，放筆騁辭，欲摹《選》體者，則惟桑悦一人。愚嘗得其《思玄集》讀之，開卷爲《兩都賦》二篇，是欲追蹤班、張者矣。及細按之，則下字造句，用韻遣詞，無一能合漢賦家法。蓋欲摹漢賦，必通小學，桑氏首昧於此，宜其無能爲役也。其集流傳甚希，黄梨洲撰《明文海》，首以《兩都賦》冠篇，藝苑稱其博洽。而在朱竹垞撰《日下舊聞》時，則搜求未得其書。康熙朝修《淵鑑類函》，特於“京邑”門中，節録其賦數百言。陳元龍纂《歷代賦彙》，復於“補遺”中轉録其本。至乾隆中修《日下舊聞考》，仍未得桑氏原賦，僅以《類函》中節録本纂入，亦可謂所見不廣者矣。其集《四庫》入存目，《提要》謂其《兩都賦》“有名於時，然去班固、張衡，實不可以道里計”。原賦太長，不能備録，今以《類函》中所節《北都賦》數百言録之如下，以見桑氏《選》學之一斑焉。

北都賦

聞北之爲都，宿屬於箕，地名幽州。神堯之聖域，召公之賢丘。地勢累崇，蹠蹠捄捄。膊齊魯爲柶，綴趙遼作旒。東阮迻迴而左達，太行巍嵬而右遒。潚溕無涯，峻峭莫儔。天合其所，人凝其績。築城伊淢，作都伊匹。規乾準坤，以究安宅。五門環環，千盧挖挖。雙華嫚嫚，丹闕頟頟。峙以文武，列以順掖。東連宗廟，西靠社稷。南薰仁智，前經後緯。思善翼善，左輔右弼。奉天前迤，齗齗特特，若圜倪之無極；華蓋中莅，鏘鏘罄罄，若春盎之可即。謹身後擁，瓌瓌赫赫，若混沌之未劃。悉昒其桷，悉扛其楹。剡柱乳楣，巨纖栁墿。欂櫨禁樀，疎戚劉迸，陽棲其正，陰止其冥。懸魚惃懍而下垂，拒鵲媋髀而上騰，彼榴榴之雄梁，夥崇堁而獨承。

群材膺職，渠渠迺成。游衍之區，爰營西苑。泓以太液之歀歀，峙以瓊華之夗夗。池則汪洋漫衍，溠潢潭沱。裼以江蘺芙蓉，點以芳藻綠荷。含英吐華，馡馝薰波。島則巉巖磊砢，巋鬱危繃。太湖輸精，武康貢英。薄平泉而不即，眇艮嶽而弗登。

迺築崇基，殿以廣寒。古柏十圍，矮松百盤。俯雙橋之千柱，仰萬歲之層巒。南墉之中，亭館綿延。迷以綺鋺，複以粉智。東南其户，寒暑攸偏。凉登洗髓之域，和躋浴沂之天。惟南有囿，釗釗媞媞。臺呼名鷹，巋崱雲齊。規以榴垣，衛以危梐。佳實累杈，灌木垂梜。幻靈芝之蕓蕓，茁紫脫之萋萋。蚑息蝡動，鷙擊獖趧。或并命而比翼，或兩額而三蹄。以至大月一封之駝，黄支獨角之犀，昆明吐金之鳥，三佛吞火之雞，天山識樂之帝江，哈烈弄毬之狻猊，亦安薛公之鞠養，受毛丘之羈縻。環以靈沼，劃以崇溪。水禽淵魚，隨方躍棲。悉涵負乎恩澤，動濡爛而敷祈。

【捄捄，長貌。昒音昧，遠視也。墿音亦，《爾雅》："路、旅，塗也。"塗或作墿。劉音留，定意也。媋音春，女美也。髀音單，胡大腹。《集韻》："胍�謂之髀。"榴音忽，高貌。歀歀，字書所無，未詳音義。鋺

音蔫，鋤頭曲鐵。椪，字書所無。】

桑氏摹擬《選》體之作如此，其於《選》中“京都賦”體，殆尚未窺其門户，而乃目空一世，至欲争名柳州，甚且薄視先聖，不亦狂誕之太甚乎！

正、嘉以後，何、李、王、李之徒紛然輩出，倡言不讀唐以後書，爲文則侈語上摹秦漢，是固當究心《選》學者矣。然徒爲奥澀，實昧本源，妄有高名，衹成僞體。其傑出數子之前，記誦浩博，文章閎富，足以冠代者，繄惟楊升菴氏。所著《丹鉛録》，考訂《選》學者凡數十條，大都爬梳至密，穿穴能通，傑出一時，未有倫比。雖其謫居荒裔，未能攜書，記憶所憑，時多差誤，自造典據，多爲後嗤，然衹可謂之不精，不可謂之不博。繼其後者有陳晦伯氏，所纂《天中記》，采摭之繁，亦足冠代。其於楊氏，齮齕甚多。然陳氏有正楊之編，而後人旋有《疑耀》之作，掎摭得失，互相是非，於升菴衹可列爲附庸，不能稱爲敵國矣。此外如唐應德之著《類纂》八編，董遐周之《輯廣博物志》，皆以博洽著稱一時，然衹可供文士之畋漁，不足列《選》學之品目。其間惟焦弱侯之《筆乘》，周方叔之《卮林》，於《選》學多所考證。胡元瑞讀書亦多，《少室山房筆叢》間亦涉及《選》學，然記誦雖極淹通，而門户不免依附，衹可於弇州山人後附居一席，未能以《選》學名家也。

洎乎末造，乃省方密之崛然而起，所著《通雅》一書，訂正《文選》者數十條，大都引證賅洽，考據詳明。昔吾師譚先生謂：“《通雅》所録，在今日爲芻狗，在當時爲麟鳳。”（見《復堂日記》）以今觀之，其言猶信。嗣是則顧亭林氏所著《日知録》，多論藝文，證《選》各條，極爲精確。顧氏以通儒著書，原不屑以考據爲尚，嘗自悔少時所學，不過注蟲魚、吟風月，觀此各條，則非注蟲魚、吟風月之事，而考古今、訂經史之事也。此則不屑以《選》學名，要爲稱《選》學者所莫能廢，結明代詞流之局，開有清樸學之先，夐乎其不可及已。

以上所列，爲明代學者著書中考證《選》學之事，而尚非考證《文選》之專書也。明代爲《文選》專著者，亦有數家。其爲續補之學者，則有楊慎之《選詩外編》九卷、劉節之《廣文選》八十二卷、周應治之《廣廣文選》

二十三卷、湯紹祖之《續文選》二十七卷，皆見《明史・藝文志》，《四庫》不著於録。其爲注釋之學者，則有張鳳翼之《文選纂注》十二卷，其書皆雜采諸家詮釋《文選》之説，故曰“纂注”。而所引多不著所出，未脱明人習氣。陳與郊之《文選章句》二十八卷，其書以坊刻《文選》顛倒棼亂，每以李善所注竄入五臣注中，因重爲釐正，汰其重複，斥五臣而獨存善注，亦時正其舛誤，實較各本爲勝。然點竄古人，增附己説，究不出明人積習。閔齊華之《文選瀹注》三十卷，則以六臣注本，删削舊文，分擊於各段之下，復采孫鑛評語列於上格。直以批點制藝之法，施之古人著作，尤爲明人痼習。别有鄒思明《文選尤》十四卷，則取《文選》舊本，臆爲删削，以三色版印之，總評分脈則用朱，細評探意則用緑，釋音義解文詞則用墨，於各本中另爲一種。又林兆珂《選詩約注》十二卷，則取《文選》所録諸詩，重爲編次，以時代先後爲序，其訓釋文義，較舊注稍爲簡約，亦無考證發明。至淩迪知之《文選錦字》二十一卷，則以《文選》字句輯爲二十七門，自謂合清江劉氏《類林》、眉山蘇氏《雙字類要》而增損之，而實不免餖飣。以上各書，不載《明史・藝文志》，《四庫》皆列之存目，一一加以抨彈，在《選》學中雖非名家，亦當附録，故詳摭之，以爲一代之殿焉。

綜上所述，自隋迄明研究“《文選》學”者之成績，雖未能備，大概已略具矣，今將自隋迄明關於《文選》專著之書，分代表列其目於後，以代本章之結論。

隋	
蕭該《文選音義》兩《唐志》	曹憲《文選音義》《新唐志》
唐	
李善《文選注》兩《唐志》《宋志》	公孫羅《文選注》《文選音》兩《唐志》
釋道淹《文選音義》兩《唐志》	許淹《文選音》《新唐志》。疑與道淹《音義》爲一書

康國安《注駁文選異義》《新唐志》	五臣《文選集注》《新唐志》《宋志》
吕延祚《注文選》《宋志》。當即五臣注	殘本《文選集注》古寫本
常寶鼎《文選名氏類目》《宋志》	孟利貞《續文選》《新唐志》
卜長福《續文選》《新唐志》	卜隱之《擬文選》《新唐志》
宋	
周明辨《文選彙聚》《宋志》	周明辨《文選類聚》《宋志》
卜隣《續文選》《宋志》。疑即唐卜長福書	劉攽《文選類林》《四庫存目》
蘇易簡《文選雙字類要》《四庫·類書類存目》	蘇易簡《文選菁英》
黄簡《韻粹》	王若《選腴》以上三種見《選學膠言》應序所舉
高似孫《文選句圖》《四庫》著録	
元	
陳仁子《文選補遺》《補元志》。《四庫》著録	曾原《選詩演義》見《風雅翼》提要所舉
劉履《風雅翼》《補元志》。《四庫》著録	方回《文選顏鮑謝詩評》《四庫》著録
明	
劉節《廣文選》《明志》	周應治《廣廣文選》二十三卷《四庫存目》
湯紹祖《續文選》《明志》	楊慎《選詩外編》《明志》
張鳳翼《文選纂注》	林兆珂《選詩約注》
陳與郊《文選章句》	鄒思明《文選尤》
閔齊華《文選瀹注》以上五種《四庫存目》	淩迪知《文選錦字》《四庫·類書類存目》

第九章　清代《文選》學者對於《文選》之貢獻

清代《文選》學家，以顧亭林氏爲開先，已如前述，顧同時繼之者尚無其人也。以閻百詩之精博好勝，能改定《日知録》數則，而不及《選》學諸條。朱竹垞以“文章爾雅”見推於顧氏，而自言平生不善爲賦，亦於《選》學不甚究心。以衣鉢論，庶幾潘次耕之博洽，可以繼顧氏之後乎？然讀其《遂初堂集》，實於《選》學無甚發明，此外亦無《選》學專著。張文襄撰《書目答問》，以潘氏與錢湘舲列爲清代《選》學家之首，殆偶見圓沙閲本與稼堂校本《文選》，遂以二家爲熟精《選》理耳。

逮康熙末造，長洲何義門氏出，始卓然以《選》學名家。何氏藏書最富，校書極精，生平以文章負盛名，而無所著作傳於世（宣統時有搜刻其文集者，得十二卷）。歿後其弟子堂始裒其點校諸書之語，刻爲《義門讀書記》六卷，嗣經其門人蔣維鈞廣爲搜輯，乃得五十八卷，《四庫》於子部雜家類特爲著録。書中考究《文選》者凡五卷，雖以評校文字爲本，而博考群書，引證《選》事，精密實無倫匹。何氏以布衣薦起爲翰林，由於安溪李文貞公，故於文貞稱師，書中頗稱引其説，而文貞之評本《文選》，亦藉是記以傳。雖其雜考群書，不爲《文選》專著，而論清代考證《文選》，發明最多，卷帙最富者，實以是記爲稱首。故論清代《文選》學家，當以何氏爲首屈一指焉。弟子能傳其學者，則推陳少章氏。陳氏少從義門游，博聞强識，讀書最多，所著《文道十書》中有《文選舉正》，評校《文選》，紹其師説，亦頗多所發明。惜未盡刊傳，僅於各家評本《文選》中，時時見其一二，則猶有待於後人之表章耳。

嗣是繼何氏而起，以《選》學名家者，則斷推余古農氏。余氏以漢學著名，纂輯唐以前諸家經説，著《古經解鉤沈》三十卷，用力數年，晝夜手録，至於目盲，而後成帙，《四庫》著録，極推其用力之勤。而其《文選》學則自幼受自其母顔氏。年甫三十，即於《爾雅釋》《注雅别鈔》之外，著成《文選音義》八卷。觀其自序，即可知其於《選》學所得爲不淺矣，今節録於左：

《文選》自陳、隋後，注則有公孫羅、李善、李邕、吕延濟、劉良、吕向、張銑、李周翰，音則有蕭該、許淹，音義則有公孫羅、僧道淹、曹憲。李邕注，《新書》本傳言其與善注兩行，《郡齋讀書志》言善注成，邕更加以義，今釋事加義者兩存焉，則似今善注中解釋文義，即邕所加。曹憲《音義》，不見於《通志·藝文略》。公孫注，蕭、許《音》及道淹、公孫《音義》，不見於《通考·藝文考》，[1] 則不傳已久。

其吕延濟以下五人，爲開元中工部侍郎吕延祚所招共注《文選》，即五臣注。陳直齋《書録解題》曰：五臣注三十卷，後人并李善原注，合爲一書，名六臣注。然則六臣之名，趙宋已見，而直齋已不能定其爲何人所合矣。今考五臣注，空據本文，每條加十許字，映帶作轉，其所發明，往往本文自明，無待辭費。至於顛倒事實，乖錯文義，予嘗摘其第一卷誤，辨正於《注雅别鈔》，已二三十則，則其爲俚儒荒陋，不足繼起李善，不但如《東坡題跋》《容齋隨筆》所言。今六臣本，割五臣之羔褏，飾李善之狐裘，遂使侍郎越次，崇賢降階，襲舊爲六，知其不爲定論。又其書首載善注，或零斷無文句，或割以益五臣，多則覆舉注文，少則妄删所引，其詳贍有體，亦不及汲古閣本，蓋今所傳，又爲後人訛亂，非直齋所見六臣之舊矣。

然汲古閣本獨存善注，而總題六臣，又誤入“向曰”“銑曰”注十數條，蓋未考六臣、五臣之别，漫承舊刻譌雜，未必汲古主人有意欺世，及以所刻數條五臣注爲善也。前輩何義門先生……獨加賞好，博攷

---

〔1〕“藝文考”，原序作“經籍攷”。

衆本，以汲古爲善，晚年評定，多所折衷，士論服其該洽。然諸書散見，與《文選》出入者，尚多可采。輒不自料，據何爲本，益以所聞，摘字爲音，作《音義》八卷。先盡善注本音，次及六臣舊刻所補，二書未備，乃復旁及。其字一從汲古，諸本異同，參注其下，叶韻則從沈重，改音古音，則從入韻偶見，音叶無考，則從闕疑。五臣注可備一説及可補善注闕者，百無一二，今每卷擇稍可數條，列於音後，并注昭明、李善序、表……别舊訓之朱紫，備一家之瞀説，未敢謂善注功臣，然較正數十處，補遺數百事，未嘗稍亂李氏舊章。知其説者，或不致以吕向、張銑同類見譏，則五臣餘波，不能來及，實所望於將來君子。

觀右序所言，則此書於李注、五臣注爬搔甚密，分析最精，而其握槧成書，實據何評汲古閣本，可知其祈嚮所在。而有清一代《選》學，自何氏創闢榛蕪後，即以此書爲大宗矣。沈歸愚序極加推許，謂爲昭明之功臣、李注之益友，有以哉！惟其書成於乾隆二十三年，古農年甫及壯，刊播太早，疎舛甚多，《四庫》僅列其書入存目，爲歷摘其罅漏數端如左：

一曰引證亡書，不具出典。如李善《進文選注表》，“化龍”引《晋陽秋》，“肅成”引王沈《魏書》，“筴”字引徐邈、李順《莊子音》，如斯之類，開卷皆是。舊籍存佚，諸家著録可考，世無傳本之書，蕭客何由得見？此輾轉稗販而諱所自來也。

一曰本書尚存，轉引他籍。如《西都賦》“火齊”，引龐元英《文昌雜録》“《南史》中天竺國説‘火齊’”云云，何不竟引《南史》也？《逸民傳論》，引宋俞成《螢雪叢説》“嚴子陵本姓莊，避顯宗諱，遂稱嚴氏”，此説果宋末始有耶？

一曰嗜博貪多，不辨真僞。《海賦》“陰火”，引王嘉《拾遺記》“西海之西浮玉山巨穴”云云，與木華所云“陰火”何涉？盧諶《覽古詩》“和璧”，引杜光庭《録異記》“歲星之精墮於荆山”云云，是晋人讀五代書矣。《飲馬長城窟行》“雙鯉魚”，引《元散堂詩話》“試鶯以朝鮮厚繭紙作鯉魚”云云，此出龍輔《女紅餘志》，案：錢希言《戲瑕》明言

《嫏嬛記》《女紅餘志》諸書，皆桑懌依託，則《女紅餘志》已屬僞本，所引《元散堂詩話》，更屬僞中之僞，乃據爲實事，不亦傎耶？

一曰摭拾舊文，漫無考訂。如《閒居賦》"櫻"字，引《鬼谷子》"崖蜜，櫻桃也"，案：此惠洪《冷齋夜話》之文，《鬼谷子》實無此語，蕭客既没惠洪之名，攘爲己有，又不知宋人已屢有駁正。《吴都賦》"欃槍"，引李周翰注，以爲鯨魚目精，此因《博物志》"鯨魚死，彗星出"之文，而加以妄誕。陸機《贈從兄詩》"言樹背與襟"，引謝氏《詩源》"堂北曰背，堂南曰襟"，亦杜撰虛詞，不出典記。《歸去來辭》"西疇"，引何焯批本曰："即'農服先疇'之意，'西''先'古通用。"案："西"古音"先"，非義同"先"也；"西疇"正如《詩》之"南畝"，偶舉一方言之耳，如是穿鑿，則本辭之"東皋"，何以獨言東耶？凡斯之類，皆疏舛也。

一曰疊引瑣説，繁複矛盾。如《三都賦序》"玉樹"，引顔師古《漢書》注，謂左思不曉其義。《甘泉賦》"玉樹"，又引王楙《野客叢書》，謂師古注甚謬。劉琨《重贈盧諶詩》下注，引《蔡寬夫詩話》曰："秦漢以前，平仄皆通，魏晋間此體猶存，潘岳詩'位同單父邑，愧無子賤歌。豈敢陋微官，但恐忝所荷'是也。"潘岳《河陽詩》下又注曰："《國語補音》，'負荷'之'荷'亦音'何'。"兩卷之中，是非頓異；數頁之後，平仄迥殊，將使讀者何從耶？

一曰見事即引，不究本始。如《蜀都賦》"琥珀"，引曹昭《格古要論》，不知昭據《廣韻》"楓"字注也。《飲馬長城窟行》，引吴兢《樂府解題》"或云蔡邕"，不知兢據《玉臺新詠》也。《尚書序》"伏生"，引《經典叙録》云"名勝"，不知《晋書·伏滔傳》稱"遠祖勝"也。至於凡注花草，必引王象晋《群芳譜》，益不足據矣。

一曰旁引浮文，苟盈卷帙。首引何焯批本，稱《麈史》"宋景文母夢朱衣人攜《文選》一部與之，遂生景文，故小字選哥"，已爲枝蔓。又沿用其例，於顔延年《贈王太常》詩"玉水記方流"句下注曰"王定保《唐摭言》：白樂天及第，省試《玉水記方流》詩"。此於音義居何等也？

一曰鈔撮習見，徒溷簡牘。如《賢良詔》“漢武帝”下注：“向曰：‘《漢書》云諱徹，景帝中子。’”《洛神賦》“曹子建”下注曰：“武帝第三子。”世有不知漢武帝、曹子建而讀《文選》者乎？至於八言詩，見東方朔本傳，蕭統《序》所云“八字”，正用此事；乃引吕延濟注，以“八字”爲魏文帝樂府詩，已爲紕繆；又引何焯批本，蔓引三言至五言，獨遺“八字”，掛漏者亦所不免。

惟《魏都賦》“廣蒼”一條，《劾曹子建》題注“孫巖《宋書》”一條，并引《隋書·經籍志》爲證。《洞簫賦》注“顏叔子”一條，引毛萇《詩傳·巷伯篇》爲證。《曲水詩序》“三月三日”一條，引《宋書·禮志》爲證。《東京賦》注“‘偷’字叶韻”一條，引沈重《毛詩音義》爲證。糾何焯批本之誤，爲有考證耳。

如《提要》所摘各條，雖不無過苛，而亦深中其失。以從來無人能爲之書，用早歲心力毅然成之，其不能無疎漏也固宜。然據余氏弟子江鄭堂所著《漢學師承記》，言古農此書，本悔少作，然久已刊行，乃别撰《文選雜題》三十卷，病革之時，以付弟子朱敬輿，敬輿寶爲枕中祕，以是學者罕知之。《書目答問》“《文選音義》”下亦注云：“此書乃少作，余又撰《文選雜題》三十卷，未見傳本。”據此知余氏《文選》專著，别有一書，爲平生精詣所在，惜稿本未刊，竟無傳者。近時巴陵方氏，乃得其《文選紀聞》稿本三十卷，刻入《碧琳琅館叢書》中。愚取而讀之，乃見余氏精於《選》學之真面目焉。《紀聞》一書著述大旨，亦以《音義》爲本。篇中雜引韻書以證《選》音，博采群籍以疏《選》義，盡去何氏之説，引用群書至六百種之多（嘗輯鈔其目入拙撰隨筆中），其浩博已堪驚歎；而於注中自加案語，貫穿群言，折衷一是，精識尤爲獨到。此書傳而《音義》一書真可以少作棄之矣。惟湮晦已久，近始刊傳，以故乾嘉以來，諸家《選》學書中，竟無一人稱引。又以“雜題”爲“紀聞”，不知何人所改，詳加考核，俱三十卷，實可斷爲確是一書；而以書之内容論，“紀聞”之名，實較“雜題”爲雅而確耳。

與余氏同時研究《選》學，大有發明者，則推錢塘汪韓門氏。汪氏乾隆中葉人，著作甚富，今所傳《讀書録》《韓門綴學》諸書，藝林以比錢氏之

《養新録》。其《文選理學權輿》一書，尤爲研究《選》學入門最佳之本。大體蓋取《選》注，以類分爲八門：一曰《撰人》，則臚《選》中作者百三十人，於其下分隸所撰篇目也；二曰《書目》，則録《選》注引用書目千六百餘種，分類次之以便檢閲也；（案：沈氏《寄簃叢書》亦有《〈文選〉李注引用書目》，未刊）三曰《舊注》，則述舊注二十三家，及不知名者所注賦詩各種也；四曰《訂誤》，則著李氏以注訂注之四十七種也；五曰《補闕》，則著李氏以注補注之五種也；六曰《辨論》，則著李氏以注辨論諸書之四十三種也；七曰《未詳》，則著李氏未詳《選》事之百十四種也；八曰《評論》，則録唐以來各家考辨《文選》之説也；又於讀《選》時，或見注有徵引之未當、闕遺之欲補，未敢妄信，謂之《質疑》。就此九者，附《舊注》於《書目》，附《補闕》於《訂誤》，而分《評論》爲三，《質疑》爲二，共成十卷。雖彙録人名書名，以注求注；《辨論》諸則，僅録舊文；《質疑》諸條，未申己説；其於《選》學，所得未深。而用解剖法研究《選》學，開後人無限法門，實自此書始。命曰“權輿”，洵可爲窮《選》理、通《選》學之權輿矣。

繼汪氏之後，爲汪氏補完其書者，則爲孫頤谷氏。孫氏著述甚富，所撰《讀書脞説》，亦《韓門綴學》之匹；而於《文選》學，則較汪氏所造爲深。既爲汪氏補《文選理學權輿》一卷，復自爲《文選考異》四卷，序云：

> 毛氏汲古閣所刻《文選》，世稱善本。然李善與五臣所據本各不相同。今注既載李善一家，而本文又間從五臣，未免踳駁，且字句譌誤脱衍，不可枚舉。國朝潘稼堂及何義門兩先生并嘗讎校是書，而義門先生丹黄點勘，閲數十年，其致力尤勤。又有圓沙閲本，不著題跋，而徵引顧仲恭、馮鈍吟評語居多，意其爲錢氏之書（案：《書目答問》列錢陸燦、潘耒爲清代《選》學家之首，即本此序之言），皆少陵所謂熟精《選》理者也。志祖嘗借閲三家校本，參稽衆説，隨筆甄録，仿朱子《韓文考異》之例，輯成四卷，以正毛刻之誤，至汲古閣本卷首列錢士謐重校者，較之他本爲勝，今悉據此重加釐正。其坊間翻刻之妄謬，更不足道云。

此孫氏著《考異》書之大略也。又别撰《文選李注補正》四卷，序云：

崇賢生於唐初，與許淹、公孫羅并承江都曹憲爲《文選》音訓，《蒼》《雅》之學，遠有端緒，而李注盛行於世，學者與顔師古《漢書注》并稱，良不誣也。吕延濟輩荒陋無識，甚愧六臣之目。明汲古閣毛氏本，止載崇賢一家，藝林奉爲鴻寶。顧其書網羅群籍，博洽罕有倫比，而釋事遺義，亦所不免。夫師古書薈萃衆説，精矣，然三劉、吴氏迭有刊落，豈積薪之居上，亦集腋之易工？予用是喟然深思，不能已於握槧也。曩既輯《文選考異》四卷，兹復合前賢評論，及朋儕商榷之説，附以管窺，仿吴師道校《戰國策》之例，輯《李注補正》四卷，以諗世之爲《選》學者。

此孫氏著《李注補正》書之大略也。

自孫氏開《文選》考異之風，於是同時爲《文選》學者，亦競以考核異同相尚。嘉慶中，鄱陽胡果泉氏既得尤本宋槧《文選》，摹刻吴中，復延同時爲《選》學者顧千里、彭甘亭二氏爲助，著《文選考異》十卷，其序曰：

《文選》之異，起於五臣。然使有五臣而不與善注合并，若合并矣，而未經合并者具在，即任其異而勿攷，當無不可也。今世間所存，僅有袁本，有茶陵本，及此次重刻之淳熙辛丑尤延之本。夫袁本、茶陵本固合并者，而尤本仍非未經合并也。何以言之？觀其正文，則善與五臣已相羼雜。或沿前而有訛，或改舊而成誤。悉心推究，莫不顯然也。觀其注，則題下篇中，各嘗闌入吕向、劉良，頗得指名，非特意主增加，他多誤取也。觀其音，則當句每未刊五臣，注内間兩存善讀。割裂既時有之，删削殊復不少。崇賢舊觀，失之彌遠也。然則數百年來，徒據後出單行之善注，便云顯慶勒成，已爲如此，豈非大誤？即何義門、陳少章齗齗於片言隻字，不能挈其綱維，皆由有異而弗知考也。

余夙昔鑽研，近始有悟，參而會之，徵驗不爽。又訪於知交之通此學者，元和顧君廣圻、鎮洋彭君兆蓀，深相剖析，僉謂無疑，遂迺條舉件繫，編撰十卷，諸凡義例，反覆詳論，幾於二十萬言。苟非體要，均在所略，不敢祕諸篋衍，用貽海内好學深思之士，庶其有取於斯。

此書成於嘉慶十四年，即附摹刻尤本之後。其内容係采摭袁、陳二本以校尤本，視孫氏之據三家評本以校汲古閣本者，爲遠勝矣。然其書采摭既多，究亦不能毫無舛失，於是同時張仲雅氏著《選學膠言》一書，多采其説，亦間加以駁正。其序略曰：

《選》學向無專書，所有者，前人評騭而已。……

雲璈讀《文選》久矣，凡詩賦之源流、文章之體格，得其解，心領而神會之；不得其解，則有諸家之説在，一展卷可以瞭然，誠無所置喙。顧文義不無舛誤，注家尚多異同，與夫名物典故、字句音釋，間出於諸説所備之外者，不能無疑。隨疑隨檢，隨檢隨記，簡眉牘尾間，久而漸滿。……乃取而件繫條録，凡諸説未及者補之，諸説已有者刪之，諸説未盡者詳之，諸説未安者辨之，且因此以見彼，有不必爲《文選》設者，觸類引伸。最後得鄱陽胡中丞克家據尤延之貴池鋟本，及袁本、茶陵本，詳加讎校，更爲《考異》，刻之吴中，尤稱周密，書中多采取之，而間糾其失，共存二十卷。《魏都賦》曰："牽膠言而踰侈。"注引《李克書》云："言語辨聰之説，而不度於義者，謂之膠言。"取以顔其書，蓋誌愧也。

夫《文選》有李善，猶《詩》《禮》有康成，沈博絶麗，後人莫由窺其堂奥。今欲於尋行數墨中，效愚者之得，不惟不值李氏一哂，直恐爲當世嗤鄙；然而芻蕘之言，聖人所詢，且祇備遺忘，非關著述，故既毁而復存。至五臣之注，乖疏誠有如《資暇録》《兼明書》所云者，乃後人反以李注爲繁迂，莫不崇尚五臣。唐宋以來，名家所引，往往皆五臣之注，其實多竊李注而人不知，此最不可解之一事。故所輯專據李氏，於五臣偶及之，誠不足辨也。……

此張氏著《膠言》書之大略也。

同時吴穀人氏極賞其書，復爲之序，略曰：

> 《選》學之名，見於《舊唐書·儒林傳》，其後門分類别，人各爲書，有詞章家者，采拾菁華，抉摘藻異，如周明辨之《彙類》、王若之《選腴》，此爲饋貧之糧者也。有評論家者，標舉義理，甄别瑕瑜，如方回之《詩評》、閔齊華之《瀹注》，此爲童蒙之告者也。至於究古今，别同異，摭虚蹈實，務得指歸，則考據爲最難，而注之考據爲尤難。往時何義門、汪韓門諸先輩，亦既疏瀹結轄，開闢門户，爲之導師矣，若夫索冥窮幽，按流而求源，循枝而及幹，則離朱或窮於目，而謝公之屐齒有未到也。
>
> 吾友張君仲雅，能爲《選》學者也……以所著《選學膠言》示余。則自經説史評、山圖水注，以及名物象數之解、聲音訓詁之傳，莫不吐納出新，詮貫有叙……徽徽乎抽瀹掇潛，以發皇其耳目，後學因之爲津逮，前賢藉之以補苴，余讀之但見如環之轉，如輠之炙……尚何膠之足疑者哉！
>
> 夫六臣注之並行也久矣，然五臣剽竊淺陋，識者共譏，獨李注徵引浩博，多世所未見，近時采掇成書者，如任子田之於《字林》、王懷祖之於《廣雅》、孫淵如之於《倉頡篇》……但有取資，莫不各饜其欲而去，亦可見其富且備矣，而況寢食其中，以剖析其繁疑而彌縫其闕失，則左右采獲……宜乎自李氏以來，至此而始有以集其成也。

據此序所言，直謂自唐以來，《選》學集成於張氏，推尊之詞，不無過當，然在諸人所見有清一代，研究《選》學，著有成書，卷帙最多者，固當以張氏爲開山也。

嗣是梁茝林氏之《文選旁證》出，其采摭之博、辨析之詳，乃更駕乎《膠言》之上矣。梁氏於胡氏稱弟子，其書亦根據胡氏《考異》而作，其旁采前人評校，於何、陳、余三家之外，復多取段懋堂氏之説。其自序略云：

> 《文選》自唐以降有兩家……李注固遠勝五臣，而在宋代五臣頗盛，

抑且并列爲六臣，共行於世，幾將千年。近者何義門、陳少章、余仲林、段懋堂輩，先後校勘，咸以李爲長，各伸厥説。但閲時已久，顯慶經進，原書竟墜，淳熙添改，重刊孤傳，居乎今日，將以尋繹崇賢之緒，不綦難哉！

伏念束髮受書，即好蕭《選》，仰承庭訓，長更明師，南北往來，鑽研不廢，歲月迄兹，遂有所積。最後得鄱陽師新翻晋陵尤氏本，乃汲古之祖，其中異同，均屬較是，合觀諸刻，竊謂李氏斯注，引用繁富，爲之考訂校讎者，亦宜博綜，詳哉言之，爰聚群籍相涉之處，悉加薈萃，上羅前古，下搜當今，期於疑惑得此發明，未敢託爲抱殘守闕自限。至於五臣之注，亦必反覆推究，雖似與李注無關，然可以觀之，益見李注精核，正一助也。歸田後重加校勘，釐爲四十六卷，名之曰《文選旁證》，頗用區區，就正有道云云。

此梁氏著書大旨，正以博綜見長，自言所采書籍凡一千三百餘種，其繁富更加《文選紀聞》一倍，故其卷帙亦更加《選學膠言》一倍，可謂自有《選》學著述以來，無如此之巨編閎博者矣。

同時朱蘭坡氏爲之序，則謂：

茝林方伯敭歷中外，勤職之暇，撰《文選旁證》，蓋取唐李善之注而加參覈焉。余觀李氏之書，體製最善，纖文軼事，反覆曲暢，遇字差互，必曰某與某通，深得六書同音假借之旨，雖裴駰等弗逮。至其徵引經語，不盡齊一，由唐初寫本流傳，各據所見，即孔穎達《正義》與陸德明《釋文》，已難免傑僢，而《釋文》更多出别本。此如鄭司農注《禮》每云故書作某，《尚書》今文、古文，乖異者累累，後儒兩備其説，正足資研覃而明訓詁也。其餘典籍，或今世亡佚，蒐采者尤稱淵藪，惜當時單行原帙，業就湮廢。

汲古閣毛氏僅輯自六臣注内，非本來面目；惟宋晋陵尤氏本較勝，胡果泉中丞得之，影板以行，兼著《考異》，嘉惠藝林。顧第辨彼此之歧淆，他未遑及。君獨博綜審諦，梳櫛疑滯，並校勘諸家一一臚列。且李氏偶存不知蓋闕之義，閱代綿邈，措手倍艱。然郭璞注《爾雅》，殫精數十年，動有未詳，近人邵二雲、郝蘭皋間爲補遺，用相翊助。君亦沿厥例，斯真於是書能集大成者矣。

朱氏此序，於梁書推崇甚至，至以集大成許之，雖未能至，亦庶近之，篇中推究李注引經未能齊一之故，及梁書補正李注未詳之例，尤爲特有精識，非深於《選》學者不能道。蓋朱氏亦著有《文選集釋》一書，與梁書同時并出，其精贍雖稍遜梁書，亦有足補正梁書者，今節《集釋》自序如左：

《文選》一書，惟李注號稱精贍。而騷類祇用舊文，不復加證，經序數首，更絶無詮語，未免於略。且傳刻轉寫，動成舛誤，凡名物猶需補正，并可引伸推闡，暢宣其旨，前代諸家，率湮没罕行者。近人如汪韓門侍讀、孫頤谷侍御，雖彌縫塞漏，終屬寥寥。暇時流覽，偶尋繹輒私劄記，久之積累盈帙，累有增改，釐分二十四卷。

蓋嘗歎考古之難矣，載籍浩繁，安能徧觀而盡識？窮日孜孜，左右采獲，得此苦失彼，即并列簡内，慮致前後參錯。又歧論紛出，是非疑似，折衷匪易。況是書自象緯輿圖，暨夫宫室車服器用之制，草木鳥獸蟲魚之名，訓詁之通借，音韻之淆别，罔弗該具。

余性素闇蒙，匙克穿貫，衰齒漸臻尤善忘，顧欲薈萃群言，應自哂不自量矣。……雖然，李氏當日有初注、覆注、三注、四注，至絶筆之本乃愈詳，其不自域可知。……余之綴輯此編，將兼存互析，土壤細流之益，當亦儒修所不廢，中間援引曩哲外，更多時賢，故名曰“集釋”。在昔許叔重作《説文解字》，博訪通人，至於小大，信而有徵，竊願取斯義焉。若夫管窺所及，則不盡沿襲，餘亦慎甄擇，戒阿狥，疑者仍從蓋闕之義，極知踈陋，妄付剞劂。舊傳“《文選》爛，秀才半”，余尚愧其未爛也。特駒陰恐負，蛾術思勤，庶幾爲考訂之一助云爾。

朱氏著書大旨，可於序中見之，其書臚陳數百條，皆取其落落大者，與梁書之細考一字一句者不同。蓋《旁證》取其精，而《集釋》取其大，兩書并行，不相沿襲，實可爲嘉道以來《選》學之兩大宗焉。然諸書考究《文選》各條，幾於無一不備，尚未有專研古字，著爲一書者。

稍後而甘泉薛子韻氏出，則專講《文選》通假之字，所著《文選古字通疏證》六卷，其友人翟惟善爲之序云：

文莫盛於秦漢，而《史記》《漢書》列傳有《儒林》無《文苑》者，其時善屬文者必邃於學，經術詞章未嘗歧而爲二，即昭明所選沈博絶麗之文，非深於小學者不能作，亦非深於小學者不能疏通證明之也。儀徵阮相國師云："古人古文小學與詞賦同源共流，故曹憲既精雅訓，又精《選》學。"又云："《文選》一書，必明乎《蒼》、《雅》、《凡將》、《訓纂》、許、鄭之學，而後能及其門。"惟善生平服膺此言，以爲不易之定論，有志於《選》學之士，所當奉爲矩矱者也。今子韻是書，引《説文》以釋《文選》，於字之假借、音之轉移、義之引申者，必析其同異，斷其是非，皆實事求是，不爲鑿空之談。蓋其疏證昭明之書，即以疏證許君之書，真可謂能以小學釋《選》學，而兼有儒林、文苑之善者矣。

其説原本阮氏，於薛書要旨，頗能言其概略。

至江都薛介伯氏序其後，乃爲溢量之推崇，今録於下：

粤自姬宗典學，六書載於周官；漢律試僮，八體諷於太史。而語宗宣聖，正以雅言；《詩》美樊侯，式於古訓。形聲既具，訓詁滋多。夫創字之原，音先而義後；解字之用，音近則義通。儀厥兩途，實爲一貫。若夫昔賢論韻，止爲譬況之談；漢學傳經，已别重輕之語。填塵栗裂，《詩》箋述古字之同；志識聯連，《禮》注列故書之異。讀如讀若，擬其音均；古文今文，半由通轉。至若相如撰《凡將》於前，子雲述《訓纂》於後，《上林》之作，易"逍遥"爲"消摇"，《長楊》之篇，以"拮隔"代"戛擊"，"闔軩"亦通"鎗鞈"，"紛紜"或假"汾沄"。詞賦之家，每多古字，昭明所選，具載原文。良以先民字簡，本無者立假借之端；後代義明，同音者得旁通之證。昔蕭該、曹憲，具有《選音》；

道淹、國安，亦傳達詁。然隋、唐《志》雖著其目，而《經籍考》已佚其書。注《選》之家，斷推李氏。況乎善注由於再世，《選》學盛於揚州，文而又儒，斯爲兼備。但學雖淹雅，音少疏通，杭、佘二家，未遑闡發，若不廣加詮釋，奚由辨厥指歸？

吾鄉薛子韻先生熟精《選》理，擘究許書，明六義之源流，統衆經而條貫。通乎部分，則一字兼數字之音；究其異同，則數字歸一字之義。間有善注異體，不載古通，亦必參考折衷，實事求是，成《文選古字通疏證》若干卷，證“賛”“綴”於《春官》，釋“叉”“蚤”於《喪禮》；揚“揮”之正字爲“徽”，條“椊”之古本作“栫”。制折或體，申《魯論》折獄之言；槷臬原通，取《説文》臬準之義。飛遁、肥遯，異文與同部相參；婆娑、便姗，疊韻與雙聲互見。論方音之轉，則瀾漣薄魄之必詳；據形似之訛，則臺臺芟癹之必辨。而且偏旁可以例推，部居不相雜越，詞約義博，件繫條分，信足以索隱鉤沈，旁推曲暢。

惜乎注文雖録長編，疏語未能卒業。偉長云逝，空傳《中論》之書；高密告終，難定禮堂之學。則有涇邑翟楚珍先生，並吾師儀徵劉孟瞻先生，誼篤交游，商付剞劂，委命比校，用竭惷愚，乃與同門句容陳立、儀徵劉毓崧，對共討論。拾遺授梓，本有缺略，未敢增加。補《陔夏》之亡篇，願以俟諸異日；覩《漢書》之原本，不妨待續將來。何期彦輔之短才，勉效興公之後序。綴名末簡，待質通人。

此序文約義精，語無泛設，於薛氏著書大旨言之盡矣。近人劉申叔氏爲之書後，於薛書尤能觀其深，并録之：

薛子韻先生作《文選古字通疏證》，明乎古字通假之義。吾觀《選》注通假之義，厥有四端。一則正文與注本係一字，而有古今體之殊，則曰某古某字，或曰某與某古今字；一則當時别本異字，義或相同，則曰某或爲某字，某本作某。此二端皆係於形。一則聲義俱同，則曰某與某音義同；一則字之本義不同，因同一諧聲，遂假其義，則曰某與某古字通。此二端皆係於聲。均六書中假借通例也。蓋李善受業曹憲，當時小學未衰，於轉注假借二例，深通其藴，且《蒼》《雅》諸書並傳於世，故凡云通假，其説均確有所承，惟間有一字而通者數處，亦有僅載某某兩字古通，而牽連同類數字者，非比而觀之，則假借之例不著。薛氏之書間有漏缺，本係未成之帙，然古字同聲通用之例，證以此書而益明，足與王氏《廣雅疏證》媲美矣。

劉氏之學，本通雅訓，故於薛書，能言其深，剖析二端，分别四例，悉心推究，可以參微。惟薛氏之書，本屬未盡之業，其有待於後人增補者甚多。閲數年而旌德吕壽棠氏之《補訓》作，其書四卷，《拾遺》一卷，專以補薛氏之書，故名《文選古字通補訓》。包慎伯氏爲之序，略曰：

唐初江都曹憲以《文選》學教授，李善傳其業，因爲《文選》作注，今讀其書，賅洽宏通，有孔、賈義疏所不逮者。而於訓詁尤詳，自《爾雅》《説文》《廣雅》外，凡《三倉》《倉頡》《凡將》《字林》《聲類通俗》遺佚諸篇，皆賴是以存涯略。史稱杜林古文，衛宏官書，至隋末學幾亡絶，至憲而復興，然後知《文選》爲小學津梁，而李注蓋欲紹其師之絶學以貽來哲也。

亡友甘泉薛子韻精小學，尤篤好是書，嘗取李注所標古字通借者，疏通證明，爲李氏作長箋，余昔見其草。子韻既殁，其同郡友劉孟瞻録遺書，以此爲從事《文選》者所必資，乃爲理其草付梓，以公同好。然子韻僅就所及引申之，李注所未及，猶多癥結。旌德吕壽棠明經善子韻書，乃推廣其例，摭李注所不及者，博引旁徵，條釋其假借旁通之由，名曰《文選古字通補訓》，蓋猶昌黎列名三王之次意也。余讀之，向之癥結，不覺涣然解，益信德必有鄰，而又幸子韻之學爲不孤也。

吕氏書之大略如此，顧其書雖成，久未付刻。光緒中葉，吾鄉杜君午丞復有《文選通叚字會》之作，其著書之意，亦欲以推廣薛書，吾師仁和譚先生爲之序曰：

古者獨體爲文，孳乳爲字，文字相益，孳乳浸多。故書契至今，所以濟事物之變，充文章之用者，日出不窮。由是便文叚借，習焉爲常，夫豈嚮壁虚造所可借口？有唐以來，篇韻大備，承學識字，里俗間發，求之三古，藍縷未昌。五百四十部中，往往借義行，本義轉晦。漢魏六朝，文學淵林，莫盛於《文選》。維時形聲叚借之字，世用有餘，無不足矣，去古未遠，學有流别，故足信好也。

甘泉薛子韻氏生小學明備之日，奉手通人，折衷經典，撰《文選古字通疏證》，引申觸類，各有依據。數十年間，好學深思、熟精《選》理者，頗病其闕漏，今乃松滋杜君午丞講舍餘暇，泚筆補之，如數家珍，如入寶山，左右采獲，詳説反約。於是知古昔作者，涉筆摛藻，異同間出，有用本字而退借字，亦有用孳生字以代本字，淵源緒業，軌轍可尋，於以周文章之藝術，廣文字之義例，抑亦居今稽古，論世知人之徑隧。

杜君著此書時，與余同肄業經心書院，故譚先生爲之序，而同人即慫恿付梓。乃刊未數年，而吕氏《補訓》之書出，實爲杜君所未見。今詳加核校，用意略同，而恰不相襲，皆足以發揮古誼，羽翼薛書，允可并行，同爲不朽者矣。

而在杜君前數十年，績溪胡枕泉氏又著有《文選箋證》一書，亦久經湮晦。近時貴池劉氏得其稿本，始爲鋟木以傳，爲諸家所未見，愚得而讀之，於《倉》《雅》訓故疏通證明，尤爲精絶。且全書三十二卷，裒然巨帙，非竭畢生之力，不能爲之，集雅訓之大成，爲《選》學之後勁，尤堪驚喜。今節其自序如左：

（《文選》李氏注）援引賅博，經史傳注靡不兼綜，又旁通《倉》《雅》訓故，及梵釋諸書，史家稱其淹貫古今。陸放翁謂注《頭陀寺碑》，穿穴三藏；注《天台山賦》，消釋三幡，至今法門老宿，未窺其奥。洵非溢美。不特此也，注所引某書某注，并注明篇目姓名；而後世采鄭氏《易》注、《書》注，輯三家《詩》，述《左氏》服注者本焉，纂

《倉頡》遺文，作《字林考逸》者又本焉。李時古書尚多，自經殘闕，而吉光片羽藉存什一，不特文人資爲淵藪，抑亦後儒考證得失之林也。

然擇焉不精，往往望文生訓，轉失本旨。如《西都賦》“横被六合”，“横被”用《今文尚書·堯典篇》，古文作“光被”，“横”“光”古通；而注引《漢書音義》“關西讀‘横’爲‘縱横’之‘横’”。“紱冕所興”，“紱”與“黻”通，祭服也；而注引《倉頡篇》，以紱爲綬。《蜀都賦》“龍池瀥瀑濆其隈”，《説文》“瀑，一曰沫也”，此其義；瀥，沸也，謂沸沫而濆其沫也；而注以瀥瀑爲水沸聲，解瀑爲沸。《甘泉賦》“薌呹肸以掍批兮”，“薌”與“響”同，謂回猋之響布，《説文》“肸，響布也”；而注云“薌亦香字”，讀同香。《羽獵賦》“拔鹵莽”，鹵蓋菌之省，《説文》，“蓾，草也，或從鹵，粗草也”；而注引《説文》“鹵，西方鹹地”，以鹵爲斥鹵。《補亡詩》“彼居之子”，居讀如姬，語助詞，“彼居之子”猶云“彼其之子”；而注謂居爲未仕者。吴季重《答魏太子牋》“時邁齒載”，“載”與“迭”通，更也；而注引杜注“七十曰載”。

又書中多連語，非疊韻即雙聲，皆無兩義。《魯靈光殿賦》“仡欺猥以鵰眅”，假鵰爲睭，并深目貌；而注謂如鵰之視，以鵰爲鳥。《風賦》“枳句來巢”，“枳句”猶“枳椇”，并拳曲之狀；而注謂枳樹多句，以枳爲木。《洞簫賦》“乃使夫性昧之宕冥”，“宕冥”猶“混沌”；而注謂天性過於幽冥，引《説文》以宕爲過。“躊躇稽詣”，蓋稽遲之意，猶躊躇也；而注謂聲稽留如有所詣，以詣爲至。《長笛賦》“摶拊雷抃”，“雷”與“礧”通，皆擊也；而注謂抃聲如雷。左太沖詩“咄嗟復凋枯”，咄嗟猶倏忽，《倉頡篇》“咄嗟，易度也”；而注引《説文》以咄爲碎。《七命》“馳浩蜺”[1]，浩蜺并形容高大之貌；而注謂浩蜺即素蜺，以蜺爲虹蜺。若斯之類，既背正文，復乖古訓。

《唐書·李善傳》謂善注《文選》釋事忘義，邕欲有所更。是當時其子已不滿是書。自此以後，鮮有專家。……國朝名儒輩出，前有余氏之《文選音義》，何氏、陳氏之評《文選》，汪氏之《文選理學權輿》，孫氏之

---

〔1〕張協《七命》無“浩蜺”語，枚乘《七發》有“純馳浩蜺”之句。

《李注補正》，林氏之《文選補注》，胡氏之《考異》，近梁氏又有《旁證》，皆足以羽翼江都。惟王氏、段氏，獨闢畦徑，由音求義，即義準音，能發前人所未發，雖僅數十條，而考核精詳，直駕千古。紹煐涉獵《文選》，即窺此祕，以之校讀李注，觸類引伸，爲王、段二君所未及訂者尚夥；并及薛綜之注《兩京》，張載、劉逵之注《三都》，曹大家之注《幽通》，徐爰之注《射雉》，王逸之注《離騷》，顔延年、沈約之注《詠懷》，與《史》《漢》之舊注，朝夕鑽研，無間寒暑，闕者補之，略者詳之，誤者正之，稿經屢易，最後删定，釐爲三十二卷。……夫後人議前人易，前人而不爲後人議難，螳螂捕蟬，安知黄雀不在其後？抑心有所疑，則不能無言，言則不能無辨，區區之意，願以質諸當世之深於《選》學者。

依序所言，胡氏此書，蓋依王、段二家考訂《文選》之例推廣而成，其抉摘李注，亦頗中其肯綮，不得謂前賢不畏後生矣。

嗣是江寧程先甲氏亦爲《文選》古字之學，所著《千一齋叢書》中復有《文選古字補疏》八卷，踵《補訓》之後，紹《疏證》之傳，亦稱盛業。又別著《文選校勘記》四卷、《選學管闚》六卷、《選學源流記》二卷，而《選雅》二十卷，摭拾故訓，疏解精詳，尤爲前人所未有。同時復有許密齋氏，著《文選筆記》八卷，申説字義，校訂異文，亦爲講《選》學者所不廢焉。兩家之書，以程氏爲優，惜未盡刊刻，已刻者惟《選雅》二十卷，今節其自序如左：

《選雅》何爲而作乎？將以存古義，資譯學者也。

小學之涂有三，曰形、聲、義。姬代文郁，爰著《爾雅》，周公創制，孔子、子夏賡續附益，是爲義書之始。炎漢以降，牡鑰寖閉，《小雅》《廣雅》異代相睎。逮我朝乾嘉之間，戴、段、二王，猋起雲薈，小學焯赫，超越許、陸，古今子史若古文章，乃克卒讀。續義書者，雖罕精粹，而王、郝兩《疏》，勳績特懋。同治以來，小學日荒，淩遲至今，聖經臬斷，古籍蟫朽，薦紳先生，方吠聲於游説，蟺赴於新論，腐唇焦舌於畫革旁行之書，叩以中國古義，則顧駴若侏儒，詑若鴂舌。嗚呼！先聖之微言大義，不絶如綫如此，過此以往，其銷滅剷削，更何忍言？

夫居今之世，摻袪而聒人曰經學某書、小學某書，則童騃相與笑之。雖然，時世無慮萬變，有生民斯有語言，有語言斯有文字，有文字斯有文章，有文章斯有訓故。文章者，語言之精也。訓故者，文章之脈也。後之學者，雖未遑章疏句箋，爲專門經學之儒，然由語言以達文章，豈能無階於訓故之書乎？是故欲知三代之訓故，則《爾雅》尚已；欲知三代以後之訓故，其道曷由？先甲以爲即三代以後之文章求之而已。

《昭明文選》者，總集之鼻祖，而文章之巨匯也。上自周秦，下訖齊梁，其間作者，類皆湛深訓故；而崇賢又承其師曹氏訓故之學，作爲注釋。凡夫先師解説、傳記古訓、衆家舊注，咸箸於篇。群言淆亂折其衷，通用假借貫其恉，匪惟《爾雅》采至四家，小學之屬，蒐至三十有六而已。至於未審古音，沿稱協韻，乃千慮之失，未爲一眚之累。是故崇賢之注，一訓故之奇書也。諸儒徒以其注援據閎博，輒輯佚鉤沈，競相珍祕，朝夕儲偫，以待掔經之用，抑攟摭之力多，而綜貫之功少焉。若夫小學諸家義類各書，并見采摭，罕或舍旃，然皆具數一體，未有專書。後世有志之士，欲根柢訓故，造爲文章，其道曷由？先甲不揆檮昧，爰擷其注，依《爾雅》體例，述爲是篇，庶幾古言古義，萬存一二歟！

其所謂資譯學者何也？方今之世，西書棼若牛毛，而譯才栽如麟角，蓋操觚之倫，於小學藩籬，曾未窺涉，一旦纂述簡册，非擁腫拳曲，則闒茸黯淺，費學人之日力，供文囿之嘲噱。夫中之《説文》《廣韻》，即西之斐尼基文及字母諸書也；中之《爾雅》《釋名》，即西之辨學啓蒙之屬也；中文之用古義，猶西文之用拉丁、希臘義也。西國學人，必籀拉、希；中國之士，槁項黄馘，猶瞢古義。習西文者，恒溯其本；習中文者，率狃其末。操中國之末，以絜西國之本，此而求合，豈不乖剌？加義類不通，胸無歸墟，一詞氣之間，一名物之稱，謂執西求中，恒苦汗漫，冥行索涂，倀倀靡之。既昧古義，勢將雜掇流俗之談，踵襲繆種之説，其辭愈繁，其旨愈晦。侯官嚴氏譯書，喜用秦漢古義，謂古義一言，可當今義千百，味其撰述，良可省寤。孔子云“辭達而已”，又曰“言之不文，行之不遠”。不達不文，行且不可，尚欲開民智、匡國政乎？兹編所列，周秦六朝之訓故，略具於斯，文字之貿遷、語言之沿革、名物象數之差别，按部可校，循區可檢，凡《爾雅》所未載，《小雅》《廣雅》所未紀，於是乎稽。或亦新語之餱糧、狄鞮之先馬矣。

以上所舉各家之書，皆有清一代研究《文選》，著有專書，於《選》學大有貢獻者也。其餘在《選》學家中，爲校訂補正之學者，如王煦氏之著《文選李注拾遺》二卷、朱銘氏之著《文選拾遺》八卷；爲評文證文之學者，如徐攀鳳氏之著《選學糾何》一卷、傅上瀛氏之著《文選珠船》二卷；爲摘字之學者，如杭堇浦氏之著《文選課虚》四卷、張仲雅氏之著《選藻》八卷。皆著有專書，於《選》學不無補助，以所得不如前述諸家之精，則皆於《選》學書目中詳之，兹不贅。

其有於著書中列有專卷，考證《文選》者，除前舉何、陳二家外，有孫友松氏《四六叢話》中之《文選》二卷、王懷祖氏《讀書雜志》中之《文選》半卷、宋于庭氏《過庭録》中之《文選》一卷，及陳秉哲氏《學古堂日記》中之《讀文選日記》一卷。諸書於《文選》皆有闡發，而王氏所得爲最精，故胡氏著《箋證》特宗之。此外於《文選》無專著，而著書中時涉《文選》者，如錢希言之《戲瑕》、胡廷珮之《訂譌雜録》、章實齋之《乙卯劄記》、姚姬傳之《惜抱軒筆記》、俞理初之《癸巳存稿》、俞蔭甫之《湖樓筆談》《俞樓雜纂》，諸書考證《文選》之語，或數條或數十條不等，隨時瀏覽，可以編輯成書，皆足爲《選》學之補助，以篇帙太繁，不能備舉，亦不著。

抑愚嘗思爲《文選》之學，必能爲《文選》之文，斯於所學，乃爲不負。以觀有清一代，學者能爲《文選》學者多矣，而真能爲《文選》之文者何寥寥也。大科再開，所得皆鴻博之儒，而以文章論，如毛大可之稍學晋宋，陳其年之下染齊梁，尚非高格，已自不可多得。後得一杭堇浦能究心《文選》，則僅爲摘字之學而已。昔張文襄謂清代小學家、駢體家多深於

《選》學，實則學者爲駢，孰不究心《文選》? 及其下筆爲文，則仍爲當時體耳，其真能學《文選》而爲文者有幾人哉? 乾隆中葉以後，漢學發達，爲辭章之學者，率多精於雅訓，於是下筆爲文，始多真能摹《選》。舉最著者，在前代則張皋文、董方立、董晋卿之能爲《選》賦，在近代則王湘綺之能爲《選》文《選》詩、宋芸子之能爲《選》賦、李審言之能爲《選》文、鄧彌之之能爲《選》詩，皆涉筆閎麗，大暢《選》風，不愧作者。本章篇幅已多，不能備録，今僅録張賦一篇附後。

綜上所述而觀，清代學者對於《文選》之貢獻，可謂美且富矣，昔張文襄撰《書目答問》，特著“《文選》學家”之目，所舉諸家，大概以有論著校勘者爲斷，而實有未盡，今分類更定如左：

一評校家　錢陸燦　潘耒　俞瑒　李光地　邵長蘅　段玉裁　徐攀鳳

二訂正家　汪師韓　孫志祖　葉樹藩　彭兆蓀　梁章鉅　朱珔　許巽行

三評校兼訂正家　何焯　陳景雲

四音訓家　余蕭客　薛傳均　胡紹煐

五訂正兼音訓家　程先甲

六摘録家　杭世駿　何松　石韞玉

七訂正兼摘録家　張雲璈

八文著家　張惠言　董祐誠　董士錫　王闓運　鄧輔綸　宋育仁　李　詳

附　張皋文《黄山賦》并叙

余既作《游黄山賦》，或恨其闕略，非昔者居方物、别圖經，沐浴崇陴、群類庶聚之意也，乃復擴采梗概，爲之賦云：

丹陽之南，蠻障之中，有黟山焉，是曰三天子之都。上絡斗紀，下樓衡巫。外則率山崔嵬，於近作障，陪以大鏞，屬以匡廬。廬江出其西，漸江出其東，千源萬派，經營淡澹。各走相詭，宛潭黯黮。回錡隘巘，迫觸輵轇。逆防孫理，梢窘出窖。勢若矢激，不可迫覽。雷出電追，轉石異聲。闉沛汩淚，泙龍鏗訇。漻繆谽谺，磕磕悲鳴。鐘鏞穆羽，將瑲代更。蕩瀸澡竭，纖潛不臧。文錦鱗礫，瑩瑩煌煌。若此者數百千處。然後湀闢會流，交注群輸，湓湓潼潼。上合彭蠡，下達曲江。

爾其大勢，則岑岔峌崇，糾纏崛崎。積沓匼帀，陰陽蔽虧。夫容菡藺，倚天無茄。形精互輝，灼若朝霞。其曾高，則上出閶闔，平睨寒門。瀕視一氣，空如下天。其窮陰，則涸沍憀悷，昧不見太陽。乃有因提之雪，循蜚之霜。其石則踸踔刻削，峀累增積。搏總别追，重疊并益。將顛覆稽，附諤躡踱。縱横驌盱，震心警魄。黝質斑采，炫燿龍鱗。隨物成象，百怪千端。若有鬼神，突怒陵厲，單不知其所原。增巖重岫，懿曖窈冥。環榛複笮，脅施瓏玲。陽光迆輝，疑自地爥，不見天形。或乃湏竈金鼎，威蕤玢靈。匡床方几，羅於其庭。霞文碧篆，守以六丁。

爾乃覽其支絡，周其宫别。於前則雲門豁閉，兀跱高闕。夫容桃華，紫石丹砂，疊障擲盋，青鸞石人，儦儦茷茷。爰有温泉，是之自出。天都巍巍，巋然特雄。蓮華右起，争隆匹崇。紅杳交錯，洪紛馮戎。群峰來朝，若環紫宫。其上則有仙扉石室，醴泉之池。日精月魄，臧華發奇。其左則天柱屼屼，探珠參差。軒轅上昇，仙樂天衣。青鐔白鵝，岑嶙嶢嶷。九龍懸泉，消摇之溪。堪嵣溶洸，千態萬狀。瀓奠百尺，輝黛沈飈。列如繁星，揮布茫望。於中乃有錦鱗揚鬐，石班無雄，鰰魚兒啼。其右則有飛龍雲際，容成浮丘。石牀布水，聖泉飛來。松林采石，紫雲翠微。霍鮮互別，翾翾相追。其谷則乖龍老蛟，蜿蜷淵處。千瀑亂入，冬夏激雨。鴻扶延延，雲轉雷聚。丹臺中填，是曰天海。轡概衆皺，棽棽縩縩。冢彰厥嶄，隫貢其隍。絡繹臯杌，藹空流光。艴霞欲焱髦紛前，翠彩瀖濩般爚旁。於後則仙都岧嶢，師子亹奮，丹霞石琴，屬以始信。叢石筍植，緣卒而起。箾篸嵲峵，傑佌未已。

爾乃其木，則有木蓮九照，神州無偕。檀杻蓊柏，海桐辛夷。楓檝桱椳，樅桂黃楊，杤杈交柯，魁瘣紛揚。馮陵藩京，鬱鬱蓴蓴。上矗重陽，喬羽矗炕。旁卻日月，中稽風聲。檽檄叫囂，無時晏寧。頯根陰榦，出火自照，輝輝熒熒。其下乃有白虎蒼豹，素雌玄熊。山閭一角，醜鹿人從。倏來報往，驚嘷群訌。玃父喜顧，獋子蝯公。蒼髯修顏，接榦迴叢。透脱牢落，夭掉無窮。其上乃有雙鷀獨鶴，列仙之乘。碧雞流離，雍雍嬰嬰。頻伽之鳥，引曲赴節，若調簧笙。其松則枝梧節族，膚石鬣雲。蛟螭倒投，之而鰭鱗。仰矚撇烈，不見柢根。奇瓌易貌，視之無窮，察之無端。其下乃有琥珀威喜，伏靈石脂。蘊精閟采，僊靈是資。屮則鋪於披靡，軋芴蔚葑。蘼蕪穾蘿，蒟蒻薜荔。珊瑚翠雲，龍脩雲霧。春芳隱隆，秋馥霍濩。蓴花散榮，翕習蔓茗。青碧翠紫，菲菲菁菁。炤燿煌扈，不可紀名。粤有大藥，黃連山精。餘糧大苦，茱芐回芸。赤砂石乳，紫芝九莖。石藍之華，千年一榮。神農未知，俞跗未更。若乃黃柑丹杏，桃栗杜槈。枇杷棠梨，若榴木蘭。彼子楙梅，鎛芳裂芬。林禽崖密，松肪出焉。

爾乃其縣隥穾駴，揭孽側足。庚嵔犯崒，坌踏硧礐。仰冠傾陊，俛蹠窈邈。震震慄慄，萬端異類。氣盡汗駴，忛忛魂隊。進不敢征，退不得喙。悠忽怊悵，目不容睞。蚑息扶服，熊經鳥盻，然後得屆焉。若其陵鴻濛，貫倒景。惕澠泫，息溟涬。浮怳惚，超虛無。爛昭昭，神靈居。沆瀣涌，瓊英充。佺偓廝征，欻扈豐融。聚穀公樂，呼吸無雙。

於是天雨新霽，蔚薈朝隮。噎魀坱圠，滂洋四施。褱混懷隧，馮谾陵夷。東混扶桑，日之所出。南潰炎風，西淹總極。北沍積夂，漫漫汩汩。風至波起，天地岌嶪。狀若浮海，説於碣石。沄沄積嶐，化爲魚黿。黴鯨奔鯢，稠嶶繽翻。土囊鬱勃，萬響怒叫。驚禽悲獸，跖魂哀嘯。鱗鱗隱隱，不知處所。頫聆忽荒，皆在水下。翔陽震盪，涌波馮興。浮綵下爛，絢耀上升。天紀地緯，蓷扈煌熒。九光十彩，轉互代更。蓬萊閬風，昆侖曾城。琪樹建木，珊瑚琳瑉。戴勝虎齒，頟揚流形，芒芒無端，隨望而生。絪緼玄黄憺將會，緘馮蒙龍睍天綷。靈之霏霏鎮高邁，横陵九坑杳天外，于胥樂兮發蒙蓋。

張氏之賦如此，可謂真能學《選》者矣。至於學者研究《文選》，大都志在習駢，不待問也。竊謂欲學駢體，必先究心駢書。就普通習駢而論，即流覽張文襄《書目答問》所舉詞章初學各書，果能左右采獲，亦未嘗不可下筆成章，而欲擅鴻博之雅材，極駢文之能事，又非僅覽此十數種書所能得其要也。

昔劉孟涂有《與王子卿論駢文書》一首，於研究駢文之要，及學駢應讀之書，言之極詳，而其意且謂不可專拘於《文選》，是亦清代學者對於儷文貢獻之一端，今不避繁，并録於後。

與王子卿太守論駢體書

由唐及宋，駢儷之文，變體已極，而古法寖微。國朝作者，起而振之，因骨理而加膚澤，易紅紫而爲朱藍，窮波討源，以雅代鄭，意云善矣，法云正矣。然襲末流者，既不歸準衡；追古製者，亦多滯形貌。八珍列而味爽，五官具而神離，良由胎息尚薄，藻飾徒工，情旨未深，意興不飛之所致也。

夫道炳而有文章，辭立而生奇偶，爰自周末，以迄漢初，《風》降爲《騷》，經變成史。建安古詩，實四始之耳孫；左馬雄文，乃諸家之心祖。於是枚乘抽其緒，鄒陽列其綺，相如騁其辔，子雲助其波。氣則孤行，辭多比合，發古情於腴色，附壯采於清標，駢體肇基，已兆其盛。東京宏麗，漸騁珠璣；南朝輕豔，兼富花月。家珍匹錦，人寶寸金。奮球鍠以競聲，積雲霞而織色。因妍逞媚，嘘香爲芳，名流各盡其長，偶體於焉大備。而情致悱惻，使人一往逾深者，莫如魏文帝之雜篇；氣體肅穆，使人三復靡厭者，莫如范蔚宗之史論。馳騁風議，士衡之意氣激揚；敷切情實，孝標之辭旨雋妙。至於宏文雅裁，精理密意，美包衆有，華耀九光，則劉彥和之《文心雕龍》，殆觀止矣。夫魁傑之才，從事於此者，亦不乏人，大約宗法止於永嘉，取裁專於《文選》，假晋宋而厲氣，借齊梁以修容，下不敢濫於三唐，上不能越夫六代，如是而已。

若夫文境所及，實非《選》理能拘，求其絶軌，尚有可言。昔劉勰《辨騷》有云："名儒辭賦，莫不擬其儀表。"是知詞者，依《騷》以命意者也；賦者，託《騷》以爲體者也。後人知賦體之必宜宗《騷》，而文詞則置《騷》不論，惑矣。夫辭豈有别於古今，體亦無分於踈整。必謂西漢之彥，能工效正則之辭，東晋以還，不敢乞靈均之佩，無是理也。故良工哲匠，宜取實於楚材；落葉滄波，多問源於湘水。含愁鬱志，爲哀怨之宗；耀豔深華，開明麗之始。夫騷人情深，猶能有資於散體；豈芳草性僻，不欲助美於駢文？蓋經有未窺，抑知者猶寡。宋大夫之悲秋氣，孤懸此心；屈左徒之怨靈修，遂成絶詣。故欲招恨九歌，徵游四海，通辭帝子，修問夫人，造境於幽遐，攬色於古秀，煙雨致其綿渺，雲旗示以陸離，隱深意於山阿，寄遥情於木末。則《離騷》不能忽焉。

三代既往，百家競興，抉義豈皆淵深，造辭類多精奥。引喻奇古，老氏首發其端；鉤理玄微，蒙莊曲盡其變。禦寇之旨譎誕，乘虚破空；關尹之論瑰奇，鏤塵吹影。夷吾以峭鍊制勝，不韋以淹麗爲工。荀卿質而文，韓非悍而澤。并皆祖述邃初，雕琢群象。語大則釣巨鼇之首，稱細則截秋蟬之翼，索深則没波於歸墟之谷，窮高則抱露於中天之臺。摇衣得風，難鼓動物；以盆爲沼，易欺游魚。陽春雖温，未見芽不土之木；造化至巧，安能卵無雄之雌。冬蓮春菊格於時，心隶肝榆應乎化。物有定分，言無端涯。故欲激盪靈淵，汪洋奥府，闡圓道方德之藴，想柔心弱骨之儔，招清都之化人，求絳宫之蕊女，氣馭鳳鶴，力席蛟鯨，使尺簡之中，可以反山移海，寸管之末，可以起雷造冰。則周秦諸子所當效焉。

文奇而理典，言古而意新。河伯山精，驅川岳於隻句；聖男智女，東乾坤爲兩人。破嶮成夷，憑虚構實。匪金能富，不翼而飛。出明入幽，似大《易》之取象；含風吐雅，本上古之繇詞。則《焦氏易林》最宜法焉。

内含平壤，外爲深淵，縱斧儒關，鑿石義路，鍊六經而成采，繪八幽而有形。則《太玄》《法言》皆有取焉。

放懷四維，縱步六合。宓妃可妾，雷公能臣。上與鴻荒爲徒，遠尋沈冥之黨。自晦其素，任土蟻之誚青虬；平視彼蒼，見壤蟲之警黄鵠。言道恍惚，振彩飛揚。則《淮南鴻烈》亟宜習焉。

至若羅珍列異，耀靈炫神。緑文不足名其奇，白阜難以盡其狀。甘華甘果之芳，天縱以味；膏稻膏黍之種，土溢自生。枝頭日月，分照數國；山中鳥鼠，聯爲一家。則《山海經》之博麗未可後焉。

刻畫纖細，模範高深。被朱紫於煙嵐，施丹黄於邱壑。鱗甲難潛其影，飛走莫遁其形。寫迹侈張，鏤景工妙。林巒何幸，得斯人之一言；山水有靈，驚知己於千古。則《水經注》之體物不可少焉。

奇抱别開，靈衣在御。内篇言修鍊之旨，外篇寄邁往之才。沈麗獨步，有飛仙之氣逸；博聞多識，藥空談之腹貧。抗靈規於雲衢，讓高懷於陸海。口茹八石，胸祕六奇。鸞羽已奮於重霄，龍章豈陳於晦夜？逝景難追，感飛矢之如電；温辭乍出，覺冰條之吐葩。則《抱朴子》之超逸亦足多焉。

扶桑九枝，桂林八幹。服水玉者，則有靈蜕之仙；頌大龍者，則爲玕琪之樹。開明虎狀，禀金精以證崑墟；句芒鳥身，銜帝命以錫秦穆。玃如之貌，能兼三形；子夜之尸，分爲七體。烏酸有葉，黄雚吐華。不信歐絲之人，乃奪蠶織；安得沙棠之木，制爲龍舟。則郭璞《山經圖讚》之古逸有可取焉。

杜伯乘火，流精上蒼；管輅論雨，下刺東井。吴有人言之鳥，魏記鬼目之菜。中土城制，既標女牆；高麗民居，别爲埒屋。木弓竹箭彰其利，羱羊端牛助其饒。離人入禽，東韓五十國之殊俗；架空走海，大秦二百里之飛橋。穴底之徑，深及九梯；果下之馬，高止三尺。交龍用之飾錦，六畜竟以名官。則裴氏《三國志注》之宏富尚資采焉。

凡此皆筆耕之奥區，漁獵之淵藪，知能之囊橐，文藝之渠魁。儉學得之以拯其貧，高才得之以伸其慧。若既熟《選》學，又能擇善於斯，則煮海爲鹽，本扶輿之妙産；鍊雲生水，等大造之神工。恢策府之殊觀，極斯道之能事，其於前修，庶幾不囿矣。

雖然，猶未足以盡探本之功也。夫文辭一術，體雖百變，道本同源，經緯錯以成文，玄黄合而爲采。故駢之與散，并派而争流，殊途而合轍。千枝競秀，乃獨木之榮；九子異形，本一龍之産。故駢中無散，則氣壅而難疏；散中無駢，則辭孤而易瘠。兩者但可相成，不能偏廢。且夫烏生於東，兔没於西者，兩曜各用其光照也。狐不得南，豹無以北者，一水獨限其方域也。物之然否因乎地，言之等量判乎人，世儒執墟曲之見，騰埳井之波，宗散者鄙儷詞爲俳優，宗駢者以單行爲薄弱，是猶恩甲而仇乙，是夏而非冬也。

夫駢散之分，非理有參差，實言殊濃淡，或爲繪繡之飾，或爲布帛之温。究其要歸，終無異致；推厥所自，俱出聖經。夫經語皆樸，惟《詩》《易》獨華。《詩》之比物也雜，故辭婉而妍；《易》之造象也幽，故辭驚而創。駢語之采色，於是乎出。《尚書》嚴重，而體勢本方；《周官》整齊，而文法多比。《戴記》工累疊之語，《繫辭》開屬對之門。《爾雅》“釋天”以下，句皆珠連；《左氏》叙事之中，言多綺合。駢語之體制，於是乎生。是則文有駢散，如樹之有枝幹，草之有花萼，初無彼此之别。所可言者，一以理爲宗，一以辭爲主耳。夫理未嘗不藉乎辭，辭亦未嘗能外乎理，而偏勝之弊，遂至兩歧，始則土石同生，終乃冰炭相格。求其合而一之者，其唯通方之識、絶特之才乎！今欲問道康莊，伐材衡岱，鑽研乎三極，涵泳乎百氏，窮源而入天，逐流而至海，非深於群經，括囊先典，則詞術亦不能造其至矣。

先生吐辭東觀，如河漢之决金隄；奏牘西垣，若金石之振雲陛。剖符章貢之間，置身空同而上。窺情測貌，揖古人而進前；詭勢瓌聲，窮物態其恐後。而過推樗散，得附梗楠。謹以所知，就正通識，知先生必不盂浪其説，塵垢斯言也。

第十章　《文選》之刊刻及評隲

附《選》學書目

歷代《文選》學者《選》學之著述，已略如前舉，尚有可附論及之者，則《文選》之刊刻及評隲是也。書籍之有刊版，始於唐末而盛於五代，前人論之詳矣。《舊五代史》載，後唐明宗長興三年二月辛未，中書奏請依石經文字，刻九經印版，從之。宋王溥《五代會要》所載略同。此言書籍刊版之始，載在史籍，最可信據者。而不知同時刊版之風，莫盛於孟蜀，而孟蜀之有刊版，實以《文選》爲第一部。宋王明清《揮麈餘話》云：

> 毋昭裔（原作毋丘儉，誤）貧賤時，嘗借《文選》於交游間，其人有難色。發憤異日若貴，當版以鏤之遺學者。後仕蜀至爲宰，遂踐其言刊之。印行書籍，創見於此，載陶岳《五代史補》。（案：今通行汲古閣本《五代史補》無此文，王氏所見當是原本）

據此則刊版始於蜀，而蜀之刊版，即從《文選》始也。《宋史·毋守素傳》云："毋昭裔在成都，令門人勾中正、孫逢吉書《文選》《初學記》《白氏六帖》鏤版，守素齎至中朝，行於世。"此亦著毋氏刊版之事，而并述寫樣上版之人，亦以《文選》爲最初刻也。明焦竑《筆乘》云：

> 蜀相毋公，蒲津人，先爲布衣，從人借《文選》《初學記》，多有難色。公歎曰："恨余貧不能力致，他日稍達，願鏤版印之，庶及天下學者。"後公果顯於蜀，乃曰："今可酬宿願矣。"因命工日夜雕版，印成

二書，復雕九經諸史，西蜀文字，由此大興。洎蜀歸宋，豪族以財賄禍其家者什八九，會藝祖好書，命使盡取蜀文籍歸闕，忽見卷尾有毋氏姓名，以問歐陽炯，炯曰："此毋氏家錢自造。"藝祖甚悦，即命以版還毋氏。是時其書徧於海内。初在蜀雕印之日，衆多嗤笑，後家累千金，子孫禄食，嗤笑者往往從而假貸焉，左拾遺孫逢吉詳言其事如此。（案：此條當爲宋人記載，焦氏引之，惜未著書名）

此則詳言毋氏既雕《文選》之後，兼刊刻他書多種，并其版亦載歸汴京之事也。考《通鑑》，毋昭裔爲蜀相，在孟昶明德二年，僅在長興三年之後三年，其時後唐明宗初從中書之請，刊刻諸經，尚未大行；而蜀中已得風氣之先，有《文選》諸書之刻，是即謂書籍之有刊版，實自《文選》爲始，亦無不可，宜《五代史補》謂印行書籍，創見於此也。以五代以來刻書之風，徧於海内，而其始事實從《文選》，是可爲《選》學生色，并可稱書林嘉話；而《文選》之重，不下群經，亦從可見矣。

雖然，《文選》一書，有李注，有五臣注，當其初刻，果李注乎，抑五臣注乎？此亦所當研究者也。阮文達曰："《文選》刻版最早，初刻必是六臣注本。"（《文選旁證序》）此言未知所據。竊疑《文選》自有注以來，顯慶所上，與開元之本，在未刊版以前，本屬各自爲書。有唐諸儒，莫不雅好李注，非議五臣，在孟蜀時，唐風未泯，未必有人遽合二本爲一，此胡果泉氏謂："《文選》於孟蜀時已爲鏤版，然其所刻何本不可考。"（《重雕宋本文選序》），其説爲當得其實也。然孟蜀時所刻何本，雖不可考，而合五臣於李善，則實自北宋人爲之，據張氏《愛日精廬藏書志》載宋本《文選》有識云：

右《文選》版，歲久漫滅殆甚，紹興二十八年冬十月，直閣趙公來鎮是邦，下車之初，以儒雅飾吏事，首加修正，字畫爲之一新，俾學者開卷，免魯魚亥豕之譌，且欲重斯文於無窮云。右迪功郎明州司户參軍兼監盧欽謹書。

是爲明州刻本。其書修版於紹興二十八年，實出北宋所刻，而已爲六臣注本，則二本之合之始於北宋可知矣。（此書海内僅存一本，近藏江安傅氏。五臣在前，李善在後，每半葉十行，行大字二十，小字三十。《天禄目》載《文選》六臣注本趙子昂所藏者，不著刊書年月，字用顔體，於整齊之中，寓流動之致，紙質如玉，墨光如漆，此與張《志》所載另是一本，當非同版）據《天禄琳琅續編》載宋本《文選》，李善《進表》後有國子監准敕節文：

> 五臣注《文選》傳行已久，竊見李善《文選》援引賅贍，典故分明，若許雕印，必大段流布。欲乞差國子監官員校定淨本後，鈔寫版本，更切對讀後上版，就三館雕造，候敕旨。奉敕宜依所奏施行云云。

據此知宋時通行惟五臣本，以李善合於五臣，乃出當時國子監之所奏請，三館之所雕造，并非私人創爲之事，陳直齋《書録解題》著録此書，謂五臣以善注惟引事不説意義，故復爲此注，後人並與李善原注合爲一書，名《六臣注》。但言後人合爲一書，而不著兩書合併之由，考之爲未詳矣。

其有宋刻《六臣文選》，不著刊書時地，而可定爲北宋本者，則有贛州刻本。陸氏《儀顧堂集·宋版〈文選〉跋》載《文選》六十卷，每葉十八行，行十五字，分注每行二十字，版心有刻工姓名，宋諱殷、敬、竟、徵、恒皆闕筆，每卷末校對、校勘、覆勘諸人姓名，卷各不同，皆贛州僚屬，斷爲贛州刻本，書載《皕宋樓藏書志》。《天禄琳琅續編》亦載此本，稱：

> 通部闕筆，嫌名半字，俱極清晰，每卷末列校對、校勘、覆勘銜名，或三人或四人，其覆勘張之綱官贛州州學教授，李盛官贛州司户參軍，蕭倬官贛州石城縣尉，鄒敦禮官贛州觀察推官，是此本贛州郡齋開雕者，流傳頗少云云。

此書不著刊刻年月，而嫌名闕至仁宗朝止，是亦北宋刊本矣。（舊京師圖書館有殘宋本三部）

嗣是繼刻《六臣文選》，最著者爲廣都縣本，昭明《序》後刻記："此集精加校正，絶無舛誤，見在廣都縣北門裴宅印賣。”書末刻記：“河東裴氏考訂諸大家善本，命工鏤於宋開慶辛酉季夏，至咸淳甲戌仲春畢工，把總鍥手曹仁。”《天禄琳琅續編》載有三部，別有一本，今印入《四部叢刊》者，槧印俱精，而前後無刻書序跋，版心無刻工姓名，不知刻於何時何地，未見諸家著録，書中於李善注例，旁作直豎，別於他注，頗爲罕見，而審其嫌諱闕筆，已至高宗朝，是亦南宋刻本矣。

六臣本宋刻今不易見，得《四部叢刊》景宋印本，已可嘗鼎一臠矣。其在明嘉靖朝，有覆刊宋本，雕印精絶，幾可亂真者，則有吴郡袁褧景刊宋廣都縣裴氏刻本，題《六家文選》（案：此本五臣注居前，李注居後，與他本不同）。序後標“此集精加校正”等語，係爲宋槧本所有，此存其舊。第三十卷後，有“皇明嘉靖壬寅四月立夏日／吴郡袁氏兩庚草堂善本重雕”兩行；第四十卷後，有“此蜀郡廣都縣裴氏善本，今重雕於／吴郡袁氏之嘉趣堂嘉靖丙午春日／國朝改廣都縣爲雙流縣屬／成都府”四行；第五十二卷後，有“毋昭裔貧時嘗借《文選》不得／云云出《揮麈録》”三行，“麈”譌作“慶”；第六十卷末葉有“吴郡袁氏善本翻雕”隸書木記，則皆袁褧所自標也。末葉有識語云：

> 余家藏書百年，見購鬻宋刻本《昭明文選》，有五臣、六臣、李善本，巾箱本白文小字、大字，殆數十種。家有此本，甚稱精善，而注釋本以六臣爲優，因命工翻雕，匡廓字體，未少改易，刻始於嘉靖甲午歲，成於己酉，計十六載而完。用費浩繁，梓人艱集，今摸搨傳播海内，覽兹册者，毋曰開卷快然也。皇明嘉靖己酉春正月十六日，吴郡汝南袁生褧題於嘉趣堂。

其餘各卷末，間有刻工題字，不備載。其書槧印精工，書肆得之，往往割去題識，以贋宋本，故以絶佳之書，而完全者轉不易得。《天禄琳琅》收十許部，無慮皆被翦割者，可謂精本之一厄。然其本之可以亂宋，亦從可想已。其實宋本刊於崇寧五年，至政和元年畢工者，今尚有之，見於王氏《古書經眼録》，特不知藏於誰氏耳。別有明刻一本，較袁氏翻宋崇寧本尤闊大，與袁氏本題銜不同，見丁氏《善本書室藏書志》，當爲明時别一刊本，不能定爲誰氏也。

其在元代，則有茶陵陳仁子刊本，題《增補六臣注文選》，首有《諸儒議論》一卷，凡十三條。大德己亥冬，茶陵古迂陳仁子識云：

> 《文選》一編，皆纂輯秦漢魏晋文墨，中間去取或不免涉諸君子議論，謹録卷首。因廣其意，收拾遺漏者，亦起秦漢迄昭明所選之時，得四十卷刊行，名曰《文選補遺》云。

後有茶陵東山陳氏古迂書院刊行木記，此陳氏合《文選補遺》一書刊行於元大德中者。至明復翻刻其書，槧印極精，亦爲藝林所重，所謂茶陵陳氏本也。至嘉靖二十八年，復有錢塘洪楩翻雕茶陵陳氏本，錢塘田汝成序云：

> 梁太子蕭統招徠才彦，元覽前載，芟穢披珍，分門萃類，爲書三十卷，題曰《文選》。唐時李善始爲箋釋，吕延祚病其未備，乃集吕延濟、劉良、張銑、吕向、李周翰五人重加疏解，後人併善注而傳之，名曰六臣注，凡六十卷，蓋皆奏進於玄宗者，故稱臣焉。錢塘洪君子美得宋本而重鋟之，校讎精緻，逾於他刻云云。

其書槧印亦精，蓋與茶陵陳刻同爲明代翻宋六臣《文選》最著名之本也。

繼此則有萬曆二年新都崔孔昕仿宋刊本，每半葉九行，行十八字，槧印亦精。至萬曆六年，復有徐成位重刊崔本，其餘則有田汝成刊三十卷本，又有新安潘惟時、潘惟德刊三十卷本，注俱不全。此外則有閔齊華《文選瀹注》三十卷、張鳳翼《文選纂注》十二卷、陳與郊《文選章句》二十八卷、王象乾《文選删注》十二卷、鄒思明《文選尤》十四卷，皆明刻删節《選注》之表表者也。其在清代繼明人而爲删注之業者，則有洪若皋之《文選越裁》、方廷珪之《文選集成》、顧施楨之《選賦彙注疏解》，皆有刊本；其待刊者，有鄧晸之《文選集解》，雖尚未見傳本，亦可徐俟訪求也。

以上所舉自宋迄清刊刻《文選》注本，或全注，或删注，皆六臣本也。

竊念自宋以來，《文選》一書專尚五臣，善注幾廢，而諸家説部，未有論及五臣注之刊版者，惟田況《儒林公議》載有一條云："孫奭敦守儒學，判國子監。庫舊有《五臣注文選》鏤版，奭建白内於三館。崇本抑末多此類。"論宋代《五臣注文選》刊版者，僅見於此。而其印本則著録亦希，惟晁公武《郡齋讀書志》著録《五臣注文選》三十卷，爲尚未合併作《六臣注》之本，錢遵王《讀書敏求記》載《五臣注文選》三十卷，題云：

宋刻《五臣注文選》，鏤版精緻，覽之殊可悦目。唐人貶斥吕向，謂比之善注，猶如虎狗鳳雞，由今觀之，良不盡誣。昭明序云都爲三十卷，此猶是舊卷帙，殊足喜耳。

二書所載，皆宋刊五臣注本也，而不著其年。惟近人王茀卿氏《古書經眼録》載五臣注本三十卷，爲紹興三十一年建陽崇化書坊陳八郎宅刊本，最爲希見，雖經藏家著録，今已不可求矣。

至是乃可專論單李注本。李注宋本，元明以來諸家皆不著録，至清中葉乃發見兩本，一爲阮文達所藏，以鎮隋文選樓之本；一即胡果泉所得，以之覆刻於金陵之本，皆南宋尤刊本也。而據邵氏《四庫簡明目録標注》所載，則謂常熟張芙川有北宋刊本，是李注北宋已有刊者，惜今不可見耳。而尤本既行，在元代遂有張伯顔翻刻本，前有序云：

梁昭明享池祀，夫豈徒哉？如有所爲者，知其有《文選》也。必人永其傳，則神壽其享矣。惟大德九祀，余以二郡是承，以墜典是詢，父老具曰伯都司憲新《文選》之梓於燼，告厥成，因相與樂之。越十有三載，予時備遣皇華，諮諏炎服，還，有以梓蹈災轍而告厥廢者，乃相與歎之。明年即池故處，吾歸老焉。聿感逮兹，徒念罔濟，吾既不果憲斯道，又不復政斯郡，末如之何矣？幾將來者，豈不有我心之同然者乎？未幾，同知府事張正卿來，思惠而爲政，將桓復斯集，俾邑學吴梓，校補遺繆，遂命金五十以自率，群屬靡不從化，心之身之，度之成之，播之揚之，歌之詠之，四方則之，多士德之，伊誰爲之，何日忘之，宜有識之。嘉議大夫前海北海南海道肅政廉訪使余璉序。

此元代刻於池州本，即仿淳熙辛丑尤延之舊刻，而璉序曾未之及。其稱張正卿即張伯顔，爲成宗賜名，原名世昌，長洲相城人，由將作院判官累任慶元路同知，延祐七年陞池州路同知，後遷漳州路，以平江路總管致仕，其本末如此，見鄭元祐《僑吴集》。《天禄琳琅前編》載此書，稱題銜爲“奉政大夫同知池州路總管府事張伯顔助率重刊”，而謂伯顔無考，可謂考之未詳者矣。惟稱張氏“橅刻此書頗得宋槧模範，第書中衹收李善一人之注，而又録吕延祚《進五臣注表》，未免自淆其例”，所見尚爲不謬。

至明成、弘間，唐藩復覆刊張伯顔本，有成化丁未唐藩希古序，弘治元年唐世子跋，所謂唐藩本也。至嘉靖元年，金臺汪諒復刊張伯顔本，前有濮陽李廷相序，稱旌德汪諒氏偶獲宋刻而鋟諸梓，非惟不知尤刻，亦並不知張刻。諒即正陽門内巡警鋪對面設金臺書鋪者，以書賈而傳刻古書，宜乎不知書之來歷。然自有此刻，而藝林咸知有汪諒其人，亦不可謂非好古之報矣。

至嘉靖四年，復有晋藩重刊張伯顔本，首仍載余璉原序，有四年晋藩書於敕賜養德書院序、六年晋藩後序、八年晋王臣知烊謹序三首，及山西按察司提學副使莆田周宣序，稱：

（《文選》）舊刻於南畿國學，歲久漫漶。繼刻於唐藩，禁幕深祕，學者鮮窺焉。嘉靖壬午春，宣督學山西，方欲徧購是編，布諸學宫，力未逮也。晋王殿下聞之，爲刻置於養德書院。兹以宣將應廣東按察之命，特命爲言以引其端。……殿下爲高皇帝七世孫，天性篤孝，喜讀書，嘗刻《四書五經注解》《唐文粹》《宋文鑑》《趙松雪讀書譜》諸書，遠近寶之。養德，其所請書院題額，因以自號者也。

此晋藩刊刻李注《文選》之大略也。惟既單刻李注，亦仍載吕延祚《進五臣注表》，與張伯顔本同失，此則仍舊本而未及詳審者爾。

至崇禎末造，乃有毛子晋汲古閣本，據稱以所得宋刻單李注本爲之翻雕。然書本獨存善注，而卷首總題六臣，名與書已不相應，且不依原本景刻，而統照汲古閣式，刻法亦不甚佳；又雖屬單李善注，復誤入“向曰”“銑曰”注十數條，後人遂疑毛氏非真得單李注本，殆從六臣本剔出善注而刻之者，其説亦不爲無見。至清代義門何氏博考衆本，獨以汲古爲善，學者以其流播廣而得之易也，亦莫不家置一本。嗣後翻刻者遂多（有金陵局本坊翻本），稱最佳者爲葉氏海録軒本。

至嘉慶中，鄱陽胡氏得淳熙辛丑尤延之本，爲之覆刻，學者始窺見李注宋本真面，推崇之者遂群謂爲汲古祖本。然據阮文達考訂尤本，謂與晋府及汲古本多異，祖本之説，實未必然。而在胡氏覆刻尤本，亦謂注中多雜五臣，非真正顯慶勒成李注原本（案：尤刊李注，有改正文者，有羼正文者，有删五臣注未盡者，有删改注文者，有增益注文者，有以五臣亂李注者，有羼入後人注者，略見前引胡氏《文選考異序》）。蓋自宋人合併爲六臣注後，李注真本已湮失不可復攷矣。然胡本槧刻實精，序稱“雕造精緻，對勘嚴審，雖尤氏真本，殆不是過”，洵非虚言，以故藝林咸加珍重。洪楊以來，版久被燬，原本既不易得，翻刻者遂有湖北局本、廣州局本及南昌萬氏家刻本，并四明林氏小字刻本，雖視原本稍遜，而虎賁中郎，亦有其似。近復有石印兩本，皆移其行款，縮小其字，而原刊規模，儼然具在。此種所費不多而求之甚易，亦藝林所不可少也。

總之，《文選》注本，在明代則頗重六臣，在清代則專崇李善，近則六臣注本覆刻無人，入肆求書，頗不易得，而李善注本隨在可求。此於學術之崇替，風氣之轉移，俱有關係，而汲古毛氏與鄱陽胡氏表章李注之功，實不可没，學者所當重視者也。

以上論《文選》之刊刻。

今再述《文選》之評騭。古人讀書，無所謂評騭也。有章句之學焉，蓋經生之業也。曾文正謂：

> 梁世劉勰、鍾嶸之徒，品藻詩文，褒貶前哲，其後或以丹黄識别高下，於是有評點之學。前明以《四書》經義取士，我朝因之，科場有勾股點句之例，蓋猶古者章句之遺意。試官評定甲乙，用硃墨旌别

其旁，名曰圈點。後人不察，輒仿其法以塗抹古書，大圈密點，狼藉行間。故章句者，古人治經之盛業也，而今專以施之時文；圈點者，科場時文之陋習也，而今反以施之古書。末流之遷變，何可勝道?（《經史百家簡編序》）

此爲評點一切古書者言，讀《文選》而加以評騭，何以異於是?然讀《選》而有評點，在元代即有《文選顔鮑謝詩評》，開後世評點《文選》一派。至明淩濛初遂輯諸家評語，刊爲《合評選詩》朱墨本七卷，此猶專評《選》詩，未及全文也。至孫月峯遂有《文選》全書評本，載閔齊華《文選瀹注》中（光緒戊子，同文書局録孫評於景印胡本《文選》中，題曰《孫批胡刻文選》，閲之失笑），而張鳳翼之《文選評林》繼之，陸雨侯之《文選評本》又繼之，而《纂注》、《約注》、山曉閣諸本，亦無不雜入評語。此明人評騭《文選》之大概也。

至清代則最先有錢圓沙、潘次耕兩家評本，而以錢士謐評本爲較優，見孫氏《文選考異序》所稱引。嗣是則有俞犀月、李安溪、邵子湘諸評本，而以何義門氏評本爲最精。何氏評點《文選》，不惟論文，兼多考證，實不得專目爲評騭之書，故後世多宗尚之。其弟子陳少章氏所評，亦多精審。繼是則有段茂堂氏之評本。諸書大概傳鈔本爲多，轉録既久，不免真僞雜糅。惟孫氏評本載入《瀹注》，何氏評本刻入《義門讀書記》，尚可得見真本。其餘本非評《選》之書，若顧施楨之《選賦彙注疏解》、方廷珪之《文選集成》，皆屬纂注之業，而中間亦多評語，不免自卑其書。至乾隆中，于光華氏纂《文選集評》，既全采孫、何二家評語，復並明以來諸家評語而兼采之，其書評既雜録諸家，注亦兼用五臣，體既不精，刻亦不善，殊非佳本。然張氏著《選學膠言》，實根據其書，不得謂無啓導學人之效；而注明音讀，分别科段，旁加圈識，眉目了然，實亦勝於他本，故學者咸取資焉。同時葉星衛氏據汲古閣本，以宋本校定，全采何評，刊爲海録軒朱墨套本，最爲精緻。附注百餘條，刊入各篇之後，亦足補正李注，實遠勝于氏《集評》之本，故藝林咸宗尚之。未幾廣州即翻刻一本，最近撫州饒氏又翻刻一朱墨小字本，則書前既加入《集評》本姓氏小傳、體辨、集説，書後復附以胡本《考異》，雜采衆本，以成一書，於購求爲尤便，於披覽爲尤省也。此清人評識《文選》之大概也。

《文選》何以必須圈識乎？於《文選》而加以圈識，果以何爲標準乎？曰圈識者，所以清一文之眉目脈絡，於賞會處特加旌異，引讀者之入勝者也。圈識之標準，大概於文之遒麗處用大圈，於文之疏朗處用密點，於文之眉目脈絡用尖識。今試於讀《選》時，參看前人賞會處，自審於心，思前人何以特賞及此，此以前人賞會引證自己賞會之處之法也。若自心有賞會處，亦無妨加以圈識，默察前人何以賞不及此，此以自己賞會補正前人賞會之處之法也。習之既久，則無論何種文字，一見即能别其高下矣。習之又久，則作文時心領神會，亦不覺與之俱化矣。此圈識之爲益，所以不在評注解釋下也。

以上論《文選》之評騭。

若欲詳讀《選》、學《選》及爲《選》注作疏之法，則有吾張、譚兩師之遺説在。今更介紹於左，而以《選學書目》附後終此編焉。

一吾師張文襄公之言曰：

讀《昭明文選》宜看注 李善注最精博，所引多古書，不獨多記典故，於考訂經史小學，皆可取資。不知《選》注之用者，不得爲《選》學。（胡刻精，葉刻亦好）五臣注不善。

學《選》體，當學其體裁、筆調、句法，不可徒寫難字 試看《選》中詩文，前人評論激賞，多在空靈波瀾處。至其臚陳物類，佶屈聱牙，未聞稱道之者，可悟。○《選》學有徵實、課虚兩義。考典實，求訓詁，校古書，此爲學計；摹高格，獵奇采，此爲文計。生典奇句可用，僻字不可用。（《輶軒語》）

一吾師譚復堂先生之言曰：

今春校《文選》卒業。胡氏《考異》大旨矜慎，顧澗蘋、彭甘亭有力焉。顧精於讎校，彭熟於《選》理，宜是編詳而不濫也。予欲撰《文選疏》，蓋泰興吴師爲衣盋之授，先求善注真本，傳校《考異》訖，將益以余氏《音義》、梁中丞《旁證》，寫定善本，乃爲疏通，不欲執古人例不破注之誼，而申注訂注，仿佛胡儀部之治《儀禮》，將以今年草創，明年粗就，四十生日前，得成書以告先師爲幸。舉節目於左。

先讀正，次章句，次列本注引書存亡同異。以上始事。

次略刺五臣精語，次申注訓詁，次申注名物，次申注説誼（注中説誼，多非善舊，一一審正，去蕪存真）。以上草創。

次補注訓詁，次補注名物，次補注説誼，次訂注。以上成書。

次音（舊音多改失，當用《經典釋文》例，别撰附焉）。（《復堂日記》）

附《選》學書目

舉易知而可求者，其史志已佚及存目《四庫》不易見之本不録。

全注本

《文選》李善注六十卷（宋尤袤池州刊本　清鄱陽胡氏影刊尤本　廣州翻胡刻本　武昌翻胡刻本　南昌萬氏翻胡刻本　四明林氏重刊小字本　元張伯顔刊本　明汪諒刊本　明鄧元岳刊本　明唐藩刊本　明晋藩刊本　常熟毛氏汲古閣本　長洲葉氏海録軒朱墨評本　廣州翻朱墨本　撫州饒氏重刻朱墨小字本　近霸縣高氏有《文選李注義疏》，僅成二卷，有排印本）

《文選》六臣注六十卷（宋贛州學刊本　明州刻本　《四部叢刊》影印宋本　明袁氏影刊宋廣都縣裴氏刊本　明茶陵陳氏翻宋本　明洪楩刊本　明新都崔氏刊本　徐成位重刊崔氏本　明吴勉學刊本　田汝成刊本　潘惟時等校刊本）

《文選集注》殘本（日本金澤文庫藏古寫本　上虞羅氏影寫古寫本影印本）

删注本

《文選瀹注》三十卷（明閔齊華撰　明孫鑛評，明刊本）

《文選纂注》十二卷（明張鳳翼撰　明刊本，單昭明選詩。有另刊張氏《纂注》七卷袖珍本）

《文選章句》二十八卷（明陳與郊撰　明刊本）

《文選删注》十二卷（明王象乾撰　明王氏寫刊本。此本正文中不夾注，惟以音義列上下方，最便誦讀。别有張居仁寫刻白文《文選》，亦精。此外寫刻白文者，尚有數家，不備舉）

《文選尤》十四卷（明鄒思明撰　《四庫》存目）

《文選越裁》十一卷（清洪若皋撰　《四庫》存目）

《文選集成》六十卷（清方廷珪撰　刊本）

《文選集解》五十卷（清鄧晸撰　未刊，見《復堂日記》）

校訂補正之屬

《文選注考異》一卷（宋尤袤撰　《群書拾補》本　《常州先哲遺書》本）

《文選理學權輿》八卷《補》一卷（清汪師韓撰、孫志祖補　《叢睦汪氏遺書》本　《讀畫齋叢書》本　近番禺陶氏單刊本）

《文選考異》四卷《李注補正》一卷（清孫志祖撰　讀畫齋本　番禺陶氏單刊本）

《文選考異》十卷（清胡克家撰　附刊李注本　撫州饒氏朱墨小字《文選》附刊本）

《文選補注》　卷（清林茂春撰　引見《文選旁證》）

《文選附注》（清葉樹藩撰　在海録軒本内　《文選集評》本附録）

《選學膠言》二十卷（清張雲璈撰　原刊本　《文淵樓叢書》影印本）

《文選集釋》二十四卷（清朱珔撰　朱氏家刻本　上海受古書店影印本）

《文選旁證》四十六卷（清梁章鉅撰　榕風樓刊本　光緒壬午吴下重刊本）

《文選李注拾遺》二卷《文選賸言》一卷（清王煦撰　見《越縵堂日記》）

《文選拾遺》八卷（清朱銘撰　光緒十八年家刻本）

《文選筆記》八卷（清許巽行撰　光緒刊本　《文淵樓叢書》本）

《文選校勘記》四卷（清程先甲撰　《千一齋叢書》待刊本）

《選學管闚》六卷（清程先甲撰　同上）

《義門讀書記・文選》五卷（清何焯撰　《義門讀書記》本）

《文選舉正》一卷（清陳景雲撰　《文道十書》未刊鈔本　錢氏《曝書雜記》作二卷，《清史・藝文志》同　《書目答問》作六卷　《清史列傳稿》作《文選校正》三卷）

《讀書雜志》，《楚辭》合《文選》一卷（清王念孫撰　《王氏五種》本　單刻《讀書雜志》本）

《四六叢話・文選》二卷（清孫梅撰　原刊本　光緒七年吴下重刊本）

《過庭録・文選》一卷（清宋翔鳳撰　《浮溪精舍叢書》本　單刻《過庭録》本）

《學古堂讀文選日記》一卷（清陳秉哲撰　《學古堂日記》本）

《選學源流記》二卷（清程先甲撰　《千一齋叢書》待刊本）

《選材録》一卷（清周春撰　《周松靄遺書》本）

《文選拾瀋》二卷（李詳）

附：《文選補遺》四十卷（元陳仁子撰　茶陵刻本）

《廣文選》六十卷（明劉節撰　《四庫》存目　明刻本）

音韻訓詁之屬

《文選音義》八卷（清余蕭客撰　乾隆刻本　鴻寶齋石印本）

《文選紀聞》三十卷（清余蕭客撰　方氏《碧琳琅館叢書》本）

《文選箋證》三十二卷（清胡紹煐撰　劉氏《聚學軒叢書》本）

《文選敂音》一卷（清趙晋撰　《指海》本）

《文選古字通疏證》六卷（清薛傳均撰　原刻本　《益雅堂叢書》本　鴻寶齋石印本）

《文選古字通補訓》四卷《拾遺》一卷（清吕錦文撰　光緒辛丑傳硯齋刊本）

《文選通叚字會》四卷（清杜宗玉撰　光緒丙申孝感學署刊本）

《文選古字補疏》八卷（清程先甲撰　《千一齋叢書》待刊本）

《選雅》二十卷（清程先甲撰　《千一齋叢書》本）

評文證文之屬

《文選心訣》　卷（元虞集撰　《昌平叢書》本）

《孫氏評文選》（明孫鑛撰　在《文選瀹注》内　近同文書局印入影胡刻本）

《俞氏評文選》（清俞瑒撰　傳録本）

《李氏評文選》（清李光地撰　引見何氏評本）

《何氏評文選》（清何焯撰　即《義門讀書記》　刻入海録軒本　互見）

《陳氏評文選》（清陳景雲撰　即《文選舉正》　引見《文選旁證》　互見）

《邵氏評文選》（清邵長蘅撰　引見《文選集評》）

《段氏評文選》（清段玉裁撰　引見《文選旁證》）

《文選集評》十五卷（清于光華撰　通行本）

《選學規李》一卷《選學糾何》一卷（清徐攀鳳撰　《續藝海珠塵》本）

《讀選意籤》一卷（清陳僅撰　四明文則樓刊本）

《文選珠船》二卷（清傅上瀛撰　刊本）

《曾氏評點文選》（清曾國藩撰　曾氏藍筆手批本）

摘字之屬

《文選類林》十八卷（宋劉攽撰　《四庫·類書類存目》　引見《文選紀聞》明嘉靖戊午新安吴思賢校刊本）

《文選雙字類要》三卷（宋蘇易簡撰　《四庫·類書類存目》　引見《文選紀聞》）

《文選菁英》十二卷（宋蘇易簡撰　見《選學膠言》應序所舉）

《選腴》五卷（宋王若撰　見《選學膠言》應序所舉）

《韻粹》　卷（宋黄簡撰　見《選學膠言》應序所舉）

《文選錦字》二十卷（明淩迪知撰　明刻《文林綺繡》本　《融經館叢書》本　鴻寶齋石印本）

《文選粹語》二卷（明胡文焕撰　《格致叢書》本）

《文選課虚》四卷（清杭世駿撰　原刻杭氏七種本　又翻袖珍本　《食舊堂叢書》本　鴻寶齋石印本）

《選藻》八卷（清張雲璈撰　見《清史列傳稿》）

《文選類雋》十四卷（清何松撰　鴻寶齋石印本）

《文選編珠》一卷（清石韞玉撰　《碧琳琅館叢書》本）

《文選集腋》二卷（清胥斌撰　鴻寶齋石印本）

《莊騷類對》　卷（清張潮撰　《檀几叢書》本）

《文選類詁》　卷（今人　醫學書局印本）

選賦之屬

《文選賦注》九卷附二卷（明張鳳翼撰　此即《纂注》單刻袖珍本）

《選賦彙注疏解》十九卷（清顧施楨撰　康熙丙寅刊本）

選詩之屬

《選詩句圖》一卷（宋高似孫撰　《四庫》本）

《文選顔鮑謝詩評》四卷（元方回撰　《四庫》本）

《選詩補注》八卷（明劉履撰　《四庫》著録《風雅翼》本）

《文選詩集旁注》七卷（明虞九章撰　明萬曆二十八年世德堂刊本）

《選詩約注》十二卷（明林兆珂撰　刊本）

《合評選詩》七卷（明淩濛初輯　明淩刻朱墨本）

《六朝選詩定論》十八卷（清吴淇撰　康熙刊本）

《選詩偶箋》八卷（清鍾駕鼇撰　嘉慶二年刊本）

《古詩十九首解》一卷（清張庚撰　《藝海珠塵》本）

《古詩十九首詳解》二卷（清饒學斌撰　刊本）

《古詩十九首説》一卷（清徐昆撰　《嘯園叢書》本）

《阮籍詠懷十七首注》一卷（清蔣師爚撰　刊本）

附：《選詩外編》九卷并《拾遺》一卷（明楊慎撰　《升菴全集》本）

楚辭

《楚辭章句》十七卷（漢王逸撰　明刊本　通行本　《湖北叢書》本）

《楚辭補注》十七卷（宋洪興祖撰　汲古閣本　《惜陰軒叢書》本）

《楚辭集注》八卷《辨正》二卷《後語》六卷（宋朱熹撰　明刊本　《古逸叢書》影宋刊本　鄂局本）

《離騷集傳》一卷（宋錢杲之撰　《知不足齋叢書》本　《龍威祕書》本　鄂局本）

《離騷草木疏》四卷（宋吴仁傑撰　《知不足齋》本　《龍威》本　鄂局本）

《屈宋古音義》三卷（明陳第撰　《一齋著書》本　《學津討原》本）

《篆文楚辭》五卷　（明熊宇撰　明刊本）

《楚辭聽直》八卷《合論》一卷（明黄文焕撰　《四庫》存目　有通行本）

《楚辭述注》五卷（明來欽之撰　明刊本）

《楚辭評林》八卷（明沈雲翔撰　通行本）

《楚辭注解評林》十七卷（明馮紹祖撰）

《楚辭通釋》十四卷（清王夫之撰　《船山遺書》本）

《山帶閣楚辭注》六卷《楚辭餘論》二卷《楚辭説韻》一卷（清蔣驥撰　雍正刊本）

《離騷經注》一卷《九歌注》一卷（清李光地撰　《四庫》存目　《李文貞全集》本）

《離騷彙訂》三卷《屈子雜文》二卷（清王邦采撰　廣雅局本）

《楚辭燈》四卷（清林雲銘撰　《四庫》存目　通行本）

《楚辭洗髓》五卷（清徐焕龍撰　刊本）

《楚辭新注》八卷（清屈復撰　《四庫》存目　刊本）

《楚辭屈詁》不分卷（清錢澄之撰　《莊屈合詁》本）

《離騷草木疏辨正》四卷（清祝德麟撰　祝氏自刻本）

《離騷草木史》十卷（清周拱辰撰　《周孟侯全集》本）

《騷筏》一卷（清賀貽孫撰　《水田居全集》本）

《補繪離騷全圖》二卷（清蕭雲從撰　乾隆時補　《四庫》本）

《離騷箋》二卷（清龔景瀚撰　《澹静齋全書》本　鄂局本）

《屈原賦注》七卷《通釋》二卷《音義》二卷（清戴震撰　《戴氏遺書》本　廣雅書局本　《湖北先正遺書》本）

《離騷正義》一卷（清方苞撰　《抗希堂全集》本）

《屈辭心印》五卷（清夏大霖撰　刊本）

《楚辭音義》一卷（清陳昌齊撰　《賜書堂全集》本　《嶺南遺書》本題《楚辭辨韻》一卷）

《屈辭精義》六卷（清陳本禮撰　《江都陳氏所著書》本）

《屈子正音》三卷（清方績撰　網舊聞齋刊本）

《楚辭釋文》十七卷（清張鑑撰　見《清史列傳稿》并《藝文志》）

《離騷釋韻》一卷（清蔣曰豫撰　《蔣侑石遺書》本）

《楚辭評注》十卷（清王萌撰　通行本）

《楚辭達》一卷（清魯筆撰　《二餘堂叢書》本）
《九歌解》一卷（清辛紹業撰　《辛敬堂全集》本）
《楚辭疏》八卷（清吴世尚撰　刻本）
《楚辭疏》十九卷（明陸時雍撰　亦稱《七十二家評注》　通行本）
《楚辭會真》一卷（清卿永撰　同上）
《楚辭貫》一卷（清董國英撰　同上）
《楚辭貫》一卷（清張詩撰　通行本）
《離騷經解》一卷（清方楘如撰　《集虚草堂集》本）
《離騷解》一卷（清謝濟世撰　刻本）
《離騷辨》一卷（清朱冀撰　同上）
《離騷節解》一卷（清張德純撰　同上）
《離騷中正》二卷（清林仲懿撰　同上）
《屈子生卒年月考》一卷（清陳瑒撰　同上）
《楚辭章句》七卷（清劉飛鵬撰　嘉慶五年藜堂校印）
《離騷解》一卷《九歌解》一卷（清顧成天撰　刻本）
《楚辭校注》　卷（清徐鼒撰　刻本）
《離騷補注》一卷（清朱駿聲撰　《朱允倩所著書》本）
《楚辭疑異釋證》八卷（清陸增祥撰　見《清史列傳稿》）
《楚辭人名考》一卷（清俞樾撰　《春在堂全書》本）
《楚辭韻讀》　卷（清江有誥撰　《音學十書》本）
《離騷九歌評注》　卷（清畢大琛撰　見《復堂日記》）
《楚辭釋》十一卷（清王闓運撰　《湘綺樓全書》本）
《讀騷論世》二卷（清曹耀湘撰　排印本）
《屈賦微》一卷（馬其昶撰　《集虚草堂》本）
《離騷經注》一卷（今人　《文莫室叢書》本）
《離騷章義》一卷（今人　排印本）

單釋《天問》者不著。今人講義從闕。

下編 |

文選學講義

第一章　讀《文選》之豫備

商賈必儲財貨，遠行必備資糧。凡事等此，爲學亦然。而於爲《文選》學也，尤不可不以先事豫備爲汲汲。蓋其書上下千載，兼包衆長，義藴既閎，篇章尤富；非略通數誼，翻擷數書，所可藉以爲討究之資也。今舉其所應豫備者如下。

一、明訓詁

韓昌黎云"讀書須略識字"[1]，而《進學解》自謂"子雲、相如，異曲同工"；王楙云"劉棻嘗從揚雄學古文奇字。……又怪司馬相如賦古字聱牙，殆不可讀。而當時天子，一見大悦。則知當時君臣，素明古字之學"；阮氏元云"古人古文小學，與辭賦同源共流。漢之相如、子雲，無不深通古文雅訓"。此專就馬、揚兩家爲文精於小學言之。實則六朝以前文家，無不洞明小學。故所爲文，選辭遣字，皆不失爲爾雅。孫氏德謙曰：

> 漢世文人，交推揚馬。考之史，相如有《凡將篇》，子雲有《訓纂》《方言》，是固精於小學者。而以六朝言，周興嗣、蕭子雲各爲《千字文》，吴恭則有《字林音義》，顧野王有《玉篇》，阮孝緒有《文字集略》，顔之推有《訓俗文字略》，均載《隋書·經籍志》。……在晋宋之際，文士齊名者則爲顔謝。按《隋志》，顔則撰《詁幼》，謝則撰《要字

〔1〕 韓愈《科斗書後記》："凡爲文辭宜略識字。"此處當用其意。

苑》，雖其書不傳，可知文章之妙，必通小學。此劉彦和氏所以《練字》一篇，別用討論乎？(《六朝麗指》)

綜上各家所言而觀，讀《文選》者不可不先通訓詁明矣。今擷訓詁之要例如下。訓詁之要義有三：有本義，有引申義（假借正例），有通借義（假借變例，同音假借，音變假借）。例如：

方　泭也。泭，編木以爲渡也。

方之舟之。《詩・谷風》。

大夫方之。《禮記・月令》。[1]

引申爲比　子貢方人。《論語》。

類　其惡有方。《禮記・緇衣》。

毒娛情而寡方。《文選・歎逝賦》。

等　梓人爲侯廣與崇方。《考工記》。

通借爲匚　規矩方圓之至也。《孟子》。此義又引申爲方正，爲方版。

旁　方行天下。《尚書・立政》。

彷　横流而方羊。《詩・汝墳》疏引《左傳》作"横流而彷羊"。

房　實方實苞。《詩・生民》。

既方既皁。《詩・大田》。

妨　方命圮族。《書・堯典》。

望　萬邦之方。《詩・皇矣》。

當　方今之時。《莊子・養生主》。

常　左右就養無方。《禮記・檀弓》。

博學無方。《禮記・内則》。

親人必有方。《大戴記・曾子立事》。

游必有方。《論語》。

横　以方行於天下。《國語・齊語》。

法　可謂仁之方也已。《論語》。

---

〔1〕《禮記・月令》無"大夫方之"句，《爾雅・釋水》有"大夫方舟"。

官修其方。《左·昭二十九》。

余聞方士。《素問》。方，術也。

必如此其無方也。《吕覽·必己》。

甫　維鳩方之。《詩·鵲巢》。方之，方有之也。

今宜先讀《説文》，以明字之本義。（張文襄謂，《説文》段注“精而較繁，可先看大徐本”，語亦可參）次讀《爾雅》《義疏》、《廣雅》《疏證》，以求引伸通借之義。更閲王氏《讀書雜志》《經義述聞》諸書，以求訓詁之條例。由是循途漸進，以求深造，可與言《選》學矣。

二、曉聲韻

字有形、音、義三者之别。訓詁就形義言，聲韻則就音言。有唐虞三代之音，有漢魏之音，有六朝至唐之音，有元明以後之音，隨時變遷，出於自然。今大别爲古音、今音。古音斷自唐虞，迄於周秦，而兩漢爲古音之變。今音斷自魏晋，迄於唐宋，而元明爲今音之變。古音較今音爲簡。今音聲類有四十一，古音則僅十九；今音韻部有二百六，古音則僅二十八。就《文選》一書而論，雖僅可以考漢魏六朝之音，而學者讀其書，要不可不通考古今，以遍知歷代聲音之變。惲子居謂：

> 言韻者以廣取爲宗，用韻者以適時爲大。《易》之韻歸之《易》，《詩》之韻歸之《詩》。秦漢之韻，歸之秦漢；唐宋元明之音，歸之唐宋元明。爲繇爲頌爲箴，吾以從乎《易》焉。爲誄爲銘爲四言詩，吾以從乎《詩》焉。爲騷爲賦，吾以從乎秦漢焉。爲五七言詩，吾以從乎唐宋焉。爲詞曲，吾以從乎元與明焉。（《説文解字諧聲譜·序》）

可謂能觀其通者矣。

三代古音惟有平入二聲，無上去二聲，《易》《詩》《楚辭》用韻可證。兩漢爲古音之變，用韻最雜，而尚未具備四聲。四聲具備，實在魏晋之際，而界限仍未甚嚴。故晋宋文辭，去入二聲，恒相通用；平去二聲，間有通融。至齊梁，沈約四聲之説出，而藝苑爲文，用韻始密矣。《文選》兼苞八代，不了聲韻，則有韻之文，讀之皆詰屈爲病。而一切雙聲疊韻，連語諸字，更不知其所從來。故欲讀是書，以能曉聲韻爲最要。張文襄謂：

經傳元是篆書，古韻自有部分，識古篆之形，曉古語之聲，方能得古字之義。大率字類定於形，字義生於聲，知篆形則可覺今音之非，知古音則可訂今形之誤，故形聲爲識字之本。

（又謂）古時九州，語言不同，而誦詩讀書，同歸正讀，故太史公曰“言不雅馴，薦紳難言”，班孟堅曰“讀應《爾雅》，古語可知”。雅者，正也。近世一淆於方音，一誤於俗師，至於句讀離合，文義所繫，尤宜講明。

（又謂）經傳中語，同此一字，而區分平仄，音讀多門，以致韻書數部并收。異同之辨，相去杪忽。此皆六朝時學究，不達本原、不詳通變者所爲。揆之六書之義，實多難通。故《顔氏家訓》已發其端，《經典釋文敘録》頗沿其失。近代通儒，糾摘尤備，特初學諷誦，不示區分。將各騁方言，無從畫一。……又同此一字，或小有形變，而解詁遂殊；點畫無差，而訓釋各别。訓因師異，事隨訓改。各尊所受，岐説滋多。然正頼此經本異文，異讀異義，參差抵牾，得以鉤考古義，學者博通以後，於音義兩端，窺見本原，自曉通借，先知其分，而後知其合，不可躐等也。（《輶軒語》）

案此數條，頗見精誼，雖不專爲讀《選》而發，實不啻爲讀《選》者示之法程。學者參觀而得其通，於讀《選》庶無閡礙矣。

三、達名物

兩漢賦家之心，包括宇宙，總攬人物，博物洽聞，信稱多識。故如馬、揚、班、張之賦，不啻即漢世制度、名物之專書。袁簡齋謂古無類書，班、張諸賦，所陳名物至繁，得者即以當類書讀。故傳鈔徧於一時，而攷索甚難，成之亦須十年一紀。其説雖爲實齋章氏所駁，要其包羅閎富，名物至繁，不可掩也。太沖之自序《三都》曰："其山川城邑，則稽之地圖；其鳥獸草木，則驗之方志。"可知其成章不易，而爲用無方。至安仁《射雉賦》，所用名物，當時不過俗語，今皆成爲雅辭，尤學者所不可不知也。他如洛陽宫殿，當時録而爲簿；《離騷》草木，後人衍而成疏。凡考證名物，著有專書者，其所當討究，更無論矣。

四、通句讀

凡語意已完者爲句，語意未完、語氣可停者爲讀。秦漢之文，奇偶相生，東京以降，漸趨整鍊，宜若句讀之易知矣。然不諳文法，或得其讀，不必得其句也。得其句讀之常例，不必得其句讀之變例也。今略舉賦中句讀之變例如下。

有合數讀爲一主詞者。

> 若夫藻扃黼帳，歌堂舞閣之基，璿淵碧樹，弋林釣渚之館，吴蔡齊秦之聲，魚龍爵馬之玩，皆薰歇燼滅，光沈響絶。（鮑照《蕪城賦》）

有累數句爲一長句者。

> 袒裼徒搏，拔距投石之部，猿臂骿脅，狂趭獷猤，鷹瞵鶚視，趁趕𨂁𨅃，若離若合者，相與騰躍乎莽罠之野。干鹵殳鋋，暘𣢔勃盧之旅，長殺短兵，直髮馳騁，儇佻坌竝，銜枚無聲，悠悠旆旌者，相與聊浪乎昧莫之坰。（左思《吴都賦》）

有狀詞與主句并列者。

> 下有芍藥之詩，佳人之歌，桑中衛女，上宫陳娥，春草碧色，春水緑波，送君南浦，傷如之何。（江淹《别賦》）

此外諸體，文既整鍊，句之搆造，間亦違常，有省文以配合句度者，有增字以整齊句度者，有倒文以變易句度者，有意貫注而句式偶對者，皆非了然於成文之法，未易悉其所以也。

五、曉文律

陸士衡之作《文賦》，自謂“普詞條與文律，良余膺之所服”，文之有律，猶射者之有彀率，匠者之有規矩準繩，不可忽也。學者衡鑒前文，非嫻於修辭之條例，何以辨其媸妍美惡之所以然乎？

六、詳史實

一文之成，必有所以成兹文之故，是謂文事，即爲史實。不詳其故，則以此之文辭，移之彼之事實，必有齟齬不合者矣。能詳其故，則就文以推事，往往可辨史事之真僞，並可補史事之闕遺。《選》中所載諸文，詳而究之，可以證此心得者，蓋不少也。故詳於史實，爲讀一切書必要之工作，而於讀《選》爲尤要。

七、知地理

《兩都》《二京》，即長安、雒陽之地志。《江》《海》二賦，即《水經》之別注也。不明其方隅脈絡之所在，則讀其文而無由知其處矣。至《七發》篇中之地名，自“廣陵”而外，如“曲江”，如“南山”，如“朱汜”，如“或圍”，如“伍子之山”“胥母之場”，如“赤岸”“扶桑”，文人縱筆之談，大都無可指實。吴越文家，如朱竹垞、閻百詩、汪容甫諸人，必争此故實，幾成聚訟，則又未免太鑿矣。

八、辨文體

《文選》分體，凡三十有七。八代以還，文章體裁，粲然大備，所闕者傳、記兩體耳。讀者宜於每體發源之先後、各體發展之程序，與各體特殊之性質，及彼此疑似易淆之處，先能識別，然後讀之，可以暢然無滯矣。

九、明文史

大之如八代文學變遷之迹，小之如各時代作家之個性及學力，以及作家與當時之關係，并在文學上所占之地位，必一一了然於心，然後讀其文，乃不至多所抵滯。

十、曉玄學

魏晋以來，聃周當路，文人篇辭，多藻玄思，固已。而其風實自漢時開之。《三山老人語録》云：

> 賈誼賦鵩，言“千變萬化，未始有極。忽然爲人，何足控摶？化爲異物，又何足患？小智自私，賤彼貴我。達人大觀，物無不可”“真人恬漠，獨與道息。釋智離形，超然得喪”“乘流則逝，得坻則止”“其生兮若浮，其死兮若休。澹乎若深淵之静，泛乎若不繫之舟”，其語皆出《鶡冠子》。（王楙《野客叢書》引）

柳子厚[1]辨之，謂好事者僞爲其書，反用《鵩賦》以文飾之，非誼有所取之云云，《提要》已辨其非矣。今取賈賦與《鶡冠》合觀，其論性命，盡天

〔1〕“柳子厚”，《野客叢書》誤作“韓退之”，周氏正之。今考《韓愈文集校注》，確有《讀鶡冠子》一文，然下文所云實出自柳宗元《辯鶡冠子》。

地，洵秦漢以來所未有，不可不究其旨也。至嵇康養生之論、郭璞游仙之詩，援據道經，采摭仙傳，亦至繁夥。《顔氏家訓·勉學篇》云：

> 夫老莊之書，蓋全真養性，不肯以物累己也。故藏名柱史，終蹈流沙；匿跡漆園，卒辭楚相。此任縱之徒耳。何晏、王弼，祖述玄宗，遞相誇尚，景附草靡，皆以黄農之化，在乎己身，周孔之業，棄之度外。
>
> （又曰）彼諸人者，并其領袖，玄宗所歸。其餘桎梏塵滓之中，顛仆名利之下者，豈可備言乎？直取其清談雅論，剖玄析微，賓主往復，娱心悦耳，非濟世成俗之要也。洎乎梁世，兹風復闡，《莊》《老》《周易》，總謂“三玄”。武皇、簡文，躬自講論。周弘正奉贊大猷，化行都邑，學徒千餘，實爲盛美。元帝在江荆間，復所愛習，召置學生，親爲教授，廢寢忘食，以夜繼朝，至乃倦劇愁憤，輒以講自釋。

觀其所言，當時之沈溺玄學如此，吾輩讀其文，可不深思其義乎？

十一、通佛典

昭明最好佛經。當時論佛之文至多，《選》中雖不多所采録，然即所選孫興公、王簡栖二篇，已令人尋繹不盡。陸放翁謂“李善注《頭陀寺碑》，穿穴三藏；注《天台山賦》，消釋三幡。至今法門老宿，未窺其奥”。[1]（孫賦“釋二名之同出，消一無於三幡”，二名即有名、無名；三幡，色一也，色空二也，觀三也）今觀二篇，李注援引佛經，信爲奥博，至近世余古農氏撰《文選紀聞》，則於《天台山賦》李注外，更引《雜阿含經》等十餘種，《頭陀寺碑》李注外，更引《中本起經》等數十百種，貫穿佛典，博綜無倫，信雖老宿宗門，亦難窺其閫奥。學者非專習其業，亦何能過望深求？但能擇取其間，亦讀《選》者所應有事耳。

---

〔1〕此説出自錢謙益《復吴江潘力田書》。

《困學紀聞》云："《文心雕龍》謂：'江左篇製，溺乎玄風。'《續晋陽秋》曰：'正始中王、何好老莊，至過江佛理尤盛。郭璞五言，始會合道家之言而韻之。許詢、孫綽，轉相祖尚，而《詩》《騷》之體盡矣。'"汪氏師韓謂：郭璞《游仙詩》引用《太一玉英》《列仙傳》《抱朴子》《十洲記》。孫綽、許詢詩無入《選》者。觀綽《遊天台山賦》，用《法華經》《維摩經》《百法論》《大智度論》及江淹《擬許徵君自序詩》，可概見也。（《理學權輿》）

觀此益可證學者讀《選》，於玄學佛典，不能不稍加究心矣。孫德謙曰：

六朝好佞佛，見於《文選》者，有王簡栖《頭陀寺碑》，實於釋理甚深。他若邢劭《景明寺碑》、陸佐公《天光寺碑》，如此類者，無不通於佛典。梁元帝《内典碑銘集林序》曰："余幼好雕蟲，長而彌篤，游心釋典，寓目詞林，頃嘗搜聚，有懷著述。"是知上有好者，下必甚焉。六朝佛學之盛，由於在上者爲之提倡，無怪彼時文儒，皆能以華艷之詞，闡空寂之理。惜元帝此編，散佚不傳耳。然學術文章，互爲表裏，蓋可識矣。（《六朝麗指》）

讀此想見梁代佛典文章之盛，對於昭明所收，又未免惜其太少耳。

第二章　《文選》之觀察法

一、從文學流變上觀察《文選》

《文選》一書，舉歷代之大宗，擷名家之精要，信足以代表八代之文學矣。今略述自周秦迄齊梁文學之流變，俾讀者從是以觀察《文選》。

甲、統觀

《文心雕龍·通變篇》曰：

> 唐歌“在昔”，則廣於黄世。虞歌“卿雲”，則文於唐時。夏歌“雕牆”，縟於虞代。商周篇什，麗於夏年。……暨楚之騷文，矩式周人；漢之賦頌，影寫楚世；魏之策制，顧慕漢風；晋之辭章，瞻望魏采。榷而論之，則黄唐淳而質，虞夏質而辨，商周麗而雅，楚漢侈而豔，魏晋淺而綺，宋初訛而新。從質及訛，彌近彌澹。何則？競今疎古，風末氣衰也。

此叙自皇古至宋初各代文章之流變，而言其大概者也。又《時序篇》曰：

> 時運交移，質文代變。……歌謡文理，與世推移。……春秋以後，角戰英雄。……韓魏力政，燕趙任權，五蠹六蝨，嚴於秦令。唯齊楚兩國，頗有文學。齊開莊衢之第，楚廣蘭臺之宫，孟軻賓館，荀卿宰邑，

故稷下扇其清風，蘭陵鬱其茂俗。鄒子以談天蜚譽，騶奭以雕龍馳響。屈平聯藻於日月，宋玉交彩於風雲。……

爰至有漢，運接燔書，高祖尚武，戲簡文學。……然《大風》《鴻鵠》之歌，亦天縱之英作也。……逮孝武崇儒，潤色鴻業……柏梁展朝讌之詩，金堤製恤民之詠。……擢公孫之對策，歎兒寬之擬奏……於是史遷壽王之徒，嚴終枚皋之屬，應對固無方，篇章亦不匱。……越昭及宣，實繼武績。……於是王褒之倫，底禄待詔。自元暨成，降意圖籍。……子雲鋭思於千首，子政讎校於六藝，亦已美矣。……

自哀平陵替，光武中興，深懷圖讖，頗略文華，然杜篤獻誄以免刑，班彪參奏以補令，雖非旁求，亦不遐棄。及明帝疊曜，崇愛儒術。……孟堅珥筆於國史，賈逵給札於瑞頌，東平擅其懿文，沛王振其通論，帝則藩儀，輝光相照矣。自安和以下，迄至順桓，則有班傅三崔，王馬張蔡，磊落鴻儒，才不時乏。而文章之選，存而不論。……

自獻帝播遷，文學蓬轉，建安之末，區宇方輯。魏武以相王之尊，雅愛詩章；文帝以副君之重，妙善辭賦；陳思以公子之豪，下筆琳琅。並體貌英逸，故俊才雲蒸。仲宣委質於漢南，孔璋歸命於河北，偉長從宦於青土，公幹徇質於海隅，德璉綜其斐然之思，元瑜展其翩翩之樂。文蔚休伯之儔，于叔德祖之侶，傲雅觴豆之前，雍容衽席之上，灑筆以成酣歌，和墨以藉談笑。……

迨晋宣始基，景文克構，並跡沈儒雅。……至武帝惟新……而膠序篇章，弗簡皇慮。降及懷愍，綴旒而已。然晋雖不文，人才實盛。茂先搖筆而散珠，太沖動墨而横錦，岳湛曜聯璧之華，機雲標二俊之采，應傅三張之徒，孫摯成公之屬，并結藻清英，流韻綺靡。……

元皇中興，披文建學，劉刁禮吏而寵榮，景純文敏而優擢。逮明帝秉哲，雅好文會。……庾以筆才逾親，温以文思益厚。……及成康促齡，穆哀短祚，簡文勃興，淵乎清峻。……至孝武不嗣，恭安已矣，其文史則有袁殷之曹，孫干之輩，雖才或淺深，珪璋足用。……

自宋武愛文，文章彬雅，秉文之德。孝武多才，英采雲構。自明帝以下，文理替矣。爾其縉紳之林，霞蔚而飇起，王袁聯宗以龍章，顔謝重葉以鳳采，何范張沈之徒，亦不可勝也。……

暨皇齊馭寶，運集休明。……聖歷方興，文思光被。……跨周轢漢，唐虞之文，其鼎盛乎？

此亦叙古代至宋齊，列舉各代文學家代表之人物，以言文學之流變者也。《宋書·謝靈運傳論》曰：

周室既衰，風流彌著。屈平、宋玉導清源於前，賈誼、相如振芳塵於後。……自兹以降，情志愈廣。王褒、劉向、楊、班、崔、蔡之徒，異軌同奔，遞相師祖。雖清辭麗曲，時發乎篇，而蕪音累氣，固已多矣。若夫平子豔發……久無嗣響。至於建安，曹氏基命，三祖陳王，咸蓄盛藻。……自漢至魏，四百餘年，辭人才子，文體三變。相如工爲形似之言，二班長於情理之説，子建、仲宣以氣質爲體，並標能擅美，獨映當時。是以一世之士，各相慕習。……

降及元康，潘、陸特秀，律異班、賈，體變曹、王，縟旨星稠，繁文綺合。……在晋中興，玄風獨扇，爲學窮於柱下，博物止乎七篇，馳騁文辭，義殫乎此。自建武暨乎義熙，歷載將百。……莫不寄言上德，託意玄珠，遒麗之辭，無聞焉爾。仲文始革孫、許之風，叔源大變太元之氣。爰逮宋氏，顔、謝騰聲。靈運之興會標舉，延年之體裁明密，並方軌前秀，垂範後昆。

此叙歷代文家，至宋之顔、謝爲止，以明文學之流變者也。《南齊書·文學傳論》曰：

文章者，蓋情性之風標，神明之律吕也。……若子桓之品藻人才，仲治之區判文體，陸機辨於《文賦》，李充論於《翰林》，張眎摘句褒貶，顔延圖寫情興，各任懷抱，共爲權衡。

屬文之道，事出神思，感召無象，變化不窮。俱五聲之音響，而出言異句；等萬物之情狀，而下筆殊形。吟詠規範，本之《雅》什，流分條散，各以言區。若陳思“代馬”群章，王粲“飛鸞”諸製，四言之美，前超後絶。少卿離辭，五言才骨，難與争騖。“桂林”“湘水”，平子之華篇；“飛館”“玉池”，魏文之麗篆。七言之作，非此誰先？卿雲巨麗，升堂冠冕；張左恢廓，登高不繼，賦貴披陳，未或加矣。顯宗之述傅毅，簡文之摛彦伯，分言制句，多得頌體。裴頠内侍，元規鳳池，子章以來，章表之選。孫綽之碑，嗣伯喈之後；謝莊之誄，起安仁之塵。……五言之製，獨秀衆品。習玩爲理，事久則瀆。在乎文章，彌患凡舊，若無新變，不能代雄。建安一體，《典論》短長互出；潘陸齊名，機岳之文永異。江左風味，盛道家之言，郭璞舉其靈變，許詢極其名理。仲文玄氣，猶不盡除。謝混情新，得名未盛。顔謝並起，乃各擅奇。休鮑後出，咸亦標世。朱藍共妍，不相祖述。

今之文章，作者雖衆，總而爲論，略有三體。一則啓心閑繹，託辭華曠，雖存巧綺，終致迂回。宜登公宴，本非準的。而疎慢闡緩，膏肓之病，典正可採，酷不入情。此體之源，出靈運而成也。次則緝事比類，非對不發，博物可嘉，職成拘制。或全借古語，用申今情，崎嶇牽引，直爲偶説，唯覩事例，頓失精采。此則傅咸五經，應璩指事，雖不全似，可以類從。次則發唱驚挺，操調險急，雕藻淫豔，傾炫心魂，亦猶五色之有紅紫，八音之有鄭衛。斯鮑照之遺烈也。

三體之外，請試妄談。若夫委自天機，參之史傳，應思悱來，勿先構聚。言尚易了，文憎過意。吐石含金，滋潤婉切。雜以風謡，輕唇利吻。不雅不俗，獨中胸懷。輪扁斲輪，言之未盡。文人談士，罕或兼工。非唯識有不周，道實相妨，談家所習，理勝其辭，就此求文，終然翳奪，故兼之者鮮矣。

孫德謙引此而爲之説曰：

觀其所言，三體之中，蓋謂有疏緩者，有對偶者，有雕豔者，雖專就南齊立論，而其辭意，亦未以是爲善。然三體之説，治六朝文者，轉可以此求之，且沿流溯源，謂出靈運、鮑照諸家，又可知古時文字之所

本。(《六朝麗指》)

(又曰)三體之論，余已據《南齊書》載之於前矣。統觀六朝，凡有四體：有以時言者，則曰永明體；有以地言者，則曰宮體；有以人言者，則曰吴均體、徐庾體。何謂永明體?《齊書·陸厥傳》所謂“永明末盛爲文章，吴興沈約、周郡謝朓、琅邪王融，以氣類相推轂，汝南周顒善識聲韻，約等文皆用宫商，以平上去入爲四聲，以此别韻，不可增減，世呼爲永明體”是也。何謂宫體?《隋志》所謂“梁簡文之在東宫，亦好篇什，清辭巧製，止乎衽席之間，雕琢曼藻，思極閨闈之内。後生好事，遞相仿習，朝野紛紛，號爲宫體”是也。吴均體者，本傳：“均文體清拔有古氣，好事者或斅之，謂吴均體。”徐庾體者，《周書》庾信本傳：“既有盛才，文並綺豔，世號爲徐庾體。”綜此四體，六朝作者當不外乎是矣。(同上)

此則於《齊書·文學傳論》所述三體之外，更益以六朝文之四體，足與前篇相發明者也。《隋書·文學傳序》曰：

自漢魏以來，迄乎晋宋，其體屢變，前哲論之詳矣。暨永明、天監之際，太和、天保之間，洛陽、江左，文雅尤盛。于時作者，濟陽江淹、吴郡沈約、樂安任昉、濟陰温子昇、鉅鹿魏伯起等，並學窮書圃，思極人文，縟綵鬱於雲霞，逸響振於金石。英華秀發，波瀾浩蕩，筆有餘力，詞無竭源。方諸張、蔡、曹、王，亦合一時之選也。……梁自大同之後，雅道淪缺，漸乖典則，争馳新巧。簡文、湘東，啓其淫放。徐陵、庾信，分路揚鑣。其意淺而繁，其文匿而彩，詞尚輕險，情多哀思，格以延陵之聽，蓋亦亡國之音乎!

此則專論齊梁兩代文學之流變，而極言其流失，亦可與前數條相印證焉。

乙、析觀

關於用字者。《文心·練字篇》云：

漢初草律，明著厥法，太史學童，教試六體。……至孝武之世，則相如譔篇。及宣成二帝，徵集小學，張敞以正讀傳業，揚雄以奇字纂訓，並貫練雅頌，總閱音義，鴻筆之徒，莫不洞曉。且多賦京苑，假借形聲。是以前漢小學，率多瑋字，非獨制異，乃共曉難也。暨乎後漢，小學轉疎，複文隱訓，臧否大半。及魏代綴藻，則字有常檢，追觀漢作，翻成阻奥，故陳思稱揚馬之作，趣幽旨深，讀者非師傳不能析其辭，非博學不能綜其理，豈直才懸，抑亦字隱。自晋來用字，率從簡易，時並習易，人誰取難？今一字詭異，則群句震驚；三人弗識，則將成字妖矣。

觀於此，可知文章用字之流變。

關於隸事者。《事類篇》云：

明理引乎成辭，徵義舉乎人事，迺聖賢之鴻謨，經籍之通矩也。……觀夫屈宋屬篇，號依詩人。雖引古事，而莫取舊辭。唯賈誼《鵩賦》，始用《鶡冠》之説；相如《上林》，撮引李斯之書：此萬分之一會也。及揚雄《百官箴》，頗酌於《詩》《書》；劉歆《遂初賦》，歷叙於紀傳：漸漸綜採矣。至於崔、班、張、蔡，遂捃摭經史，筆〔1〕實布濩，因書立功，皆後人之範式也。

觀於此，可知文章隸事之流變。

關於寫景者。《物色篇》曰：

春秋代序，陰陽慘舒，物色之動，心亦摇焉。……

是以詩人感物，聯類不窮。流連萬象之際，沈吟視聽之區，寫氣圖貌。……屬采坿聲。……並以少總多，情貌無遺矣。……及《離騷》代

〔1〕“筆”，《文心雕龍注》作“華”。

> 興，觸類而長，物貌難盡，故重沓舒狀。於是嵯峨之類聚，葳蕤之群集矣。及長卿之徒，詭勢瓌聲，模山範水，字必魚貫，所謂詩人麗則而約言，辭人麗淫而繁句也。……凡擒表五色，貴在時見。若青黄累出，則繁而不珍。
>
> 自近代以來，文貴形似，窺情風景之上，鑽貌草木之中。吟詠所發，志惟深遠；體物爲妙，功在密附。故巧言切狀，如印之印泥，不加雕削，而曲寫毫芥。故能瞻言而見貌，即字而知時也。

凡此皆言文章寫景之流變也。

關於比興者。《比興篇》云：

> 詩文宏奥，包韞六義，毛公述傳，獨標興體，豈不以風異而賦同，比顯而興隱哉？故比者附也，興者起也，附理者切類以指事，起情者依微以擬議。……
>
> 楚襄信讒，而三閭忠烈。依《詩》製《騷》，諷兼比興。炎漢雖盛，而辭人夸毗，詩刺道喪，故興義銷亡，於是賦頌先鳴，而比體雲構。

觀於此，又可於比興而知文章之流變矣。

二、從文章體式上觀察《文選》

文章之體，莫備於八代，亦莫嚴於八代。昭明選文，别裁僞體，妙簡正宗，凡分體三十有七，可謂明備。而衡其體式，要莫備於《文心》。蓋《文心》之言文章體式也，有下四種之叙法：

一叙各體發源之先後；

二明各體發展之程序；

三表各體特殊之性質；

四舉各體代表之作家。

此《文心》叙述文章體式之大要也。而以觀《文選》之所録，其大體即本《文心》之意趣。如：

《文心》有《辨騷》，《文選》則有“騷”與“辭”矣。

《文心》有《明詩》《樂府》，《文選》亦有“詩”與“樂府”矣。

《文心》有《詮賦》，《文選》則以“賦”冠篇矣。

《文心》有《頌讚》，《文選》亦有“頌”“贊”及“史述贊”矣。

《文心》有《銘箴》，《文選》亦有“箴”“銘”矣。

《文心》有《誄碑》，《文選》則有“誄”與“碑文”及“墓誌”矣。

《文心》有《哀弔》，《文選》亦有“哀文”“弔文”矣。

《文心》有《雜文》，《文選》亦録“七”與“對問”“設論”“連珠”之四種矣。

《文心》有《封禪》，《文選》亦有“符命”矣。

《文心》有《論説》，《文選》亦有“論”與“史論”矣。

《文心》有《詔策》，《文選》則有“詔”“册”“令”“教”及“文”矣。

《文心》有《章表》，《文選》亦有“表”矣。

《文心》有《奏啓》，《文選》亦有“上書”與“啓”及“彈事”矣。

《文心》有《書記》，《文選》亦有“牋”與“奏記”及“書”矣。

《文心》有《檄移》，《文選》亦有“移”“檄”矣。

惟《祝盟》《諧讔》《史傳》《諸子》及《議對》，爲《文選》所無。《文選》“序”與“行狀”二體，《文心》未列專篇，衹於《論説》《書記》兩篇中附及之。（已見上編列表）合二書而觀，文章體式之大要，可以瞭然矣。

晋李充《翰林論》、摯虞《文章流别論》，並已亡佚，存者僅十餘條。（上編已録）未可舉以論各種之文體。梁任昉《文章緣起》，分體繁碎，疑是後人僞託，未可據依。明吴訥《文章辨體》、徐師曾《文體明辨》，推論體式流變，其語甚繁，足備參考。然論文已及隋唐以後，未可與《文選》並論。今欲引與《文選》相證，自應以《文心》爲標準，故詳論之。

《文章辨體》《文體明辨》，依仿《文選》而作者也。《唐文粹》《宋文鑑》《元文類》《明文衡》諸書，承繼《文選》而作者也。欲觀歷代文章之流變，亦可取諸書所列之類目，與《文選》類目遞相比較，撰成一表，以觀其流變之所歸，茲姑從略。

三、從文家體性上觀察《文選》

體指文章之體格，性謂文家之個性。緣文家個性之不同，而所爲之文，體格亦因之各異。《文心·體性篇》曰：

才有庸儁，氣有剛柔，學有淺深，習有雅鄭。並性情所鑠，陶染所凝。……故辭理庸儁，莫能翻其才；風趣剛柔，寧或改其氣；事義淺深，未聞乖其學；體或雅鄭，鮮有反其習。各師成心，其異如面，而總其歸塗，則數窮八體。

一曰典雅。鎔式經誥，方軌儒門者也。

二曰遠奥。馥采典文，經理玄宗者也。

三曰精約。覈宗省句，剖析毫釐者也。

四曰顯附。辭直義暢，切理厭心者也。

五曰繁縟。博喻醲采，煒燁枝派者也。

六曰壯麗。高論宏裁，卓爍異采者也。

七曰新奇。擯古競今，危側趣詭者也。

八曰輕靡。浮文弱植，縹緲附俗者也。

《文選》網羅文家百三十餘，文章體格之異，可謂能盡其變矣。今舉所載文辭，以證彦和"八體"之説。

典雅體　凡義歸正直，辭取雅馴者，皆屬此類。如班固《幽通賦》、劉歆《讓太常博士書》諸篇是也。

遠奥體　凡理致淵深，辭采微妙者，皆屬此類。如賈誼《鵩賦》、李康《運命論》諸篇是也。

精約體　凡斷義務明，練辭務簡者，皆屬此類。如陸機《文賦》、范曄《後漢書》論諸篇是也。

顯附體 凡語貴丁零，義求周洽者，皆屬此類。如諸葛亮《出師表》、曹冏《六代論》諸篇是也。

繁縟體 凡辭采紛綸，意義稠複者，皆屬此類。如枚乘《七發》、劉峻《辨命論》諸篇是也。

壯麗體 凡陳義俊偉，措辭雄瓌者，皆屬此類。如揚雄《河東賦》、班固《典引》諸篇是也。

新奇體 凡辭必研新，意必矜創者，皆屬此類。如潘岳《射雉賦》、顔延之《三月三日曲水詩序》是也。

輕靡體 凡辭須蒨秀，意取優柔者，皆屬此類。如江淹《恨賦》、孔稚珪《北山移文》諸篇是也。

《體性篇》後以“八體屢遷”，“肇自血氣”，“莫非情性”，而舉歷代文家之個性，證以其人所成之文體。今臚其説於後，各舉其人之事實以徵之。

賈生俊發，故文潔而體清 《史記·屈賈列傳》：“廷尉乃言賈生年少，頗通諸子百家之書，文帝召以爲博士。是時賈生年二十餘，最爲少，每詔令議下，諸老先生不能言，賈生盡爲之對。”此俊發之徵。

長卿傲誕，故理侈而辭溢 嵇康《高士傳贊》曰：“長卿慢世，越禮自放。犢鼻居市，不恥其狀。託疾避患，蔑此卿相。乃至仕人，超然莫尚。”此傲誕之徵。

子雲沈寂，故志隱而味深 《漢書·揚雄傳》：“默而好深湛之思，清静無爲，少嗜欲。”此沈寂之徵。

子政簡易，故趣昭而事博 《漢書·劉向傳》：“向爲人簡易無威儀，廉靖樂道，不交接於世俗。”此簡易之徵。

孟堅雅懿，故裁密而思靡 《後漢書·班固傳》：“及長，遂博貫載籍，九流百家之言，無不窮究。性寬和容衆，不以才能高人。”此雅懿之徵。

平子淹通，故慮周而藻密 《後漢書·張衡傳》：“通五經，貫六藝，雖才高於世，而無驕尚之情，常從容淡静，不好交接俗人。”此淹通之徵。

仲宣躁鋭，故穎出而才果　《魏志·王粲傳》："善屬文，舉筆便成，無所改定。"此鋭之徵。陳壽評曰："粲特處常伯之官，興一代之制，然其沖虚德宇，未若徐幹之粹也。"此躁之徵。

公幹氣褊，故言壯而情駭　《魏志·王粲傳》注引《先賢行狀》曰："輕官忽祿，不躭世榮。"〔1〕謝靈運《擬鄴中集詩》序曰："楨卓犖褊人。"此氣褊之徵。

嗣宗俶儻，故響逸而調遠　《魏志·王粲傳》："籍才藻豔逸，而倜儻放蕩，行己寡欲，以莊周爲模則。"此俶儻之徵。

叔夜俊俠，故興高而采烈　《魏志·王粲傳》："康文辭壯麗，好言老莊，而尚奇任俠。"注引《康別傳》："孫登謂康曰：'君性烈而才儁。'"此俊俠之徵。

安仁輕敏，故鋒發而韻流　《晋書·潘岳傳》："岳性輕躁趨世利，與石崇等諂事賈謐。每候其出，輒望塵而拜。構愍懷文，岳之辭也。"此輕敏之徵。

士衡矜重，故情繁而辭隱　《晋書·陸機傳》："機服膺儒術，非禮不動。"此矜重之徵。

觀此，則由文辭之體格，以得作者之個性。表裏必符，殆可斷言。彦和所舉諸人，除劉向外，《文選》皆載其文，試本《文心》之説而觀察之，可以知其概矣。

四、從時代風格上觀察《文選》

文章風格，代有不同。兩漢之文迴異乎周秦，而東京之與西京面目又異。繼是則魏晋異於東漢，齊梁之文又不同於晋宋。明於歷代文章特殊之風格者，雖以數十百篇之文，隱其姓名以相示，必能鑒別其爲某時代之作品。

〔1〕據《三國志》注，此處所引《先賢行狀》文字，所論當爲徐幹，非劉楨（字公幹）。

蓋風格之異，朗然其不可淆也。審此者可於其文體與思想兩方面察之。今舉魏代文章風格爲例。

《文心·時序篇》論建安文學曰："觀其時文，雅好慷慨，良由世積亂離，風衰俗怨，並志深而筆長，故慷慨[1]而多氣也。"

《風骨篇》曰："故魏文稱'文以氣爲主，氣之清濁有體，不可力强而致'。故其論孔融，則云'體氣高妙'；論徐幹，則云'時有齊氣'；論劉楨，則云'時有逸氣'。公幹亦云'孔氏卓卓，信含異氣。筆墨之性，殆不可勝'。並重氣之旨也。"

劉申叔曰："建安文學，革易前型，遷蜕之由，可得而説。兩漢之世，户習六經，雖及子家，必緣經術。魏武治國，頗雜刑名，文體因之，漸趨清峻，一也。建武以還，士民秉禮，迨及建安，漸尚通侻。侻則侈陳哀樂，通則漸藻玄思，二也。獻帝之初，諸方棋峙，乘時之士，頗慕縱横，騁詞之風，肇端於此，三也。又漢之靈帝，頗好俳詞。（見楊賜、蔡邕等傳）下習其風，益尚華靡，雖迄魏初，其風未革，四也。"

又曰："魏文與漢不同者，蓋有四焉。書檄之文，騁詞以張勢，一也。論説之文，漸事校練名理，二也。奏疏之文，質直而無華，三也。詩賦之文，益事華靡，多慷慨之音，四也。"（并《中古文學史》）

依上所云，"慷慨多氣""以氣爲主""漸趨清峻""漸藻玄思""騁詞張勢""益事華靡"，皆目魏文之文體。風俗之衰怨，與夫刑名之術、通侻之風、縱横之習，皆指魏文之思想。由是思想，成彼文體。一代文章之風格，即於此形成焉。

風格爲一時代文學上表著之現象，然其始要出自一二巨子之提倡。綴文之士，從而慕之，轉相摹擬，風氣所趨，文壇波靡，遂浸淫以成一代之風格。《文心·明詩篇》論建安之詩曰：

---

〔1〕"慷慨"，《文心雕龍注》作"梗概"。

> 暨建安之初，五言騰踊。文帝陳思，縱轡以騁節；王徐應劉，望路而爭趨。並憐風月，狎池苑，述恩榮，叙酣宴，慷慨以任氣，磊落以使才。造懷指事，不求纖密之巧；驅辭逐貌，唯取昭晰之能。此其所同也。

據此則建安時代五言詩之蔚起，以及游覽之作、公讌之篇，充盈藝苑，皆由魏文、子建之所倡導。七子之徒從而和之，新進之士轉相慕傚，由是遂成一代之詩風也。

《文選》之文，囊括八代。八代作品，風格各殊，試從文體與思想兩方面觀察之，可以得其大凡已。

五、從南北派别上觀察《文選》

自昔論文家，論古今風尚之不同者多，論南北派别不同者少。《文心·時序》一篇，於古今文章之流變，論之詳矣。而以南北地域爲言者，不過曰公幹[1]“時有齊氣”（《風骨篇》），江左“溺乎玄風”（《明詩篇》），未著專篇，詳爲論列。惟《隋書·文學傳序》言：

> 彼此好尚，互有異同，江左宫商發越，貴於清綺，河朔詞義貞剛，重乎氣質。氣質則理勝其詞，清綺則文過其意，理深者便於時用，文華者宜於詠歌，此其南北詞人得失之大較也。若能掇彼清音，簡兹累句，各去所短，合其兩長，則文質彬彬，盡善盡美矣。（《北史·文苑傳序》語略同）

今人孫德謙曰：

> 北人學問，淵綜廣博；南人學問，清通簡要。此《世説》載之。顧彼論學問耳，若就文言，北人如魏伯起、温鵬舉輩，未嘗不華貴，然不

〔1〕“時有齊氣”係評論徐幹語，此云“公幹”（劉楨），當係筆誤。評劉楨爲“時有逸氣”。

免猶傷於質重，不及南人之簡練而輕清也。故六朝文體雖同，而自南至北，則區以别矣。《隋書·文學列傳序》“江左宫商發越”云云，則文有南北之界畫，古人早已言之矣。（《六朝麗指》）

此爲言南北文章派别不同之始，惜未舉兩派不同之文，令學者詳觀而明察之也。近世講哲學者，每喜言南北學派之分，於是論文者亦漸分南北兩派，竊嘗悉心體察，而知兩派之確有不同也。即如《詩》，北方産物也，自屈原本之以爲《騷》，獨成《風》《雅》之變，而他方辭人，無有能及之者矣。賦始於荀卿，亦北方産物也，自馬、揚廣爲宫苑諸賦，獨成瑋麗之篇，而他方賦家，無有能繼之者矣。此南方文派之翹然獨具者。推之北方，何莫不然？今取近人論南北派文學不同，語最暢透者，節録於後，以證成吾説。

劉師培《南北文學不同論》

夫聲律之始，本乎聲音。……聲能成章者謂之言，言之成章者謂之文。古代音分南北，河濟之間，古稱中夏，故北音謂之夏聲，又謂之雅言。江漢之間，古稱荆楚，故南音謂之楚聲，或斥爲南蠻鴂舌。……聲音既殊，故南方之文，亦與北方迥别。大抵北方之地，土厚水深，民生其間，多尚實際；南方之地，水勢浩洋，民生其際，多尚虚無。民崇實際，故所著之文，不外記事、析理二端；民尚虚無，故所作之文，或爲言志、抒情之體。中國古籍以六藝爲最先，而《尚書》《春秋》，記動記言，謹嚴簡直。《禮》《樂》二經，例嚴辭約，平易不誣，記事之文，此其嚆矢。《大易》一書，索遠鉤深，精義曲隱，析理之作，此其權輿。若夫兵農標目，醫曆垂書，炎黄以降，著述浩繁，然繩以著書之律，則記事、析理，實兼二長。此皆古代北方之文也。惟《詩》篇三百，則區判北南。《雅》《頌》之詩，起於岐豐；而《國風》十五，太師所采，亦得之河濟之間。故諷詠遺篇，大抵治世之詩，從容揄揚；如《周頌》及《大雅》《小雅》前半及《魯頌》《商頌》是。**衰世之詩，悲哀剛勁。**如《小雅》中《出車》《采芑》《六月》以及《秦風》篇，皆剛勁之詩也；而《小雅》《大雅》之後半，則爲悲哀之詩。記事之篇，雅近典謨，如《七月》篇歷叙風土人情，而《篤公劉》諸篇皆不愧詩史。北方之文，莫之或先矣。惟周召之地，在南陽南郡之間。《周南》言漢廣，言汝墳，地當在南陽南郡之東。《召南》言汝沱，地當在南郡南陽之西。蓋文王兼牧荆梁二州，故《國風》始於《周》《召》。故二《南》之詩，感物興懷，引辭表旨，譬物連類，比興二體，厥製益繁，構造虛詞，不標實跡，與二《雅》迥殊。至於哀窈窕而思賢才，詠《漢廣》而思游女，屈宋之作，於此起源。《鼓鐘篇》曰“以雅以南”，非詩分南北之證與？北方之詩謂之雅，雅者北方之音也。南方之詩謂之南，南者南方之音也。此音分南北之證。

春秋以降，諸子並興，然荀卿、吕不韋之書最爲平實。剛志決理，輐斷以爲紀，其原出於古《禮經》，則秦趙之文也。故河北關西，無復縱横之士。韓魏陳宋，地界南北之間，故蘇張之横放，蘇秦東周人，張儀魏人。韓非之宕跌，非爲韓人。起於其間。惟荆楚之地，僻處南方，故老子之書，其説杳冥而深遠。老子，楚國苦縣人。及莊列之徒承之，莊爲宋人，列爲鄭人，皆地近荆楚者也。其旨遠，其義隱，其爲文也，縱而後反，寓實於虛，肆以荒唐譎怪之詞，淵乎其有思，茫乎其不可測矣。屈平之文，音涉哀思，矢耿介，慕靈修。芳草美人，託詞喻物，志潔行芳，符於二《南》之比興。《離騷》《九章》諸篇，皆以虛詞喻實義，與二《雅》殊。而叙事紀遊，遺塵超物，荒唐譎怪，復與莊列相同。《史記》論《楚詞》，謂“蟬蜕穢濁之中，浮游塵埃之外，皭然涅而不污，推此志也，雖與日月争光可也”。南方之文，此其選矣。又縱横之文，亦起於南。如陳軫、黄歇之流是。故士生其間，喜騰口説，甚至操兩可之説，設無窮之詞，以詭辯相高。故南方墨者，以堅白異同之論相訾。見《莊子》。雖其學失傳，然淺察以衒詞，纖巧以弄思，習爲背實擊虛之法，與莊列屈宋之荒唐譎怪者，殆亦殊途而同歸乎。觀班固之志藝文也，分析詩賦，《屈原賦》以下二十家爲一種，《陸賈賦》以下二十一家爲一種，《荀卿賦》以下二十五家爲一種。蓋屈原、陸賈，籍隸荆南，賈亦楚人。所作之賦，一主抒情，一主騁辭，皆爲南人之作。荀卿生長趙土，所作之賦，偏於析理，則爲北方之文，蘭臺史册，固可按也。

西漢之時，文人輩出。賈誼之文，剛健篤實，出於《韓非》。晁錯之文，辨析疏通，出於《吕覽》。而董仲舒、劉向之文，咸平敞通洞，章約句制，出於荀卿。蓋西漢北方之文，實分三體：或鎔式經誥，褒德顯容，其源出於《雅》《頌》，頌讚之體本之；或探事獻説，重言申明，其源出於《尚書》，書疏之體本之；或文樸語飾，不斷而節，其源出於《禮經》，古賦之體本之。孔臧、司馬遷、韓安國之賦是。又《淮南》之旨，雖近《莊》《列》，然衡其文體，仍在《吕》《荀》之間，亦非南方之文也。惟小山《招隱士》篇，出於屈宋。若夫史遷之作，排奡雄奇，書爲記事，文則騁詞。而枚乘、司馬相如，咸以詞賦垂名，然恢廓聲勢，開拓宧突，殆縱横之流與。如《七發》《子虚賦》《上林賦》是。至於寫物附意，觸興致情，如相如《長門賦》、枚乘《菟園賦》是。則導源楚騷，語多虚設。子雲繼作，亦兼二長。如《羽獵賦》《河東賦》，出於縱横家者也；若《反離騷》諸作，則出於楚騷者也。例以文體，遠北近南。東京文士，彪炳史編，然章奏書牘之文，咸通暢明達，雖屬詞枝繁，然銓貫有序。論辨之文亦然。若詞賦一體，則孟堅之作，雖近揚馬，然徵材聚事，取精用宏，《吕覽》類輯之義也。蔡邕之作似之。平子之作，傑格拮掇，俶倪可觀，荀卿《成相》之遺也。王延壽之作似之。即有自成一家言者，亦辭直義暢，雅懿深醇。荀悦《申鑒》、王符《潛夫論》是。蓋東漢文人，咸生北土，且當此之時，士崇儒術，縱横之學，屏絶不觀；《騷經》之文，治者亦鮮。故所作之文，偏於記事析理，如《幽通》《思玄》各賦，以及《申鑒》《潛夫論》之文，皆析理之文也。若夫《兩都》《魯靈光》各賦，則記事之文。而騁辭抒情之作，嗣響無人。惟王逸之文，取法《騷經》，逸，南郡人。而應劭、王充，南方之彦。劭，汝南人；充，會稽人。故《風俗通》《論衡》二書，近於詭辯，殆南方墨者之支派與。於兩漢之文，别爲一體。蓋三代之時，文與語分。排偶爲文，直言爲語。東漢北方之文，詞多駢儷，句嚴語重，乃古代之文也。南方之文，多屬單行，語詞淺顯，乃古代之語也。

建安之初，詩尚五言。七子之作，雖多酬酢之章，然慷慨任氣，磊落使才，造懷指事，不求纖密，隱義蓄含，餘味曲包，而悲哀剛勁，洵乎北土之音。氣度淵雅遜東漢，而魄力則過之，孔融、曹操之詩，尤爲悲壯。魏晋之際，文體變遷，而北方之士，侈效南文。曹植詞賦，塗澤律切，憂遠思深，其旨開於宋玉；及其弊也，則採摘艷辭，纖冶傷雅。嵇阮詩歌，飄忽峻佚，言無端涯，其旨開於莊周；及其弊也，則宅心虚闊，失所旨歸。左思詩賦，廣博沈雄，慷慨卓越，其旨開於蘇張；及其弊也，則浮囂粗獷，昧厥修辭。北方文體，至此始淆。又建安以還，文崇偶體。西晋以降，由簡趨繁。凡晋人奏議之文、論述之文，皆日趨於偶、日趨於繁，與東漢殊。然晋初之文，驥玄尚存，雕幾未極，如杜預、荀勗、傅玄，咸吐詞簡直。若張華、潘岳、摯虞，始漸尚鋪張。三張二陸，文雖道勁亦稍入輕綺矣。詩歌亦然，故力柔於建安，句工於正始，此亦文體由北趨南之漸也。江左詩文，溺於玄風，辭謝雕采，旨寄玄虚，以平淡之詞，寓精微之理，故孫、綽。許、詢。二王，羲之、獻之。語咸平典，由嵇阮而上溯莊周，此南文之别一派也。惟劉琨之作，善爲悽戾之音，而出以清剛。郭璞之作，佐以彪炳之詞，而出以挺拔。北方之文，賴以不墜。

晋宋以降，文體復更。淵明之詩，仍沿晋派。至若慧業文人，咸崇文藻，鑱雕風雲，模範山水。自顔謝詩文，舍奇用偶，鬼斧默運，奇情畢呈，句争一字之奇，文採片言之貴。情必極貌以寫物，詞必窮力以追新。齊梁以降，益尚艷辭。以情爲裏，以物爲表。賦始於謝莊，詩昉於梁武。簡文及元帝亦然。陰何吴柳，陰鏗、何遜、吴均、柳惲。厥製益工。研鍊則隱師顔謝，妍麗則近則齊梁。子山繼作，掩抑沈怨，出以哀艷之詞。由曹植而上師宋玉。此又南文之一派也。惟范雲、任昉，文詩淵懿，江淹、沈約，亦無輕靡之詞，乃齊梁文士之傑出者。鮑照詩文，義尚光大，工于騁勢；然語乏清剛，哀而不壯。大抵由左思而上效蘇張，此亦南文之一派也。

梁陳以降，文體日靡。至陳後主而極矣，即劉孝標、劉彦和、陸佐

> 公之文，亦多清新之句。**惟北朝文人，舍文尚質。崔浩、高允之文，咸磽确自雄。温子昇長於碑版，叙事簡直，得張蔡之遺規；盧思道長於歌詞，發音剛勁，嗣建安之佚響；**如薊北歌詞諸作。**子才、伯起，**邢劭、魏收。**亦工記事之文。豈非北方文體，固與南方文體不同哉？自子山、總持，**江總。**身旅北方，而南方輕綺之文，漸爲北方所崇尚。又初明、**沈炯。**子淵，**王褒。**身居北土，恥操南音，詩歌勁直，習爲北鄙之聲。而六朝文體，亦自是而稍更矣。**

此篇剖析源流，分别支派。自來言南北文體之不同，無如是詳盡者，故特録之，觀於此可知南北派别之大凡矣。今更即《文選》所載之文，顯然可以見南北派别之殊者，約舉數篇以示例。

如賦類何平叔《景福殿賦》，其詞曰：

> 爰有禁楄，勒分翼張。承以陽馬，接以員方。斑間賦白，疎密有章。飛枊鳥踊，雙轅是荷。赴險凌虚，獵捷相加。皎皎白間，離離列錢。晨光内照，流景外烻。烈若鉤星在漢，焕若雲梁承天。騈徙增錯，轉縣成郭。茄蔤倒植，吐被芙蕖。繚以藻井，編以綷疏。紅葩鞫韡，丹綺離婁。菡萏赩翕，纖縟紛敷。繁飾累巧，不可勝書。

此段多四字句，而造語質豔，精采内含，北派之文也。

試以較鮑明遠《蕪城賦》，其詞曰：

> 澤葵依井，荒葛罥塗。壇羅虺蜮，階鬬麏鼯。木魅山鬼，野鼠城狐。風嘷雨嘯，昏見晨趨。飢鷹厲吻，寒鴟嚇雛。伏虣藏虎，乳血飡膚。崩榛塞路，峥嶸古馗。白楊早落，塞草前衰。稜稜霜氣，蔌蔌風威。孤蓬自振，驚砂坐飛。灌莽杳而無際，叢薄紛其相依。通池既已夷，峻隅又已頽。直視千里外，惟見起黄埃。凝思寂聽，心傷已摧。

此段亦多四字句。而造語名雋，體高氣華，則顯然爲南派之文矣。

如上書類鄒陽《獄中上書自明》，其詞曰：

臣聞明月之珠、夜光之璧，以暗投人於道，衆莫不按劍相眄者，何則？無因而至前也。蟠木根柢，輪囷離奇，而爲萬乘器者，何則？以左右爲之先容也。故無因而至前，雖出隋侯之珠、夜光之璧，祇是結怨而不見德。故有人先談，則枯木朽株，樹功而不忘。今天下布衣窮居之士，身在貧賤，雖蒙堯舜之術，挾伊管之辯，懷龍逢比干之意，欲盡忠當世之君，而素無根柢之容，雖竭精神，欲開忠信，輔人主之治，則人主必襲按劍相眄之跡矣。是使布衣之士，不得爲枯木朽株之資也。

此段多譬喻語，而意態恢奇，語剛而氣峻，北派之文也。

試以較李斯《上秦始皇書》，其詞曰：

今陛下致崐山之玉，有和隨之寶，垂明月之珠，服太阿之劍，乘纖離之馬，建翠鳳之旗，樹靈鼉之鼓。此數寶者，秦不生一焉，而陛下悅之，何也？必秦國之所生然後可，則是夜光之璧不飾朝廷，犀象之器不爲玩好，趙衛之女不充後庭，駿馬駃騠不實外廄，江南金錫不爲用，西蜀丹青不爲采。所以飾後宮、充下陳、娛心意、悅耳目者，必出於秦然後可，則是宛珠之簪、傅璣之珥、阿縞之衣、錦繡之飾不進於前，而隨俗雅化，佳冶窈窕，趙女不立於側也。夫擊甕叩缶，彈筝搏髀，而歌呼嗚嗚快耳者，真秦之聲也。《鄭》《衛》《桑間》《韶》《虞》《武》《象》者，異國之樂也。今棄擊甕而就《鄭》《衛》，退彈筝而取《韶》《虞》，若是者何也？快意當前，適觀而已矣。今取人則不然，不問可否，不論曲直，非秦者去，爲客者逐。然則是所重者在乎色樂珠玉，而所輕者在乎人民也。此非所以跨海内而制諸侯之術也。

此段亦多譬喻語，而意緒頫煩，氣壞而詞綺，則顯然爲南派之文矣。

如書類趙景真《與嵇茂齊書》，其詞曰：

若乃顧影中原，憤氣雲涌。哀物悼世，激情風烈。龍睇大野，虎嘯六合。猛氣紛紜，雄心四據。思躡雲梯，橫奮八極。披艱掃穢，蕩海夷岳，蹴崐崙使西倒，蹋太山令東覆，平滌九區，恢維宇宙，斯亦吾之鄙願也。

此段語意高奇，情詞豪邁，北派之文也。

試以較邱希範《與陳伯之書》，其詞曰：

暮春三月，江南草長，雜花生樹，群鶯亂飛。見故國之旗鼓，感生平於疇日，撫絃登陴，豈不愴悢？所以廉公之思趙將，吴子之泣西河，人之情也。將軍獨無情哉？

此段詞采高妙，氣體華腴，則顯然爲南派之文矣。

推之他篇，亦可以此意求之。詩似此者尤多，不勝枚舉，學者試依此觀察之，於南北流派之分，可以瞭然矣。

六、從駢體文成立之趨勢及修辭通則上觀察《文選》

駢體之源，肇於《書》《易》，前人論之詳矣。就入《選》之文而論，子夏《詩序》一篇，上規《易・繫》，沖融動宕，語比聲和，是即儷文初祖。然尚未開設喻隸事之風也。設喻隸事，始自李斯之上書，鄒陽繼之，儼成一種儷習，而駢體之徑，始有可尋。然尚未整句調，敷色澤也。自王子淵出而駢始多，曹子建出而駢始工，陸士衡出而四六始昌，沈約諸人出而近代駢文之體始開。今舉《選》文數首，以觀其成立之趨勢。

秦李斯《上秦始皇書》　設喻隸事之初祖。兩段相偶，亦自此開。

漢鄒陽《獄中上書自明》　設喻隸事，與李斯同風，而詞意更爲複疊。

漢王褒《聖主得賢臣頌》　兩段相偶，上繼李斯。偶句、排句、疊句，全段比喻、數句比喻，用成語、用古事，以上諸法，俱自此開之。

曹子建《七啓》　造語之精、敷采之麗，漢代所無。而力趨工整，竟爲儷體開先。

晋陸士衡《豪士賦序》　裁對之工、隸事之富，爲晋文冠。而措語短長相間，竟下開四六之體。

宋顔延年《三月三日曲水詩序》　用字雕繪藻飾，爲駢文淵雅之宗。

齊王融《三月三日曲水詩序》、梁沈約《齊安陸昭王碑文》　兩家發明聲律論，由詩以移於文，故選聲配色，益趨工律。駢文至是，如百尺竿頭，更進一步，徐庾宗之，遂爲此體之主盟矣。

駢文之成，先之以調整句度，是曰裁對；繼之以鋪張典故，是曰隸事；進之以炫染色澤，是曰敷藻；終之以協諧音調，是曰調聲。四者爲駢體構成之要素，可持以考迹斯體成立之趨勢。如右所舉《文選》諸篇，其代表也。諸篇之作法明，即駢文修辭之通則不外是矣。

七、從《文心・通變》之説觀察《文選》所載文體之流變

《通變篇》云：

夫誇張聲貌，則漢初已極，自兹厥後，循環相因，雖軒翥出轍，而終入籠内。枚乘《七發》云："通望兮東海，虹洞兮蒼天。"相如《上林》云："視之無端，察之無涯，日出東沼，月生西陂。"馬融《廣成》云："天地虹洞，固無端涯，大明出東，月生西陂。"揚雄《校獵》云："出入日月，天與地沓。"張衡《西京》云："日月於是乎出入，象扶桑與濛汜。"此並廣寓極狀，而五家如一。諸如此類，莫不相循，參伍因革，通變之數也。

此專舉漢代佳篇，言其遞相因襲，雖有巨手，莫能淩越也。而所舉五家之

文，皆載在《文選》中，實不啻專爲《文選》而發。今試本彦和之言，以觀《文選》所載文之遞相祖襲。於其祖襲之中，察夫參伍因革之迹，則八代文體之流變可得矣。聊舉一例，以備隅反。

（一）題之相祖

《兩都賦》《二京賦》《三都賦》

《七發》《七啓》《七命》

（二）體之相祖

《子虛》《上林賦》　僞立主客，曰子虛、烏有先生、亡是公。

《長楊賦》　僞立主客，曰子墨客卿、翰林主人。

《高唐》《神女賦》　叙述楚襄王與宋玉問答發端。

《舞賦》　假設楚襄王與宋玉問答發端。

（三）句之相祖

《上林》云："追怪物，出宇宙。"《校獵》云："追天寶，出一方。"

《西都》云："左墄右平，重軒三階。"《西京》云："三階重軒，左平右墄。"

（四）意之相祖

《高唐》云："纖條悲鳴，聲似竽籟。清濁相和，五變四會。"

《上林》云："猗旎從風。藰莅芔歙，蓋象金石之聲、管籥之音。"

《吴都賦》云："鳴條律暢，飛音響亮。蓋象琴築並奏，笙竽俱唱。"

右僅舉賦、七兩體爲例。餘體似此者尚多，依是求之，可以觀文體之流變矣。

八、從《文心·才略》之説觀察《文選》所載文家之優絀

《文心·才略篇》於六代文家咸有品藻，以别其才思之優絀，今録篇中所舉諸家見於《文選》者，而以彦和品藻之語繫其下。

周

屈原、宋玉　屈宋以楚辭發采。

秦

李斯　李斯自奏麗而動。

兩漢

賈誼　賈誼才穎，陵軼飛兔，議愜而賦清。

枚乘、鄒陽　枚乘之《七發》、鄒陽之《上書》，膏潤於筆，氣形於言矣。

司馬遷　子長純史，而麗縟成文，亦詩人之告哀焉。

司馬相如　相如好書，師範屈宋，洞入夸豔，致名辭宗，然覆取精意，理不勝辭。

王褒　王褒構采，以密巧爲致，附聲測貌，泠然可觀。

揚雄　子雲屬意，辭人最深，觀其涯度幽遠，搜選詭麗，而竭才以鑽思，故能理贍而辭堅矣。

劉歆、班彪、班固　二班兩劉，奕葉繼采，舊説以爲固文優彪，歆學精向；然《王命》清辨，《新序》該練，璿璧産於崑岡，亦難得而逾本矣。

傅毅　傅毅、崔駰，光采比肩。

馬融　馬融鴻儒，思洽識高，吐納經範，華實相扶。

王延壽　王逸博識有功，而絢采無力。延壽繼志，瓌穎獨標。

張衡、蔡邕　張衡通贍，蔡邕精雅，文史彬彬，隔世相望。

孔融、禰衡　孔融氣盛於爲筆，禰衡思鋭於爲文，有偏美焉。

魏

潘勗　憑經以騁才，故絶群於錫命。

魏文帝、曹植　魏文之才，洋洋清綺，舊談抑之，謂去植千里。然子建思捷而才儁，詩麗而表逸；子桓慮詳而力緩，故不競於先鳴，而樂府清越，《典論》辯要，迭用短長，亦無懵焉。但俗情抑揚，雷同一響，遂令文帝以位尊減才，思王以勢窘益價，未爲篤論也。

王粲 仲宣溢才，捷而能密，文多兼善，辭少瑕累。摘其詩賦，則七子之冠冕乎!

陳琳、阮瑀、徐幹、劉楨、應瑒 琳瑀以符檄擅聲，徐幹以賦論標美，劉楨情高以會采，應瑒學優以得文。

何晏 何晏《景福》，克光於後進。

應璩、應貞 休璉風情，則《百一》標其志；吉甫文理，則《臨丹》成其采。

嵇康、阮籍 嵇康師心以遣論，阮籍使氣以命詩，殊聲而合響，異翮而同飛。

晋

張華、左思、潘岳 張華短章，奕奕清暢，其《鷦鷯》寓意，即韓非之《説難》也。左思奇才，業深覃思，盡鋭於《三都》，拔萃於《詠史》，無遺力矣。潘岳敏給，辭自和暢，鍾美於《西征》，賈餘於哀誄，非自外也。

陸機、陸雲 陸機才欲窺深，辭務索廣，故思能入巧，而不制繁。士龍朗練，以識檢亂，故能布采鮮净，敏於短篇。

孫楚 孫楚綴思，每直置以疏通。

傅玄、傅咸 傅玄篇章，義多規鏡；長虞筆奏，世執剛中：並楨幹之實才，非群華之韡萼也。

成公綏、夏侯湛、曹攄、張翰 成公子安，選賦而時美。夏侯孝若，具體而皆微。曹攄清美於長篇，季鷹辨切於短韻，各其善也。

張載、張協、劉琨、盧諶 孟陽景陽，才綺而相埒，可謂魯衛之政，兄弟之文也。劉琨雅壯而多風，盧諶情發而理昭，亦遇之於時勢也。

郭璞 景純豔逸，足冠中興。《郊賦》既穆穆以大觀，《仙詩》亦飄飄而凌雲矣。

庾亮 庾元規之表奏，靡密以閑暢。

干寶、袁宏、孫綽、殷仲文 孫盛干寶，文勝爲史，準的所擬，志乎典訓，户牖雖異，而筆彩略同。袁宏發軫以高驤，故卓出而多偏；孫綽規旋以矩步，故倫序而寡狀。

宋

謝混　殷仲文之孤興，謝叔源之閑情，並解散辭體，縹緲浮音；雖滔滔風流，而大澆文意。

右所列六代入《選》文家五十七人，約得《文選》所載之半。齊梁二代，去世稍近，則不録焉。觀其品藻，語語精核，所舉篇章，亦大率爲《文選》所有。詳加觀察，可以得《文選》所載文家之優絀矣。

九、從《文心·程器》及《顔氏家訓·文章篇》之説觀察《文選》所載文人之疵累

昔魏文以爲“古今文人，類不護細行，鮮能以名節自立”，彦和因之作《程器篇》，指斥前世文士之有文采而乏器用者。《顔氏家訓·文章篇》，尤歷詆之。二書所舉文人，十九見於《文選》。今摭其語入編（不見《文選》者略之），以爲衡量《文選》所載諸文人之準據焉。《程器篇》曰：

略觀文士之疵：相如竊妻而受金，揚雄嗜酒而少算，班固諂竇以作威，馬融黨梁而黷貨，文舉傲誕以速誅，正平狂憨以致戮，仲宣輕脆以躁競，孔璋惚恫以麤疎，潘岳詭禱於愍懷，陸機傾仄於賈郭，傅玄剛隘而詈臺，孫楚佷愎而訟府，諸若此類，並文士之瑕累。若夫屈賈之忠貞，鄒枚之機覺，徐幹之沈默，豈曰文士，必其玷歟?

蓋人稟五材，修短殊用，自非上哲，難以求備。然將相以位隆特達，文士以職卑多誚，此江河所以騰湧，涓流所以寸折者也。名之抑揚，既其然矣；位之通塞，亦有以焉。彼揚馬之徒，有文無質，所以終乎下位也。昔庾元規才華清英，勳庸有聲，故文藝不稱；若非台岳，則正以文才也。

此則論文士叢誚之由，及文士位卑由於乏用，位高或以掩才。《文章篇》曰：

> 自古文人，多陷輕薄。屈原露才揚己，顯暴君過；宋玉體貌容冶，見遇俳優；東方曼倩，滑稽不雅；司馬長卿，竊貲無操；王褒過章《僮約》；揚雄德敗《美新》；李陵降辱夷虜；劉歆反覆莽世；傅毅黨附權門；班固盜竊父史……馬季長佞媚獲誚；蔡伯喈同惡受誅；吳質詆訶鄉里；曹植悖慢犯法……陳琳實號麄踈；繁欽性無檢格；劉楨屈强輸作；王粲率躁見嫌；孔融、禰衡，誕傲致殞；楊修、丁廙扇動取斃；阮籍無禮敗俗；嵇康凌物凶終；傅玄憤鬬免官；孫楚矜夸凌上；陸機犯順履險；潘岳乾没取危；顔延年負氣摧黜；謝靈運空踈亂紀；王元長凶賊自貽；謝玄暉侮慢見及。凡此諸人，皆其翹秀者，不能悉紀，大較如此。……
>
> 自子游、子夏、荀況、孟軻、枚乘、賈誼、蘇武、張衡、左思之儔，有盛名而免過患者，時復聞之，但其損敗居多耳。每嘗思之，原其所積，文章之體，標舉興會，發引性靈，使人矜伐，故忽於持操，果於進取。今世文士，此患彌切，一事愜當，一句清巧，神厲九霄，志凌千載，自吟自賞，不覺更有傍人。加以砂礫所傷，慘於矛戟，諷刺之禍，速乎風塵，深宜防慮，以保元吉。

此則兼論文人熱中進取，及以文字賈禍之由。

文士負才遺行，致干世議，或乃不得全其首領。《文心》《家訓》，詆之如是。竊謂文人當知二事：一曰謹於文德，一曰嚴於律己。前者檢諸臨文，後者謹於平日；前者當知文人之不可無敬恕（章實齋《文德篇》詳之），後者當知文行之不宜表裏不符。昔王充特言文德之操（《論衡·佚文篇》），楊愔亦著文德之論（見《魏書·文苑傳》），皆總括行文之德，與立身之道言之，所以誡千古之文士也。《文選》諸家之負世議者，劉、顔二氏已爲嚴格之抨彈，而不得善終者，僂指至三十人，又何其大可嗟惜也！今列表於下。未加注者皆被刑死之數。

秦　李斯

漢　楊惲　朱浮　班固死獄中　蔡邕死獄中　孔融　楊修　禰衡

魏　鍾會　何晏　嵇康

晉　張華　石崇　陸機　陸雲　曹攄與流人戰死　謝混　劉琨　盧諶　郭璞　殷仲文

宋　傅亮　范曄　謝靈運　袁淑　劉鑠毒殺　王僧達　鮑照爲亂兵所殺

齊　王融　謝朓

第三章　《文選》之讀法

一、《文選》入手讀法

《文選》篇體繁富，讀者每苦其辭夸而事侈，不易得其入手之法。求其文約理繁，誦之易熟，而玩之可味者，竊謂當從“連珠”入手。昔吾師譚先生謂：“文字之用，不外事理。駢儷詞夸，每於理之精微、事之曲折，多不能盡。承學之士，先習陸、庾（指庾子山連珠）連珠，沈思密藻，析理述事充之，復何所滯?”（《復堂日記》）又評陸士衡《演連珠》云：“熟讀深思，文章扃奥盡闢。”（《駢體文鈔》評點本）劉師培曰：“連珠始於漢魏，蓋荀子演《成相》之流亞也。首用喻言，近於詩人之比興。繼陳往事，類於史傳之贊詞。而儷語韻文，不沿奇語，亦儷體中之别成一派者也。”（《論文雜記》）讀此數言，早已導我先路矣，今欲從此體入手，則有當推究者二事。

㈠ 連珠之起源

方密之曰：“連珠始於《韓子》。《文章辨體》，連珠體陸機演之，陳證、黄芳、劉祥、梁武帝、謝靈運皆作，未知所始。《北史·李先傳》：‘魏帝召先讀《韓子》二十二篇。’任彦昇《文章緣起》謂連珠之名始於揚雄，非也。沈約、劉勰，皆言雄始。《韓子》比事，初立此名，而組織短章之體，則子雲也。勰曰‘雄覃思文閫，碎文瑣語，肇爲連珠’，是可想已。《三輔决録》

注：‘趙岐擬前代連珠之書四十章上之。’韓説奏連珠，蔡邕、傅毅、劉珍，皆著連珠。漢時已盛，人止見《文選·演連珠》而定體耳。”（《通雅》）案方氏之説，謂連珠盛於漢代，而其體實肇自《韓非》，故章實齋謂《韓非·儲説》，連珠之所肇。（已詳上編）李申耆亦謂此體昉於《韓非》之内外《儲説》。（《駢體文鈔》評語）

近人孫德謙則謂其體創於《鄧析子》，又非出自《韓非》也。

> 《無厚篇》云：“夫負重者患塗遠，據貴者憂民離。負重塗遠者，身疲而無功；在上民離者，雖勞而不治。故智者量塗而後負，明君視民而出政。”又云：“獵羆虎者，不於外圂；釣鯨鯢者，不於清池。何則？圂非羆虎之窟也，池非鯨鯢之泉也。楚之不泝流，陳之不束麾，長盧之不仕，吕子之蒙恥。”則連珠一體，在春秋已有之矣。（《六朝麗指》）

據此則其體之來更遠。考《北史·李先傳》：“明元即位，問左右舊臣中誰爲先帝所親信，新息公王洛兒曰：‘有李先者，爲先帝所知。’俄而召先讀《韓子》連珠論二十二篇。”是《韓非·儲説》，當時已有“連珠”之目。今考《韓非·内儲説上》所云“七術”，《内儲説下》所云“六徵”，《外儲説左上》所舉“六條”，《外儲説左下》所舉“六條”，《外儲説右上》所舉“三條”，《外儲説右下》所舉“五條”，計共三十三條，疑“二十二”爲“三十三”之誤。其文皆先列其目，而後著其解，與後世連珠相似。而當時衹題爲“儲説”，初不目爲連珠。傳中稱讀《韓子》連珠論，殆後人因其似揚雄諸人之作，故以爲名，非《韓子》已有此名稱也。而其文辭爲連珠所自出，則確然無疑。今舉《内儲説·參觀》一篇以爲例：

> 觀聽不參則誠不聞，聽有門户則臣壅塞。其説在侏儒之夢見竈，哀公之稱“莫衆而迷”。故齊人見河伯，與惠子之言“亡其半”也。其患在豎牛之餓叔孫，而江乙之説荆俗也。嗣公欲治不知，故使有敵。是以明主推鐵之類，而察一市之患。

此種文體，先説理致，繼舉事實，後下斷語，已儼然爲後世連珠之先河。至揚子雲出，遂仿其體，而作爲《連珠》。揚子《連珠》，全文已佚，《全漢文》從《藝文類聚》《太平御覽》《文選注》輯得四條，今録文之全者一篇如下：

臣聞天下有三樂，有三憂焉。陰陽和調，四時不忒，年穀豐遂，無有夭折，災害不生，兵戎不作，天下之樂也。聖明在上，禄不遺賢，罰不偏罪，君子小人，各處其位，衆臣之樂也。吏不苛暴，役賦不重，財力不傷，安土樂業，民之樂也。亂則反焉，故曰三憂。

此篇體仿《儲説》，而間雜韻語，是連珠之體，創自韓非。而連珠之用韻，實自子雲開之。合上二種而觀，可以知連珠之起源矣。

㈡ 連珠之作用

傅玄《連珠序》云："所謂連珠者，興於漢章帝之世，班固、賈逵、傅毅三子，受詔作之，而蔡邕、張華之徒又廣焉。其文體辭麗而言約，不指説事情，必假喻以達其旨。而賢者微悟，合於古詩勸興之義，欲使歷歷如貫珠，易覩而可悦，故謂之連珠也。"《文心雕龍》則謂："文小易周，思閑可贍，足使義明而詞净，事圓而音澤，磊磊自轉，可稱珠耳。"依上二説以觀，可知連珠一體，有兩種作用：一取其文小而易周，一取其易覩而可悦。而在當時實受詔而作，故篇中皆以"臣聞"起端，至文之既成，即莫不誦於人主之前，用以開陳治道，期有合於古詩勸興之義。觀於《韓非·儲説》，其《内儲》所説皆人君之内謀，《外儲》所説則爲觀聽臣下之言行，以斷其賞罰，皆人君南面之要術。故魏帝召李先誦之，詔有司謂先所知者，皆軍國大事，自今當宿衛於内（先本傳語）。可知此種文辭，可以當大廷諫書之用，可以當造膝密謀之陳。其作用動與軍國大計有關，非文士徒工小文，供人主一覽之快賞者比也。又沈約《注制旨連珠表》云：

竊聞連珠之作，始自子雲，仿易象論，動模經誥，班固謂之命世，桓譚以爲絶倫。連珠者，蓋謂辭句連續，互相發明，若珠之結排也。雖復金鑣互騁，玉軑并馳，妍蚩優劣，參差相間。翔禽伏獸，易以心感，守株膠瑟，難與適變。水鏡芝蘭，隨其所遇，明珠燕石，貴賤相懸。

其描寫連珠文體，推闡連珠之所以作，亦頗見精義。

連珠之起源與作用如此，惜傅玄所舉當時受詔之作，班固略有完篇，傅毅之作全佚。其他依仿而作者，率莫能得其意。陸機晚出，全篇具存，遂上躋古之作者。彦和云：

自《連珠》以下，擬者間出，杜篤、賈逵之曹，劉珍、潘勗之輩，欲穿明珠，多貫魚目。可謂壽陵匍匐，非復邯鄲之步；里醜捧心，不關西施之嚬矣。惟士衡運思，理新文敏，而裁章置句，廣於舊篇，豈慕朱仲四寸之璫乎?”(《文心·雜文篇》)

彦和此言，蓋謂揚雄以後，擬者雖多，多已不存，存者亦無足稱。惟士衡《演連珠》五十首，完然具存，辭意既新，篇體亦富，足以稱言理之圭臬、述事之淵林也。

連珠文式，大率先立理以爲基，繼援事以爲證。近吾友駱君鴻凱論之，謂有合於印度之因明、遠西之邏輯，詳加玩味，語實不誣。《選》中全録陸文五十首，本編例不全述，今玩其結體方式之不同，約可分爲六類：

（一）先舉事例，繼明其理

如第十九首：“臣聞鑽燧吐火，以續暘谷之晷；揮翮生風，而繼飛廉之功。是以物有微而毗著，事有瑣而助洪。”此首“是以”下文詮釋上舉事例，如邏輯之歸納法。第三十首、三十一首並同。

又如第六首：“臣聞靈暉朝覯，稱物納照；時風夕灑，程形賦音。是以至道之行，萬類取足於此；大化既洽，百姓無匱於心。”此首“是以”下文先明普徧之理，如大前提然，次歸到本旨，如斷案然。蓋獻連珠者，大抵爲陳説治道也。第十八首同。

又如第四十六首："臣聞圖形於影，未盡纖麗之容；察火於灰，不覩洪赫之烈。是以問道存乎其人，觀物必造其質。"此首"是以"下文先歸到本旨，次結以普徧之理，與上例正相反。

又如第十三首："臣聞利眼臨雲，不能垂照；朗璞蒙垢，不能吐輝。是以明哲之君，時有蔽壅之累；俊乂之臣，屬抱後時之悲。"此首"是以"下文全歸到本旨，不更及普徧之大前提。第十四首、十七首、二十首、三十三首、三十四首並同。

（二）先設喻，繼舉例，不及其理

第三十二首："臣聞聽極於音，不慕鈞天之樂；身足於蔭，無假垂天之雲。是以蒲密之黎，遺時雍之世；豐沛之士，忘桓撥之君。"又第七首同。

（三）先明其理，繼舉事例。與（一）相對

如第十首云："臣聞應物有方，居難則易；藏器在身，所乏者時。是以充堂之芳，非幽蘭所難；繞梁之音，實縈絃所思。"此首"是以"下文爲設喻，其本旨隱而不言，令覽者微悟。第十一首同。

又如第九首："臣聞積實雖微，必動於物；崇虛雖廣，不能移心。是以都人冶容，不悅西施之影；乘馬班如，不輟太山之陰。"此首"是以"下文乃實例也。第二十八首、四十三首、四十九首及五十首並同。

（四）先設喻以明理，終以斷案。此例最完美，與因明吻合

如第八首："臣聞鑑之積也無厚，而照有重淵之深；目之察也有畔，而眂周天壤之際。何則？應事以精不以形，造物以神不以器。是以萬邦凱樂，非悅鐘鼓之娛；天下歸仁，非感玉帛之惠。"又第二十四首及三十九首並同。

（五）先言理，次設喻，終以斷案。與（四）相對

如第二首："臣聞任重於力，才盡則困；用廣其器，應博則凶。是以物勝權而衡殆，形過鏡則照窮。故明主程才以效業，貞臣底力而辭豐。"又第二十七首及四十一首並同。

（六）喻與理起結各具

如第二十五首："臣聞託闇藏形，不爲巧密；倚智隱情，不足自匿。是以重光發藻，尋虛捕景，大人貞觀，探心昭忒。"

又第四十二首："臣聞煙出於火，非火之和（和，所因以爲煙者）；情生於性，非性之適。（謂非出於性之自然）故火壯則煙微，性充則情約。是以殷墟有感物之悲，周京無佇立之跡。"此首於結論中，更舉實例以相明，與上文遞引而出，又一格也。

如右六例，僅舉全文二十九首爲衡，餘可類求，無煩備述。而合觀諸首，旨約辭微，有宜細繹而後能了然者。茲撮舉全文大意如左：

一喻君蒙天地而任賢	二言君當度才授任，臣當量能受官
三言賢才無時不有，非取足於天地之特生	四喻棄賢才而信妖妄
五譏世卿	六言王道之成
七言高尚之士，非物色所能致	八言化物不在形器之末
九言事虛不如實	十喻賢才不遇時
十一喻大才不假藉於人	十二言忠貞之臣非有所爲爲之
十三喻人主之信讒	十四言貞烈之臣臨難益見
十五言良臣能消患於未然	十六言事貴適時會
十七喻有因藉者易爲力	十八明治道須有實用
十九言小可以助大	二十言賞不遺賤，罰不遺貴
二十一言事在外則易致，在內則難精	二十二言物理物性各歸一定，更不能於一定之外得加毫末
二十三言妙理非恒情所知	二十四言道可傳，神不可傳

二十五喻人不能以智匿詐	二十六喻人君之去讒
二十七喻當隨時用賢，不必空慕古人	二十八喻繫乎物者不可以爲强
二十九喻人心之深阻	三十言物之用各有殊
三十一言隱逸之心	三十二即賈生所言元元之民冀得安其性命
三十三言妙理非恒情所知[1]	三十四言遠蔽之理在於近顯
三十五言應物之妙，不師成心	三十六喻爲治之具，圖其大不可忽其細
三十七言人無兼才，不可求備	三十八喻足於己而無外慕
三十九言物無恒性，惟人所化	四十言故舊之不可忘
四十一喻暴政欲速而不達，善治無爲而自成	四十二明情欲縱則喪身亡國
四十三喻隨宜異用，則所適皆通	四十四明賢者所以重義輕身
四十五言通變守要之用	四十六言事貴探本
四十七言遠者不必難知，近者不必易察	四十八言士節之不可奪
四十九明理有定分	五十言貞士不易其操

此篇善注，先録劉孝標注，考《隋志》尚有何承天注，孝標殆組織成文耳。兩注善談名理，深可玩味，而亦間有未合，並述如下：

第三十九首“牽乎動則静凝，係乎静則動貞”，猶言舟牽動者也，無波則止；屋係静者也，有風則動。後文盜蹠合舟，貞女合屋，動貞謂動其貞也，此足字成韻耳。其實上句止言静，下句止言動，舟本動而無波則止，屋

〔1〕“言妙理非恒情所知”，此條與上二十三首解説同，疑爲誤植，駱鴻凱《文選學》作“此言世昏則賢愚俱困，時明則短長并用”。

本静而有風則動。李注互易其義，而説凝爲止，未合。

第四十二首“周京無佇立之跡”，此當以“踧踧周道，鞠爲茂草”説之。劉、李注皆未了然。

第四十四首謂貪利者理，全生者勢，惜死者道，取義者權。李注未合。

歷代文家，以駢儷之體，言理述事，入於精微，盡其曲折者，蓋莫不深於連珠運用之法。兹就《選》中之文，與連珠相出入者，略摭數條以附於後，習於此則其文之韻味深美，必有翹然而出其類者矣。

王元長《永明九年策秀才文》：“神靈文思之君，聰明聖德之后，體道而不居，見善如不及。是以崆峒有順風之請，華封致乘雲之拜；或揚旌求士，或設虡待賢，用能敷化一時，餘烈千古。”此段似連珠之述事。

陸士衡《謝平原内史表》：“猥辱大命，顯授虎符。使春枯之條，更與秋蘭垂芳；陸沈之羽，復與翔鴻撫翼。雖安國免徒，起紆青組；張敞亡命，坐致朱軒；方臣所荷，未足爲泰。”此段儼同連珠之設喻。

江文通《詣建平王上書》：“昔者賤臣叩心，飛霜擊於燕地；庶女告天，振風襲於齊臺。下官每讀其書，未嘗不廢卷流涕。何者？士有一定之論，女有不易之行，信而見疑，貞而爲戮，是以壯夫義士，伏死而不顧者也。”此段結構亦同連珠。

陸士衡《豪士賦序》一篇幾全似連珠，而最顯明者，如首云：“夫立德之基有常，而建功之路不一。何則？循心以爲量者存乎我，因物以成務者繫乎彼。存夫我者，隆殺止乎其域；繫乎物者，豐約唯所遭遇。落葉俟微風以隕，而風之力蓋寡；孟嘗遭雍門而泣，而琴之感以末。何者？欲隕之葉，無所假烈風；將墜之泣，不足煩哀響也。”此段言理設喻，均以作連珠手段出之。

劉孝標《廣絶交論》：“馳騖之俗，澆薄之倫，無不操權衡，秉纖纊。衡所以揣其輕重，纊所以屬其鼻息。若衡不能舉，纊不能飛，雖顔冉龍翰鳳雛，曾史蘭薰雪白，舒向金玉淵海，卿雲黼黻河漢，視若游塵，遇同土梗。莫肯費其半菽，罕有落其一毛。若衡重錙銖，纊微彯撇，雖共工之蒐慝，驩兜之掩義，南荆之跋扈，東陵之巨猾，皆爲匍匐逶迤，折枝舐痔，金膏翠羽將其意，脂韋便辟導其誠。”此段設喻述事兩兩旋折而下，其體與連珠相出入。

他文似此者尚多，不及備述，學者能參會而得之，可信從此入手，爲讀《選》之最好法門矣。

二、《文選》單篇讀法

本編不舉全文，非避繁難，慮掛漏也。然不舉全篇之文，要可論讀單篇之法。讀單篇之法，兹先舉賦。賦之源流，篇體章已詳之矣。王壬秋謂同業新進士曰：

> 詞賦似小，其源在《詩》。《詩》者正得失，動天地，吟詠性情，達於事變。觀夫京都之賦，該習朝章；枚、傅諸篇，隱維民俗。今館閣作賦，賦豈易言？誠能因流討源，舉隅知反，則山川形勢，家國盛衰，政俗隆汚，物産豐匱，如指諸掌，各究其由。故曰“登高能賦，可以爲大夫”也。况賦者兼通訓故，尤近《雅》《文》(《爾雅》《説文》)，而子雲歎其雕蟲，宜德祖譏其老妄矣。夫賦無空疏之作，世鮮通博之家。但患爲之不精，何至遠而遂泥？於此留意，是爲政也。(《湘綺樓日記》)

王氏此條，不第爲京都賦言之，實不啻專爲京都賦言之，今舉單篇讀法而及賦，則有必應注意之數事：一、源流；二、史實；三、作意；四、作法；五、地理；六、規制；七、徵典；八、用字；九、用韻；十、博物；十一、評隲。

今舉班孟堅《兩都》爲例

㊀ 源流

自昭明選賦，特題“京都”之名，以孟堅此篇冠首。論者謂其體創自孟堅，實則揚雄在孟堅前，已作《蜀都賦》，篇體閎麗，與《長楊》《羽獵》相出入，爲後世賦京都之先導。孟堅此篇，實仿雄作。又同時杜篤《論都賦》，亦成於孟堅之前，雖文采不及孟堅，而此賦實因之而作。其後張衡興於安帝之時，以天下太平日久，自王侯以下，莫不踰侈，乃擬孟堅《兩都》，作《二京賦》，因以諷諫。其賦彩奇辭秀，全祖相如，論者謂駕孟堅而上；而雍容揄揚，得《雅》《頌》詩人之義，要不得比肩孟堅。衡又作《南都賦》。至晋左思擬之，爲《三都賦》，已不克上媲班、張。然自諸賦成後，曠數百年，竟無繼者。至唐始有李庾作《兩都賦》，體亦瓌瑋，而不免唐習。宋元以下，賦京都者甚夥，則皆不足論矣。

㊁ 史實

此賦作於和帝之時，《後漢書・班固傳》云："時京師修起宫室，濬繕城隍，而關中耆老，猶望朝廷西顧。固感前世相如、壽王、東方之徒，造構文辭，終以諷勸，乃上《兩都賦》，盛稱洛邑制度之美，以折西賓淫侈之論。"李善《兩都賦序》注云："自光武至和帝都洛陽，西京父老有怨，班固恐帝去洛陽，故上此詞以諫，和帝大悦。"《後漢書・杜篤傳》云："篤以關中表裏山河，先帝舊京，不宜改營洛邑，乃奏上《論都賦》。"何義門曰："此賦蓋因杜篤《論都》而作，篤謂存不忘亡，安不忘危，雖有仁義，猶設城池。蓋以都洛尚非永圖，特以葭萌不柔，未遑論都，國家不忘西都也。故特作後賦，折以法度，前賦兼戒後王勿效西京末造之侈，又包平子《兩京》之旨也。"合觀數條，可以詳作賦之事實矣。

㊂ 作意

序中"或以抒下情而通諷諭，或以宣上德而盡忠孝"，是作賦大旨。又"京師修宫室，浚城隍，起苑囿，以備制度。西土耆老，咸懷怨思，冀上之眷顧，而盛稱長安舊制，有陋雒邑之議。故臣作《兩都賦》，以極衆人之所眩曜，而折之以法度"，是全篇之眼目。

上篇“肇自高而終平，世增飾以崇麗，歷十二之延祚，故窮泰而極侈”，所謂“極衆人之所眩曜”也。“攄懷舊之蓄念，發思古之幽情”，爲通篇照應之筆。“流大漢之愷悌，盪亡秦之毒螫，故令斯人揚和樂之聲，作《畫一》之歌，功德著乎祖宗，膏澤洽乎黎庶”，可以見懷舊思古之不容已。“國藉十世之基，家承百年之業，士食舊德之名氏，農服先疇之畎畝，商循族世之所鬻，工用高曾之規矩”，明懷舊思古之義，以結上篇。

下篇開首“痛乎風俗之移人也”“子實秦人，矜夸館室”，應上篇“極衆人之所眩曜”。“今將語子以建武之治，永平之事，監於太清，以變子之惑志”，應上篇“折之以法度”。“案六經而校德，眇古昔而論功。仁聖之事既該，而帝王之道備矣”，明法度之所以美。“奢不可踰，儉不能侈”，折上篇“增飾崇麗”“窮泰極侈”也。“於是聖上覩萬方之歡娛，又沐浴於膏澤，懼其侈心之將萌，而怠於東作也”，特提“侈”字，以應上文。“子徒習秦阿房之造天，而不知京洛之有制。識函谷之可關，而不知王者之無外也”，歸本法度，以結下篇。

合而觀之，全篇之作意具見，前後脈絡，均可尋求矣。

❹ 作法

賦作兩人問對，其源起於荀卿，宋玉《風賦》等篇略變之。其設爲賓主問對，則起於司馬相如《子虛》《上林》賦，以烏有先生、亡是公爲言。而揚雄《長楊賦》，作翰林主人、子墨客卿問對效之。孟堅此篇，以西都賓、東都主人對舉，即效馬、揚兩家作法。蓋賦辭尚夸，兩兩對舉，文勢開展，便於敷陳也。其篇法：

【上篇】

自“有西都賓”至“宏我以漢京”爲一段，爲全篇總攝開下之文。

自“賓曰唯唯”至“秦以虎視”，總論西都形勝。

自“及至大漢受命”至“故窮泰而極侈”，總言漢建西都，增飾形勝之侈。

自“建金城之萬雉”至“騁騖乎其中”，歷叙城池市廛之廣，士女豪俠之衆。

自“若乃觀其四郊”至“隆上都而觀萬國”，敘都邑四郊邑居之盛，冠蓋貨殖之繁。

自“封畿之内”至“至於三萬里”，歷敘畿内之山川原隰，以及東郊之河渠、西郊之苑囿。

自“其宫室也”至“光爛朗以景彰”，總言宫室之壯麗，爲下篇矜夸宫室伏脈。

自“於是左城右平”至“鴛鸞飛翔之列”，承上宫室，言其構造之曲折，兼及别殿後宫，帶起下文。

自“昭陽特盛”至“蓋以百數”，特敘中宫及後宫之盛。

自“左右庭中”至“各有典司”，補寫前殿百寮所居，及文武宿衛所在。

自“周廬千列”至“順陰陽以開闔”，寫由周廬閣道，渡下離宫。

自“爾乃正殿崔嵬”至“蓬萊起乎中央”，極寫未央、建章二宫之壯麗，遞及井幹之樓、太液之池。

自“於是靈草冬榮”至“非吾人之所寧”，接寫太液神山，列仙所處，以寓諷刺。

自“爾乃盛娱游之壯觀”至“星羅雲布”，總敘田獵之布置。

自“於是乘鑾輿”至“乃拗怒而少息”，敘田獵之始。

自“爾乃期門佽飛”至“禽獸殄夷”，敘田獵之終。

自“於是天子乃登屬玉之館”至“舉烽命釂”，敘獵罷宴飲之事。

自“饗賜畢”至“雲集霧散”，敘宴罷沼上之游。

自“於是後宫”至“俯仰極樂”，接敘後宫娱游之樂。

自“遂乃風舉雲摇”至“第從臣之嘉頌”，敘游罷還宫。

自“於斯之時”至“不能徧舉也”，收束全文，總結上篇。

【下篇】

自“東都主人”至“烏睹大漢之云爲乎”，輕筆折下。

自“夫大漢之開元也”至“以變子之惑志”，重筆折下，以開下文。

自“往者王莽作逆”至“乃致命乎聖皇”，追述前事，展開局勢，逗起下文。

自“於是聖皇”至“蹈一聖之險易云爾哉”，言光武之定都洛陽。

自“且夫建武之元”至“帝王之道備矣”，言建武之治。

自“至於永平之際”至“總八方而爲之極”，言永平致治之盛。

自“於是皇城之内”至“誼合乎靈囿”，言苑囿之有制。

自“若乃順時節而蒐狩”至“屬車按節”，極寫蒐獵之觀，而仍處處收攝，歸之節儉，所謂“折之以法度”也。

自“於是薦三犧”至“奔走而來賓”，寫舉祀臨幸之典，以及懷遠之謨。

自“遂綏哀牢”至“究皇儀而展帝容”，叙朝會之盛。

自“於是庭實千品”至“百寮遂退”，叙燕享之樂。

自“於是聖上”至“盛哉乎斯世”，言勸農興學，王化大成，收束永平之世。

自“今論者”至“而知德者鮮矣”，折倒前文。

自“且夫僻界西戎”至“而不知王者之無外也”，以西都與東都兩兩比較，總束全篇。

“主人之辭”以下，爲餘波收束。

五詩典重，與全篇相稱。

㊄ 地理

【上篇】雍州　長安　杜霸　五陵　商洛　鄠杜　山東　蜀漢　荆州　梁　酆鄗　岐雍

【下篇】昆陽　高邑　河洛　洛邑　梁鄒　河源　海漘　幽崖　朱垠　山谷

【上篇】函谷　二崤　太華　終南　褒斜　隴首　秦嶺　北阜　龍首　九嵕　甘泉　峄嵩　碣石　方壺　蓬萊

【下篇】北嶽

河沼

【上篇】河　涇渭　汧　灃灞　淮湖　海　太液　昆明

❻ 規制

宮殿樓觀

【上篇】清涼　宣　温　神仙　長年　金華　玉堂　白虎　麒麟　椒房　合歡　增城　安處　常寧　椒風　披香　蘭林　蕙草　鴛鴦　昭陽　未央　明光　長樂　建章　別風　駘盪　馺娑　枍詣　天梁　神明　井幹　上蘭　屬玉　長楊

【下篇】明堂　辟雍　靈臺

官閣門闕

【上篇】天禄　石渠　承明　金馬

【下篇】雲龍　阿房

❼ 徵典

【序】司馬相如等十一人　皋陶　奚斯

【上篇】奉春　留侯　原嘗　春陵　蕭曹　魏邴　文成　五利　松喬　許少　秦成

【下篇】婁敬　蕭公　王莽　伏羲　軒轅　湯武　殷宗　周成　高祖　孝文　世宗　雨師　風伯　由基　范氏　孝武　孝宣　羲文　孔氏

❽ 用字

【上篇】睎（望）、睋（視）、呀（大空貌）、逴躒（超絶）、潰（旁決）、洞（急流）、裛（纏）、颯纚（長袖貌）、掍（混）、掎、扼、脱、挫、挾、拖、曳、頓、蹶、隤、仆、摧、謍（大音）、揄（引）

【下篇】信（申）、扇、顯、填（作順）、竟、彗、欿、歕、睼（視）、踠（屈）、渫（音泄）、盪、澮

❾ 用韻

【上篇】西（先）、畿（叶去聲。與下視韻）、麗（與下侈上去通押）、分（膚眠）、陵（叶隆）、公（叶肱）、有（叶以）、澤（叶齊上聲）、所（叶徙）、在（叶示上聲）、馬（叶米）、烏（叶擬）、海（叶喜。以上六韻與下里韻叶）、館、環（以上二韻平仄通押）、觀（去）、寧（叶入聲）、數（叶歲）、盩（叶赦）、府、傅、異（以上三韻叶讀）、署（叶孝）、司（去）、屬（叶著。與上樂下爵韻）、事（叶奏）、覆（去）、聚（叶就）、表（叶甫）、署（叶上聲）、野（叶羽。以上六韻與下布韻叶讀）、控（與下雙韻平仄通押）、厲（叶賴）、竄（叶萃）、殺（叶試）、獲（叶華，去聲）、裔（叶夜）、胙（讀昨）、旗（叶求）、震（與下天淵平仄通押）、峻（叶綜）、供（去）

【下篇】震（與雲韻，平仄通押）、滌（叶鐸）、緒（與下字上去通押）、幽（叶於）、沼（叶晝）、雅（叶五）、驅（與下鶩平仄通押）、躬（叶肱）、庭（叶童，與下容韻）、饗（與上觴平仄通押）、澤（叶鐸，與下作韻）、詔（叶注）、世（與上德説去入通押）、外（叶異）

❿ 博物

珍寶

【上篇】明月　璧　翡翠　火齊　懸黎　垂棘　夜光　碝碱　珉琳　珊瑚　碧樹

器服

【上篇】金釭　鑾輿　大輅　輚輅　龍舟　鳳蓋　華旗　黼帷

【下篇】龢鑾　羽旄　旌旗　金罍　玉觴　鐘鼓　管絃

獸

【上篇】麟　馬　猨狖　豺狼　虎　兕　師豹　熊螭　犀犛　象羆

鳥

【上篇】玄鶴　白鷺　黃鵠　䴔鶄　鶬鴰　鴇　鶂　鳧鷖　鴻雁　鵠

詩白雉　素鳥

魚

【上篇】比目

草木

【上篇】竹果　桑麻　靈草　神木　松柏　蘭茝

【下篇】蘋藻

⑫ 評隲

《文心雕龍》曰："孟堅《兩都》，明絢以雅贍。"

何義門評前篇曰："如此長篇，仍有含蓄不盡之義，所以爲厚，後人殊覺惟恐説不盡，去古遠矣。此平子、太沖所以終不能與班、馬争勝也。"

又評後篇曰："此篇全以議論成文，與前篇各見生色，此文章互相映發之妙。"

又總評曰："《兩都》一開一合，以'賓''主'二字見意。其賦之用意處，全在序末二語，見作賦之由，勸戒之體也。"

又曰："前篇極其眩曜，主於諷刺，所謂'抒下情而通諷諭'也。後篇折以法度，主於揄揚，所謂'宣上德而盡忠孝'也。二賦猶《雅》之正變，五詩則兼乎《頌》體矣。"

又曰："昭明選賦，獨冠《兩都》，正以兼揚、馬之長，義正而事實也。《上林》《長楊》是諷諭體，故反襯處多，正言處少。《兩都》全是鋪張，劈分賓主，有堂堂正正之容。"

孫月峯曰："賦祖《子虛》《上林》，少加充拓，比之子雲，精刻少遜。然骨法遒緊，猶有古樸風氣，局段自高，後來平子、太沖，雖競出工麗，恐無此筆力。"

孫執升曰："《西都》始言形勝之壯，繼言建暨之盛，末言狩獵之事。《東都》一切略去，專言建武、永平之治，武功文德，繼美重光，所能以法度折其眩曜也。然而有德易興，無德易亡，昔人言之，則夫席險憑勝，孟堅或尚有未盡之義乎？"

祝氏曰："此賦兩篇亦一篇也。前篇極其眩曜，賦中之賦也。後篇折以法度，賦中之雅也。篇末五詩，則又賦中之頌也。昌黎云'《詩》正而葩'，子雲曰'詩人之賦麗以則'，愚謂先正而後葩，詩之所以爲詩，先麗而後則，此賦之所以爲賦。自漢以來，賦者都知其當麗，罕知其當則，苟有善賦者，先以情而見乎詞，有正與則之意爲骨，後有詞而達乎理，有葩與麗之句爲肉，庶幾葩麗而不淫，正則而可法，發乎情，止乎義理。而詞人之賦，更無足言矣！此賦體兼雅頌，蓋猶有正與則之遺風焉。"

三、《文選》連篇讀法

古人作文，不諱摹擬，如《選》中所載"京都"諸賦、"七"類諸文，皆以摹擬見長是已。然諸文雖出摹擬，要各有其獨至之處，不必可連篇比較而讀之也。其有文出遞擬，比類而觀，可以見其恢張而益奇者，莫如"設論"中《答客難》《解嘲》《答賓戲》三篇。今欲舉示連篇讀法，取三文以爲例。《文心·雜文篇》云：

> 自《對問》以後，東方朔效而廣之，名爲《客難》，託古慰志，疏而有辨。揚雄《解嘲》，雜以諧謔，迴環自釋，頗亦爲工。班固《賓戲》，含懿采之華。崔駰《達旨》，吐典言之裁。……雖迭相祖述，然屬篇之高者也。……原茲文之設，迺發憤以表志。身挫憑乎道勝，時屯寄於情泰，莫不淵岳其心，麟鳳其采，此立本之大要也。

按"對問""設論"，《文選》分爲二類，《文心》合爲一家，而其文之遞相祖述，可以類次。則《文選》用意，即與《文心》相符，且首舉三文，以繼《對問》，恰用彥和之説。前謂昭明選文，必與彥和共相討論，即彥和亦必代爲搜討，此其見端也。"對問"既別爲一類，今且就"設論"三文，述其連篇之讀法。

三文成立之原因

孝武時，朔上書陳農戰强國之計，指意放蕩，終不見用。因著論設客難己，用位卑以自慰諭。此因上書不用而作也。

哀帝時，丁傅、董賢用事，諸附離之者，起家至二千石。時雄方草《太玄》，人有嘲雄以玄之尚白，雄解之號曰“解嘲”。此因草《玄》有以自守而作也。

永平中，固爲郎，典校祕書，專篤志於儒學，或譏以無功，感東方朔、揚雄自喻以不遭蘇、張、范、蔡之時，曾不折之以正道，明君子之所守，故聊復應焉，謂之“答賓戲”。此因篤志著述有以自守而作也。

三文用意之主腦

《客難》《解嘲》，通篇皆就“時”字立論。《客難》“彼一時也，此一時也”“夫蘇秦張儀之時”“使蘇秦與僕並生於今之世”“故曰時異世異”“是遇其時者也”，《解嘲》“往者周網解結……”“今大漢左東海……”“當今縣令不請士……”“嚮使上世之士處乎今世”“世異事變，人道不殊，彼我易時，未知何如?”“雖其人之贍志哉，亦會其時之可爲也。故爲可爲於可爲之時則從，爲不可爲於不可爲之時則凶”，此皆據“時”字抒議，爲一篇用意之主腦也。

《賓戲》拈“名”字爲主，謂乘時立功之士，詭隨希合，雖一時尊顯，而禍機旋發；惟君子守身不失其正，醰思著述，味道得腴，雖晦於前，必傳於後。與《客難》《解嘲》用意稍不同矣。然“故曰慎修所志”一節，亦《客難》“安可以不務修身”之意，歸結“時暗而久彰者，君子之真”，仍《客難》《解嘲》之以“時”字爲主腦也。

三文結構之摹擬

設論之體，第一須設主客，第二須有辨論。三文之結構如左：

《答客難》，一問一答。

客難東方朔曰　東方先生喟然長息仰而應之曰

《解嘲》，二問二答。

客嘲揚子曰　揚子笑而應之曰

客曰然則靡玄無所成名乎　揚子曰

《答賓戲》，二問二答。

賓戲主人曰　主人逌爾而笑曰

賓曰若夫……　主人曰何爲其然也

總述三文之作法

文之鋪張揚厲者，皆賦之變體。三子賦家也。《解嘲》一篇，許書本名曰賦。（《説文》“氐”字下引）餘篇之文有賦心可知。今述其鋪叙之法如下：

（一）鋪排。

就一意推廣言之。

《答客難》“客難東方朔曰”至“其故何也?”

《解嘲》“客嘲揚子曰”至“何爲官之落拓也?”

《答賓戲》“賓戲主人曰”至“不亦優乎?”

右三節是“難”“嘲”“戲”之大旨，不過謂有才而見棄於時耳，本一二語可了，而文則推廣言之至數十句。

或以今昔相形言之。

《解嘲》“今大漢左東海”一節，與上文“往者周網解結”一節相形。

“譬若江湖之崖”數句，與下文“昔者三仁去而殷墟”相形。

“當今縣令不請士”一節，與上文“夫上世之士”一節相形。

《答客難》《答賓戲》作法同上。

或反覆言之。

《解嘲》“向使上世之士處乎今世”一節。

“故有造蕭何之律於唐虞之世”一節。

《答客難》《答賓戲》作法同上。

或層層推演。

《解嘲》“往者周綱解結”一大段，與下文“夫上世之士”大段，前以士之遇合言，謂時平則賢才無用；後以士之用舍言，謂當道不知重士也。

《答賓戲》“曩者王塗蕪穢”一大段，與下文“近者陸子優游”一大段，前者言干時之士，往往得禍；後者言醰味道腴，不存外慕也。

（二）陪襯。用前事作陪。

《答客難》“上觀許由”四句，“燕之用樂毅”三句。

《解嘲》“鄒衍以頡頏而取世資”二句，“昔三仁去而殷墟”八句，“或解縛而相”八句，“藺生收功於章臺”六句。

《答賓戲》“孔席不暇暖”二句，“魯連飛一矢而蹶千金”二句，“商鞅挾三術以鑽孝公”二句，“韓設辨以激君”六句，“仲尼抗浮雲之志”二句，“昔者咎繇謨虞”八句，“近者陸子優游”八句，“若乃伯夷抗行於首陽”四句，“若乃牙曠清耳於管絃”八句。

（三）形容。於文中特加狀語。

《答客難》，“唇腐齒落，服膺而不可釋”，“連四汝之外以爲帶，安如覆盂”，“抗之則在青雲之上，抑之則在深淵之下，用之則爲虎，不用則爲鼠”，“説行如流，曲從如環，所欲必得，功若丘山”。

《解嘲》，“析人之珪，儋人之爵，懷人之符，分人之禄，紆青拖紫，朱丹其轂”，“深者入黄泉，高者出蒼天，大者含元氣，細者入無間”，“家家自以爲稷契，人人自以爲皋陶，戴縰垂纓而談者，皆擬於阿衡，五尺童子，羞比晏嬰與夷吾”，“當塗者升青雲，失路者委溝渠，旦握權則爲卿相，夕失勢則爲匹夫，故世亂則聖哲馳騖而不足，世治則庸夫高枕而有餘”，“是以欲談者卷舌而同聲，欲步者擬足而投跡”，“搤其咽而亢其氣，拊其背而奪其位，掉三寸之舌，建不拔之策，舉中國徙之長安”。

《答賓戲》作法同上。

文之有形容，最能透發本旨。汪氏所謂“文不過其意則不㥞也”（《述學・釋三九中》）。而其最大之功用，尤在能加倍寫出，使爲文者之意益顯露。右舉諸例，雖詞過夸飾，意涉鋪張，固可謂善於形容者也。

（四）譬喻。用物理作喻。

《答客難》　“未有雌雄”，“猶運之掌”，“譬若脊令，飛則鳴矣”，“語曰以管窺天，以蠡測海，以筳撞鐘，豈能通其條貫，考其文理，發其音聲哉”，“譬猶鼱鼩之襲狗，孤豚之咋虎”。

《解嘲》　“目如燿星，舌如電光”，“枝葉扶疏”，“周網解結，群鹿爭逸”，“矯翼厲翮”，“天下之士，雷動雲合，魚鱗雜襲”，“譬若江湖之崖，渤海之島，乘雁集不爲之多，雙鳧飛不爲之少”，“今子乃以鴟梟而笑鳳凰，執蝘蜓而嘲龜鼠”，“功若太山，響若氐隤”。

《答賓戲》　“欝龍虎之文”，“卒不能攄首尾，奮翼鱗，振拔洿塗，跨騰風雲”，“上無所蔕，下無所根”，“馳辯如波濤，摛藻如春華”，“守窔奥之熒燭，未仰天庭而覩白日也”，“龍戰虎爭”，“風颮電激”，“猋飛影附，雲煜其間”，“搦朽摩鈍，鉛刀皆能一斷”，“朝爲榮華，夕爲顦顇”，“炎之如日，威之如神，函之如海，養之如春”，“枝附葉著”，“譬猶草木之植山林，鳥魚之毓川澤”，“欲從埜敦而度高乎泰山，懷氿濫而測深乎重淵”，“賓又不聞和氏之璧，韞於荆石，隨侯之珠，藏於蚌蛤乎”，“應龍潛於潢汙，魚黿媟之”。

統觀右列諸句，可以知譬喻之體。蓋辭章之文，貴乎色澤，徒摛華藻，則彌增冗濫。若設譬工切，徵材鮮妍，則采豔自呈。如右所列，足見一斑矣。

統觀三文之勝處

三文爲排偶之體，而時間以跌宕之筆。又詞詳意密，處處迴映，皆其絶勝之處，分述如下：

（一）排偶。舉《解嘲》爲例。

排偶者，各句之語意相偶，而排疊以出之者也。凡用此種筆，其文必氣加宏而力加厚，無錯雜繁瑣之病。此篇蓋純爲排偶之體，或一排或兩排，或三排至四排；或以一句爲一排，或累數句爲一排。各排之中，又長短參差，不一其式。故其文多變化，而氣益恢奇，匪特此也。排偶之中，時用奇句以疏宕之，或位於中，或結於末。此文之所以益閎肆也。包安吴曰："討論體勢，奇偶爲先。凝重多出於偶，流美多出於奇。體雖駢，必有奇以振其氣；勢雖散，必有偶以植其骨。儀厥錯綜，至爲微妙。"（《文譜》）包氏之論，蓋可舉此篇以爲例證也。

（二）跌宕。舉《解嘲》爲例。

跌宕者，文家所謂抑揚頓挫，有蕩漾之姿者也。文過於直，則易平板，而乏雋永之味。善爲文者，往往搆爲空中體勢，以跌宕之筆出之。此篇爲排偶之體，尤易犯平直之病，而能免此病，且能盡開闔動宕之致者，蓋深明跌宕之法也。玆列舉其跌宕之筆如左：

"意者玄得無尚白乎，何爲官之落拓也?"

"客欲朱丹吾轂，不知一跌將赤吾之族也。"

"世異事變，人道不殊，彼我易時，未知何如?"

"今子乃以鴟梟而笑鳳凰，執蝘蜓而嘲龜龍，不亦病乎? 子笑我玄之尚白，吾亦笑子病甚，不遇俞跗與扁鵲也，悲夫!"

"夫蕭規曹隨，留侯畫策，陳平出奇，功若泰山，響若氐隤。雖其人之贍智哉，亦會其時之可爲也。"

（三）迴映。舉《解嘲》爲例。

凡設論之文，主客對問，其首尾用筆，宜知迴映。迴映周密，斯意無歧出，詞能對針，而篇法章法，搏挽一氣，無散漫之患矣。此篇前後作兩大段，前段末“子之笑我玄之尚白……”云云，所以繳應前文“意者玄得無尚白乎”兩語。中間“客欲朱丹吾轂……”云云，則爲繳應“朱丹其轂”一語而發，上言朱丹，下言赤，其義一也。“又安得青紫”一語，則爲繳應“紆青拖紫”一語而發也。後段末“僕誠不能與此數子并，故默然獨守吾太玄”兩語，則繳應前文“然則靡玄無所成名乎”數語也。文之首尾迴映周密如此，故全文機趣，異常圓活，而恢奇特甚。彦和稱之曰“迴環自釋，頗亦爲工”，不其然乎？

三文之校釋

以兩《漢書》校，僅字句異同，無關異義閎指者不著。

答客難

悉力慕之　何校作“募”，《説文》：“募，求也。”按《漢書》宋祁校云當作“募”。

傳曰天下無害　六句　《漢書》無此二十六字。六臣本“害”下有“菑”字。按“菑”字與下“才”字爲韻，不當無。當去“害”字，添“菑”字。

以筳撞鐘　《漢書》“筳”作“莛”，文穎曰：“謂藁莛。”按《説文》：“莛，莖也。”言短枝細莖，不足鳴鐘耳。《莊子・齊物論》：“舉莛與楹，厲與西施。”亦言大小美惡之不侔。而《釋文》引司馬注云：“莛，屋梁也。”恐非。

譬由鼱鼩之襲狗　《漢書》注，如淳曰：“鼱鼩，小鼠也。音精劬。”

解嘲

顧默而作《太玄》五千文……獨説數十餘萬言　據此知子雲《太玄》，當自有説之之文。王氏鳴盛曰：“此當指《法言》。”然今《法言》正文，不及萬言，而此云云，則非指《法言》。

鄒衍以頡頏而取世資　《漢書》“頏”作“亢”。《說文》：“亢，人頸也。”或從頁。頡，直項也。段注引此而釋之曰：“謂鄒衍强項傲物。”頡頏正謂直項。

東南一尉　注如淳曰：“在會稽郡。”　張氏雲璈曰：“《文獻通考》：秦置南海、桂林、象郡，復置南海尉以典之，所謂東南一尉也。據此則不在會稽明矣。”按：此不過言聲教之廣，謂東南一尉屬，西北一候舍耳。王元長《曲水詩序》“一尉候於西東”，即用此。

炎炎者滅 至 **鬼瞰其室**　師古曰：“炎炎，火光也。隆隆，雷聲也。人之觀火聽雷，謂其盈實，終以天收雷聲，地藏火熱，則爲虚無，言極盛者亦滅亡也。”李氏光地曰：“此段全釋《豐卦》義。炎炎者火也，隆隆者雷也，當其炎炎隆隆，以爲盈且實矣。然《豐卦》雷居上，則是天收其聲；火居下，則是地藏其熱。此其盛不可久，而滅且絶之徵也。《豐》之義如此，卦爻俱發日中之戒，至窮極則曰豐其屋，蔀其家，闚其户，闃其無人，即揚子所謂‘高明之家，鬼瞰其室’也。揚子是變易辭象以成文，自王輔嗣以來，未有能知之者。”

介涇陽抵穰侯而代之　《考異》曰“抵”當作“抵”，《漢書》及上文引李奇注同。師古曰：“言當其際。”

搤其咽而亢其氣　《漢書》“亢”作“炕”。師古曰：“炕，絶也。”

響若坻隤　“坻”即《說文》“氐”字（《說文》氐字引揚雄賦曰“響若氐隤”）。《考異》曰：“坻當作坻。注引《字書》，與《說文》合。顔注《漢書》作阺，云阺音氏，巴蜀人名山旁堆欲墮落曰阺。應劭以爲天水隴氐，失之矣。”

四皓采榮於南山　師古以榮爲聲名，又曰榮謂草木之英，采取以充食。顧起元《說略》云：“《說文》：榮，桐木也。《山海經》：鼓鐙之山，有草名榮。其葉如柳，其實如雞卵，食之已風。”所云四皓采榮，當是伯夷采薇、鮑焦采蔬之類。

東方朔割炙於細君　據《漢書》，“炙”當改“名”。師古曰：“是割損其名也。”此正文及注兩“炙”字并誤。

答賓戲

躬帶紱冕之服 據《漢書》當衍“紱”字。

枕經籍書 《漢書》“籍”作“藉”。按此二字，古多通用。

器不賈於當己 此承上文“德不得後身而特盛”來，“當己”猶言及身也。

説難既遒 注應劭曰：“遒，好也。” 《漢書》“遒”作“酋”。應劭曰：“音酋豪之酋。”酋，雄也。按：李注引應説，與《漢書》注引應説互異，未知孰是，但遒從酋聲，可通用，若即以爲酋豪之義，似不辭。《漢書》蕭該《音義》引韋昭曰：“酋，終也。”是仍以“酋”爲“遒”。《詩·卷阿》毛傳亦曰：“酋，終也。”故向注同之。

孟軻養浩然之氣 注引項岱曰：“皓，白也。如天之氣皓然也。”“浩”當作“皓”，方與引項説相應。然正字又當作“昦”。《説文》“昦”：“春爲昦天，元氣昦昦也。”項訓爲白，則“顥”字之假借耳。

夷險芟荒 注引晋灼曰：“發開也。”是“芟”字應改作“發”。

謀合神聖 《漢書》作“謀合聖神”，是也，此與下“垠”爲韻。

揚雄譚思 《漢書》作“覃”，是。《説文》：“醰，酒味長也。”此覃思之正字。

委命供己 《漢書》作“共”。

三文之評騭

答客難

姚薑塢曰：“瑰邁宏放之氣，如籥雲而上馳。”

譚復堂曰：“一起九天，一落千丈，李斯、鄒陽蹊徑，若一枚、馬之流，有敷陳之迹矣。”

詩曰鼓鐘於宫 一段 何義門曰：“本言武帝知之不盡，反言明有所遺。君道固然，或有遺行，猶爲所恕。不亟勸賞以大官者，亦所以待其自得，非棄我也。故我亦任智優游，所以合於權變，奈何以此諷我哉?”

此適足以明其不知權變 二句 何曰：“不知權變，收前後惑於大道，計功而道其常也。”

解嘲

何曰：“本東方之體，而恢奇淵深過之。”

李安溪曰：“此文嫌重複在後段，然用意深處正在此。蓋客先所問，既答以時之不同，而炎赫之地，又非己所樂居，其意已足。及再問何必以《玄》成名，則是欲其隨世就功名，不必擇時也。答言范、蔡亡命匹夫，攘權竊位不足道，即蕭相之律，非唐虞之象刑；叔孫之禮，非二代之郁郁；劉敬之策，亦非周公務德不恃險之雅意也。言外皆有不屑慕效之意，若范、蔡則於今日更無所用，無論古初矣。蕭曹張陳，功雖可紀，而與己不同遇，藺霍公孫之或遘會，或規時，四皓方馬之或潔身，或自污，雖各遂其意，而與己不同趨。故曰‘我異於是，執《太玄》兮，蕩然肆意，不拘攣兮’，此揚子之志也。‘當也’‘時也’等字，皆是陪說，若將末段仍作時勢不同解釋，豈不重疊無味?”

儲同人曰：“曼倩恢諧，子雲端雅，二者固殊。予按子雲之仕，適遭西京炎運之衰，資其禄入，讀書著文而已，與孟子所稱爲貧而仕無異，非惡富貴而逃之。‘一跌赤族’，見之明，思之熟也。成哀平之際，世變亟矣，士大夫希世取榮，朱丹其轂，而不赤其族者有幾? 夫惟大雅，明哲保身，子雲之謂歟!”

姚薑塢曰：“雄偉瑰麗，後人於此，不能復加恢奇矣。”

姚姬傳曰：“此文前半以取爵位富貴爲説，後半以有所建立於世成名爲説。故范雎、蔡澤、蕭、曹、留侯，前後再言之，而義則非重複也。末數句，言人之取名，有建功於世者，有高隱者，又有以放誕之行，使人驚異者，若司馬長卿、東方朔，亦所以致名也。今進不能建功，退不能高隱，又不肯失於放誕之行，是不能與數子者並，惟著書以成名耳。”

方伯海曰：“按前後段落自明。前是嘲其草《玄》不適時用，下則解以時異戰國，士雖有才，無地可展，極贊玄理之妙。後是嘲古來乘時立功，不必草《玄》。下則解以諸人會逢其適，故得以功名見。時不同古，强學所爲，必嬰世禍，不如確守玄業爲正，爽達中饒有奇氣，而前後血脈，亦復彼此關通。”

譚曰：“漸趨聲色，文字消息，與天地準。”

又曰：“跌盪昭彰，泉涌風發。記明人評此篇，目爲綿裹裹針，亦知言哉。”

答賓戲

孫月峯曰：“以正道作主張，自是理勝。造語最入細，字錘句鍊，極典雅工縟之致，可謂織文重錦，第風骨不若《解嘲》之古勁。此等機竅，更有難言，應是天分有限。”

何曰：“麗過於揚，其氣質則遠不逮矣，要非崔、蔡所能及。”

方伯海曰：“按所云著作，或是指《前漢書》而言，賓之戲主，全在著作不足成名，欲其乘時取富貴以立功。因答以古來昧君子守身之正道，詭隨希合，一時尊顯，禍機旋發。若著作雖一時無赫赫之名，本道德發爲文章，雖晦於前，必傳於後，正是君子守身不失其正處，視之《客難》《解嘲》，道理尤正。噫！士三不朽，德功而外，厥惟立言。世人失在不學，加以無服善之公心，懷妬嫉之私見，殺青未就，謗口已開，欲人同己之面牆而後已。然則士必有特立獨行之志，而後能成千秋萬世之業。及臻厥成，未嘗不折其氣而闔其口。劉子駿有云‘可與樂成，難與慮始’，此乃衆庶所爲耳。此篇雖是戲，當日必有其人有其語，故借賓以發之。”

譚曰：“從容平實，不免晋帖唐臨。”

本體之流變

論此體之流變者，摯仲洽特舉四篇（見上編引《文章流别論》）。《文心雕龍》言之尤詳（《雜文篇》），前已略舉之矣。洪容齋曰：“《答客難》自是文中傑出，揚雄擬之爲《解嘲》，尚有馳騁自得之妙。至於崔駰《達旨》、班固《賓戲》、張衡《應間》，皆屋下架屋，章摹句寫，其病與《七林》同。及韓退之《進學解》出，於是一洗矣。”（《隨筆》卷七）可見此體之文，雖淵源不免有所自來，要必以隨時變化爲貴。昭明選録，只此三家，可謂精覈。

而文章風尚，已不免遞有陵遲，此則時代爲之，非人力所能强也。今仍録自漢迄晋《文選》所遺本體之文於後。

漢　揚雄《解難》

後漢　崔駰《達旨》、張衡《應問》、崔寔《答譏》、蔡邕《釋誨》、陳琳《應譏》、曹植《客問》

魏　嵇康《卜疑》

晋　夏侯湛《抵疑》、郤正《釋譏》、皇甫謐《釋勸》、束皙《玄居釋》、郭璞《客傲》、曹毗《對儒》、庾敳《客咨》

合觀昭明所選，及以上所舉，可以盡此體之流變矣。

四、《文選》專家讀法

專家讀法，有應注重者數事。

（一）考史傳以明其生平（注意其個性與學力）

（二）考遺文以知其作品（《文選》未收之作并宜參究）

（三）徵文評以識其概略（至唐人爲止，宋以下評論宜慎取）

（四）溯其文之淵源所自

（五）窮其文之流變所至

（六）考其文之因與創及其尤長之體

（七）窮其文之作法（謀篇、造句、鍊字）

（八）論其人

今舉陸士衡文

【傳略】陸機字士衡，吴郡人。祖遜，吴丞相。父抗，吴大司馬。機少有異才，文章冠世。伏膺儒術，非禮不動。抗卒，領父兵，爲牙門將。年二十而吴滅，退居舊里，閉門勤學，積有十年。以孫氏在吴，祖、父世爲將相，有大勳於江表，深慨孫皓舉而棄之，乃論權所以得，皓所以亡，又欲述其祖、父功業，遂作《辨亡論》二篇。

至太康末，與弟雲俱入洛，造太常張華。華素重其名，如舊相識，曰："伐吴之役，利獲二俊。"薦之諸公。太傅楊駿辟爲祭酒，會駿誅，累遷太子洗馬。吴王晏出鎮淮南，以機爲郎中令，遷尚書中兵郎，轉殿中郎。趙王倫輔政，引爲相國參軍。豫誅賈謐功，賜爵關中侯。倫將篡位，以爲中書郎。倫之誅也，齊王冏以機職在中書，九錫文及禪詔，疑機預焉，遂收機等九人付廷尉。賴成都王穎、吴王晏并救理之，得減死徙邊，遇赦而止。時中國多難，顧榮、戴淵等，咸勸機還吴，機負其才望，而志匡世難，故不從。冏既矜功自伐，受爵不讓，機惡之，作《豪士賦》以刺焉。冏不之悟，而竟以敗。機又以聖王經國，義在封建，因採其遠指，著《五等論》。時成都王穎，推功不居，勞謙下士。機既感全濟之恩，又見朝廷屢有變難，謂穎必能康隆晋室，遂委身焉。穎以機參大將軍軍事，表爲平原内史。太安初，穎與河間王顒起兵討長沙王乂，假機後將軍、河北大都督，督北中郎將王粹、冠軍牽秀等諸軍二十餘萬人。機以三世爲將，道家所忌，又羈旅入宦，頓居羣士之右，而王粹、牽秀等，皆有怨心，固辭都督，穎不許。機鄉人孫惠，亦勸機讓都督於粹，機曰："將謂吾爲首鼠避賊，適所以速禍也。"遂行。機始臨戎，而牙旗折，意甚惡之。列軍自朝歌至於河橋，鼓聲聞數百里。長沙王乂，奉天子與機戰於鹿苑，機軍大敗，赴七里澗而死者如積，水爲之不流，將軍賈稜等死之。

初，宦人孟玖弟超，并爲穎所嬖寵，超領萬人爲小都督，未戰，縱兵大掠，機録其主者。超得鐵騎百餘人，直入機麾下奪之，顧謂機曰："貉奴能作督否!"機司馬孫拯，勸機殺之，機不能用。超宣言於衆曰："陸機將反。"又還書與玖，言機持兩端，軍不速决。及戰，超不受機節度，輕兵獨進而没。玖疑機殺之，遂譖機於穎，言其有異志。將軍王闡等，皆玖所用，與牽秀等共證之，穎大怒，使秀密收機。秀兵至，機釋戎服，著白帢，與秀相見，神色自若，謂秀曰："自吴朝傾覆，吾兄弟宗族，蒙國重恩，成都命吾以重任，辭不獲已。今日受誅，豈非命也!"因與穎牋，詞甚悽惻，既而歎曰："華亭鶴唳，豈復可聞乎!"遂遇害於軍中，時年四十三，士卒痛之，莫不流涕。

機天才秀逸，辭藻宏麗，張華嘗謂之曰："人之爲文，常恨才少，而子更患其多。”弟雲嘗與書曰：“君苗見君文，輒欲燒其筆硯。”其爲人所推服如此。然好游權門，與賈謐親善，以進趣獲譏。有文章三百餘篇行世。

【文評】葛洪云：“機文猶玄圃之積玉，無非夜光焉。五河之吐流，泉源如一焉。其弘麗妍贍，英鋭漂逸，亦一代之絶乎！”（本傳引）

《世説·文學篇》孫興公云：“陸文若排沙簡金，往往見寶。”

又曰：陸文“深而蕪”。

《文心·才略篇》云：“陸機才欲窺深，辭務索廣，故思能入巧而不制繁。”

又《體性篇》云：“士衡矜重，故情繁而辭隱。”

又《鎔裁》篇云：“至如士衡才優，而綴辭尤繁；士龍思劣，而雅好清省。及陸雲之論機，亟恨其多，而稱清新相接，不以爲病，蓋崇友于耳。夫美錦製衣，修短有度，雖翫其采，不倍領袖。巧猶難繁，況在乎拙？而《文賦》以爲‘榛楛勿翦，庸音足曲’，其識非不鑒，乃情苦芟繁也。”

案：《文心·詮賦》《頌讚》《哀弔》《論説》《檄移》《議對》《書記》《史傳》《聲律》《事類》《時序》《程器》《序志》諸篇，於士衡並有論列，兹不備舉。○又案：《陸士龍集·與兄平原書》中有數首，於士衡文評論極當，可參。

鍾嶸《詩品》曰：“晋平原相陸機，其源出於陳思，才高辭贍，舉體華美。氣少於公幹，文劣於仲宣，尚規矩，不貴綺錯，有傷直致之奇。然其咀嚼英華，厭飫膏澤，文章之淵泉也。張公歎其大才，信矣。”

《晋書》傳論曰：“古人云雖楚有才，晋實用之。觀夫陸機、陸雲……文藻宏麗，獨步當時；言論慷慨，冠乎終古。……其詞深而雅，其義博而顯，故足遠超枚馬，高躡王劉，百代文宗，一人而已。……自以智足安時，才堪佐命，庶保名位，無忝前基。不知世屬未通，運鍾方否，進不能闢昏匡亂，退不能屏迹全身。而奮力危邦，竭心庸主，忠抱實而不諒，謗緣虚而見疑，生在己而難長，死因人而易促。上蔡之犬，不誡於前；華亭之鶴，方悔於後。卒令覆宗絶祀，良可悲夫！”

葉適《習學記言》曰：“自魏至隋唐，曹植、陸機，爲文士之冠。植波瀾闊而工不逮機，植猶有漢餘體，機則格卑氣弱，雖杼柚自成，遂與古人隔絕，至使筆墨道廢數百年，可歎也！然機於文字組織錯綜之間，特有其功，雖古今豪傑名世者，亦有所不能。復觀其譏切曹冏（案：當作“司馬冏”），以退爲高，而託寄非所，竟夷其族。乃知文人能言者多，能行者少，固無所取於智也。”

案：上二條論其文兼論其人。

張溥《陸集題詞》曰：“冤結亂朝，文懸萬載。弔魏武而老奸掩袂，賦豪士而驕主喪魄，《辨亡》懷宗國之憂，《五等》陳建侯之利。北海以後，一人而已。排沙簡金，興公造喻；子患才多，司空歎美。尚屬輕今賤目，非深知平原者也。”

張惠言《七十家賦鈔序》曰：“不揩於同，不獨於異，其來也首首，其往也曳曳。動静與適，而不爲固植，則陸機、潘岳之爲也，其源出於張衡、曹植，矯矯乎振時之儁也。以情爲裏，以物爲襮，鑱雕雲風，琢削支鄂，其懷永而不可忘也。”

案：此論其賦之源，亦可以概他文。

豪士賦序

賦爲齊王冏作也。李注引臧榮緒《晋書》曰：“機惡齊王冏矜功自伐，受爵不讓，及齊亡，作《豪士賦》。”翰注：“機惡見齊王冏自矜其功，有篡位之心，因此賦以諷之，終不寤矣。”按《晋書》本傳云：“冏既矜功自伐，受爵不讓，機惡之，作《豪士賦》以刺焉。冏不之寤，而竟以敗。”是作此賦時，齊猶未亡也。篇末“借使伊人頗覽天道，知盡不可益，盈難久持，超然自引，高揖而退”，皆冏尚在，諷其善退之辭。榮緒所云殊誤。

李注：《吕氏春秋》曰：“老聃、孔子、墨翟、關尹子、列子、陳駢、楊朱、孫臏、王廖、兒良，此十人者，皆天下豪士也。”然機猶假美號以名賦也。

案：齊王冏，獻王攸子。趙王倫篡位，冏起軍，移檄成都、河間、常山、新野四王。成都軍既破倫，惠帝反正，冏率衆入洛。天子就拜大司馬，加九錫。冏於是輔政，大築第館，毁壞廬舍以百數，使大匠營制與西宫等，耽於酒色，寵親昵何勗等，號曰五公。於是朝廷側目，海内失望。主簿王豹，屢有規箴，冏收殺之。河間王顒起兵討冏，長沙王乂發兵攻冏府，冏見敗，斬於閶闔門外。冏未敗時，前賊曹屬孫惠，上諫稱“天下有五難四不可，而明公皆居之”，末陳“今公宜放桓文之勳，邁臧札之風。芻狗萬物，不仁其化，崇親推近，功遂身退。委萬機於二王，命方岳於群后，燿義讓之旗，鳴思歸之鑾，宅大齊之墟，振泱泱之風”，“金石不足以銘高，八音不足以贊美，今明公忘亢極之悔，忽窮高之凶，棄五岳之安，居累卵之危，外以權勢受疑，内以百揆損神。雖處高臺之上，逍遥重仞之墉，及其危亡之憂，過於潁翟之慮”。處士鄭方，亦獻書於冏，陳其五失。王豹又致牋於冏曰：“元康以來，宰相在位，未有一人獲終者，乃事勢使然，非皆爲不善也。今公克平禍亂，安國定家，乃復尋覆車之軌，欲冀長存，不亦難乎？今河間樹根於關右，成都盤桓於舊魏，新野大封於江漢。三王各以方剛强盛之年，并典戎馬，處要害之地，而明公以難賞之功，挾震主之威，獨據京師，專執大權，進則亢龍有悔，退則據於蒺藜，冀此求安，未見其福也。”語皆切直，大致與此賦序，用意略同。

士衡文細意極富，襯筆極多，而又運以潛氣，織以綺詞，自非細心研尋，不能得其脈絡。此文分析不過五大段，而每段皆以三四細意襯出之，自《史記·伯夷列傳》外，用襯筆之多，未有似此文者。今細繹之如左：

自篇首 至 **任出才表者哉**　總言齊王之功，得之時勢，而不必多矜。自“立德之基有常”句至“不足煩哀響”，成立立功由時之説。“我之自我”至“任出才表”，言所以矜功自伐之故。

且好惡榮辱 至 **必傷其手**　總言高位之足以賈禍。“好惡榮辱”四句，言致禍之由。“人主操其常柄”句，“自下裁物”句，言天子分尊名正，尚有背叛，何况權臣。“廣樹恩”四句，斷其必無幸理。

且夫政由甯氏 至 **運短才而易聖哲所難者哉**　又言權勢震主之足以賈禍。“且夫”句至“非其然者與”，成立高位招忌之理。“嗟乎”句至“固其所也”，言聖賢之臣，且招主忌。“因斯以談”至“易聖哲所難”，言短才大位，必見誅夷。

身危由於勢過 至 **蓋謂此也**　極言其闇於避禍之道。“身危”句至“怨行乎上下”，明斥齊王之所爲。“衆心日陊”至“蓋謂此也”，明其所爲適足以賈禍。

夫惡欲之大端 至 **篇末**　明諷刺齊王之意。“惡欲之大端”至“唯此而已”，言人情所最愛者，惟名與位。“蓋世之業”六句，言齊王名位已隆。“借使伊人”句至“名逾劭”，言果能引退，則名位益隆。“此之不爲”至“豈不謬哉”，惜其闇於利害，而名位俱不能保。篇末二句，言使百世少有寤，乃遜詞耳。

孫月峯曰：“余壬申歲讀此文，遂稍悟文機。蓋只是從旁指說，更不細述根由，所以便覺其跌蕩勁快，凡文字最忌煩瑣，此亦一時偶解。”

何義門曰：“當時之體，然確切動聽。”

邵子湘曰：“文體圓折，有似連珠，舒緩自然，自是對偶文字之先聲。聲韻未得，而氣淳力厚，未易到也。”

方伯海曰：“按大意總見古來功位高重，雖聖賢處之，尚多疑謗，懼不克終。況僥倖一時之功，翹然自負，睥睨神器，把持朝野，不知辭寵去勢，慮患防危。怨毒既盈，凶禍立至，位其可恃乎？篇中將功不可獨專，位不可自擅二意，夾行到底，宏論崇議，有上下古今之識，有馳騁一世之才。冏卒不悟，復蹈趙王倫之覆轍也。噫！”

案：此賦之序也，古人選文，有斷篇裁取之例，此篇昭明從《晋書》所載，僅録其序。（《晋書》雖出唐修，然必舊《晋書》已載此文）而原賦遂不甚傳，《全晋文》從《藝文類聚》録得百餘字，似非完篇，今録於後：

世有豪士兮，遭國顛沛。攝窮運之歸期，當衆通之所會。苟時至而理盡，譬摧枯而振敗，因天地以運動，恒才瑣而功大。於是禮極上典，服盡暉崇。儀北辰以葺宇，實蘭室而桂宫。撫玉衡於樞極，運萬物乎掌中。伊天道之剛健，猶時至而必傷。日罔中而弗昃，月何盈而不闕。襲服車之危軌，笑前乘之去穴。[1]若知險而退止，趨歸蕃而自戢。推璇

〔1〕“服車”，上海圖書館藏宋本《藝文類聚》作“覆車”。“去穴”，宋本筆畫有缺，汪紹楹校訂本作“未完”，當從之。（完，依楊明先生《陸機集校箋》取“堅”義）

璣以長謝，顧萬邦而高揖。託浮雲以邁志，豈咎吝之能集？擠爲山以自隕，歎禍至於何及！（《漢魏百三名家集》所載同）

《辨亡論》上下

李注：“孫盛曰：‘陸機著《辨亡論》，辨吴之所以亡也。’”

顧炎武《日知録》曰：“陸機《辨亡論》，其稱晋軍，上篇謂之王師，下篇謂之强寇，此古文未正之隱。”

何曰：“士衡欲誇祖、父之有功於吴，故著《辨亡》二論，上篇爲國紀，下篇爲家乘。”

《文心·論説篇》曰：“陸機《辨亡》，效《過秦》而不及，然亦其美矣。”

孫月峯曰：“全規模《過秦》，閎暢不及《晋紀總論》，而錬透過之。”

今按：此文純規《過秦》，《過秦》首責子嬰，此則致譏歸命。《過秦》言形勢之不足恃，此則言險阻之不能獨憑。《過秦》歎子嬰之不善救敗，此則言歸命之不善守成。此用意之相擬也。“吴武烈皇帝慷慨下國”以下，筆致擬“秦孝公據殽函之固”以下；“彼二君子”以下，句法擬“此四君者”以下。《過秦》參叙六國人物，此亦參叙吴朝人物。《過秦》有“嘗以十倍之地”一節，此亦有“魏氏嘗藉戰勝之威”以下一節。《過秦》有“且夫天下非小弱也”以下一節，此亦有“曹劉之將”以下一節。《過秦》有“故先王見始終之變”一節，此亦有“是故先王達經國之長規”以下一節。此句法之相擬也。彦和謂其效《過秦》而不及，此時代爲之。孫氏謂其錬透過《晋紀總論》，有以見其深矣。

方伯海評上篇：“於吴所以亡處，未究極言之者。陸氏吴之世臣，不得不爲國諱惡，容不得反覆痛快也，只以結語悠然不盡出之。行政則前仁後虐，用人則前賢後奸。魏當盛時，用多少謀臣勇士，不能得江南撮土。乃以累代立國之固，不及浹辰而破，天乎人乎？所以重致其痛惜之意。”

孫月峯評下篇曰：“此篇分三節，一言地可守，次言蜀亡不爲害，三總論保國之道。”

陸雨侯評下篇曰："歷叙用人，正傷後之不能用人而恃險。雖其揚詡祖德，似乎阿私，然其歸本人和，深籌守國。其吴蜀相依之勢，固一經濟才也，豈特以文著哉?"

按：上篇"歷命應化而微，王師躡運而發"，王師謂晋師也。此指咸寧五年十一月，命安東將軍王渾向揚州，龍驤將軍王濬帥巴蜀之卒浮江而下之事。下篇"逮步闡之亂，憑寶城以延强寇"，又曰"强寇霄遁，喪師大半"，强寇亦謂晋師也。此指西陵督步闡據城以叛，遣使降晋。陸抗聞之，因剖分諸軍，吴彦等徑赴西陵，敕軍營更築嚴圍，自赤谿至故市，内以圍闡，外以禦晋，圍備始合。晋巴東監軍徐胤率水軍詣建平，荆州刺史楊肇至西陵。抗大破肇兵，胤等引還，遂陷西陵，誅夷闡族之事。一篇之内，順逆異詞，片簡之中，抑揚殊態。顧氏謂爲古文未正之隱，竊謂此機之所以寄微意也。彼世爲吴臣，羈旅仕晋，故國之思，未嘗或忘，故於論中，故歧其詞，以見微旨。觀於篇末二語，《麥秀》《黍離》，特爲寄慨，本意見矣。獨惜其寄意以思吴，而不能假手以圖晋，兵符乍握，讒害遽行，本志未伸，全族已赤。《晋書》謂其"三世爲將，釁鍾來葉；誅降不祥，殃及後昆"，"西陵結其凶端，河橋收其禍末"，平情之論也，豈不大可嗟惜者哉！

五等諸侯論

李注："五等，公侯伯子男也。言古者聖王立五等諸侯以治天下，至漢封樹不依古制，乃作此論。"

全篇指陳事理，其叙秦漢，必舉周事以相衡度。故其文極有波瀾，而不憂散漫。"盛衰隆弊"以下一節，直照秦漢之輕廢封建，成湯、公旦尚不欲變革前制，則秦漢之失顯然矣。

"周之不競"以下一節，辨陵夷之愈於土崩。"在周之衰"一節，辨侵弱之勝於殄祀。"或以諸侯世位"以下，更成立封建愈於郡縣之理。末以八代之得，與秦漢之失，一齊收束。

"並賢居治"四語，李注微隔。蓋言封建與郡縣皆得賢人，則封建之功，必厚於郡縣；皆得愚人，則封建之過，必淺於郡縣也。

孫月峯曰："此是古今一大事，士衡與子厚對壘角立。然彼篇機局，亦仿佛與此相似，豈子厚有意爲换骨耶？抑所論事，固自有暗符者耶?"

孫執升曰："大意與《六代論》同，而彼情詞曲至，此議論明快，各極其勝。……柳子厚有意争奇，至謂封建非聖人意，終是創解。○宗臣亂漢，藩鎮亡唐，可見共和晋鄭，難望之三代後矣。言封建於今日，斷不可復，然居官傳舍，痛癢無關，千古庸臣，幾同一轍，民與國其何賴乎？論者謂久任超擢并行，庶以省仕進之途，公激揚之典，或亦維持郡縣之善術歟!"

浦二田曰："駢儷體，難不在詳贍而在控縱，更難不在控縱而在渾成。讀此文逐節看其控縱，全體看其渾成，其能事直與賈傅相頡頏，可爲知者道也。"

方伯海曰："大意總見五等不可廢。周封同姓，王室多難，終賴以安。降及戰國，雖事權已去，猶以位號爲天下共主數十餘年。秦廢五等爲郡縣，同姓地無尺土，故人主孤立於上，奸臣竊命於下，不二世宗社爲墟，豈若周之享國長久。高祖鑒秦孤立，廣封同姓，失在不依古制，故啓七國之亂。然諸吕之變，卒以同姓内外，翼戴有人，劉氏危而復安。武帝以後，地既分裂，且多罪廢，勢力微弱，名存實亡。王莽遂移漢祚，皆由外無宗子强國，無可畏憚之同姓故也。光武踵秦故轍，桓靈以後，奸臣煽亂，國隨以亡。視之周室，五等之與郡縣，利害較然。大抵兩漢與秦，失總由孤立；其孤立，失總由不封建同姓。但封建同異姓俱有，此只及同姓，不及異姓，蓋權時之弊以立言耳。"

譚復堂曰："須尋其論議營陳與元首同異處，乃識文章升降之故、立言先後之法。○何嘗不開闔盡能，而不能執規矩以爲方員，措意欲挽昔人之偏。○錙銖稱量而出，字句皆有氣類，於古爲散樸，於後爲指南。"

平原主封建，柳州主郡縣，兩家持論，可以合參，前人之論詳矣。唐李百藥作《封建論》，則於此篇更多駁議，今約舉於下：

【本篇】　天下晏然，以治待亂

【李百藥《封建論》】　數世之後，王室浸微。始自藩屏，化爲仇敵。……疆埸彼此，干戈日尋。狐駘之役，女子盡髽。崤陵之師，隻輪不返。斯蓋略舉其一隅，其餘不可勝數。陸士衡方規規然云"嗣王委其九鼎，凶族據其大

邑。天下晏然，以治待亂”，何斯言之謬也！（《舊唐書》卷七十二）

【本篇】　五等之君爲己思治，郡縣之長爲利圖物

【《封建論》】　封君列國，藉慶門資，忘其先業之艱難，輕其自然之崇貴，莫不世增淫虐，代益驕侈。……陳靈則君臣悖禮，共侮徵舒；衛宣則父子聚麀，終誅壽朔。乃曰“爲己思治”，豈若是乎？内外群官，選自朝廷，擢士庶以任之，澄水鏡以鑒之。……進取事切，砥礪情深，或俸禄不入私門，妻子不之官舍。頒條之貴，食不舉火；剖符之重，衣惟補葛。……專云“爲利圖物”，何其爽歟？（同上）

謝平原内史表

李注：“臧榮緒《晋書》曰：‘成都王表理機，起爲平原内史，到官上表謝恩。’”何曰：“按此表自上惠帝，非成都也，觀表首‘陪臣’可見。是時士衡從成都在鄴下，魏郡太守治鄴，詔書下魏守，守復遣丞授之耳。兼以表末‘便道之官’等語證之，其義尤明，李注恐誤。”案：何説是也。蔡邕《獨斷》：“諸侯境内，自相以下，皆爲諸侯稱臣，於朝皆稱陪臣。”此表首稱陪臣，自是對朝廷言，非對成都言。

内史　《通考》：“漢制，郡爲諸侯王國者，置内史以掌太守之任。”

板詔　注：“凡王封拜，謂之板官。時成都攝政，故稱板詔。”梁氏《旁證》謂：“《陳蕃傳》‘尺一選舉’注：‘尺一謂板長尺一，以寫詔書也。’《魏志·吕布傳》注：‘初，天子在河東，有手筆板書，召布來迎，是板詔即天子之詔。其所謂板官者，《魏書·邢巒傳》謂之版宦。大約持節都督諸軍事者，皆得便宜授官，亦不盡諸王也。”

誣臣與衆人，共作禪文……片言隻字，不關其間，事蹤筆跡，皆可推校　按：冏誣機等爲趙王倫作禪詔，收付廷尉，見傳略。時機有《上吴王表》云：“臣以職在中書，詔命所出。臣本以筆札見知。”又云：“禪文本草，見在中書，一字一蹟，自可分别。”其《見原後謝齊王表》云：“臣以職在中書，制命所出。而臣本以筆札見知，慮逼迫不獲已，乃詐發内妹喪，出就弟雲，哭泣受弔，片言隻字文，不關其間。”（見《全晋文》）觀此知趙王倫之

簒，機以身委蛇其間，未嘗有附麗之迹。參之《趙王倫傳》，倫受禪後，惠帝出居金墉城，機尚與尚書和郁、琅邪王睿，同從到城下而反，其意不附倫可知。故成都、河間得而理之。否則不待河橋之役，機早以附逆受誅矣。

重蒙陛下愷悌之宥　李注："陛下，謂成都也。"孫氏曰："此陛下恐還指惠帝，舊注作成都王者非。"案：孫説是也。《酉陽雜俎》云："秦漢以來，天子言陛下，皇太子言殿下，將軍言麾下，使者言節下、轂下，二千石、長史言閣下。"表言陛下，斷無對成都可以通用之理。證之機《詣吴王表》稱"殿下東到淮南"，《謝吴王表》稱"殿下以臣爲郎中"（俱《全晋文》），於吴王稱殿下，於成都自當從同。而此表之爲謝恩惠帝，愈顯然矣。

方伯海曰："被誣得釋，痛手之後，可以去矣。復貪膴仕，卒至同時伯仲駢首受戮。陸公長於才而短於識，昧明哲保身之義，嗚乎惜哉！"

何義門謂："此文學蔡邕《讓高陽侯表》。"核之良是，今録於後，以資參證。

蔡邕《讓高陽鄉侯章》

制詔：左中郎將蔡邕，今封邕陳留雍丘高陽鄉侯，下印綬符策，假限食五百户，歲五十萬穀各米。臣稽首受詔，怔營喜懼，精魄播越，恍惚如夢，不敢自信。臣伏惟糠粃小生，學術虚淺，少竊方正，長歷宰府，備數典城，著作東觀。無狀取罪，捐棄朔野；蒙恩徙還，退伏畎畝。復階朝謁，進察憲臺，遂充機密。令守巴郡，還備侍中；車駕西還，執鞭跨馬，及看輪轂，升輿下軫，扶接聖躬。既至舊京，出備郎將，中外所疑，對越省闥，群臣之中，特見褒異。迄無雞犬鳴吠之用，常以汗墨，愧負恩寵。誠不意寤，猥與公卿以下，録功受賞，命服金紫，爵至通侯，非臣草萊，功勞微薄，所當被蒙。臣邕頓首死罪。臣十四世祖肥如侯，佐命高祖，以受爵賞，統嗣曠絶，除在匹庶。臣子遺苗裔，復蒙顯封，前功輕重不侔，慙惶累息，無心怡寧。唐虞之朝，猶美三讓，臣者何人，受而不讓？臣不勝戰悼怵惕，詣闕拜章，上所假高陽鄉侯印綬符策，伏受罪誅。臣得微勞，被受爵邑，光寵榮華，耀熠祖禰。非臣小族陋宗，器量褊狹，所能堪勝；非臣力用勤勞，有所當受；誠無安寧甘悦之情，拘迫國憲，下不敢逆，苟順恩旨。退省金龜紫綬之飾，非臣容體所當服佩。中讀符策誥戒之詔，非臣才量所能祗奉。歷日彌久，震懼益甚。

臣聞高祖受命，元功翼德，與共天下者爵土，故曰："使黄河若帶，太山若礪，國以永存，爰及苗裔。"夫山河至大，猶謂之小，重功輕賞，如此其至也。是以戰功之事，大有陷堅破敵、斬將搴旗之功，小有馘截首級、履傷涉血之難。勤苦軍旅，連年累歲，首如蓬葆，體如漆幹，勞瘁辛苦，如此其重也。以受爵土，誰曰不宜？

今者聖朝遷都，應順天人，奔走之役，臣僕職分，宜然。臣事輕葭莩，功薄蟬翼。臣恐史官録書臣等在功臣之列，陷恩澤之科，垂名後葉，作戒末嗣，非本朝之德政，遇臣之長策。臣是以宵寢晨興，叩膺增歎，心煩慮亂，喘呼息吸。且鷦鷯巢林，不過一枝；鼹鼠飲河，不過滿腹。小人之情，求足而已，不勝大願，乞如前章云云。（《全後漢文》七十一下有"臣忝自參省"云云，《百三名家集》分爲《再讓表》，不録）

弔魏武帝文并序

此文誚辱魏武，亦云酷矣。特託之以傷懷耳。

【序】**豈不以資高明之質** 四句　已有曹孟德在其言内。

不能振形骸之内　謂形骸有時而衰，故不能自振。

受困魏闕之下　謂老病不能身出國門，故受困。

長算屈於短日 二句　冒下"曩以天下自任"云云。

吾婕妤伎人 至 **學作履組賣也**　何曰："'萬年之後，汝曹皆當出嫁'，此建安十四年作銅雀臺時令也。奈何有不從其治命，且至狗鼠不食其餘者乎？"

汝等時時登銅雀臺，望吾西陵墓田　案："汝等"指丕等，然陸以望田屬之伎人，故文士亦沿用之。○陸雲《與兄平原書》："一日案行，并視曹公器物。……其繐帳及望墓田處，是清河。時臺上諸奇變無方，常欲問曹公：

‘使賊得上臺，而公但以變譎因旋避之，若焚臺當如何?’此公似亦不能止。”案：此雲爲清河内史，案行銅雀臺，觀曹公器物與兄書。其誚辱曹公，與平原此文同意。○魏武西陵，在鄴縣西三十里，見《元和郡縣志》。宋羅大經《鶴林玉露》云：“漳河上七十二疑冢，北人歲增封之。”《元一統志》云：“曹操疑冢七十二處，高者如小山，布列至磁州而斷。”宋京鏜詩：“疑冢多留七十餘，謀身自謂永無虞。不知三馬同槽夢，曾爲兒孫遠慮無。”案：上數條，皆言西陵墓田所在，其遺跡今猶可考也。

愛有大而必失 二句　“愛”謂生，“惡”謂死，注不了了。

故前識所不用心　“前識”謂前世之識者，注引《老子》語，非。

【弔文】**自篇首** 至 **固舉世之所推**　言魏武牢籠萬有，經營八極之概。

指六軍曰念哉 以上　叙魏武歸自關中，薨於洛陽。

彼人事之大造　謂數之大成也。

戢彌天乎一棺 以上　言託姬女季豹之非。

獻兹文而悽傷 以上　言作脯進伎，分香賣履，别藏裘綬之非。

雖龍飛於文昌　何云：“文昌，即操所謂吾其爲周文王也。注非。”姜氏皋曰：“何説亦近附會。”按：本書《魏都賦》“造文昌之廣殿”，注：“正殿名也。”《水經注》曰：“魏武封於鄴，爲北宫，宫有文昌殿。”故云“龍飛於文昌”也。“非王心之所怡”，亦黄屋非堯心之意。若作周文王解，則“龍飛於”三字亦不順。李注引《漢書》文昌宫云云，或殿名取義於此耳。

憤西夏以鞠旅 六句　何云：“此言操以西征無功，發憤疾作，與《魏志》不同，蓋諱之也。諸葛武侯《正議》云：“孟德以其譎勝之力，舉數十萬之師，救張郃於陽平，勢窮慮悔，僅能自脱，辱其鋒鋭之衆，遂喪漢中之地。深知神器不可妄獲，旋還未至，感毒而死。”以此互證，知武侯之言也信。

援貞吝以惎悔　李注謬。“貞”謂“軍中持法是”，“吝”謂“小忿怒，大過失，不當效”，即“在我不臧”也。

既晞古 二句　《魏志》：建安二十三年六月，令曰：“古之葬者，必居瘠薄之地。其規西門豹祠西原上爲壽陵，因高爲基，不封不樹。”所謂“遺累”“薄葬”也。

孫月峯曰："大約以微詞寓刺。"

方伯海曰："若不將操驚天動地事業，極力揭厲，亦安見遺令之可哀。此是作文聲東擊西法。然後敘其死由出師西夏，復由平日遇險必濟，何至一疾便死。誰想到有此番遺令，此又是借彼形此法。然後將序文各截遺令，敘事間以議論，嶺斷雲横，不使粘連一片，渾雄深厚。不特拍肩陳思，直可揖讓兩漢，真晋文之雄也。"

譚復堂曰："當與《豪士賦》并觀。○豈爲魏武言?"

再舉顔延年文

【傳略】顔延之，字延年，琅邪臨沂人。曾祖含，右光禄大夫。祖約，零陵太守。父顯，護軍司馬。延之少孤貧，好讀書，無所不覽。文章之美，冠絶當時。飲酒不護細行。年三十，猶未婚。

爲宋武帝豫章公世子中軍行參軍。及武帝北伐，有宋公之授，遣延之慶殊命。行至洛陽，周視故宫，悽然詠《黍離篇》。道中作詩二首，爲謝晦、傅亮所賞。武帝受命，補太子舍人，再遷太子中舍人。時尚書令傅亮自以文義之美一時莫及，延之負其才，不爲之下，亮甚疾焉。少帝即位，累遷始安太守。延之之郡，道經汨潭，爲湘州刺史張邵《祭屈原文》，以致其意。

元嘉三年，徵爲中書侍郎，轉太子中庶子。頃之，領步兵校尉，賞遇甚厚。延之好酒疎誕，不能斟酌當世，見劉湛、殷景仁專當要任，意有不平，常云："天下之務，當與天下共之，豈一人之智所能獨了。"辭甚激揚，每犯權要。又少經爲湛父柳後將軍主簿，至是謂湛曰："吾名器不升，當由作卿家吏耳。"湛恨焉，言於彭城王義康，出爲永嘉太守。延之甚怨憤，乃作《五君詠》，述竹林七賢，山濤、王戎以貴顯被黜。湛及義康以其辭旨不遜，大怒，欲黜爲遠郡。文帝與義康詔曰："宜令思愆里閭，猶復不悛，當驅往東土。乃至難恕者，自可隨事録之。"由是延之屏居，不豫人間者七載。閒居無事，爲《庭誥》之文。

劉湛誅，起爲始興王濬後軍諮議參軍、御史中丞，在任縱容，無所舉奏。遷國子祭酒，司徒左長史，坐啓買人田不肯還直，尚書左丞荀赤松奏請免所居官，詔可。後爲祕書監，光禄勳，太常。延之性既褊激，兼有酒過，肆意直言，曾無遏隱，故論者多不與云。居身清約，不營財利，布衣疏食，獨酌郊野，當其爲適，旁若無人。三十年，致事。

元凶弑立，以爲光禄大夫。長子竣，爲孝武南中郎諮議參軍，及義師入討，竣定密謀，兼造書檄。劭召延之，示以檄文，問曰："此筆誰造?"延之曰："竣之筆也。"又問："何以知之?"曰："竣筆體，臣不容不知。"劭又曰："言辭何至乃爾?"延之曰："竣尚不顧老臣，何能爲陛下。"劭意乃釋，由是得免。孝武登祚，以爲金紫光禄大夫，領湘東王師。子竣既貴重，權傾一朝，凡所資供，延之一無所受，器服不改，宅宇如舊。常乘羸牛車，逢竣鹵簿，即屏住道側，常語竣曰："平生不喜見要人，今不幸見汝。"竣起宅，謂曰："善爲之，無令後人笑汝拙也。"表解師職，加給親信三十人。孝建三年卒，時年七十三。

【評論】

鍾嶸《詩品》曰："宋光禄大夫顔延之。其源出於陸機。尚巧似，體裁綺密，情喻淵深，動無虚散，一句一字，皆致意焉。又喜用古事，彌見拘束。雖乖秀逸，是經綸文雅才。雅才減若人，則蹈於困躓矣。湯惠休曰：'謝詩如芙蓉出水，顔如錯彩鏤金。'顔終身病之。"

《南史》本傳曰："延之與陳郡謝靈運，俱以辭采齊名，而遲速懸絶。文帝嘗各敕擬樂府《北上篇》，延之受詔便成，靈運久之乃就。嘗問鮑照，己與靈運優劣，照曰：'謝五言如初發芙蓉，自然可愛。君詩若鋪錦列繡，亦雕繢滿眼。'是時議者，以延之、靈運，自潘岳、陸機之後，文士莫及。江右稱潘、陸，江左稱顔、謝焉。"

《宋書·謝靈運傳論》曰："在晋中興，玄風獨扇，爲學窮於柱下，博物止乎七篇，馳騁文辭，義殫乎此。自建武暨於義熙，歷載將百。雖比響聯辭，波屬雲委，莫不寄言上德，託意玄珠，遒麗之辭，無聞焉爾。仲文始革孫、許之風，叔源大變太元之氣。爰逮宋氏，顔、謝騰聲。靈運之興會標舉，延年之體裁明密，並方軌前秀，垂範後昆。"

孫德謙曰："體裁明密，此雖就詩言，而明密兩字，以觀延年之文，亦可作定評。《文選》所載《曲水詩序》《陶徵士誄》，無不詞理明析，意藻綺密。”

張溥《題詞》曰：“顏延年飲酒袒歌，自云狂不可及。元凶弒逆，子竣贊世祖入討，復爲孫辭以免。玩世如阮籍，善對如樂廣，其得功名耆壽，或非無故也。江左詞采，顏謝齊名。延年文莫長於《庭誥》，詩莫長於《五君》。嵇中散任誕魏朝，獨《家誡》恭謹，教子以禮。顏《誥》立言，意亦類是。……竣既貴重，延年輒多謝避，觀其笑第宅之拙，惡雲霞之傲，視謝瞻籬隔謝晦，達尤過之。……惟有子而不受子累，可以不壽而卒壽也。狂不可及，蓋在斯乎？三十不昏，以文出仕，歷四主，陪兩王，浮沈上下，老不改性。詆尚之爲朽木，斥慧琳爲刑餘，顏彪之呼，亦牛馬應之，其閱世久矣。遠弔屈大夫，近友陶徵士，風流固可想見云。”

案：顏、謝二人，並顯名當世。然宋初文體之變，亦實自顏、謝始。過江以後，競尚玄虚，故文亦清質。物極而變，則由質返華。推其風流所出，實遠紹平原，而加之麗密。劉彦和評宋初文詠云：“儷采百字之偶，價争一句之秀。情必極貌以寫物，辭必窮力而追新。”及其論通變則云：“宋初訛而新。”又譏略漢篇而師宋集者。《詩品》稱顏延年、謝莊，“尤爲繁密，於時化之”，此雖論詩，然當時文體，實亦從之而革。觀范蔚宗之爲文，亦致意於宫商，用思於裁味。而王融、謝朓、任昉、沈約之徒，莫不近宗顏、謝，競尚辭華。是知風氣所趨，英俊咸起，體裁既改，舉世相師。彼永明以降之人，其繢鏤信已工矣，惟其真意猶存，舊規未偭，質雖爲文所絀，猶未遽絶也。迨天監以後，藻采愈繁，事類愈富，句必求儷，聲必求諧，以鋪張爲能，以精切爲貴，文勝不能有加。推原其朔，皆顏、謝開其先河也。蓋麗密所以救空虚，而其弊則以雕刻藻飾爲能，而離真漸遠。顏、謝氣處必變之時，故不能不以新裁標異。矯枉者必過其直，則文勝之弊又生，斯固自然之勢、必至之符，而非二君所及料也。

又隱侯所謂遒麗者，遒健也，麗密也。興會標舉，遒之屬也。體裁明密，麗之屬也。此雖就詩言，而“明密”兩字，以評顏文，亦爲允當。《文選》所載《曲水詩序》《陶徵士誄》《弔屈原文》，無不詞理詳明，意藻綺密。延年之文，風格固如是也，今略臚之如下。

陶徵士誄 并序

李注："何法盛《晋中興書》曰：'延之爲始安郡，道經尋陽，常飲淵明舍，自晨達昏。及淵明卒，延之爲誄，極其思致。'"

【序】故無足而至者 四句　李注非。此言物因藉而至、人隨踵而立，皆不足貴也。"無足而至"，即承"璿玉不畜池隍，桂椒不入園林"而反言之。此四句承上開下，下文誄首云"物尚孤生"，則"無足而至"者，亦不足貴也。

首路同塵 二句　六臣本"首"作"道"，誤也。"首路"與"輟塗"對，此謂不能終隱者。

豈所以昭末景，汎餘波　承上巢、高、夷、皓言。

有晋徵士尋陽陶淵明　《旁證》引林先生曰：王伯厚謂陶淵明讀史述夷齊云："天人革命，絶景窮居。"述箕子云："矧伊代謝，觸物皆非。"先儒謂食薇飲水之言，銜木填海之喻，至深痛切，讀者不之察爾。顔誄云"有晋徵士"，與《通鑑綱目》同意。《南史》立傳非也。

案：《晋書》傳云："陶潛字元亮。"《宋書》傳云："陶潛字淵明，或云淵明字元亮。"《昭明太子集》傳云："陶淵明字元亮，或云潛字淵明。"《南史》傳云："陶潛字淵明，或云字深明，名元亮。"淵明之爲名爲字，久無定説。葉樹藩曰："黄魯直詩云'潛魚願深渺，淵明無由逃。彭澤當此時，沈冥一世豪'，似謂更淵明爲潛。至云'晚歲以字行，更始號元亮。淒其望諸葛，骯髒猶漢相'，又似更潛爲元亮矣。今讀此誄，竊謂顔光禄生平不喜見要人，陶靖節不爲五斗米折腰，顔至尋陽訪陶，留連數日，臨别贈酒錢二十千，陶亦受之不辭，惟顔知陶，故特著其爲晋徵士，又書其在晋之舊名，爲獨得先生署甲子之意焉。"此説以"淵明"爲徵士在晋之舊名，頗爲可據。徵士《祭程氏妹文》云："淵明以少牢之奠，俛而酹之。"祭文不應自稱字也。又《孟府君傳》云："淵明從父太常夔。"又云："淵明先親，君之第四女也。"孟府君即孟嘉，徵士之外王父也。此文誦述其從父及其母，義必稱名，不得稱字。淵明爲名，似可無疑。惟延年以友朋之誼，必稱其名而誄之，爲可異耳。

南岳之幽居者也　南岳當指灊霍，何云廬山，非。

母老子幼　案徵士《祭程氏妹文》云：“慈妣早逝，時尚孺嬰。我年二六，爾纔八齡。”據此則徵士早無老母，此文“母”字有誤。林氏謂“母”字疑是“父”字誤。靖節年十二喪母，三十七乃喪父也，其説近是。

後爲彭澤令　方氏《通雅》云：“彭澤縣，在今湖口縣東三十里。左蠡而北，大孤而東，皆其地也。唐武德五年，改彭澤縣爲浩州，遷浩山下。至今湖口九都號五柳鄉，八都號彭澤鄉。”

春秋若干，元嘉四年月日，卒於尋陽縣之某里　《自祭文》云：“律中無射。”《挽歌詩》云：“嚴霜九月中，送我出遠郊。”後人據此，謂徵士當以九月下世。余氏蕭客謂：“《自祭文》及《挽歌》，皆預擬之辭，不當據以定月日。朱子《綱目》書在十一月，必非無據。”

至自非敦　此語費解，或當言出於自然，非由敦迫耳。

依世尚同四句　言依世則尚同，詭時則尚異，二者皆有可議，不可默置也。注非。

世霸虚禮　斥宋氏也。

年在中身　注引《尚書》：“文王受命惟中身。”案：文王九十七而崩，享國五十年。受命之時，當四十七。徵士殁年，實過五十。（《與子儼等疏》中有“吾年過五十”語可證）文云“中身”，猶言中年，特模略之詞，甚言其壽促，而怨天道之難憑也。《晋》《宋書》傳及昭明所爲傳，《紹陶録》《栗里譜》，以徵士之年爲六十三者皆誤。

疢維痁疾　痁，瘧疾也。據此，是徵士以久瘧下世，故能爲《自祭文》及《挽歌》也。

方伯海曰：“作忠烈人誄文出色易，作恬退人誄文出色難。英氣故易，静氣故難也。陶靖節胸懷高邁，性情瀟洒，作者能以静氣傳之。”

浦二田曰：“以雕文纂組之工，寫熨貼清英之旨，最難著筆者，就命辭徵也。妙於渾舉傾歎，離即含毫，至誄中念往一節，尤俯仰情深矣。”

譚復堂曰：“文章之事，味如醇醪，色若球璧。有道之士，知己之言。○予嘗言文詞不外事理，而運動之者情也。似此情、事、理交至，六經、九流而外，此類文字，古今數不盈百。”

案：徵士襟懷夷曠，人品極高。延年此文，以巢、高、夷、皓相況，可謂推崇備至，信符累德之實矣。昭明《陶靖節集序》表章高蹈，亦知徵士之深者，今録於後。

昭明太子《靖節集序》

夫自衒自媒者，士女之醜行；不忮不求者，明達之用心。是以聖人韜光，賢人遁世，其故何也？含德之至，莫踰於道；親己之切，無重於身。故道存而身安，道亡而身害。處百齡之内，居一世之中，倏忽比之白駒，寄寓謂之逆旅，宜乎與大塊而盈虚，隨中和而任放。豈能戚戚勞於憂畏，汲汲役於人間？

齊謳趙女之娱，八珍九鼎之食，結駟連騎之榮，侈袂執圭之貴，樂既樂矣，憂亦隨之。何倚伏之難量，亦慶弔之相及。智者賢人，居之甚履薄冰；愚夫貪士，競之若洩尾閭。玉之在山，以見珍而終破；蘭之生谷，雖無人而自芳。故莊周垂釣於濠，伯成躬耕於野。或貨海東之藥草，或紡江南之落毛。譬彼鴛雛，豈競鳶鴟之肉；猶斯雜縣，寧勞文仲之牲？至於子常甯喜之倫，蘇秦衛鞅之匹，死之而不疑，甘之而不悔。主父偃言“生不五鼎食，死則五鼎烹”，卒如其言，豈不痛哉！又楚子觀周，受折於孫滿；霍侯驂乘，禍起於負芒。饕餮之徒，其流甚衆。唐堯四海之主，而有汾陽之心；子晋天下之儲，而有洛濱之志。輕之若脱屣，視之若鴻毛，而况於他人乎？是以至人達士，因以晦迹。或懷釐而謁帝，或被褐而負薪。鼓枻清潭，棄機漢曲。情不在於衆事，寄衆事以忘情者也。

有疑陶淵明詩，篇篇有酒，吾觀其意不在酒，亦寄酒爲迹者也。其文章不群，辭采精拔；跌宕昭彰，獨超衆類；抑揚爽朗，莫之與京。横素波而傍流，干青雲而直上。語時事則指而可想，論懷抱則曠而且真。加以貞志不休，安道苦節，不以躬耕爲恥，不以無財爲病。自非大賢篤志，與道污隆，孰能如此乎？

余素愛其文，不能釋手。尚想其德，恨不同時，故加搜校，粗爲區目。白璧微瑕，惟在《閒情》一賦。揚雄所謂“勸百而諷一”者，卒無諷諫，何足搖其筆端？惜哉，亡是可也。并粗點定其傳，編之於録。嘗謂“有能觀淵明之文者，馳競之情遣，鄙吝之意祛。貪夫可以廉，懦夫可以立。豈止仁義可蹈，抑乃爵禄可辭。不必傍游泰華，遠求柱史，此亦有助於風教也。（《全梁文》）

案：文章承轉，上下必有虚字。六代不然，往往不加虚字，而其文氣已轉。如此序“豈能戚戚勞於憂畏，汲汲役於人間”下，“齊謳趙女之娱，八珍九鼎之食，結駟連騎之榮，侈袂執圭之貴，樂既樂矣，憂亦隨之”，自“齊謳”至此，不細爲推尋，幾疑接上“豈能”兩句之後，不知其辭氣已轉也。即下文“唐堯四海之主，而有汾陽之心；子晋天下之儲，而有洛濱之志。輕之若脱屣，視之若鴻毛，而况於他人乎？”“唐堯”之上文，爲“饕餮之徒，其流甚衆”，意不聯貫，而於“唐”字上，直無虚字，蓋其氣又轉也。此種不宜輕效，而論文則不可不知，故附述之。

祭屈原文

案本傳：延之爲太子中舍人，廬陵王義真頗好辭義，待接甚厚。徐羨之等疑延之爲同異，意甚不悦。少帝即位，出爲始安太守。領軍將軍謝晦謂延之曰：“昔荀勗忌阮咸，斥爲始平郡。今卿又爲始安，可謂二始。”黄門郎殷景仁亦謂之曰：“所謂俗惡俊異，世疵文雅。”延之之郡，道經汨潭，爲湘州刺史張邵《祭屈原文》，以致其意。

據此知延之見惡傅、徐，斥官遠郡，與賈誼得罪絳、灌，謫傅長沙，其事正同。其於汨羅既所必經，故於屈子亦申同弔。雖爲張邵代言，實屬延之自寫也。惟史稱“少帝即位，出爲始安太守”，是景平元年之事，爲宋建國之四年。文稱“有宋五年”，則爲文帝元嘉元年，殆先一年命爲郡，次年始到官耳。但不稱元嘉元年，衹稱有宋五年，則殊爲可異。豈以是時傅、徐當國，廢弒方行，越歲改元，朝局方亂。延之既爲傅、徐所惡，斥宦遠方，故於其所改之年，不屑稱道歟。觀元嘉四年延之誄陶徵士，於宋氏朝局，尚有微辭。（如“世霸虛禮”等語）矧此時傅、徐秉權，方將亂宋，則黜其年號，以示屏絕，亦屬意中之事。而延之一生狂傲，邁往不屑之韻，亦從可想矣。

藉用可塵，昭忠難闕　《易》曰：“藉用白茅，何咎之有？”《左傳》：“《雅》有《行葦》《泂酌》，昭忠信也。”本言所陳祭品，乃以“藉用”“昭忠”等字以代。六代好用代語，而至顏益多。其用字上非故訓，下異方言，須讀者以意摸索之，方可曉也。

孫執升曰：“工雅之章，亦簡重，亦沈鬱，知非苟於作者。”

三月三日曲水詩序

《宋略》：文帝元嘉十一年，三月丙申，禊飲於樂游苑，且祖道江夏王義恭、衡陽王義季，有詔會者咸作詩，詔太子中庶子顏延年作序。

何曰：劉昭《續漢書·禮儀志》補注云：“自魏不復用三日水宴。”蓋此二會，及右軍之《臨河叙》，皆一時偶修也。

案：此篇雖名爲序，而鋪張繁密，實賦體也。“左關巖隥”至“淵旋雲被”數十句，又皆用韻，則與賦竟無差別。後此王元長《曲水詩序》，體與顏同，而詞益鋪張。何義門云：“二序皆出班、張，顏猶有制，王則以夸以麗，欲以掩顏，而轉見卑冗。宋齊文格，不止判若商周也。”

李申耆謂：“隸事之富，始於士衡；織詞之縟，始於延之。詞事並繁，極於徐、庾，而皆骨足以載之。初唐諸作，則惟恐肉之不勝也。”（《駢體文鈔》評語）其論織詞之縟，以此篇爲代表。蓋不惟下開徐、庾，而亦初唐之先導也。

案：駢家好用代語，以延年爲開先，此文“赬莖素毳，并柯共穗”皆代語。（“赬莖”代朱草，“素毳”代白虎，“并柯”代連理木，“共穗”代嘉禾）屏去常詞，代以嘉語，亦文詞雕繪之一法也。尋代語之起，大抵因文人厭讀舊語，欲以避陳而趨新，遂至課虛以成實。抑或嫌文詞之坦率，故用代替之詞，以期化直爲曲，易逕成迂。此雖非文章之常軌，然亦修詞之妙訣也。惟用之既濫，訛體遂興。至乃割裂成句，語同歇後。（如“藉用”“昭忠”之類）斯則文詞之一病，未可援顔文以爲口實也。今略舉詞章代語之例如下：

以地域代人　以孔子爲尼山，目老聃爲苦賴。

用生字代常語　稱竹馬爲筱驂，名龍門爲虬户。

假故名代今名　號匈奴爲纁鬻，斥中國爲神州。

割裂成句代本語　以“孔懷”或“友于”代兄弟（陶詩“再喜見友于”。陸士衡文），以“則哲”爲知人（任彦昇文），以“貽厥”代子姓（《南史·到溉傳》），以“曾是”作在位（陸士衡文），以“具瞻”代宰輔。

《顔氏家訓·文章篇》云：“《詩》云‘孔懷兄弟’。孔，甚也。懷，思也。言甚可思也。陸機《與長沙顧母書》，述從祖弟士璜死，乃言‘痛心拔腦，有如孔懷’。心既痛矣，即爲其思，何故言‘有如’也？觀其此意，當謂親兄弟爲孔懷。《詩》云‘父母孔邇’，而呼二親爲‘孔邇’，於義通乎？”此辨士衡之文，不應以兄弟爲“孔懷”，並援“孔邇”爲例，所駁極當，與顔文“藉用”“昭忠”等語可以參看。

孫月峯評此序云：“修詞非不工，第衹是順文鋪去，每事填以數語，全無活潑頓挫之致。唐人諸序，大率祖此。○《文選》如此兩篇，乃其最排偶而板拙者。○全以屬對爲體，已純是四六文字。第句對多，聯對少，或間有單收句耳。”

譚復堂曰：“垂縮激射，文章上乘，開闔跌宕次之。此爲開闔跌宕者與。”

延年善文尚多，昭明所録實有未盡。昔張溥之論延年，謂“文莫長於《庭誥》”。今繹其文，精理名言實可爲處身涉世龜鑑。尋昭明選文，本列“戒”之一體（《選序》：“戒出於匡弼。”），乃序懸其目，而書闕其文。延年此篇，竟被遺落。今欲補昭明之遺闕，盡顔文之大觀，謹就《宋書》本傳所載，再加芟節，録入此編，用資觀覽。

庭誥 原文甚繁，《宋書》删節入傳，尚三千餘言，今更節之。

道者識之公，情者德之私。公通可以使神明如響，私塞不能令妻子移心。是以昔之善爲士者，必捐情反道，合公屏私。

尋尺之身，而以天地爲心；數紀之壽，常以金石爲量。觀夫古先垂戒，長老餘論，雖用細制，每以不朽見銘；繕築末迹，咸以可久承志。況樹德立義，收族長家，而不思經遠乎？……

夫内居德本，外夷民譽，言高一世，處之逾嘿，器重一時，體之茲沖。不以所能干衆，不以所長議物。淵泰入道，與天爲人者，士之上也。若不能遺聲，欲人出己，知柄在虛求，不可校得，敬慕謙通，畏避矜踞，思廣監擇，從其遠猷，文理精出，而言稱未達，論問宣茂，而不以居身，此其亞也。若乃聞實之爲貴，以辯畫所克，見聲之取榮，謂爭奪可獲，言不出於户牖，自以爲道義久立，才未信於僕妾，而曰我有以過人，於是感苟鋭之志，馳傾觖之望，豈悟已挂有識之裁，入修家之誠乎？……

若呻吟於牆室之内，喧囂於黨輩之間，竊議以迷寡聞，妲語以敵要説，是短算所出，而非長見所上。適值尊朋臨座，稠覽博論，而言不入於高聽，人見棄於衆視，則慌若迷塗失偶，黶如深夜撤燭，銜聲茹氣，腆嘿而歸，豈識向之夸慢，祇足以成今之沮喪耶。……

富厚貧薄，事之懸也。以富厚之身，親貧薄之人，非可以一時處，然昔有守之無怨，安之無悶者，蓋有理存焉。夫既有富厚，必有貧薄，豈有證然，時乃天道。若人厚富，是理無貧薄。然乎？必不然也。若謂富厚在我，則宜貧薄在人。可乎？又不可矣。道在不然，義在不可，而横意去就，謬生希幸，以爲未達至分。

蠶温農飽，民生之本，躬稼難就，止以僕役爲資，當施其情願，庀其衣食，定其當治，遞其優劇，出之休饗，後之捶責，雖有勸恤之勤，而無霑曝之苦。

務前公税，以遠吏讓，無急傍費，以息流議，量時發斂，視歲穰儉，省贍以奉己，損散以及人，此用天之善，御生之得也。

率下多方，見情爲上，立長多術，晦明爲懿。雖及僕妾，情見則事通；雖在畎畝，明晦則功博。……故曰“孱焉則差，的焉則闇”。是以禮道尚優，法意從刻。優則人自爲厚，刻則物相爲薄。耕收誠鄙，此用不忒，所謂野陋而不以居心也。

含生之氓，同祖一氣，等級相傾，遂成差品。遂使習業移其天識，世服没其性靈。至夫願欲情嗜，宜無間殊。或役人而養給，然是非大意，不可侮也。隅奥有竈，齊侯蔑寒；犬馬有秩，管燕輕饑。若能服温厚而知穿弊之苦，明周之德；厭滋旨而識寡嗛之急，仁恕之功。豈與夫比肌膚於草石，方手足於飛走者，同其用意哉？罰慎其濫，惠戒其偏。罰濫則無以爲罰，惠偏則不如無惠。雖爾眇末，猶扁庸保之上。事思反己，動類念物，則其情得而人心塞矣。

抃博蒲塞，會衆之事，諧調哂謔，適坐之方，然失敬致侮，皆此之由。方其剋贍，彌喪端儼，況遭非鄙，慮將醜折，豈若拒其容而簡其事，静其氣而遠其意，使言必諍厭，賓友清耳，笑不傾撫，左右悦目。非鄙無因而生，侵侮何從而入。……

游道雖廣，交義爲長。得在可久，失在輕絶。久由相敬，絶由相狎。愛之勿勞，當扶其正性；忠而勿侮，必藏其枉情。輔以藝業，會以文辭，使親不可褻，疎不可間，每存大德，無挾小怨。率此往也，足以相終。……

浮華怪飾，滅質之具；奇服麗食，棄素之方。動人勸慕，傾人顧盼。可以遠識奪，難用近欲從。若覩其淫怪，知生之無心；爲見奇麗，能致諸非務，則不抑自貴，不禁自止。……

欲者性之煩濁，氣之蒿蒸。故其爲害，則燻心智，耗真情，傷人和，犯天性。雖生必有之，而生之德猶火含煙而妨火，桂懷蠹而殘桂。然則火勝則煙滅，蠹壯則桂折，故性明者欲滅，嗜繁者氣惛。去明即惛，難以主一目。其以中外群聖，建言所黜，儒道衆智，發論是除，然有之者不患深，故藥之者恒苦術淺。所以毁道多而義寡，頓盡誠難，每指可易，能易每指，亦明之末。……

流言謗議，有道所不免，況在闕薄，難用算防，接應之方，言必出己。或信不素積，嫌間所襲；或性不和物，尤怨所聚。有一於此，何處逃毁。苟能反悔在我，而無責於人，必有達鑒昭其情，遠識迹其事。日省吾躬，月料吾志，寬嘿以居，潔静以期，神道必在，何恤人言？

嗲曰：富則盛，貧則病矣。貧之病也不惟形色麤黶，或亦神心沮廢；豈但交友疎棄，必有家人誚讓。非廉深遠識者，何能不移其植。故欲蠲憂患，莫若懷古，懷古之志，當自同古人。見通則憂淺，意遠則怨浮。昔有琴歌於編蓬之中者，用此道也。

夫信不逆彰，義必出隱，交賴相盡，明有相照。一面見旨，則情固山岳；一言中志，則意入淵泉。以此事上，水火可蹈；以此託友，金石可弊。豈待充其榮實，乃將議報；厚之筐篚，然後圖終？如或與立，茂思無忽。

禄利者受之易，易則人之所榮；蠶穡者就之艱，艱則物之所鄙。艱易既有勤倦之情，榮鄙又間向背之意。此二塗所爲反也。以勞定國，以功施人，則役徒屬而擅豐麗。自理於民，自事其生，則督妻子而趨耕織。必使陵侮不作，懸企不萌，所謂賢鄙處宜，華野同泰。

人以有惜爲質，非假嚴刑；有恒爲德，不慕厚貴。有惜者以理葬，有恒者與物終。世有位去則情盡，斯無惜矣。又有務謝則心移，斯不恒矣。又非徒若此而已。或見人休事，則勤蕲結納，及聞否論，則處彰離貳，附會以從風，隱竊以成釁，朝吐面譽，暮行背毁，昔同稽款，今猶叛戾，斯爲甚矣。又非唯若此而已。或憑人惠訓，藉人成立，與人餘論，依人揚聲。曲存稟仰，甘赴塵軌，衰没畏遠，忌聞影迹。又蒙之毁之無度，心短彼能，私樹己拙，自崇恒輩，罔顧高識，有人至此，實蠹大倫。每思防避，無通閭伍。

覩驚異之事，或無涉傳；遭卒迫之變，反思安順。若異從己發，將尸謗人，迫而又迂，愈使失度。能夷異如裴楷，處逼如裴遐，可稱深士乎！

喜怒者有性所不能無，常起於褊量，而止於弘識。然喜過則不重，怒過則不威，能以恬漠爲體，寬愉爲器者。大喜蕩心，微抑則定；甚怒煩性，小忍即歇。動無愆容，舉無失度。則物將自懸，人將自止。

習之所變亦大矣，豈惟蒸性染身，乃將移智易慮。故曰："與善人居，如入芝蘭之室，久而不聞其芬，與之化矣。""與不善人居，如入鮑魚之肆，久而不知其臭，與之變矣。"是以古人慎所與處。惟夫金真玉粹者，乃能盡而不污爾。

五、《文選》兩家比較讀法

六代文人，有並世齊名，文章風力，大抵相似，後人論定，取以並稱者，是可取兩家文比較讀之。比較以讀兩家之文，有應注重者數事。

兩家文體之淵源
兩家文章之個性
兩家文體擅長之處
兩家天才與學力之觀察
兩家文章之流派

依上所述，擇同時兩家文比較讀之，《文選》所載則有：

鄒陽與枚乘
揚雄與班固（不必同時，後人每以揚班并稱）
阮籍與嵇康
潘岳與陸機
謝靈運與顏延之
任昉與沈約

今舉潘陸兩家爲例

《宋書·謝靈運傳論》曰："降及元康，潘陸特秀。律異班賈，體變曹王。縟旨星稠，繁文綺合。綴平臺之逸響，采南皮之高韻。遺風餘烈，事極江右。"

《南齊書·文學傳論》曰："潘陸齊名，機岳之文永異。"

《世説·文學篇》孫興公云："潘文爛若披錦，無處不善；陸文若排沙簡金，往往見寶。"

又云："潘文淺而净，陸文深而蕪。"（劉注引《文章傳》曰：司空張華見機文，篇篇稱善，謂曰："人之爲文，患於才少，至子乃恨太多。"又引《文章志》曰："岳爲文，選言簡章，清綺絶倫。"）

蓋士衡之文工而縟，安仁之文清而綺。故興公之論，以爲潘美於陸，今研覈兩家作品，爲之比較如下。

（一）淵源

陸　文氣之厚得於子建，文辭之雅出於伯喈，而密緻皆過之。

潘　文之清秀，出於王粲。

（二）個性

陸　《文心·體性篇》云："士衡矜重，故情繁而辭隱。"

潘　又云："安仁輕敏，故鋒發而韻流。"

（三）文體

陸　駢偶之體，至陸漸備，句必用典，清新戒陳言，照應細密，詞厚重亦高偉，篇中多警策。

潘　思致高騫，理不虚綺，或謂西晋文辭，少至存樸實者，皆潘砥柱之力。語雋氣清，綺而不滯，輕而不浮，轉捩自如，自然，外華内淡。

（四）天才與學力

陸　天才與學力俱到，故極其捶鍊之工、艱苦之思。

潘　天才高於陸，而工力不逮，故清新灑逸之致過於士衡，而沈毅磅礴則不及。

（五）流派

陸　晋人學陸者惟葛洪。學陸不善者，病在冗滯蕪晦。

潘　謝莊、謝朓、江淹并學潘。學潘不善者，多病在浮。

試本此意，取鄒、枚，揚、班，嵇、阮，顔、謝，諸家之文，比較讀之，當各有深刻之認識，陸文已見《專家讀法》，潘文當則爲論次。

今再舉任沈兩家爲例

《梁書·文學傳論》云："高祖聰明文思，光宅區寓，旁求儒雅，詔采異人，文章之盛，焕乎俱集。每所御幸，輒命群臣賦詩。其文善者，賜以金帛。詣闕庭而獻賦頌者，或引見焉。其在位者，則沈約、江淹、任昉并以文采，妙絶當時。"

又《沈約傳》："約歷仕三代，該悉舊章，博物洽聞，當世取則。謝玄暉善爲詩，任彦昇工爲文章，約兼而有之，然不能過也。……又撰《四聲譜》，以爲在昔詞人，累千載而不寤。而獨得胸襟，窮其妙旨，自謂入神之作。"

又《任昉傳》："昉雅善屬文，尤長載筆，才思無窮。當世公王表奏，莫不請焉。昉起草即成，不加點竄。沈約一代詞宗，深所推挹。……所著文章，數十萬言，盛行於世。"

又《江淹任昉傳贊》曰："近世取人，多由文史。二子之作，辭藻壯麗。淹能沈静，昉持内行，並以名位終始，宜哉！"

鍾嶸《詩品》評任昉曰："彦昇少年爲詩不工，故世稱'沈詩任筆'，昉深恨之。晚節愛好既篤，又亦遒變，若銓事理，拓體淵雅，得國士之風，故擢居中品。但昉既博物，動輒用事，所以詩不得奇。少年士子，效其如此，弊矣。"

又評沈約曰："觀休文衆製，五言最優。詳其文體，察其餘論，固知憲章鮑明遠也。所以不閑於經綸，而長於清怨。永明相王愛文，王元長等皆宗附約。於時，謝朓未遒，江淹才盡，范雲名迹故微，故約稱獨步。雖文不至，其功麗亦一時之選也。見重閭里，誦詠成音。嶸謂約所著既多，今翦除淫雜，收其精要，允爲中品之第矣。故當辭密於范，意淺於江也。"

案：上二則雖屬論詩，論兩家文，亦不外是。

張溥《任彦昇集題詞》曰："王僧孺之傳任敬子也，曰：'少孺速而未工，長卿工而未速。孟堅詞不逮理，平子意不及文。孔璋傷於健，仲宣病於弱。集論尚書，窮文質之敏；駐馬停信，極疊疊之功，莫尚斯焉。'異哉，貶前修而昂任君，其東海之溢美乎！江南文勝，古學日微。方軌詞苑，代有名人。大抵采死翟之毛，抉焚象之齒，生意盡矣。居今之世，爲今之言，違時抗往，則聲華不立；投俗取妍，則爾雅中絶。求其儷體行文，無傷逸氣者，江文通、任彦昇，庶幾近之。然後知僧孺所稱非盡謬也。……（彦昇）委誠梁武，專典禪讓文誥……《文選》載彦昇令、表、序、狀、彈文，生平筆長，可悉推見。輜軿擊轊，坐客恒滿，有以夫。”

又《沈隱侯集題詞》曰：“梁武篡齊，决策於沈休文、范彦龍，時休文年已六十餘矣。抵掌革運，鼓舞作賊，惟恐人非金玉，時失河清。舉手之間，大事已定，竟忘身爲齊文惠家令也。佛前懺悔，省訟小過，戒及綺語，獨諱言佐命，不敢播騰。及齊和入夢，赤章奏天，中使譴責，趣其病殞。回思妓師識面，君臣罷酒，又成往事。然攀附功烈於生前，龍鳳猜積於身後，易名一字，猶遭奪改，若重泉有知，能無抱恨於壽光閣外哉？休文大手，史書居長，傳者獨宋，文集百卷，亦僅存十三。取其得意之篇，比諸傳論，膏沐餘潤，光輝蔽體，馬書班賦，别集偏行，適助南董之美觀耳。《四聲譜》自謂入神，後代遵奉，而不獲邀賞於武帝。聲病牽拘，固非英雄所喜也。禪筆紛作，於樹園紗吼，諦乘正説，遠遜乃公。意者逢時之意多，則覺性之詞少矣。”

今欲明兩家齊名之故，且取兩家文篇體之相似者比較讀之。

任彦昇《齊竟陵文宣王行狀》

【《齊書》傳略】竟陵文宣王子良字雲英，武帝第二子也。初，沈攸之難，隨世祖在盆城，授寧朔將軍。爲宋邵陵王友左軍行參軍，遷安南長史。昇明三年，爲使持節、都督會稽、東陽、臨海、永嘉、新安五郡，輔國將軍，會稽太守。宋元嘉中，皆責成郡縣。孝武徵求急速，始遣臺使，自此公役勞擾。太祖踐阼，子良陳之，請息其弊，封聞喜縣公。

子良敦義愛古，郡人朱百年有至行，先卒，賜其妻米百斛，蠲一民給其薪蘇。郡閣下有虞翻舊牀，罷任還乃致以歸。後於西邸起古齋，多聚古人器服以充之。

建元二年，穆妃薨，去官。仍爲征虜將軍、丹陽尹，開私倉賑屬縣貧民。世祖即位，封竟陵郡王，邑二千户。爲使持節、都督南兖徐二州諸軍事，鎮北將軍，南徐州刺史。永明元年，徙爲侍中，都督南兖、兖、徐、青、冀五州，征北將兵，南兖州刺史，持節如故。明年，入爲護軍將軍，兼司徒，領兵置佐，侍中如故，鎮西州。四年，進號車騎將軍。

子良少有清尚，禮才好士。居不疑之地，傾意賓客。天下才學，皆游集焉。士子文章，及朝貴辭翰，皆發教撰録。

是時上新親政，水旱不時。子良密啓，請原除逋租；又陳寬刑息役，輕賦省徭，并陳"泉鑄歲遠，類多翦鑿，江東大錢，十不一在。公家所受，必須輪郭，遂買本一千，加子七百"，"徒令小民，每嬰困苦"。

五年，正位司徒，侍中如故。移居雞籠山西邸，集學士鈔五經百家，依《皇覽》例爲《四部要略》千卷。招致名僧，講論佛法，造經唄新聲，道俗之盛，江左未有。

又與文惠太子同好釋氏，甚相友悌。子良敬信尤篤，數於邸園營齋戒，大集朝臣衆僧，至於賦食行水，或躬親其事，世頗以爲失宰相體。勸人爲善，未嘗厭倦，以此終致盛名。尋代王儉領國子祭酒，辭不拜。九年，京邑大水，吴興偏劇，子良開食賑救。貧病不能立者，於第北立廨收養，給衣及藥。十年，領尚書令。尋爲使持節都督揚州諸軍事，揚州刺史，本官如故。尋解尚書令，加中書監。

文惠太子薨，世祖檢行東宫，見太子服御羽儀，多過制度。上以子良與太子善，不啓聞，頗加嫌責。

世祖不豫，詔子良甲仗入延昌殿侍醫藥。日夜在殿内，太孫間入參，世祖暴漸，内外惶懼。百僚皆已變服，物議疑立子良。俄頃而蘇，問太孫所在，因詔東宫器甲皆入。絶詔使子良輔政，高宗知尚書事。子良素仁厚，不樂事務，乃推高宗。詔云"事無大小，悉與鸞參懷"，子良所志也。太孫少養於子良妃袁氏，甚著慈愛。既懼前不得立，自此深忌子良。大行出太極殿，子良居中書省，帝使虎賁中郎將潘敞領二百人仗屯太極西階防之。成服後，諸王皆出，子良乞停至山陵，不許。進位太傅，本官如故，解侍中。隆昌元年，加殊禮，進督南徐州。其年疾篤，尋薨，年三十五。帝常慮子良有異志，及薨，甚説。追崇假黄鉞，侍中，都督中外諸軍事，太宰，領大將軍，揚州牧。葬禮依晋安平王孚故事。

所著内外文筆數十卷，雖無文采，多是勸戒。建武中，故吏范雲上表爲子良立碑，事不行。

今試以行狀所言，與本傳比類而觀，以求其詳略之故。

行狀之文，古無定式。《漢書·高紀·求賢詔》云："詣相國府，署行、義、年。"蘇林云："行狀年紀也。"此行狀所自始，後則太常議謚、史官紀事皆取之，而爲人作行狀，《文章緣起》以爲自漢丞相倉曹傅胡幹之作《楊伯元行狀》始，而其文不傳。後漢《蔡中郎集》有《爲陳留上孝子狀》，體類行狀，其實乃奏議也。王楙《野客叢書》載"《吴志》周條等甄别行狀上疏云云"，知當時必多行狀，而傳者亦希。六朝人始多爲之，江文通、沈休文集中俱載有行狀，而類非完篇。其體式最完，足爲後世楷則者，以彦昇此篇爲稱首，則昭明纂存之力也。

行狀首叙祖、父官秩，及本身爵里年歲，另列數行，始見於此，後來韓、柳集中行狀，猶循用之，直可懸爲定式。惟韓、柳集中行狀，首必叙其名字，而此獨否，直稱爲公。或以爲竟陵貴爲帝子，身屬名王，將示尊崇，諱其名字。然觀沈休文所作《齊司空柳世隆行狀》，亦不書名字，但稱爲公，則知當時行狀，體式大率如此，不必因其爲貴胄而諱之也。

史傳必詳其人幼時性學，《齊書》竟陵本傳竟無一字及之。行狀稱其"道亞生知，照隣幾庶""天才博贍，學綜該明"，衍成一大段文字，雖多屬洋括之詞，實可補史文之略。

竟陵前後所上奏疏，詳載本傳。文章茂美，字字科律，使在後世作行狀，必應詳載。即不全載，亦必搴采大段入之。而此獨無一字涉及，似爲當時文體所拘，不能運用點煩載文之法。然篇末於身後追崇之詔，全行録入，儼然爲後世紀載大臣之式，是駢儷家深識文體處。

篇中"邪叟忘其西昃""遵衿禱於未萌"等語，叙事稍晦，使人不可盡曉，自是駢家短處，後人不可輕效。

"高人何點"八句，爲竟陵尊賢好士雅行，《齊書·何點、劉虯傳》載之，而本傳反略。行狀特將二事載入，足補本傳之缺。

葉樹藩謂："竟陵王子良開西邸，招文學，任昉與梁高祖、沈約、謝朓、王融、蕭琛、范雲、陸倕並爲上客，號‘八友’。武帝大漸，王融與其客魏準謀立子良。鬱林即位，收王融，賜死獄中，魏準以膽碎死，子良憂疑旋卒。篇中歷叙其製《山居序》，撰《净住子》，凡以明其志，表其節也。彦昇於是爲不負知己矣。”

案：王融謀立竟陵之事，篇中一字不及，自係有所諱言。即本傳亦止言“百僚皆已變服，物議疑立子良”，而不詳王融之事。檢《融傳》，載：

> 會虜動，竟陵王子良於東府募人，板融寧朔將軍、軍主。融文辭辯捷，尤善倉卒屬綴，有所造作，援筆可得。子良特相友好，情分殊常。晚節大習騎馬。才地既華，兼藉子良之勢，傾意賓客……招集江西傖楚數百人，并有幹用。世祖疾篤暫絶，子良在殿内，太孫未入，融戎服絳衫，於中書省閤口斷東宫仗不得進，欲立子良。上既蘇，太孫入殿，朝事委高宗。融知子良不得立，乃釋服還省，嘆曰：“公誤我。”鬱林深忿疾融，即位十餘日，收下廷尉獄，詔於獄賜死。融被收，朋友部曲參問北寺，相繼於道。融請救於子良，子良憂懼不敢救。

觀此，則融之謀立子良，實已得子良同意，故當融在中書省閤口斷東宫仗不得進時，子良初不呵止之。使武帝不再蘇，太孫仗不得入，則子良竟立矣。及武帝再蘇，問太孫所在，詔東宫器甲皆入，以子良輔政，鬱林始得立。鬱林既立，自不得不立誅王融，而子良亦斷不能免矣。故大行出太極殿，子良居中書省，則使虎賁中郎將潘敞領二百人仗屯太極西階以防之。成服後諸王皆出，子良乞停至山陵，不許，皆懲於器甲不得進殿，使己幾不得立之前事也。至是而子良之憂懼可知，其生死直旦夕莫保，更何敢出一言以救融。其所以不與融同時見誅者，猶以鬱林嗣立未久，又少養於子良妃，不無稍念恩慈。而子良又不樂事務，全以輔政之事，推之蕭鸞，故得稍減鬱林之忌耳。不然子良豈可幸哉？然卒貌加殊禮，而出之使督徐州，未幾遂以薨聞。其薨也，傳載有淮水魚浮出向城門之異，則實在徐州。而是否良死，殊不可知。《齊書》於蕭氏内惡多所諱言。《鬱林本紀》載，隆昌元年夏四月戊子（以《通鑑》目録訂之，當是四月八日），太傅竟陵王子良薨。是明明有月日可紀，而行狀則但言某年某月日薨，春秋三十有五，不載其時，不言其地。皆以其死之不良，深諱之而不敢直言也。觀於《南史·竟陵傳》末載：

子良既亡，故人皆來奔赴。陸慧曉於邸門逢袁彖，問之曰："近者云云，定復何謂？王融見殺，而魏準破膽，道路籍籍，又云竟陵不永天年，有之乎？"答曰："齊氏微弱，已數年矣。爪牙柱石之臣都盡。今之所餘，政風流名士耳。若不立長君，無以鎮安四海。王融雖爲身計，實安社稷，恨其不能斷事，以至於此。道路之談，自爲虛説耳。"

據此知當時之公論具在，而竟陵之死之成爲疑案，亦從可識矣。

自晋令諸葬者不得作祠堂碑石獸，於是六朝咸禁立碑。在齊惟故太宰褚淵、豫章文獻王嶷有碑。彦昇既爲竟陵作行狀，因復代范雲作奏，請爲竟陵立碑，《文選》所載《爲范始興作求立太宰碑表》是也，表云："鴟鴞東徙，松檟成行。"李注言："成王未知周公之意，類鬱林之嫌子良。而周公有居攝之情，猶子良有代宗之議，故假鴟鴞以喻焉。"又引吴均《齊春秋》曰："鬱林王即位，子良謝疾不視事，又潘敞以仗防之，子良既有代宗議，憂懼不敢朝事而子良薨。"則明言子良之薨，有非終其天年者矣。惜表上於建武中，事竟不行。此則齊明忌高武子孫，殺之惟恐不盡。其於竟陵之功德，殆亦有深加忌嫉者與。

竟陵所作《净住子》，《唐書》載有二十卷。今按《蕭雲英集》，僅存《净住子·序一》《净住子·净行法門三十一》。當日之綜爲二十卷者，不可見矣。

又《梁書》四十四，世祖忠壯世子方等撰《净住子》行世[1]。據此知南朝撰《净住子》，非止竟陵一人。今釋藏無《净住子》書，蓋失傳已久。

孫月峯曰："行狀用此體，猶稍爲得宜，典腴鍊密，亦自耐觀。"

何義門曰："碑版行狀之文，自蔡中郎以來，皆華而無實。唐梁肅、李

〔1〕 今考《梁書》卷四十四，忠壯世子方等所撰爲《静住子》。

華、獨孤及、權德輿輩，欲變而未能。至昌黎而始一洗其習，劉乂稱爲諛墓，特一時相譃之言，細讀諸碑誌，此言非實也。”

譚復堂曰：“須識其單行叙事處，皆駢儷之滋旨，任沈而後，此風漸墜。”

沈休文《齊故安陸昭王碑文》

【《齊書》傳略】安陸昭王緬，字景業，善容止。初爲祕書郎，宋邵陵王文學，中書郎。建元元年，封安陸侯，邑千户。轉太子中庶子，遷侍中。世祖即位，遷五兵尚書，領前軍將軍，仍出爲輔國將軍、吴郡太守，少時，大著風績。竟陵王子良與緬書曰：“竊承下風，數十年來，未有此政。”世祖嘉其能，轉持節都督郢州、司州之義陽軍事，冠軍將軍，郢州刺史。

永明五年，還爲侍中，領驍騎將軍，仍遷中領軍。明年，轉散騎常侍，太子詹事，出爲會稽太守，常侍如故。遷使持節都督雍、梁、南北秦四州，荆州之竟陵，司州之隨郡軍事，左將軍，寧蠻校尉，雍州刺史。緬留心辭訟，親自隱卹，劫抄度口，皆赦遣，許以自新，再犯乃加誅，爲百姓所畏愛。

九年卒，詔賻錢十萬，布二百匹，喪還，百姓沿沔水悲泣，設祭於峴山，爲立祠。贈侍中衛將軍，持節都督刺史如故，謚昭侯。年三十七。高宗少相友愛，時爲僕射，領衛尉，表求解衛尉，私第展哀，詔不許。每臨緬靈，輒慟哭不成聲。建武元年，贈侍中，司徒，安陸王，邑二千户，子寶晊嗣。

依本傳，安陸在齊代諸王中，固稍有政績可紀者，而碑文則鋪張已甚，試比較觀之。

稷契身佐唐虞 一段　首引唐虞及殷周漢魏，以明齊之得天下。六朝制作，往往如此，碑文得之。○今人作碑，前序惟用傳體。六代序事，用排行之，要在罕譬生姿，而此更覺典貴。○凡作大碑，起首必以重語壓之。此段文章典重，從班孟堅《典引》來，何義門稱其“規模宏遠”，洵爲知言。○以“極天”代嵩高，亦駢家代語之法。

公含辰象之秀德 一段　入安陸王，總攄生平立身行言之。“若夫彈冠出仕”數語，用撇筆，以爲不必求詳，正其所以爲詳也。

水德方衰 一段　言太祖革運，安陸曾參密謀，足補本傳之略。按：安陸薨於永明九年，年三十七。上溯太祖受禪之歲，年當爲二十五。而碑文言“陪奉朝夕，從容左右，蓋同王子洛濱之歲，實爲辯疆内侍之年”，均用年十五故事。安陸年十五，當爲宋明帝泰始五年。是年齊太祖方督南兖、徐二州諸軍事，進督兖、青、冀三州，功名尚非甚盛，革運已有密謀，而安陸以舞象之年，即已與在翊贊之列，此恐是後來之飾詞耳。又上既云“年歲可略”，此復述及年歲，是休文不檢處。

俄而入掌綸誥 一段　述仕宋爲邵陵王文學、中書郎，太祖受禪，封安陸侯。轉太子中庶子，及遷侍中事，與本傳合。

爰自近侍，式贊權衡 一段　述世祖即位，遷五兵尚書，及出爲吴郡太守事，與本傳合。“全趙之袨服叢臺”等語，見當時吴郡之奢華。“疑獄得情”等語，見其政化之美，正竟陵王所謂“竊承下風，數十年來，未有此政”也。

夏首藩要，任重推轂 一段　述爲郢州刺史事，與本傳合。“譽表六條，功最萬里”等語，極表在夏首功績，與前段在姑蘇功績不同。○此段“南接衡巫”，注“衡巫，三江名”，誤，宜用良注“衡巫，二山名”。“水陸之塗”句，以二千一百里爲三七，亦駢家塗飾之病。

還居近侍，兼饗戎秩 一段　述還爲侍中，領驍騎將軍，轉散騎常侍，太子詹事，語語與本傳合。且所轉之官，處處照顧周到，頗見密緻。

禹穴神皋，地埒分陝 一段　述爲會稽太守事，與本傳合。而文特極意恢張，較上述姑蘇夏首兩處功績，諛頌尤甚。

方城漢水，南顧莫重 一段　述爲雍州刺史事。“永明八載，疆埸大駭”，注引吴均《齊春秋》：“永明八年，匈奴寇朐山。”此與本傳不合。姜氏皋曰：“齊永明之八年，魏太和之十四年也。《魏書·孝文紀》，是年并無出師南侵之事。其《島夷傳》，梁郡王嘉破道成將於朐山下云云，《魏本紀》載於太和四年，《南齊書·魏虜傳》亦云太和三年之明年，僞南部尚書托跋等十萬衆圍朐山。太和四年，是齊建元二年，《齊本紀》於是年，亦云索虜寇淮泗，及寇壽陽。其永明八年，無出師禦敵之事，《南北史》本紀同。此文及注，當別有所本。”○此段“北指崤潼”等句，與上文“南接衡巫”等語，敘法句法皆同。駢家喜用此等語，一篇之中疊見，殆休文得意之筆耶。○“禮義既敷”等語，即傳中“留心辭訟，爲百姓所畏愛”本事也。而鋪寫既繁，似不若傳中數語之簡明有要。

遘疾彌留 至 **盈塗咽水** 一段　敘永明九年卒，喪還，百姓沿沔水悲泣。語雖稍過，與本傳尚合。惟傳有設祭於峴山爲立祠一事，最足表其遺愛。文轉遺之，碑詞亦不補敘。豈作碑文時，立祠之事，尚未舉耶?

公臨危審正 一段　敘卹典。

時皇上納麓在辰 一段　敘明帝之銜哀。

及俯膺天眷 一段　敘明帝纂統之贈爵，皆與本傳合。

惟公少而英明 一段　總敘平生道藝，補前文所未及。凡作碑文，必須有此一段，總束全序，下開銘詞，此篇正可爲法。

究八體於毫端　姜氏皋曰：“庾肩吾《書品》不載蕭緬，猶曰《書品》所論列者章草也。而唐張懷瓘《書斷》，神品、妙品、能品中，均未見及。竇泉《述書賦》論齊高帝、梁武帝、簡文帝、元帝及蕭子良，而不及安陸。休文此作，亦所謂諛墓而已。”按：此說太泥，六朝名人，能書者衆，即不入品，亦多可稱。此文上言篆籀之則，休文必有所見。未便以稱其體，即可譏爲諛墓。

秋儲無以競巧　《困學紀聞》云：“弈秋見《孟子》。‘儲’字未詳，蓋亦善弈之人，注謂‘儲蓄精思’，非也。”梁氏《旁證》引先通奉公曰：“對句‘流睇’是一人，則‘秋儲’未必是二人。或以‘秋儲’對‘弈思’，以‘流睇’對‘取睽’，則李注之義爲長。王伯厚以‘秋儲’爲二人，究無所據。”按：梁說近是，惟以“取睽”代“弧矢”，亦代語之割裂可笑者。

痛棠陰之不留　注：“落棠山，日所入也。”　汪氏師韓曰：“此似用召伯甘棠事。”張氏雲璈曰：“今人動用棠陰，蓋未讀此注者也。”按：今人用棠陰事，率指遺愛而言。宋人有折獄之書，且名《棠陰比事》，蓋習訛已久，豈知如此注，乃日薄西山之意，並非佳語耶。

銘詞渾括敘意，首段述世系祖德。“爰始濯纓”以下，述其始仕及履歷宦跡。“昔聞天道”以下，述其薨逝。竟體整鍊，聲光炯然。

孫月峯曰：“此與《王文獻集序》《褚淵碑》及《竟陵王行狀》，格局一同。而此篇調特響，語亦多疎俊，當爲特勝。”

譚復堂曰：“似健於仲寶，前後諛頌已甚，叙歷仕措注有勢。銘詞復述則昌黎以前通病。”

合觀二篇，文體大率相近，所以當世齊名。惟彦昇之述竟陵，似猶未竟其美；休文之述安陸，不免過貢其諛。此則一以表憂死之賢王，一以頌當朝之愛弟。處勢不同，故立言各異耳。至其文體華贍，早已下開徐庾。然於豐縟繁富之中，要存簡質清剛之氣，至徐庾則駢儷成而華腴極矣。昔人言“詩到蘇黄盡”，竊亦謂文到徐庾盡，言其流之泛而無可加也。而任沈二家，則尚有以力持之而不使至於盡，昔吾師譚先生每詔學者以爲文曰任沈[1]……

六、《文選》分體讀法　書牋類

書體廣義，包藴甚宏，《文選》所登，若表，若上書，若啓，若彈事，若牋，若奏記，若書，或爲臣僚敷奏之辭，或爲朋輩往還之牘，名號雖殊，其實不過文辭中告語門之二體而已。（“表”以下六類爲下告上者，“書”爲同輩相告者）今舉書牋二類爲例，述其篇體與作法。

《文心雕龍·書記篇》云：

> 書者舒也，舒布其言，陳之簡牘。……詳總書體，本在盡言，言以散鬱陶，託風采，故宜條暢以任氣，優柔以懌懷。文明從容，亦心聲之獻酬也。……（後漢）公府奏記，而郡將奏牋。記之言志，進己志也。牋者表也，表識其情也。崔寔奏記於公府，則崇讓之德音矣；黄香奏牋於江夏，亦肅恭之遺式矣。公幹牋記，麗而規益，子桓弗論，故世所共

〔1〕整理者按：以下内容缺，原書少兩面。

遺；若略名取實，則有美於爲詩矣。劉廙謝恩，喻切以至；陸機自理，情周而巧，牋之爲善者也。原牋記之爲式，既上窺乎表，亦下睨乎書，使敬而不懾，簡而無傲，清美以惠其才，彪蔚以文其響，蓋牋記之分也。

今就《文選》所登書牋之文，先别其人代與篇體

漢　李陵一首，司馬遷一首，楊惲一首皆書。

後漢　朱浮一首，孔融一首皆書。

魏　文帝三首書，吴質三首牋二書一，繁欽一首牋，曹植二首書，楊修一首牋，陳琳二首牋一書一，阮瑀一首書，應璩四首書，阮籍一首牋，嵇康一首書。

晋　趙至一首，孫楚一首皆書。

齊　謝朓一首牋。

梁　任昉二首牋，邱遲一首書，劉峻一首書。

綜上，六朝所登書牋二體，作者凡二十一人，文三十一篇。撰録雖未能備，亦可謂二體文之大觀矣。而其中有當分别言之者，則有：

僞製一　李陵《答蘇武書》，辨見後。

代作四　陳琳《爲曹洪與魏文帝書》，阮瑀《爲曹公作書與孫權》，阮籍《爲鄭沖勸晋王牋》，孫楚《爲石仲容與孫皓書》。

誤署撰人名宜正者一　趙至《與嵇茂齊書》，辨見前編第五章。

誤以書序爲書者一　劉峻《重答劉秣陵沼書》，此篇"劉侯既重有斯難"云云，乃答書之序，非書也。自《文選》撰入書類，題爲"重答劉沼書"，沿譌至今，考《梁書・文學・劉峻傳》，明云"峻乃爲書以序之曰"，以下所載，與《文選》同。《南史》峻傳削去其文，但云"爲書以序其事"，皆不誤也。文中絶無答書之語，而讀者竟莫之察。後人論此文宜改題爲序，良是。

有其人本不以文名，而第取本篇者　如朱浮、孫楚是。

有本以文著稱，而書記實非所長者　如曹植長於詩賦，嵇康善爲論難，書記非所特長是。

有本以書記著稱者　如阮瑀、孔融、應璩諸人是。《文心・書記篇》云

“元瑜號稱翩翩；文舉屬章，半簡必録；休璉好事，留意辭翰”，皆特稱三人之長於書記也。

其篇體，則就《文心·體性篇》所陳而論：

有壯麗體　如陳琳、阮瑀、曹植、孔融、嵇康、趙至諸人之作是。

有雄健體　如司馬遷之作是。

有繁縟體　如應璩、謝朓、邱遲、劉峻諸人之作是。

有優柔體　如魏文帝之作是。

書牘之文，皆作者直抒胸臆，不似他文之有意摹古。故一篇既陳，最易見當時作家之風格。右所詮品，未必悉當，要其大齊，不甚相遠也。

昔曾氏以陰陽剛柔論文，謂陽剛者氣勢浩瀚，陰柔者韻味深美。浩瀚者噴薄而出之，深美者吞吐而出之。陽剛之美，莫要於“雄直怪麗”四字；陰柔之美，莫要於“茹遠深適”四字。是又總彦和八體之區分，而約以剛柔二性者也。《文選》書牋二體之文之美，亦可以曾氏之言證之。

得陽剛之美者　如曹植、陳琳、阮瑀、嵇康、阮籍、趙至之作是。

得陰柔之美者　如魏文帝、應璩、繁欽、謝朓、邱遲、劉峻、任昉諸人之作是。

若統觀諸篇之佳勝，則有以氣勢勝者，司馬遷、楊惲、嵇康之作是也；有以情韻勝者，魏文帝、邱遲、劉峻之作是也；有以辭采勝者，應璩之作是也；有以工於詞令勝者，陳琳、阮瑀之作是也；有以明於事理勝者，朱浮之作是也。

次觀各篇之作法

司馬子長《報任安書》

太史公牛馬走司馬遷再拜言　注：“太史公，遷父談也。”孫氏志祖曰：“《漢書·司馬遷傳》無此十二字。”《刊誤補遺》云：“蓋得其本文如此。”遷被刑後，乃有此書。其父談死久矣，知太史公自謂也。牛馬走，當作先馬走。《淮南書》曰：“越王勾踐親執戈爲吴王先馬走。”《國語》亦曰：“勾踐親執戈爲吴王先馬。”《周官·太僕》：“王出入則前驅。”注：“如今導引也。”子長自謂先馬走者，以史官中書令在導引之列耳，故又云“幸得奏薄技，出入周衛之中”。《百官表》有“太子先馬”，蓋亦前驅之稱。案：太史公，遷之官也；牛馬走，猶自稱臣僕，謹言不敢居太史公之職耳，當連下爲文，而注誤絶之，不知子長與人書，無無故尊其父之理，其爲自謂無疑。孫氏謂“牛馬”當爲“先馬”，亦有根據；後世東宫僚屬有“洗馬”，蓋本諸此。

今少卿抱不測之罪 此謂任安因戾太子事而得罪也。《史記》：“太子有兵事，任安爲北軍使者護軍，太子立車北軍南門外，召任安，與節令發兵。安拜受節，入，閉門不出。武帝聞，下安吏，誅死。”

涉旬月，迫季冬 漢獄踰冬便得减死。迫季冬者，恐其當決，不得免也。

僕又薄從上雍，恐卒然不可爲諱 《漢書》“上”下重“上”字，無“爲”字。上雍，《漢書》注未詳釋，案《漢書》：“征和元年，巫蠱起。二年七月，御史大夫暴勝之、司直田仁，坐失縱。勝之自殺，仁要斬。”則任安之下吏，亦是時也。“三年春正月，行幸雍，至安定、北地”，故書曰“從上上雍”也。《史記·武紀》：“上初至雍，郊見五帝，後常三歲一郊。”《封禪書》云：“自古以雍州積高，神明之隩，故立畤郊上帝，諸神祠皆聚是也。”

昔衛靈公與雍渠同載，孔子適陳 注引《家語》，以爲“去衛過曹”，“此言孔子適陳，未詳”。汪氏師韓曰：“《史記》：孔子始至衛，即適陳，後又至衛，過宋適陳。《論語》：衛靈公問陳，明日遂行，在陳絶糧。孔子三至衛，皆適陳。其見南子，在畏匡還衛之後，時去適宋，又去適陳。《家語》所云‘適曹’，恐是‘適宋’之誤，司馬書固無誤也。”

同子驂乘 注蘇林曰：“趙談也。與遷父同諱，故曰同子。” 案《史記·趙世家·趙談傳》，並改爲“同”。《高祖功臣表》新陽侯吕談，《王子表》庸侯劉談，並作“譚”字，皆避父諱。然亦有不避者，如《晋世家》中再見“惠伯談”，《李期傳》中再見“韓談”，《司馬相如傳》“因斯以談”，《滑稽傳》“談言微中”，又各未避。此恐是後人追改，非《史記》原本也。

更張空拳 注顔師古曰：“拳，讀爲拳者，謬矣。拳則屈指，不當言張。

陵時矢盡，故張弩之空弓，非手拳也。李奇曰：‘弮者，弩弓也。’” 胡氏《考異》曰：“正文作拳，善注先如字解之，復引顏説，乃解爲弮字，所以兼載異讀。下李奇語，即顏所引。當作弮，不當作拳，《漢書》注可證。”案：宋楊伯嵒《臆乘》亦以師古張空弮之説爲長。然《左氏・桓六年傳》注：“張，自侈大也。”《北史・辛雄傳》云“軍威必張”，所用“張”字，皆振奮之義，要即振臂一呼之狀。且李陵《與蘇武書》“人無尺鐵，猶復徒首奮呼”，徒首即徒手，既是徒手相搏，則拳不必作弓弩解。竊謂《國語》已有“拳勇股肱”之語，《鹽鐵論》亦云“專諸空拳，不免於爲禽”，《後漢書・皇甫嵩傳》“雖兒童可使奮拳以致力”，《北齊書・神武帝紀》“縱無匹馬隻輪，猶欲奮空拳而争”，凡皆言拳，非言弮。至《隋書・達奚長儒傳》云：“戰鬥三日，五兵咸盡。士卒以拳毆之，手皆見血。”此雖後代事，亦可證軍中未始無用拳者。李前注“言兵已盡，但張空拳以擊”，情狀正相同也。

而僕又佴之蠶室　《漢書》“佴之”作“茸以”。《學林》云：蘇林注曰：“茸，次也，若人相佴次。”師古以蘇説爲非，曰：“茸音人勇反，推也。推置蠶室之中。”[1] 然《文選》作佴，如淳亦訓“佴”爲“次”。考《爾雅》：“佴，貳也。”郭注：“佴次爲副貳。”《説文》：“佴，佽也。”佽、次音義同，則從相次之説爲長。○《旁證》引林氏曰：“王氏《學林》謂遷坐舉李陵而下蠶室，罪與刑頗不相及。據衛宏《漢官舊儀》所云，實武帝以其作景武二紀多謗訕，故加以私憤之刑。案王氏之説殊非，遷下蠶室，《史記》書尚未成，武帝何由見其景武二紀？其後書成，至其外孫楊惲始傳之，遷及身書實未出也。”

不韋遷蜀，世傳《吕覽》；韓非囚秦，《説難》《孤憤》　齊氏召南曰：“《吕覽》爲不韋相秦日著，韓非書亦在游秦之前。此處大意，言二人身雖遭難，而著書已傳當世。下文爲自己發憤著書比例，故專引左丘、孫子也。”案：齊氏之説能觀其通，必以兩家之書非成於被罪之後，而謂史公之誤引者，泥矣。

---

〔1〕以上參見《學林》卷十“茸佴”條。梁章鉅《文選旁證》以己意述之。

揚子幼《報孫會宗書》

王楙《野客叢書》云："司馬遷《報任安書》，情詞幽深，委蛇遜避，使人讀之傷惻，可以想像無聊之況。蓋抑鬱之氣，隨筆發露，初非矯爲故爾。其甥楊惲《報孫會宗書》，委曲敷叙，其怏怏不平之氣，宛然有外祖風致。蓋平日讀《太史公記》，發於詞旨，不期而然。雖筆力高下本於其才，然師友淵源，未有不因漸染而成者。"

李注引《漢書》云："惲以才能稱譽，爲常侍騎。與太僕戴長樂相失，坐事免爲庶人。惲失爵位，遂即歸家閒居。"胡氏《考異》曰："此一節注當有誤。如本傳，惲自以兄忠任爲郎，補常侍騎，則云'以才能稱譽'者，決非善引《漢書》矣。《漢書》云'家居'，此云'遂即歸家閒居'，殊不成語，必各本皆失其舊也。"案：善注所引各書，多與今本不同，此殆據當時所見《漢書》本言之耳。

幸賴先人餘業，得備宿衛　惲父敞爲丞相，封安平侯，惲席其餘業也。

遭遇時變，以獲爵位　惲以告霍氏謀反，封爲平通侯。然以告人得侯，終以人告被戮，可見反復報應，理有不爽矣。

總領從官　《柏梁詩》光禄勳曰："總領從官柏梁臺。"惲前爲光禄勳也。

田彼南山，蕪穢不治。種一頃豆，落而爲萁　注引張晏、臣瓚《漢書注》，於此四語，逐加文致，指爲訕謗之詞。即後世詩獄之所自始。

誠荒淫無度，不知其不可也　濟注："惲見廢，内懷不服。其後有日食之變，人告惲驕奢不悔過，日食之咎，此人所致。下廷尉按驗，又得與會宗書，宣帝惡之，遂腰斬之。"案：此數語，譏訕之意，發露太過，誠不免爲英主所惡。然必坐以腰斬之刑，刻薄寡恩，宣帝亦誠不免哉！

惲幸有餘禄，方糴賤販貴，逐什一之利　按《漢書》："初，惲受父財五百萬。及身封侯，皆以分宗族。後母無子，財亦數百萬，死皆予惲，惲盡復分後母昆弟。再受訾千餘萬，皆以分施。"所謂有餘禄也。以輕財好義如彼，而復逐什一之利，似其行事，疑於前後之不侔。然揆之爲商賈以自污之意，未嘗非廢退者藏身之一法。而在法禁森嚴之世，則以爲治産業，通賓客，無閉門惶懼可憐之意，而加之齮齕者至矣。一事而指爲非道，數言而致之極刑，亦前事之深堪憤歎者哉！

朱叔元《爲幽州牧與彭寵書》

通篇俱反覆明寵之愚。愚則自伐其功，故典大郡意猶未足；愚則自矜其智，故據一隅妄冀非分。且愚則不明大義、識利害，故内聽婦言，外信邪謀；愚則不度形勢、審順逆，故災身禍家，親痛仇快。其語氣且歎且嗤，純是幸災之言，而浮之險悁，如見其人。

朱浮、彭寵之事，衡陽王氏論之極詳，其言曰：

> 光武之處彭寵，不謂之刻薄寡恩不得矣。王郎之亂，微耿況與寵之力不及此。天下粗定，置寵若忘，而以少年驕躁之朱浮位於其上，寵惡能不怨耶？泄浮之奏以激寵，使速反而殪之，誠不知光武之何心？意者寵之初發突騎，助光武討王郎，寵無固志，特爲吴漢、王梁所脅誘，而耿況、寇恂從臾之，以此有隙焉，而雖功亦罪乎？……
>
> 乃寵之不得其終也，亦有以自取矣。耿況之始歸光武，亦寇恂決之也。乃既決之於恂，則遣其子弇親將而來。稱帝之議，弇密陳之，故寇恂雖見委任，而不能揜況父子之輸忠。寵弗然也，從漢與梁之策，即遣漢與梁任之，資以兵衆，而成漢與梁之豐功，寵無與焉。漢與梁馳驅於中原，而已宴坐於漁陽。何其不自樹立，倒柄以授人耶？寵之愚不應至是，則寵有猶豫之情可知矣：光武而興，則漢與梁爲己效功；光武而敗，則漢與梁任其咎，而己猶擁郡以處於事外。嗚呼！處亂世，擁重兵，非儒生策士徘徊顧慮之時也。慮未可以委身，則竇融雖後至而無猜；審可以託迹，則得喪死生，決於一念。若其姑與之，而留餘地以自處，犯英主之大忌，受群言之交摘，未有能免者也。……需者事之賊。……寵之不免，非旦夕之故矣。

朱浮此書，《後漢書》本傳載之。同時馬援有《與隗囂將楊廣書》，亦是痛陳利害，勸廣説囂之歸命，《文選》舍彼録此，則以其詞不及此篇之鋒鋭也。今附鈔於下，以見昭明選文之别裁。

馬援《與隗囂將楊廣書》

春卿（廣字）無恙。前别冀南，寂無音驛。援還長安，因留上林。竊見四海已定，兆民同情，而季孟（隗囂字）閉拒背畔，爲天下表的。常懼海内切齒，思相屠裂，故遺書戀戀，以致惻隱之計。

乃聞季孟歸罪於援，而納王游翁（王元字）諂邪之説，自謂函谷以西，舉足可定，以今而觀，竟何如耶？援間至河内，過存伯春（囂子恂字），見其奴吉從西方還，説伯春小弟仲舒望見吉，欲問伯春無他否，竟不能言，曉夕號泣，婉轉塵中。又説其家悲愁之狀，不可言也。夫怨讐可刺不可毁，援聞之，不自知泣下也。援素知季孟孝愛，曾閔不過。夫孝於其親，豈不慈於其子？可有子抱三木，而跳梁妄作，自同分羹之事乎？季孟平生自言，所以擁兵衆者，欲以保全父母之國而完墳墓也，又言苟厚士大夫而已。而今所欲全者，將破亡之；所欲完者，將毁傷之；所欲厚者，將反薄之。季孟嘗折愧子陽，而不受其爵，今更共陸陸，欲往附之，將難爲顔乎？若復責以重質，當安從得子，主給是哉？

往時子陽獨欲以王相待，而春卿拒之；今者歸老，更欲低頭與小兒曹共槽櫪而食，併肩側身於怨家之朝乎？男兒溺死何傷，而拘游哉？今國家待春卿意深，宜使牛孺卿與諸耆老大人，共説季孟；若計畫不從，真可引領去矣。前披輿地圖，見天下郡國，百有六所，奈何欲以區區二邦，當諸夏百有四乎？春卿事季孟，外有君臣之義，内有朋友之道。言君臣耶，固當諫争；語朋友耶，應有切磋。豈有知其無成，而但萎腇咋舌，叉手從族乎？及今成計，殊尚善也，過是，欲少味矣。且來君叔天下信士，朝廷重之，其意依依，常獨爲西州言。援商朝廷，尤欲立信於此，必不負約。援不得久留，願急賜報。

孔文舉《論盛孝章書》

孝章得罪孫氏之故，史文不具，注引《會稽典録》言：“孫策平定吴會，誅其英豪。憲素有名，策深忌之。”夫策之初定江東，招納英豪，惟恐不及，果深忌高名之士，何以爲開創英明之主乎？此必策甫定江東之時，衆情未歸，憲有反抗之言論或舉動，以致得罪孫氏，故策死權興，憲即避難於許昭家。文舉之薦書甫上，漢廷之詔命未行，權即先害之，蓋恐其爲曹氏所用，終爲東吴患耳。○《典録》又載：“盛憲初爲臺郎，路逢童子，容貌非常。憲問之，答曰魯國孔融，年十餘歲。憲載歸與言，結爲兄弟，升堂見親。”是文舉與孝章，結交最早，氣誼最親，文舉作此書時，年滿五十，則孝章此時，年當在七十以外，故書云“今之少年，喜謗前輩”，蓋早以前輩之禮事之矣。始事其人而尊之，終救其禍而不得。晚途避亂，同逃海之彦方；末路罹殃，等望門之孟博，其亦深可惜哉！○文舉與孝章結交最深，而性行亦相似，蓋皆高名自恃，縱誕凌物人也。而其獲禍亦相同，彼曹操者，權位既高，生殺在手，未嘗不念故舊之誼，而斷不容輕侮之言，故始能因念舊之故而救孝章者，終不免因恃舊之故而殺文舉，豈惟亂世之不易居，亦其自取者故有在也。然權害孝章，而一子猶能奔魏，操殺文舉，而二子遂至同刑，以此見操之肆惡，蓋尤甚於孫權哉！

此文前半論孝章之遇，應致之以宏友道；後半論匡復漢室之須得賢，以市馬好玉爲喻，以燕昭尊郭隗爲證，而招致孝章，有功漢室之意，寓乎其中矣。其義意節節推展，文勢曲折盤旋，有逸宕之致，兹述其修詞如下：

【取喻】

用字之取喻：零落殆盡　妻孥湮没

造語之取喻：時節如流　向使郭隗倒懸而王不解　士亦將高翔遠引

命意之取喻：珠玉無脛而自至者　以人好之也

【用筆】

轉接用連詞：若使憂能傷人　向使郭隗倒懸而王不解

用狀詞：今孝章實丈夫之雄也　今之少年　公誠能馳一介之使

挺接：《春秋》傳曰　燕君市駿馬之骨　珠玉無脛而自至　昭王築臺以

尊郭隗

潛轉：吾祖不當復論損益之友　而朱穆所以絶交也　正之之術實須得賢

頓筆：此子不得復永年矣　朱穆所以絶交也　友道可宏矣　乃當以招絶足也　況賢者之有足乎　莫有北首燕路者矣　九牧之人所共稱歎　欲公崇篤斯義

陳孔璋《爲曹洪與魏文帝書》

陳琳、阮瑀，以工爲書翰，齊名魏代。於時軍國書檄，多出其手。文帝評孔璋曰“章表殊健，微爲繁富”，評元瑜曰“書記翩翩，致足樂也”。魏氏多才，二子特以此擅美，故文帝特加評隲。《文選》所録，雖寥寥數篇，已足見其所長矣。

孔璋代子廉作此書，爲子廉前因所見漢中之險，張魯有險而不知守，致破滅之速，書示子桓；復因子桓來書，見魯無道，雖守亦無救於亡。遂再申前説，反覆析辨。首盛稱漢中之險：次言漢中有中材守之，即不能克；次言魯雖下愚，有賢人爲之畫策而守，亦不能克。此皆析辨子桓來書之語也。以下因子桓謂其前書，如出孔璋之手，辨其是自竭其思，實非倩人，爲書牘中所僅見，使非書載陳琳集中，竟似子廉自爲矣。而孔璋則既爲作書，又代爲此語，想當時傳示幕中，實是一笑柄也。

四嶽三塗　注：“三塗在河南陸渾縣南。”　姜氏皋曰：“嚴氏蔚《春秋内傳古注輯存》《隋書·地理志》，河南陸渾有三塗山。《逸周書·度邑解》：‘我南望過於三塗。’《左氏·昭十七年傳》，晋將伐陸渾，以有事於雒與三塗，請於周。服虔以‘太行、轘轅、崤黽’當之，於‘南望’不合，恐非。”

雖有孫田墨氂　注：“氂字未詳”。　按：“氂”當即《孟子》之“滑釐”，《墨子》之“禽滑釐”，釐，《漢書·儒林傳》作“氂”，而禽滑釐爲墨子弟子，於備城、備梯、備水、備穴等法，能與墨子詳論，故與孫、田並列。

遊睢涣者，學藻繢之綵　注：“睢涣之間出文章，故其黼黻絺繡，日月華蟲，以奉宗廟御服焉。”　余氏曰：“《述異記》：‘沮涣二水，波文皆若五色。彼人多文章，故一名續水。’……沮通睢。”案：書文係言學其地之文章，余氏引《述異記》之文以釋之，似較原注差勝。

有子勝斐然之志　注：“告子勝仁。”《困學紀聞》八云：“勝蓋告子之名，豈即《孟子》所謂告子歟?”案：此句當闕疑，注引《墨子》“告子勝仁”，及《論語》“斐然成章”，綴輯成解，未確。

怪乃輕其家邱　注中“孫菘”云云，二“菘”字皆當作“崧”，見《三國志·邴原傳》注。但此注不當引《邴原别傳》爲證，孫崧去孔璋亦未遠也。

阮元瑀《爲曹公作書與孫權》

蜀、魏不兩立，從無使命往來，吴當蜀、魏之交，可爲二國之援。吴與蜀和，蜀取益州漢中是其驗；吴與魏和，蜀失荆州是其驗。蜀重在和吴，魏亦重在和吴，所謂舉足之間，便有輕重也。此書之致，在赤壁交兵以後，吴、蜀之好方固，立言殊難入手，首明起釁之由，從婚媾舊好引入，便見雖有小忿，不廢懿親，前此搆争，俱可付之度外也。次恐受吴譏笑，復將譏笑情事，豫爲抉破。中間掩飾兵敗，以遜詞爲大言，故可徐怵之以禍害。末期以取蜀自效，則致書之本意也。

無匿張勝貸故之變　貸故，貸其前事也。

羞以牛後　注:“從或爲後，非也。”　《旁證》云：何校“後”改“從”，陳同。按依注當作“從”，向注作“後”耳。《顔氏家訓·書證篇》云:“《太史公記》:‘寧爲雞口，無爲牛後。’此是删《戰國策》耳。按延篤《戰國策音義》曰：‘尸，雞中之主。從，牛子。’然則‘口’當爲‘尸’，‘後’當爲‘從’，俗寫誤也。”《史記索隱》及羅願《爾雅翼》、沈括《筆談》并從之。惟何孟春《冬餘序録》謂:‘口、後韻叶，古語自是如此。’吴師道《戰國策校注補》引《正義》云：‘雞口雖小乃進食，牛後雖大乃出糞。’皆與古訓異，恐不可從。

思計此變　“此變”謂江陵、荆州之事。

何必自遂於此，不復還之　謂權自遂其心，不復還悔。李注非。

往年在譙，新造舟船，取足自載　此事在影響間，故易掩飾。

貴欲觀湖漅之形　“湖漅”二字當互乙。王應麟《地理通釋》云：“巢湖一名焦湖，在廬州合肥縣東南六十四里。本居巢縣地，後陷爲湖，今與巢縣、廬江分湖爲界。《後漢紀》作‘漅’。諸葛武侯曰：‘曹操四越巢湖不成。’”是也。

聞荆揚諸將 至 **各求進軍**　“人兵減省”以上，降者之言。“各求進軍”，諸將之言。

豫章距命　孫氏志祖曰：“劉繇距豫章，不久即病卒。孫策西伐江夏，還過豫章，收載繇喪，見《吴志・繇傳》。此書之作，在孫策薨後，孫權據江東之時，則繇死久矣。‘距命’云云，恐涉虚飾。”案：劉繇之死，操不容不知。書中言此，特據降者之言，豈傳聞失實耶，抑故閃灼其詞耶？則適足貽吴人之笑耳。

此書與孫子荆《爲石仲容與孫皓書》，用皆同於馳檄，實可入檄移類，《文心・檄移篇》云：“檄之大體，或述此休明，或叙彼苛虐。指天時，審人事，算强弱，角權勢。標蓍龜於前驗，懸鞶鑑於已然。雖本國信，實參兵詐。譎詭以馳旨，煒燁以騰説。……故其植義颺辭，務在剛健。……必事昭而理辨，氣盛而辭斷，此其要也。”觀此二書，亦可謂盡檄移之要已。

孫子荆《爲石仲容與孫皓書》

前篇《與孫權書》，因力不足以制之，而强爲辨説，故多委曲迴護語。此則西蜀已亡，魏之視吴，如機上肉，直以威力脅之歸命，故氣極凌厲，詞極抗倨。蓋今昔情勢之不同使然也。首盛張魏之國勢，次言蜀亡，次則以蜀例吴，以上皆脅之以歸命之利也。次又言拒降之害，末以致書之由作結。氣不若元瑜之壯，而密麗過之，史臣稱“曩代之佳章”，信然。

書載《晋書・孫楚傳》，以校《文選》所載多異，蓋唐修《晋書》所改。今摘其尤要者著之。

交疇貨賄　《晋書》“疇”作“酬”，此或本作“醻”而誤“疇”，當從《晋書》。

自茲遂隆　《晋書》“遂隆”作“以降”，此《晋書》之誤，當從此本。

主上欽明　注：“《尚書》曰：‘放勳欽明。’”　此與今讀不同，然本書《魯靈光殿賦》張注及《檄蜀文》注引皆如此。《後漢書·馮衍傳》章懷注引亦同，是唐以前固皆以“欽明”斷句也。

小戰江介　《晋書》“介”作“由”。注引《魏志》，“介”亦當作“由”，在《鄧艾傳》。

虎臣猛將　《晋書》“虎”作“武”，避唐諱改也。

然主上眷眷　《晋書》“上”作“相”，是也。《考異》云：“主謂魏帝，相謂晋王。”

若侮慢不式王命　《晋書》“若”下有“猶”字，各本皆脱，當據補。

魏文帝《與朝歌令吴質書》

黎庶昌曰：“書牘有言情、言理、言事之别。古今文家，此體當以昌黎韓氏爲最優，而多偏於事理，言情者絶少。子桓、子建，一無所規仿，獨抒性靈，辭意斐篤，曾文正公推爲書牘正裁，不虚也。”按：子桓文便娟婉約，頗極徘徊往復之情，此書及後《與吴質書》兩篇，尤徵情致，良由平昔禮賢愛客，矜尚風流，而鄴下諸賢復皆優於文采。所以連輿接席，朝夕從游，賦詩尊酒之間，弄姿絲竹之裏，樂靡極也。及事過境遷，離群索處，或有溘先朝露，永隔幽冥。撫今念舊，愴懷曷極。況子桓自登儲貳，任重道遠，時以德薄位尊，年長才退，徬皇歎息，通夜不瞑。追維疇昔宴游之樂，盛年已往，志意全非，能不攬筆龍鍾，悲來横集者乎？是則子桓之才，雖富文藻，而時會所逢，尤多感慨，宜其欷歔俯仰，一往情深也。

此書據《魏志》裴注引《魏略》云：“大將軍西征，太子南在孟津小城與質書。”大將軍者，曹操也。考《魏武本紀》，建安二十三年七月，治兵西征劉備。此書之作，蓋在是時。

吴質仕履見前，此時爲朝歌令。何曰：“漢朝歌屬河内郡，建安十年始割以益魏郡，然則注引《漢書》字殆誤。”姜氏皋曰：“《後漢書·魏郡》注引《魏志》曰：‘建安十七年，割河内之蕩陰、朝歌、林慮等縣，以益魏郡。’然則云十年者亦誤。”案：注引《典略》：“質爲朝歌長。”而題云“與朝歌令”，據《漢書·百官表》“萬户以上爲令，萬户以下爲長”，是令、長以縣之大小爲分，故長遷始爲令，或與書時，質已遷爲令也。

彈棊間設　《典論》云：“余於他戲弄之事少所喜，惟彈棊略盡其巧。”案《世説》：“魏文帝於此戲特妙，用手巾角拂之，無不中。”

終以六博　五臣“六博”作“博弈”，向注可證。《三國·魏志·王粲傳》注亦作“博弈”。

兹論本書修辭如左：

一、意

文章内含，不外情、景、事、理四者。此文所述之事，即“今昔宴游”。（河曲之游與南皮之游）所言之情，則盡於“節同時異”“物是人非”二語。孫執升評云：“撫今感舊，覩物思人，對此茫茫，百端交集，盈虚之慨，正因游覽之勝而愈深也。”可謂能曲道斯文之用意矣。

二、辭

描寫：“妙思六經”以下，至“沈朱李於寒水”，狀寫樂緒，其景動盪。“白日”以下，至“悲笳微吟”，寫由樂轉哀之情，景即静寂。“清風”二句，興象尤入深微。

屬對：六經、百氏（數對），娱心、順耳（身對），北場、南舘（方對），浮、沈（反正相對，互文足意），甘瓜、朱李（色與味對），清泉、寒水（狀與性對）。白日、朗月（狀對），從者、文學（定名文學與泛指名對），樂往、哀來（自爲對），節同時異、物是人非（正反對）。

造句：此文諷誦之際，多四字一讀。而準諸文法，考其搆造，或以數四字讀，合爲複句；或以四字成句，而省略其中應有之詞。讀此可以知偶體文之組織，亦可藉以推知造儷語之法。

洪亮吉《與孫季逑書》，全用四字成篇，與子桓此書文體相類，可取以參觀。

又 與吴質書

前篇文意，專寫游觀，體制亦全爲對偶。此篇則叙述諸子文學，撫今追昔，以嗚咽感慨出之。其寫游觀，不過連帶述之而已。末段以人生奄忽物化，當以榮名爲寳，又子桓流露人生觀處，尤易引起讀者之同情也。又此書排句極少，故文勢流動，不似前篇之平直，兹更述其文術如下：

（一）暗轉

美志不遂，良可痛惜。　至於所善，（雖）古人無以遠過。　後生可畏，來者難誣。　吾德不及之，（而）年與之齊矣。

（二）曲折

"三年不見"以下四讀。　既痛逝者，行自念也。　"今之存者已不逮矣"以下四讀。　"志意何時復類昔日"以下三讀。

（三）含蓄

思何可支？　何可攀援？　然恐吾與足下不及見也。　恐永不得復爲昔日游也。　良有以也。　此子爲不朽矣。　今之存者已不逮矣。　年與之齊矣。

偶體文當知搆造複詞，此文用複詞極多，兹記於下：

歲月　書疏　疾疫　親故　觴酌　絲竹　姓名　糞壤　名節　恬淡　辭義　典雅

述作　才學　痛惜　章表　繁富　書記　辭賦　志意　犬羊　虎豹　日月　瞻觀

少壯　過往　攀援　述造　往返　心目　古今以上二字並列

遺文　鬼録　昔游　細行　美志　逝者　逸氣　時人　門人　知音　來者　後生

白頭　衆星　連輿　接席　抆淚　懷文　抱質　寡欲　通夜　絶絃　覆醢以上二字貫注

百年己分　李注未及。謂人壽百年，乃己分内所有耳。

觀古今文人以下　當與《典論·論文》參看。以氣論文，始於子桓。《典論》云："文以氣爲主，氣之清濁有體，不可力强而致。"此所云"氣"，即材性之謂，材性隨人而殊，不能彼此相肖。見之於文，清濁高下，一如其素，故曰"不可力强"。此書評孔璋曰"章表殊健"，評公幹曰"逸氣""未遒"（《典論》亦曰"有齊氣"），評仲宣曰"體弱不足起其文"，此見子桓論文以遒健不弱爲貴，即《典論》"以氣爲主"之意也。《文心雕龍·風骨篇》全出於此。

逸氣未遒 則如奔踶之馬，不施控勒，必有流蕩忘反之憂。《顔氏家訓·文章篇》曰："凡爲文章，猶人乘騏驥，雖有逸氣，當以銜勒制之，勿使流亂軌躅，放意填阬塹。"即此意。

動見觀瞻，何時易乎？ "易"讀"難易"之"易"，言動常爲世所觀見，何時容易者乎？此承"德不及之"而言。

吴質《答魏太子牋》

此牋爲報文帝前書而上，故附於此。

自起首 至 **可爲痛切** 承子桓來書，重叙一番，以見彼此同慨。

凡此數子 至 **實可畏也** 來書以文學第諸子之高下，此又以才具評諸子之短長，隨暗入自己，即後所云"展其割裂之用也"。"後來"二句，答來書"後生可畏"二語。

伏惟所天 至 **遠近所以同聲也** 此極贊子桓文章之美。

年齊蕭王，才實百之 答來書"吾德不及之"二語。

然年歲若墜 至 **展其割裂之用也** 先答來書"年一過往，何可攀援"之意，次以保身自勵，末以效用自期。

但欲保身敕行 對前"不慎其身""猶欲觸胸奮首"，申前"邊境有虞"一節。

時邁齒载 《考異》曰："疑此'载'當作'耋'，故注引《左傳》'耋老'，六臣本所載良注：'载，大也。'蓋载、耋爲善與五臣不同也。又案《漢書·孔光傳》'犬馬齒载'，讀作'耋'，或季重用彼成文。"

又 在元城與魏太子牋

質由朝歌遷令元城，文帝前書，即質在元城時所與也。此牋則質遷令過鄴辭文帝，既到縣乃上之，故又附於此。

先叙侍宴之情，爲過鄴時事，次述到官奉職，則蒞任時事。末表不樂外任之意，援引古事，以見己所企望，實可表眷眷左右之誠。

此牋勝處，全在中間一段，覽景述事，憑弔興亡，以欷歔感慨出之。後人從而傚之者，如習鑿齒《與桓祕書》、蘇軾《超然臺記》、汪藻《京口月觀記》、米芾《壯觀亭記》、胡應期《真州天開圖畫樓記》，其格調皆從此出，則此牋之爲創調亦爲絶調可知矣。

魏文帝《與鍾大理書》

此文帝向繇求一玉玦，展轉得之，特致繇書以爲謝也。當時聞繇有美玦，本可作書求之，恐傳言未審，未敢作書，乃令其弟子建因荀閎喻旨求之。繇即送之，先來一書，所謂“乃不忽遺，厚見周稱”者也。繇書載《魏志》注，今録於後：

> 昔忝近任，并得賜玦。尚方耆老，頗識舊物。名其符采，必得處所。以爲執事，有珍此者，是以鄙之，用未奉貢。幸而紆意，實以悦懌。在昔和氏，殷勤忠篤，而繇待命，是懷愧恥。

書中“名其符采，必得處所”，謂必有貴人求之，先已將太子抬高一層。“以爲執事”四語，謂太子必有美玦，更珍於此者，是以不加貴重，未及奉獻，是更將太子所有抬高，而自己未及奉貢之意，亦趁勢説出。可謂善於立言者矣。文帝乃作此書與繇，並奉賦一篇，以贊揚麗質。繇書與《玉玦賦》，《選》均不載。《藝文類聚》載文帝《玉玦賦》，寥寥數十言，殆非完篇，今並録之：

> 有昆山之妙璞，産曾城之峻崖。嗽丹水之炎波，蔭瑶樹之玄枝。包黄中之純氣，抱虚静而無爲。應九德之淑懿，體五材之表儀。

曹子建《與楊德祖書》

此書先評論諸子，次言文不能無病，唯能者知之，末自述本意。

文之佳惡吾自得之，後世誰相知定吾文者耶？　意言“子定吾文，吾可以自得其佳惡，後世既與吾不相知，亦焉貴定吾文耶”，其旨如此，非欲假子建力以欺後世也。○按《南史·任昉傳》，王儉“出自作文，令昉點正，昉因定數字，儉拊几歎曰：‘後世誰知子定吾文？’”語蓋本此。

若吾志未果　一段　全從司馬子長《報任少卿書》奪胎而出，可知其下筆追摹所在。其後昌黎《與崔立之書》“作唐之一徑，垂之於無窮，誅奸諛於既死，發潛德之幽光”等語，又原本於此書之意。

楊德祖《答臨淄侯牋》

此答子建前書，故附於此。

若仲宣之擅漢表　至　**斯皆然矣**　答“今世作者”一段。

伏想執事，不知其然　至　**固所以殊絶凡庸也**　答“僕嘗好人譏彈其文”一段。王元美《藝苑巵言》謂：“楊德祖《答臨淄侯牋》中，有‘猥受顧錫，教使刊定’云云，及覽臨淄侯書，稱‘往僕少小所著辭賦一通’，不言刊定，唯所云‘丁敬禮嘗作小文，使僕潤飾之，僕自以才不過若人，辭不爲也。敬禮謂僕，卿何所疑難，文之佳惡，吾自得之，後世誰相知定吾文者’，此植相託意耶。”

修家子雲　至　**悔其少作**　此指《法言》“壯夫不爲”數語，六臣本有善注云：“子雲，雄字也。與修同姓，故云修家。”按《旁證》引沈作喆《寓簡》云：“修宏農華陰人，而揚子雲《自序》云‘五世傳一子’，雄無他揚於蜀，而雄又無子，蓋子雲爲蜀之揚，非華陰之楊也。”林先生曰：“唐《楊珣碑》云：‘叔虞翦珪，自周封晋；伯高食采，受邑君楊。’按雄傳，其先出自周伯僑，食采於晋之揚，因氏焉。珣碑豈沿德祖而誤耶？然吴仁傑《兩漢刊誤補遺》所辨，則修與雄實同祖，皆氏木名之楊，雄《自序》誤耳。”桂氏馥《跋漢郎中鄭固碑》云：“今考沛相楊統碑、高楊令楊著碑、太尉楊震碑，皆修之先，其字亦從木也。”

若乃不忘經國之大美 至 **豈與文章相妨害哉**　答“猶庶幾戮力上國”一段。

敢望惠施 二句　答“恃惠子之知我”。

季緒瑣瑣 二句　答“劉季緒才不能逮於作者”數語。

反答造次 至末　《魏志》注無此十三字，余氏曰：“吴曾《漫録》云，書尾用‘不宣’語始此。”

曹植《與吴季重書》

此書先叙讌飲，次及文章，而以政事爲結，終以勗勉之詞。

前日雖因常調　謂官之常調，猶平調也。質出爲朝歌令，謁辭植，故云“常調”。

夫君子而不知音樂，古之達論謂之通而蔽　據篇末注，似本無此三句，然無之則文不貫。

墨翟不好伎 二句　言不好伎可也，因朝歌之空名而迴車，則太過已。

吴質《答東阿王書》

自旋之初 至 **懷眷而悁邑者也**　答“足下鷹揚其體”一段。

若追前宴 至 **夫何足視乎**　答“願舉泰山以爲肉”等語。“鑽孔父之遺訓”數語，則規諷之詞也。

耳嘈嘈於無聞 二句　此即“聞鼓鼙而思將帥”之意。季重於讌飲時，必發豪壯之論，故子建書有“鷹揚其體”等語，合觀兩書自明，或云“無聞”下不應遽及鞍馬，疑有脱誤，非也。

還治諷采所著 至 **何但小吏之有乎**　答“可令喜事小吏”等語。

重惠苦言 至 **固已久矣**　答勉以政事之意。

應休璉書統觀

休璉長於書記，而時乖運蹇，懷才不遇，沈淪之歎，時見乎辭。本書所録《與曹長思書》，自傷寡助；《與君苗君胄書》，志在歸田，皆可以觀其身世。至於諸書文體，整而兼儷，復好引事類，以佐敷陳，雖不免失之拘制，然周旋之態、俯仰之情，亦自成風格。當時以書記擅名，洵非偶也。

與滿公琰書

此書前述留公琰飯，後謝其見招。“陽畫”句喻求魚，“楊倩”句喻沽酒也。

楊倩説於范武　注：“范武，未詳。”　《旁證》：“翰注：‘范武，古之善爲酒者。’此不知所據。林先生曰：‘沽酒之宋人，想即范武。’謹案：注引《韓非子》‘宋人有酤酒者’一節，今《外儲説》於此一節後，復有‘宋之酤酒者有莊氏者’云云，‘莊氏’二字，與‘范武’字體相似，或休璉所見本尚是‘范武’，至李注時，已傳寫譌作‘莊氏’，故不引爲注也。”

義渠哀激 至 **其樂未聞**　顧氏炎武曰：“漢武時，張騫入西域，得《摩訶》《兜勒》二曲，故應璩書即有‘義渠哀激’之語。”

夫漳渠北有伯陽之館　注：“伯陽即老子也。”　《旁證》，姜氏皋曰：“《吕覽・當染篇》：‘舜染於許由、伯陽。’高誘注：‘伯陽蓋老子，舜時師之者也。’《重言篇》：‘詹何、田子方、老耽。’高注又云：‘老耽，周史伯陽，孔子師之。’或爲舜時，或爲周時，高已不能定，惟伯陽爲其字，則一也。”梁氏玉繩曰：“《隸釋・老子銘》《神仙傳》《抱朴子》皆謂‘字伯陽’。而《史記索隱》謂‘名耳字聃’，今作‘字伯陽’，非正也。故疑《史記》‘字伯陽’句，爲後人竄入。”

又與侍郎曹長思書

首叙别後之情懷，次自傷其寡助。“王肅”四語，興感之由。“薄援助者”三語自喻。“塊然”二句，爲全書主意。“汲黯”以下，引古自況。“其有由也”一頓，“德非陳平”以下，又博徵古人，以反形其落莫。“悲風”以下，叙袁生見過。首狀境況，次述見過，又次相見時之情狀，末引古爲比作結。“夫皮朽者”以下，引事物爲喻，以菀枯之數，歸之自然，用以自慰，而抑鬱之情，溢於言外矣。

孫氏評此書，謂："與後《君苗君胄書》同意，休璉特自傷其寡助耳。潘岳《閒居》，原非本無宦情也。築室種樹，弋鳥釣魚，與夫客過清談，俱是熱中人語，不得以《樂志論》擬之。"頗能道得書中深意。

全書隸事、用語、設喻如下：

隸事：王肅　何曾　汲黯　何武　周黨　以上正比

　　　陳平　揚雄　仲舒　孟公　以上反比

用語："田叔"二語

設喻：鷹揚虎視　復斂翼於故枝　"皮朽者毛落"四語

又 與廣川長岑文瑜書

全書只是"頃者炎旱，日更增甚，修之歷旬，静無徵效"數語爲其本意，餘文皆爲此而發。觀其反正相形，引類譬喻，可知爲文鋪張之法，兹細剖之。

"炎旱"二句直述。"沙礫"二句描寫。"處涼臺"四句加倍形容。"雲漢"二句引語作結。"土龍"四句挺接，叙祈雨之事。"明勸教"二句加論斷作結。

"知恤下民"四句指文瑜立案。間以斷詞。"昔夏禹"四句又一案。引古反形。"今者"二句叙事。與"言未發"二句對照。"得無"四句反筆與上相較立斷作結。言其精誠感通不及古人，所謂戲也。

"周征殷"二句又一證。"善否之應"二句説明上意。"未可"一句以反語結。"想雅思"二句述作書之由。

休璉又有《與西陽令孔德琰》書，亦是述祈雨之事。用意微婉，不似此篇之明白相戲，録之以資比較。

與孔德琰書

嘉麥禎祥，唯日未久，不圖飛蝗，一旦至止。知恤蒸庶，念存良苗，親發赫斯，爰整其旅。鮐背之叟，皓首之黎，莫不負戈奔走於道路。旋表曜於白日，鼉鼉圖震於雷動。以此埽敵，必將席卷，況於微蟲，能無驚駭？卓茂治密，恭在中年，時雖有災，未若斯勤。亦猶子賤鳴琴，巫馬出入，勞逸有殊，立功惟一。重雲比興，不降靈雨，麗此二災，憂心忡惙。逐蝗之道，謹聞教矣。不審致禳，將以何物？文王修德，以厭地震，湯禱桑林，致克豐雨。宜修善政，以慰民望。

又 與從弟君苗君胄書

此書言欲歸田，先報二從弟也。首述北游之樂，次言還京師，追想北游之樂，歸隱之志愈決，次戒二弟絕意仕進，“幸賴先君之靈”以下，皆言歸隱。

陳氏曰：“唐人謂君苗無姓。豈史失傳？是書昆季粲然，《文選》不可不業也。”案：陸雲《與兄平原書》：“君苗每見兄文，便欲焚卻筆硯。”唐人謂君苗無姓，殆即指雲書所陳之人。然與陸機同時，其人當稍後出，未必即此書中之應君苗也。

此書“間者北游”二句總提，“登芒”二句一意，“風伯”二句、“按轡”二句一意，“亦既至止”接筆，“接武”四句、“逍遥”二句、“結芳春”二句、“弋下”四句皆二句一意。“何其樂哉”“無以過也”“信不虛矣”三結筆作複疊式。“來還京都”二句敘事，“營宅”二句、“思樂”二句語對峙而意則一貫。“昔伊尹”四句合明一意，文勢推開，“而吾”二句直敘，“知其不如”句一頓。“然山父”二句承轉上文，又推開說，“亦其志也”說明上二句一結。

“前者邑人”四句敘事立案，“誠美意也”句略斷，“歷觀”三句挺接，“徒有”句足上意，“俟河”二句又足上意，文勢搖曳。“且宦”以下五句易一意，仍申上文。“幸賴”以下說明正意。

嵇叔夜　《與山巨源絶交書》

注引**《魏氏春秋》曰：“山濤爲選曹郎，舉康自代，康答書拒絶。”**《旁證》：“王氏志堅《古文瀾編》云：“此書舊題《與山巨源絶交書》，叔夜簡傲，其言傷於峻則有之，非有惡於山公也。臨終謂子紹曰：巨源在，汝不孤矣。此豈絶交者乎？書題本出後人，今去之。張氏雲璈曰：篇中并無絶交二字，去之良是。《野客叢書》云：叔夜有《與吕長悌絶交書》，見集中。或因此絶交二字而誤歟？今案《野客叢書》云：僕得毗陵賀方回家所藏繕寫《嵇康集》十卷，《文選》惟載康《與山巨源絶交書》一首，不知又有《與吕長悌絶交》一書。《崇文總目》謂《嵇康集》十卷，今其本具存，王楙所言，皆載第二卷，可證《文選》此題，出於本集，自來如此，無誤明矣。王氏之説，恐不足據，張氏附會之，益誤也。”案：《旁證》之説甚諦，惟集載《與吕長悌絶交書》，詞之激切，不及此篇之甚。蓋彼乃朋友間細故，此則關於出處大節，彼所對者爲惡人，故當以遜詞出之，此則本爲同心，一旦乖異，遂不覺言之激切耳。

昔稱吾於潁川　注虞預《晋書》曰：“山嶔守潁川。”又《嵇康文集録》注曰：‘河内山嶔潁川。’”　《旁證》，銑注：“山嶔爲潁川太守。”案六臣本“守”作“字”。蓋嶔字潁川，非爲太守，各本并因銑注改“字”爲“守”，尤本并於後注添“守”字，可笑也。

吾每讀尚子平　注《英雄記》曰：“尚子平……”　陳氏曰：“王粲《英雄記》，皆記漢末英雄事。尚子平乃建武中隱士，不應載入，當是誤也。”胡氏《考異》謂：“此疑《英賢譜》之文。”近是。

唯飲酒過差耳　據此是叔夜不飲酒也。集載《家誡》云：“見醉薰薰便止，慎不當至困醉，不能自裁也。”此嵇、阮之異。

疾之如讎　《旁證》引吴氏騏曰：“此其與太學風氣，相去遠矣。何得臨刑時，有太學三千人，上疏請以爲師乎？”案：本文謂阮嗣宗有酒過，禮法之士疾之耳，吴氏乃以爲疾叔夜，疑叔夜臨刑，不當有太學生請以爲師之事，謬甚。

又每非湯武薄周孔　此所非薄者，當爲僞湯武，僞周孔，非盡沿莊氏之舊論。而鍾會輩遂以爲指斥當世而致之罪，宜乎千古冤之矣。

吾新失母兄之歡，意常悽切　失歡謂母兄新殁，集有《思親詩》可證，非謂得罪於母兄也。

附 與吕長悌絶交書

長悌，吕安兄巽也。阿都，安小字。

康白：昔與足下年時相比，以故數面相親，足下篤意，遂成大好。由是許足下以至交，雖出處殊途，而歡愛不衰也。及中間少知阿都志力開悟，每喜足下家復有此弟。而阿都去年向吾有言，誠忿足下，意欲發舉，吾深抑之，亦自恃每謂足下不足迫之，故從吾言。間令足下因其順親，蓋惜足下門户，欲令彼此無恙也。又足下許吾終不繫都，以子父六人爲誓，吾乃慨然感足下，重言慰解都，都遂釋然，不復興意。足下陰自阻疑，密表繫都，先首服誣都，此爲都故信吾又無言，何意足下苞藏禍心耶？都之含忍足下，實由吾言。今都獲罪，吾爲負之。吾之負都，由足下之負吾也。悵然失圖，復何言哉？若此，無心復與足下交矣！古之君子，絶交不出醜言，從此别矣！臨别恨恨。嵇康白。

趙景真《與嵇茂齊書》

此書載《晋書》趙至本傳，《藝文類聚》并載嵇蕃答書，確非吕安與嵇康之書，前編第五章已詳之矣。至其書之作法，則首述遠出占户之不得已，次極寫行路之難，次言懼途中意外之變，次言北土託根之難，又次承前意總叙。“朝霞”數語，似複非複，以有“身疲”“情劬”“無覩”“無聞”諸字間之，作更進一層寫法耳。“若乃顧影中原”以下，憤司馬氏之圖篡，本欲慷慨立功，自傷出適遠郡，而志不得展也。“吾子植根芳苑”一段，恐茂齊沈溺榮華，竟忘事仇之恥，因反言以激之也。“去矣嵇生”以下，以箴言作結。

此書述行路，力從“艱難”二字狀寫，義門謂：“後人行役詩，百方翻騰，不越此數語。”良然。寫怨憤一節，語壯意悲，又全用四字成句（中間六字），撰語絶工，讀之可想見作者之豪情。全書詩情賦意，又似古歌行，結處全作韻語，竟與詩賦無異。

趙景真此行，係爲遼東占户，全書詞旨，所當注意者，係爲占户而發，非因被徙而然，今摘之如下：

蘭茝傾頓，桂林移植，根萌未樹，牙淺絃急　此言占户遠方，根基未立，常恐中途遇危機也。牙謂弩牙，絃謂弓絃，牙淺絃急則機易發，故下有"危機密發"之語也。

又北土之性，難以託根　北土謂遼東，託根明指占户而言。

植橘柚於元朔，蔕華藕於修陵，表龍章於裸壤，奏韶舞於聾俗　皆明指移植遠方而言，語語切合占户，被徙者不得爲此言也。

吾子植根芳苑，擢秀清流，布葉華崖，飛藻雲肆　此自指茂齊官太子舍人而言。然"植根""布葉"等語，正謂安於所居，與遠適占户者作反比例也。

榮曜眩其前，艷色餌其後，良疇交其左　又**弄姿帷房之裏**　陳曰："此等語與叔夜不倫，豈有友善如仲悌，而故作此語乎？"不知此非吕安與嵇康，而"翺翔倫黨之間，弄姿帷房之裏"，正景真謂茂齊之安處於家，不似己之遠出占户也。

附　嵇蕃《答趙景真書》

登山遠望，覩峰嵘以成憤；策杖廣澤，瞻長波以增悲。游眄春圃，情有秋林之悴；濯足夏流，心懷冬冰之慘。對榮宴而不樂，臨清觴而無歡。今足下琬琰之璞未剖，而求光時之價，騏驥之足未攄，而希絶景之功。心鋭而動淺，望速而應遲，故有企佇之懷爾。夫處静不悶，古人所貴；窮而不濫，君子之美。故顔生居陋，不改其樂；孔父困陳，絃歌不廢。幸吾子思弘遠理，舍道自榮，將與足下交伯成於窮野，結箕山乎蓬屋，侶范生於海濱，儔黄綺於商岳，憑青雲以絶馳，游曠蕩以自足，雖不齊足下之所樂，亦吾心之所願也。

邱希範《與陳伯之書》

此書首責伯之之降魏，是激之以恥。次以不能内審諸己，外受流言，代其出脱。次以梁朝待其家族如舊，見伯之雖有降魏之嫌，梁室未嘗以叛臣待之，皆是開以歸來之路也。次以伯之於梁，始附繼叛，不惜以功名讓之他人爲失計，是誘之以利。次以元魏破滅在邇，見伯之當舍彼來歸，是怵之以害。次以梁爲桑梓之地，伯之更當舍魏來歸，是動之以情。次鋪張國力，見各部落俱歸化，勢必及魏，是又危言惕之。“想早勵良規，自求多福，若遂不改，方思僕言”數語，則作書之正意也。

篇中以情理事勢，反覆譬喻，以此招徠反側，可謂工於立言。至於措辭之善於相形，與用筆之離合斷續，每段之末，又以反筆振之，使其自思，皆讀者所宜注意，兹記如下：

措詞

朱鮪喋血於友于 至 將軍無昔人之罪而勳重於當世　此以古今相形，所云非有他故也。

今功臣名將 至 豈不哀哉　此以彼此相形，見伯之不及受爵，以功名讓之他人爲可惜。

用筆

蔣心餘評此書云：“須玩其離合斷續之法，勿徒賞其藻繪也。”良然，文字必時離時合，忽颺而遠，乍又回復，而後能盡縱横之致。又必時斷時續，若藕斷絲連，乃能使讀者迴腸蕩氣。細玩此篇，當自得之。

何其壯也？又何劣耶？　況將軍無昔人之罪而勳重於當世　悠悠爾心，亦何可言？　寧不哀哉？不亦惑乎？　豈不愴恨？　將軍獨無情哉？　以上皆反振之筆。

“暮春”數語，用眼前花草作點綴，借景抒情，哀艷無比。前文論説事勢，皆就理言，此則轉而入情，感人尤深切也。鍾記室評希範詩曰：“點綴映媚，似落花依草。”於此數語亦然，蓋能以詩入文者。

附 陳伯之傳

陳伯之，濟陰睢陵人也。幼有膂力。年十三四，好著獺皮冠，帶刺刀，候伺鄰里稻熟，輒偷刈之。及年長，在鍾離數爲劫盜，嘗授面覘人船，船人斫之，獲其左耳。後隨鄉人車騎將軍王廣之，廣之愛其勇，每夜卧榻下，征伐嘗自隨。齊安陸王子敬爲南兗州，頗持兵自衛。明帝遣廣之討子敬，廣之至歐陽，遣伯之先驅，因城開獨入斬子敬。又頻有戰功，以累勳遷爲冠軍將軍、驃騎司馬，封魚復縣伯，邑五百户。

義師起，東昏假伯之節，督前驅諸軍事、豫州刺史，將軍如故。尋轉江州，據尋陽以拒義軍。郢城平，高祖得伯之幢主蘇隆之，使説伯之，即以爲安東將軍、江州刺史。伯之雖受命，猶懷兩端，僞云“大軍未須便下”，高祖謂諸將曰：“伯之此答，其心未定，及其猶豫，宜逼之。”衆軍遂次尋陽，伯之退保南湖，然後歸附。進號鎮南將軍，與衆俱下。伯之頓籬門，尋進西明門。建康城未平，每降人出，伯之輒唤與耳語。高祖恐其復懷翻覆，密語之曰：“聞城中甚忿卿舉江州降，欲遣刺客中卿，宜以爲慮。”伯之未之信，會東昏將鄭伯倫降，高祖使過伯之，謂曰：“城中甚忿卿，欲遣信誘卿以封賞。須卿復降，當生割卿手脚，卿若不降，復欲遣刺客殺卿，宜深爲備。”伯之懼，自是無異志矣。力戰有功。城平，進號征南將軍，封豐城縣公，邑二千户，遣還之鎮。

伯之不識書，及還江州，得文牒辭訟，惟作大諾而已。……伯之與豫章人鄧繕、永興人戴永忠并有舊，繕經藏伯之息英免禍，伯之尤德之。及在州，用繕爲别駕，永忠記室參軍。河南褚緭，京師之薄行者，齊末爲揚州西曹，遇亂居閭里，而輕薄互能自致，惟緭獨不達。高祖即位，緭頻造尚書范雲，雲堅拒之，緭益怒，私語所知曰：“建武以後，草澤底下，悉化成貴人，吾何罪而見棄？今天下草創，饑饉不已，喪亂未可知。陳伯之擁强兵在江州，非代來臣，有自疑意。且熒惑守南斗，詎非爲我出？今者一行，事若無成，入魏，何遽減作河南郡？”於是遂投伯之書佐王思穆事之，大見親狎。及伯之鄉人朱龍符爲長流參軍，并乘伯之愚闇，恣行姦險，刑政通塞，悉共專之。

伯之子虎牙，時爲直閣將軍，高祖手疏龍符罪，親付虎牙，虎牙封示伯之。高祖又遣代江州别駕鄧繕，伯之并不受命，答高祖曰：“龍符驍勇健兒，鄧繕事有績效，臺所遣别駕，請以爲治中。”繕於是日夜説伯之云：“臺家府庫空竭，復無器仗，三倉無米，東境饑流，此萬代一時也，機不可失。”緭、永忠等每贊成之。伯之謂繕：“今段啓卿，若復不得，便與卿共下使反。”高祖敕部内一郡處繕，伯之於是集府州佐史謂曰："奉齊建安王教，率江北義勇十萬，已次六合，見使以江州見力，運糧速下。我荷明帝厚恩，誓死以報。今便纂嚴備辦。"使緭詐爲蕭寶夤書，以示僚佐。於廳事前爲壇，殺牲以盟，伯之先飲，長史以下，次第歃血。緭説伯之曰："今舉大事，宜引衆望，程元沖不與人同心，臨川内史王觀，僧虔之孫，人身不惡，便可召爲長史，以代元沖。"伯之從之，仍以緭爲尋陽太守，加討逆將軍，永忠輔義將軍，龍符爲豫州刺史，率五百人守大雷。大雷戍主沈慧休，鎮南參軍李延伯。又遣鄉人孫隣、李景，受龍符節度，隣爲徐州，景爲郢州。豫章太守鄭伯倫起郡兵距守。程元沖既失職，於家合率數百人，使伯之典籤吕孝通、戴元則爲内應。伯之每旦常作伎，日晡輒卧，左右仗身皆休息。元沖因其懈弛，從北門入，徑至廳事前。伯之聞叫聲，自率出盪，元沖力不能敵，走逃廬山。

初，元沖起兵，要尋陽張孝季，孝季從之。既敗，伯之追孝季不得，得其母，蠟灌殺之。遣信還都，報虎牙兄弟，虎牙等走盱眙，盱眙人徐安等邀擊之，不能禁，反見殺。高祖遣王茂討伯之，伯之聞茂來，謂緭等曰："王觀既不就命，鄭伯倫又不肯從，便應空手受困。今先平豫章，開通南路，多發丁力，益運資糧，然後席卷北向，不憂不濟也。"乃留鄉人唐蓋人守城，遂相率趣豫章。太守鄭伯倫堅守，伯之攻之不能下。王茂前軍既至，伯之表裏受敵，乃敗走。間道亡命出江北，與子虎牙，及褚緭俱入魏。魏以伯之爲使持節、散騎常侍、都督淮南諸軍事、平南將軍、光禄大夫，曲江縣侯。天監四年，詔太尉臨川王宏，率衆軍北討，宏命記室丘遲，私與伯之書云云。伯之乃於壽陽，擁衆八千歸，虎牙爲魏人所殺。伯之既至，以爲使持節、都督西豫州諸軍事、平北將軍、西豫州刺史，永新縣侯，食邑千户。未之任，復以爲通直散騎常侍、驍騎將軍，又爲太中大夫。久之，卒於家。

劉孝標《重答劉秣陵沼書》

據《梁書・劉峻傳》，峻以不得志，著《辨命論》，沼致書難之，言不由命，由人自行，書答往返非一。其後沼作書，未出而死。有人於沼家得書以示峻，峻乃作書答之，因序其事云云，是此文爲答書之序，本傳載之甚明。新定《文選》目録已改列序中。何氏謂："此似重答劉書之序。"猶作疑詞，殆未核之本傳也。張氏雲璈謂："此答死者書也。惟書中止言得書之由，而不言所答之事，猶認此序爲書。"亦似攷之未核。惟昭明僅采此序，《梁書》載之，而書遂不傳。今通行張溥所刻《劉孝標集》中有《答劉沼書》，恐爲僞託。檢《全梁文》不載，故不録。"值余有天倫之戚"，余氏謂："因其兄孝慶之亡。按孝標本名法武，在魏不能自存，與女兄皆爲僧尼。後反服南奔，而據自序云'余禍同伯道，永無血胤'，則又無子。天倫之戚，本不多人。"以爲因其兄孝慶之亡，事或近之。

全篇蹙千里於尺幅，其間曲折畢見，幽怨無已，末又以無可奈何之語作結，彌覺含蓄不盡。昔孔坦臨終與庾亮書，亮報書致祭，知致書黄泉，古人原有此種，孝標此書，正同此情。讀之知孝標於友朋之義，真能生死不渝者，《廣絶交》之於任昉，見窮達不移之誼，《重答書》之於劉沼，見生死不貳之忱，孝標之於友朋，洵可謂義薄雲天，誠貫金石者哉！

繁休伯《與魏文帝牋》

全篇歷叙歌聲，妙極形容。"潛氣内轉"一節，論聲音之理，可通於文。"遺聲抑揚，不可勝窮，優游變化，餘弄未盡"，此從和曲見其妙也，"暨其清激悲吟，雜以怨慕，至悽入肝脾，哀感頑豔"，此從一人度曲見其妙也。"是時日在西隅"四句，謂曲聲既悲，當此之時，益見其悲也。"哀感頑豔"，與上句儷，謂頑者豔者皆爲其哀音所感也。

"車子"殆騶御之屬，觀文帝答書，極言王孫世女歌音之妙，非車子喉轉長吟所能逮，則又有女歌童歌喉之妙，與此男歌童恰是一對，姜氏皋謂："是車子爲當時之歌者。"本文自明，奚煩解説。

温胡迭唱迭和　向注："温胡，姓名也。"此亦無可疑。姜氏皋曰："温胡疑是嗢噈二字，本書《笙賦》'先嗢噦而理氣'、《洞簫賦》'瞋𠰍噈以紆鬱'，皆理氣發聲之意也。"案：本牋下文，有"胡欲傲其所不知"語，明是一人，若“温胡”作“嗢㖩”解，則此“胡”字，將所指乎？姜氏論《選》，好爲曲説，《旁證》但直引之，不加辨别，殊非是。

謇姐名倡　注：“其史妠、謇姐，蓋亦當時之樂人。”　張氏雲璈以爲當時女伎，按“謇姐”之“姐”，即“恃愛肆姐”之“姐”，非如後世稱婦人爲姐也。《史記·東方朔傳》：“郭舍人稱名倡。”則謇姐名倡，蓋一男子耳。○“名倡”連下“能識以來”爲句，注誤絶。

文帝《答繁欽書》，其文亦妙，《文選》不載，今鈔於下：

披書歡笑，不能自勝，奇才妙伎，何其善也！頃守宫王孫世，有女曰瑣，年始九歲，夢與神通，寤而悲吟，哀聲激切，涉歷六載，于今十五。近者督將，具以狀聞，是日戊午，祖於北園，博延衆賢，遂奏名倡。曲極數彈，歡情未逞，白日西逝，清風赴闈，羅幃徒祛，玄燭方微，乃令從官，引内世女，須臾而至。厥狀甚美，素顔玄髮，皓齒丹唇，詳而問之，云善歌舞。於是振袂徐進，揚蛾微眺，芳聲清激，逸足横集，衆倡騰游，群賓失席。然後修容飾妝，改曲變席，激清角，揚白雪，接孤聲，赴危節，於是商風振條，春鷹度吟，飛霧成霜，斯可謂聲協鍾石，氣應風律，網羅《韶》《濩》，囊括鄭衛者也。今之妙舞莫巧於绛樹，清歌莫善於宋臈，豈能上亂靈祇，下變庶物，漂悠風雲，横厲無方。若斯也哉，固非車子喉轉長吟所能逮也。吾練色知聲，雅應此選，謹卜良日，納之閑房。

陳孔璋《答東阿王牋》

全篇只贊《龜賦》一事，以華語見致，孔璋本色。

秉青萍干將之器　黄氏士珣曰：“注引《吕氏春秋》，以青萍爲人名，張升《反論》與‘庖丁’對舉，似皆指人言。蓋牋所云者，猶言秉二人所製之器云爾，非指爲器名也。至李太白《上韓荆州書》：‘庶幾青萍結緑，長價於薛卞之門。’則直以青萍爲劍名矣。”

注　**張叔及論曰**　“叔及”爲“升反”之誤。

曹植《神龜賦》，《文選》不録，今鈔於下：

龜號千歲，時有遺余龜者，數日而死，肌肉消盡，唯甲存焉。余感而賦之曰：

嘉四靈之建德，各潛位乎一方，蒼龍虬于東岳，白虎嘯于西岡，玄武集于寒門，朱雀棲于南鄉，順仁風以消息，應聖時而後翔。嗟神龜之奇物，體乾坤之自然，下夷方以則地，上規隆而法天，順陰陽以呼吸，藏景曜于重泉。食飛塵以實氣，飲不竭于朝露，步容趾以俯仰，時鸞回以鶴顧，忽萬載而不恤，周無疆于太素。感白靈之翔翥，卒不免乎豫且，雖見珍于宗廟，離刳剥之重辜，欲愬怨于上帝，將等愧乎游魚。懼沈泥之逢殆，赴芳蓮以巢居，安玄雲而好静，不汪翔而改度。昔嚴州之抗節，援斯靈而記喻。嗟禄運之屯蹇，發遇獲於江濱，歸籠檻以幽處，遭諄美之仁人，盡顧瞻而終日，夕撫順以接晨，遘淫災以隕越，命勦絶而不振，天道昧而未分，神明幽而難燭。黄氏没于空澤，松喬化于株木，虵折鱗於平皋，龍蜕骨於深谷，亮物類之遷化，疑斯靈之解殼。

阮嗣宗《爲鄭沖勸晋王牋》

據《世説》所言，嗣宗此牋，蓋當時爲沖所迫，扶醉爲之。篇中諷刺之意，至爲明顯，不知當時何以竟用之，且相歎以爲神筆也。後人不察，且以是爲阮公罪，是但觀《勸進》之題，而未一究其文之内藴矣。徐氏昂發《畏壘筆記》云："阮籍雖未仕晋，而《勸進》一牋，意存黨篡，百喙無辭。載之晋史，所以誅心也。乃郭氏倫《晋紀》，附籍於《阮咸傳》中，俾與陶潛爲一例，非至公矣。"案：籍與嵇康，俱終於魏世。《三國志》附載《王粲傳》中，斯爲至當。《晋書》復爲列傳，是猶《宋書》之傳陶潛，假其人以爲重耳。近世爲《晋書斠注》者，竟删去二人之傳，實合史法。至郭氏《晋紀》，附嗣宗於《阮咸傳》，雖無裁斷，尚不失爲能知阮公者，固不可輕議其非也。

《世説》上之下，引顧愷之《晋文章記》："阮籍《勸進》，落落有宏致，至轉説徐而攝之也。”按：所云“轉説徐而攝之”者，即指篇末一段諷刺之語而言也。

方伯海謂：“操以相國加九錫，受十郡，封魏公於漢，司馬氏亦尤而效之於魏，所謂‘君以此始，亦以此終也’。嗣宗非逐膻附臭者，此牋定有所迫而成，然一路只據晋之現在功績，而以陣馬風檣之勢行之。到末直自吐露心胸，而以真讓與假讓當面一照，莊中寓諷，仍是加以美名，故言者無罪也。公殊不似醉人。”可謂得此文之用心矣。

謝玄暉《拜中軍記室辭隨王牋》

依《南史》朓傳所載，朓拜命時，“荆州信去倚待，朓執筆便成，文無點易”。是本倉卒所就，已能無意不到，無語不工，爲後世幕僚陳啓開一法門，其才真不可及。而細繹其文，則可就設譬之妙，與措詞委折之處求之。

一、設譬

凡事有古無今有，稽之載籍，而無從采伐者，惟用設譬之法，乃可以因應無窮，此切類指事，所以爲文家修詞要訣也。此文“潢汙之水”四語，及“不寤滄溟未運”一聯，設譬之妙，不止尋常所謂切類指事，直將一段難言之隱，皆能委曲達出。蓋隨王待玄暉恩禮之厚、情意之密，不能有加，玄暉中道告去，情所未安，故措之於文。極難設詞，有此二喻，而自傷己仕隨王不終，與王未遷轉，而己已先去，王之恩德方加，而己乃離去之意，皆不煩言而畢達，可謂隱深意於毫端者矣。李申耆之序《駢體文鈔》云：“澤以比興，則詞不迫切。”讀玄暉此文益信。

“朓聞潢汙之水”至“翩似秋蔕”，此節質言惟“服義”兩語，前之“潢汙之水”“駑蹇之乘”，用以自況；後之“邈若墜雨，翩似秋蔕”，借狀離絶。雖或爲代語，或爲形容語，其出以比喻則一也。

二、措詞委折

此文“何則”下“皋壤摇落”至“翩似秋蔕”一節，乃借情節較輕者，以形其重者，如是則自傷仕隨王不終之意，愈益表出。使不善立言者於此，必不能如是委婉曲折，而或以“某實庸流，行能無算”，遥接“潢汙之水”一聯之下矣。又入後著“惟待青江可望”四語，己已與王訂後會之期矣。在尋常牋牘，或即接以“攬筆告辭”云云。而此則又加“如其簪履或存”四句，則其用意之綿密深曲，固由玄暉與隨王交篤異常，然使拙於爲文者爲之，豈能深婉至哉？

方伯海評云：“一路款款曲曲，申訴離情。始言欲與王始終共事，無如迫於朝命，因言平昔恩遇之深，今日天涯之隔，後此繼見之願。選詞造句，無字不新，無語不鍊，清新雋逸，殆兼庾、鮑兩家。”陳螺渚評云：“《左》《國》所以妙絶天下，只是鍊處能流，否則斷鐵截銅，便不鎔貫。文之神氣生動，只是流耳。”按：兩家評語，極得駢文要訣。駢文之貴“清新雋逸”，學駢者類能知之，“鍊處能流”一語，尤爲學駢者度盡金針，所當細體而深味之也。

任彦昇《到大司馬記室牋》

《昉傳》載：“高祖嘗從容謂昉曰：‘我登三府，當以卿爲記室。’昉亦戲高祖曰：‘我若登三事，當以卿爲騎兵。’高祖善騎射也。”此本當時戲言。及霸府初開，竟以昉爲驃騎記室參軍，符昔言焉。牋中“昔承清宴，屬有緒言，提挈之旨，形乎善謔，豈謂多幸，斯言不渝”，謂此事也。指昔日之戲言，證今時之實事，孫氏評云：“此情事大難言，却乃説得婉妙，真是巧手。”余謂巧誠巧矣，然處此情事，豈不大難，不知當時何以能下筆也。昉之能爲巧言，正昉之無心肝耳。

又 百辟勸進今上牋

此勸梁武帝受梁公加九錫牋也。依《梁書・邱遲傳》，以此牋屬之遲作，而《文選》録此，屬之於昉，以“當時公王表奏，莫不請昉”證之，以爲昉文，當屬不誤。特《選》録嗣宗《勸進》，猶多諷刺之詞，昉之此牋，則全是獻諛之語，人品愈下，文品亦愈卑矣。至此種文字，關於梁室受禪，昭明選文，實不應録。本書録《宣德皇后令》，後之論者謂“六朝文人，忠孝之心都絶”，其録此牋，亦猶録宣德之令也。此殆當時供事東宫，有心獻諛諸臣所爲，其不出諸昭明之手也歟？

再觀各篇之比較

例一　司馬子長《報任少卿書》　揚子幼《報孫會宗書》

右淵源

例二　朱叔元《爲幽州牧與彭寵書》　馬文淵《與隗囂將楊廣書》

右事體略同。選與不選

例三　阮元瑜《爲曹公作書與孫權》　孫子荆《爲石仲容與孫皓書》

右比觀措詞之委曲與抗厲

例四　魏文帝《與朝歌令吴季重書》　又《與吴季重書》

右比觀詞意異同

例五　魏文帝《與吴季重書》　吴質《答魏太子牋》

曹子建《與楊德祖書》　楊德祖《答臨淄侯牋》

曹子建《與吴季重書》　吴季重《答東阿王書》

右對觀答書與與書之措詞

例六　應休璉《與廣川長岑文瑜書》　又《與西陽令孔德琰書》

繁休伯《與魏文帝牋》　魏文帝《答繁欽書》

右事同文異及選與不選

例七　嵇叔夜《與山巨源絶交書》　又《與吕長悌絶交書》

右比觀措詞之峻與婉及選與不選

例八　魏文帝《與吴季重書》　曹子建《與吴季重書》

右比觀才略（《文心·才略篇》云："子建思捷而才儁，子桓慮詳而力緩。"）與體性（子桓柔媚，子建俊爽）

七、《文選》兩體比較讀法

《文選》所載之文，有兩體可以相通而實不同者，如頌之與讚，箴之與銘是也。

今先舉頌讚爲例

《文心·頌讚篇》云：

四始之至，頌居其極。頌者容也，所以美盛德而述形容也。昔帝嚳之世，咸墨爲頌，以歌《九韶》。自商以下，文理允備。夫化偃一國謂之風，風正四方謂之雅，容告神明謂之頌。風雅序人，事兼變正；頌主告神，義必純美。魯國以公旦次編，商人以前王追録，斯乃宗廟之正歌，非饗讌之常詠也。《時邁》一篇，周公所製，哲人之頌，規式存焉。夫民各有心，勿壅惟口。晋輿之稱原田，魯民之刺裘鞸，直言不詠，短辭以諷，邱明子高，並諜爲誦，斯則野誦之變體，浸被乎人事矣。及三閭《橘頌》，情采芬芳，比類寓意，又覃及細物矣。至於秦政刻文，爰頌其德，漢之惠景，亦有述容，沿世并作，相繼於時矣。若夫子雲之表充國，孟堅之序戴侯，武仲之美顯宗，史岑之述熹后，或擬《清廟》，或範《駉》《那》，雖淺深不同，詳略各異，其褒德顯容，典章一也。至於班傅之《北征》《西巡》，變爲序引，豈不褒過而謬體哉？馬融之《廣成》《上林》，雅而似賦，何弄文而失質乎？又崔瑗《文學》，蔡邕《樊渠》，并致美於序，而簡約乎篇。摯虞品藻，頗爲精覈，至云雜以風雅，而不變旨趣，徒張虛論，又似黄白之僞説矣。及魏晋辨頌，鮮有出轍，陳思所綴，以《皇子》爲標；陸機積篇，惟《功臣》最顯；其褒貶雜居，固末代之訛體也。

原夫頌惟典雅，辭必清鑠，敷寫似賦，而不入華侈之區，敬慎如銘，而異乎規戒之域。揄揚以發藻，汪洋以樹義。惟纖曲巧致，與情而變，其大體所底，如斯而已。

彦和舉歷代頌文之源流如此，而總其要歸曰“敷寫似賦，敬慎如銘”，案陸士衡《文賦》云：“頌優游以彬蔚。”李注云：“頌以褒述功美，以辭爲主，故優游炳蔚。”彦和所謂“敷寫似賦”，即“彬蔚”之説也，所謂“敬慎如銘”，即“優游”之説也。《文心》分序文體，自《辨騷》以下，凡二十餘類，而韻文居其大半，自《辨騷》迄《諧隱》是也。其實名類雖殊，推求本原，總屬韻文之域而已。《宗經》篇云："賦頌歌讚，《詩》立其本。銘誄箴祝，《禮》總其端。"實則銘誄箴祝，統屬韻文，何嘗不本於《詩》。餘杭章氏《辨詩》一篇，頗能發明此義，兹録其一節如下：

春官瞽矇，掌九德六詩之歌。然則詩非獨六義也，猶有九歌。其隆也，官箴占繇皆爲詩，故序《庭燎》稱箴，《沔水》稱規，《鶴鳴》稱誨，《祈父》稱刺，明詩外無官箴。《辛甲》諸篇，悉在古詩三千之數矣。《詩賦略》録《隱書》十八篇，則東方朔、管輅射覆之辭所出。又《成相雜辭》者，徒役送杵，其句度長短不齊，亦悉入録。揚搉道之，有韻者爲詩，其容至博。其殺也，孔子删《詩》求合於《韶》，賦比興不可歌，因以被簡。（其詳在《六詩説》。）屈原、孫卿諸家，爲賦多名。孫卿以《賦》《成相》分二篇，題號已别；然《賦》篇復有《佹詩》一章，詩與賦未離也。漢惠帝命夏侯寬爲樂府令，及武帝采詩夜誦，其辭大備，〔1〕《七略》序賦爲四家，其歌詩與之别。漢世所謂歌詩者，有聲音曲折，可以弦歌。（如《河南周歌聲曲折》七篇，《周謡歌詩聲曲折》七十五篇是也。）故《三侯》《天馬》諸篇，太史公悉稱詩，蓋樂府外無稱歌詩者。自韋孟"在鄒"，至《古詩十九首》以下，不知其爲歌詩耶，將與賦合流同號也？要之，《七略》分詩賦者，本孔子删《詩》意：不歌而頌，故謂之賦；叶於籥管，故謂之詩。其他有韻諸文，漢世未具，亦容附於賦録。

古者大司樂以樂語教國子，蓋有韻之文多矣。有古爲小名而今爲大，有古爲大名而今爲小者。《周語》曰："公卿至列士獻詩，瞽獻曲，史獻書，師箴，矇誦。"瞽師瞍矇，皆掌聲詩，即詩與箴一實也。故自《虞箴》既顯，揚雄、崔駰、胡廣爲官箴，氣體文旨，皆弗能與《虞箴》異。蓋箴規誨刺者其義，詩爲之名。後特以箴爲一種，與詩抗衡，此以小爲大也。

---

〔1〕"備"，原作"修"，當爲形誤，據《國故論衡疏證》校改。

賦者，六義之一家，《毛詩傳》曰：“登高能賦，可以爲大夫。”登高孰謂？謂壇堂之上，揖讓之時。賦者孰謂？謂微言相感，歌詩必類。是故九能，有賦無詩，明其互見。漢世賦爲四種，而詩不過一家，此又以小爲大也（誄文有韻者，古亦似附詩類。《漢北海相景君銘》“乃作誄曰”，後有“亂曰”，則誄亦是詩）。

銘者自名。器有題署，若士卒揚徽，死者題旌，下及楬木以記化居，落馬以示毛物，悉銘之屬。揚雄自言作“繡補、靈節、龍骨之銘詩三章”，又比詩類。今世專以金石韻文爲銘，此以大爲小也。

九歌者，與六詩同列。水火金木土穀，謂之六府。正德、利用、厚生，謂之三事。此則山川之頌，江海之賦，皆宜在九歌。後世既以題名爲異，九歌獨在屈賦，爲之陪屬，此又以大爲小也。

且文章流别，今世或繁於古，亦有古所恒覩，今隱没其名者。夫宫室新成則有發（見《檀弓》），喪紀祖載則有遣（《既夕禮》有“讀遣”之文）。告祀鬼神則有造（見《春官・大祝》），原本山川則有説（見《毛詩傳》）。斯皆古之德音，後生莫有繼作，其題號亦因不著。《文章緣起》所列八十五種，至於今日，亦有廢弛不舉者。夫隨事爲名，則巧曆或不能數；會其有極，則百名而一致者多矣。謂後世有爲序録者，當從“詩賦略”改題“樂語”，凡有韻者，悉著其中，庶幾人識原流，名無棼亂者也。

頌有廣狹二義。廣義籠罩成韻之文，狹義則惟取頌美功德。若贊，若祭文，若銘，若箴，若誄，若碑，若封禪，皆與頌相類者也。吾友黄君嘗論之。并録其説如下：

《周禮・太師》注曰：“頌之言誦也，容也。誦今之德，廣以美之。”是頌本兼誦、容二誼。以今攷之，誦其本誼，頌爲借字，而形容頌美，又緣字後起之誼也。

詳《大司樂》“以樂語教國子，興、道、諷、誦、言、語”，注曰：“倍文曰諷，以聲節之曰誦。”疏曰：“諷是直言之，無吟詠。誦則非直背文，又爲吟詠，以聲節之。”又《瞽矇》“諷誦詩”注曰：“謂闇讀之，不依詠也。”蓋不依詠者，謂雖有聲節，而仍不必與琴瑟相應也。然則誦而不依詠，即與歌之依詠者殊。故《左傳·襄十四年》云：“衛獻公使太師歌《巧言》之卒章，師曹請爲之，公使歌之，遂誦之。”又二十八年傳云：“叔孫穆子食慶封，使工爲之誦《茅鴟》。”又《毛詩·鄭風·子衿》傳云：“古者教以詩樂，誦之歌之，絃之舞之。”據此諸文，是詩不與樂相依，即謂之誦。故《詩·嵩高》《蒸民》曰：“吉甫作誦。”《國語·周語》曰：“瞍賦矇頌。”《楚語》曰：“宴居有師工之誦。”《樂師》先鄭注云：“勑爾瞽，率爾衆工，奏爾悲誦。”此皆頌字之本誼。

及其假借爲頌，而舊誼猶時有存。故《太卜》“其頌千有二百”，卜，繇也，而謂之頌。《籥章》“歙《豳》”，風也，而謂之頌。《瞽矇》“諷頌詩”，後鄭曰：“諷頌詩，謂廞作柩謚時也，諷誦王治功之詩以爲謚。”則誄也，而亦謂之頌。《九夏》之章，後鄭以爲頌之類。則樂曲也，而亦可謂之頌。此頌名至廣之證也。厥後《周頌》以容告神明爲體，然《商頌》雖頌德，而非告成功；《魯頌》則與《風》同流，而特借美名以示異。是則頌之義，廣之則籠罩成韻之文，狹之則惟取頌美功德。

至於後世，二義俱行。屬前義者，《原田》《裘韠》，屈原《橘頌》、馬融《廣成》，本非頌美，而亦被頌名。屬後義者，則自秦皇刻石以來，皆同其致。其體或先序而後結韻，或通篇全作散語（如王子淵《聖主得賢臣頌》是）。又或變其名而實同頌體，則有若贊（彦和云：“頌家之細條。”），有若祭文（彦和云：“中代祭文，兼讚言行。”），有若銘（《左傳》論銘云：“天子令德，諸侯計功，大夫稱伐。”又始皇上泰山刻石頌秦德，而彦和《銘箴篇》稱之曰銘），有若箴（《國語》云：“工誦箴諫。”），有若誄（彦和云：“傳體而頌文。”），有若碑文（彦和云：“標樹盛德，昭紀鴻懿，此碑之制也。”漢人碑文多稱頌，如《張遷碑》名“表頌”，此施於生者；蔡邕《胡公碑》云“樹石作頌”，《胡夫人靈表》稱“頌曰”，此施於死者），有若封禪（彦和云：“誦德銘勳，乃鴻筆耳。”），其實皆與頌相類似。此則頌名至廣，用之者或以爲局；頌類至繁，而執名者不知其同然，故不可以不密察也。

《文心》云：

> 讚者，明也，助也。昔虞舜之祀，樂正重讚，蓋唱發之辭也。及益讚於禹，伊陟讚於巫咸，並颺言以明事，嗟歎以助辭也。故漢置鴻臚，以唱拜爲讚，即古之遺語也。至相如屬筆，始讚荆軻。及遷史固書，託讚褒貶，約文以總録，頌體以論辭，又紀傳後評，亦同其名。而仲洽《流别》，謬稱爲述，失之遠矣。及景純注《雅》，動植必讚，義兼美惡，亦猶頌之變耳。然本其爲義，事生奬歎，所以古來篇體，促而不廣，必結言於四字之句，盤桓乎數韻之辭，約舉以盡情，昭灼以送文，此其體也。發源雖遠，而致用蓋寡，大抵所歸，其頌家之細條乎！

案頌、讚二體，頌有稱頌功德之義，而讚則無之，故彦和首標明、助二訓，蓋恐後人之誤會也。鄭康成注《尚書·皋陶謨》曰：“贊，明也。孔子贊《易》，鄭作《易贊》，皆以義有未明，作贊以明之。”自誤贊爲美，而其義始歧，此考正文體者所當知也。至於贊之爲體，大抵不過一韻數言而止，惟《東方朔畫贊》稍長，《三國名臣序贊》及《後漢書贊》，偶一換韻，彦和所謂“古來篇體，促而不廣，必結言於四字之句，盤桓乎數韻之辭”，蓋即指此。而其爲體，雖與頌不同，而亦時有相通者，如《文選》所録，陸士衡《高祖功臣頌》，與袁彦伯《三國名臣序贊》同體；《文選》所未録，如郭景純《山海經圖贊》，與江文通《閩中草木頌》同體。故彦和雖標明、助二訓，以揭贊與頌之不同，而究其要歸，仍謂贊爲頌之細條，知此意也。今就《選》中所録細繹之。

王子淵《聖主得賢臣頌》

此子淵諷諫之辭也。史載是時宣帝頗修武帝故事，議齋祀之禮，以方士言，增置神祠。會益州刺史奏褒有軼材，帝徵褒召見，詔爲《聖主得賢臣頌》，褒因奏是文以對，末言“何必偃卬詘信若彭祖，呴嘘呼吸如僑松，眇然絶俗離世哉”，即隱諷帝之好神仙也。昧者但觀其題，而以爲頌美之辭，失其旨矣。然終不能止帝好禱祠之意，其後竟以奉使祀金馬碧雞之神，於道病死，惜哉！

《通鑑》不載文人，頌美之辭，徒矜華藻，更所屏棄。其載文也，必敷陳政治，與當時政局有關，而後摭以入録。獨於“神爵元年”詳載子淵此頌，蓋不以爲文人浮夸之辭，而視之與賈山《至言》、司馬《諫獵》，有同等之價值矣。

頌爲韻文之一種，此文獨不用韻，故或因史有“褒對及之”之語，而改題爲“對”，或因文體與頌不類之故，而疑爲頌序，皆屬不爲無見。但史文明載“詔使爲頌”，自不得改題他名，而古來爲頌，亦實有不用韻者，如《三百篇》中之《周頌》，不可强韻是也。後人作頌，亦有竟效此體者，如韓昌黎之《伯夷頌》，并非韻文是也。是知文各有體，而例或不拘，論其廣義，則頌之爲體，可以籠罩有韻之文，觀其會通，則頌之本文，亦不拘定用韻之例，善爲文者，神而明之，可以知其體要矣。

後世工爲制舉文者，以扼定題字爲要着，此風漢人已開之。即如此頌，奉詔作之，御試題也，題中“聖主”“賢臣”皆實字，無多意義，可發揮者，惟一“得”字，文即扼定此字，不肯放鬆，篇中如“工用相得也”“人馬相得也”“君人者勤於求賢，而逸於得人”“進仕不得施效，斥逐又非其愆”“進退得關其忠，任職得行其術”“聚精會神，相得益章”“其得意若此”“太平之責塞，優游之望得”，凡連用九“得”字，層巒疊嶂，百折千迴，無不注定此字，全力搏兔，妙手探驪，無以喻之。即謂制舉之文，漢人已善爲之，亦奚不可？

篇中多五字句，如“運籌合上意，諫諍即見聽”“虎嘯而谷風冽，龍興而致雲氣”“蟋蟀俟秋吟，蜉蝣出以陰”“恩從祥風翱，德與和氣游”“太平之責塞，優游之望得”，凡累十句，如歌如謡，如繇辭，如發語，使後人出之，鮮不嫌其累重者，而讀之但覺一氣奔放，毫無堆砌之痕，以其氣體之瓌瑋也。然當時出之爲瓌辭，後人襲之爲俗調。無其氣體者，慎不可輕言學步。

揚子雲《趙充國頌》

此篇雖名爲頌，其實贊也。李充《翰林論》云："容象圖而讚立。"昭明本書序云："圖像則讚興。"是贊之爲文，必依圖象而作。此篇據《漢書》所載："成帝時，西羌嘗有警，上思將帥之臣，追美充國，乃召黄門郎揚雄，即充國圖畫而頌之。"是明明依圖作贊，而乃名之爲頌，可知漢人頌贊二體，實亦可以互稱。劉彦和謂贊爲"頌家之細條"，即本此意也。

何氏評此篇，謂"漢時惟韋孟有《三百篇》之風，子雲遂不競矣"。然相其簡質古淡，何減《諷諫》諸篇？特尚似未極深沈之致。故昭明雖以入選，而李《鈔》竟不入録，蓋以未盡沈思翰藻之能耳。

篇中"鬼方賓服"，注引《世本注》曰："鬼方，於漢則先零戎是也。"此似有誤，張氏雲璈駁之，謂："商之鬼方，周荆楚之地。……《大戴禮·帝繫篇》云：'陸終氏娶於鬼方氏。'《史記·楚世家》：'陸終氏生子六人……六曰季連，芈姓。'楚爲芈姓之後，則鬼方自當在荆楚之地。……頌乃借以爲喻，如下文'有方有虎'，亦以贊充國耳。不得以鬼方即先零也。"按：此據《大戴禮》及《史記》，所駁甚是。同一古書，不知《世本注》何所據而以爲鬼方即先零戎也。

史孝山《出師頌》

史孝山　注王莽末，沛國史岑，字孝山云云。　又蓋有二史岑。　　陳氏曰："注中孝山當作子孝。"按《後漢書·王隆傳》云："初，王莽末，沛國史岑，字子孝，亦以文章顯，莽以爲謁者，著頌、誄、《復神》、《説疾》凡四篇。"章懷注云："岑一字孝山，著《出師頌》。"然傳明有字可考，又明列所著四篇，並無《出師頌》，則明爲莽末之史子孝，而非和熹時之史孝山。此章懷注之誤，不如李注得之。翰注亦云："《文章志》及《今書七志》，并云史岑字子孝，《出師頌》史籍無傳。"惠氏棟云："孝山爲和帝時人，《出師頌》爲鄧氏所作，則非子孝矣。"

此篇爲鄧隲而作，文雖曰頌，其實刺也。史載隲女弟爲和熹皇后，安帝立，隲爲虎賁中郎將，封上蔡侯。涼部叛羌，摇蕩西州，詔隲將兵擊之，車駕幸平樂觀餞送。此出師事也。然隲出師，西屯漢陽，使征西校尉任尚與羌戰，一敗冀西，再敗平襄，辱國數奔，議棄涼州。奉命出師，其效如此，失律之罪，百喙難逃，乃以太后臨朝，不加之罪，反徵之還朝，迎拜爲大將軍，失政失刑，莫此爲甚。文特舉尚父之會孟津、宣王之伐玁狁，稱引古烈，所以愧之。又言“鼓無停響，旗不暫褰”，則羌之本非勍敵，而隲之並無成勞，亦於言外見之。末即歸到“言念伯舅，恩深渭陽”，正以見大將軍之拜、束帛乘馬之賜，純以私恩得之，與賞勳酬庸之典無與，而隲之寵不以功，據非所有，亦從可見矣。以此爲頌，謂非刺之而何？

劉伯倫《酒德頌》

史載：“（伶）身長六尺，容貌甚陋。放情肆志，常以細宇宙、齊萬物爲心。澹然少言，不妄交游，與阮籍、嵇康相遇，欣然神解，攜手入林。初不以家産有無介意。常乘鹿車，攜一壺酒，使人荷鍤而隨之，謂曰：‘死便埋我。’其遺形骸如此。嘗渴甚，求酒於其妻，妻捐酒毁器，涕泣諫曰：‘君酒太過，非攝生之道，必宜斷之。’伶曰：‘善！吾不能自禁，惟當祝鬼神自誓耳，便可具酒肉。’妻從之，伶跪祝曰：‘天生劉伶，以酒爲名。一飲一斛，五斗解酲。婦兒之言，慎不可聽。’仍引酒御肉，塊然復醉。[1] 嘗醉與俗人相忤，其人攘臂奮拳而往，伶徐曰：‘雞肋不足以安尊拳。’其人笑而止。伶雖陶兀昏放，而機應不差，未嘗措意文翰，惟著《酒德頌》一篇。……嘗爲建威參軍。泰始初對策，盛言無爲之化，時輩皆以高第得調，伶獨以無用罷。竟以壽終。”由是以觀，伶之以酒爲名，特以處於亂世，有託而逃，其機應出人，實非沈湎於酒者比，所著雖止《酒德頌》一篇，而傳中所載祝神自誓之詞，雖寥寥數語，亦居然一文，足與此頌相配，安得以未嘗措意文翰少之。

竹林七賢，嵇康不飲酒，而以放言肆志，爲時所嫉，得禍最酷，雖由自

〔1〕“塊然”，《晋書》卷四十九《劉伶傳》作“隗然”。

視過高，不容於世，亦土木形骸，機應不足之所致也。伶與阮籍，則皆自放於酒，而咸得善終，雖由日在醉鄉，不爲時忌，善託高趣，有以自全，實皆由其機應不差，有以致之。觀於籍處晋文之世，迫於鄭沖之勸進，雖隱託諷刺之意，而不能不爲之草牋。伶處晋武之世，迫於泰始之求才，雖故爲迂遠之言，而未嘗不爲之對策。論者或以爲黨姦，或以爲干進，而不知皆其自全之術，迫之使然，而初非自貶。以陽狂避世，用機智全身，君子之處亂世，自審無用於時，其所託以自全之術，若二子者，亦庶幾其無可議哉！

陸士衡《漢高祖功臣頌》

此亦贊也，而名之爲頌，亦猶子雲之頌充國也。篇中臚列高祖功臣，由相而將，由謀臣而辨士，遞及死事。大職述其要，小職臚其詳。或一人專爲一頌，或一頌並叙二人。局度極爲整齊，章法又極變化。而前後兩段，總提總結，復以大力，負之而趣，故文極繁富，而不嫌冗長，雖非奇文，允爲合作。

解釋是篇者，或考諸臣封邑之所在，或校篇中文字之異同，雖足示後學以津梁，要無關作者之宏旨。其詳人所略，特爲表章者，僅三數首而已。

如新城三老董公遮説高祖，爲義帝發喪一事，本紀特筆紀之，而其人之本末不詳。其事固屬甚重，然必謂高祖之得天下，全以董公此説爲關鍵，而推爲漢初第一功臣，則後人殊未之信。（王船山《讀通鑑論》曾駁之）頌獨特筆紀之，而曰“三軍縞素，天下歸心”，直以高祖從董公之説爲義帝縞素發喪，爲漢興以來第一大事，而片言進説，爲功幾何，竟獲與將相大臣同廁功臣之列，非徒爲董公表微，且足爲《漢書》補闕，信特識也。至高祖用董公之説，而爵賞不及其人，後世頗多疑之，《史記正義》引《楚漢春秋》云：“董公八十三，封爲成侯。”或云成侯董渫，即董公之子。是當時有謂其曾經受封者，特傳文不詳，未敢徵信，以此頌證之，既以董公列之功臣，或當時受封之事，洵不誣歟。

至高祖受困滎陽一役，紀信乘王車誑楚，使高祖得以間出，項羽燒殺信，周苛守滎陽不降，亦見烹於項羽。其事皆楚漢間大事，而信死尤烈，厥功尤偉，乃班史不爲立傳，故其事皆不甚傳，然苛猶有子受封，而信竟無後可録。注引《漢書》："苛子成，以父死王事，封爲高景侯。"又載："襄平侯紀通尚符節。"張晏以爲紀信子，晋灼以爲紀信焚死，不見其後。《功臣表》："襄平侯紀通，以父成死王事封侯。"是通非信子，機之此言，與晏同誤。梁玉繩曰："紀成以戰好畤死，通乃成之子，何得并爲一人？明徐昌祚《燕山叢録》言定州城東三十里有固城，父老相傳是高祖築以封紀信後者。然無確據，恐不足信。"士衡於信、苛合頌，特言"貞軌偕没，亮跡雙升。帝疇爾庸，後嗣是膺"，似不知信之無後者。不知頌以信、苛合爲一首，特以一燒一烹，兩人之死，同在滎陽，其事相似故也。"貞軌"四句，承上總言之，特未明言信之無後耳，李氏以士衡爲誤，其實士衡未嘗誤也。且士衡之時，去漢未遠，炎劉史籍，大半猶存，信之有子受封，與周苛同，安知不别有所據？特筆頌之，正足補《漢書》之缺而正其誤耳。

末一首"侯公伏軾，皇媪來歸"，《旁證》引顧炎武曰："皇媪句失攷，《漢儀注》：'高祖母起兵時死小黄，作陵廟。'《本紀》，五年即皇帝位於氾水之陽，追尊先媪爲昭靈夫人。蓋先亡久矣。而十年，'太上皇后崩'，則爲'太上皇崩'之誤，重書而未删也。'侯公説羽，羽乃與漢約，中分天下。九月，歸太公、吕氏'，并無皇媪。"林先生曰："此論實本晋灼、如淳，獨李奇以爲高祖後母，蓋當時衆説原不一耳。"謹案：《史記·項紀》云："歸漢王父母妻子。"《高紀》云："取漢王父母妻子於沛。"又云："項王歸漢王父母妻子。"考是時不特母媪已死，即孝惠亦未嘗爲楚虜也。《史記》信筆書之，遂誤後人。然《月表》及《王陵傳》但云"太公、吕后"，又何嘗不分明乎？梁氏玉繩謂："馬班以漢人紀漢事，豈有不知高祖姓名之理？乃太公不書名，母媪不書姓，豈諱而不書，如諸帝之不書名耶？然諱名不諱姓，母媪無姓又何説？皇甫謐謂太上皇名執嘉，媪王氏名含始。王符謂名煓。《後漢書·章紀》注云名煓，一名執嘉。……班固《泗水亭長碑》云母温氏。諸説不同，真疑莫能明也。"張氏雲璈謂："《漢書·楚元王傳》：'交，高祖同父之弟也。'師古注：'同父，明其異母。'既言異母，則太公實有繼娶之子，如太公之妾所生，則於高祖當曰庶弟，不當云同父弟也。李奇'後母'之説，不爲無因。"案此諸説，則當時實有皇媪，士衡特筆著之，足以正諸説之紛紛矣。

夏侯孝若《東方朔畫贊》

此篇因覽東方朔遺象而作，是爲贊之正體，與通題爲頌者不同。文不載《晋書》湛傳，唐顔魯公嘗大書爲碑，世多傳之矣。然湛爲魏夏侯淵孫，仕武、惠兩朝，官至散騎常侍，蓋入晋久矣。篇中叙朔爲平原厭次人，有“魏建安中，分厭次以爲樂陵郡”語，注引范書云：“獻帝改興平三年爲建安元年，今云魏，疑誤。”不知建安之朝，政自魏出久矣。以漢紀元，而蒙魏號，蓋當時常語如此，湛爲魏裔，故實道之，實非有誤。然由曹至馬，已數十年，當塗之威福，歷典午而猶存，曹氏之聲靈，亦大熚赫矣哉。

《漢書》本傳載朔事甚詳，讕言瑣語，無不入録，於全書中幾另是一種筆墨。此贊序中，若複述其語，則載之不盡，而於文律有妨，故但以“事漢武帝，《漢書》具載其事”揭過，而全篇以渾括之筆出之，然其大體，實不出本傳一贊。本傳贊曰：

> 劉向言，少時數問長老賢人通於事及朔時者，皆曰朔口諧倡辯，不能持論，喜爲庸人誦説，故令後世多傳聞者。而揚雄亦以爲朔言不純師，行不純德，其流風遺書蔑如也。然朔名過實者，以其詼達多端，不名一行，應諧似優，不窮似智，正諫似直，穢德似隱。非夷齊而是柳下惠，戒其子以上容：“首陽爲拙，柱下爲工。飽食安步，以仕易農。依隱玩世，詭時不逢。”其滑稽之雄乎！朔之詼諧，逢占射覆，其事浮淺，行於衆庶，童兒牧竪，莫不眩燿，而後之好事者，因取奇言怪語，附著之朔，故詳録焉。

所云“奇言怪語，附著之朔”者，即序中所云“噓吸沖和，吐故納新。蟬蜕龍變，棄俗登仙。神交造化，靈爲星辰”“奇怪惚恍，不可備論者也”。班書不著其語，而此序僅以渾括出之，兩相對照，正堪互證，皆文著家能識體要之處。

顔師古於本傳末“世所傳他事皆非也”下注云：“謂如《東方朔别傳》及俗用五行時日之書，皆非實事也。”又於傳贊末注云：“言此傳所以詳録朔之辭語者，爲俗人多以奇異妄附於朔故耳。欲明傳所不記，皆非其實也。而今之爲《漢書》學者，猶更取他書雜説，假合東方朔之事，以博異聞，良可歎矣!”據此知當時有《東方朔别傳》一書，當時之爲《漢書》學者，多引《别傳》以注《漢書》之傳，師古一切不取，亦所以崇注書之體要也。顧吾觀古來之好爲奇詭、逢占射覆者，於史册得二人焉。在漢惟一東方朔，在魏惟一管輅，史家皆爲立傳，而兩人又皆有别傳。然裴松之之注《國志》也，特引《管輅别傳》以注輅傳，而於奇言怪語采摭特詳；顔師古之注《漢書》也，不引《東方朔别傳》以注朔傳，轉使奇言怪語湮没不彰。然則注書而講體要，而使古人之異聞軼事轉多不傳，亦何賴此注家爲哉？此吾於顔監之注朔傳，不能不有遺憾。而尤怪李氏之注此贊，於《别傳》亦無一字之存，爲可惜也。讀孝若此贊，不可不心知其意也。

袁彦伯《三國名臣序贊》

此篇歷叙三國名臣，亦似依圖象而作，所謂贊之正體也。然《晋書》本傳載此贊，實有“爲頌”之文。本書贊前叙此篇，亦引詩頌之作，可知頌贊同體，與士衡之頌高祖功臣，無大差别也。而其文臚列《魏志》九人，《蜀志》四人，《吴志》七人，前作總提，後作總束，則實仿《高祖功臣》之作。後之論此文者，或以爲神彩壯於士衡，或以渾穆稍爲不逮。竊嘗衡兩家之作，士衡前篇以文采勝，彦伯此篇則以識趣勝。蓋士衡意在表微，而此篇義存風教也。

彦伯繼荀悦《漢紀》而有《後漢紀》之作。此篇蓋與之相表裏，觀《後漢紀·自序》曰：

> 夫史傳之興，所以通古今而篤名教也。邱明之作，廣大悉備。史遷剖判六家，建立十書，非徒記事而已。信足扶明義教，網羅治體，然未盡之。班固源流周贍，近乎通人之作，然因藉史遷，無所甄明。荀悦才

智經綸，足爲嘉史，所述當世，大得治功；然名教之本，帝王高義，韞而未叙。今因前代遺事，略舉義教所歸，庶以弘敷王道云云。

是《後漢紀》之作，即以風教爲歸，其識趣實在荀悦之上。此篇之序荀攸曰："將以文若既明，名教有寄乎？"又序崔琰曰："豈非天懷發中，而名教束物者乎？"其贊荀彧曰："謀解時紛，功濟宇内。始救生人，終明風概。"贊袁焕曰："行不修飾，名節無愆。操不激切，素風愈鮮。"贊夏侯玄曰："君親自然，匪由名教。敬愛既同，情禮兼到。"贊顧雍曰："立行以恒，匡主以漸。清不增潔，濁不加染。"其立言樹義，皆處處從風教著手，讀之足以增禮義之重，而樹名教之防。豈士衡之徒表治功，無關世教者比乎？彦伯之爲《北征賦》也，王珣誦之，謂伏滔曰："當今文章之美，[1] 故當共推此生。"吾於此贊亦云。

彦伯又嘗作頌九章，辭甚典雅，蓋以頌簡文之德，上之於孝武者。未知於此贊用意若何？其辭不傳，今不可考。然文之足傳，正不在多，即此序贊一篇，本傳載之，《文選》録之，已足立名千古矣。

再舉箴銘爲例

蔡邕《銘論》曰：

《春秋》之論銘也，曰："天子令德，諸侯言時計功，大夫稱伐。"昔肅慎納貢，銘之楛矢，所謂"天子令德"也。黄帝有巾幾之法，孔甲有槃杅之誡，殷湯有《甘誓》之勒，毚鼎有"丕顯"之銘。武王踐阼，咨于太師，而作席、機、楹、杖雜銘十有八章。周廟金人，緘口書背，銘之以"慎言"，亦所以勸進人主，勗於令德者也。

昔召公作誥，先王賜朕鼎，出於武當曾水。吕尚作周太師而封於齊，其功銘於昆吾之冶。漢獲齊侯寶樽於槐里，獲寶鼎於美陽。仲山甫

〔1〕"美"，原作"事"，據《晋書·文苑·袁宏傳》校改。

有補袞闕、式百辟之功。《周禮・司勳》凡有大功者，銘之太常。所謂“諸侯言時計功”者也。

宋大夫正考父，三命兹益恭，而莫侮其國。衛孔悝之父莊叔，隨難漢陽，左右獻公，衛國賴之，皆銘於鼎。晋魏顆獲秦杜回於輔氏，銘功於景鐘，所謂“大夫稱伐”者也。

鐘鼎禮樂之器，昭德紀功，以示子孫。物不朽者，莫不朽於金石，故碑在宗廟兩階之間。近世以來，咸銘之於碑。德非此族，不在銘典。

《文心・銘箴篇》云：

昔帝軒刻輿几以弼違，大禹勒筍簴而招諫。成湯盤盂，著日新之規；武王户席，題必戒之訓。周公慎言於金人，仲尼革容於欹器。則先聖鑒戒，其來久矣。故銘者，名也，觀器必也正名，審用貴乎盛德。蓋臧武仲之論銘也，曰：“天子令德，諸侯計功，大夫稱伐。”夏鑄九牧之金鼎，周勒肅慎之楛矢，令德之事也。吕望銘功於昆吾，仲山鏤績於庸器，計功之義也。魏顆紀勳於景鐘，孔悝表勤於衛鼎，稱伐之類也。若乃飛廉有石槨之錫，靈公有蒿里之謚，銘發幽石，吁可怪矣。趙靈勒跡於番吾，秦昭刻博於華山，夸誕示後，吁可笑也。詳觀衆例，銘義見矣。至於始皇勒岳，政暴而文澤，亦有疏通之美焉。若班固《燕然》之勒，張昶《華陰》之碣，序亦盛矣。蔡邕銘思，獨冠古今；橋公之鉞，吐納典謨；朱穆之鼎，全成碑文，溺所長也。至如敬通雜器，準矱戒銘，而事非其物，繁略違中。崔駰品物，讚多戒少；李尤積篇，義儉辭碎。蓍龜神物，而居博弈之中；衡斛嘉量，而在杵臼之末：曾名品之未暇，何事理之能閑哉？魏文《九寶》，器利辭鈍。唯張載《劍閣》，其才清采，迅足駸駸，後發前至，勒銘岷漢，得其宜矣。

箴者，所以攻疾防患，喻鍼石也。斯文之興，盛於三代。夏商二箴，餘句頗存。及周之辛甲《百官箴》一篇，體義備焉。迄至春秋，微而未絶，故魏絳諷君於后羿，楚子訓民於“在勤”。戰代以來，棄德務功，銘辭代興，箴文委絶。至揚雄稽古，始範《虞箴》，作《卿尹》《州牧》二十五篇。及崔、胡補綴，總稱《百官》，指事配位，鞶鑑可徵，信所謂追清風於前古，攀辛甲於後代者也。至於潘勗《符節》，要而失淺；温嶠《傅臣》，博而患繁；王濟《國子》，引廣事雜；潘尼《乘輿》，義正體蕪。凡斯繼作，鮮有克衷。至於王朗《雜箴》，乃置巾履，得其戒慎，而失其所施。觀其約文舉要，憲章戒銘，而水火井竈，繁辭不已，志有偏也。

夫箴誦於官，銘題於器，名目雖異，而警戒實同。箴全禦過，故文資確切；銘兼褒讚，故體貴弘潤。其取事也，必覈以辨；其摛文也，必簡而深，此其大要也。然矢言之道蓋闕，庸器之制久淪，所以箴銘異用，罕施於代。惟秉文君子，宜酌其遠大焉。

依上兩家之論而觀，銘箴兩體文之源流，可以得其概要矣。至兩體文擅長之處，則陸士衡《文賦》兩言足以盡之。而就《文選》所載兩體文而言，則有足資比較者。

張茂先《女史箴》

此箴爲賈后作也。當晋惠之世，賈后亂政，右軍將軍裴頠，與司空張華、侍中賈模議廢之而立謝淑妃。華、模皆曰："帝自無廢黜之意，若吾等專行之，上心不以爲是。且諸王方剛，朋黨異議，恐禍如發機，身死國危，無益社稷。"頠曰："誠[1]如公慮，但昏虐之人，無所忌憚，亂可立待，將如之何?"華曰："卿二人猶且見信，然勤爲左右陳禍福之戒，冀無大悖。幸天下尚安，庶可優游卒歲。"此箴即是時所作，所謂"勤爲左右陳禍福之戒"者也。篇中"無矜爾榮，天道惡盈。無恃爾貴，隆隆者墜。鑒於《小星》，戒彼攸遂。比心《螽斯》，則繁爾類"等語，警賈后之驕虐，勸以親待太子之意。陳戒何等深切，惜彼昏不悟，危害太子，卒爲趙王倫所廢，而華等亦不免族誅。此則投身亂朝，不能決然舍去之過也。依《晋書》所載，頠謀廢

[1]"誠"，原作"曾"，《晋書》卷三十五《裴頠傳》作"誠"，於義爲長，據以訂之。

賈后，因華勸之而止，頠乃旦夕勸説從母廣成君，令戒喻賈后親待太子，故當時亦有《女史》一箴，用意與華略同，而文極懇至。《文選》不録，《續古文苑》載之，今録如下：

膏不厭鮮，水不厭清。玉不厭潔，蘭不厭馨。爾形信直，影亦不曲。爾聲信清，響亦不濁。緑衣雖多，無貴於色。邪徑雖利，無尚於直。春華雖美，期於秋實。冰壁雖澤，期於見日。浴者振衣，沐者彈冠。人知正服，莫知行端。服美動目，行美動神。天道祐順，常與吉人。

班孟堅《封燕然山銘》

爲車騎將軍竇憲作也。據本傳所載，憲本以刺殺北鄉侯暢，事發懼誅，自求擊匈奴以贖死。會南單于請兵北伐，乃拜憲車騎將軍，以耿秉爲副，發北軍五校，緣邊十二郡騎士，及羌胡兵出塞。與北單于戰於稽落山，大破其衆，單于遁走。追擊諸部，遂臨私渠北鞮海，斬名王以下萬三千級，獲生口馬牛羊橐駝百餘萬頭。於是温犢須、日逐、温吾、夫渠王柳鞮等八十一部率衆降者，前後二十餘萬人。憲、秉遂登燕然山，去塞三千餘里。誠哉，“四校横徂，星流彗埽。蕭條萬里，野無遺寇”，勒石紀功，揚漢威德，固之此銘，洵不愧也。然自是遂威名大盛，震動朝廷，父子兄弟，並居列位，親黨交結，遂圖弑逆。卒之被收印綬，遣令就國，選嚴能相督察之，皆迫令自殺。宗族賓客，以憲爲官者，皆免歸本郡，固亦坐憲黨下獄死。勳庸故在，罪案已成，諛頌方殷，黨姦旋坐，然則是銘之作，非爲憲紀功，正爲憲彰釁耳。范書於憲傳論之曰：“衛青、霍去病資强漢之衆，連年以事匈奴，國耗太半矣，而猾虜未之勝，後世猶傳其良將，豈非以身名自終耶？竇憲率羌胡邊雜之師，一舉而空朔庭，至乃追奔稽落之表，飲馬比[1]鞮之曲，銘石負鼎，薦告清廟，列其功庸，兼茂於前多矣。而後世莫稱者，章末釁而降其實

〔1〕“比”，原作“北”，據《後漢書》卷二十三《竇憲傳》校改。

也。”其持論可謂不失公允者矣。

班固又有《竇將軍北征頌》，亦爲憲北伐匈奴而作。其文全體用韻，下開昌黎，頗極樸奥之致。然諛頌已甚，且但美車騎之功，而不歸美命將之人，殊失立言之體。《文選》不載，《古文苑》《藝文類聚》多録之。陳古迂采入《文選補遺》，《提要》譏其貢諛權臣。今故不録，然其文固高作也，可取以參觀。

崔子玉《座右銘》

座右銘，即黄帝銘巾兀、武王銘户席之遺意。史載，崔瑗兄璋爲人所殺，瑗手刃其讐，亡命蒙赦而出，作此自戒，常置座右，是作銘之意，從飽經變故，動心忍性而出，故有“在涅貴不緇”“老氏戒剛强”等語，蓋皆從刃讐亡命後悟得之者也，然亦可爲後世鑒戒之資矣。

自漢以還，座右之銘，無多傳者，惟《藝文類聚》載卞蘭《座右銘》一篇，情辭聳切，似較崔銘爲勝。卞蘭者，魏武帝卞后弟秉子。嗣封開陽侯，少以才學見稱者也。事見《魏志·后妃傳》注引《魏略》，載其遺事數條。文之傳者，有《贊述太子賦》《許昌宫賦》及《座右銘》，蓋當時一作家也。昔劉孝綽《序昭明太子集》云：“雖使王朗報章，卞蘭獻頌，猶不足以揄揚著述，稱贊才章。”其稱美之者至矣。昔傳其語，今録其銘：

> 重階連棟，必濁汝真。金寶滿堂，將亂汝神。厚味来殃，豔色危身。求高反墜，務厚更貧。閉情塞欲，老氏所珍。周廟之銘，仲尼是遵。審慎汝口，戒無失人。從容順時，和光同塵。無謂冥漠，人不汝聞。無謂幽窅，處獨若群。不爲福先，不與禍鄰。守玄執素，無亂大倫。常若臨深，終始爲純。[1]

---

〔1〕 文見《藝文類聚》卷二十三，汪紹楹校訂本“金寶滿堂”作“金寶滿室”，“終始爲純”作“終始惟純”。

張孟陽《劍閣銘》

古無爲山河作銘頌者。山川有頌，始自董仲舒。河山都邑有銘，始自李尤。其文或傳或不傳，至王稚紀《司隸校尉楊孟文石門頌》、蔡伯喈《京兆樊惠渠頌》，或摩崖峭壁，或勒石澗阿，則皆頌其人而非頌其地也。惟孟陽此作，乃因蜀人恃險好亂，爲之勒銘垂戒，則銘其地正以誡其人焉。篇末言："自古迄今，天命匪易。憑阻作昏，鮮不敗績。公孫既滅，劉氏銜璧。覆車之軌，無或重跡。"詞意悚切，蓋與揚子雲《州箴》相等，可知名雖爲銘，其實爲箴，兩體之文，可相出入。彥和稱"其才清采，迅足駸駸，後發前至"，稱許洵不誣矣。

陸佐公《石闕銘》

此佐公奉敕作也。文成於天監七年，奉敕曰："太子中舍人陸倕所製《石闕銘》，辭義典雅，足爲佳作。昔虞邱辨物，邯鄲獻賦，賞以金帛，前史美談，可賜絹三十匹。"是其文之美，當時已有定價矣。惟昭明選例，不録生存，倕卒於普通七年，距中大通三年昭明之薨，僅有五年，而文已入選。想見文成受賞，名重一時，獲登選樓，倍增聲價。而其文亦雍容典則，足爲國光，與録任彥昇宣德之令、勸進之表，爲文人之玷者，迥不同矣。

此石闕所在，良注謂："在端門外，夾道而置之。"余氏據《六朝事迹》，言"建康縣北五里，有四石闕，在臺城之門南。高五丈，廣三丈六寸。梁武帝所造"。按《梁書·武帝本紀》："天監七年春正月戊戌，作神龍、仁虎闕於端門大司馬門外。"據本文序"皇帝御天下之七載"云云，與本紀正合。是此石闕，當爲神龍、仁虎二闕，《六朝事迹》所云四石闕，恐不足據。

據《梁書·文學·袁峻傳》，武帝雅好文辭，獻文章於南闕者相望，奉敕與陸倕各製《新闕銘》。是當時爲此銘者，尚有袁峻，乃倕文傳而峻文竟不可考，則豈非以登入《文選》之故，而其人與文俱藉以不朽耶？

序中臚叙時事，歷陳武帝之功，有與《梁書》相待合者。今略舉以爲證：

夏首憑固，庸岷負阻，協彼離心，抗兹同德　濟注："夏首謂薛元嗣守郢州，庸岷謂東昏侯，同德謂梁武。"

凶渠泥首　余氏曰："《梁書·武紀》：魯山城主張樂祖，郢城主程茂、薛元嗣，相繼請降。"

折簡而禽廬九　余氏曰："《梁書·武紀》：先是，東昏遣冠軍將軍陳伯之鎮江州，爲子陽等聲援。高祖乃謂諸將曰：'……今加湖之敗，誰不弭服，我謂九江傳檄可定也。'因命搜所獲俘囚，得蘇隆之，厚加賞賜，使致命焉。……伯之遣隆之反命，求乘便進軍。高祖乃命鄧元起，率衆沿流。……及高祖至，伯之束甲請罪。'"

樊鄧威懷　《梁書·武紀》："樊漢阽切，羽書續至。公星言鞠旅，禀命徂征。……鄧城之役，胡馬卒至……公南收散卒，北禦雕騎，全衆方軌，按路徐歸。"

巴黔底定　《南史》："東昏以劉山陽爲巴西太守，使過荆州，就行事蕭穎胄，以襲襄陽。"帝知其謀，山陽爲陳秀所斬，巴黔底定。

守似藩籬，戰同枯朽　《南史》："蕭衍至，帝乃聚兵爲固守計。冠軍王珍國領三萬人據大桁，莫有鬥志。直閤席豪突陣死，豪驍將也，既斃，衆軍於是土崩。"

置博士之職，開集雅之館　《梁書》：天監四年，詔開五館，建立國學，置五經博士。五年，置集雅館，以招遠學。

興建庠序　《梁書·儒林傳》：選士徒於會稽，受業何胤。分遣博士祭酒，至州郡立學。

懸書有附，委篋知歸　注："懸書則懸法也，委篋則藏書也。重用之，故變文耳。"　金氏甡曰："梁修誹木肺石之制，委篋似即投匭之説，謂陳訴者望闕而知所向耳。與上句自是兩意。"

鬱崛重軒，窮隆反宇。形聳飛棟，勢超浮柱　《文選類林》引注云："鬱崛窮隆，壯貌。飛棟浮柱，謂漢甘泉宫之大也。此闕形勢之高而加超越焉。"按此注今注無之。知今傳《選》注，遺落尚多也。

又 新漏刻銘[1]

此銘作於天監六年，在撰《石闕銘》之先，本傳稱："是時禮樂制度，多所創革，高祖雅愛倕才，乃敕撰《新漏刻銘》，其文甚美。遷太子中舍人，管東宫書記。"是此銘亦當時奉敕所撰，以文之美，見賞高祖，而遷東宫官也。其爲太子所賞，登之選樓，固其宜矣。

序中"陸機之賦、孫綽之銘"云云　注："陸機、孫綽皆有《漏刻銘》。"案：孫綽《刻漏銘》，見《全晋文》；陸機有《刻漏賦》載本集，非銘也。此正文不誤，注統言"皆有《漏刻銘》"，非是。又案：司馬彪《續漢書》："孔壺爲漏，浮箭爲刻。"題本"刻漏"，注作"漏刻"，亦倒。

課六曆之疏密　《初學記·器物部》引此句作"六律"，誤。又誤稱"南齊陸倕"，似不見文中"天監六年"之語，不知唐人何以訛謬至此。

此銘當時無同作者，惟梁元帝繹有《刻漏銘》一篇，蓋出當時同作。其文不及陸銘之詳贍，而詞采亦勝。今録於後：

> 玉衡稱物，金壺博施。司南司火，未符兹義。帝曰欽哉，納隍斯誓。實惟簡在，窮神體智。宫槐晚合，月桂宵暉。清臺莫爽，解谷胥依。七分六日，五紀三微。事齊幽贊，乃會通幾。碧海有乾，絳川猶竭。飛流五色，涓涓靡絶。龍首旁注，仙衣俯裂。箭不停晷，聲無暫輟[2]。用天之貞，分地之平。如弦斯直，如渭斯清。

〔1〕"新漏刻銘"，《文選》尤袤刻本作"新刻漏銘"，《文選》奎章閣本、建州本、足利學校藏明州本均作"新漏刻銘"，《梁書·陸倕傳》《藝文類聚》同。

〔2〕原作"綴"。案《藝文類聚·儀飾部》作"輟"。

附録

梁昭明太子年譜[1]

昭明太子諱統，字德施，小字維摩，南蘭陵中都里蕭氏，梁高祖武皇帝長子也。祖諱順之，齊高帝族弟，參預佐命，封臨淄縣侯[2]，歷官侍中、衛尉、太子詹事、領軍將軍、丹陽尹，薨，贈鎮北將軍。母丁貴嬪。

高祖仕齊明帝朝，由寧朔將軍預蕭諶等定策勳，封建陽縣男。建武二年，爲右軍晋安王司馬、淮陵太守。還爲太子中庶子，領羽林監。頃之，出鎮石頭。

四年，魏帝自率大衆寇雍州，明帝令高祖赴援。十月，至襄陽，詔又遣左民尚書崔慧景總督諸軍，高祖及雍州刺史曹武等并受節度。明年（永泰元年）三月，慧景與高祖進行鄧城，魏主率十萬餘騎奄至。慧景失色，引其衆退，魏騎乘之，於是大敗，士卒死傷略盡。惟高祖獨率衆拒戰，因得結陣斷後，全師而歸。俄以高祖行雍州府事。

其年七月，仍授持節、都督雍、梁、南北秦四州，郢州之竟陵、司州之隨郡諸軍事，輔國將軍、雍州刺史。其月，明帝崩，東昏即位，揚州刺史始安王遥光、尚書令徐孝嗣、尚書右僕射江祏、右將軍蕭坦之、侍中江祀、衛尉劉暄更值内省，分日帖敕。高祖聞之，謂從舅張弘策曰："政出多門，亂其階矣，《詩》云：'一國三公，吾誰適從。'況今有六，而可得乎！嫌隙若

〔1〕 本譜原載《國立武漢大學文哲季刊》第二卷第一號（1931 年出版）。
〔2〕 "臨淄縣侯"，恐係筆誤。《梁書·武帝上》《南史·梁本紀上》均作"臨湘縣侯"。

成，方相誅滅，當今避禍，惟有此地。勤行仁義，可坐作西伯。但諸弟在都，恐罹世患，須與益州圖之耳。”時高祖長兄懿罷益州還，仍行郢州事，乃使弘策詣郢，陳計於懿，謂：“今六貴争權，各欲專威，睚眦成憾，理相屠滅。若隙開釁起，必中外土崩。今得守外藩，幸圖身計。及今猜防未至，宜召諸弟以時聚集，後相防疑，拔足無路矣。”懿聞之變色，心弗之許。高祖乃啓迎弟偉及憺，是歲至襄陽。於是潛造器械，密爲舟裝之備。

永元二年冬，懿被害信至，高祖密召長史王茂等謀之。既定，以十一月乙巳召僚佐於廳事，諭以共興義舉，各盡勳效，是日建牙，收集得甲士萬餘人，馬千匹，船三千艘。

先是，東昏以劉山陽爲巴陵太守，配精兵三千，使過荆州就行事蕭穎胄以襲襄陽。高祖知其謀，乃遣参軍王天虎等詣江陵，徧與州府書。及山陽西上，高祖謂諸將曰：“荆州本畏襄陽人，如脣亡齒寒，自有傷弦之急，寧得不闇同耶？我能使山陽至荆，即便授首。”於是密以計令穎胄斬天虎，送首山陽，山陽信之，將數十騎馳入，穎胄伏甲斬之，送首高祖。仍以南康王尊號之議來告，且曰：“時月未利行軍，當須來年二月，遽便進兵，恐非廟算。”高祖不從。竟陵太守曹景宗，遣杜思沖勸高祖迎南康王都襄陽，待正尊號，然後進軍，高祖亦不從。

三年二月，南康王爲相國，以高祖爲征東將軍；戊申，高祖發襄陽，移檄京邑，歷數東昏之罪，至竟陵，命長史王茂與太守曹景宗爲前軍；至漢口，輕兵濟江逼郢城；乙巳，南康王即帝位於江陵，改永元三年爲中興元年，遥廢東昏爲涪陵王，以高祖爲尚書左僕射，加征東大將軍、都督征討諸軍事，假黄鉞。四月，高祖出沔，命王茂、蕭穎達等進軍逼郢城。六月，西臺遣衛尉席闡文勞軍，齎蕭穎胄等議，欲請救於魏，與北連和，高祖不聽。八月，天子遣黄門蘇回勞軍，高祖登舟，命諸將以次進路。九月，天子詔高祖平定東夏，并以便宜從事，於是高祖事無掣肘，得迭克郢城，揚帆東下矣。

齊中興元年　九月，太子生於襄陽

母丁貴嬪，諱令光，譙國人，世居襄陽。貴嬪生於樊城，有神光之異，紫烟滿室，故以光爲名；相者云："此女當大貴。"高祖臨州，丁氏因人以聞，貴嬪時年十四，高祖納之，永泰元年高祖初至襄陽時事也。至是年十七，誕育太子。時高祖方起義師，貴嬪與太子留在州城，京邑平，乃還京都。是歲高祖年三十有八，既年垂强仕，方有冢嗣；時徐元瑜降；續又荆州使至，云"蕭穎胄暴卒"，時人謂之三慶。少日而建業平，識者知天命所集云。

先是，義師逼郢城，魯山城主張樂祖、郢城主程茂、薛元嗣相繼請降，命上庸太守韋叡守郢城。是月，義師次潯陽，冠軍將軍陳伯之束甲請罪，高祖留少府長史鄭紹叔守江州城。前軍次蕪湖，南豫州刺史申胄棄姑孰走，大軍進據之，仍遣曹景宗、蕭穎達領馬步，進頓江寧。東昏遣征虜將軍李居士率步軍迎戰，景宗擊走之。於是王茂、吕僧珍進據赤鼻邏，曹景宗、陳伯之爲游兵。是日，新亭城主江道林率兵出戰，衆軍擒之於陣。大軍次新林，命王茂進據越城，曹景宗據皂莢橋，鄧元起據道士墩，陳伯之據籬門。道林餘衆退屯航南，義軍迫之，因退保朱雀，憑淮以自固。時李居士猶據新亭壘，請東昏燒南岸邑屋，以開戰場，自大航以西、新亭以北蕩然矣。

十月，東昏石頭軍主朱僧勇率衆歸降。東昏又遣征虜將軍王珍國率軍列陣於航南大路，尚十餘萬人。閹人王倀子持白虎幡督率諸軍，又開航背水以絶歸路。王茂、曹景宗等掎角奔之，將士皆殊死戰。珍國之衆，一時土崩，投淮死者，積尸與航等，於是朱雀之衆望之皆潰。義軍追至宣陽門，李居士以新亭壘、徐元瑜以東府城降，石頭、白下諸軍并宵遁。壬午，高祖鎮石頭，命衆軍圍六門。東昏悉焚燒門内，驅逼營署官府并入城，有衆二十萬。青州刺史桓和紿東昏出戰，因以其衆來降。高祖命諸軍築長圍。

初，義師之逼，東昏遣軍主左僧慶鎮京口，常僧景鎮廣陵，李叔獻屯瓜步，及申胄自姑孰奔歸，又使屯破墩，以爲東北聲援。至是高祖遣使曉諭，并率衆降。乃遣弟輔國將軍秀鎮京口，恢屯破墩，從弟寧朔將軍景鎮廣陵。吴郡太守蔡夤棄郡赴義師。

十二月丙寅，兼衛尉張稷、北徐州刺史王珍國斬東昏，送首義師。高祖命吕僧珍勒兵封府庫及圖籍，收嬖妾潘妃及凶黨王咺之以下四十二人，屬吏誅之。宣德皇后令廢涪陵王爲東昏侯，授高祖爲中書監、大司馬、録尚書、驃騎大將軍、都督揚州刺史，封建安郡公，食邑萬户。給班劍四十人，黄鉞、侍中、征討諸軍事并如故，依晋武陵王遵故事，百僚致敬。己卯，高祖入屯閲武堂，下令大赦。丙戌，入鎮殿内，是日鳳凰集建業。

二年即梁天監元年　太子二歲

正月辛卯，高祖下令："通檢尚書衆曹，東昏時諸諍訟失理，及主者淹停不能施行者，精加訊辨，依事議奏。"甲午，天子遣兼侍中席闡文等慰勞都下。乙未，下令朱雀之捷，逆徒送死者，特許家人殯葬，又下令減省浮費。戊戌，宣德皇后臨朝，入居殿内。拜高祖大司馬，解承制，百僚致敬如前。丁亥，詔進高祖都督中外諸軍事，劍履上殿，入朝不趨，贊拜不名，加前後部羽葆鼓吹，置左右長史、司馬、從事中郎、掾屬各四人，并依舊辟士，餘并如故。甲寅，齊帝進高祖位相國，總百揆，封十郡爲梁公，備九錫之禮，位在諸王上。高祖固辭，府僚勸進，不許。

二月辛酉，府僚重請，始受相國、梁公之命。丙戌，詔進梁公爵爲王，以豫州之南譙、廬江，江州之尋陽，郢州之武昌、西陽，南徐州之南琅邪、南東海、晋陵，揚州之臨海、永嘉十郡益梁國，并前爲二十郡。其相國、揚州牧、驃騎大將軍如故。高祖固辭，有詔斷表。相國左長史王瑩等率百僚敦請。

三月，郡國迭奏甘露、毛龜、白麞、五色雲龍、騶虞之瑞。癸巳，高祖受梁王之命。下令赦國内殊死以下。丙辰，齊帝禪位於梁王，即安姑孰。

四月辛酉，宣德皇后令，以"帝憲章前代，敬禪神器於梁。明可臨軒，遣使恭授璽紱，未亡人便歸於别宫"。壬戌，齊帝以策命璽書，奉皇帝璽紱於梁。高祖抗表辭讓，表不獲通。於是齊百官豫章王元琳等八百一十九人，及梁臺侍中臣雲等一百一十七人，并上表勸進，高祖謙讓不受。是日，太史令蔣道秀陳天文符讖六十四條，事并明著，群臣重表固請，乃從之。

是月丙寅，高祖即皇帝位於南郊。設壇柴燎，告類於天。禮畢，備法駕還建康宫，臨太極前殿，大赦，改齊中興二年爲天監元年，封齊帝爲巴陵王，全食一郡，以齊宣德皇后爲齊文帝妃，齊帝后王氏爲巴陵王妃。封皇弟中護軍宏爲臨川王，輔國將軍秀爲安成王，冠軍將軍偉爲建安王，右衛將軍恢爲鄱陽王，荆州刺史憺爲始興王。己巳，巴陵王殂於姑孰，追謚爲齊和帝，終禮一依故事。

閏月壬寅，有司奏追尊皇考爲文皇帝，廟號太祖；皇妣張氏爲獻皇后，陵曰建陵；妃郗氏爲德皇后，陵曰修陵。

時有司奏立儲副，高祖以天下始定，百度多闕，未之許也。群臣固請，冬十一月甲子，立統爲皇太子。時太子年幼，依舊居於内，拜東宫官屬文武，皆入直永福省。

先是，太子母爲貴嬪，位在三夫人上，居於顯陽殿，至是太子定位，有司奏禮母以子貴，皇儲所生，不容無敬，請依宋泰豫朝議，百官以吏敬敬帝所生故事，以敬皇太子之禮敬貴嬪，於是貴嬪備典章禮數，同於太子，言則稱令。

天監二年　太子三歲

春正月乙卯，以前將軍鄱陽王恢爲南徐州刺史。

十月丁未，皇子綱生。太子母弟也，爲高祖第三子。太子生而聰睿，是歲即受《孝經》《論語》。

三年　太子四歲

春正月戊申，後將軍揚州刺史臨川王宏進號中將軍。

秋七月甲子，立皇子綜爲豫章郡王，其母吴淑妃，自齊東昏宫得幸於高祖，七月而生綜，是爲高祖第二子。

四年　太子五歲

春正月，以鎮北將軍、雍州刺史建安王偉爲南徐州刺史，南徐州刺史鄱陽王恢爲郢州刺史。

十月丙午，北伐，以中軍將軍、揚州刺史臨川王宏都督北討諸軍事。

是歲，初開五館，以太常丞賀瑒兼五經博士，别詔爲皇太子定禮，撰《五經義》。太子是歲徧讀五經，悉能諷誦。

五年　太子六歲

春正月乙亥，以豫章王綜爲南徐州刺史。甲申，立皇子綱爲晋安郡王。

五月庚戌，太子出居東宫。太子性仁孝，自出宫恒思戀不樂，高祖知之，每五日一朝，多便留永福省，或五日三日乃還宫。

秋八月，作太子宫。

六年　太子七歲

四月己酉，以安成王秀爲平南將軍、江州刺史。丁巳，以中軍將軍、臨川王宏爲驃騎將軍、開府儀同三司；撫軍將軍建安王偉爲揚州刺史。

五月己未，以新除左饒騎將軍長沙王深業爲中護軍。深業，高祖長兄懿之子也。高祖初立，追封懿爲長沙王，以深業嗣。

閏月乙丑，以驃騎將軍、開府儀同三司臨川王宏爲司徒，行太子太傅。戊寅，平西將軍、荆州刺史始興王憺進號安西將軍。

七年　太子八歲

二月丙子，以中護軍長沙王深業爲南兖州刺史，兼領軍將軍。

夏四月乙卯，皇太子納妃蔡氏，吏部尚書撙之女也。赦大辟以下。頒賜朝臣及近侍各有差。

五月癸卯，以平南將軍、江州刺史安成王秀爲平西將軍、荆州刺史，安西將軍、荆州刺史始興王憺爲護軍將軍。

九月癸巳，立皇子績爲南康郡王，其母董淑儀，是爲高祖第四子。

冬十月丙子，詔大舉北伐，以護軍將軍始興王憺爲平北將軍，率衆入清。

八年　太子九歲

夏四月戊申，以護軍將軍始興王憺爲中衛將軍，司徒、行太子太傅臨川王宏爲司空、揚州刺史。

九月，太子於壽安殿講《孝經》，盡通大義，講畢，親釋奠於國學。時左衛將軍徐勉領太子中庶子，侍東宫。太子尚幼，敕知宫事。太子禮之甚重，每事詢謀。至此於殿内講《孝經》，臨川静惠王、尚書令沈約備二傅，勉與國子祭酒張充爲執經，王瑩、張稷、柳憕爲侍講。時選亟親賢，[1] 妙盡時譽，勉陳讓數四。又與沈約書，求换侍講，詔不許，然後就焉。

冬十月乙巳，以中軍將軍始興王憺爲鎮北將軍、南兖州刺史，南兖州刺史長沙王深業爲護軍將軍。

是歲，立皇子續爲廬陵郡王，太子母弟也，是爲高祖第五子。

九年　太子十歲

春正月乙亥，以建安王偉爲領護軍將軍，鎮北將軍、南兖州刺史始興王憺爲鎮西將軍、益州刺史。丙子，以輕車將軍晋安王綱爲南兖州刺史。

三月己丑，車駕幸國子學，親臨講肄。乙未，詔曰："王子從學，著自禮經，貴游咸在，實惟前誥，所以式廣義方，克隆教道。今成均大啓，元良齒讓，自斯以降，并宜肆業。[2] 皇太子及王侯之子，年在從師者，并令入學。"

冬十二月癸未，輿駕幸國子學，策試胄子，賜訓授之司各有差。

十年　太子十一歲

春正月癸卯，以郢州刺史鄱陽王恢爲護軍將軍。甲辰，以南徐州刺史豫章王綜爲郢州刺史，以輕車將軍南康王績爲南徐州刺史。

十一年　太子十二歲

春正月，進鎮南將軍、江州刺史建安王偉儀同三司，司空、揚州刺史臨川王宏進位爲太尉。

冬十一月己酉，降太尉、揚州刺史臨川王宏爲驃騎將軍，開府同三司之儀。

十二月己未，以安西將軍、荆州刺史安成王秀爲中衛將軍，護軍將軍鄱陽王恢爲平西將軍、荆州刺史。

是歲，太子於内省見獄官讞事，問左右曰："是皂衣何爲者?"曰："廷

---

〔1〕"亟"，《梁書·徐勉傳》作"極"。

〔2〕"肆"，《梁書·武帝中》作"隸"。

尉官屬。”召視其書曰：“是皆可念，我得判否？”有司以太子幼，紿之曰：“得。”其獄皆刑罪上，太子皆署杖五十。有司抱具獄，不知所爲，具言於高祖。高祖笑而從之。自是數使聽訟，每有欲寬縱者，即使太子決之。建康縣讞誣人誘口，獄翻，縣以太子仁愛，故輕當杖四十。令曰：“彼若得罪，便合家拏戮，今縱不以其罪罪之，豈可輕罰而已？可付治十年。”

十二年　太子十三歲

秋九月，以鎮南將軍、開府儀同三司、江州刺史建安王偉爲撫軍將軍，儀同如故，驃騎將軍、開府同三司之儀、揚州刺史臨川王宏爲司空。

時太子年漸長，聞吴郡陸襄業行，啓高祖引與游處，除襄太子洗馬，遷中舍人，并掌管記。太子敬耆老，襄母年將八十，與蕭琛、傅昭、陸杲每月常遣存問，加賜珍羞衣服。母卒，襄年已五十，毁頓過禮，太子憂之，日遣使誡喻。

十三年　太子十四歲

春正月壬戌，以丹陽尹晋安王綱爲荆州刺史。癸亥，以平西將軍、荆州刺史鄱陽王恢爲鎮西將軍、益州刺史。丙寅，以安成王秀爲安西將軍、郢州刺史。

三月辛亥，以新除中撫將軍、開府儀同三司建安王偉爲左光禄大夫。

夏四月壬辰，以郢州刺史豫章王綜爲安右將軍。

秋七月乙亥，立皇子綸爲邵陵郡王，其母丁充華，是爲高祖第六子；繹爲湘東郡王，其母阮修容，是爲高祖第七子；紀爲武陵郡王，其母葛修容，是爲高祖第八子。

十四年　太子十五歲

春正月乙巳朔，高祖臨軒，冠太子於太極殿，赦天下，賜爲父後者爵一級，王公以下班賚各有差，停遠近上慶禮。舊制，太子著遠游冠，金蟬翠緌纓，至是詔加金博山。

太子美姿容，善舉止，讀書數行并下，過目皆憶，每游宴祖道，賦詩至十數韵，或作劇韵，皆屬思便成，無所點易。太子自加元服，高祖便使省萬幾，内外百司，奏事者填塞於前，太子明於庶事，每所奏謬誤巧妄，皆即辨析，示其可否，徐令改正，未嘗糾彈一人。平斷法獄，多所全宥，天下皆稱仁。性寬和容衆，喜愠不形於色。引納才學之士，賞愛無倦。恒自討論墳籍。或與學士商榷古今，繼以文章著述，率以爲常。於時東宫之書幾三萬卷，名才并集，文學之盛，晋宋以來未之有也。（太子宫僚，皆極一時之選，在天監中爲詹事、庶子、洗馬、右衛率等官者，爲王茂、柳慶遠、吕僧珍、柳惔、柳忱、韋叡、范雲、沈約、謝覽、張稷、張惠紹、馮道根、康絢、宗夬、王峻、王暕、王訓、王泰、王份、王錫、張伯緒、王僉、江蒨、長沙王深業、長沙嗣王孝儼、西昌侯藻、衡陽嗣王元簡、蕭景、蕭昌、蕭昱、周捨、徐勉、范岫、傅暎、蕭琛、陸杲、陸倕、到洽、明山賓、殷鈞、陸襄、劉孝綽、王筠、張緬、張纘、蕭子範、蕭子顯、蕭子雲、謝舉、何敬容、朱异、到溉、王規、王承、褚翔、蕭介、蕭洽、褚球、劉孺、殷芸、臧盾、到沆、劉苞、庾於陵、劉緦、庾仲容諸人；在普通中爲庶子、詹事、率更令、通事舍人等官者，爲蕭昂、蕭子恪、孔休源、謝幾卿、劉杳諸人，皆當時才俊上選也。）

時太子好士愛文，太府卿太子僕劉孝綽，與陳郡殷芸、吴郡陸倕、琅邪王筠、彭城到洽等同見賓禮，太子起樂賢堂，乃使畫工先圖孝綽焉。太子文章繁富，群才咸欲撰録，太子獨使孝綽集而序之。（載《全梁文》）孝綽與到洽不平，嘗爲書叙十事，其詞皆鄙到氏，又寫别本，封呈東宫，太子命焚之，不開視也。

太子性愛山水，於玄圃穿築，更立亭館，與朝士名素者游其中。嘗泛舟後池，番禺侯軌盛稱此中宜奏女樂，太子不答，詠左思《招隱詩》云："何必絲與竹，山水有清音。"軌慙而止。自是至其後出宫二十餘年，不畜聲音，未薨少時，敕賜太樂女伎一部，略非所好云。太子常與王筠及劉孝綽、陸倕、到洽、殷芸等游宴玄圃，太子獨執筠袖，撫孝綽肩而言曰："所謂'左把浮丘袖，右拍洪崖肩'。"其見重如此。筠又與殷芸以方雅見禮焉。

二月辛丑，以新除中撫將軍始興王憺爲荆州刺史。

五月丁巳，以荆州刺史晋安王綱爲江州刺史。

秋九月癸亥，以長沙王深業爲護軍將軍。

十五年　太子十六歲

夏四月丁未，以安右將軍豫章王綜兼護軍。

五月癸未，以司空、揚州刺史臨川王宏爲中書監，驃騎大將軍、刺史如故。

冬十月戊午，以丹陽尹長沙王深業爲湘州刺史。

十一月丁卯，以兼護軍豫章王綜爲安前將軍。

十六年　太子十七歲

二月甲寅，以安前將軍豫章王綜爲南徐州刺史。

夏四月甲子，初去宗廟牲。

六月戊申，以廬陵王續爲江州刺史。

七月丁丑，以郢州刺史安成王秀爲鎮北將軍。

十七年　太子十八歲

二月癸巳，鎮北將軍、雍州刺史安成王秀薨。乙卯，以領石頭戍事南康王績爲南兗州刺史。

三月丙申，改封建安王偉爲南平王。

夏五月戊寅，驃騎大將軍、揚州刺史臨川王宏免。辛巳，以臨川王宏爲中軍將軍，中書監。

六月乙酉，以益州刺史鄱陽王恢爲領軍將軍，中軍將軍、中書監臨川王宏以本號行司徒。

冬十月乙亥，以中軍將軍、行司徒臨川王宏爲中書監司徒。

十一月辛亥，以南平王偉爲左光禄大夫，開府儀同三司。

十八年　太子十九歲

春正月甲申，以領軍將軍鄱陽王恢爲征西將軍、開府儀同三司、荆州刺史，以荆州刺史始興王憺爲中撫將軍、開府儀同三司、領軍。

普通元年　太子二十歲

春正月乙亥朔，改元，大赦天下。己卯，以司徒臨川王宏爲太尉、揚州刺史。時高祖大弘佛教，親自講説；太子亦素信三寶，偏覽衆經，乃於宫内

别立慧義殿，專爲法集之所，招引名僧，自立三諦法義。（文載《全梁文》）

是歲四月，甘露降於慧義殿，咸以爲至德所感。時俗稍奢，太子欲以己率物，服御樸素，身衣浣衣，膳不兼肉。

七月辛卯，以信威將軍邵陵王綸爲江州刺史。

冬十月辛亥，以宣惠將軍長沙王深業爲護軍將軍。辛酉，以丹陽尹晋安王綱爲平西將軍、益州刺史。

二年　太子二十一歲

春正月甲戊，以南徐州刺史豫章王綜爲鎮右將軍，新除益州刺史晋安王綱改爲南徐州刺史。

三年　太子二十二歲

春正月己未，以宣毅將軍廬陵王續爲雍州刺史。

十一月甲午，撫軍將軍、開府儀同三司、領軍將軍始興王憺薨。

舊事，以東宫禮絶旁親，書翰并依常儀，太子以爲疑，命僕射劉孝綽議其事。

孝綽議曰："案張鏡撰《東宫儀記》，稱三朝發哀者，踰月不舉樂，鼓吹寢奏，服限亦然。尋旁絶之義，義在去服，服雖可奪，情豈無悲，鐃歌寢奏，良亦爲此。既有悲情，宜稱兼慕，卒哭之後，依常舉樂，稱悲竟此，理例相符，謂猶應兼慕，請至卒哭。"僕射徐勉、左率周捨、家令陸襄，并同孝綽議。

太子令曰："張鏡《儀記》云：'依《士禮》，終服月稱慕悼。'又云：'凡三朝發哀者，踰月不舉樂。'劉僕射議云：'旁絶之義，義在去服，服雖可奪，情豈無悲，卒哭之後，依常舉樂，稱悲竟此，理例相符。'尋情悲之説，非止卒哭之後，緣情爲論，此自一難也；用張鏡之舉樂，棄張鏡之稱悲，一鏡之言，取舍有異，此自二難也。陸家令止云'多歷年所，恐非事證，雖復累稔所用，意常未安。'近亦常經以此問外，由來立意，謂猶應有慕悼之言，張豈不以舉樂爲大，稱悲事小，所以用小而忽大，良亦有以。至如元正八佾，事爲國章，雖情或未安，而禮不可廢，鐃吹軍樂，比之亦然。

書疏方之，事則成小，差可緣心。聲樂自外，書疏自内，樂自他，書自己；劉僕之議，即情未安，可令諸賢，更共詳衷。”司農卿明山賓、步兵校尉朱異議稱慕悼之辭，宜終服月。於是付典書遵用，以爲永準。

案安成王秀，與始興憺同母，皆吴太妃所生，秀薨於天監十七年春，太子時年十八，未聞有禮絶旁親之疑，獨於始興王憺之薨，以書翰并依常儀，不稱慕悼之辭，命劉孝綽等議其事，蓋初時但依常儀，至此方懷疑義，非於二王有所親疏，故史特詳著其議，使後遵用，以爲永準耳。

四年　太子二十三歲

三月壬寅，以鎮右將軍豫章王綜爲平北將軍、南兖州刺史。是歲徙南徐州刺史平西將軍晋安王綱爲雍州刺史。

王好文學，在襄陽時，令常侍庾肩吾與東海徐摛、吴郡陸杲、彭城劉遵、劉孝儀、儀弟孝威等鈔撰衆籍，豐其廪餼，號爲“高齋十學士”。後人誤以王此事移之昭明之製《選》，蓋其事亦差相類也。

五年　太子二十四歲

春正月，以左光禄大夫、開府儀同三司南平王偉爲鎮衛大將軍，改領右光禄大夫，儀同三司如故，征西將軍、開府儀同三司、荆州刺史鄱陽王恢進號驃騎大將軍。辛卯，平北將軍、南兖州刺史豫章王綜進號鎮北將軍，平西將軍、雍州刺史晋安王綱進號安北將軍。

夏四月乙未，以雲麾將軍南康王績爲江州刺史。

六月戊子，以會稽太守武陵王紀爲東揚州刺史。

是歲，詔平北將軍元樹等率衆伐魏，迭破名城，并收降其衆。時連歲大軍北侵，都下米貴，太子因命菲衣減膳。每霖雨積雪，輒遣腹心左右，周行閭巷，視貧困家，及有流離道路者，以米密加賑賜，人十石；又出主衣絹帛，年常多作襦袴，各三千領，冬月以施寒者，不令人知；若死亡無可斂，則爲備棺槥：其關心民瘼，好行其德如此。

六年　太子二十五歲

春正月丙午，安北將軍晋安王綱遣長史柳津破魏南鄉郡。

二月庚辰，南徐州刺史廬陵王續還朝，稟承戎略。

三月乙丑，鎮北將軍、南兖州刺史豫章王綜權頓彭城，總督衆軍，并攝徐州府事。

六月庚辰，豫章王綜奔於魏，魏復據彭城。

十二月戊子，邵陵王綸有罪，免官削爵土。

七年　太子二十六歲

夏四月乙酉，太尉臨川王宏薨。

秋九月乙酉，驃騎大將軍、開府儀同三司、荆州刺史鄱陽王恢薨。

冬十月辛未，以丹陽尹湘東王繹爲荆州刺史。

十一月庚辰，丁貴嬪薨。貴嬪性仁恕，及居宫内，接馭自下，皆得其歡心，不好華飾，器服無珍麗，未嘗爲親戚私謁；及高祖弘佛教，貴嬪奉而行之，屏絶滋腴，長進蔬膳，受戒日，甘露降於殿前，方一丈五尺；高祖所立經義，皆得其指歸，尤精《净名經》，所受供賜，悉以充法事；至是薨，殯於東宫臨雲殿，年四十二。詔吏部郎張纘爲哀策文，曰：

> 蕺塗既啓，桂罇虚凝，龍帷已薦，象服將升。皇帝傷璧臺之永閟，悼曾城之不踐，罷鄉歌乎燕樂，廢徹齊於祀典。《風》有《采蘩》，化行南國，爰命史臣，俾流嬪德。其辭曰：
>
> 軒緯之精，江漢之英，歸於君袂，生此離明。誕自厥初，時維載育，樞電繞郊，神光照屋。爰及待年，含章早穆；聲被洽陽，譽宣中谷。龍德在田，聿恭兹祀；陰化代終，王風攸始。動容諧式，出言顧史；宜其家人，刑於國紀。
>
> 膺斯眷命，從此宅心；狄綴采珩，珮動雅音。日中思誡，月滿懷箴；如何不蹈，天高照臨！玄紞莫修，褘章早缺；成物誰能，芳猷有烈。素魄貞明，紫宫炤晰；逮下靡傷，思賢罔蔽。躬儉則節，昭事惟虔；金玉無玩，筐筥不捐。祥流德化，慶表親賢；甄昌軼啓，孕魯陶燕。方論婦教，明章闈席；玄池早扃，湘沅已穸。展衣委華，朱幩寢

迹；慕結儲闈，哀深蕃辟。嗚呼哀哉！

令龜兆良，葆引遷祖；具僚次列，承華接武。日杳杳以霾春，風凄凄而結緒；去曾掖以依遲，飾新宮而延佇。嗚呼哀哉！

啓丹旗之星旆，振容車之黼裳；擬靈金而鬱楚，泛悽管而凝傷。遺備物乎營寢，掩重闇乎窐皇；椒風暖兮猶昔，蘭殿幽而不陽。嗚呼哀哉！

側聞高義，彤管有懌；道變虞風，功参唐跡。宛如之人，休光赤舄；施諸天地，而無朝夕。嗚呼哀哉！

有司奏謚曰穆。

方貴嬪有疾，太子即還永福省，朝夕侍疾，衣不解帶。及薨，步從喪還宮至殯，水漿不入口，每哭輒慟絶。高祖敕中書舍人顧協宣旨曰："毁不滅性，聖人之制。《禮》，不勝喪，比於不孝，有我在，那得自毁如此，可即强進飲粥。"太子奉敕，乃進數合，自是至葬，日進麥粥一升。高祖又敕曰："聞汝所進過少，轉就羸瘦，我比更無餘病，政爲汝如此，胸中亦填塞成疾，故應强加饘粥，不俟我恒爾懸心。"雖屢奉敕勸逼，終喪日止一溢，不嘗菜果之味。體素壯，腰帶十圍，至是減削過半，每入朝，士庶見者，莫不下泣。

大通元年　太子二十七歲

三月辛未，輿駕幸同泰寺捨身。甲戌還宮，赦天下，改元。

二年　太子二十八歲

三月壬辰，以江州刺史南康王績爲安右將軍。

中大通元年　太子二十九歲

二月甲申，以丹陽尹武陵王紀爲江州刺史。

夏四月癸未，以安右將軍南康王績爲護軍將軍。

閏月己未，安右將軍護軍南康王績薨。

秋九月癸巳，輿駕幸同泰寺，設四部無遮大會，因捨身；公卿以下，以錢一億萬奉贖。

冬十月己酉，輿駕還宮，大赦改元。

十一月丙戌，加鎮衛大將軍、開府儀同三司南平王偉太子少傅。

二年　太子三十歲

春正月戊寅，以雍州刺史晉安王綱爲驃騎大將軍、揚州刺史，南徐州刺史廬陵王續爲平北將軍、雍州刺史。

太子雅性愛民，每聞遠近百姓賦役勤苦，輒斂容變色，常以户口未實，重於勞民。吴郡屢以水灾不熟，有上言當漕大瀆以瀉浙江者，是年春，詔遣前交州刺史王奕假節發吴、吴興、信義三郡人丁就役。太子上疏曰：

> 伏聞當遣王奕等上東三郡人丁，開漕溝渠，導洩震澤，使吴興一境，無復水灾，誠矜恤之至仁，經略之遠旨，暫勞永逸，必獲厚利。未萌難覩，竊有愚懷。
>
> 所聞吴興屢年失收，人頗流移；吴郡十城，亦不全熟；惟信義去秋有稔，復非恒役之民。即日東境穀價猶貴，劫盗屢起，所在有司，不皆聞奏。今征戍未歸，强丁疎少，此雖小舉，竊恐難合。吏一呼門，動爲人蠹，又出丁之處，遠近不一，比得齊集，已妨蠶農。去年稱爲豐歲，公私未能足食；如復今兹失業，慮恐爲弊更深。且草竊多伺候人間虚實，若善人從役，則抄盗彌增，吴興未受其益，内地已罹其弊。不審可得權停此功，待優實以不？
>
> 聖心垂矜黎庶，神量久已有在，臣意見庸淺，不識事宜，苟有愚心，願得上啓。

高祖優詔以諭焉。

三年　太子三十一歲

先是，高祖從舅張弘策之子緬爲御史中丞，推繩無所顧望，號爲勁直，高祖乃遣畫工圖其形於臺省，以勵當官，是歲遷侍中，未拜卒，時年四十二。高祖舉哀，太子亦往臨哭，與緬弟纘書曰：

> 賢兄學業賅通，莅事明敏，雖倚相之讀《墳》《典》，郗穀之敦《詩》《書》，惟今望古，蔑以斯過。自列宫朝，二紀將及，義惟僚屬，情實親友。文筵講席，朝游夕宴，何曾不同兹勝賞，共此言寄。如何長謝，奄然不追！且年甫强仕，方申才力，摧苗落穎，彌可傷惋。念天倫素睦，一旦相失，如何可言！言及增哽，揮筆無次。

其情詞哀惋，已流露於不自知矣。

太子孝謹天至，每入朝，未五鼓，便守城門開，東宫雖燕居内殿，一坐一起，恒向西南面臺，宿被召當入，危坐達旦，其恪慎如此。

是歲三月，偶游後池，乘彫文舸，摘芙蓉，姬人蕩舟，没溺而得出，因動股，恐貽高祖憂，深誡不言，以寢疾聞。高祖敕看問，輒自力手書啓。及稍篤，左右欲啓聞，猶不許，曰："云何令至尊知我如此惡。"因便嗚咽。

四月乙己暴惡，馳啓高祖，比至已薨，時年三十一。高祖幸東宫，臨哭盡哀，詔斂以兖冕，謚曰昭明。朝野惋愕，都下男女，奔走宫門，號泣滿路，四方甿庶，及疆徼之民，聞喪者莫不哀痛。

五月庚寅，葬安寧陵。詔司徒左長史王筠爲哀策文，曰：

> 蜃輅俄軒，龍驂跼步；羽翿前驅，雲旂北御。皇帝哀繼明之寢耀，痛嗣德之殂芳；御武帳而悽慟，臨甲觀而增傷。式稽令典，載揚鴻烈，詔撰德於旌旒，永傳徽於舞綴。其辭曰：
>
> 式載明兩，實惟少陽；既稱上嗣，且曰元良。儀天比峻，儷景騰光；奉祀延福，守器傳芳。睿哲膺期，旦暮斯在；外弘莊肅，内含和愷。識洞機深，量苞瀛海；立德不器，至功弗宰。寬綽居心，温恭成性；循時孝友，率由嚴敬。咸有種德，惠和齊聖；三善遞宣，萬國同慶。
>
> 軒緯掩精，陰羲弛極；纏哀在疚，殷憂銜恤。孺泣無時，蔬饘不

溢；禫遵踰月，哀號未畢。實惟監撫，亦嗣郊禋；問安肅肅，視膳恂恂。金華玉瑑，玄駟斑輪；隆家幹國，主祭安民。光奉成務，萬機是理；矜慎庶獄，勤恤關市。誠存惻隱，容無慍喜；般勤博施，綢繆恩紀。

爰初敬業，離經斷句；奠爵崇師，卑躬待傅。寧資導習，匪勞審諭；博約是司，時敏斯務。辯究空微，思探幾賾；馳神圖緯，研精爻畫。沈吟典禮，優游方册；饜飫膏腴，含咀肴核。括囊流略，包舉藝文；徧該緗素，殫極《丘》《墳》。勝帙充積，儒墨區分；瞻河闡訓，望魯揚芬。吟詠性靈，豈惟薄伎；屬詞婉約，緣情綺靡。字無點竄，筆不停紙；壯思泉流，清章雲委。

總覽時才，網羅英茂；學窮優洽，辭歸繁富。或擅談叢，或稱文囿；四友推德，七子慙秀。望苑招賢，華池愛客；託乘同舟，連輿接席。摛文掞藻，飛觴汎醳；恩隆置禮，賞逾賜璧。徽風遐被，盛業日新；仁器非重，德輶易遵。澤流兆庶，福降百神；四方慕義，天下歸仁。

雲物告徵，祲沴褰象；星霾恒耀，山頹朽壤。靈儀上賓，德音長往；具僚無蔭，諮承安仰。嗚呼哀哉！

皇情悼愍，切心纏痛；胤嗣長號，附萼增慟。慕結親游，悲動氓衆；憂若殄邦，懼回折棟。嗚呼哀哉！

首夏司開，麥秋紀節；容衛徒警，菁華萎絶。書幌空張，談筵罷設；虚饋饛饛，孤燈翳翳。嗚呼哀哉！

簡辰請日，筮合龜貞。幽埏夙啓，玄宫獻成。武校齊列，文物增明。昔游漳滏，賓從無聲；今歸郊郭，徒御相驚。嗚呼哀哉！

背絳闕以遠徂，轥青門而徐轉；指馳道而詎前，望國都而不踐。陵修阪之威夷，遡平原之悠緬；驥蹀足以酸嘶，挽悽鏘而流泫。嗚呼哀哉！

混哀音於簫籟，變愁容於天日。雖夏木之森陰，返寒林之蕭瑟。既將反而復疑，如有求而遂失；謂天地其無心，遽永潛於容質。嗚呼哀哉！

即玄宫之冥漠，安神寢之清閟；傳聲華於懋典，觀德業於徽謚。懸忠貞於日月，播鴻名於天地。惟小臣之紀言，實含毫而無媿。嗚呼哀哉！

太子性仁恕，見在宫禁防捉荆子者，問之。云："以清道驅人。"太子恐復致痛，使捉手板代之。頻食中得蠅蟲之屬，密置柈邊，恐廚人獲罪，不令人知。又見後閣小兒攤戲，後屬有獄牒，攤者法，士人結流徒，庶人結徒。太子曰："私錢自戲，不犯公物，此科太重。"令注刑止三歲，士人免官。獄牒應死者，必降長徒，自此以下，莫不減半。

所著文集二十卷，劉孝綽爲序，又撰古今典誥文言爲《正序》十卷，五言詩之善者爲《英華集》二十卷，《文選》三十卷，自爲序。

太子五男，薨後，長子東中郎將南徐州刺史華容公歡封豫章郡王，次子枝江公譽封河東郡王，曲江公詧封岳陽郡王，警封武昌郡王，鑒封義陽郡王，各三千户；女悉同正主。蔡妃供侍，一同常儀，惟别立金華宫爲異。高祖既廢嫡立庶，海内噂喈，故各封諸子大郡，以慰其心。岳陽王詧，流涕受拜，累日不食，後卒帝南梁，爲周、隋附庸，延梁祀者三十餘載焉。

秋七月乙亥，立晋安王綱爲皇太子。太子既殁，皇太子綱爲撰集序，歷陳太子十四德，復作《上昭太子集别傳等表》，《别傳》已佚，餘存《全梁文》中。

初，丁貴嬪薨，太子遣人求得善墓地，將斬草，有賣地者因閹人俞三副求市，若得三百萬，許以百萬與之。三副密啓高祖，言太子所得地不如今所得地於上吉。高祖末年多忌，便命市之。葬畢，有道士善圖墓，云地不利長子，若厭伏或可申延，乃爲臘鵝及諸物，埋墓側長子位。有宫監鮑邈之、魏雅者，二人初并爲太子所愛，邈之晚見疏於雅，密啓高祖云，雅爲太子厭禱。高祖密遣檢掘，果得鵝等物，大驚，將窮其事，徐勉固諫得止，於是惟誅道士，由是太子迄終以此慚慨，故其嗣不立。後邵陵王臨丹陽郡，因邈之與鄉人争婢，議以爲誘略之罪，牒宫，簡文追感太子冤，揮淚誅之；邈之兄子僧隆爲宫直，前未知邈之姪，即日驅出。

先是，民間謡曰："鹿子開城門，城門鹿子開。當開復未開，使我心徘徊。城中諸少年，逐歡歸去來。"鹿子開者，反語爲來子哭，云帝哭也。歡前爲南徐州，太子果薨，遣中書舍人臧厥追歡於崇正殿，解髮臨哭，歡既嫡孫，次應嗣位，而遲疑未决。高祖既新有天下，恐不可以少主主大業，又以心銜故，意在晋安王，猶豫自四月上旬，至五月二十一日方决，歡止封豫章王，還任。謡言"心徘徊"者，未定也，"城中諸少年，逐歡歸去來"者，復還徐方之象也。

兹將太子世系譜列於左：

後　記

周貞亮先生這部《文選學講義》塵封數十年後，今天得以整理重新出版，是令人欣慰的。由於該書涉及面廣，尤其是牽涉到與駱鴻凱《文選學》各版本的關係，時間太久，資料難覓，需要反覆比勘研究，反覆探討，方能得出可信的結論，故整理過程也花了近十年時間，其中甘苦，自不待言。

在整理過程中，我們得到諸多單位和友人鼎力相助，將永遠銘記於心。

首先應該感謝的是武漢大學人文社會科學部，不僅給予一定的項目基金資助，具體工作也得到張發林部長及郭明磊先生的傾力支持。在資料上，校圖書館、檔案館借閱並應允複印珍貴資料，特別是河南大學圖書館將孤本講義無償提供我們照相複製，令人感佩。

還應該感謝的是諸位友人的熱情幫助和支持。在工作起始即獲香港中文大學陳煒舜教授的大力支持，後來又安排四位（博士）高足魏紅岩、唐甜甜、蔣之涵、陸晨婕做了文字録入和初步標校工作，付出了艱辛勞動。武大校友王保才先生（河南新東科技有限公司、王封全域實業有限公司）不辭辛苦，遠道趕赴河大協助拍攝該書之書影。武大校友熱愛國學的科技人才黄磊先生（中國空間科技研究院西安分院），不僅參與相關整理工作，還多地多方尋覓稀見版本供研究之用。至於崇文書局青年編輯陶永躍費心費力，細心反覆校核全書，亦令人難忘。在此謹表示誠摯由衷的謝意。

是書因涉及古籍文獻至夥，校點舛錯不當之處定復不少，切盼讀者諸君不吝指教。

王慶元　劉以剛

2024 年 5 月於珞珈山武漢大學